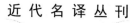

近代名译丛刊

天方夜谭

奚若 译　叶绍钧 校注

丛书主编

王培军　丁羲绮

出版说明

《天方夜谭》是世界文学中最伟大的经典之一,传入中国,已历百馀年,而近人奚若(字伯绶)所译之本,在纳训译本问世前,是最通行畅销的。此译用文言译出,共五十篇、三十五万言,文字之美,夙为读者所公认。大作家叶圣陶盛赞其译云:"运用古文,非常纯熟而不流入辽腐,气韵渊雅,造句时有新铸而不觉生硬,只见爽利。"并非溢美之辞。持以较白话译本,尤见其文字佳妙,味之无穷。

此译初曾连载于《绣像小说》、《东方杂志》,后由商务印书馆出单行本,收入《说部丛书》、《万有文库》。1924年,叶绍钧(圣陶)为之校注,并撰长序一篇,详论其文学价值。据学人考证,晚清暨民国间,奚译本之刷印,总不下十馀次,足见其脍炙人口,风行一时。至1980年代,坊间又重印一次,惟不载叶序及注。今又近二十年,世有欲读伯绶此译者,已难寻觅其书。职是之故,本社据1930年《万有文库》本,易为简体横排,重为刊行,用飨读者。

目　录

1　叶绍钧序
1　译序

1　缘起
6　鸡谈
9　枣核弹
11　鹿妻
13　犬兄
15　记渔父
17　记窦本
19　头颅语
22　四色鱼
25　泪宫记
29　二黑犬
38　生圹记
42　樵遇
48　说妒
55　金门马
65　麦及教人化石
70　蛇仙杯水记
75　谈瀛记
95　苹果酿命记
109　橐驼

111	断臂记
117	截指记
123	讼环记
130	折足记
134	剃匠言
136	剃匠述弟事一
138	剃匠述弟事二
141	剃匠述弟事三
143	剃匠述弟事四
145	剃匠述弟事五
150	剃匠述弟事六
155	龙穴合窆记
183	荒塔仙术记
206	墨继城大会记
220	波斯女
242	海陆缔婚记
267	报德记
281	魔媒记
290	杀妖记
300	非梦记
322	神灯记
340	加利弗挨力斯怯得轶事
342	盲者记
347	记虐马事
352	致富术
362	记玛奇亚那杀盗事
370	橄榄案
376	异马记
387	求珍记
403	能言鸟

序

《天方夜谭》又名《一千零一夜》,是一种瑰奇的书,现在差不多各国有它的译本,世界上无数的天趣丰富的儿童,嗜好故事与文学的成人,以及考古家、历史家,都欢喜吸纳它的蕴藏。我们中国,在前此十八年(一九〇六),奚若先生这部译本也出世了。也有把它做蓝本来编成童话的,如商务印书馆的《能言鸟》、《橄榄案》,等等。

据 Huart 在他的《阿剌伯文学史》里说,这部书的缘起中讲到的人名都是波斯式,故可证明这部书实在是从波斯翻译过来的。他又说,据阿剌伯历史家 Mas'ûdi(约生于九百年顷)所说,这部书的材料都是波斯的流行故事,三世纪时才译成阿剌伯文;波斯又从印度那边传来,因为自从 Sâsânian 大战后,波斯同印度常常接触的。

大抵民间的歌谣故事等东西,因为是用口来传述,用耳来承受的,所以流传起来很迅速,很广遍,而且很久长,比什么都厉害。当流传的时候,传述的人不能免有意或无意的增损;或是讲得出神了,信口讲了开来,或是嫌得繁琐,从中删略一部,这样,便改易了本来的面目;更有偶然的遗忘与故意的穿插。总之,经过一回的传述而要丝毫不改原样,那是很难得的。在听受的人,又不能没有趣味上的好恶与记忆上的强否,转变的因子便又伏在这里了,只等他也去传述时,那歌谣故事就发生第二次的变化。这样递次转变下去,也许一个新的与一个老的粗看时绝不相类,但是究实细按,这新的却确是老的的子孙。凡是研究过歌谣故事一类东西的,都能知道有这一种情形。

在前面说起的几个国度,是西方人所说的"东方",是地面的炎土,大部分被著沙漠。当阳光照灼,大地如焚的时候,人民憩息于帐幕之中,或者聚坐于浓绿的树荫下,气候使他们百体松弛,昏昏欲睡,于是共述异闻,以为消遣。当太阳已落,凉风轻扇的时候,他们仰望高天,远眺旷野,自然发生一种玄秘的思想,或者引起一种怀古的情绪,于是听讲故事的嗜好又被触动了。宫庭里头,常常召一种演述故事的人进去,使他们随时陈述,以为娱乐:只须看《天方夜谭》里,有好些故事都是陈述于王前的(除开全部书就是一个女子向苏丹陈述的不算),可知这个确实是宫庭里的风习。这又是故事的一个很大的销场。他们所讲到的故事,只取材料是怪诞的,奇丽的,趣味是浓郁的,隽永的,此外不再去考求它们的来源是什么,转变是怎样。所以一个人所讲的许多故事,未必都发源于一个地方一个时代,而同样一个故事,却被异地方异时代的许多人改头换面地讲述着,是可以揣想得到的情形。因此,我们虽然知道《天方夜谭》最初的本子从什么地方来的,用什么文字写的,可是不能够就说全部的故事都产生于那个地方。那些故事在未经写定以前,展转述告,已经难以知道最初的产生的时地;写定之后,又不知经过传钞者几回的增损,才成最后的模样。还是说这是一部东方各国民间故事的总集来得确当切实得多。

至于这部书编集成现在这模样的年代,则这个译本的原序里已根据从阿剌伯原文译成最著名的英文全译本的冷氏(Lane)的考证,说大约在十四至十六世纪的时候。冷氏又说,书中常常叙及加利弗挨力斯怯得(Caliph Haroun al Raschid)同他的后苏佩特(Zobeide),又有他的几个著名的臣下,考挨力斯怯得与 Charlemagne 同时,Charlemagne 的时代是七四七——八一四,依这样推测,这些故事就不能列在九世纪以前。又这么一部大书中,只有三处提到"喝咖啡",这是很可注意的一件事。在现时的东方,"喝咖啡"已成极普遍的风俗了。考东方人"喝咖啡",始盛于十四世纪。依着推测,可知这部书里的故事大部成于十四世纪以前了。

冷氏又说自从近代考古学进步以后,考查出《一千零一夜》的阿刺伯文原本有好几种,而且难得有两种是完全相同的。这些本子于这部分则此详彼略,于那部分又彼详此略,差异得很多。这大概是因为各处传钞这本子的人都任意去取,把他们认为不重要的没兴趣的删掉了,再加入他们认为有兴趣的本地流行的故事,所以各本会这样不同起来。

我们看了冷氏所说的,知道他所用的方法是从编集者不自觉地给与后人的暗示来测度现在这部书编成的年代。这暗示是什么呢?原来在写定或重写一个故事的当儿,虽然讲的是古代的传说或是怪诞的神话或是他方的异闻,却往往把作者近时或近地的人物、风习、典章、制度写了进去。《琵琶记》里的蔡邕会"中状元",《捉放曹》里的陈宫会自称"幼年科甲出身",就是适例。我们如从编者着想,这是易于解释的。他们在自己的方面要容易著手,对读者的方面要增多兴味,他们又并非考据家,没有综核名实那种癖好,撰述起来,便自然而然倾向于这条路了。现在冷氏依书中的人物、风俗、教事等来查考,他并且知道阿刺伯文原本有不同的多种(生于九百年顷的阿刺伯历史家 Mas'ûdi 已说起这部书,想来还是现在这部书所依据的,与现在的模样差得很远。这里所说的不同的多种,则是时代不甚相悬,因传钞而互异的),但它们遗留下来的关于时代的暗示,最早不能前于九世纪,最后则及十六世纪,可知这八百年中是东方各国的这些民间故事逐一被写定下来的时期。而贯联成一部总集,像现在的样子,当然是在后段的几百年中(十四至十六世纪)的事情了。

我们读这部瑰奇的书,将觉现在这时代这世界都退隐了,我们已跨入几百年或者千年以前的在我们西方的古国。我们看见那边有奇幻美丽的川原,有庄严精妙的宫殿,有罗列珍异的园囿,有彩式艳茂的服装。更可以看见种种特异的风俗与政习,是向来不曾知道的,但它们却曾浸染着支配着地面上一大群的人,直到现在,那地的人还是显出与别地人不同的色彩。从那些人变形为兽类的故事里,更可以看出那地的人的原始信仰,因为民族的古代传说,往往就从该民族的原始信仰里流衍出来的。而最大的获得,自然在知道关于一个大宗教——回教——的种种情况,因为上面所说的诸端,都不免与回教有多量或少许的关系。不论是怀着思古之幽情或是文艺的深嗜的,对于这么一部蕴蓄丰富的书,一定会觉得特别有兴味。

在这部书的许多故事里,除了神话以外,又含有密恋的情史,巧妙的传奇,讽世的叙述,冒险的经历,等等。我们不能知道写定这些故事的是谁某,但是看了书中有这样妙美的理想与浓挚的情绪,就不能不出惊地赞美这位(确当一点应说这几位)无名的文学家了。试读《龙穴合窆记》,这就是个非常缠绵的恋爱故事。它那色彩的浓厚与情味的丰美,真足使人感动。篇中叙述比客与加利弗妃斯客孟雪力赫的恋爱,两人初次见面,即互认为可寄心魂的对象,如焚的热情彼此都炽盛起来了。于是妃设法令比客入宫。在欢宴的当儿,妃想到情意这样地浓厚而好合这样地短促,就有以下的话:

> 余方寸已乱,口不能掬余怀。君之见爱于余,余深信君用意之笃。第君虽情重莫与匹,余以意度君,知君当不疑余之钟情于君不如君之甚也。所冀者以此区区之寸心互相印证耳。君谅不至负余意,使悢怨以终身。虽然,即两心始终不渝,亦见其苦,不见其乐。君局促居辕下,予闭置深宫,日以眼泪洗面,实有同病相怜者。惟共矢此心,虽石烂海枯,不变旦旦之誓。倘上帝或哀怜之,俾得偿凤愿,则幸何如之!

这是何等深刻的剖心的情语!后加利弗驾到,两人便成摧伤的离别,因而两地相思,几乎彼此都不想存活。幸有侠肠的客,设法把他们两个合并在一起。但是正当离怀尽倾欢娱方始的时候,突然间来了许多强盗,又把他们分开了,从此到死,再也没有见面。这样抑郁的情调与悲剧的下场,使我们兴起不少低回的吟味。

又试读《非梦记》,这篇里含着深厚的滑稽,这种滑稽绝非属于玩笑性质的。海森因为好结宾客,把家产的一半消耗完了,想反过来受别人的供养,却受了好些的奚落。这已是讽刺的成分胜于滑稽了。虽然作者把海森写成个不谙世故,带些呆气的人物,然而这乃是作者的"含泪的微笑"呵!后来海森遇见了改装微行的加利弗,偶然说起自己的意愿,就被加利弗用麻醉药把他醉了,带他进宫,让他做个"客串的"加利弗,把所抱的意愿都实现了。但是魔障从此来了!他被送回家醒过来时,明明躺在自己的榻上,明明认是自己的房间,却偏要自认是加利弗,甚至不认母亲做母亲,而且打她。邻右以为他发疯,便把他关起来,给他吃好些痛苦。他悔悟之后,改装的加利弗又来了,知道他的状况,很觉得对他不起,于是又使用麻醉药,把他带进宫去。醒过来时,明明躺在宫中,明明有许多侍奉的人在旁边,却偏不信这是实境,一定要说这是个梦。海森这样的心理并不是滑稽可笑的,乃是人间一种最普遍的哀酸的心理。我们所希求的是真实而所恐惧的是虚幻:不论对于什么事物,当既已获得之后,倘若还闪着一些"是不是虚幻"的疑念,这便是深潜的不可拔的不安。但是被这种不安袭击着的人实在众多!那些成功的人,一想起他们所成就的并不十分坚牢,便怅然难以宁定了(试看易卜生晚年所作的《大匠》,颇吐露这种心理);而一大批庸愚的人,当他们劳苦得太过分或者闲空得太无聊的时候,也不免漏出一声"这样的生活算什么呀"!假若能够不起这等的疑讶,不论生活于这个或那个里边,对于这个或那个都能深信不疑,认是真实而非虚幻,这总是一种比较充实的生活。至于是梦是觉,反而不成问题,在梦视梦,在觉视觉,原来是一样的。可惜除了具有十分的信心与圣力的人以外,这个境界很不容易达到,一般人总是迷惘颠倒于梦觉幻真之中。然则这一篇《非梦记》,与其说它含着滑稽,不如说它善状人心了。

又试读《剃匠述弟事》诸篇,依剃匠自述他的时代,当在十三世纪,故在全书中这些是较后出的故事。因此,中间神怪的成分极少,计六篇中只有一篇言及魔术,其外都是描状社会情况而非常细密的。两篇都讲恋悦女子的美色,因而吃很大的亏;一篇讲人情的诡诈;一篇形容贪念的炽盛起来,仿佛燎原之火,尽管会蔓延开来;又一篇是滑稽的相人术。这都由作者有精刻入微的观察,能够剖析人们的心曲,才会有这几篇紧峭而完整的文字。现在所谓"近代短篇小说"有特殊的意义,就是单从人生的一片段下手,而成篇之后,却要能够显示出这人生的全体,能够这样的,才称得"合作"。我们看了这几篇《剃匠述弟事》,虽然并不是近代的出品,但是,不得不想到一个意念——这几篇却含有"近代短篇小说"的精神。

又试读《谈瀛记》,讲的是星柏达七次航海的事情。中间神怪的气味很淡,但异闻极多,大概当时民间传习的海上的生活与景物,都是这一篇的重要的原料。而叙写星柏达这样不避艰苦,富有冒险的精神,与西方航海探险的风会(或是随后,或竟是同时)不无若干影响。其时因为文化的增进与交通的渐盛,各地人把原有的狭小的世界观念扩大了,相信自己所知道的世界以外,尚有更广大的世界。又因曾经受神话传说的薰染,便想像那些向来托于虚空奇幻的事物,在那更广大的世界里都是实有的。这种觉醒与好奇的心便足使大家乐于张起航海的巨帆了,——虽然还有许多实际上的原因。而传奇性质的航海故事也以同样的理由产生出来了。在《天方夜谭》里,把航海冒险为主要题材的故事就有这一个,可以想见这一个是产生得很后了。

总之,这部书是各方面的,仿佛一个宝山,你走了进去,总会发现你所欢喜的宝贝。

像这样一部大书,中间包含着这许多故事,但是没有两篇的内容与结构是相同的,编集者手腕的精妙,已很足惊异了。而尤可注意的,则是全部书的结构。这部书虽是一部故事的总集,编集者却不肯让它们一篇篇自为起讫,成个平常的式样。他把全集来构成个大故事,许多的故事则包含在里边。那些故事的情节如其是平凡一点的,中间又联串些小故事,以见奇趣。这样,本来不相关涉的许多故事组合起来而成个有机体了。这是个非常聪明的办法。

《天方夜谭》被翻译做英文的,据一个英文本的序里说,共有二百六十四个故事。这个译本只有五十多个,只当得五分之一。因为它有这么特别的结构,包蕴里头又有包蕴,枝节以外更生枝节,所以就是这一个删节的译本,骤然看去,或许要觉得头绪繁复了。现在将译本全部的线索简略叙述一下,备读者参阅。

波斯王史加利安因为他的后有丑行,愤激而转成暴厉,每夜必纳一妃,明天便缢死,免致玷辱王室的尊严。维齐的女儿史希罕拉才得见许多民女被诛冤死,欲援救未死者,便自愿进宫为王妃。维齐当然不许,以为无益于事,徒然觅死,便为述《鸡谈》的寓言,——这是本书开始它的巧妙的格式的地方。

史希罕拉才得不肯听父亲的话,即进宫去当王妃。她却自有护身的方法,便是向王娓娓地讲有味的故事。或是晨光已动,而一个故事的结局尚没有到,或是讲完一个,天尚未明,就续讲第二个。因此,每晨能得邀缓死的诏旨。

她开始为王讲《枣核弹》的故事。一个商人因为弹枣核触怒一个魔怪,魔怪一定要他的命。当他预备受死的时候,三个老人相继而至。待魔怪出现,第一个老人讲自己的《鹿妻》,第二个老人讲自己的《犬兄》,第三个老人也讲了个有味的故事,大家为商人赎罪三分之一。魔怪便把商人释放了。

其次,她为王讲《渔父》的故事。渔父网得一个瓶,开来看时,突出一个魔怪,非特不感激,转欲杀他。他设计使魔怪重复入瓶,封固完密。魔怪乞求启封,渔父说倘若启封,你就要用某王待窦本的样法来待我了,就为魔怪述窦本的故事。那窦本曾治愈某王的病,颇见宠任,因此招维齐的妒忌,屡次向王说他的坏话。王不听,说维齐蓄着阴谋,以"某生与鹦鹉"的故事为喻。维齐仍再四陈说,后来竟打动了王的心,便把窦本杀了。渔父讲罢这故事,魔怪仍求释放,说愿意教他致富。渔父心喜,便启封。魔怪引导他到一个湖边,举网得鱼,鱼分四色。将鱼进呈苏丹,果得重赏。苏丹烹鱼时,却见怪异,因教渔父导引到得鱼的地方。很奇怪的是这地方向来不曾经人家知道的。苏丹好奇心动,就前去探视,至一宫殿,殿中坐着一个少年。苏丹问他的来历,他便自陈《泪宫》的故事。于是帮他报仇雪恨,恢复故国。

而渔父更因此得到丰厚的赏赐。

接续着,她为王讲《二黑犬》的故事。担荷夫某甲到苏培特、舍非、爱米的家里,承她们留着饮酒唱歌,很快乐。后来有三个噶棱达来叩门,请借宿一宵。而微行的加利弗与维齐随后至,也有同样的请求。她们都许可了,并且邀他们共宴。宴毕,姊妹三个行事很怪,几个客人不由不启口询问,然而不许探询一切是主人早先与客人约定的。苏培特大怒,即呼健仆把所有的客人缚起来,将要行刑。客人愿自述所历赎罪。于是第一噶棱达述《生圹记》,第二噶棱达述《樵遇》,——其中因向魔怪乞恕,曾陈说"赦妒"的故事,——第三噶棱达述《金门马》。某甲与维齐亦略自陈,便一律被释。加利弗到底不曾明白苏培特姊妹为什么有这种怪行,因而召她们进宫,令自陈述。于是苏培特述《麦及教人化石》的故事,爱米述《蛇仙杯水记》。加利弗听了,便以苏培特为妃。

她继续为王讲罢了《谈瀛记》以后,又讲《苹果酿命记》。致命的是一个妇人,杀人的就是她的丈夫,原由则因她的苹果入于一个黑奴之手。这黑奴是维齐的奴隶,便连维齐也有罪。维齐为加利弗言开罗维齐阿黎与伯沙拉皮德雷亭的故事,加利弗色喜,就赦了他,并免黑奴的死罪。

以下她又讲《橐驼》,这是个最繁复的故事。这橐驼善于歌唱,一缝人延归,请他歌唱,又留他吃饭。不料鱼骨鲠于喉际,立即气绝。缝人夫妇异尸到医生家里,乘间逃去。医生觉察这是死人,便把他缒到墙外。墙外恰是加利弗的御厨,厨夫见尸首僵立,以为是贼,用力殴打。后来知道已死,便掉在路旁。明晨,基督教商人走过,触及尸身,也以为是贼,便举拳打他。巡警闻声而至,见被打者已死,即把商人拘住。加利弗判定商人应得死罪。将行刑时,厨夫赶到自首。将杀厨夫而医生又赶到,将罪医生而缝人又赶到,都把所历老实陈述出来。加利弗听了,说这一件当是天下最奇的事情。商人说更奇的事情还有,因述《断臂记》。厨夫继述《截指记》,医生又继述《讼环记》,加利弗都觉得不满意。于是缝人请述《折足记》。他叙述一个少年折足的因由,兼讲及与此事有关的剃匠的经历。剃匠曾在王前自称性喜缄默,故能自乐其生,他的六个弟弟不能像他,故所遇皆艰苦异常,因即述六个弟弟的故事。加利弗听了,露出愉悦的颜色,以为这事最奇特。他并且欲看见这一个剃匠。剃匠被召到时,力言已死的囊驼不曾死。他略施手术,果真把囊驼救活了。

随后她为王述《龙穴合窆记》、《荒塔仙术记》、《墨继城大会记》、《波斯女》、《海陆缔婚记》、《报德记》、《魔媒记》、《杀妖记》、《非梦记》、《神灯记》,这些都是比较长的故事,情节又奇妙动人,所以不复包蕴别的小故事。

以后就讲到《加利弗挨力斯怯得的轶事》。加利弗出来微行,见一乞丐向人求索,兼要请人击责;又见一少年在市中痛打他的马;又见富人海森的新居。回去时,把三人召至,教他们自陈所以。乞丐说的就是《盲者记》,少年说的就是《记虐马事》,海森说的就是《致富术》。

接着讲的《记玛奇亚那杀盗事》、《橄榄案》、《异马记》、《求珍记》、《能言鸟》,又都是较长而趣味丰富的故事。

史希罕拉才得这样蝉联不绝地每夜进讲,讲了一千零一夜,始终靠着故事的奇趣把王的加诛的命令挡住了。王每夜听她讲述故事,愤激暴戾之气渐渐消散,善念油然而生,爱情也日见浓密,便册立史希罕拉才得为后。以前那苛酷的命令,从此便撤废了。

虽然全集是一个大故事,但是我们若截头弃尾,单单取中间包蕴着的最小的一个故事来看,也觉得完整妙美,足以满意。这譬如一池澄净的水,酌取一勺,一样会尝到美甘的清味。

末了,我们得说一说关于这个译本的文字上的话。这个译本是用古文翻译的。在这三二十年中间,外国小说流入中国来的很不少,除开最近的几年,大部分是用古文翻译的。请先论小说的翻译与古文有点什么关系。

所谓正统的古文,揭示得很显明的是挂起"载道"的招牌,不愿居其名而实则无可逃避的是惟以仿效为能事。当作者不曾动笔以前,文的质料和形式差不多都规定好了。质料必取有关治道之大,圣功之深的,于是所谓里巷委琐,人情婉曲,都在屏弃之列了。形式必取简约浑朴,刊尽修美的,于是弄成腔调一律,趣味枯索,使人感得漠然了。作文必须合于这样的规定,才成其为古文。所以一个忠诚的古文家的努力,其实只是填格子的生活而已!

傅斯年说:

> 中国文最大的毛病是面积惟求铺张,深度却非常浅薄。六朝人做文,只知铺排,不肯一层一层的剥进。唐宋散文家的制作,比较的好得一点,但是依然不能有很多的层次,依然是横里伸张。以至清朝的八股文,八家文,……都是"其直如矢,其平如砥";只多单句,很少复句,层次极深一本多枝的句调尤其没有了。

我们如不持成见,很平心去读大部分的所谓正统的古文,就不能不起与傅君同样的感想。如想从中找一些较为深入的抒发与较为精密的描写,虽不能说绝对没有,恐怕也很少了。

偶然有几个人作古文逸出了规范,就被认为小说家言了。这"小说家言"四个字含着多少瞧不起的意思!其实他们的罪状就只在材料属于圣功治道之外,写法超乎简约浑朴以上,表现得描写得比较真切入情罢了。于是忠诚的古文家决不敢作那不受人抬举的小说家言,他们一定要填那死板的古文的格子!由我们看来,古文定要与小说家言分家,这是使它不能成为很好的文学的一个原因。

一种外籍的译入,对于国人的思想上会发生影响,那是不待说的;就是对于固有的文体上,也会促起若干蜕变,自梵书译入而后,有些文句便"梵化"了,就是一个例子。古文翻译了小说,古文的质料增得丰富了,形式转成繁复了,这也是一种蜕变。胡适作《五十年来中国之文学》,中间有论及林纾用古文翻译小说的话,这里正可以借用。他说:

林纾译小仲马的《茶花女》，用古文叙事写情，也可以算是一种尝试。自有古文以来，从不曾有这样长篇的叙事写情的文章。《茶花女》的成绩，遂替古文开辟一个新殖民地。……

平心而论，林纾用古文做翻译小说的试验，总算是很有成绩的了。古文不曾做过长篇的小说，林纾居然用古文译了一百多种长篇小说，还使许多学他的人也用古文译了许多长篇小说。古文里很少滑稽的风味，林纾居然用古文译了欧文与迭更司的作品。古文不长于写情，林纾居然用古文译了《茶花女》与《迦茵小传》等书。古文的应用，自司马迁以来，从没有这样大的成绩。

所谓"滑稽的风味"、所谓"写情"等等，是以前的古文家看做小说家的家法而不敢或犯的。自从翻译了外国小说，译者牵于原书的材料和风格，不复能守着传统的规范，于是古文里也有这等质素了。这在译者当然是一种佳绩，但这种佳绩是无意而致的，他们无意中把古文解放了，把古文弄得富裕了。这是小说的翻译与古文关系之处。

《五十年来中国之文学》后面又有以下一节话：

但这种成绩终归于失败！这实在不是林纾一般人的错处，乃是古文本身的毛病。古文是可以译小说的；……但古文究竟是已死的文字，无论你怎样做得好，究竟只够供少数人的赏玩，不能行远，不能普及。

这是从文艺的效用上着想而说的。若就古文论古文，并不抱什么成见，则俭约拘牵的古文当然不及丰富解放的古文。所以我们如其欲欣赏古文，与其选取某派某宗的古文选集，还不如读几部用古文而且译得很好的翻译小说。

这个译本运用古文，非常纯熟而不流入于腐，气韵渊雅，造句时有新铸而不觉生硬，止见爽利。我们认为一种很好的翻译小说。试举剃匠述他的第六个弟弟遇见慈善家巴米息特的一节纪述于下。弟弟饥火中烧,巴米息特只是空口呼仆进食,实在一个仆人一些东西都没有,巴米息特却仿佛一一吃到的样子,不绝口地称赞食品的甘美。弟弟心里烦恼已极,止住他再这样传呼,只说已经吃得饱了。

> 巴米息特曰:"然则少食果饵何如?"乃少待数分钟,若俟仆整理食案诸物者。巴米息特复曰:"此杏仁新收,味绝佳,盍食之。"遂伪为脱皮投口状。又谓:"饼馓饧果备具,任掇食之,勿见外。"于是虚握若有所赠曰:"此蜜果,善消导。"弟伴受之曰:"香逾于麝。"巴米息特曰:"此果为家制,与得自市肆者迥殊。"复授弟。弟曰:"腹果矣,虽有佳制,惟心受而已。"于是巴米息特曰:"盛哉斯会!既饱食,安可不饮酒。汝喜佳酿乎?"弟曰:"君请恕予,予夙有酒戒,即涓滴不能饮。"巴米息特曰:"何拘谨乃尔?余幸得君,必共酌以志雅集。"弟曰:"本不敢违盛意,惟量隘,沾醉恐失仪耳。能以杯水代,幸甚。"巴米息特执不可,即命取酒来,伪为启瓶斟盏自饮状。更虚酌以醨弟曰:"请饮此为我寿,且为我品此酿醇美否?"弟伴受盏,侧睫引鼻,若察色,若辨香,然后就口,貌为欣喜曰:"味甘而性和,尚非厚而烈者。"巴米息特曰:"予贮酒甚富,不适口,请易之。"亟呼换酒,旋复伪为斟酌,自饮并饮予弟,若是者连叠不止。弟饥渴欲绝,不复能再耐,即伴醉起,挟巴米息特仆地。欲再肆击,而巴米息特执予弟手曰:"汝病狂耶?"弟憬然曰:"君赐食已足,乃必强余以饮,吾先白君,恐酒后失仪也。余不任酒力,其恕我。"……

像这样明白干净的文字,又富于情趣,读者总会发生快感。书中偶有运用典故来修辞的地方,但像"楚囚"之类不大适切的却很少。所以我们如果不抱着传统的家派的观念,要读一点古文的东西,像这个译本应是很好的材料。

叶绍钧。十三年三月七日作毕。

译　序

《天方夜谭》亦曰《一千一夜》，为阿剌伯著名说部，既不传撰人姓氏，故论者多聚讼纷如。德国赫摩氏尝取译自波斯之掌故千则及福拉撒薛慕司所著诸书与此书参考，中叙苏丹史加利安及史希罕拉才得与印度诸王事，若合符节，遂断此书出波斯或印度，后始译为阿剌伯文。法人狄赛雪则谓所言皆阿剌伯人口吻，事迹又多涉回教，大率出诸近代，其地或在埃及。而冷氏亦谓是书所志各地风俗民情与十世纪迥异，而与埃及十四及十六世纪时相同，则著者自必际此时代，特其取材多剌掇于波斯之掌故千则耳。当译为阿剌伯文时，疑或以阿剌伯故事易其相类者。又所述地多言报达或伯沙拉，当由著者尝取报达盛时之小说为蓝本，如述加利弗挨力斯怯得诸事，尤章章可见者也。且如叙白青红黄四色鱼为四种教徒，考纪元千三百一年驻埃及之回教王尝命各教徒各以首巾之色为表识，则实非凭虚之说。而剃匠自叙谓彼时为六百五十三年，按回教纪元起于西历纪元后六百二十二年，故当为耶教纪元后千二百五十五年。兼埃京开罗诸地名又非九世纪时所有，知书必近世所作无疑。冷氏之言如是。要之此书为回教国中最古之说部，而回部之法制教俗多足以资考证，所列故事虽多涉俶诡奇幻，近于《搜神》、《述异》之流，而或穷状世态，或微文刺讥，读者当于言外得其用意。至星柏达之七次航海探险，舍利之日夜求报，卒能恢复故国，缝人谓噶棱达专谈虚理，不求实学，易一饼且不可得，皆足针砭肤学，激刺庸懦，安得以说部小之。嗟乎！今日者，阿剌伯陵夷衰微矣，而当年轶事仅仅见此说部中，则德国批评家谓为阿剌伯信史者，由今而观，不尤足喟然感叹，浏览不置者乎？若夫缮译各本，自法人葛兰德译为法文，实是编输入欧洲之始。后英人史各脱、魏爱德取而重译，踵之者为富斯德氏。至一千八百三十九年，冷氏则复取阿剌伯原本译之，并加诠释，为诸译本冠。外尚有汤森氏、鲍尔敦氏、麦克拿登氏、巴士鲁氏、巴拉克氏诸本，然视冷氏本皆逊之。今所据者为罗利治刊行本，原于冷氏，故较他本为独优。译竟，复讨论润色，必期无漏无溢，不敢稍参以卤莽俚杂之词，谨以质诸当世知言君子。既述此书之原起，遂弁诸简端。校者识。

缘起

上古时波斯国①跨大陆，据岛屿，东渡恒河②，达支那之西部，并印度诸部隶焉，其幅员至辽阔。撒森尼安③历史载当时有主波斯者，英武好兵，威棱詟邻国。有二子，长史加利安，次史加瑞南，皆智勇。王崩，史加利安嗣位，而史加瑞南恂恂尽职。苏丹④素友爱，至是益宠之，欲与共尊贵，遂以主大鞑靼⑤。史加瑞南受封就国，都撒马尔干⑥，垂十年。史加利安苦念弟，图一见，特简大维齐⑦为使，往逆史加瑞南，仪从甚赫。未几，至撒马尔干。史加瑞南闻之，率群臣盛服郊迎，相见，询苏丹起居。维齐述来旨。史加瑞南深感隆眷，谓维齐曰："苏丹念予，诚高厚。十年之别，予亦驰想，无时去怀。幸敝国无事，期十日部署，当与子偕行。请设幕于此，予当为维齐及从者共亿。"纵谭久，史加瑞南别去。顷之，使从者将具至，精且周，并别以珍品饷维齐。维时史加瑞南遴诸臣中有夙望忠谨者摄国事。届期，与其后珍重别，率随行诸臣至维齐幕所。时薄暮，支帐列炬，与维齐语。

---

① 波斯（Persia）为亚洲古国，今犹著称。中国史上之火祆，即由此传来。
② 恒河（Ganges）为印度东部之大川。
③ 撒森尼安（Sassanian）为波斯一代帝王（公元二二六——六四一）之通称。
④ 苏丹（Sultan）为回教国君主之称。
⑤ 大鞑靼（Great Tartary）为蒙古族之一支，曾攻入波斯及印度，著称于西亚。故当时波斯境内之一部曰大鞑靼。
⑥ 撒马尔干（Samarcand），今为中亚之一部。
⑦ 回教国宰相曰维齐（Vizier）。

1

至夜分,忽念后不置,欲暂归一晤。自忖后爱己,见予少别尚恋恋,必喜不自胜;第必出其不意,益令其快惬。乃潜行返宫,径趋后室。至则扉半阖,室沈沈,镫若笼雾。突见寝榻有二人卧,大骇疑眼缬。张眸审视,则后与奴寐方酣。怒欲裂眦,磨牙拔剑,跳而前,斫二人首,立断。曰:"狐狗敢尔!仅殊若脰,若犹幸。"即自牖弃其尸沟中,亟出郭归帐息。辨色,即命撤幕行。时乐工纷鼓吹,骑从腾骧,蹄声叶乐节。史加瑞南独懑懑,面铁色,不怡。

既至,苏丹躬出逆,下骑相持为礼,复并辔行,观者皆呼万岁。苏丹导至别院,越一园,即达苏丹宫,向为几暇游宴地,今增修益壮丽。史加瑞南入更衣,毕,与苏丹共道积愫,语蝉嫣未已。至夕食后,夜渐阑,苏丹始别弟去。

史加瑞南既寝,以前事搅胸次,辗转不成寐。次日见苏丹,愤怅之色见于面。苏丹甚诧,度己所以娱弟者无不至,而悒悒不乐,或者思归心郁;继念手足十载别,甫聚首,何致即欲分张,必别有懑蒴于中者。于是日谋所以排遣之,极耳目之好,卒不能解。

一日,苏丹宣令畋于郊,地去都二日程。史加瑞南托疾,不与偕。苏丹亦不忍强,而自率近臣及诸从往。史加瑞南独居,心憧憧,神不属。睇园中景,卉色皆黯澹,啼鸟皆作掩抑音,扼腕自吊不幸。忽遥闻砰然辟户声,隐约见人影甚杂。心疑,潜窥之,则群宫婢及黑奴拥苏丹后出,婢等皆长衣窣地,举止至轻矫。知有异,屏息以觇。须臾,后径至窗外。盖后等以史加瑞南必随苏丹猎,故绝不顾虑也。俄婢十人各弛服,黑奴如婢数,各择一婢持之去。后则击掌连呼"美苏得"。一黑奴自树跃下,直趋后。后与相缱绻,且共浴于池。浴竟,后由秘户入,所谓美苏得者则逾墙出。史加瑞南睹此状,窃为忿慨,知其兄不幸,尤甚于己。自维宫寝之变,初以为独受之奇辱,不图妇人有外志,竟若公例然,可畏哉!是长裾而盛鬏者,虽以璇宫之贵,不恤私于隶奴。以兄之威权震一世,而帷薄尚有此丑行,己又何必戚戚为,况已手刃此狗彘哉。

越二日苏丹归，史加瑞南出迓，阳阳如平时，无不怪态。苏丹为述游猎之乐，获兽之多，史加瑞南心既释然，亦娓娓谭不倦。苏丹见其非复若前日之旁皇不宁者，异而诘之曰："弟何前蹙然而今逌然？具以告我。"史加瑞南嗫嚅久之，对曰："愿勿强予言为幸。"苏丹曰："事即秘，宁隐于兄弟间？"史加瑞南不得已，述后之无状并手戮事。苏丹喟然曰："弟所遭乃不幸至此。羡弟勇决，已血若曹。使予处此，杀一女不足以泄愤，必牺千女始快心耳。顾弟忽坦然也曷故？"史加瑞南默然。而苏丹苦诘之，乃为具述所见。且曰："自目击此事，知妇人皆庄严其色而艾豭其心者，非人力所能挽。故欲以大义责女子，愚夫也。予于是憬然悟，不复以前事介怀。"苏丹闻之拂然曰："岂贵为后而下淫于厮隶！此事系甚大，必目证乃可。"曰："是不难，盍伪出畋，夜潜返，当可毕睹。"苏丹如其言，即阳言往猎，出郭张幕居，密与史加瑞南归匿前所以俟。无何，秘户启，后偕众婢出，鼓掌呼美苏得，一如所述。苏丹目睹狎亵状，忿不可遏，曰："予权力至大，尚受此玷，则凡为屠王者更无论矣。皇后失德宣淫，予胡颜立臣民上！有妇人所，当无干净土，拟与予作汗漫游可乎？"史加瑞南以苏丹盛怒，不敢拂其意，应之曰："当如命。然与兄约：苟遇有较予等尤不幸者，仍当返国。"曰："诺，但恐此世更无甚于予曹蒙辱者。"曰："是未可知，弟决此行不久即遄返耳。"

二人乃潜出宫，信所之，无停趾，日暮野宿，晨复行。至海滨，深林密列，下细草若茵布，共少憩。顷之，海中发异声，如吼如泣。水划然开，波若立壁。气骤涌，黑色，腾上接云际。史加瑞南等大惊，猱升树杪，蔽体以密叶，觇其变。须臾，气散至海滨，一魔见，黝而丑，巨躯狞视，径至树下，席地坐。始见其一箱置首，色莹然，以玻璃为之，四隅有键。魔出钥启，则中一丽人出，步姗姗，妍姿橡饰。魔使之坐相接，瞬目睇之曰："若艳绝一世，当若结褵夕，即摄若来。予之眷若，无复穷尽。今倦欲小憩，香泽之亲，当不予靳。"即卧枕丽人膝，须臾大鼾，声四彻。女目周盼，忽仰首见密叶中有男子匿，狂喜，亟招以手，使下。苏丹等方悚愕,疑其诈,亦手却示不敢。女举魔首置地,起趋树小语曰:"予爱君等无他肠,其趣下,毋负予意。"则以怖魔辞。女曰:"君等倘踌躇,予将寐彼,使唼汝。"大惧,逡巡下。女述相爱意,甚挚。苏丹等欲解脱,女益恫吓,不得已勉从。女复乞其约指,各脱以赠。女自怀出匣,辟之,中约指且累累,贯以索。曰:"君等解否?"曰:"请其故。"曰:"此约指皆所欢贻予,计九十有八,并君等而百,予愿始遂。魔虽锢予严,而予仍得完予愿,可知妇人有他志,虽男子多为防无济。且愈束缚愈淫恣,转不若纵任之,尚不至如巨波之被障,溃而横决,靡所底止也。"言竟,藏两约指于匣,置诸怀,仍以膝承魔首,麾手趣二人去。乃逡巡遵涂归。苏丹曰:"以魔之犷,尚受一弱女弄,谓妇恶无匹,非予过激言。"史加瑞南曰:"然则魔固较予等尤为不幸也。请如约返国,再选立,弟已得防范法矣。"乃相与归宫,群臣朝,苏丹遇之益厚。退,即率卫士入后室缚后,饬大维齐立缢其首,匿其罪,手杀诸婢奴。犹以为未足,设誓:"后每夜必以一妃御,晨则缢死,免为辱。有谏阻者杀。"待史加瑞南返,即见诸施行。

亡何,史加瑞南辞归鞑靼,苏丹立宣此旨,著为令甲。自苛法下,良家女被幸一夕,破晓毙,无脱者,以为常。故民日进一女,苏丹日毙一妃。维齐病之,欲进谏,恐批鳞不保,惴惴箝口。民有女者皆股栗,女及岁稍有姿,父母辄持之泣,虑不免,诅咒声盈道路矣。而维齐亦有二女,曰史希罕拉才得,曰定那才得。史希罕拉才得勇敢,有殊色,而性复嬺淑,通贯诸学,博而强记,能综要,有心得,维齐至钟爱。一日,女从容谓父曰:"窃有请,父幸勿却。"维齐曰:"事苟中理,无不允之。"曰:"父苟知所以有请,必不谓予妄。窃痛国中女子无辜辄受戮,命若朝菌,愿为众女子请命,净于苏丹,废此苛例。"曰:"汝志甚善,其如无进言机何?"女曰:"闻苏丹日娶一妃,敢乞父以儿进。"维齐大惊,龉舌曰:"汝独不畏死耶?为苏丹妃,暮入而朝殒,得祸至惨。汝岂偾耶?何忽萌此想?"女闻言绝不少动,若一出能祛苏丹之残厉,拯弱女于水火者。慨然曰:"诚知其危,第为援民计,志已决。济则民免于死;不济而死,尚愈于坐视同类之受戕而靦然觍幸活也。"维齐曰:"汝即不畏死,奈老父何?倘苏丹命予刃汝,予忍与手乎?"女曰:"必不至是,惟乞父一诺。"维齐曰:"噫,汝但知全活人,不知自速其死。若彼蠢驴然,惟虚荣是耽,不顾利害,汝何不幸类此?"史希罕拉才得诘驴所遭本末,维齐为述其事如下。

鸡谈

昔有贾者,事畜牧致富,能通兽语。人诘兽何言,则结舌秘不道,以道则不利,且死。距郭有田庐数所,以豢诸畜。一日偶以牛若驴共一厩①。贾经其旁,闻牛谓驴曰:"汝胡幸,厩人之于汝也,心力罔不至:汝垢则为浴,汝饥则为食,汝渴则为饮,而汝役则负主人外,无鞭策者。以视予,则相去若荼荠然:地待耕则予是职,日负轭行,轭至重,项皮创欲骨,行稍滞,以利刺刺我,痛彻髓,虽惫必力前,自旦至晡无休时;食我以枯萁,处我以溷秽。我岂无知者,同为役,相判若是远,欲不妒汝得乎?"驴曰:"汝何梦梦,不咎己而咎人?凡人必甘侮而侮至,汝既弭首帖耳,任执箠者所为,又何怪人之虐汝?汝性驯柔,非汝之福,即汝所以失应得之甘适而使人贱汝而肆欺也。脱汝有胆,如汝之有力,彼击汝暴,汝亦以暴抗。汝有角,胡不突?汝有足,胡不踢?汝曷不牟然虓其声以为之敌?造物者固不薄待汝而畀汝以能自重之具,汝曷不善用之而甘自湮抑耶?而今而后,饲汝者以劣物进,汝直弃不顾可也。则彼曹将怵而煦呕汝,汝其识之。"牛闻言,称善者再。

黎旦,佣至牛所,欲加轭使耕。牛奔突蹴踏,怒鸣若发狂,目光尽

---

① 东方风俗,牛驴异待,牛作苦,驴则供王侯官吏驱驰,顾虑甚至。近埃及副王曾以白驴赠威尔士亲王,副王维嘉尔因此驴得优赏。一千八百六十四年秋,伊斯林顿开农学博览会,此驴与焉。

赤,终日不复能驯伏。薄暮,佣以牛归厩。牛复暴蹄躈,以角抵佣,几洞腹。盖牛所为无不如驴教者。翌晨,佣复往视,见豆粫仍盈槽,牛卧地,足直布,喉作声胡胡然。佣以为病也,奔白贾。贾知驴言为梗,即命佣以轭加驴项,驱使代牛耕。驴惴于笞挞,勉效牛力作,既夙未习,且筋力逊,惫益甚。佣不稍假,毒刺至流血。而牛则安然无所事事,颇自得。见驴颠蹶归,气吼吼然,垂首若甚病,乃向慰劳。驴大恚愤,默不答。自维为人谋至忠,不图转以祸己,倘不自图脱,则命且旦夕丧。愈思愈忿,气骤结踣地。

维齐言至此,谓史希罕拉才得曰:"汝所言,与是驴何异?行自陷耳。"曰:"儿志定,虽万死,必为苏丹妃。"

维齐曰:汝固执若是,是使我必欲以贾人之所以治妻者治汝也。盖尔时贾闻驴惫几死,复欲诇其语,夜偕其妻步园中,睇月上,行至厩。贾侧耳,闻驴谓牛曰:"明日佣将强汝以食,奈何?"曰:"汝已教我矣。"驴曰:"汝毋坦坦,吾闻主人言,牛既不受役,又不食,当舁诸屠牛之肆,杀以供餐。吾侪相处久,故以告。为汝计,宜亟饱恶食,则主人以汝疾已,必留汝以耕。不然,当收汝骨。"牛闻言大震,惶急不知所措,觳觫大喘。贾不觉笑吃吃。其妇惊诘之。贾曰:"慎勿言,予所可告汝者,乃驴牛相语,馀事不可泄。"妇复诘其故。曰:"此事关系予至重,乌能语汝?"妇曰:"此謷言也,宁有不可告,予即欲知所以关系汝者。倘果不予告,予当于亚拉①前矢言不复与汝共居处。"语次,即负气入室,阖户泣,至次日不出。贾破门入谓曰:"甚矣,其傎也!何自苦?"妇曰:"汝不以告,誓槁于此室。"贾曰:"是真不能喻以理,汝殆以坚拗自戕其生。"即迎妇党及亲属至,合力规劝之,卒不得。子若女见其母终日涕不止,亦相与啜泣。贾大窘。

于是贾私念:"以妇固执将郁愤死,则不如以实语。语则妇生,己必死。是牺己之身,徒以全妇,非策之善。"忧惶踧踖,瞥见所畜爱犬

① 亚拉(Allah),亚刺伯语,犹言上帝也。

目注己,旋骤奔入园。异之,踵视,则一鸡巍其冠,踔然峙。犬前与言,告以主人不知所以回主妇意者,用是悒悒。鸡曰:"是大足嚆矢。主人仅一妇耳,妇偶执意,即焦然莫能展一筹。予妻多至五十雌,皆惟予所欲是从,无敢少拂意。脱予为主人,正何所顾虑,但以一白棓从事,则彼自慑于威,萎腇听命,又何敢无端要挟,强人言所不欲言哉!"贾闻顿悟,即提一棓入妇室,阖门力挞之。妇呼曐乞命。嗣是果自悔艾,绝口不道前事,常懔懔卑顺,视曩日迥若两人矣。

维齐言毕,顾女曰:"汝亦贾妇侪耳。"史希罕拉才得曰:"父勿藐女,彼贾妇乌足道。女此行非漫尝试,实有确见在,必不能止。父纵以爱女,百计为尼,无益也。"维齐知无以难,许之。白苏丹:"女史希罕拉才得愿于次夕入御。"苏丹颇心讶,曰:"卿竟甘捐掌中珠耶?"曰:"实出臣女愿。"苏丹曰:"卿勿以命为儿戏,因以有他望。明日即命卿缳若女,却且及卿。"维齐蹙然曰:"又曷敢违君命。"退告女。女曰:"愿父图自全,勿以女为念。"濒行,谓妹定那才得曰:"予将妃于苏丹,有一事乞妹,幸勿却。予入宫当请于苏丹,令迎妹图一夕伴。倘见许,妹当于黎旦前觉我,且乞予为道一故事。尔时我即如妹言。所以出此者,予有作用,非于临命时示闲适,实欲以此救无量民女耳。"定那才得谨诺,史希罕拉才得遂由父导入宫朝苏丹。顷之,维齐退。苏丹令去蔽面,见女艳绝,心目为眩动。又睹其泪盈匡,询之。史希罕拉才得曰:"妾有妹,少相爱,骤分张,因是戚戚。倘能于此更谋一面,得少叙心曲,则妾愿已偿,惟陛下哀怜。"苏丹可其请,即迎定那才得至。是夕苏丹偕妃共高榻卧,定那才得别茵于下床。天破晓前一时,定那才得以姊嘱先寤,即趋姊榻前曰:"妹夙喜听姊道故事,今东方尚未辨色,乞姊更为妹道奇异者,盖此后虽欲闻,不可得,惟姊谅之。"史希罕拉才得谓苏丹曰:"特不知陛下能垂许否?"苏丹曰:"时未至,何伤?"史希罕拉才得乃为说"枣核弹"事。

枣核弹

有巨贾,以财雄,日者赍粮策马,自远道返。时日驭卓午,蕴隆苦行旅,风炎炎扑马首,人益劳惫,方谋憩息。遥睇有丛碧椮椮然,催骑就,则林木茂密,泉声洞越,清景爽心目。下骑,即林阴少休。出枣于橐,旋食旋以核仰掷空际,疾若气枪之发弹,藉遣困懑。顷之,趋流泉浴讫,跽而申祷,一如摩萨门①。突一魔现,发植而荼色,睢其目,举利矛飙转面前,豺声而叱曰:"汝何毒而杀吾子?趣起,饮吾刃!"贾股弁,惊欲绝,强答曰:"尔子在何许,予且不知,胡从杀?"魔曰:"汝以枣核掷空际,有诸?"曰:"有。"魔怒呵曰:"咄,尚何逃罪!汝掷枣核时,吾子适经此,核中其目,因以不救。非汝杀而谁?"贾泥首乞怜。魔曰:"吾职在惩恶②,汝孽由自作,吾不汝恕。"贾复涕泣哀匄之。魔益狞厉,大呼曰:"勿哓哓!"以巨掌挞贾,贾踣。魔挈其臂,拔佩剑拟项,贾哀嗥不成声,力进幽惨之音,呼妻子,冀动魔悯。魔切齿詈曰:"死奴,延颈耳!作楚囚状,谁怜者?"贾曰:"竟不能万一幸免耶?"曰:"然,决无幸免理。"语次,刃已下,距贾项仅一指许。

史希㬉拉才得言至此,见曙色动,且苏丹向于礼祷后③视朝,必亟

---

① 摩萨门(Mussulman)为亚刺伯语,原义皈依上帝,回教徒用为特别名称。
② 回教有三魔:曰镜内(Genies),司罪恶;曰瞥理(Peris),司福祐善类;曰顾尔(Ghouls),义即魔怪,亦与人间事,惟常为祟。
③ 回教徒分二派:一曰隐昧那(Imana),为信仰;二曰婷(Din),为实行。两派又各分支。祷祝,实行之义务也。

起,乃遽止其说。定那才得曰:"此事奇且险,后何若?"史希罕拉才得曰:"后更奇诡,有不可思议者。第时已至,予不敢逃命。未知苏丹能容予毕说否?"是时苏丹颇乐听其说,亦欲得究竟,拟翌晨置之死。遂起祷,往视朝。

是夕也,维齐悲恐不成寐,以苏丹有言,令其手绝女命,益战栗无所措。比入朝,苏丹未下令。维齐窃幸,又虑伏不测,不敢刺诇,疑莫能明也。至夕将晓,定那才得如前请于姊。苏丹即不待史希罕拉才得言,趣赓续前谈。女曰:

当时贾于刃下狂呼曰:"请以一言告,始就死。予家妻若子日引领予归,虽婴罪戮,亦必先处分诸事。愿假以期,俾归了之,就戮无憾。"魔曰:"汝欲藉此免脱耶?"曰:"否,予何敢,请矢言于亚拉前。"曰:"期何时?"曰:"一载。来年此日,予必投此树下死。"魔曰:"誓之。"贾即跽而誓。魔倏忽逝。贾抵里,蹙额不乐。家人致诘,遂以告。其妇哭失声,子亦号咷。贾大痛,亦从之泣,闻者皆沾襟。亡何而一年期届矣。

贾知不能免死也,先部署家事,斥资振穷乏,会宾客。至期,别妻子,挟一鞭,骑而投前所,据树以俟。俄一叟于于来,随一鹿,见贾,诧曰:"此广莫之野,罕人迹至,为魔丛,非眺览所。汝曷由来?"贾缕语以故。未竟,又有叟挟二犬至,犬黑色。坐甫定,复一叟踵至。其闻贾言,留以观变,相与纵谈。忽平地有若云气者,色若黰,始狭渐广,蓬蓬然如利飙疾至。耷尔消释,则前魔磨牙伸爪,剑光似雪,直前取贾曰:"今杀汝,尚何言!"贾哭,后至之二叟亦惊号,惟携鹿者趋魔前伏而吻其足曰:"乞少缓须臾,愿以予……"言至此,即指鹿曰:"及予妻所历之颠末告。倘尚不厌闻,敢乞宥贾罪三之一。"魔以叟妻鹿甚怪,曰:"汝试为我言。"叟乃历述其事。

鹿妻

叟曰：此鹿为予中表妹，当髫岁即归予为室，凡卅阅寒暑，无所出。予虽不弛爱，不能无念嗣续，因纳婢为簉室。未几举一子，颇雄伟。而予妻妒予妾及子，阴蓄叵测心。第佯为喜爱，不露几微圭角，予因是未及察。逮予子十龄，予将有远行，归必匝岁，即以妾若子托予妻。妻慨诺，且云"必善顾护"。孰知余行后，妻即图泄积忿，往习魔术成，伪偕予子出游。至僻所，咒以术，子化为犊。曳归，谓购得者，豢诸庖。尚欲甘心于予妾，复术咒之，使为牝牛，亦付烰人畜之。

比余归，妻阳拭涕告予以妾疾殁，子失一月，迹不得，意若甚戚者。予闻言，泪潸潸下，以吾子为真失，觅久无端倪。无何，婆兰斋期①至，予命遴畜牛之最肥者以为牺。烰人以牝应。牝鸣甚哀，两眶泪若绳堕。予骇且悯，令易他牛来。而予妻力阻曰："舍此不宰，所畜更无肥腯矣。"予以祀事不可废，乃操刀前，将刲牝项。牝觳觫悲鸣不已。予心恻，乃释刀，谓烰人曰："睹此牛哀恐状，予实不忍，以属汝。"烰人举刀竟杀之。是牛生时甚肥茁，比宰剥，则肉骤缩不可得，唯馀筋骨。予大愕曰："弃之。"谓烰人曰："有肥犊亦可。"俄犊至，见余即啮绝其系，伏予膝下，舐予足，目仰视予，有惨色，若苦欲言不得。予不觉酸楚，亟曰："善豢此犊，以他牛代。"妻曰："物命等耳，胡重此而

---

① 婆兰斋期（Bairam）为回教中节令，是日皆宰牛羊大飨，先分铺赈贫者，而后食之。

轻彼？此犊肥，又何事他择？"予不得已，方执刃，犊益熟视予面，横流涕，状愈恻怛可悯。予握顿弛，刃堕地，谓妻曰："必活此犊，予五中欲碎矣！"妻不怿，谓余藐祀事。余不为动，姑曰："以待来年。"犊于是得不死。

翌晨，烽人潜语予曰："有事白主人，予有女，谙魔术，昨予牵犊归，女见之喜，旋复泣。诘其故，曰：'此犊为主人子，幸其不杀，故喜；惟所宰牝牛即其母，故悲。盖主母妒其母子，乘主人出，以术咒使为牝牛、犊子耳。'"予大惊，立诣犊所。犊见复宛转哀鸣，作依恋态。须臾，烽人之女来，余询以能解否。曰："能。惟二事，期必许：一以予耦若子；二，假予处置权，用以惩妒。"予曰："可，使予子复为人，必娶汝，并使汝富。彼妇阴狠，惩之当，惟贷一死耳。"女曰："诺。当以所处若子者处彼。"言竟，以水一盂，戟指书符，口喃喃诵咒，举水洒犊，犊仆。一旋转间，复其形，果予子也。急抱持，惊且喜，曰："汝不幸受术禁，赖此女得复为人，父子得相见，此何如大德！予已与此女约，令汝妻若。汝当从予言，即日成婚礼。"予妻大恚，谓女以魔术伪为子形，以欺绐图坐享，并申申詈。女即以杯水洒予妻，妻踣地，作声呦呦然，则崭然角其首，已化形为鹿矣，——即随予后者是。居亡何，女殁，予子出游，历数载未返。予念之切，躬踪迹，惧是鹿无托，故与偕。此事至奇诡，尚不厌闻否？

魔颔之曰："差足悦耳，当为汝宥贾罪三之一可矣。"时挟二犬之叟复进曰："予与此二犬所历更奇，倘乐闻，请宥贾罪如前例。"魔从之。乃述如左。

犬兄

挟犬之叟曰：此二犬非异族，予同母伯仲兄也。先是余父卒，遗三千西衮司①，予兄弟均分之，各挟以贾。未几，伯兄拟游他国，为废居鬻财之术。去逾年，予瞥睹一丐者诣予乞食。予恻然，曰："上帝福汝。"丐曰："愿如若言。予流离至此，无怪弟不相识矣。"惊而谛察，乃伯兄也。急延入，询近状。兄蹙额曰："但视予鹑衣而鹄面，不问可得梗概。缕述徒恼丧，不如已。"予闭肆相款，解衣推食，惟恐失其意。时予操奇赢至利，畀以西衮司千，俾复营运，且与同居。未几，仲兄欲行贾，予与伯兄力止，不听。逾年亦折阅归。予复资其朝夕，并与以西衮司，如与伯兄数，复治旧业。

一日，伯仲于谭次力耸予出而懋迁。予颇厌跋涉，且家居列肆，亦足致饶沃，固却之。而伯仲时时申前说，百计从臾。久之，予亦荧听，不能无动，行遂决。而予囊畀伯仲金，彼已糜尽，予不忍穷诘，且已积赢至六千西衮司，予自取千为商本，以二千分畀伯仲，馀则窨贮，备不虞。诸部署定，乃与伯仲偕行。未匝月，舟抵某商步；与贸易，利三倍。方欲捩柂归，瞥海滨来一女，服不华而姿特婧丽，就予甚昵，情话婵嫣，且以婚媾请。予以邂逅，未得本末，力为拒。女固请，且曰："君岂以予孤子且贫，因而犹豫？凡求偶惟其人，家世赀财皆不

---

① 西衮司（Sequins）为亚剌伯金货名。

足恃也。"予韪其言,且艳其色,亦良愿。即为之豫饰,成婚礼。翌日舟发。女性故柔婉,予益爱悦。而伯仲则以予获利不赀,彼皆微仅,视予则瞠乎后,乃大嫉。一夕,予夫妇方寝,伯仲共谋致予等死,竟为舁投诸海。洪涛汹涌,伯仲以予等必长与波臣伍矣。

当予梦中堕海,惊寤于洪波中,而予妻即援予御空行,至一岛暂憩。俄日出,妻谓予曰:"实告君,予故隶仙籍,囊佯作落魄状,以觇君方寸。辱君相接厚,今日出君于险,藉以为报。惟君家伯仲虺蜴其心,忍残手足,不可无以惩之。"予即称谢,并为二兄乞恩,复缕述前事。予妻愈愤恚,矢必报。予曲为解,妻终不能平。顷之,摄予行空中,倏忽自屋山下。视之,则予家也,而予妻已杳。遂发窖金复张肆,规模益拓,里邻皆置酒贺。而予时时见二黑犬向余摇首乞怜,亦不知所由来。一日,忽予妻姗姗来,谓余曰:"此二犬,即君家伯仲也。"余大愕,曰:"人也,胡忽为犬?"曰:"予以术使易形,且已沉其舟。若曹忘大德,忍残害,直兽类之不若,罚为犬,尚从恕。倘彼知悔,十年后君至某所,当相见。"言竟而隐。今倏忽十年矣,予间关至此,冀一睹吾妻,为二兄解此孽耳。

时魔甚喜其言之诙怪,曰:"宥罪三之一,当如汝请。"最后至之叟亦趋伏魔前,愿援二叟例,述故事以贷贾全死。所述果鬼谲出意表。魔大悦,释贾人不究。时风沙骤起,魔忽不见。贾自以此行必齿魔剑,讵得三叟娓娓谈,卒免颈血之溅,岂偶然哉。此贾人以枣弹致魔之始末也。

定那才得曰:"未黎明,姊盍再道,亮苏丹必不见阻。"苏丹微颔其首。史希罕拉才得乃道渔父事。

记渔父

有老父业渔,家贫,藉以赡妻子。每渔必先黎旦至海滨,自立约,网不逾四下,为常例。一日甫起网,甚沉,疑得巨鳞。力出诸水,乃赫然一死驴,网且裂,忿甚。治网再捕,比起,重如前。讵为一大筐,实以沙土,愤欲死。愀然曰:"何不幸至此!予舍是不能治生,得鱼仅足半菽,今且殆矣。"自维生平好善疾恶,无大过,何食此迍遭之报?彼鬼蜮虎狼者,转持粱齿肥,被轻裘,怒马疾驱,意扬扬自得,胡报施若是其爽耶?愈思愈益恚,投筐于海。濯其网,则沙砾盈焉,并一寸之鱼不可见。

时朝暾欲上,渔父循规跽祷①曰:"上帝鉴予,日下网不逾四,三皆无获,幸默佑,俾有所得。"祝毕,复下网。及出,则一巨瓶若瓮然,范铜为之,璀璨作金色,覆以铅,浑合无少间罅,铅上则陷以玺印文,若虬螭之结。自忖:以此瓶易谷,足给数日粮,虽不得鱼,差胜。撼之,觉中虚,量其重,似有物,且缄钤至密,疑或贮珍宝。刀启其覆,中枵然,一空器耳。忽见有若烟缕者自瓶出,矗然上射,旋弥漫四布,若五里雾。俄团挠于天空,愈凝愈厚,渐成人体状,暮尔而坠,则一魔巨而狞,丑怪骇人。渔父噭然欲仆,不能举其足。魔大呼曰:"苏罗门②,上

---

① 回教经典载每日回教徒当祷祝五次:日出第一次,日过午第二次,日没前第三次,日落黄昏第四次,初更时第五次。凡奉教者皆遵守。

② 苏罗门(Solomon),耶稣纪元前第十世纪之以色列王,以多智著称。

帝之先知，今后当服从汝，不敢跋扈矣。"渔者稍定，勉自壮，谓魔曰："苏罗门逝已千八百馀载，若何由服从？且奚为而见锢？"魔熟视渔者曰："毋饶舌，其趣来尝予刃！"渔父曰："予出子，胡不德而仇？"魔曰："然。若诚出予，然终不若宥，以一事从若则可。"渔父曰："云何？"曰："死所惟若自择，——此予曩日矢言。予其语若，予天神也，以悖帝命，遭摈斥。苏罗门者，乃大卫王子，为上帝先知，神皆禀其令，罔敢逾越。予与撒加素桀骜，不服法，王震怒，命首相巴拉加耶子阿塞甫逮予至，命设誓永服从。予倔强不听，王乃以铜瓶锢予，覆铅钤玺，玺文即上帝尊号也。掷诸海，使予不得以术遁。凡锢禁者，期多以三百年。予当日誓言，有能出我者，必有以报：初愿报以富；继愿报以尽得大地宝藏；终愿使其人作最强之君主为报。予所许益厚，竟无出我者。阅三百年，闭黑暗狱中，怨恚日积，迫而为逞忿横决之想，乃切齿矢言曰：'有出我者，必手刃无贷，惟听其自择死所耳。'今汝出我，必如誓。汝其自择。"

　　渔父投地乞命，不听。号泣为至哀之词，冀动其悯，复不得。渔父惶急甚，忽出诡智，谓魔曰："予死复何言。惟一言诘若，若必以实答，上帝尊号在，实鉴临之，妄必殛。"魔色为动，皇然曰："汝何诘？其趣语。"渔父曰："若曩者锢此瓶内，得无诳语，瓶至窄，乌能容若？"曰："予实锢此瓶，复奚诳！"曰："余不目击，未之信。"魔闻言立化烟缕，袅袅入瓶。须臾，声自瓶出曰："信否？"渔父不答，视烟尽入，急以铅盖覆，呼曰："死魅，曩哀匄若，若不听，今若当哀匄予矣。予仍奉若居于海。予舍以守，免彼渔而得若，中若毒。"魔暴怒，厌于玺印，穷术不得出。哀鸣曰："乞翁道予罪，前言戏耳。释予，报且不赀。"渔父曰："愿汝少安毋躁。况曩已数百年此中居，又胡事亟出。九渊潜处，当必有一日裁判汝者。"魔技索，惟切切哀乞不已。渔父曰："黠魔，汝勿妄想，予不受汝绐。倘释汝，是坐令汝以某王之待医士窦本者待予也。予当为汝言其事。"

记窦本

乍门者,为国至小,属波斯,民皆希腊产。王病癫,历谒医,不能已其疾。有窦本者,通腊丁、希腊、波斯、亚拉伯、土耳其、叙利亚、希伯来诸国语,精哲理,尤长医学,疾无论至怪险,皆著手效,活人无算。闻王疾,诸医束手,乃诣王自陈曰:"王疾非不可治,特无善治者。倘不以臣无似,俾得从事,其瘳可翘足待。"王曰:"甚善,试尽若技。果效,当厚眷若,永永勿替。"曰:"臣必不敢辱命,请以明日。"乃归制一击鞠棒,穴柄纳药石。至日,请王为击鞠戏。王从之,骑而至运动场。窦本授以棒曰:"当运动时,手具热电,棒有药,感之,气周转于体。戏已,即回宫浴。翌日,疾必瘳。"王遂与诸寮击鞠,奔驰若刺虿,流汗如泻。窦本度药力已达,止之。王如言入浴,既竟,体大适。次晨,病若失,肤色清莹。惊且喜,即视朝,召窦本嘉奖,宴于宫。至日暮,复赍以锦袍一,西衮司二千。自是眷日隆,有召辄赐予稠叠,诸臣莫能望。有维齐性婪而媚,恶窦本见宠,且垂涎其所得,思欲入以罪而已得收其财。乘间谮之曰:"陛下所以宠窦本亦至矣。抑知彼所以来疗疾者,将因以得亲近,阴遂其谋,以不利于陛下。是狎虎狼于左右,危莫甚于此矣。"王怫然曰:"恶,若言过矣!试以理度,彼欲不利于予,胡事已予疾?既生予,复杀予,愚者不出此。若殆嫉窦本而为是言耶?彼即隐图不逞,予当其厄,何劳若捷捷为!有一事足以引喻,当为若

17

述;昔报达①某生,妻有姿,甚恋爱,不欲跬步离。嗣迫于事,不得已将有远行。偶市一鹦鹉,通人语,有见,纤悉必以告。声清若丝簧,尤能悦耳。且工记忆,虽事越多日,叩之,言历历。生濒行,嘱妻善护饲。及归,则以别后事询鹦鹉。鹦鹉为觊缕,并及其妻隐事。且云:'奴虐我,夕屏诸庭,不为蔽风雨。'语侵其妻。生愤气填臆,向之如青鸟翡翠相婉娈者,至是视若毒鸩,以恶语刺且詈。妻惭恚,与奴出矢言力白,谓'鸟非人类,虽能言,不足信'。生终未能释也。无何,生复以事出宿。妻及奴衔鹦鹉次骨,欲致之死,且证显其妄言,乃相与画策。薄暮,以小磨置鸟笼下,手转之,声隆隆然如雷发;洒水自笼下,淋浪如雨;复以一镜迎火,光返射鸟,曳其镜,乍隐乍灼,闪烁若激电。若是者竟夕。次日,生归,复叩鹦鹉。则惨促其声答曰:'昨夕悬予于庭,值雷作,电若蛇掣,破予胆,骤雨被体,终夜不得安,苦恧莫状。'生以昨夕畅晴,何处得雷雨,必鸟妄言,则曩者讦妻隐事,皆子虚。以不察,骤致反目,几酿祸变,忿不可遏,即破笼攫鹦鹉扑杀之,以谢其妻。妻益号咷作受蔑不甘状。生多方慰藉。久之,邻言且藉藉。生微有闻,诇诘始得实,知中妻若奴谋,误杀鹦鹉。以手搏头,呼负负者再,悔恨已无及矣。今窦本无几微犯若,若必甘心而始快,嫉忌固若是甚耶!予鉴于鹦鹉事,不欲蹈覆车,贻后日悔。"维齐曰:"鹦鹉至微细,臣知某生亦未必常为疚心。今窦本事有至重关系,岂区区鹦鹉比。臣为陛下计,未敢安缄默,上渎左右,若有嗛于窦本者然。臣所以不敢避嫌者,实以彼蓄谋将发,祸在眉睫。臣不言,则不忠,言则且见斥,与为不忠也,宁受斥。惟陛下垂察。昔固有无辜而受死者,若某维齐,请为王言之。"

---

① 报达(Bagdad),今为米索波太米首邑,在底格里河边。

头颅语

　　有某国王太子,性好畋①,王爱之,不禁。惟每出,王必命维齐从。一日方驰骋于郊,突一鹿横逸,田犬奔逐。太子亟欲得鹿,亦纵骑往,若飙电之疾。维齐追不及,遂失太子。而太子狂鞭马,不复辨径路。俄众犬离披散,鹿杳不可得。始持辔仓皇四顾,欲返则已迷途。方焦急无措,瞥见一弱女子,甚娟好,泣于路隅。太子心悯,诘以故。则系印度王女,骑而出,马骤惊,堕地,起觅马,逸去无迹,足弱无由归,用是戚戚。太子令并骑。女赪颊从之。数里许,见闬闳,似旧家第宅,已就圮。女曰:"是即予家。"欲下复止,似荏弱不任者。掖之,始离鞍鞯,行不顾。太子悦其美,挽辔随其后。女入门,犹裴回不忍去。旋闻门内欢笑声腾于外。倾耳以听,则女呼儿辈:"予将一美男至,肥如瓠,当偕汝曹饱啖。"复闻杂然曰:"在何所?予等饥肠久辘辘矣。"太子知遇怪,亟跨马,力策狂奔,不辨南北。幸抵一通衢,询途得返,白诸王。王以维齐后太子,致遘此险,立命下维齐吏,缳其首,可谓无妄之祸。

　　维齐述至此,仰天太息曰:"窦本阴贼险狠,以巧计图不逞,廷臣皆不言,而臣独苦口。臣固知不能取信,特区区之诚,不欲自昧,即身

---

① 相传苏丹马麻特猎时扈从甚盛,猎犬以四百计,俱衣锦绣,饰珍珠黄金,所带颈圈皆以宝玉为之。

膏斧钺有所不辞。倘惜微命,轻朝廷,臣万死不敢出此。"

王至是竟为所动,曰:"卿言甚是,不意其蓄心叵测,当亟图之,免为变。"命一卫士召窦本至,曰:"汝知召汝意乎?"曰:"未知。"曰:"所以召汝者欲戮汝!"窦本愕然,曰:"臣以何罪干死刑?"曰:"廷臣奏汝阳来已予疾,实欲致予命,汝罪不赦。"即下令曰:"趣断其首!"窦本知王入谮人言,为所愚,乃大呼曰:"臣已疗陛下疾,而以赐死报,陛下独不知为谮人所播弄乎?亲小人者非国之幸,臣窃为陛下危。"王曰:"毋多言,必戮汝,为炫艺图谋者戒。"窦本见左右将持之下,乃瞋目怒视,眦欲裂。左右稍辟易。窦本复请于王,乞归田里。不可。乞尽籍其产以赎。不可。乃曰:"乞赐臣苟延一日命,归别妻子。并所蓄禁方,向秘不示人者,愿公诸世。更有一秘册,尤奇异,拟供乙览,当亟料量之。"王怒稍解曰:"何书珍奇若此?"曰:"试缮阅此书,至第六叶之左方第三行,则知吾头虽断,仍能与陛下语。"王欲观其异,命卫士从至其家监视。时内外闻窦本语,争喧传,诧为未有。翌日,群官及百执事皆集。俄窦本挟一巨册至,索槃一,并脱书套授王曰:"吾首坠,置之槃,亟以书套承颈,则血止。可取书阅如法,臣之首尚足答明问也。然臣无罪,虽临命,愿稍缓须臾,惟陛下鉴悯。"王亟欲闻其死后言,益迫欲杀窦本,曰:"汝徒事烦乞,吾志已决,汝其速即刑,即有言,有汝头在。"卫士承旨,前刃挥,头落槃,颈血潮涌,亟蒙以书套,血乃不溢。视头颅,则领著槃底,目灼灼流瞩,睫犹瞬瞬然。俄启齿曰:"盍阅吾书。"王启书观,见首次二叶相切不析,即以指蘸舌上津开之,至第六叶,则素纸无字迹。顾谓头颅曰:"字安在?"答曰:"再缮则见。"王仍蘸指翻如前,突体中大震,晕然而仆。头颅厉声曰:"汝擅作威虐,使予无罪而就戮,予岂甘枉死!此书叶有毒药,已入汝腹,汝必死。今而知为君上者听谮言,施暴酷,刑杀无辜,不旋踵自食其报。此亦天降之罚,以儆残虐,特假予手以示在廷,后之在位者,尚慎旃。"语毕,王已绝。头颅犹蠕蠕动,俄作太息声,目瞑而色变矣。

渔父即述此事,谓魔曰:"王倘不致窦本死,乌得祸及其身。汝于予何独不然。脱向者汝允予请,予亦何忍戕汝？汝今尚奚言？予之待汝,亦以直报怨耳。"魔曰:"报复非长者所出,君胡为徇浇俗？幸勿如伊玛之待阿替加也可。"渔父询其事。魔曰:"能释予,当缕为君述。"曰:"且将系石沉之,胡云释!"魔曰:"然则予将践予初誓。君诚释我,当语君致富术,巨赀可立得。君老矣,业渔而雾露,与履厚而膏粱,其甘苦君必能辨。舍苦就甘,必君所愿。"渔父苦贫乏,又衰老,将不任渔事,常以是戚戚,闻是言,拊髀雀跃曰:"果使予富,必释汝,然必誓诸上帝。"魔如言,渔父为发覆,则黑烟仍缕出,俄成形,即蹴瓶入海,曰:"此瓶大恶!"渔父曰:"汝殆欲背盟,抑汝欲我以窦本告希腊王之语语汝耶？"魔曰:"否否,掷此瓶,觇汝胆耳。趣携网从予往。"遂相与绕郭,度高山,至一旷野,弥望广亘,有四小山环若堵,湖水潴其中,波光若镜,景色清逸。魔令渔父网于湖。见湖鱼以群至,白青黄赤具四色,鳞灿烂眩人目。举网得鱼,四色各异。魔曰:"以此鱼呈苏丹,当得厚赍,较汝罟网生涯,所得奚翅倍蓰。嗣后可日来此,惟日不得过一网,不然,有后悔。予言止此。"即以足蹴地,磕然有声,裂一阱,洞黑不可测。魔跃入,地合如初。

四色鱼

渔父守魇言,日渔于湖,无再网者。以白青黄赤四鱼进苏丹,苏丹谛视,赞羡不去口。且曰:"有异色必有嘉味。"以鱼付庖人,赍渔父金币四百。渔父骤得巨金,喜心翻倒,转疑为梦,神怳怳然。趋至家,则妻挐踦门而望。渔父出金于怀,瞠目而呼曰:"其梦耶?"妻不知所谓,即诘金所自来。渔父具白,且恐为幻境。妻力言非是,搯之痛,方知非梦。乃抱金而笑,置好衣美食,俨然以素封自居矣。

是日,苏丹命庖人烹鱼,方置诸釜,已炙烂其半。欲转之,而垣忽现一窦。一美妇自窦出,丽服靓饰,珠光宝气,灿耀心目。持一棓,金色,趋釜前,以棓击鱼曰:"鱼乎,鱼乎,尔不牺身,欲何居?"言之者再,四鱼共昂首应曰:"唯。"复有声若答语,不可辨,声出自釜,锵然可听。妇遽覆其釜,身入窦,窦合。庖人大惊,急起釜视鱼,则已焦若黝炭,不能供膳。骇且恨,计无所出,哭失声曰:"是大怪事,告苏丹必不信,将谴死矣。"时维齐至,诘悉其故,大诧。复疑庖者之伪言也,欲自试之。复向渔父索鱼如数。渔父期以翌日。投网复得若前鱼者四,呈维齐。维齐躬诣庖,命烹之,欲觇其异。庖人甫从事,妇复出,语鱼,覆釜,旋返窦,均如庖人言。维齐拍案呼曰:"事大奇!必白苏丹。"苏丹即下令渔父欲得鱼,越日仍以四色鱼进。苏丹悦,复赐以金币。屏左右,独偕维齐,于宫中列鼎铛,烹如法。俄雪色之壁忽陷一穴,一黑人出,貌狞恶,衣如其面,执绿棓,击鱼,覆釜,一如妇所为,倏忽间入窭俱灭。苏丹亦惊惶失色。召渔父,叩得鱼自何所。曰:"得诸湖,环湖小山四,甚幽蒨,骑而往不三小时可达也。"苏丹谓维齐:"附郭有此湖否?"曰:"否。常畋于郊,六十年间,山原无不至,了然胸次,未闻有似此湖者。"苏丹命渔父为导率诸臣前诣。至则果湖水澄然,四山围绕。四色之鱼喁喁呷波,泳游自得。顾而乐之。询左右,均谓前所未见。苏丹欲驻此一探究竟,命依岸张幕,与维齐居焉。

向晦,苏丹谓维齐曰:"以烹鱼见种种怪幻,甚费解度。此澄泓而逶迤者突自何来,尤令人咄咄。予将微行诇其实,脱不得,誓不返。汝守幕以俟,秘勿泄。有白事者至,但言予体小不适,恶嚣而已。"维齐以冒险谏阻。不听,乃易服佩剑出。时凌晨,沿湖登坡陀,有径。循而上,喜不崎岖。越冈,则平原广衍,遥望有室宇巍然峙。渐近,则宫殿至庄严,皆砻石斫叠,黝而莹,护以精钢,光益烁灼。历阶升,殿扉洞辟。睇之,沈沈然门户重布,而阒寂无人迹。度此宫非恒人居,岂虚宅耶,何无应候者? 心益疑。既而抚佩剑曰:"以是为卫,复奚惧。"至庑,骤呼门者。不闻答。益进,则甋瓾贴地,几榻皆麦加①上材,雕镂工巧;罘罳嵰幕,备金碧绮绣之观。旋达一厅事,四隅有金狮四,鬣鬐如生,皆张其喙,喷水若银缕上射,逾屋瓴数丈,始霏霏如烟雾散落。地以文石,映日作金星色。苏丹稍榮桓,步抵一园,楼台水木,窈曲清华。萃无数笼羽族,飞翾往复,千名百种,交鸣互哕,出奇妙音。盖上覆巨网,高亘无际,丛树山石皆包蕴其内,以是笼群羽,得以聚览。苏丹游瞩久,稍倦,憩亭间。葩卉纷错,自成馨逸。忽隐隐闻悲声,来自庑后。近聆之,若罪人受刑讯者,且惨呼曰:"悲夫,吾安能久罹此酷! 愿上帝速我死,毋令日夕受窘苦也!"苏丹随踪迹,至一别殿。搴帷入,则一少年坐殿上,座距地仅数寸,服甚都,貌颇端秀,惟蹙额泪目,态状至忧戚。即前致礼。少年鞠躬,不起立,既而曰:"辱承枉临,当起逆,奈受窘不克遂,乞恕之。"苏丹曰:"请勿拘仪文。惟君

---

① 麦加(Mekka),回教圣地,在红海东岸黑扎斯。

何悲惨乃尔？肯见示本末，当勉为助。此宫邸建何时？君何独处？宫外之山若湖何名？湖鱼何由皆四色？乞缕述为幸。"少年流涕长潸，呜咽不能答。苏丹恻然复诘。少年搴裳露下体以示。察之，则腰以上为肌肤，腰以下至足，已硁然为黑石矣。苏丹大惊曰："观状使心悸。胡致此？请不吝齿牙。"少年挥泪谢曰："当如教命。"遂肃苏丹坐，即觌述如下。

泪宫记

少年曰：此为黑岛国，有四山矗海中，石黑如墨，故名黑岛。予父穆黑麦得主此，视湖水弥弥然淹漫，即予父建都地也。父殁，予嗣位，娶中表妹为后。凡五年，初颇笃伉俪，继而后渐淡漠，以路人待予，情迥异畴昔。一日食后，后诣浴室，予倦卧。二宫婢来，一傍予肩，一足后，持孔翠扇为驱蝇，以予熟寐，相与耳语。一婢曰："王温丽若是，而后犹不悦，得毋后过？"曰："是不可解，后每夕必外出，事殊暧昧，王竟梦梦耶！"前婢曰："彼乌能觉！寝时，后日以水进，阴入某草汁，使王酣卧竟夕，任他出，无从知。鸡鸣后归，以一种香置王鼻，须臾王寤矣。"尔时予特伪睡，悉闻其语，佯欠伸作梦寤状。而后已至。俄夕食后，如寝室，后仍以饮进。尔时牖尚辟，予持杯傍牖，作举饮状，潜泼饮牖外，后未之知也。即以杯还后，示饮尽。乃就枕，予伪鼾。后遽起坐，作缩鼻笑曰："汝安眠，作好梦可耳。"亟著衣出，予亦衣而持剑尾其后。后履声籍籍，予潜步越数重门，但闻后口喃喃，键自启。旋入园，趋林薄中，径纵横交错，藩篱透曲。予以篱自蔽，从而潜觑。突一男子携后手，行且语，喁喁甚密。后曰："予爱君无以复益，君心尚未厌耶？予欲表爱情于君，当于朝暾未上，使此殷繁都会悉化为墟，巍垣巨宫置诸漠野。谅君所雅愿者。"言次，已步与予近，予拔剑突出击男子，中颈，噩而仆。予疾藏身，自别径归宫。时已曙，予度男子必死，心大快，解衣就寝。寤，见后卧方酣。予起盥漱，出视朝。比回,见后首若飞蓬,泪莹莹盈睫,谓予曰:"不意天降祸谴,凶耗迭至,妾悲痛塞胸,致起居无状。"予询其得何凶耗。曰:"母死病,父死战,兄坠崖亡,诸戚属皆殒殁,能无悲恸!"即呜悒不自胜。予知其故,佯慰之曰:"遭此不幸,诚不能已悲戚。尚望稍自节抑,勿过哀毁。"后闭门饮泣。阅一载,匄予于宫中建一圆顶阁①,谓"自遘家祸,百念皆灰,将居此终老"。予从其请,颜其阁曰"泪宫",君遥睇崒然而隆出者,即此阁顶也。后入泪宫数日,余乘间窃觇之,见一男子卧复室中,状若垂毙,即前受剑斫者。后在其侧,语切切若诉。予始知若人未死,盖被剑后,后以摄魂术救之苏,第气奄奄不能言动,莫辨生死,故后特筑是宫为彼养疴所,己则日夕侍。噫,昵所欢,乃不恤劳瘁若是!且闻后曰:"睹汝萎顿状,予肝心欲裂。岂汝将长此默默耶?苟得汝一言,予可大慰。忆昔与共游笑,娱乐何极。汝倘舍予长逝,予胡能独存!"言时,声复哽噎。予气涌如山,姑强忍,即举武入。后闻予履声,皇然出,有戚容。予仍阳为慰解。后蹙频,意若不乐闻予语。予欲觇究竟,不即发覆,默然出。久之,复潜往诇之,见后仍匿是人复室,所以调护抚慰之者良至。予是时忿极不可抑,盖后所眷为一土著之黑人,失行丧耻,莫此为甚,当使齿予刃。乃闯入大呼曰:"此墓所诚为汝二人设者!"后勃然变色曰:"祸由汝起,汝杀予所爱,予尚隐忍,乃敢以恶语加!"予曰:"然,恨尔时未即杀若!"言次,抽剑刲后腹。后侧身避,嗤然笑曰:"嘻,何怒之甚?"即唇翕辟,若诵咒,俄喝曰:"罚汝体半为石!"转瞬间,予已成此不生不死状。彼复以术摄予至此,毁都城作赤地,昔为朝市,今则为寒沙潴水。湖中之鱼,皆居民所化。所以区四色者,民为摩萨门则鱼色白,奉波斯教者色红,奉耶稣者色青,犹太教徒则色黄。环湖之小山四,本皆海中岛。石色黑,敝国以是名,彼亦以术移来。作种种怪幻,心犹未慊,日必鞭予背至百,且挟且詈。虽半体未化,已无完肤。复被予以至秽之狗皮,外蒙

---

① 土耳其俗,恒于坟上筑一圆顶阁,以别于寻常屋宇。

锦服，非欲掩予丑，实戏余犬而衣锦耳。予亡国辱身，受此奇厄，将伊于胡底耶！——言至此，泣数行下，怨愤之气积胸际，若鼓鞴然。

苏丹闻之恻然，且代为扼腕曰："君蒙辱已极，是可忍，孰不可忍！请以妖妇及黑人之居处见告。"黑岛王曰："黑人居泪宫，宫形若墓，有谤门，通城堡。妖妇恒于日出时挟鞭来笞予，虽风雨必至。至必携瓶一，中贮液汁。笞予毕，即持以饲黑人。惟黑人自负创后，一息仅属，偃卧不语，妇以是常郁郁。"苏丹曰："遘变如君，诚亘古未有。将来书之史乘，知妇恶无极，足为警戒。惟是仇当亟复，予敢竭区区，以脱君厄。"即告以至此之由。因与密议，约明日举事。时夜阑，苏丹假寐。而黑岛王目炯炯东视，盖亟欲冀事成，得离危苦。俄而晨光动，苏丹起，弛上服，使得趁便。把剑疾至泪宫，蜡炬成列，光烁烁，炉香缭绕。瞥睹榻有蒙衾而卧者，启视，则黑人仰而闭目，气咻咻然。亟举剑绝其吭，投尸宫井。即卧其榻，藏剑，蒙衾于首，以俟后至。而后于黎旦达王所，褫衣痛挞。王哀号乞怜。后曰："汝忍戕予所爱，安望悯汝！"鞭竟，回泪宫。时苏丹遥闻鞭扑及乞哀声，知黑岛王受后辱，益愤愤，欲跳身杀后。继思非万全策，强抑须臾。顷之，后至，坐傍榻，衾未启，不知为苏丹也。抚其体叹曰："汝创行瘥矣。胡奄然势若不起？汝曷不勉为言，忍令予悲郁？"苏丹效黑人语，作委顿怯弱声，嗄然若不能举其辞者曰："累后焦灼。"语戛尔复止，喉中作微喘。后不觉眉舒而色喜曰："愿若徐徐语予。"苏丹曰："有一言，愿闻否？"曰："噫，予何吝于若？若岂不知，何尚出此不由衷之语？"苏丹曰："黑岛王果为予仇，然受虐辱亦至矣。日日遭鞭挞，呼謈声达于外，予病中实不耐此哓扰。愿早释，屏使远逊，俾予得静摄，胜药石多矣。"后曰："若欲释彼，当唯命。"曰："然则亟料量之，免予耳根不净。"后乃持杯水，至黑岛王所，口喃喃，水即涌沸，即以洒王体，曰："复尔形，当自新，否且永沉沦。"语甫毕，而王半体已易石为骨肉，举趾蹒跚，喜呼上帝。后趣其遁迹，且曰："再至，死不逭！"王得解脱，亦不暇答，奎息奔旷野，匿以俟苏丹。

时后复回泪宫，以释王告。苏丹微应曰："惜孽根未去耳。"后曰："何谓孽根？"曰："若毁灭四岛之都邑居民，使无遗噍。每至中夜，湖水星沸，四色之鱼衔易形宿怨，咸昂头波面，口唅唅诉上帝，欲图报复，致触帝怒，故靳我生机。此所谓孽根者，其亟为解。若返时，予当以手授若，持予起行也。"后大喜，曰："若疾果能亟瘳，予何惜为若造福。"立诣湖畔施其术，一刹那间，湖山尽杳，城郭市廛历历如昔，四色鱼皆得复形为各教徒，纷纭错杂。苏丹之从官突见幕四周皆居室，熙攘往来，绝非先时旷寂之象，骇不知所以。后返宫呼曰："已如若言，可速授予以手。"苏丹曰："然。"捉后臂起，潜出剑断其腰。出诣前约所，见黑岛王，谓之曰："大仇授首，子辱已湔。钟虡依然，可以复辟。"遂缕述杀黑人及后并设策救王拯民事。王感极流涕曰："大恩生死肉骨，没齿不忘。虽距大邦远，愿负弩为先驱。"苏丹曰："去敝国四五时程耳，胡言远？"王曰："否否。向者妖妇以术缩四巨岛为培塿，千里若咫尺，故数小时能达。今一切复旧观，以程度之，至大邦当期以匝岁。"苏丹大异，然知王所言皆实，眷然曰："归路纵辽远，然予得为子手歼巨恶，亦无负跋涉矣。"王曰："君大有造于藐躬，虽縻捐无以报。愿长侍左右，不欲恋区区小邦，致远暌颜色。非敝屣予国，实瞻就之诚，不能自已耳。"苏丹曰："若愿偕予归国，甚善。予知若诚恳。予老矣，似续尚虚，今而后即以若为嗣，后当继予为王。"于是黑岛王敛库储金帛，载以百驼，卫以五十骑，复部署一切定，乃成行。越一载，苏丹抵国，先以使报。臣庶夹道迎。翌日朝，苏丹宣诏，以黑岛王为储，赐群臣有差。又以黑岛王获救实由于渔父之进鱼，乃复召渔父，以金帛厚赍之。

二 黑犬

当加利弗①赫仑挨力斯怯得时,报达有业负荷者某甲,虽窭贱,而性敏,善解人意。晨则趋迻市,挈虚筐鹤立,俟雇者。一日有妇踽然来,甚少艾,以轻纱幂面,明眸若水,莹光外射。经甲前,止谓之曰:"荷而筐,随予往,当畀而赀。"甲忻然诺,自口其心曰:"幸哉此邂逅,乐莫与俦矣!"

行甫数武,抵一宅,外户阖。妇以指剥啄,俄呀然辟。一叟出,须髯若雪,貌庄严,若耶教徒者。妇未与语,但授以金。叟似会意,返身入,挈酒一瓶出。妇命甲受而贮诸筐,荷以从。甲如其言,途中复窃窃自语如前。

顷之,入一果肆。妇购苹婆、桃杏、柠檬、橙橘诸果,又莲及茉莉暨他名花若而种,尽命甲收置。复至屠肆,购二十五磅肉,而白花菜、太勒贡②、瓜芹之类,所买亦称是;至榧桃榛杏等,数益夥,悉以属甲。甲料量竟,从容请曰:"敢问夫人尚欲购他物否?购则小人请为僦马及驼,备任载。"妇不之答,惟嫣然一顾,似笑其甚戆者。

既而诣药室,购椒蔻龙涎之属,复置甲筐,趣之行。甲殚力荷而趋,流汗如泻。俄至一巨宅,前列圆柱,雕缕精美,以象牙为门,莹洁

---

① 加利弗(Caliph),穆罕默德后嗣之称,今土耳其国王用之。
② 太勒贡,菜名。

可鉴。妇止,手挏户。方贮立时,甲潜谛视,神为之夺。意妇服饰丽都,必贵家女,然胡不惮仆仆?得毋为侍婢行?欲展问邦族,复嗫嚅。而户已启,一丽人自内出。甲私念生平所寓目,未有若是艳绝者。正凝想间,妇似已觉,乃含睇以笑。甲亦木然荷担相对立,状类痴,竟不顾门以内人。忽闻丽人呼曰:"姊,胡所待?恐荷担者重且不任矣。"

妇闻言,导甲入,丽人亦阖扉偕进。经曲廊,达一厅事,庑环绕,旁连别院。后有客室,陈设尤精雅:中设修广之榻,皆镲以琥珀,雕檀承其趾,金刚石间错之,异锦为裀冯,灿若霞绚;琢文石为巨桨,上有师子,鬐鬣耸立,金色炫耀,呀其吻,喷泉若泻珠注槃中,清烛毛发。

甲负重,行颇惫,第睹此华屋炫饰,裴回徙立,已忘弛负担。俄见一丽服之贵妇人出,踞榻坐,尤修美出二妇上。甲方注目视,二妇亦连翩来前。贵妇起迓。方悟其非侍婢。盖贵妇为苏培特,启户者为舍非,购物者则为爱米也。

苏培特见甲,顾谓舍非、爱米曰:"彼所负荷,将毋不胜,盍使息肩?"二妇闻之,即为甲取巨筐下。苏培特亦为臂助,出各物于地。爱米以金犒甲甚厚。甲延缘厅事,不忍舍。时爱米已褪面纱,容光若芙蕖映初日,益婧艳无匹。甲几不能自持,屏息伫立者久之。

苏培特始意甲惫于荷,作小休憩,夷然不为忤。继见其久不去,疑其未足于所犒也,顾爱米曰:"盍益之,令亟去。"甲闻言谓苏培特曰:"小人知足,何敢有他求。且予赉已了,知不当久留。窃不避罪斥,实则获瞻颜色,不知心之游于无垠。唐突之愆,幸乞垂宥。且夫人辈坐无他客,谈宴之际,必寥寂寡欢,与予曹相聚,恨不得有女友在座者何异。"继又诵报达常语曰:"坐非四人,虽饮不欢。"意盖欲苏培特等留以足数也。

苏培特等闻言,相顾而笑。有顷,作色曰:"子毋乃不自量。虽然,子既不知我曹为何如人,不妨实告。予三人本姊妹行,一切皆得自主,无干预者。且地甚秘密,外间皆无从闻予家事。先哲有言:'独肩之秘毋稍漏,否则人将为予左右。'盖己既不密,焉责人言。予曹之所以永矢勿告者,职是之故。"

甲曰:"小人虽初承謦欬,已知夫人辈持执高尚,非庸俗比,向慕之悃益油然而生。且自信一管之窥,尚无差谬。虽愚蒙操贱役,颇亦自爱其鼎,遇事兢兢。尝诵科学史传及诸子格言,尤深佩某氏之论,谓轻佻者易偾事,谨愿者克保全;无他,慎与不慎耳。窃不敏,力行此义,不敢违背。故人或以密事告者,入予之耳,若键失钥,无复再启之日。"

苏培特闻其语,隐韪之,然不遽允所请,霁颜语之曰:"子亦知予曹今日之宴,其价值为何如?子孑然一身来,恐于义不能奉屈。"时舍非亦和之曰:"子亦闻常言乎:'投丰者报乃厚,否则拒恐后。'盖礼尚往来,亦以免素餐诮也。"

甲是时色颇沮,策无所出,足趑趄将行矣。爱米忽起而告其姊曰:"予观此人尚不痴,留此当不至偾我事。方入市时,彼荷重力趣,始能速办。且途次与予语,亦颇黠,非伧父者流。故不敢避嫌,请假以辞色,惟姊察之。"

甲闻言,即趋跽于三妇前,以唇接地,申谢意,且曰:"蒙大度逮下,俾小人得无量幸福,既不敢辜厚意,又不敢自满,愿得给事于阶前。"言次,以所得犒金返诸苏培特。苏却之曰:"向所赠者以酬子劳,无庸返。我曹所以留子者,以子慎密能不泄,甚喜子能遵我诫也。"甲唯唯。时爱米卸行衣,并去长服,以购得诸物列几案。无何,嘉肴旨酒,杂沓俱进。三妇以次入席,命甲侍坐。甲心悦怡然不能自主,不知此境之为真为幻矣。

三妇虽入席,然清谭耳,不专意饮啜。爱米坐近食架,循亚剌伯俗,取架上酒,先自斟饮,再酌,进三妇。三妇各尽其觞,还奉甲。甲受觞时,吮爱米手,并歌以将意。歌曰:"风香满酌兮美人贻,芬芳馥郁兮倾金卮。"歌阕,一饮尽。三妇喜甚,各作歌酬之,杂以谈笑,终席甚欢。

维时已薄暮,舍非谓甲曰:"可以行矣。"对曰:"行将焉往?自顾微末,辱不弃,叨侍盛筵,区区寸心,惟知有夫人辈,不复知己之有家矣。无论处置何所,惟命是从,安否不暇计也。"

爱米闻甲言,复请于苏培特曰:"妹意似不妨姑从其请。"苏培特曰:"妹谓可,即可之。"语甲曰:"吾允汝请。但一言谇汝,当谨记,汝宿此,当一切守吾诫。凡我曹行事,无论与子有无关系,不得稍干涉,否将不利于子。"

甲曰:"诺,谨受教。即事有出予意外者,亦且安之若素,不敢稍与闻,致蹈妄言之诫。且小人虽时或有一隙之明识,然拙辞令,善遗忘,自问无干涉才,请毋过虑。"苏培特复正色语曰:"所以谆谆告诫,非故立苛禁,实我家旧例也,汝试观扉后所书。"甲如言趋视,有金字一行曰:"凡干涉非分事者必殃其身。"诵毕,出谓三妇曰:"明诫昭然,誓不敢越俎。"

于是爱米出晚餐。时室内外灯火洞明,奥隅皆彻照,爇龙涎、芦荟之属,馣馦充室。四人复以次入座,饮酒度曲,相对乐甚。初,三妇欲醉甲,力劝醨。甲素雄于饮,爵行无算,神观益澄爽,谈辩酬答不少减。三妇益器之。未几,闻挞户声甚急,各起立,将出视。舍非疾趋出,盖启闭为所司也,馀立以俟。无何,舍非入,言来者为三噶棱达①,冠服履饰无少异,皆眇目、凭首、剃须眉,自言初至报达,会天暮,无投止地,误以余家为逆旅,故来挞门,可否假以厩中一席地,俾免露宿?又言三人皆年少,仪表亦瑰伟,所异者面目一致耳。言次,釁然而笑。苏、爱二人默不语。舍非复请曰:"将许其请乎?吾意彼三人来此,今夕之叙当倍畅。且暂寄一夕耳,明日即行,于我曹事无丝毫损也。"

苏、爱有难色,舍非固请,若急欲引之进者。不得已从之,曰:"彼三人者入,愿勿语以所不应知之事,并导观扉后书。"舍非喜得请,不俟言毕,即疾趋出启扉,导三噶棱达入室。

噶棱达既至,见苏培特等,鞠躬致敬。三妇起答,慰劳有加。既

---

① 噶棱达(Calender),波斯、土耳其之奇服回教僧之一。

坐,噶棱达目眈眈瞩,华屋丽人,互相辉映,方艳羡不置。旋见甲注目视,疑为同类,又诧其不灭须眉。其一人率尔语甲曰:"汝其亚剌伯教中之判亡者与?"

时甲已中酒,颓困欲眠,突闻噶棱达语,气骤涌,张目斥曰:"毋干预他人事!汝未睹扉后书乎?既至此,当守约,毋妄引人为同类也。"噶棱达曰:"君勿怒,某当受君教。"苏培特及爱米见甲眸睒睒视噶棱达,色殊恶,即起而排解,盖不耐其喧嚷也。

争既解,三妇肃客就坐。舍非复出酒肉相飨。噶棱达皆痛饮大嚼。既毕,欲奏曲为主人寿,就索乐器。舍非奔取波斯笛二,巴斯款羯鼓一以出。噶棱达各取一炫所长,合奏之。三妇故谙乐律,歌而和,笑声间作,几断续不成音。

欢洽间,又闻挝户声甚急。舍非辍歌,起而趋出。——言至是,史希罕拉才得①谓苏丹曰:陛下欲知此事之究竟,请先言深夜挝门之人。盖是时加利弗尝微服夜出询民隐,是夕偕维齐盖发,总监末司落,伪为商人装,巡行衢市。至三妇居所,闻笛声悠扬自内出,杂以语笑,加利弗谓维齐曰:"是家歌吹杂作,且人语甚嘈晰,不知何事。予欲入觇之,盍叩其户。"维齐倾听移时,语加利弗曰:"似有数女子饮酒为乐,间以歌笑,若已霑醉者。猝阑入,扰若辈兴,似非所宜。"王曰:"无伤,试入视。"

盖发不得已剥啄之。舍非出启门,灯光灼照,见舍非有艳色,惊绝。乃诡称皆毛沙尔商人,十日前抵此,舍逆旅,储货甚富。荷诸贾人雅意,与出游,与宴乐,佐以跳舞,流连无虚日。今夕宴既醉,乐甚,酗歌不辍,几忘夜阑。警卒出巡逻,以深夜喧呶犯国例,破逆旅门,拘同饮者十余人以去。余等闻声先逾垣走,迷径,且困酒,行不识途;又恐遇更番警卒,以非土著,必诘难,且门禁严,亦难再出。正进退维谷,闻歌管声出贵第,急何能择,冒昧投谒。倘荷垂悯,不吝厦庇,当

---

① 即口述故事之苏丹妃。

各竭所长,以助清兴。否则借尺地为一夕留,亦为惠多矣。"

舍非视三人者貌伟岸,知非常辈,言不能自主,当代请命。即返身入,就商二姊。二姊不知所对,然素慈厚,念若曹来异域,迷途昏夜,仓猝相投,不宜拒绝。且既纳三噶棱达矣,何薄于此。遂命舍非导之入。加利弗等方徘徊户外,闻舍非肃客声,大喜,相将俱入。既登堂,与三妇及噶棱达为礼,甚恭谨。三妇以为真商人也,答以常礼。既坐,苏培特曰:"诸君临顾,欣幸无量。窃有约言,不识肯垂纳否?"盖发曰:"荷高厚见留,敢不承清诲。"苏培特曰:"诸君在此,遇事但寓目,不得叩所以,违将不利于诸君。"盖发曰:"夫人勿疑,某等既无侦事责,亦非选事者,断不敢以非分妄预他人事。"要约既毕,各就坐。三妇乃出酒殽飨之。

盖发与加利弗睹此状,又见三噶棱达均右一目眇,不胜奇异,欲一叩其故,释疑虑,又以约言在,不能置喙。见食器整,陈饰丽,而坐客则错杂不伦,乃窃窃然疑为妖。

时坐中谈言蜂起,人自为说。而噶棱达被酒,忽趑然起舞,作种种怪式。三妇及加利弗辈皆鼓掌。舞毕,苏培特谓爱米曰:"妹来,客殆不以我曹有所拘束,我何妨行我之素。"爱米会意,起撤席及诸乐器,舍非助之。内外扫洁除,部署诸物,不少凌乱。爇烛,焚香于鼎。坐噶棱达等于左,坐加利弗等于右。顾谓甲曰:"来,可起听予使矣。岂子健若马者,乃图自逸。"甲醉梦初醒,揽衣起呼曰:"小人已豫备,一切惟夫人令。"舍非曰:"善,不当复曲而肱。"顷之,爱米取椅置室中央,启旁小室户,以手招甲曰:"趣来助余。"甲急趋入内,见爱米引二黑犬出,各絷以巨练,命甲牵至客座中,而自以鞭授苏培特。

时苏培特坐噶棱达与加利弗间,容肃然若不可犯,起谓甲曰:"噫,吾曹当尽职。"遂卷袖,赤半臂,执鞭,谓甲曰:"牵一犬与吾妹爱米,而以一授我。"甲如言,苏鞭犬。犬大嗥,且屈膝作哀求状。苏培特不顾,若坦然无所动。坐客皆踧踖不安。既而苏培特疲于抶,喘不息,始掷其鞭,仍练絷犬前足,睫泪数行下,与犬相对泣者良久。无何,以巾拭犬泪,且与接吻。毕,乃以练授甲,令牵入小室,圈禁之,更以一犬进。

甲既送犬入小室,继牵爱米手中之犬至苏培特前。苏鞭之,哭之,拭之,吻之,命甲牵交爱米縶禁之,一如前。甲以坐上客,忽职牵犬之役,迫于不得已,然心怏怏,有不豫色。

噶棱达与加利弗等见苏培特所为,皆噤口咋舌不审其用意。盖回教规以犬为不洁物,何以苏培特亲加鞭挞,且为之拭泪接吻,骇异殊甚。加利弗尤急欲知其故,隐令盖发叩之。盖发掉头他顾。加利弗屡促,盖发置不省。然三妇所为,其奇诧且有不止此者。

苏培特立室中久之,目瞪而身欹,若甚倦乏者。舍非曰:"姊盍小憩,妹当代劳。"苏曰:"诺。"遂还睡椅坐。加利弗等仍列其左右如故。

加利弗等疑愈甚,持缄不敢发,寂然相对。未几,舍非起,至室中央,谓爱米曰:"吾妹且起,知吾意否?"爱米即起入一密室,非前縶犬所。有顷,持一匣出,以黄缎覆,以金绿锦饰。至室,启匣出一琵琶,呈舍非。舍非取弹之,自度曲,声幽咽若夜乌啼。坐客闻之,皆悲来填肛。数阕后,以琵琶授爱米曰:"吾倦矣,妹请继我而歌。"

爱米接弹之,且续其姊之歌。未几,声渐细,忽断忽续,至幽眇处,似游丝一缕飏天际,飘撇若不可见,盖不能成声者屡矣。苏培特曰:"异哉吾妹之歌,何哀怨之深耶?"爱米不答,歌不辍。既而弛上服,袒其胸,肤色不如其面皙,且斑驳有创痕。观者益诧怪。而爱米歌声愈益悲,且媠鬘朦眸,势若气竭不支者。

苏培特、舍非起助之。一噶棱达曰:"异哉,吾辈不如野宿,尚不见此诡骇事也。"加利弗就问故。对曰:"吾固无异于君。"加利弗曰:"汝既与宴,非与彼同居者乎,当能悉其所以虐犬之故。"曰:"我曹以投宿至,非与同居,特早君数秒钟来此耳。"加利弗疑益甚,指甲曰:"此君曾受妇使,牵犬往来,必能知本末。"噶棱达潜撼甲臂,密诘之曰:"彼妇人胡击二黑犬?且胸际胡著创痕?"对曰:"吾敢誓言,予之不能言其故与君等无异。余虽此间土著,然向未与诸妇习。公辈疑余知其事,不知同在云雾中耳。谓余不信,有如上帝。虽然,事固可怪,且室无一男子,吾亦疑之。"

加利弗闻甲言,疑其为饰说,其欲知究竟之心益坚切不能已。私谓众曰:"彼三弱女子耳,我曹七人,何难强之使言。不听,则施以威,无不济。"盖发力排其议,且耳语,谏勿卤莽,使噶棱达等知其为加利弗也。并曰:"我曹当自顾名誉。亦忆我曹初入时,彼固以我为游客,且有干涉非福之言切切相诫。必欲求其故,是自取不利。食言受咎,噬脐莫及矣。"

言毕,复密告加利弗曰:"天将曙,盍回宫,臣当再来此,挈以入,临轩问之,何患不得实?"加利弗性卞急,不听。乃议孰先发言。加利弗推噶棱达,噶棱达辞。乃其推甲。甲慨然诺,将启齿矣。苏培特已闻其谋,色顿变,止歌,大声言曰:"君等何事,而占毕耳语,纷纭不已也?"

甲乃曰:"诸君欲乞夫人语所以鞭犬而复哀之之故,与此夫人胸创之所由来。此诸君欲知之本意,而特假口于仆者。"

苏培特艴然不悦,顾加利弗与噶棱达曰:"若所言,是否由公等嗾使?"众杂然应曰:"然。"盖发独不附和,默不答。苏培特以诸人有意犯其忌,怒甚,数之曰:"予曹以厚意,许汝等暂憩,且引为上客。惧汝等不谙吾法,或失言致祸,故再三申诫,语汝等不得干涉不应知之事,否则将受不利。以汝等坚矢扪舌,故我曹以礼貌相接。不谓言犹在耳,汝等明知余辈所忌,敢故犯不韪,是诚何心!似此反复无常,不知自好,恶能贳而罪!"言竟,足踢地,并击掌者三,呼曰:"趣至!"则门礚然辟,有悍仆七人入,手利刀,式皆偃月,气汹汹,立擒加利弗等缚掷诸地,旋曳之厅事,以待行刑。

加利弗是时深悔不从盖发言,然事已无及。噶棱达以牵连,甲以受嗾,皆得罪,将罹大辟,罔不股栗,色若死灰。俄一仆问苏培特曰:"此诸人当骈首耶?"曰:"止,当先鞫实,再使即刑。"甲即乘间哀呼曰:"夫人乎!上帝不杀非罪,小人固蠢若鹿豕,忘前诫,遽受人指使,予悔且彻骨。"言至此,泪汍澜下,泣且语曰:"我曹先固互商酌,亦未敢冒昧,彼眇目者实为祸首,盖天下奇丑废疾之辈,未有不败人事者。虽然,夫人幸分别首从,即科罪亦当有差。抑杀戮无告之人以泄己愤,夫人仁慈,谅不出此。矜而宥之,是所望于高厚也。"

苏培特闻甲言,目棱棱,怒犹未解,要不能无动于其言,气稍稍下。即顾其余六人曰:"尔辈果何如人?速自陈,不实,死无赦。予料尔辈必非自好之流,且未必有权力居高位者。不然,何无规则若是!"

加利弗被缚急,躁怒不耐,闻苏培特言,自思生杀之柄操于彼妇,察其词气,似欲知众人来历者,直告之,当无大患。时盖发适在侧,因与密语,使先自陈。盖发欲顾全加利弗之声名,又不欲令众罹罪,踌躇良久,乃嗫嚅言曰:"吾侪意在尽职……"语未竟,苏培特顾而之他,瞥见噶棱达三人皆眇一目,曰:"汝等殆兄弟行耶?"其一答曰:"否,吾辈非同胞,特同为噶棱达,归依回教耳。"苏培特指问曰:"汝生而眇者耶?"曰:"否,余目之眇,乃遇险所致。余尝诵习一书,相传习此者必遇险,果被创。余即削须眉,誓终身为噶棱达焉。"

苏培特问其次。对略同。独最后者曰:"夫人,当知吾辈非庸常人,脱垂悯,当以实告,吾辈皆名王之子也。"苏培特色稍霁,顾谓仆,释众缚,并命之坐,曰:"汝曹能以身所历及所以至此之故直陈无隐,当宥尔罪,任尔所之。否则莫谓予刃不利。"言竟,身倚睡椅,诸仆环侍。众皆坐地毡上,闻命后咸欲有言。

甲亟思释罪,先起自陈曰:"予事最略,夫人固知之。兹承命,当复述。余今晨于都市受雇于夫人之妹,令荷以筐随,购酒肉果药之属甚夥。既至此,荷夫人种种优款,无任感激,没齿不忘。盖予所历尽此。"

生圹记

第一噶棱达曰：请为夫人述予眇目之故。予王子也，有叔，为邻国酋。性情类吾父，有子女各一，子年稍亚于予。

予性喜动，而余父往往抑制，不得恣所欲，故出入皆有定期，每岁必诣叔，居一二月，以为常，与予弟至友爱。一日，予过叔所，予弟欢礼逾恒时，相与宴乐。既夕食，弟谓余曰："今日之会甚欢，然不复再矣！兄知予近鸠工营一莬裘，甫落成，意将终老，度兄亦必乐观。顾事甚秘，欲偕往，必先矢言，勿为外人道。"

予重违其请，应之曰："诺。"弟又曰："兄稍待，予当偕一人来，以尽欢臆。"言竟，趋入。俄顷，果挈一女子至，貌颇昳丽，衣饰亦丽都。

是时予弟既未言彼姝为谁氏子，予以弟属，亦未便率尔致诘，姑共坐剧谈。谈已，复饮。顷之，弟曰："可行矣。"遂出，嘱余掖此女子走，而己为导。曲折十馀里，至一所，有若殡宫者，门已辟。弟曰："兄趣偕此女入，予踵至。"予如言，挈女子行。时月颇皎洁，纤毫皆见。约数十武，见一墓嵬峨若堂，意弟胡作丘墓游。甫转念，弟已至，手一盂水，一长镵，又小筐一，贮石灰少许。直登墓顶，以镵劚土，土离坡四落。复发起乱石数十枚，一小门露，有梯环而下，作螺旋形。弟顾此女曰："曩为卿言即是室。"女闻之，翩然踏梯下，弟随之，门砰然阖。隐约闻予弟声曰："劳苦兄，今而后幸勿惓惓。"余急呼曰："弟何为下此墓耶？"闻弟答曰："区区事何事苦诘，兄亟循旧路归耳。"

予尔时穷于策,力撼其门,坚不能动。不得已归,凄风砭肌骨,宿酒上涌,身摇曳若风中柳,不复能自主,就憩卧,醒则朝暾升矣。忆昔夕事,历历在目,讶以为梦。继又思余随余弟来,墓故可觅。复返至墓,墓顶已合。裴回者凡四日,卒不得门以入。怅怅归叔父所,则侍者告以王出畋未返。余是时归思切,遂白于左右,匆匆返国。日念予弟,复怵于前誓,秘不言。

既归至旧都,则举目山河大异。有守军见予至,围执之。叩其故,主军者曰:"先王不禄,众军戴维齐为王矣。人各忠所主,将以子见新君。"言已,即挟予至维齐前。夫人解人,试思予当时困愤之情为何如耶?

先是予少时,曾手弓习射,瞥见一鸟过,发不中,箭堕。适维齐过此,偶举首,箭镞触其目,血微出。予亟诣谢罪。维齐阳言无害,阴实衔次骨,日思报复。至是见予,即大怒,词色峻厉,被予体以酷刑殆遍。既复亲摨余右目出,血若泉涌,痛彻心腑,此余眇目之故也。

维齐犹以为未足,命囚予槛车,解边徼,将杀以饷鸟。监者挈予兼程进。数日至一旷野,广莫无垠,气象阴惨,风烈烈,卷黄沙如雾,骸骨狼藉,饥鹰饿鸥飞扑作怪声,见人过,鸣益急,若呼其类,喜食粮之远至者。予毛发俱悚,泫然流涕,惟日诵圣经,思乞灵上帝。监者哀之,即出余于槛,曰:"余不毒汝,趣去,或可更生,否则无所逃死。"予问监者:"将何以复命?"则曰:"此事吾自任,无预汝。"言毕,向予挥手。予感其义,穷日夜潜行。念家国身世之惨,悲愤填膈,复自励,诚脱险,后必一雪此耻。

尔时恐维齐使者追踪至,要于途,日则匿岩谷中,入夜,俟人迹寂,始出奔叔所。数夕见城郭,喜极,驰益疾,不自知力何由来也。

既入,谒予叔,具陈别后本末。叔喟然叹曰:"曩者吾儿忽亡去,方深懊丧,而吾兄逝世,今侄所遭又若此。天乎,何死丧颠沛集吾一家也!吾年已垂暮,而汝弟忽背吾而遁。遣使者四出踪迹之,迄不可得,殆已为异物耶!"言毕,潸然泪下。余亦悲不自胜,竟不暇顾前日誓,遂历历言之。

叔知予弟尚未死也,稍自慰,默然有顷,谓予曰:"狡狯哉吾儿,畴昔余固微闻其方筑生圹,地去此不远,可设法觅之。惟彼既属汝勿泄,汝必缄口乃可。"乃微服偕予行,予为导。比至,启门入,数十武,有新茔巍然峙。余乃导叔至墓颠,得铁门,坚阖无罅。想弟入后,即封以石灰,故若是完固。乃各出佩刀力凿之。移时,门豁然启。叔先入,余继其后。盘旋下,达一小室,烟气迷漫,几不能启睫,咫尺间昏蒙莫辨也。

俄有光一线自内出,就之,则一寝殿,柱大可合抱,饰以金碧。中有巨灯作鱼形,储油甚富,光即自此灯出。殿左右有厢,后则庖廥,馀屋则粮物充焉。外多列巨罂无算,并贮清水。再进则为寝室,饰益雅丽。中悬一大珠,光煜煜四射。以象牙为床,覆云锦之幄,上缀美玉,而金钩低押,寂不闻声息。叔径启之,见予弟与一女僵卧其中,身黝然而黑,若经烈火锻炼者,已皆为炭质。予骇愕,而叔无几微戚容,似甚怒余弟者,唾其面而呼予曰:"若来观此儿,将永永受劫也!"言已,批其颊。

予不知叔意所在,就而请曰:"见吾弟惨毙状,心甚伤之。叔何愤怒若是?"叔曰:"居,吾语汝。是儿幼凤与其姊相爱悦,尔时予以为小儿常态,家庭恒有,无足怪者。讵数年来二人情日密,致有丑行。予即谆诫儿当自爱,速自断绝,倘怙过不悛,将有不祥之事及于而身,贻吾族羞矣。予又诫女,勿与弟共居处。二人者卒不听,且益赘疣我。儿竟为其姊营一生圹,将入此室处,为终老计。乘予出旼,相将亡去。观此间日用饮食之需无不足,而卒皆身死,殆上帝不宥,降之罚耳。此事予雅不乐道,特不得已为吾侄言。"言竟,涕流被面,余亦泫然。

既,叔父复熟视予曰:"亡此不肖子,则亦已矣。幸侄在,可偿余所失。"予是时感泣莫能仰视,惟相抱欷歔。顷之,共循路,扶梯上。出铁户,复闭之,覆以沙土而去。

行将及宫,忽闻金鼓声震天地,队士纷拏,与敌相搏战。既而甚嚣且尘上,有大军驰至。督师者即予故国维齐,立阵前指挥士卒,盖以篡夺予父位为未足,又欲并吞予叔疆土也。

当予叔出宫时,誓必得其子,故国事一委诸重臣。维齐侦得之,乘虚而动,率劲师来袭。国中无储备,且屯卫单薄,当大敌辄披靡。维齐席破竹势,鼓行而前。至是予叔急趋入发令,而敌兵已逼宫禁,相与巷战。不胜,予叔竟死于乱军中。予哀且愤,奋短兵肉薄,良久,无继者。予念大势已去,脱被执,则辱,死亦何济,不如退走,留此身有待,遂遁匿叔旧臣某氏家。某氏念故主,待予甚渥。

数日,予辞某氏行,恐为奸党逻得,乃削须眉为噶棱达,人皆不之识,予因是得脱。欲赴报达,因其国加利弗赫仑挨力斯怾得夙著贤名,拟奔投以图恢复。加利弗倘能成予志,亦未可知也。

月二匝,乃抵报达,薄暮入郭,憩道旁,忽睹一噶棱达,予趋礼之,问曰:"君殆与我同皈依者乎?"曰:"然。"谈次,复一噶棱达至,谓予二人曰:"予异地人,顷始来此。"于是共语,欢甚,乃约为兄弟,此后无相离。

尔时天昏黑,思觅一逆旅共投宿,以地生不可得。适经夫人门,则华屋连云,知为巨第。急切无可投止,不得已冒昧挝户。蒙夫人贳其罪,复优容焉,感可知已。

苏培特闻之喜,曰:"详哉汝言,君其休矣。"噶棱达请援甲例,留听二同侣及馀三人轶事。

时闻者无不咋舌称奇,而加利弗意尤滃跃,顾左右诸仆,则持刀兀立,悄然无声,乃耳语维齐曰:"予有生以来闻故事多矣,未有若此之离奇恍惚也,予甚乐听之。"无何,第二噶棱达亦起述所历如下。

樵遇

噶棱达曰：余亦王子也，幼聪颖，思想锐进，精算术，予父嘉余敏且勤学，遍聘诸科学名家及善美术者授予种种学。未几，能属文，读《歌兰经》①尤有心得，凡本教之渊源戒约，无不熟习，并于诸家著述及当时诸预言者之传闻，悉融会如肉贯串，反覆推阐，蕴奥不遗。后致力国史者有年，且及编年暨舆地之学，思以国文解诸科学书，凡学术之有关贵族后进者，尤竭意研究，遂以文豪诗伯鸣于时。综予生平惬意之作，足以传后世不朽者，则莫如亚剌伯国新字，通国名儒皆诧为亘古奇制，推崇之无异词。

自是予名藉甚，父益宠悦，颁所制新字于全国，并遣使送之印度，以示光荣。印主闻之，求见殷至，发使赍金帛来聘。并请于予父，欲予至印度一行，词甚婉挚，大致谓："少年贵族，必至异邦游历，作辀轩之采；诚不吝玉趾，藉得释渴慕之忱。"父许诺，予乃束装与使者偕发。

行月馀，突见数里外尘大起，有马队数十人滚滚来，呼声动地，手白刃，类劫盗。予等徒众既寡，且未娴技击，所乘马又止足供负载，不能驰逐，束手受劫外无他策。既而盗近，予漫为大言曰："吾曹乃印度苏丹使臣，奉命过此，尔等宜敬迓，毋失礼！否则国法在，不汝贷也。"意第恫喝之，或慑馁而退。不图盗首局局然笑曰："既非印度民，亦非

---

① 《歌兰经》(Koran)，回教经典。

印度地，我曹他非所知，惟知有利耳。"挥其众直前劫杀，印使及予侍者皆死。予及马亦被重创。然马尚负予急奔，未几力竭，仆地流血毙。予徒步狂窜，盗注意劫物，不予追，乃免于难。

既出险，孑然一身，蹩蹩靡骋。恐更遇盗，乃循僻径行。俄抵一都会，亦无意观繁盛。复裹创前，至郊外山麓，徘徊久之，觅岩穴宿，摘果实疗饥。

自是日重跬行，夕投身岩穴，以为常，终无托足地。计将匝月，至一城，民物殷庶，绕郭皆河流，丛木森茂，气候甚和煦，凡熙攘往来者，皆有安怡之色。独予累累若丧家犬，益怅惘无已。予面手受风日，色棕黄，而肘露踵决，狼狈之状，不堪言喻矣。

予始入境，历衢市，察言语，不知国何号地何名也。道周有缝纫肆，就叩之。缝人视余年幼，故示和蔼，命余坐，询踪迹甚详。予语以所遭颠末，且陈名氏。缝人绝不慰藉，旋谓予曰："嘻，君无以此为乐土也。盖君此土夙与君父不相能，君踪迹露，祸不旋踵矣。"予思缝人言，颇有深虑，第予尚冀所谓某君主者或不迁怒于予。乃揖缝人，道盛意。缝人以予穷无所归，且有饥色，乃留予食，且洁舍居予。

予寄食缝人家，忽忽数日，面目稍稍复。缝人谓此间贵族颇知向学，志在兴文教，君倘习科学，则谋充一馎口地也可。予即答以法律为己专门学，他如关系人类之交涉，宗教之约戒，亦常问津，且夙以善词章鸣于时，著述等身，固香名早饫者。缝人曰："嘻！如子所言，在我国恐易一饼且不可得，盖君所长者，皆专谈虚理，不求实学，譬之玉卮无当，虽美何益。予意君而以词章自炫也，则惟填沟壑耳。使君而能作苦，则粝食布衣，或能自给，盖近地多森林，可资樵采，虽出入林麓，负担街衢，利至微薄，然积铢累寸，未始不可自立。君其尚有意乎？倘不河汉鄙言，当为君谋樵具。"予惧踪迹泄，或蹈不测，又迫于衣食，不得已从之。

翌日，缝人以斧一，短后衣一，绹索一，举畀予。乃逐众樵采，入深林密箐间，丁丁终日。得树枝，束而负之归，以易得彼国小金钱一。

此林虽远距郭,然往来颇易。薪价不甚翔,予日以伐,以负,以货,冀积久或可以报缝人。

予自与樵者伍,日则负斧出,晚则荷薪而还,如是者年馀。予方斧老树根,瞥见一铁钮,掇之不出。谛视,则缀诸铁版,版有键,皆黝黑色。以畚去土,启其键,则版转而穴见,口偪而内舒,有梯焉。乃执斧拾级下。将及地,见宫阙峨峨然,穷土木之瑰丽。予循廊行,廊柱以玉琢,莹然沉碧,础皆戗金。甃回间,一丽人出,举止娴雅,有大家风。噫,一胼手胝足、负薪而趋、面目黧黑、衣履穿空之樵者,一旦与丽姝遇,其足跂跂、目眈眈之状,有令人嗢噱者。

予见丽人姗姗来,自顾猥琐,恐不免受憎斥,拟先下以媚之。急趋前,执礼甚恭谨。丽人曰:"汝为谁?人耶魔耶?"予正襟而对曰:"夫人无多疑,余世人,非魔也。"丽人愕然曰:"然则何自来?予居此二十有五年,与世隔绝久矣。"

予既惑其美,又喜其和易,则前致词曰:"余固愿闻夫人本末。辱下问,当先述以渎。"遂历历具道之。丽人聆予言,默不一语,且欠伸有倦态。顷之,曰:"人生不得偿志愿,虽日居广厦华屋,梏囚耳!王子亦闻爱匹铁买勒司之名乎?盖安暴南岛之令主也。岛间蕃草木,因得是名。予为安暴南王公主,年及笄,予父为赘族弟某为婿。婚夕,都人士及诸戚属皆延颈冀观嘉礼,不谓未却扇前,忽一魔凭予身,引予去,恍惚迷离,不知所届。比醒,则身已在此。自维荏弱,突为妖夫曳衔,拒不能,遁不得,势处于无如何。居久,渐与习,惟强忍安之。及今已二十五载,日用饮食,取给于斯,所列各具大抵为予修妆时所需者。

"魔旬一至宿,翌日即杳。察其行,似尚有他妇。每届期,予但以手抚耳房户上符纸,魔即出。今日为宿后第四日,须六日乃至。君如愿居此,予当以五日偕,饮食惟命。"

予于流离困悴之馀,一旦获丽人眷睐,喜极不能言,张口如坐云雾中。俄而主导予浴。浴竟则易服,璀灿夺目,一洗曩昔寒猥之态。

主与予并坐文锦之茵,甗甀承足,皆组绣辉映。既而列蔌肴,罗酒浆,极饮馔之美,相与酬酢谭笑,乐甚。夜阑,始归寝。

次日,主款待益殷,出醇醪饮予。予意得甚,连引数大白。未几,有酒所,倚醉顾谓公主曰:"美哉,此宫之沈沈者!第与生窔何异?盍从我出,受乐无量。时乎时乎不再来,愿一图度之。"主曰:"王子,勿作是言。予亦非艳尘世事者。一旬中以九日奉君,当为君所雅愿。"予曰:"否否,卿岂畏彼魔耶?鄙意则欲裂符以破其技,魔来,姑令饱乃公老拳。予生平誓扫魔踪,安所容其姑息!"公主急掩予口曰:"呜呼,此岂吾侪福耶!予宁与魔伍,不忍见君卤莽以贾祸也。"时予酒气涌发不可遏,立起,攫其符掷诸地,以足蹋裂之。

俄而雷声隆隆,掣电若金蛇走,殿炭炭震动。予时亦心悸,知大祸至,酒意亦醒。问主曰:"此何为者?"主不及自计,大声曰:"吁!祸皆由君起,趣走,稍缓,将不免矣。"

予仓皇欲遁,不及携绳斧,惝恍间,铁门石级迷不知所在。殿门皆自辟,须臾,魔至,予亟匿身僻所。闻魔盛气谓公主曰:"何物侮汝,而遽召我?"对曰:"今日体不适,酌酒自遣。不意气弱不任,竟致沉醉。一旋踵间,误仆符上,符亦随碎,别无他故。"魔瞥睹绳斧,大怒曰:"汝为无耻事,犹敢面谩!试问此绳斧何来?"主语塞,强为支吾曰:"向实未见此。或者君自携之,自忘之欤?"

魔厉声毒詈,嗣闻鞭扑声,壁为震撼,又闻主哀号乞怜,凄惋惨怛。私念顷间所为,诚不自量,己则勿恤,而又累人。主脆弱,安能受此箠楚。复自忖曰:"主幽此二十五年矣,辱其见爱,苟不为营救,孰脱其厄?予逞一时意气,不能援手,而转陷其被刑,其谓之何!"既思留此徒待毙,速出或可自免。乃亟弛服,仍衣敝衣。时神稍定,觅得石级,蹑而出,仍阖其铁户,覆以土。负薪踽踽归,如曩时状。

缝人见予至,欣然曰:"自君出而不返,予心常忡忡,盖恐人知君来历,或逞不利于君。幸无恙,予心慰矣。"予感其诚,为道谢,匿其所遇及丧绳斧事,不之告。既归室,默坐支颐,心若结辖,痛悔向者孟浪

45

之咎。复喃喃自语曰："苟不碎符纸,则与彼美共居处,乐且未央也。"

俄缝人仓卒入,谓有老人得绳斧于路,因以归君。并谓为君同侣导至此,窥其意,似欲以所得者手付君,盍速出。予闻言惊骇欲绝,身大震不自已。缝人疑之。忽室中地划然骤裂,一老人执绳斧自内出。视之,非他人,即鞭扑安暴南公主者,谓予曰："吾琴李魔王曷勃累司①甥也,此绳此斧,殆汝物乎?"

予尔时不知所答,魔亦无他言。恍惚间,已摄余出,腾行空际,疾若迅电,但闻风声浩浩,予眵昏不辨。未几顿坠,视之,即向伐木所。魔以足踢地,身骤下,则已在安暴南公主前。见主裸卧血泊中,涕泪纵横,气奄奄,若断若续。予惊惶中睹此象,悲骇交集矣。

魔谓予曰："咄!伧!亟来自证。"复顾公主曰："是非汝所欢乎?"主徐张眸视余,愀然曰："伊何人?余除此时外,未与一面也。"魔曰："嘻,汝至此尚作诳语!汝所以搒笞者正坐此。乃公岂愦愦耶!"主曰："诬蔑以陷无辜,岂当于法?"魔曰："善。"即拔佩刀授主曰："汝果不识此人,可断其胫。"主曰："天下岂有欲赦己而杀人者。且予惫不能举臂。即能,彼无辜者,予亦胡从剚刃。"魔曰："然则汝罪定矣。"乃指予曰："汝殆与彼为莫逆交乎?"

予思公主既坚执不认,倘背之,不义孰甚。侃然曰："予一薪樵贫子耳,何由识彼?为若挟至此间,始得谋面也。"魔曰："诚如汝言,当为我手刃之,以证汝言非妄,使我得释疑团,即当纵汝矣。"予虽勉接其刃,仍抗声曰："予安能诬彼无辜,而助若犷暴!"盖予为此言,欲以慰主,主既以相爱,宁杀己身以活予,乌可不报。时主会意,目视予良久,一若愿为情死,而深幸予同心者。予乃掷刀于地,谓魔曰："宁使人笑予无勇,不能举刃,断难听命。况受戮者为一茕茕女子乎!予既在汝权力下,首可断,此女必不能杀也。"

魔曰："我自有术以处汝辈,汝辈敢以无礼犯我,以巧言诳我,当

---

① 曷勃累司(Eblis),恶鬼名。

令汝辈一试我辣手!"言毕,引刀斫公主手,血骤涌出,创尽裂,一痛而绝。余毛发森戴,几不知此身著何地矣。

予哀且愤,谓魔曰:"予亦愿死,速断予首。"魔不听,从容言曰:"汝谨识之,此妇不贞,宜罹是罚。吾所以不杀汝者,以事尚细微,否则汝亦殆矣。虽然,不可无以罚汝。犬耶,驴耶,狮耶,鸟耶,惟汝所择,我将易汝形。"予知其无杀予意,乃乘机言曰:"大权魔王,果心存恺恻,重人命,赦细故,当感再生德,无异乎赦妒之故事矣。"魔曰:"赦妒若何?"予曰:"倘愿闻,请为述始末。"

说妒

昔有二人同居一僻镇,比邻相望。其一妒之甚,邻乃稍稍徙居以避之,而善待妒己者如故。既知其妒不稍减,则斥其产,别置田宅于大都,距镇约半里[①]许,崇其堂宇,蒨丽其园林,又浚池甚深广,今则发为汙潴矣。

是人既置田宅,乃效噶棱达行,好清静,多营小室,招诸噶棱达共之。未几,名益播,来者益众,诸名人亦多过从,咸敬礼焉。其后且有自远乞其祷祝者,脱有验,辄归美于彼,一若致福皆由彼操纵矣。

妒者闻之,益深嫉,誓必败其事而后快,乃诣访之。噶棱达欢迎如故。妒者言:"此行乃与故人谈密事,请屏左右,并命诸噶棱达晚各就己室,无相扰。"噶棱达许诺。

于是妒者与偕行,度曲廊稍远,至一眢井,妒者即挤之下。立出门驰归,喜其计之得售。

岂知噶棱达入井后,竟无所苦,盖井为仙窟,人无知者。当初落时,暗黑无所见。既而微闻人相语曰:"汝知是人轶事否?"曰:"未知。"曰:"是为世上最慈祥人,因遭邻某之妒,故徙居冀化其恶。既徙,名益著,妒者愈欲甘心,乃设策陷诸井,微吾辈,殆矣。吾闻邻邑苏丹,明日将来此为其女祷,机非偶然也。"曰:"公主何所苦而苏丹为

[①] 约华程里半。

祈祷？"曰："汝未闻乎？主为亭亭①子墨蒙魔鬼所悦，欲请于噶棱达，禳除此祟耳。顾治之之术，亦殊易易，彼室中畜一狸奴，尾黑而斑白，形若钱，自白斑中拔其毛七，火焚之，烟起，公主可永脱魔道，墨蒙亦不敢再至矣。"

噶棱达闻言，一一志之，不敢忽。翌晨，日上升，噶棱达见井壁有一穴，乃攀援而上，竟得出无恙。先是诸噶棱达以其师久不归，四出踪迹，至是得之井上，且诧且喜。噶棱达返室，略述其由，而所畜之狸奴适至。乃拔其尾毛七，藏之。

日光甫及地平线，而苏丹果至。御者导从臣某先入。噶棱达出迎，执礼甚恭。苏丹亦谦甚，谓之曰："叟，余之来意，想早在鉴中。"噶棱达曰："乘舆辱临，殆以公主抱恙。自维浅术，恐无以报诿诿。"苏丹曰："叟已知予心，必能有以安予女者。"曰："陛下诚于祈祷，上帝必眷佑之。"

苏丹甚悦，命左右奉公主至。须臾，主率宫婢诸侍者舆而来，以巾幂面。噶棱达手火斗，盘旋公主首，潜置七毛于火，即时烟袅袅上。忽闻有大声发空中，意墨蒙也，而公主果神观爽然矣。乃自去其幂巾，张目四顾，恍如梦中寤，问己何由至此，偕行者为谁？苏丹喜不自胜，吻其手，又执噶棱达手，顾谓其从臣曰："生我女者此君也。何以报之？"众皆谓："微噶棱达，主必殆。彼具伏魔力，功至大，于礼，尚主为宜。"苏丹曰："予亦有此心。以是为报，诚当。"

未几维齐卒，苏丹以噶棱达代之。其后苏丹即世，无嗣，举国皆戴此噶棱达为君。噶棱达既即位，一日，偕执政诸臣出。忽见妒者在稠人中，遂耳语维齐，命导之来。维齐奉命去，须臾偕妒者至。苏丹曰："甚慰予念，今日得重见故友也。"妒者愧惧交迫，不能对一辞，噶棱达顾谓侍者曰："趣取库中金币千，并某旬报所载重货二十积为赠，并护之归。"其待人之厚如是。

---

① 亭亭，魔鬼名。

言竟,予语魔曰:"若此噶棱达者,不惟宥仇者之罪,而又益之以重赉,何其豁达大度也。"予为此言,盖欲讽魔以释予耳。而魔故狡狯,卒不从,谓予曰:"我贷汝一死,汝已大幸,毋逞簧言,冀再邀宽典。当使汝亟尝予术。"言已,攫予出窟室,入云表。偶一俯视,人民城郭不啻蚁封。须臾魔降山巅,举一撮土,口喃喃,不能辨其语。旋以土掷予身,叱曰:"咄,趣为猿!"即于溪流中见予影,已面若愁胡,体茸而尻尾矣。跳踯悲哀,而魔已杳不知所往,且无由知此地何名,距故国几何程也。

不得已下山,平原浩渺,行匝月未尽。既抵一海滨,风波不兴,水天一色。瞥见距半里许隐然有舟在。阴念时不可失,即力转枯树入海以代舟,折枝为楫,得因缘至舟侧。予故作奇态,舟中人皆大惊笑。予又自船左执索升而上,众麇聚环视。予徒以手指口,不能言,意必有怜而携予以行。不图又入险地,无异于遇魔者。

舟客见予状,颇怪,目睒睒,光集予体。或曰:"是猨可诧,留之恐不利,曷以竿击杀之。"或曰:"有矢在,射之可。"或曰:"曷举而投诸海。"众说纷如,且取竿取矢矣。予惶急,奔船主所,伏足前,握其裾,作乞怜状。船主见予泪如绠縻,心颇恻然,谓众曰:"是猨无害,杀之不祥。"众稍稍散。船主抱予甚喜,抚弄若孩提。予依依于其怀中,甚感其德。

既而舟行,张帆乘风,风势疾徐,适如人意。如是者五十日,抵某埠,为彼国要港,商务繁盛,人口殷阗。方入口时,小舟蜂至,或逆戚友,或探新闻,方旁午不绝。同时有官吏数人登,言奉苏丹命,愿有请于诸客。众咸集。官曰:"诸君来远道,劳甚,苏丹特命来迓。然窃有请者,诸君中有箸作才,乞撰一文,书此纸上。盖维齐某公颇好文学,撰述甚富,不幸前日逝。苏丹悼之,谓嗣后择相,必得文学如某公者乃可与选。令下,四方才士争来投文,皆不当苏丹意,故又以烦诸君。"

众中能文者,皆欲以此博声誉,各奋笔直书。予技痒,窥间起攫他人纸。其人大呼,意我或碎,或掷水,将以为戏也。既而见予状甚庄,微悟予意,深异之,然未闻有猨而能人书者,复欲返其纸。船主语之曰:"盍纵之书,视其能否。脱污此纸,惟余问。不然,则亦一大奇事。此猨夙能解人意,为生平所未见,他日余将以为儿。余昔有一子,其智慧乃不及是猨之半。儿是猨,所以媿世之不才子也。"

予见众首肯,即握管书亚剌伯通行文体六种,结尾则附联语,颂苏丹,雍容揄扬,润色鸿业,非众作所能望予项背,即都人士当亦无有出予右者。书竟,畀官吏,持以呈苏丹。

苏丹浏览诸作,独赏予文,大喜,命使者遴良马、奉锦衣,以赐作者,并欲召见。使者窃窃笑,自念今不直陈,后必获戾,乃白苏丹曰:"作者非人,猨也。"苏丹叱曰:"恶,是何言与!"对曰:"臣所目击,不敢讳。"苏丹滋不悦,曰:"然则予益欲见之。毋梗命,其挈此猨来。"

使者登舟,以旨示船主,令毋违命。于是衣予锦衣,舁登岸,跨所赐马,前导而后拥。途中男女老幼来观者骈街填巷,群啧啧称奇,谓猴而冠也。

既入朝,百官列侍,予面苏丹行三鞠躬礼,既伏地[①];起,侍坐。百官皆惊异咋舌。苏丹亦奇之。奈予欲言不能声,仅默然相对。至今思之,虽忝复人形,而无当日侍君之荣遇,亦可慨已。

苏丹屏左右,以一少年总监自随,入室启宴,命予坐。予举爪揖让再三,乃侍食。既毕,瞥见一文几,乃作势命侍者取笔墨,历叙余身所历,并谢苏丹恩。苏丹读之,嗟叹不已。既而罗列名酒,苏丹命斟一斝饮予。余拜受,复赋诗数章以答。苏丹且诵且击节,曰:"人而有此,亦足以传不朽矣。"继命取弈具出,诘予通此艺否。予以吻接地,作谦逊状。又以手加额,作唯唯状。既布局,苏丹胜一,予则二之。未几,苏丹有倦色。余又赋诗以献。诗中言"二强日角斗,晚欢若平生"云云,盖隐讽之也。

---

① 伏地为亚剌伯朝礼。

苏丹既奇予,以为得未曾有,顾总监曰:"趣请公主来。"盖苏丹有女,名美后,性至慧,颇钟爱之。须臾总监导公主至,甫入,即以纱幂面,谓苏丹曰:"父何仓猝,乃令予见不谂之客也。予知曷勃累司魔王有甥,曾虐杀安暴南公主,是人亦陷于魔术者。"

苏丹闻言,甚异之,顾问予。予颔以首。苏丹问其女,曰:"汝何以知此猥遭魔之故!"对曰:"父殆忘之耶?曩余在养育园时,一老妪为余侍者,妪擅魔术,教余七十咒。余习之,术甚神,虽此京师大都会,能移诸巨浸之中,高加索山之外,而人莫之知。且人之有是术者,予亦能以术破之,习之夙矣,特未肯漫施耳。"苏丹曰:"其然,岂其然乎?"曰:"是诚可异,予非大言欺人者。"苏丹曰:"汝当施术以为实验。"曰:"然,请复其原形。"苏丹又嘱之曰:"予将使彼为维齐,并以汝妻之,慎勿卤莽从事,有拂予意也。"美后曰:"诺。"

美后言已,入室取刃出,刃刻希伯来文,隐约可辨。招苏丹与予及内监等均止于密室之庑。美后画大圈一,立足其中,沿圈作数字,皆希伯来及姑娄巴多拉①之文。

书毕,复入圈,肃然而誓,并诵《哥兰经》。未几,日惨黯无光,天骤晦,皆相顾失色。既而黑气迷漫,魔已至,幻形为巨狮。视之,即曷勃累司魔王之甥也。

美后叱之曰:"今而后汝尚能幻形作祟乎?"曰:"曩余二人盟,各不相犯,今何故背之?"美后曰:"汝以机心陷人,故愤而讨汝。"曰:"余非首祸,胡相逼!"即奋其爪牙,巉巉然欲搏美后。美后退数武,乘间,拔得其一毛。口诵咒,毛即成利刃,立断狮首而支解之。未几,狮体忽不见,惟存其首,蠕蠕而动,倏化一大蝎。美后亦幻形为毒蛇,辟血吻欲噬蝎,掉尾相持。良久,蝎不能支,化一鹰飞去。蛇亦倏为鹰,黑羽,利喙距,惊猛且数倍,振翼逐之,冲霄而去。予辈皆不能见。

移时,地忽砉然裂,有二猫自内跃出,斑色间以黑白毛毿毿然,鸣

---

① 姑娄巴多拉为埃及多利买末代。

呜呜甚惨，状极可怖。须臾，一黑狼出逐之，甚急，不稍舍。猫忽旋转于地，俄成榴实形。适庭中柘榴树枝侧有小穴，榴实跃入其内，枝顿涨，若胡卢然。忽腾起，高逾廊宇。黑狼直前跳攫之，相搏至千馀次，实乃坠而裂。

方事之殷也，黑狼突化为鸡，力啄诸榴实殆尽。旋近余喔喔有声，一若有所问者。时榴枝侧尚余一实，见鸡至，即落榴树傍沟水中，化一小鱼圉圉然。鸡即入水，为利枪逐之。约二小时，声甚厉。未几，火熊熊然起，见美后与魔均于火中以口喷烈焰互相斗。魔吐火燔及左右，且突来扑人。美后亟奔至相助，魔始遁，火熄。然予右目已眇，苏丹亦被薰灼。予等方自揣不能保，而瞬息间美后已复原形，魔已为灰烬矣。

美后即索杯水，侍者急授之。美后接杯，口诵数言，洒水于予身，曰："速还真相。"言已，予竟复人形，惟右目眇耳。

余方欲谢美后再生恩，而美后遽谓其父曰："魔已死予手，予愿已足。顾顷战酣时，妖火深灼予体，恐数分钟后，予身将亦不免，负吾父择婿之愿矣。使余化形为鸡时，能尽啄榴实无或遗，则无火战之变。稍失计，致遗一实，乃不得不以器战，以火战。虽竟歼魔命，奈予亦岌岌矣。"苏丹愀然曰："今日之事，胡不幸至此！汝侍婢有死者，客亦丧目，余虽得生，体亦被灼。"言次，涕泗交颐，呜咽不能已。满堂皆哀痛欲绝。

正悲戚间，美后忽呼曰："余焚矣！"须臾，体中出火，火甚烈，顷刻身若焦炭然。

予尔时虽复人形，不幸主死，杳无生趣。苏丹尤凄惨，搏膺躅足，茫然若失，不省人事者良久。予益惶惧。

苏丹既僵卧不能起，众奔集救护，侍者掖之归室。惊怖之馀，余亦未及述此事始末于众也。国人闻美后惨毙，至感痛，为举哀者七日，宫中持丧，检其烬骨，贮诸罋，葬如礼，且立碣焉。

苏丹抱丧女之痛，辗转床第者匝月。一日遣使召予，谓予曰："有一言,愿汝谛听,不然,恐有不测。"曰:"谨受命。"苏丹曰:"予生平藉上帝福,未尝遭不幸事。自汝来后,而爱女燔于火,侍者半焚死,余亦受灼伤,迄今未愈,皆汝有以致之。汝当趣行,毋观望以遗余忧。今而后,宜自爱,勿再至予国,至则非汝幸。"予欲有所陈请,而苏丹色甚厉,余知不能留,乃辞出。

余既见弃于苏丹,人皆避之若浼。余不得已,乃嗒然出郭,就水自浴,剃眉剪髭为噶棱达装。长途茫茫,百感交作,自念一身不足惜,所惜者二公主[①]耳。旋游各国,无知予者。既思至报达一行,或能动其主,故间关至此。薄暮,遇某噶棱达,即先予自言所历者也。至人室后事,夫人知之熟,无俟赘陈。

苏培特曰:"所述甚详且奇,君可行矣。"噶棱达亦援例,请暂留听他人所述。苏培特许之。第三噶棱达遂起而述其所历焉。

---

① 二公主指安暴南公主与美后而言。

金门马

第三噶棱达曰：予所言异于二子。彼二子之眇其目也，实厄于所遭，而予则自取其咎，请为夫人陈之。

予名爱结柏，克雪王子也。王薨，予即位。都城滨海港，形势绝佳。湾内设练兵厂，以战舰五十艘泊海口守之。更有商船五十艘，亦可备战事之用。馀单樯小艇，数亦称是，则以供游幸者。全国区为若而省，地皆沃美，又岛屿若而所，以环卫都城。予即位后，即出巡幸，所以威怀各属岛民也。继乘船历各岛，凡二周。旋欲游览海外，以扩闻见，故渐通航海术，且命备巨舰十艘，为远游用。

既登程，旬有十日，皆无恙。越日之夕，气候顿改，狂飙骤发，雪浪若山岳，压舟而下。舟人大恐，谓命在须臾。迨晓，风渐平。日出，已抵一岛，作两日留，备食物，复张帆行。讵阅一旬，迄未见寸陆。极懊丧，思仍返故国，而舵师已迷航路。有猱升桅颠左右望者，惟沧波弥亘，杳无涯际。不得已仍前行。久之，乃隐约见一黑线。

众以告舵师。舵师遥睇之，大惊失色，掷其裹首巾于甲板曰："殆矣殆矣！以予所闻，未有至此而幸免者。"即掩面大哭，似死期在即。全舟惊惧。予亟诘何故。舵师曰："前被暴风，致迷航路，今误至磁山矣。海际黑线，为一磁石高山，凡舟中螺旋钉闩诸物皆以铁为之，必为所吸，舟必立解，沉于海底。故磁山近海之处，满黏铁器，累累然不可计。是失事船舶，难更仆数矣。而此磁山者，因受铁愈夥，吸力愈增。我曹复有何术,能自解免乎!"

舵师又曰:"此山极峻险,巅有圆形阁一,以黄铜构造,柱亦如之。阁顶铜马一,一铜人据其上。铜人之胸揭一铅版,版镌符箓。相传人若近此铜人,即立毙。今将奈何?"则又大哭。舟中人咸聚泣,有自分必死者,有希望更生者,有预置后事者,而余终不之信。

翌晨,山形益显,思舵师言,不觉竦然。至日午,山益近,舵师言果验,舟中铁钉悉拔,及他铁器均不翼而飞,直投山上,震震有声,船顿裂,下沉。海深不可测,舟中人溺水,无得出者。惟予攀一木,随风漂至山脚,尚未受大苦。旋傍岸,循岸登山,左右亦平坦。予乐甚,以为上帝佑我也,即口诵圣号不止。潮及山巅,地颇险窄,临海尤可畏,倘大风起,可瞬息吹入海。幸无恙,得达圆顶阁,径入。以体惫,就地卧。

既寐,梦一老者,貌庄严,前谓余曰:"爱结柏,谨识余言。晨起,发汝足下土,有黄铜弓一,铅矢三,制时均按星象,能救人危厄。既得,即以此三矢射阁上铜像,像必应弦倒。可埋铜马于得弓矢地。像既瘗,海中波涛大起,高与阁齐。有小舟来,一人坐其上,手各一桨,人亦黄铜所化,然非阁上像也。尔时汝可登舟,任所之。惟毋呼上帝名。舟行十日,则汝可生还矣。"言竟,复丁宁良久,倏然而寤。

予既寤,忆老人言历历。晨起即发土,果得弓矢。予面铜像射之,三发而像坠。予亟取铜马埋诸土。像既落海,白浪轩然涨,齐其阁。见小舟破浪来,予大喜。未几抵岸,中一铜人两手操桨。予谨识老人言,闭口登舟。坐定,铜人荡舟入海。九日,始见数小岛。予乐甚,以为自此可生还矣,不觉失声祝曰:"上帝福余!"

甫出口,铜人及小舟顿沉入海,予则随波浮沉,旋漂至一岛。及日落,夜色如墨,不知身在何所。乃竭力泅水,良久气尽,知将奄忽矣。而骇浪忽起,澎湃冲突,高达山巅。予为浪涌至浅滩。浪退,身卧滩上,恐复为浪卷,力疾前行,去衣沥水,时日间馀热未消,乃曝诸沙面。

比明，衣可著。予察视形势，知其地为一小荒岛，风景绝佳，树累累多果实，惟距陆甚远，颇忧之，然无如何。旋见有舟迎岛来，心顿喜，谓可求援。继念主舟者不知谁何，姑先隐身以观。乃猱升一大树，枝叶繁密，足以蔽体，予匿其中。旋见舣舟海湾，有十人似傔仆，登岸，手锹锸。既至岛，就地发土，辟一穴。穴启，复由舟取食物器具实之。余思穴下必有窟室。顷之，十人皆自穴出，匆匆归船。旋有老人偕一童至，貌韶秀，年约十四五，相偕入穴。逾时，众复出，闭门，蔽以土，童则不复出。余奇诧莫解其故。

未几，老人等扬帆去。余见舟已远，乃自树盘旋下。至穴，取佩刀发土，得一方石掩其上，长广约各二三因制。揭之起，下有穴，接石梯。予循梯下，中为一巨室，四壁以文石，锦氍毹藉地，中一华榻，曩所见童执篦坐其上。明镫四彻，洞见诸物，花果陈设，皆鲜丽。童见予大惊。予慰之曰："君勿怖，予不为君害。虽然，君何为居此？顷予见君从容入穴，无异言，是固何故？请明以语我。"

童心稍定，乃曰："予父为巨贾，业玉，积赀颇富，役人至众，所贾遍诸国，诸国贵人多与之游。先是父娶久，无子。一夕梦神言，当有子而夭。父寤，颇不怿。予母同时同梦，醒觉有孕。儿月而生予。父识其时日以询日者。日者曰：'寿止十五，至期必蒙祸。得幸免，或可望延年。'日者并言：'其时磁山顶之骑马铜像将为克雪王子爱结柏所射，堕海中。越五十日，汝子为克雪王子所杀。'其言与父梦若合符节，父滋不悦。然教养予者甚至。今予年十五矣。昨父闻磁山铜像已为爱结柏射堕海，益忧惧，涕泣终日，至废寝食。

"初父闻日者言，思脱予于难，乃筑窟室，谋一闻像入海，即送予穴居，俟五十日后再出。今像入海十日矣，四十日后，当看予父掀髯来迓予也。天乎，爱结柏或竟不至耶？既自恐，行自慰也。"

予闻之，不禁笑日者所言之谬，阴念予安有无故杀是童理，乃曰："请毋惧，上帝必佑汝。予亦以遭变来此。虽海底馀生，亦当尽予力，有害君者，余必与击之。请同居，至期，以破日者言。俟汝父来，同舟返陆,可乎?"

童气顿壮,深喜予言。予亦时时注意,不使知予即爱结柏也。又常以言慰藉之。入夜则纵谈轶事,意益洽。而童性聪颖,善解人意。且储粮甚富,奉予食,皆极精美。翌晨童兴,予相与具水盥沐,顷之进餐。予乃举种种游戏法,童益喜,用以遣长日。久之,交愈深,童非予不乐,予益觉日者所言之谬。

以时计表度之,忽忽三旬矣。至第四十日,童早起,喜跃不自胜,谓予曰:"今日已期满,如天之福,得免不测。且得一良友,尤足快心。移时予父来,必偕君归国。尚劳君为爇水,予当沐浴,易衣以待也。"水既温,注之浴器。童入跃,亲为拂拭。已而童就榻少憩,予覆以衾。有顷,童启衾曰:"予甚渴,思食瓜,请君选剖,并为置饧也。"

予即于食器中取一瓜,盛诸盘,询刀置何所。童曰:"在窗缘中。"予仰首,果见刀,即蹑几取得。足偶失,身侧偾于童体,刃适陷其胸,血殷殷直涌,嘤然而绝。

予惊且痛,以两手搏膺,裾衣狂踊,悲愤不欲生,流涕而呼曰:"哀哉此童!天乎,何靳此数小时不使之脱厄也!虽然,上帝鉴之,杀童者非予本意!"

是时予泪若绠縻,痛童甚,觉生死恐怖之念,皆不措抱。既忽自怼:"徒悲何益?其父行且至,室仅二人,无可证予为过失杀者,虽百喙莫能解,不若避之为愈。"乃缘阶出,以石蔽穴,并覆以土。甫竟,已遥见海边一小舟至,知为童父。予仓皇思避,潜迹林中,即前所匿处也。

向所猱升之树故在,复就匿。未几,舟傍岸,杙而舣之。老人率仆从登,色甚欢。既见穴口土松乱,则稍稍见惊色,老人尤甚。旋揭石,降阶下,闻呼名声,俄闻哀哭声隐隐。无何,众舁童尸出,老人挥泪哀呼,仆掖之,随尸后。予潜窥童尸,胸剸匕首,血犹狼藉,不觉为之泫然。老人跳踯号咷,晕绝于地。众舁憩予所匿树下,良久始苏。

有顷,老人渐复。众乃以美服殓童尸。锹畚并施,就林中为筑墓。既毕，取穴中诸具返舟中，而以一软椅舁老人登舟，张帆遽去。

是夜，予独宿穴中，不复闭户。晨起览岛中形势，倦而后憩，如是者匝月，益郁郁。一日海水退，岛之面积顿增，距大陆亦较近。余乃脱衣而游，水深不逾膝，竟登彼岸。于平沙上遥见光一星，耀人目。予大喜，意其处必有居民。垄息奔往，则岿然一屋，以赤铜为之，极营构之美，日光返射，故遥望若星火也。

时予倦甚，就地稍憩。未久，有十少年翩然来，容并韶秀，一老者体稍肥，率以行。予怪之，尤奇者则十少年皆眇一右目。

予惊且喜，正拟就问其所以眇目之故，而众已迎道仰慕，执礼至殷，诘胡至此。予言所遭甚离奇，君等不惮烦，当详述也。众各入座，予乃备道去国以来事。众讶甚，即延予入室，行经厅事，及诸精舍。末至一室，陈设甚丽，中设十蓝色小榻，成一圈形，各不相接，为十少年眠憩所。中别具一榻，高出于众，则老人居之。无一席可容予者。一少年令于地毡上坐，并曰："予等所以至此及各眇目之故，君无庸得悉，勿劳致诘也。"未几，老者携晚餐来，分飨十人并及予。既毕，更出葡萄酒一盏为饮。

诸少年复令予述所遭，既复杂谈他事。至夜半，一少年谓老人曰："漏已深，可以休矣。君曷不以应用之物界余？"老人即入一室内，手十槃出，每槃以蓝色物蒙之。老人一一分界十少年，并各予一炬。俄顷，少年揭去蓝色物，取槃中若木灰若炭粉若灯煤者调以敷面，状甚狰恶。既毕，则相向而号曰："放纵怠惰之人，结果乃至如此！"其声悲惨，彻夜不复休。将昧爽，老人始以水来。诸少年盥洗毕，褪夜间服，更易新者，前后若两人矣。予疑且惧，欲诘其由，而碍于少年昨日之嘱，乃强缄其口。是夕，余未安枕。比晨，予偕诸少年出门，呼吸空气，谓之曰："余今心头格格，若有骨鲠，请毁昨日之约可乎？观公等皆智者也，何竟夜效狂易者之为？愿恕冒昧，明以相示。"诸少年漠然若不留意，但言："无与汝事，何必见诘？诘得之，亦殊鲜乐趣"。复乱以他语，使予无从理前说。日暮，老人飨予等夕食后，又出槃涂面，呼

59

号达旦。自是无夕不然,恼人殊甚。

予心跃跃,必欲得其故,并问归途当几何日。一少年谓予曰:"余等所以不告汝者,无他,实待友之诚也。倘汝知之,亦必眇右目,则悔将何及。然君必喋喋来诘,则自乐蹈祸,予曹亦不复秘,请罄情相告。"予曰:"志已决,必无悔。"少年复曰:"汝不虑眇右目乎?"予曰:"诚如是,实予自取,又何怨。"少年曰:"尔时恐不复能同居,以今者已有人满之患也。"余曰:"虽大憾事,然必勉从命。"

诸少年见予志已决,不可动,乃取一羊杀之,剥其皮,复畀予一刀曰:"请执此刀,行将有用。予等将缝汝于羊皮中而去。去后必来一大鸟,鸟名洛克,见汝,以为羊也,即攫而飞腾空际。旋憩一山巅,尔时汝可速取刀,剖皮而出。洛克见之,必大惊飞去。可前行数武,当得一大宅。宅为纯金所筑,周饰宝石,汝可径入。余等皆过来人,汝可一一笔所遇,成一大帙。以后事汝自见之,毋待饶舌也。"

言既,予即裹身羊皮中,以所畀刀自随。诸少年相与缝之,旋去。未久,洛克果来,以予为羊也,攫而上腾。旋止,予觉身已至地。乃取刀剖皮出,果在高山之巅。洛克见之,振翅逸去。洛克躯甚巨,羽毛若雪,充其力,能挟巨象逾高山。

予急欲觅大宅,未及半日,果见之,其华美如所述。门辟,信步入,中为一广场。场四周有门,凡百九十有九,门皆以香檀木为之,其一独以黄金,门多设梯,惟数门不可见。微窥门内,光怪陆离,不可言状。

予瞥见前一门洞开,即闯然入。中为厅事,列坐女四十人,貌极妖冶。见予至,即出,谓予曰:"予等延望久矣!今客果惠然,愉快何极!相君之面,知君性情深厚,能适人意。"旋一女出语予曰:"而今而后,君为予等主人矣,苟有所命,无不遵从。"趣予坐,榻独高,盖特制者。予闻女言,颇怪之,阴念世间安有贸贸然愿为人仆。于是众女纷起给事,有为濯足者,有为添香者,有为易服者,有为劝饮者,予为心醉,遂与诸女围坐而食。食时,诸女诘何以至此。乃述所历。薄暮,众以烛至，金钉衔璧，璀灿洞明。

有数女进果馔，至丰美，并饮予种种名酿。饮时，乐声迭奏，繁音促节，颇堪悦耳。既，众起作天魔舞，仪态万方，良久方已。一女前致词曰："君今远道来，殆惫矣。夜阑，曷请归寝。已为君备一室，并请于四十人中择一最当君意者与偕。"予曰："卿等并皆佳妙，予亦不自知孰最当意也。"

此女曰："君言甚善，君盖恐吾辈妒也。已自有约，人各侍君一夕，至四十日，则皆得周遍矣。请择其始者，手其首以为记。"予以手置此女首，女即导至其室，就寝。

比晓，予起见三十九女皆至，所衣与昨迥异。一一起居竟，导予至浴室，众亲执役，衣以华服，侑以美酒。入夜，则丽人翩然至矣。如是者一年所。一日予晨起，四十女立侍，忽各泫然而泣，持予而呜唈曰："今而后与君长别矣！"

予诘其故，并言卿等何知予不能相护。诸女不答，但言："囊外人来此，亦不一矣，然性情无若君者。今别君，不知何以为生。"予曰："毋悲泣，盍明以告予？"诸女叹曰："今日之别，势限之也，孰能逆之！君能忍，或可期后会耳。"予曰："卿言殊难索解，请再申明。"一女对曰："余等皆公主也，居斯已久，每岁终，必去此四十日，以为常。比者届期，故循例欲去。今特以此间百门之锁钥付君，君暇时，可启门纵览奇胜。惟不得启金门，启则有大不利于予曹，恐永无再面之日。生死祸福，悉系于此，毋忽忘为幸。本拟携钥去，既念君为解人，当能如约。幸自爱，弗弃余言。"予为之恻然，意甚恋恋，然无如何，乃雪涕而别。

予溺酒色者匝岁，竟未出一游观。诸女既去，忽忽不乐，回首前尘，恍若隔世。时锁钥皆在，颇欲一一启视以扩眼界。乃先启第一门，内一广囿，果树累累结实，不藉灌溉。四周环以河，土膏滋漉，当初花时，水与岸齐，结实则稍减，及成熟则涸矣。

使其地仅此一囿，予必留连不去。然好奇心滋盛，思一一启视。

游毕，复下键，启第二门以观。

既启，则和风习习，香馣然入鼻观，繁花盛开，艳若荼锦，间以台榭。池水引机喷洒，发止以时。异卉错杂，不可辨以名，即玫瑰、末利、水仙、郁金、加纳、百和之类，亦迥非常种，芬蕴郁烈，虽众香国不啻也。

时复启第三门，地以云石铺饰，璀灿有文。内畜羽族至夥，以沉檀为笼，以瑶碧为食器，此鸣彼和，如仙乐迭奏，闻所未闻。其间珍异之禽，不一而足。似有多人任扫除之役，而复周览寂然。薄暮，予始出园。众鸟飞鸣林中，声益清碎。予决计遍历诸门，以藉广异瞩。次晨早起，即启第四门，内庭宇修广，洞房曲室，飞槛层檐，已令人目迷神眩矣。

周其庭，有门四十，皆洞开，珍奇罗列，百种千名，为环球所未有。门第一，则储珠不可以斛量计，多大若鸽卵者。第二，若金刚石，若玼，若琼玢，幽有耀。三则水碧。四为黄金裹蹴，佐以第五门之币。六则白撰充焉，其铸为币，则次七次八满为储。余则紫晶、玛瑙、珊瑚及橄榄、猫眼诸石皆层累骈比，繁夥不可胜数。予为口哕舌拚者久之，阴念综世界帝王之库藏，恐尚不足与之相抗。既复忆诸丽，心益惓惓矣。

自是日必纵览诸门，凡三十有九日，而百九十九门已尽历矣。至第四十日，予好奇之心不能复制，竟背前约，出钥启金门。嗟乎！使余能坚守女言，则诸丽人行且归，乐故无极。而一时任性，悔何可追！迄今思之，犹有馀恨。

金门既启，则栴檀奇馥，闻之，觉神漾漾然不能守。顷之，香渐散。予直前行，见殿宇宏敞，上作圆形，地皆蓝色。中金银灯台，参差悬缀，炉篆氤氲，烈逾椒兰焉。

室中央一黑马嶷然立，形极神俊，谛视辔饰皆以金，槽以香木，鞍倚一七宝鞭。予取而乘之，引其辔，马不能动。力策之，马厉声嘶，甚可怖。俄上腾空际，予紧持鞍额，不敢俯视。旋降地，予亟下，马即飞行去。是时予以手揉眼,及启睫,则右目茫然,盖已眇矣。嗒然行,至一处,顾而大愕,盖即前十少年所居,一切如故。

十少年时外出,予待之。未几归,见余亦眇一右目,殊不为异。惟言目眇非其咎。予亦曰:"固予自取耳,无与公等事。"

十少年曰:"予曹皆以年终乘诸丽人远行,启金门视此马,故遭眇一目之患。汝亦踵为之,是识亦未必出予曹上也。欲留汝而无可位置,汝其往报达,必能遇救。"予遂别十少年行。

是时予剃须眉作噶棱达装,今日始抵报达。过夫人门,遇见彼二人者至,同病相怜,因约为兄弟。

述既毕,苏培特谓三人曰:"诸君休矣,可以去矣。"其一答曰:"夫人,请聆馀三人所言可乎?"苏培特即命加里弗、盖发等述之。

盖发起而言曰:"如命请复述。予辈为毛沙尔贾人,尝置商品于王之贮藏所,故恋迁于报达,即寓所中。既至,同业款甚殷,在某贾所张饮。并开会跳舞,男女杂沓,履舄交错。既复张乐,此唱彼和,喧嚣达户外。为警卫闻,即入挟诸客去。予曹幸得逸,而天色已暮,度郭门必键,怅无所之。途闻此门内有笑语声,冒昧闯坐,此予曹之所以至此也。"

苏培特闻之,默不语。三噶棱达请以向所待彼者待之。苏培特曰:"诺。"即命诸人去休。于是偕侍者群起送加里弗、噶棱达等出。甫踰阈,户即阖。加里弗方与噶棱达等谈甚洽,然迄未言及己之身世,至是谓之曰:"公等初至此,恐迷途径,且夜阑将何之。"噶棱达曰:"然,此诚困人。"加里弗曰:"然则盍偕予往,当导之。"即耳语维齐,导三人至其家,且曰:"彼三人所历,足占吾编年纪中一纸,甚愿著录之也。"

是时盖发挈三噶棱达行,甲亦归。加里弗即入宫就榻,回忆所闻见者,辄不解苏培特之何以创二黑犬,爱米之胸何以有伤痕,转辗竟夕。晨起,至会议室,召诸臣。

维齐至,加里弗曰:"予追维永夕,卒不解彼二妇及二黑犬者之故。倘不得其底蕴,予心终不释。其召二妇及三噶棱达来。"维齐衔命,至苏培特室,深致敬礼,具以告,而隐其前夕事。

苏培特即易衣与偕行。维齐并召噶棱达。噶棱达诺之,竟不知维齐即前日所与语者。行未几,已抵王宫。加里弗大喜,命苏培特俟门隅,而置三噶棱达于己后。

加里弗顾曰:"予昨夕伴为贾人至汝居,当必大诧,或意予必有所怒责也,然予必不出此。予甚嘉汝行,愿吾报达女子社会中——有如汝辈。予昨微行,无怪汝辈之不识。予为加利弗第七,名赫仑挨力斯怯得,特以相告。其为予述所以创二犬及爱米胸有伤痕之故。"维齐又申言之。苏培特即起述如下。

麦及教人化石

苏培特曰：予之所历颇奇，陛下闻之，必惊疑不止。盖予与二黑犬本同母姊妹，而二女则异母，一为舍非，一为爱米，即胸有创痕者。

吾父老而即世，遗产由予姊妹五人均得之，而各与生母同居，家颇裕。嗣予母又逝，临终，复遗予辈西衮司各一千枚。吾同胞三人，予年最少。二姊得产后，皆各择偶以去。余则孑然一身，岑寂殊甚。长姊既婚，其夫悉斥其所有，并徙处斐洲。旋日用不给，产至荡尽，竟托辞与余姊绝。姊不得已，归报达，于途备历辛苦。既归，寄食于予。予见其槁容而敝服，恝焉伤之，询其由。姊备述之，声泪俱下。予亦为之怆然。移时，导之入浴，衣以新衣，谓之曰："姊长，予当母事。自姊之斐洲后，予业育蚕，赖上帝福，所获颇不恶，甚愿与姊共之。"

自是二人同居者数月，颇和乐。一日偶谈次姊去后何久无音耗，心窃疑之。数日后，次姊忽踉跄至，状与长姊来时绝相似。询之，知亦见弃于夫者。予留待之，如待长姊。

未几，两姊言寄食于此，恐重累余，愿再醮以纾吾供给之苦。余谓两姊："何见外若此？予家虽异富厚，计所食三人，尚有馀，愿毋过虑。且前车之覆，姊岂犹不以为戒而复图再适乎？世间男子多薄倖，少敦笃者。妹为姊计，不如且住为佳耳。"

予力谏，二姊卒不听，俱再适。乃不数月又嗒然来，状若甚悔者，谓予曰："妹多阅历，所言果不谬。今而后某等愿给事于妹，不敢再作室家想矣。"予曰:"予心无他,惟愿吾姊共安乐耳。"言毕,相抱而泣,复同居如初。

又一年,综计所获颇能自给,遂拟航海往异国,逐什一,利当三倍。乃偕二姊至伯沙拉①购船,自报达载货,顺驶出波斯湾,入大海,径达印度。约二十许日至一地,遥见山壁高立,下有城,甚壮丽。适风顺,须臾入口,遂下椗焉。

予亟欲登岸,独行至一城,将入门,见无数警卒,或坐,或立,手执杖,有不可犯之势。予谛视之,则痴若木鸡,不稍动,目亦未尝瞬。胆稍壮,近观之,皆石人也。予入城经衢市,摩肩击毂,似甚殷庶,惟所遇皆石人。城四分之一为商人居,门皆阖。有辟者,中有人亦皆石质。视烟囱林立,无出一缕烟者。

未几抵一宫殿前,门饰以黄金。入则户洞辟,丝帏下垂,悬巨灯,灿烂耀目,意王宫也,而阒无人迹。乃卷帏入,见石人甚夥,状似执役者。上殿阶,石人参差立,有若将出者,有若微步而入者。既再历二三殿,地多弃物,而悄若无人,令人生怖。复进一殿,陈设更丽,窗格尽缀以金,疑为妃室。内侍数人立侍,石而色黝黑。复进,见一妇戴金冠,项垂巨珠成串,貌绝美,知为妃,然皆石质。余逼视再四,叹为得未曾见。

室中之点缀罔美不臻,四壁以金银制人物,栩栩欲活,神工鬼斧,非巧匠所能。予浏览良久,不忍去。旋退至他室,见缣缃稠叠。稍远,则一正殿,结构巍峨。中设黄金龙座,离地数级,以碧玉为饰。座设御床,敷以织锦,嵌以明珠。忽有光熠熠,出自床顶,攀柱仰观,一金刚石也,大如鸵鸟卵,令人目眩,不能逼视。

床列大枕,火炬一枝燃其侧,意或有生人也。环顾四壁,心神震眩,而床头宝石,尤煜煜射睫。

宫中各门,启闭皆无则。予纵览各室,旋观诸库藏,其储积之富,

---

① 伯沙拉(Bussorah)。

更无伦比。心怦然动。因念冒此大险,亦以求华胐耳。正踌躇间,暮色已起,不得已出门。禁闼重重,已迷归路。旁皇复过正殿,金碧之床,荧煌之炬,依然在也。既入,体颇倦,拟小憩待旦,即登床卧。回忆所见,疑怪不能去怀。

辗转至夜半,忽闻人声。谛听之,则诵《哥兰经》也,与予国寺中所诵绝类。喜甚,即起秉炬踪迹之。旋至一室,窥门隙,若一礼拜堂,旁列壁龛,仿佛予诵祷文处,悬灯列烛,四壁光生。

地藉氍毹,以供跪拜。一少年置经坐毯上,貌甚庄严。予惊疑良久,阴念城中人皆化石质,此少年独存,意者非常人乎?

予排闼入,瞻拜壁龛,即朗诵祝词曰:"嘉上帝之赉余,佑余以远行。望故乡其不见,愿示余以归程。于戏上帝,冀余祷之彻听!"

少年闻祷词,目注视予,曰:"敬迎夫人! 不识夫人何自至? 请具以告。"予为略述,即趣少年言。时予意殊切,若刻不能待者。

少年曰:"夫人稍休。"言次,纳经于匣,置壁龛中。予窥其貌,甚美,心不自持。既思与若素不稔,胡能冒昧。正凝思间,少年延予坐。予促其亟道本末,曰:"人情于所遇者愈奇,则欲得究竟亦愈切,幸弗吝绪论,俾释疑团。"

少年曰:"夫人解人,予闻尔祝词,已知夫人皈依之正。今请为夫人言上帝之威能。此地为予国都。予父在位时,与国人皆崇信麦及①及纳同教②,故违真理,不信上帝。

"予父母均奉偶像,而予独否,以幼时受乳母训,故不为左道惑也。乳母夙习《哥兰经》,有心得,常告予曰:'宇宙间止一真宰,汝宜慎择。'遂授予亚剌伯文并《哥兰经》一卷。予稍稍诵习,而乳母时时又为予讲解,得贯通精理,而予父与国人皆不之知。其后乳母卒,予壹意攻苦摩萨门之道,遵乳母教也。

---

① 麦及,火教神名。
② 纳同,古长人国主。

"先是三年前，雷声骤作，掠城而过，云中如有人言曰：'嗟尔众生，毋信纳同火教之邪说！专事上帝，则获福孔多。'语至清晰。此三年中，居民无日不闻，皆溺于麦及、纳同，置此言不为意。至第三年之末日，夜半后，国人均化石质，而予父母则幻为石而黝黑者。今犹在宫中，度夫人已见之矣。

"予以事上帝得免于难。今夫人所以至此者，意上帝实使之，藉解予寥寂耶？可感哉上帝！"

予闻之如有所感，曰："然。予家报达，微有资，携其半来此，欲求互市。如王子能惠然同行，觐见吾君，某当尽东道谊，以馆王子。吾君掌理教事，博学多识，居报达，名甚盛，闻王子至，必爱敬之。尔时王子自陈所历，计良得也。不然，孑然一身，处此荒凉之境，甚无谓耳。舟在宇下，愿诹日以行。"少年喜，是夕，即以航海事相问答，坐以待旦。

比晓，相偕出宫，至海口。予二姊及舟中人以予未归，方忧甚。既见，大悦。余乃介王子与相见，既又以所遇及王子本末一一告之。

时携归金银珍异甚夥，运数日，尚未尽，以舟小不能容，不得已弃岸侧。未几，扬帆北驶，迟速惟意。舟子已具一切，足归路之需，而曩日储粮固甚富，无虞不继也。

舟中诸人谈笑为乐，而吾姊因王子独与予昵，渐有妒心，辄问归国后如何相待。予欣然曰："无他，夫之耳。"言已，顾谓王子曰："归国后予当执巾栉事君，并允君有役予之全权，王子其有意否乎？"

王子曰："夫人其戏言耶？予不敢闻。请略贡下悃，辱不弃，他日者当以正室待夫人。夫人自由之权，则不敢稍涉。"吾姊闻言，色颇不怡。

时船已入波斯海湾，距伯沙拉不远，脱风顺，次日可达。余以数夕未睡，倦甚，甫及席，瞬息已酣。吾姊乘间，执予与王子投之海。王子身弱，不谙泅，须臾溺毙。余随波漂泊，不知所止。既渐近岸，即起立，朦胧间，见地影隐约可辨，乃涉而前。比及岸，日已出，始知为沙漠小岛,距伯沙拉二十里耳。时湿衣受日暵,已可著。觅清泉鲜果,聊充饥渴。既,就深林稍憩。见一小蛇,有两翼,直扑予,或右或左,舌餤餤动,惧甚。未几,一大蛇至,逐小蛇欲噬。予拾石力掷之,中大蛇首,蛇毙。小蛇即振翼飞去。予谛视死蛇,良久,知其无害,乃更择树阴茂密处卧其下。

及醒,见一黑妇人立予侧,举止娴雅,貌和蔼,手铁纲絷二犬,犬毛皆黑。起问为谁,妇言:"某即飞蛇幻形,向承相救,无以为报,侦知汝姊毒汝,特约仙侣,以汝辎重送报达贮货所,而沉其舟。罚汝二姊为犬。然此尚不足蔽其辜,须臾,试观吾所以惩处之者。"

言毕,挈二犬及予至报达贮货所,则累累皆舟中所载者。入室,以二犬付予,戒予曰:"吾受天帝命,罚汝二姊。以后,夕必鞭之百,以尽厥辜。"予唯唯,不敢与辩。

由是每夕必施鞭扑,君昨已寓目矣。虽雅非所愿,神命,不敢违。予所历如此,以为未足,请爱米赓续之。

加里弗既闻苏培特言,乃命盖发请爱米自述伤胸之故。爱米乃起述。

蛇仙杯水记

爱米曰：请叙予寡居后与富室子缔婚事，供陛下清听，凡姊所已言者皆不赘。

予不幸，丧夫后，家居一载，储蓄颇足自给，以予夫遗资约九千西衮司，供一人，甚有馀也。居丧六月，予制新衣十袭，各值一千西衮司，服阕，即服之。

一日，予独居勾当杂事，门者以有妇人欲见白，命之进，则一老妪也。入门，即以口接地曰："予将有所请，夫人仁者，乞恕唐突。予有一孤女，今日于归。而予甫至此，朋戚甚寡。婿富家，支族繁盛，见予寂寂，恐贻笑。夫人倘惠然辱降，若辈俗子，必以吾家为富贵人，不敢藐视矣。夫人其怜而许之，否则予汗颜无地矣。"

言已，涕泪交下。予恻然怜之，慰之曰："妪勿自悲，予当勉为行。不识取道何所，予将易衣以俟也。"老妪闻言，大喜，伏地，以吻接予足，示感激意。起曰："夫人大恩，上帝鉴之！身受其惠者，将为奴隶以报。请盛妆稍待。傍晚，复来为导。"即径去。予华服丽饰竟，乃坐以待妪。

日落，老妪至，色欣然，以口接吾手曰："婿之父母亲属均先后衣冠至矣，观其举动，真不愧豪族。望夫人速临。"予尾之出，仆从又尾予行。及门，见一灯矗立，门揭以金字，灼灼耀目，文曰："人生长乐地。"妪遂挞门入。

妪导予过中庭。登堂,则一少年美妇在焉。见予入,趋而迎,行抱腰礼,导予坐。侧复置一座,环柱均以佳木宝石为饰。美妇坐其上,谓予曰:"夫人幸临,今有求于夫人者,不敢避冒昧。予有弟,性至和善,闻夫人美,日夜思不置,至废寝馈,且得疾。愿夫人怜而拯之。弟貌颇不俗,以偶夫人,可谓双绝,幸勿见拒。"

予自丧夫寡居后,无再醮志,闻女言,意忽不自持,默然不答,而微露羞涩态。有顷,少妇鼓掌,一翩翩少年入,仪表修整,近予坐。与语,亦蔼然可亲。始信其姊言非溢美也。少妇见予等语甚洽,又鼓掌,少年趋入。具婚礼,设誓约,后当惟予所愿。予乐甚。既而礼成,予俨然彼家主妇矣。

婚后一月,予欲购织锦于市,请于余夫,许之。妪及二女仆从。既抵市,妪曰:"予当导夫人至一少年贾人处,其人与余素习,且其肆富于储,种类其备,可任意纵览,以免仆仆也。"予从之。甫入门,一贾人起相迎,貌秀丽,举止冲然。予入坐,命妪令贾人出锦。妪不许,予告以新婚后例不得与人交谈。

妪不得已,言之贾人,取锦出,选其最佳者,令妪诘值。贾人曰:"予不愿取价,夫人能鉴其愚忱,赐之接吻,俾得一亲芳泽,愿斯足矣,谨以锦赠。"予怒其无礼,令妪斥之。而妪顾以为此小节,固何伤。余亦心爱锦,竟从妪言,令妪与二女仆当门立,余则去面巾与之接吻。不意贾人竭力啮予面,大痛,流血不止。

予猝受此大创,一痛几绝,而贾人已乘隙逸去。既而予苏,血殷然满面。妪等恐受风,请幂以面巾,人当不能见创处也。妪怏怏不乐,慰余曰:"今日之事,余咎也。予不知人,冒昧导夫人至彼,而贾人乃无礼至此。然徒恨无益,不如归休。予有刀圭在,可疗治,三日,创必瘥。"予狼狈甚,几不能行,乃强支拄。及归,妪为敷治,血少止,遂就寝。

薄暮,夫归,见予首裹巾,问故。予伪言患头风。夫以火烛,见余面有创痕,又致切诘。予欲言而羞怍不能启口,乃诡言曰:"顷狭路间遇一负薪者摩肩过,偶触其担上斧耳。此小事,不足介怀也。"

夫闻之,怒呼曰:"予必有以报之。明日,将控诸警察,尽捕负薪者而后快。"言毕,犹悻悻然。予急止之,曰:"君宜三思,慎勿以细故而犯大不韪也。不然,徒益予过。"夫又曰:"然则更有以详语我来。"

予曰:"诺。顷予入市,遇一卖金雀花者,乘驴随予后。偶回首,驴适当予衔。予惊仆,触一碎玻璃,故如此。"夫曰:"然则予将于明晨往告维齐,维齐必捕城中市金雀花者而歼诛之。"予惕之以上帝,谓卖花者无罪,请恕之。夫曰:"然则汝语尚有不可信者。请明言,勿隐。"予曰:"实告君,乃予偶不慎致此耳。"

夫闻言,愤然曰:"予不耐听汝谎!"因鼓掌三,仆自内出。夫命曳予下,置室中。仆如言曳予及地。夫叱曰:"击之,断其首,投诸底格里河①以饱鱼鳖。予爱彼而彼不以诚待予,罚不容贷也。"仆意踌躇,夫怒甚,曰:"不速击,将何待!"

仆目予曰:"夫人命在刹那间矣,尚有所言否?"余含涕视余夫曰:"呜呼,予竟蒙此罪!余竟以此死耶!"即呜咽不能成声,意将动其悯。而夫怒不解。余诵祷文忏悔,夫若为弗闻者,促仆速击。时适乳母入,伏地请曰:"愿郎君念予抚育功,姑宥其罪。死者固不足惜,而于君名有大不利,人言藉藉,不将谓君暴戾非复人性耶?"语颇沉挚,继之以泣。夫意始稍稍动,继而曰:"以乳母请,贷其一死。顾余必痛惩之,使赎前愆。"言既,命仆执鞭笞余胸次者数百,血肉狼藉,惨不忍睹。鞭毕,仆导余至一室居焉。妪终日相伴,抚我伤处,调护甚至。余转辗床笫者四月,创始瘥。惟瘢痕不复退矣,昨君所见者是也。予乃步归亡夫遗室,至则屋已墟,盖后夫盛怒之余,尽毁亡夫遗屋。予愤极无可诉,觅后夫亦不可得。呜呼,陛下,予尔时所遇之不幸为何如也!

---

① 底格里河(Tigris)由亚美尼亚高地南流,与幼发拉的河合为双子河,注入波斯湾。河域为西亚著名沃土,古代巴比伦之文明,即产生于此。

旧庐既毁，栖宿无所，不得已，至吾姊苏培特所诉之。吾姊待如恒，嘱予事必忍耐，曰："若妹之遇，吾见亦多矣，何足奇。"因语予以二姊易犬形始末，并引诸故事以证之。言既，命余幼妹出，盖妹生母见背，亦依苏培特为生也。

天佑余等，得享同居之乐，无复有作室家想者。昨予至市购食物，偶遇担夫某甲，甚勤敏，因命之职负荷。至三噶棱达则以日暮无宿所，故来予家，乃飨以酒食尔。

加里弗闻言，喜甚，意欲示惠，故不待维齐语，即问苏培特曰："汝亦知幻为蛇形之仙妇所在否？汝二姊今为犬，不识能复原形否也？"

苏培特曰："仙妇去时，曾以毫少许见赠，并言欲其至即取毫焚之，虽余在高加索外可立见也。"加里弗问："毫存否？"曰："固宝藏之。"加里弗求之切，苏培特以一小匣献。启之，有毫少许。加里弗嘱苏培特试为之，以福爱米及二黑犬。

苏培特取二毫焚之，而藏所余于匣中。转瞬间，宫殿震动，一美人修裾长袖飘然至，曰："妾承陛下召，欣喜殊甚。无以为报，愿复二女形，以承君意。"

加里弗曰："慈悲哉仙乎！固予所至乐。顾尚有请者，愿仙人垂悯，更以治爱米创也，且必知逞此毒手之人所在。予前闻此，心颇不平，以为予纵握大权，亦不能为此狂纵之事。幸相告，以释余疑。"仙妇曰："唯唯。"

加里弗乃遣苏培特曳犬出，仙妇索杯水咒之，洒爱米及二犬身。一霎间顿成二女，而爱米胸前已完好若凝脂矣。仙妇谓加里弗曰："陛下所谓逞毒手者非他人，即太子爱米音也。盖太子久闻爱米美名，思之切，故设计娶之。其后疑有他意，故尔离绝。承下询，用敢直陈。"言已，忽不见。

加里弗踌躇久之，转念已得民间琐事，喜甚。乃召其太子爱米音切责之，并告以爱米受创之由。太子大悔，遂与爱米和好如初。

加里弗爱苏培特甚，纳之后宫。馀三姊妹则指婚三噶棱达，筑巨室于报达,而以要职任之。后三人皆位至维齐。

既而噶棱达授京师行政官,颇留意于婚姻之事,民咸称便。加里弗闻之,亦深喜其阅历有得也。

谈瀛记

昔加利弗赫仑挨力斯怯得在位时，报达有窭人曰亨北，业负戴。值炎夏酷烈，荷重而趋，度所欲至处尚辽远，焦灼喘汗。俄通衢右转，杂树离立，凉飕徐拂，骄阳失其威，心目顿爽。有大厦巍然峙道左，乃就其侧，弛肩少休。忽烟篆萦萦然自雕窗缭绕出，馣馦之气，浸淫四布。枝头时鸟，鸣声谐婉，与室中丝篁之奏，渢渢乎若穆羽之调。又鼻观间甘酸百味相腾触，使食指大动。度必张盛宴飨客，不知为谁何豪族，乃侈宏若是。视阍人皆盛服立，逡巡前询之。阍人曰："子家报达耶？胡充其耳？是室主人为星柏达，乃久作瀛海游者。"亨北既闻言，复仰瞩其宅，缭垣隆起，题角翚飞，楼亭之顶参差矗云表；视己之荜门甕牖，不蔽风雨者，其相去何异粪壤之于嵩高，蹄涔之于巨浸也。不禁羡极妒生，搔首而呼曰："予重茧其足，坌奔终日，以豆羹麦饭畜妻子，犹虑不给。而星柏达广居优奉，宾从酣乐，奢朊若王侯，幸不幸何若是悬殊耶？惟天苍苍，岂云可问！"言次，抚膺太息，怅愤不能自已。俄一从者出，捉其臂曰："从予见主人！"亨北以感愤自语，不无唐突，惧以此获戾，欲逸去，托词曰："余入，弛担于道，无守者，奈何？"曰："无虑，当为君守。"亨北辞穷，遂偕入焉。

从者既引亨北达厅事，客麕集。修筵布列，鳞罗盛簋。主坐者，一翁丰颐而广颡，白须彪彪然拂于胸。仆从鹄立于后，不可以数计，咸肃然伺。亨北度是翁必为星柏达，足踧踖不自宁，俛首致礼。星柏达肃之入坐,躬持觞劝饮,甚殷至。于是觥筹交错,众宾尽欢。星柏达既询悉亨北名氏执业,辄然曰:"客来不速,幸甚。第有询于子,顷慷慨悲呼胡为者?"先是主宾方饮酒,星柏达偶步临牖,微闻亨北不平语,即命从者导之入,至是诘之。亨北益惶悚不能对,顷之,赪颊而言曰:"作苦瞀昏,出言不检,疏狂之愆,乞赐垂恕。"星柏达曰:"否否,子有激于中,余断不以子言介抱,所不能忘者,悲子侘傺耳。虽然,子谓余享奉丰腆,若泰然而得之,抑何未审?余盖殚数十年之精力,经千百次之危险,而仅乃得偿,视子之劳,殆有过焉。"笑谓众宾曰:"仆无似,惟能耐苦,屈指生平航海者七,出生入死,涉历艰险,想诸君亦有所闻。今是客辱临,未知余曩日事。请觇缕一生所遇状,以供浮白。诸君倘不厌渎耳耶?"众唯唯。星柏达命仆取亨北所荷物入,遂停觞述之:

余幼孤,性通倪,不治生,一切无訾省,家财荡尽。稍长,渐悔悟,窃念以有用财充益无费,得毋俱甚,日月易逝,因循不克自振拔,将生计日蹙,益无聊赖,由菀而枯,何能堪此。忆父在日,儆予以苏罗门之语曰:"与其困苦,宁入黄土。"每一念及,心怵然不能自为地。乃奋自策励,遍与航海诸商交,朝夜求商业利病。知贾于海利颇不赀,思罄所有作海外游。策既决,乃偕侣乘舟,赴伯沙拉,经波斯海湾,指涂东印度。右于波斯海湾者为亚剌伯斐力斯海岸①,左则为波斯海岸,湾宽约二百一十迈尔。东为印度洋,水势浩漫。阿比西亚②界其滨,距斐客斐客岛一万三千五百迈尔。余惮涉波涛,涉即晕,至是此疾若失。凡经小岛屿时,舣舟以货相懋迁,入颇赢。一日风骤作,帆若飞鸟疾。数时许,抵一岛,草芊芊一碧,景色幽寂。舟下碇,客多登陆眺瞩,余亦从。舟处久,倦闷,得散步游目,心畅甚,相与席地饮。忽岛摇曳若浮舟波浪中,主舟者忽大呼:"亟归,稍迟,难将及!"盖巨鲸往

---

① 斐力斯海岸(Felix)。
② 阿比西亚(Abyssinia)为非洲东部独立国。

往背出海面,峙若山岳,且丛生草木,多误为岛。时争跃入舟,不及者泅水上。余仓皇欲去,而岛骤没,溺焉。怒涛急漩中偶得一片木,持以不死。主舟者以客大半归,茫茫无涯,迹溺者不得,遂扬帆去。

余浮沉水中,凡一昼夜,困甚,不能支。忽巨浪卷余体,势至疾,木已失。自度死矣,忽身已在沙际,盖为浪推激而上也。有岸极危峻,老树俯瞰,余援垂枝以登。比至岸,卧地,殆无气以动。日出,犹惫不得起。腹枵,饥不可耐,勉蛇行,摘草实以食。旋见一泉侧出,澄泓若乳,掬饮之,神渐复。举武间,觉弥望重碧,细草若铺茵。遥见有马著草际,度必有人,拟趋而求拯,即不复审祸福。比达,则一马就树维絷,肥健而修洁,不自知叹赏之出于口。忽匡下有声,旋一人来诘余。具以告,即要余入石室。先在者见余至,群相骇。其人为述飘流状,始释然,畀余以食饮。余转询之,则曰:"吾曹皆圉人。是岛辖者墨力车王,爱马,岁使游牝于此,俾与海马合。俟驹生,与俱归,乃豢于别厩,曰海驹。特海马性强,常欲噬牝,作声惊之,始逸。我曹归当以翌日。君幸相遇,否则此岛距吾国远,途险阻,非结队连骑不能往,君孤子,将葬此矣。"时忽海水沸涌,渀然喷裂,有海马自波中出,怒奔牝。圉人急作异声,海马惧而遁。明旦,圉人挈余引马归,见余于王,以遭难白。悯之,有厚赉。

余操商业,至是多与其贾人游。都滨海,估舶沓来纷集,相与讨论其赢绌所繇。且与彼都士大夫相往还,其君若臣亦时时询报达风俗,余亦详察其政教法律,以广闻见,遣羁抱焉。

属墨力车地有客雪耳岛①者,夜数闻铜钹声,相传为德记耳②卜居之地,有此神异。余好奇,思一穷其秘。舟往探之,无他异,惟见巨鱼长一二百尺不等,光怪可怖。然不为人患,且性怯,闻击楫,即鼓鬐逝。又有鱼群至,皆鸥其首,状甚奇诡。乃仍返墨力车。一日闲眺海

---

① 客雪耳岛(Cassel)。
② 德记耳(Degial),穆罕默德神名。

岸，见一舟自远来。既下椗，运货者络绎于道，瞥睹其件，髣髴署余名。就视，不谬，恍然曰："斯非吾前欲运至伯沙拉者耶！"视主舟者似相识，拟询之，度彼必以余为异物，漫诘孰主是货者。曰："为报达人星柏达，与同行。舟抵一岛，客半登览，星柏达与焉，爇火作食。不知岛实巨鲸背，骤没入海。捷足者皆跳身归，而星柏达不返，谅葬鱼腹矣。故代售其货，冀得赢以归其家。"余曰："仆非他，即星柏达也，赖天佑，于死地得生，且荷君厚意。"主舟者诧曰："嘻，是难信矣！岛没，星柏达溺，洪涛巨浪中，胡恃而不死？汝自谓即星柏达，于何证之？事涉财物，子非可假托为戏者。"余急曰："有证。"曰："然则愿闻其详。"余乃以入水得木浮以免，遇圉人见于王，留墨力车国，始末具告之。主舟者尚狐疑，而同舟客有识余者，争趋前相庆。主舟者乃前相持慰余曰："君得免大难，喜诚过望，请以货归故主。"余感其诚，愿析两，以一为报。主者固辞不受。

余既得货，遴其至珍者献于王。王询所自，其以白。王悦，纳余献，以他物赍。余归思切，悉以沉檀樟蔻椒姜诸类售诸岛民，偕主舟者返。未几达伯沙拉，橐累累载而归里。家人悉余遇，并艳余装，始骇而继喜。余出资广营田池，兴土木，极巍丽，奴指数百，气象一新，不复忆漂流之苦矣。

星柏达述既毕，乐声作，锵洋盈耳。诸宾皆起立曰："闻所未闻，当浮一大白。"时薄暮，星柏达命以金币百赠亨北，属翌晨复至。亨北喜，几不能自持，携荷而返。妻子骤睹多金，欢呼狂舞。次日，亨北洁衣往，星柏达笑逆之。无何，众宾骎骎至。启宴，酒半酣，星柏达举杯言曰："仆二次航海，事尤奇险，至今追忆，犹心若悬旌然。想公等好奇，必乐为引耳。"众唯唯，寂无哗。星柏达乃述其事如下：

余初次航海归，惊弦之鸟，意绝翔羾，而今而后，将老死报达，不复作浮海想矣。虽然，予不敏，而冒险进取之性，凤禀不可易，居恒顾田宅，辄悲啸不乐，亦不自知所由。亡几何时，而畴昔乘长风破巨浪之念，若原上之草，刬薙既净，而根复怒发，蓬勃不可一日遏。于是复理旧业,捆载张帆。惊涛汹涌中,舟若叶舞。登舵楼以望,天水衔接,茫无涯畔。历岛屿无算,辄相贸易。比抵一大岛,万木蓊郁,嘉果累累,卉蔓藤梢,互为蟉结。地袤延,富植物,而阒寂无人迹。客悉登,步绿茵中,玩杂华,摘甘实。而余携斗酒,于林僻处藉草坐,旁溪流声潺潺,浓阴蔽日,景色幽邃,倾樽独饮。既醉,倦而酣卧,茫乎不知身之在岛上也。数时始寤,起觅舟,不知何往。四顾萧寥不见一人,但依稀远帆天际,二三微点,与波上下而已。凄风叫号,境憭慄弗能耐,斯时怨恨为何如耶!

余既困孤岛中,茕茕孑立,涕下如雨,悔悲交迫,至蹐地不能起。久之,乃悬想昔不死于海,殆有天幸,今日之厄,或有解者。又念曩侥幸得不死,事偶然耳,胡能再邀?辗转涉想,心若棼丝。忽猛省曰:"既入陷阱,悔恨何益?盍于万无生理中求一线可冀?"乃猱升高树,环竭目力所至,而混茫万里,无只楫之过前者。觉五内崩摧,身浮欲堕。忽大陆边现一白色物,晶耀射人目,即下树向之行。至则浑然一巨球,皎若玉雪,周视无穴窍,高不能登。试蹴之,腻然而奨,占地之广,亡虑五十步焉。

时日光返照,绮霞散天际,甚明艳。忽骤暗若晦夜,出手不见指,大悸。旋闻振翅声,若暴风吹林木。一大鸟蔽天来,度白色巨球必鸟卵。未几,鸟集其上,爪适当余前,伟如树干。余以首巾束身,系鸟爪上,冀其飞挈余身,出此荒岛也。次晨,鸟振翮天空,高入云表,下视不辨水土。俄侧翼下,迅如电掣。余魂驰魄丧,恍惚间似已近地。急解所缚,得坠。张目视,大鸟方以爪击修蛇,衔而飞去。

余脱离鸟爪后,视坠处乃一深谷,四围悬崖峭壁,矗立绝攀援,然视沙岛之绝无生路,则固有间。余沿谷行,地多金刚石,大者目未经见。徘徊间,突有巨蛇无数蜿蜒至,修伟不可仿象,至小者亦若柱,惊而却步。然蛇畏大鸟,日匿体厓洞,夜始出。余日游山谷,饥则探残猴果腹,暮即伏山穴,杜以大石,穴陷而窄,可避蛇患。夜闻蛇振齿声,惧不成鼾,旦始敢出穴焉。

余在谷中，夜伏昼出，忽忽非一日。虽日履金刚石，自顾生且不保，亦土苴视之。一日晨寝，忽有物下堕，几中余体。亟视，野脯也，旋累累自壁下。余尝闻海上父老云："采金刚石者，法于鹰孳育时，持脯登崖顶。此石多在深谷，而壁陡峻不能著足。即掷脯谷中，脯中金刚石，黏合不得脱。鹰见脯，必衔哺其雏，并石入巢。采石者作异声惊鹰使去，遂取金刚石归。"并云："巨鹰多力，能喙取极重物而飞。"忆此语，心跃然喜。

初，余坠谷时，患无术得出，自度必死，至此顿悟。乃遴最巨之金刚石纳诸囊，以脯之大者著体，解缠首巾固束之，卧以待。有顷，群鹰争下，衔脯去。俄一最巨者，钩喙而修颈，侧翅，疾揿衔余缚翥出谷，直达其巢。俄异声四起，鹰悉散。取石者解缚见余，大惊。少焉众集，谓余窃石，势汹汹。余曰："使知余始末，将悲怜之不暇，当不以怀璧见罪。余囊中有上品金刚石，愿与君等共之，恐罄诸石之值不足抵。何逼人太甚耶？"即出示之，众惊叹。余为述遇难之奇，及所以出险者。群相庆幸，邀余至逆旅，复观余所得石，皆谓生平所见，形质光芒无出此右。时有一人前，以后至无所得，向隅郁怏。余出囊中佳者任择之，则仅取其一，且至小。强益，固不受，曰："是石可珍，余愿已足，将终身不复事操舟业矣。"是夕，相与纵谈甚快，积闷一舒，凡困于荒谷可惊可怖之状，心目间已消亡殆尽。采石者返就道，邀余与偕，时见异蛇出没，幸免害。久之达海口，乃舟赴卢赫岛。岛多樟，大者荫可蔽数亩。岛人取脑，法以刃刺树汁出，受以器，渐为凝质，即樟脑也。汁竭，木亦凋，不复能荣矣。是岛产犀牛，较象差小，鼻有角，长倍尺而坚，角孔有白纹，光可烛。犀牛常与象斗，角抵其腹，立毙。承以肩，目或误入象血，即瞑而仆。鹏鸟见而并攫之。余遍游此岛，瑰怪之产，数之更仆不能尽。以所得石易诸珍重物，转至他岛。抵伯沙拉，遂返报达。缅想藐焉此身，托命于羽族之喙爪，其不糜躯也几希，至今犹营魂悦悦也。星柏达言竟，复贻亨北如前，并订翌日约，当述三次航海事。

次日，亨北于于来，口鲞然，泽其色，几忘其为窭人子矣。众宾亦继踵至。酒数行，星柏达曰：人情静极则思动，险象既往，壮心复萌，隙驹易逝，何可虚掷，乃复自报达赴伯沙拉。舟既发，历各商埠，获颇赢。忽海中飓风作，浪山立，舟不复能自主，漂流簸舞，客颠晕不能支。数日，抵一小岛，主者不欲下椗。客强之，舣焉。主者曰："是岛为野蛮生殖地，与邻者皆同种，状犷恶，善斗，短而悍。杀其一，必以全族至，不复仇不止。"余闻而大惧。忽喧噪声自远至，视之则野人无数，来若飙疾，皆高二尺许，赤毛被体，群跃入海，环舟数匝，口钩辀不辨何语。遽循缆上，矫捷如猱升，杂登舟面。既不敢拒，语复不能通。瞬息间，野人断缆拽舟近岸，驱舟中人悉登，意若欲予曹往其岛者。仓皇不及避，为一拥而去。

予曹之受迫也，饥渴交作，掇道傍果以食。良久，见屋瓴出树杪。比达，则重楼杰阁，制极闳丽，紫柏为门，兽镮炫饰。排闼入，堂庑敞深，琢珉石为阶，人骼累累积左右，洪炉炽炭，烈焰熊熊然，不觉为之毛戴，股栗不能行，几欲倾踣。俄顷砉然有声，重门洞辟。一夜叉跃出，只目狞于额，赤而闪烁；牙若剑锋锐，分横吻际；哆其口，唇下垂胸；豕其耳，鸟其指爪；植立不动。余骇极而颠。久之，始张目视。夜叉眸颤然益鸷，颐朵涎流。旋爪持余颈而上下之，若屠人之提羊首。复释余，次及他人，一一权其轻重。继及主舟者，体肥硕，夜叉即以叉贯其腹，就炉火炙之，蹲而大嚼。食竟入卧，鼾声彻于外。余悸不成寐，顾同侣无生气。天曙，夜叉出，度其已远，始相语，置身虎口，惨状逼人，欲潜杀之。度力弱，势必不敌，惟相向悲哭。拟出觅援手者，而弥望荒旷，卒不得一人。日暮，岛多恶兽，不敢露宿，不得已仍返，心益怵怵。俄一人中夜叉选，炙啖如前，委骨狼藉。旦夜叉复去，我曹束手，分供吞咀。皆曰："与其以血肉果妖腹，毋宁蹈海死耳！"中忽有奋袖起者，倡言曰："计无复之而作经渎之想，非夫也。纵自度无生理，亦当竭吾力图灭之，以除巨害。即不胜而死，较涕泣受噬者不差武乎！"

余首赞其议,同侣亦有附和者。余谓众曰:"海滨多木,盍伐以为桴,藏僻所待用。即并力设谋,誓歼此怪。事成,则暂居是岛。或有帆舶经此者,则勾附以归。仇复而身全,是为上策。不然,以一筏置洪流,或可出险于万一。不幸与波臣伍,视殍耳等羊豕,尚彼善于此也。"诸人鼓掌称善。伐木编桴数具,一桴大可容三人。夕复归,夜叉取一人食。我曹大悲愤,俟其卧,集勇壮者九人,以叉置炉,锻尽赤,力刺夜叉目。大号突起,张爪欲攫人。急匿,夜叉不能得,乃夺门狂奔,吼声大震。窥其去,即奔赴藏桴所,浮诸海。知必来寻仇,乃系桴坐观变,脱达旦不至,必受创毙,无患矣。

昧爽,夜叉偕其类二,貌狞恶相若,后众丑蜂拥,若疾飙暴雨之至。余等跟跄登桴,桨而逸。夜叉桀石以投,或踢浪奔逐,势猖甚。桴之遭击而没者半。余与某甲乙幸得免。方图脱险,而飓风起,浪滔大。三人抱桴出没洪波中,周时始达一岛,乃弃桴登陆。岛多杂果实,以代饮食。夜就海滨宿,朦胧中闻有声若挟风而来。亟视之,一巨蛇昂首咫尺,甲避不及,蛇绕其体。甲撑拒甚力,卒不敌。蛇束甲而摇顿之。甲力尽,卒为所吞。余与乙急遁,距已远,犹闻格格啮骨声。晨,惊魂稍定,余仰天呼曰:"天乎,何厄余之甚!若夜叉,若飓,若蛇,竟接踵至,未知今日又当遭何险也?"歆歔不自禁。见前有大树高参云表,度可栖息避蛇患,夜偕乙攀登。甫上,蛇已近树,竖立而怒啼。乙藏身稍下,蛇猛啮而堕,食之尽。余栖树颠,蛇不能及,得免害。

黎旦,蛇杳,余始下。念甲乙遭吞噬,行将及己,厄余者未艾,尚何生望!愤极欲投海。复念奈何自轻若此?且一蛇之是怵,何以为人!天下宁有不能防之患!乃聚棘刺,以藤联缀之,围树之干。复以坚草架树颠,童童若车盖,亦以棘弥其下,如巨鸟之巢。日夕即蜷伏于中,以御蛇害。未几,蛇复至,状益猛悍,奋跃欲上,数格于棘刺。蛇似怒甚,毒其目,矿矿视余,彻宵伺,若猫之候鼠,意殊坚忍。日出,始蜿蜒去,屡回顾,冀余下树而得甘心焉。余终夜惴惴,睫不得交,愈甚亦愤甚,复萌死念,狂奔抵海岸。忽一舟自远至,余招以首巾,竭力呼救。主舟者闻之,放棹来迎,争询本末。余具以告。一叟矍然曰:"常闻有岛多夜叉,嗜食人,或不火,君始漂流之所,得毋即是。巨蛇夜出,至其岛者,无生还。君能出巨险,诚大幸。"众以酒食相慰庆。主者以余衣敝,为易华服。与共历诸岛。至瑟能赫特,地产香木为上药,遂下椗,与岛人相交易。

一日,主舟者告余曰:"仆有货为客所遗,彼不幸死矣。货已稍稍售,获厚利,将以赡其家。未售者,请主之。苟经营得利,即以报君。"余喜出望外。时舟中书记生悉以商名注货册,询主者曰:"是君之货,当注何名?"曰:"星柏达耳。"余审主者自疑:"二次航海,余醉卧荒岛,委余而去者,非若人耶? 别久,骤不之识,又何怪其谓余已死耶。"乃呼问曰:"遗货于此者,果星柏达乎?"曰:"然,为报达人,自伯沙拉乘是舟赴海外。抵一岛,客太半登。比启椗,匆促中遗之。驶两时许,始觉。时风狂急,棹不得返。星柏达之不幸,亦余罪也。"余曰:"君确知彼已物故乎?"曰:"或如君言。"余曰:"请君谛视,昔见弃于荒岛中之星柏达,固依然无恙也。"主者熟视良久,鸣掌而呼曰:"天佑善人,今日乃复睹子!"复持之,喜且悲曰:"余深悔疏忽,弃君绝地。幸得重把臂,藉以稍赎前愆。货代藏久矣,售者,皆一母而数子,请悉数归君。"余感谢受之。

舟泊瑟能赫特岛久,启椗他往。余购得丁香、肉桂诸珍品。途中见巨龟,修广几二十步。又见河马,乳如牛,居兼水陆,皮坚可为盾。是行也,获利无算,资以广施济,凡慈善之业罔弗与。居亡几何,而游兴若春日之竹萌,不受巨力压也。

余归后,怡情水竹。自他人视之,谓逸情云上,乐且未央。顾余恒郁郁,惟道海上事则心开,虽迭经槃错而志不挫。乃复行贾于波斯。复舍陆乘舟,东方岛屿历且遍。一日,正转帆,暴风作。主舟者急命落帆,备不虞。而帆为风裂,片片作蝴蝶舞,舟破于礁。客溺,其逐波而得不死者,仅余与同侣五。欻至一岛,有果实及泉疗饥渴。疲甚，仆地卧。晨，始能健步。稍前，有居民，思就访之。比至，值黑人联队来，见我曹，均拥之去。抵一室，黑人命坐，以物进，若草根，不可识。黑人手作状，示可食。五人饥，相与大嚼。余度其叵测，拒之。无何，饭进。嗅之，有椰油。先食草者，皆昏醉。饭至，不复辨美恶立尽。余仅进少许。盖黑人喜食人，常饲人如豢畜，俟其肥，宰之。其获人也，先以毒草迷其脑筋，继食以油饭，俾易茁壮，供口腹。五人既中计，为黑人餐。余伤生畏死，日渐尪瘦。一日，仰药自尽，为黑人所觉，救之苏。盖黑人欲余肥，不欲余死，且许我自由，然余动止必隐察焉。

　　一日，黑人举室出，留一叟守之。余乘间逸。叟侦知，急呼余返。余掉首不顾，奎奔不辍。度黑人暮必归，归而失余，必四出侦察。第去远，当可无虞，胆稍壮。少憩而食，食已复奔，夜分始止。若是者凡七日，心惕惕，惧为其种类所见，常避道行。饥则餐椰子，备极困苦。旋抵海滨，有白人沿海摘椒，急就之。彼见余操亚剌伯音，询所自。余陡闻故乡语，悲喜交集，以状白。则佥惊曰："黑人甘人肉，为所得，无脱者，何子术以免？"告之故，皆谓余能，留同处。越日采椒毕，遂率余乘舟达彼都，见余于王。王慈爱，乐闻古事迹，赍物有加，且命仆给事左右。是岛生齿繁，商业翔起，百物荟于都。王刮目视余，臣寮竞趋附，惟恐不得余意。虽萍寄耳，国人之重予，甚于土著。岛人乘马，无障泥辔勒，王亦然。余异之，询诸王，王不省所谓。余即图鞍辔式，命工以木制，蒙以皮，实以茸毣，金珍饰其表，复饬冶人炼精铜为镫，辔衔称是。既具，贡诸王，躬执鞭请乘。乘之，适甚，大喜，厚颁赏。复命余为宗室外戚制如式。凡国之荐绅及大贾人，余皆有以赠，皆得重酬。余自居此岛，名满朝野。一日，王谓余曰："予甚倚卿，民亦能仰承予意，有腹心之布，愿勿辞。"对曰："羁旅之人荷恩至厚，敢不谨从。"王曰："欲为卿成家室，长子孙，俾得长亲颜色，岂不甚幸。"余唯唯，不敢方命。王乃选淑女妻余，既有殊色，而幽娴合度。亲迎后，移居外家，帷房之好，若青鸟翡翠之婉娈矣。虽然，游子思故乡，固不无清辉香雾之感也。

友有丧偶者,余往吊,友悲恸。余曲慰之,谓宜姑作达观,珍摄有用之体。友流涕叹息曰:"余何能藉君慰语,以冀望苟延?仆魂已游墟墓间,将与君长别矣!"余惊曰:"恶,是何言!将与子订终身交,何作此不祥语?"友曰:"愿君长寿!仆已矣,复何言!国例:妻卒,夫从死;夫卒,妻亦如之。无贵贱,守勿替,违者不容,仆何能幸免哉?"余大诧,不谓风俗之敝野一至于是。时襄葬者已毕至,为死者衣饰,如于归日,馨其珍贵物缀诸体,乃就殡。友素服抚妻棺,亲朋从,余亦与执绋役。至葬所,见一巨穴,上覆大石。启石,坠棺入。友举手别戚好。衔涕入他椁,水一罂,糇七,置其侧,举椁合窀于穴,掩石归。余大愤痛,顾诸人则洋洋若平常,无几微感戚。余不能忍,诉诸王曰:"日者送友人丧,睹生死同穴,惊怛何似!尝游历诸邦,未见风俗残忍若此者。"王曰:"嘻!此定例,通国皆守之。万一后先予而殂,予亦当从死。"余曰:"然则客此都者亦从此例否?"王笑曰:"婚于是,即户籍于是,又何能不以例相绳?"余嗫口而退。

余归思之,忧来若织,脱不幸,有悼亡之戚,同穴之惨,余讵能免?以故妻偶抱恙,即惊悸欲死,私度其方在绮岁,谅不至槭绝不长。俄而二竖子为灾,妻竟大病。遍谒医,皆束手。越数日,竟死。余心胆堕地,悲哭不知所为。念生而瘥,受无穷苦,毋宁充黑人腹。及葬日,王亲临襄事,士大夫相继来会,殓如仪,别具副棺。瞥睹之,五中若饮刃,流涕长溎,命须臾矣。念忍而就绝,盍匍匐乞命,或万一悯赦之。于是泣请于诸臣寮,复衔王衣哀恳曰:"诚知有定例在,惟羁泊于此,家有妻子,冀破格哀怜!倘蒙垂念……"言未毕,欷歔哽咽,不复能成声。王与群臣瞠不答,且嗤以鼻,急以余妻棺置穴,而强余入副棺,瓶水及干糇存焉。余棺既下,阖石竟去,呼号痛哭,皆若罔闻。余力出自棺,穴暗若漆。有微光自口入,依稀见穴形如巨洞。数十武外即累累枯骨,腥秽不可近。隐闻呻吟声,盖食绝而奄奄待死者。

余暗中摸索,觉触足皆骸骼,就隙而卧,冥心一往,悲从中来,搏

85

膺而呼曰："嗟乎,予所遭乃若此其屠酷耶！曩者于风涛,于穷岛,于蟒,于怪,于黑人,皆不死,而今乃死于穴！悲哉,星柏达！有妻孥,不知娱乐;有金钱,不知挥霍;何营营于海外,而惟利是逐,卒生埋而益枯骼乎？"悔恨自掷者数四。然余每于绝地作求生想,姑以水若糇解饥渴。无何食尽,度枵腹无生望矣。忽闻起石声,旋二人下,一死一生,生者为少妇。余顿萌恶念,隐伺棺侧。顷之石掩,急取死人骨猛击妇首,磕然有声。妇若愤怒,余不顾,连击杀之,得其糇,延数日。又一男子与女尸下,复杀之。若是者非一度。是时疾盛,死亡相继,若遣以供予食饮者然。

一日余正击夺间,忽闻有声,若步,若呼吸。瞑索之,声渐近。恍有物自前一跃过。亟追捕,物若止若逸,呦呦作喘,复蹑其后。瞥见微光,若星点。余面光行,物依稀在,光忽蔽忽露。久之抵一石洞,豁然开朗,可容人出入。余大喜,以饥甚,稍憩。旋出洞,盖海滨也。睇城郭隐隐,崇峦峭壁,无径可达,惟望商舶经过而已。自穴至此,余隐记曲折,乃返取乾糇。又遍搜棺中殉葬物,若金刚石,若口中珠,若金跳脱,若殊珍古器,得复不赀,置洞中僻所,待时至,携之俱去也。

居海滨者数阅月,一日见巨舰遥至,余亟脱裹首巾招展呼救。舟子以小艇来援,询遇难故。余伪应之,谓中道舟沉,携囊仅免。比登舰,主者亦不疑。以余善谈,颇沉潭。余出珍物赠,固辞。道经诸岛,抵白尔斯①,小泊即行,山水颇奇逸。约一旬,抵苏润地泊②。四日抵客里③。是岛有铅矿,产印度蔗、樟树。岛富强而无文化,民喜食人。既售诸货,得盈羡,乃归报达。忆置身石穴中,自分委骨,无几微生理,不自意复睹故乡风景,且喜且慨。于是博周与,广檀那,与朋旧盘桓水竹以为乐,人疑余将以井里老矣。

时众皆谓所述事愈险愈奇,使闻者忧喜百变。客将散,星柏达复

---

① 白尔斯岛(Isle of Bells)。
② 苏润地泊(Serendib)。
③ 客里(Kela)。

有诘朝之约。届时毕集,乃赓续而谭。

星柏达曰:今当为诸君道第五次航海事。是役也,余以资制一舟,规模闳大。载益夥,他国商人与焉。挂帆东驶,抵一沙岛。见鹏卵如巨球,中有雏将破卵出。客或以斧裂之,烹雏以食。余力阻不从。食毕,忽黑云蔽天,狂飙骤起。主舟者知其故,大呼曰:"是大鹏也,杀其雏,难将及矣!"促速登舟避,仓皇行驶。俄两鹏掾翅下,见卵破子杳,划然悲鸣,去若电激。知必来复仇,相顾无人色。瞬息间,鹏爪握巨石,翱翔空中,见舟嶷然止,石斗下。亟转舵,不中,落舟侧,若霹雳之震,海骤沸,浪皆壁立,几见其底。正惶骇,一石复下。仓卒不及防,中舟,舟碎若齑粉,众不死石即死溺。余坠海中,得断桅之杪数尺,坚持之而游。手互易,疲极少息,不敢释。浪卷抵一岛,海岸峭削。力援,始得登,气促神丧。藉草坐,解衣晾风日中,移时可著,徐徐沿岸行。林阴高密,杂卉错落,鲜葩若霞灿,嘉实缀柯,芬芳郁烈。清溪回带,曲随厓隒,隐映林薄间,声戛琴筑。时夕阳欲堕,倦极不暇流连,枕石而卧。甫交睫,山风谡谡,疑急雨之至,辗转不复成寐。百感环起,轳辘无休时。俄曙色已辨,朝日初出,光煜然布射。回视山壁,益翠绿斑驳可观。方踽踽信步,见一叟面溪危坐,面目枯瘠,身支离如千岁松。余拟以遘难告,趋为礼。叟微睨,似点其首,状殊偃蹇。询之,不答,但作状示意,欲余负彼渡溪者。余疑其欲往采果实,悯其衰,负之。将抵岸,余伫立趣其下。又不答。突伸两足,毛磔磔作黄色,跃坐余肩,以手扼余吭。余气闭踣地,尚不释。但扼力稍弛,少顷渐苏。叟以足承余胸,迫令起,促摘果供食。自是终日役余,不令少息,夜卧则手环余颈,辨色,即扶余,迫往觅果,不当意则足蹴余体,伤累累。诸君试思,余竟困于老物,遭此凌虐,即力不敌,能无切齿耶?

一日,余见瓠瓜有绝巨者,已曝干。乃空其中,揉葡萄汁于内,藏隐处。数日,以负叟惫甚,出饮之,则已成美酒。兴顿豪,忘困苦,高歌慷慨。叟见余饮酒乐,涎流吻外,举手索饮。余以瓠内馀沈与之。叟若知味者,一吸而尽。俄大醉,跃上余肩,身摇曳不定,龁呼而鸮笑,酒气喂人,两足渐软弛。余度其无力,骤耸掷之,曳堕地。亟按其项,已烂醉若死。余以大石击其脑,毙。无穷隐恨,一朝宣泄,君等当为余喜而浮白也。

既毙曳泄愤,心快甚。彳亍向海滨,见一舟下椗,向陆汲清水。见余,具询得故,曰:"是老人大险诡,君竟为所困,嘻,几殆矣!盖叟每获一人,必扼死而后已,受祸者难更仆数。我曹偶抵此岛,皆有戒心,即孔武有力者,亦莫之敢撄。君被获得生,且除巨害,实行旅之幸。"即要余上舟,主者颇优待。旋抵一城,屋皆以石筑。舟中诸商多与余善,偕至逆旅,赠囊一,为介于城市人,人各有囊,商令同往采椰实,嘱毋相离,离则不利。又贻余干糇,乃携食负囊往。至椰林,树皆矗立参云际,实缀树杪。干泽,不能缘以升。群猱聚其上,人至辄潜伏高枝。城人投以石,余助之。猱怒,摘椰实还击,即掇拾藏诸囊,再投再掷,椰实累累于地,盈载返。盖舍猱固别无采法也。商以重金易余椰实,且曰:"君可日往采,得多金,再谋归计。"余如其言,获厚利。前舟已载椰去,他舶至,乃运椰挈金,附以归。

抵康马力岛①,岛多出沉檀、胡椒。民不饮酒,不近女,奉为国法。余悉以椰实易檀椒。海产珠,雇善泅水者采之,获大珠无算。比返报达,售得善价,以十之一资拯济,而后及其私。星柏达述竟,亨北偕众宾去。以六次航海事尤足惊心动魄,复有翌日之宴,凡前与会者皆沓至焉。

酒数行,亨北亟欲闻奇,正襟引耳。于是星柏达曰:余舍安乐,冒险阻,再接再厉,无稍退挫。是行也,家人涕泣揽余裾,朋旧亦坚挽,力陈利害。余概不顾,谓丈夫宁效儿女子悒悒闭置耶,立起就道,由波斯、印度抵海口。舟行,不复经波斯湾,乘风疾驶。一日大雾迷道,不知所向。久之,雾气渐消,历历可见。正忻眺间,主舟者忽躅足哀呼不止。余大愕。复见其掷巾于地,以手自搏其额,色若死灰,目

---

① 康马力岛(Isle of Comari)。

瞠视不瞬，恍发狂疾。亟询之，曰："死矣！舟已入险地，顷刻海流至，舟必为所卷，将尽沉沦于水国矣。"亟命下帆。而大风怒作，海流冲激，舵师束手，舟触石立破。幸干糇已预具，相与跃登陆。主舟者环顾，复大痛曰："天实丧予，陷兹绝土！入此山向无生还者，此累累白骨，吾侪将为之续矣！"余等仰察山形，始知为一海湾，绝壁环之。崖之下，碎帆敝樯与骸骼相错杂，百货狼藉沙间。知主舟者语不谬，乃相持而哭。忽水声潨潨不绝，视之，清流一道，缘岸投谷洞中。洞高广，璨然杂水精赤石。崖坼处有青沥若乳膏，滴滴入海，为巨鱼吞入，俄复吐弃于涘，即成龙涎者。山又产沈速，视康马力岛出者相若。地故饶珍贵物，以旋涡之险，行旅裹足，不幸误至，则人船俱尽。盖山壁回风压舟，浪骤逼，即旋转于盘涡中，或沦无底，或触石，皆不得免。即不然，而洪流推卷入峡，山陡峻，径路绝，万无生理也。

既困此海滨，皆面深墨，无人色。度不久必死，乃议善死法。计糇均分之，食尽，当绝，责后死者掩其骼。未几，侪辈相继殁。余少私其糇，同侣未之觉，故得苟延以践掩骼之约。馀粮无多，行将作饿乡游，又谁为埋骨者。念至此，五内崩裂。悲悯中闻水流入洞声，顿有所触。至洞口谛察之，见水入不出，度洞尽必有可通处。拟束木为桴，顺流而往，即遇险，葬身于绝洞与暴骨于海滨，等死也，顾此或可望一线生。倘天幸得出，则此山所产珍奇难偻指数，不难席卷归，富且与王侯埒，岂特免一死哉。于穷蹙待死之时，忽作此非非想。此余生平特具之性，所以历诸艰险而气不衰。亟断木，以藤缠束之，若编柑然。既成，多载诸珍及龙涎于上，置流中，浮送入洞。初尚有微光，继昏暗不辨昼夜，惟耳畔闻涛声汹涌，洞石之覆垂者，时触首几裂，惧而俯。囊中粮欲尽，非甚饥，忍不食。惫极而卧，桴随流下。比寤，则非复在洞中景象。一河绵亘，桴系树根。惊讶间，见黑人蜂拥至。余起为礼，彼杂然若相询，音喁嘶不辨。余喜甚，疑在梦中。久之，知非梦，乃操亚刺伯语申谢于天。

黑人某甲，能通亚刺伯语者也，闻余言，亦操亚刺柏音趋而前，与余寒暄。谓余曰："君毋惊,仆等皆土著。是河发源于海,凿山穿渠而过。顷汲水灌田园,遥见有若舟者自峡出,趋河干待。俄见浮桴至,中滞不前。有善泅者移桴抵岸,见君酣卧,故系舟待寤,愿闻其详。"时余饥甚,乃曰："余久不得食,声力俱竭。乞食我,而后语君。"即畀余食。食竟,具以告。甲惊叹,旋语余曰："君以奇思脱险,非恒人所能。欲述诸吾君,恐或传误。用敢冒昧,请躬为一行。"余首肯。黑人导余骑。三五健者曳桴登岸,负装从于后。遂入苏润地泊城。

苏润地泊者,名岛也,岛主有仁德。既至,修谒。其君询之。对以星柏达,业航海,因偻述所遭。王大喜,嘉余胆,命以金字书册,悬诸国门,为国人倡。复摩挲余所得珍物,赞叹不已。余进曰："漂泊得荷不弃,愧无以报,倘不土苴,窃愿自附献芹之意,为大王寿。"曰："是天锡君者,予何敢望?惟愿子少留,他日将有以畀子。"余感谢。君命为余定舍馆,赐仆御,给事左右。余暇多游览,以遣羁思。

是岛居赤道下,昼夜平,地纵横各四百七十英里。都城傍山筑,绾山之尾。群山环岛,高甲地球。产红玉及诸种宝石。山多含钢砂,资磨砺。若椰,若松柏,植极繁。海滨产珍珠,谷出金刚石。闻昔亚当①自乐园见逐后,栖止此山,乃登访其遗迹。久之,倦游思返,请于国主。允之。濒行,赏赉有加,并以国书及币嘱呈加利弗,藉敦友谊,躬送河干,命主舟者为余部署。国书以兽皮为之,至贵重,色黄,作印度文,墨青色,语简而敬。国书之文列于下:

　　加利弗赫仑挨力斯怯得殿下:凤闻仁政,无由瞻对,因缘便羽,敢献尺书。自维不德,猥统苏润,横览富强,幸尚未后。企望左右,愿祝永宁。悉附邦交,共敦睦谊。不腆之仪,聊将区区。削牍扃函,乃心驰恋。某再拜。

---

① 《旧约·创世纪》谓亚当(Adam)为人类之始祖。

其仪：一，赤玉杯，高尺许，厚寸，中纳珠，重二十分两之一。二，巨蛇蜕，鳞若银钱，卧之愈风。三，沈水香五千两。四，美姬数辈，绮绣金玉以为饰，容光照人。亡何，舟抵伯沙拉。返报达，即赍国书，并载美姬仪物，诣宫门，呈之。加利弗览书竟，询余曰："苏润地泊国主自诩富强，然乎否耶？"余对曰："尝察其俗，观其政，考其物产，似尚非虚语。其宫室之美，振古无伦。君出，则设宝座于巨象之背，卫士列左右，虎贲戈而前，执殳者拥于后，戈殳皆饰以翠玉。武士十馀人皆衣锦绮，亦乘象，象之饰极珍炫。从臣之冠悉缀以宝石及金刚石，望之若霞星之璀灿。臣之颂功德者翕然合响，作为诗歌曰：'既富且强，吾君乐康！'又曰：'既富且强，使吾君而亡，谁主此邦？'于是侍从者皆合辞蹈舞而唱曰：'既富且强，君寿无量！年与山共高，名与水同长。'以是知其君民之相洽，兴且未艾。且其君英断，廷无狱讼；于应尽之义务，不稍懈弛。诚有为之主也。"加利弗喜，谓余曰："闻卿言，知苏润地泊国主之贤。辱其先施，徐当往报。"乃重赉余，命退。此余第六次航海事也。公等倘不惮烦，诘旦愿早集，请继此而言，为余海游之归宿。众唯唯兴辞。

众宾既如约至，而亨北最先。顷之宴启，主人执爵而言曰：岁月易迁，余六度作海外游，不觉老之将至，少年豪气，半已销磨，愿以此馀年，优游里闬间，漉酒莳花为乐。忆前此犯险难，历困苦，蹈不测，几死者屡，至今每一念及，寒心裂胆，岂能尚以幸免之躯，于垂暮年华，再践覆车，以自罹凶厄哉？一日，与友饮方酣，仆持刺报客至，则加利弗之使臣也。余出，使曰："仆奉命来，有事迟君议，请偕行。"不得已入见。加利弗曰："汝归自苏润地泊，以其国主之书若仪来。夫来而不往，非礼也。兹国书一函，方物数种，皇华之简，子乃克任，愿一行以宣予意。"余闻命，若震霆之及体，惶遽无措，踌躇而对曰："辱承宠命，敢不谨效驰驱。惟航海以来，六遭巨厄，心胆碎矣。比血气日衰，墓木已拱，惩羹吹齑，愈益回皇。况乎修两君之好，宜如何郑重，而以颓然一老独肩此任，万一猝委沟壑，身命不足惜，如堕事何？

乞别选行人,实公私交幸!"复将所历诸险境流涕述之。加利弗引耳无倦容,俟余言毕,谓余曰:"子生平遭际,可谓非常。然置之死地而后生,具见胆略。壮游凡六度,既皆化险为夷。识老愈周,此行必无他虑。况苏润地泊途非穹远,而睦邻修好,一国之荣辱系焉,愿子勿辞,用光吾国。归期迟速,惟子主之。"余见加利弗意已决,知不能固辞,乃谨奉命。王色喜,赐金币千,以壮行色。越日,即束装,奉国书方物首途,赴伯沙拉登舟,扬帆直驶。波平如镜,山色斐亹迎人。异地再经,若重逢故友。抵苏润地泊岛,即赍书币先谒维齐,谓奉加利弗命来修睦谊。即欢然导余入宫,以使臣礼见。国主审视,知为余,大喜曰:"自子去后,常惓系不置。今日得继见,良慰。"余以书币进,为加利弗达谢忱,并都人士倾仰意,始以己意起居。王览书甚悦,阅诸物,则金须红紫床各一,皆未易得者。玛瑙瓶一,高视径益其二,镌狮状甚猛,一人跽而挟弓矢欲射,奕奕如生。一几饰殊珍,为犹太古王苏罗民遗物。锦衣五十袭,白缣衣百袭,制精密,为开罗①、苏伊士②、基亚勤散得③所产品。国主受极欢。余已将命,即起辞,复邀厚赠。乃启椗捩舵返,斯时归期可偻指数,五两所指,安稳可臻,而孰知变故有非意料所及者!

舟行既三四日,忽呼啸声大作,群海盗以飞艇至,操利兵跳身上,围而搜劫。仓卒不及御,舟为所据。拒者悉为戮。余与主舟者素弱,被虏迫为奴。裭余衣,易以败絮。揭帆抵一岛,售诸岛民,若马牛然。余为某富商所得。商引余至其家,赐余衣,诘何业。曰:"余家报达,商于外。舟行,遇盗劫,既奴余,复售于君。"曰:"汝能射否?"曰:"少嬉戏习之,虽久荒,尚能引满。"主人乃授余弓矢,引一象与共乘,余跨于后。抵丛林,幽深阴翳,循径入。至一大树傍,趣余下,曰:"亟升木

---

① 开罗(Cairo),埃及京城,在尼罗河岸。
② 苏伊士(Suez)为联络亚非两洲之土峡,今已凿断为运河,沟通地中海及红海,为世界著名巨工之一。
③ 基亚勤散得(Alexandria)在尼罗河口大三角洲上,为希腊名王亚力山大所筑,今为非洲北岸名埠。

以待，有象经此，射无赦。毙若干，来告。"言竟，策象去。

余藏身树杪，至夕，象无一至者。黎明，有数象过树下。急射之，发数矢，仅毙其一，余皆逸。乃下树，归报。主人喜，赐精馔。旋偕至林中，副地瘗象，曰："俟腐，取其牙。"余射象约两月，日必获一。一日，群象蔽野来，奔树下，仰首悲鸣，绕树数匝，怒目相向，以鼻环树。知其来报复，惊皇无措，弓矢坠地，屏息不敢少动。有顷，一巨象钩鼻于木本，猛撼曳之，木拔而仆。余堕，象卷以鼻，诸象踵其后。无何，抵一所。象释余于地，意若命余坐者。试席地，巨象即率众象退。余恍惚若梦。有顷，见无他象至，起立四顾，则身在大谷中，象骨山积，牙亦纵横殆遍。思莫得其故，久之，始恍然曰："嗟乎！象虽兽族，而天性仁厚，盖是地为众象蜕骨所，象盖谓余以牙故日杀其类，悲种族之遭害，又不忍伤人，故导余来此，睹其状而悯之，意若曰：'欲牙则取诸此，毋再摧残吾类也。'"

余小憩，即出谷循径归，一昼夜，始抵所主家，途中绝无象迹。主人见而喜慰曰："苦汝矣！余往林中，见树圮而弓委，遍踪迹汝不得，度汝或死于象。今何幸得归？亟语我。"具告之。翌日，主人偕余入谷，所见悉如言，大喜，恣取牙而返。语余曰："君忠实，能得聚牙所，致余得巨利，余甚感。余不敢复奴隶君，请为伯仲。射象之险，向秘勿宣，今举以相告。余业售牙，岁命奴求之。奴为象困，多死者。即广设备，不敌象狯。今子独免于厄，复大有所获，子诚非录录者。全岛人闻之，皆将重子矣。子大有利于吾国，允自主与平等，尚不足酬万一。欲报君者，非仅出于鄙念也。"余曰："辱推爱，有加无已，谷中之获，是君所应主者，余特幸遇而发之耳。余就衰，甚念故国，愿速赐归为幸。"曰："甚善，俟舟至，当为治装。"余无事，相与游眺，或载牙于谷。自是全岛皆知，往取者道相望矣。

居亡何，余择一巨舶，运牙至舟，几占其半，悉为商赠，并他珍物称是。余拜受登舟。追思为盗略卖时，宁复知能脱压缚，获重利，相羊赋归，若今日之遇哉！舟抵印度偷力斐马海口，余携装就陆，售牙获重资,购珍异。行胼跋涉,视张帆之适,况瘁实甚,然回忆涉鲸脊,系鹘爪,卧棘巢,殉尸窟,大鹏之石,怪叟之足,海流之涡,巨象之鼻,种种厄险,由今视之,虽风尘历碌,犹桎梏之于悬解也。至报达,即复命于加利弗,并陈遇险事。加利弗曰:"变生仓卒,累子遭暴,转祸为福,得象齿巨利,彼都咸受子赐,此事当金书藏之,以垂奕禩。"乃重赉币物,以奖余劳。余自此息影敝庐,翛然自适,不复萦风涛于魂梦矣。

星柏达述其生平航海事既终,谓亨北曰:"余出生入死,数数以性命相搏,得今日共朋旧,持樽酒,酬嬉槃谭,壹笑以为乐,是区区者,殆适以偿畴昔之颠连,非宴然安坐而幸获之也。设余当时因循悠忽,耽于逸欲,不痛自鞭策,躬犯艰危,以力求自立,将遗产荡尽,穷无复之,有僇然填沟壑耳。即不然,而半途畏难自阻,志气早隳,所期不达,亦乌能畅臻兹乐哉?"亨北乃立起自责,曰:"前此鄙夫之见,实蒙然坐云雾中,乃刺刺呓语!今得奉教于君子,知优游娱宴皆自阽危磨折、崩心堕魄中来也。余一肩劳顿,佣分所宜。而今而后,不敢告困。"星柏达乃以金赡亨北家,引与共处。亨北亦稍稍效贾人事,颇有所获,终身于星柏达言铭志勿谖云。

苹果酿命记

加利弗谓大维齐盖发曰:"余欲遍历都中,密觇诸官吏所为,有不称职者黜之,以贤能代,使各尽其事,或政声卓著,亦当不次擢,以为奖劝,必黜陟明而后庶绩理焉。"盖发奉命入宫,与加利弗及总监墨沙挨易服夜出,人无知者。

于是相与过市,入小巷。时月上,甚皎。一叟皓须发,肩鱼网,手棕筐及竿,踯躅来。加利弗曰:"此人殆贫而执苦者,余欲知其状。"盖发乃造问之曰:"叟何为者?"曰:"予业渔,所得恒不足自给。今日持罟往,历数时无所获。妻孥且待哺,我心徬徨,正未知所措也。"

加利弗闻而恻然,谓之曰:"汝盍再往,倘有所获,某当以百西衮司相易。"叟喜,偕至底格里河畔而自言曰:"文明哉若人!所言苟不虚,即百得一,愿斯足矣。"

叟投网于河,有顷收之,甚重。出得一匣,扁且固。加利弗见之,即命维齐盖发予叟百西衮司,使墨沙挨荷匣归。启则棕叶筐一,口以红丝密缀。加利弗饬侍者断其丝,则毡裹见,束至坚。释其毡,赫然一少女尸也,冰肌玉质,刀刲其腹,血模糊,状至惨酷,观者色变。加利弗惊且怒,瞋目视维齐曰:"汝安得谓知民隐耶!是惨死遭弃,必无辜蒙冤,汝绝无见闻,责将何贷?倘吾听断之日,民将起而难予矣。汝速为我究此妇致死之由,并侦获犯者。不得,将戮汝,并及汝亲属。所不如予言者,有如上帝!"维齐战栗而对曰:"敢不惟命,乞假之时日耳。"加利弗曰:"诺,假汝三日,逾者死!"

盖发衔命归,不知所措,长叹曰:"呜呼!以报达之地大人众,罪人岂易得?况举动秘密,安知犯者不早远飏耶?予非不能取一死囚,杀以塞责,顾何以自问?拚以身当其咎耳。"因召所属之警察官日夜侦逻,竭心计搜察,卒茫然不得要领。盖发嗒然若丧,寝食俱废,惟待死而已。

至三日,加利弗召维齐入,问获犯未。盖发泫然曰:"侦察殆遍,无知其事者。"加利弗大怒,命左右执维齐下,并其亲属四十人,罪均当缳首。即遣使大索,并徇于市曰:"戮罪以儆,欲观者速至!"

按察司命卫士率维齐及亲属四十人登绞台。时观者杂沓,途为之塞,多泣涕,痛其枉死。盖发生平有令望善政,民受其赐,遍国中皆钦仰之,其亲属亦多贤者云。

将行刑,一少年突至,衣楚楚,径至维齐前以吻接其手曰:"厚哉维齐,安迷之裔①,以此罪死,不亦冤乎!余实杀此妇者,罪当死,不敢匿,故来自首。"

维齐闻言,大喜,继思此人美丰姿,非为残暴者,必有隐情在,将有所答。忽一老人坌息至,曰:"彼谵言耳,此女乃予手刃,予当抵,幸勿他累。"少年曰:"此事予独为之,无同谋者。"老人曰:"呜呼,何徒自苦!予厌世久,死惟恐不速,牺牲此身宜也,汝毋自弃!"谓维齐曰:"余实为之,请杀予以正刑宪。"

相持良久,盖发不能决,请于监刑者,导之见加利弗。既至,盖发以口接地者七,曰:"此案之犯,乃今得之。愿亲鞫是二人者。"加利弗顾讯。少年叩首曰:"出余之罪。"老人言亦然,争欲死。加利弗谓维齐曰:"然则皆杀之。"曰:"不可,请诘其本末。"

少年又曰:"嗟乎,天实鉴之,予罪不容逭!予实于四日前杀此妇,投底格里河者。"加利弗闻其誓,信之,曰:"然则汝曷为出此?其

---

① 安迷之裔,穆罕默德子孙之尊称。

有以语我来。"少年曰:"事甚冗,若好事者掇此事笔诸书,足为卤莽者儆。"加利弗顾载笔者录其词。

少年曰:此妇非他,乃予室,即老人女也。老人为吾世父。方予之婚,妻齿仅十有二,今阅十一载矣,生子三,颇有妇德。爱至笃,凡有所须,予无不立应者。

两月前,妻偶罹疾,予勤慰视。后稍痊,思出就浴。濒行,顾谓予曰:"予渴思啖苹果,幸为我致之,否则恐益予懑。"予曰:"诺,当力购以进。"

言竟,即入市遍觅之,愿以一西衮司易果一,而无有应者,乃怅然归。妻怏怏,夜辗转未成寐。翌日,余晨兴,复求诸圊,卒不得。遇一园丁,告之故。曰:"若询之伯沙拉御园之主者,当有以应。"

是时予心迫,无所措,苟能得吾妻欢,复何惮千里。乃治装立赴伯沙拉。越二星期返,竟得苹果三。凡值三西衮司,以园中仅此存者,故守者居奇。既归,馈吾妻,妻漠然置枕后。无何,疾又作。余焦灼甚,百计求治焉。

数日后,余偶在所设肆,见一黑奴手一苹果入。大诧,度近日报达无有至伯沙拉者,此余携归物,胡缘入黑奴手?诘之曰:"汝安所得此果?"曰:"一妇赠余耳。余顷至其所,适妇有恙,余见床头有苹果三,问由来,妇言此乃其夫跋涉十五日而始得者,因与余同案食,濒行,举一枚以赠焉。"

余闻言,怒甚,切齿,急归入妻室,索床头苹果,果失其一。诘果何在,妻淡然,曰:"不知。"余以黑奴之言信也,愤气山涌,不可遏,抽刀刺之,洞其腹,须臾毙。复裔其体,实诸囊,以红丝纫其外,纳之筐中,藏以匣。夜阑,荷而投于底格里河。

是时吾二子一寐一外出。及余归,则外出者踞阈而哭。余慰且问故。曰:"儿今晨在母枕间窃一苹果,与幼弟入市戏。有一黑奴过,攫之去。余亟追之,并告以此果乃吾母病中所需物,吾父购自远道,必还余。黑奴若不闻者,奔不辍。予逐其后,且泣且哀。黑奴悍不答,痛抶余,穿曲径逸。受此大辱,痛且愤愤,遍觅父不得,是以悲耳。请勿为母道,恐益母病。"言竟,涕潸潸下。

余至是,始知为黑奴所误。既悼亡者,复咎己之粗卤不察,且惴惴于妻父之必痛女而仇予也,乃大詈黑奴不置。俄而世父至,盖为视女病来者。余亟为述始末,并涕泣引罪。世父虽悲女切,曾不一言让予过,与余相对哭,三日,寝馈俱废。其事非余罪而谁罪?愿速就刑,余雅不欲逃法网也。

加利弗喜其不欺,意复怜之,顾左右曰:"若所犯尚有可原者,余将赦之。特黑奴实祸首,胡可贷!"即谓维齐曰:"仍予汝三日限,当捕之至,不得,则以汝代。"

加利弗性刚而躁,言出必践,盖发凤知之,闻命,震慑不敢言,默而出。欷歔自悼曰:"黑奴之佣于吾报达者不知凡几,主名莫得,欲侦执,大难。天不相予,予其殆矣!"

盖发既自分必死,乃大会宾戚。至三日,具身后事,又召行政官及证人至,手署遗言,与妻子诀。众皆哭失声。正扰攘间,使传加利弗命,饬维齐入。盖发衔涕欲行,而乳媪抱一六岁幼女至。

盖发乞使假数分钟时与爱女别,许之。盖发即抱与接吻,见其胸有物隆起。诘之,曰:"一苹果耳,上书加利弗名,儿以二西衮司购诸余黑奴利亨者。"

盖发惊且喜,即取视之。命左右急挟利亨至,曰:"此果汝得自何所?"利亨不敢隐,云:"在市攫诸儿手。"具白所以,与少年之儿所述悉符合。维齐即挈至加利弗前,告以故。

加利弗曰:"狡哉此仆!既酿命,几累无辜,死不足蔽。为其主者漫无察觉,是亦与有罪焉。"维齐曰:"唯唯。虽然,情尚有可原者。臣尝闻开罗维齐阿黎与伯沙拉皮德雷亭故事,请备言之,或可从末减。"加利弗曰:"此奴当罪至重。汝虽利口,恐无能为解脱也。"盖发于是具述所闻如下:

埃及有一苏丹,贞固而仁爱,能恤民隐,好文学,邻国多推服之。

其维齐强毅通博,有二子,长斯几西亭穆罕默德,次猱雷亭阿黎,并俊美有才。维齐死,苏丹召二人入朝,袭父职焉。

苏丹性好猎,每猎,则于其昆弟中必一人从。一夕,斯几西亭谓弟曰:"予翌晨将随猎,今与作永夕谈可乎? 予兄弟皆未娶,他日得巨室姊妹行,容德门第,又足与吾二人相埒者偶之,则家庭益和飔矣。"阿黎曰:"然,弟意亦如是。"曰:"不仅此也,设弟举一雄而予适生女,俟其成壮,当为结婚。"阿黎大喜曰:"甚美甚善,尔时兄当以奁资若干滕之?"曰:"畀以西衮司三千,田三区,奴婢三人耳。"阿黎因戏曰:"吾家资产虽相埒,然男贵于女,而谓是区区者足以辱吾儿乎! 今而后知兄亦啬人耳。"斯几西亭性素躁,遂大怒曰:"汝子安能俪我女! 已矣,无多言! 纵罄所有为聘,予不汝许也。"又曰:"猎归,必罚汝,以警世之为弟而抗其兄者!"言毕,拂衣去。阿黎亦归别室。翌晨,斯几西亭出。阿黎惧其归见责,颇自危,携珍物乘骡去,伪谓家人作三四日游即返。

阿黎既去开罗,乃横绝沙漠,指阿剌伯。而乘骑瘏,不能前,不得已,徒步,遇一旅客与偕。抵伯沙拉,入市,见众左右列。中一贵官来,仪从严整,盖伯沙拉大维齐巡行也。

维齐瞥见阿黎,丰采甚都,而皇皇投足,有旅行状,止诘之。阿黎曰:"予开罗人,与亲属失和,故来此。将漫游全世界,誓不归也。"维齐接人素和蔼,谓阿黎曰:"世界者,愁城耳,万方一概,即穷大地,恐同此蘷蘷,又何必悻悻自苦耶? 君休矣,盍偕余归,或可消君块垒。"

阿黎即随之归。居久,情渐洽。维齐深知阿黎才,一夕与语曰:"予发皤皤,命若朝露。予无子,有女年及笄,貌颇不恶,求聘者众,皆不当予意。今拟赘君为婿。倘不弃,将为见于苏丹,后当袭余职焉。"

阿黎允诺。维齐喜,召宾客,张宴。客至,维齐伪言曰:"余曩有兄,为埃及维齐。有子壮矣,不乐婚埃及,故来此。余以女妻之,今即合卺夕也。"众就坐欢饮。未几,侍者以婚书至,署名为证。客散,维齐命导阿黎至浴室,陈设珍丽。浴竟,易华服,见维齐。维齐曰:"今君为吾婿矣,请悉以在埃及事告予。"阿黎即述昆弟所以失欢者。维齐笑曰:"戏言何遽如此。第吾以此得快婿,岂中有使之者。明日,当进子于苏丹,必能嘉纳也。"阿黎退就寝,不知其兄亦同日成嘉礼于开罗。

先是斯几西亭随苏丹猎,一月归。知阿黎去,以曩日责让故,颇怨悔。亟使人于大马色①、爱李波②分踪迹之,迄不得。斯几西亭旋聘一开罗贵族女,成婚事焉。

既,斯几西亭妻产一女,而阿黎亦在伯沙拉得一男。阿黎命其名曰皮德雷亭海森。维齐甚喜,即往见苏丹,力陈衰老不任,欲使阿黎总职事。

苏丹夙见阿黎俊雅,又闻其贤,至是即允维齐之请。阿黎自继职,孜孜图治,克胜其任,凡四岁,维齐卒,阿黎礼葬之。海森生七年,至慧,异常儿,就傅甫二载,能默诵回教经典。旋豁然通贯,不假提命。容英秀绝伦,见者叹羡。阿黎偕之往谒苏丹,苏丹亦优待之。

阿黎重望其子,凡教育必求尽善,于政治尤精研。亡何,婴笃疾,知不起,谓海森曰:"天地为庐,人特寄焉耳!余将死,愿汝笃行,慎守吾训。当为汝述余之所历:

"余生于埃及,汝祖维齐也,即世后,予与汝伯父共袭职。汝伯父为斯几西亭穆罕默德,今尚在。余以他故至此。"言竟,出一书,乃其手写者,曰:"我生平具于是。"海森含泪受之。

阿黎既弥留,谓海森曰:"人贵自救,当善守吾言。今以五诫语汝:一曰毋滥交,择友所以益身。二曰毋盛气陵人,汝以是施,人必以是报;与人接,当谦若不及者。三曰毋多言,语曰'寡言免祸,'又曰'寡言者身之盾也',多言败行,如暴雨之毁禾稼。四曰毋纵酒,沈酗撄祸,实致恶之首。五曰毋聚敛,汝虽贫,用之得当,人必助汝;脱不

---

① 大马色(Damascus),今为叙利亚首邑。
② 爱李波(Aleppo),叙利亚北部要邑。

当,巨资坐拥,无益于公,徒以守财虏见憎于众口耳。"言竟而绝。海森天性至孝,哀毁甚,居丧至三月不出,盖向例固止一月者。苏丹以其违例,意不怿,别简人袭其职,且欲拘海森,籍其家。维齐新任事,承旨往捕。海森有旧仆闻之,急奔白海森,趣速行。海森大惊,拟入室治装。仆曰:"拘者行在门矣,稍迟祸及!"海森乃仓皇蒙面遁。出郭,至阿黎墓,墓形若圆阁,中宽廓可居人,海森拟留焉。旋有素谂之犹太富商业银行名以撒者,归经阿黎墓,见海森,惊询之,曰:"日云暮矣,公胡来此?且若有不豫色然,得毋有意外事乎?"海森曰:"然,吾梦先人责予,惧而来祷。"以撒曰:"阿黎君先曾有货舟数艘舣海港,此固君物也。君倘欲售,余当出一千西衮司为定值。"海森正苦无资,喜诺之。以撒即探囊付讫如数,海森为署收券,以撒袖而去。海森以遭母妄之祸,仓卒出走,悲不自胜,乃伏墓大哭。俄惫甚,假寐石上,酣然入梦矣。

墓既宏敞,人迹罕至,遂为魔宅。见海森,美之,谓天仙化身不啻也。旋遇一仙,为素谂者,即谓之曰:"顷一美少年来,姿旷世无匹,君见必心倾,盍往观。"遂相与入墓。魔诘以"世有姝丽若此少年者乎",仙亦大赞叹。既而曰:"予在开罗见一女,足与竞美。是女为埃及维齐斯几西亭穆罕默德女,年及笄,苏丹闻其美,欲立为后,言于维齐。维齐惶遽对曰:'臣弟阿黎,曾承乏维齐,以与臣口角远遁。近访得弟已在伯沙拉病殁,遗一子,先与臣女有结婚之约,万死不敢背。'苏丹大怒,立命斯几西亭嫁女于圉人以辱之。圉人貌丑恶,今婚书已立,圉人且在浴室矣。"

魔执前说,谓必无人足与少年竞美者。仙曰:"余不暇与辨,当共往开罗观耳。吾思苏丹辱大臣女,无礼,盍以此少年易之,则两美具矣。于以慰维齐悲,解少女愁,败苏丹计,一举三得,请相与施术。"曰:"善。"瞬息间,海森已至开罗。

海森寤,四顾,则身已在市,大惊。魔拍其肩,予以炬,曰:"无多言,其速进。见巨室有吉事,环观者至众,汝杂众随婿入。婿貌恶,不难辨。既入，取汝囊中西衮司分畀乐师辈，万勿吝，致偾大事。再进，见新妇，则又以西衮司畀诸侍女焉。用余言，当有奇遇，慎毋畏缩！"

海森从之。趋浴室，燃炬杂众中，以环婿者均执火炬也。须臾，婿乘马出。海森随之行，复取西衮司予乐师。众利其赠，皆悦之。

至斯几西亭宅，门者阻海森，而乐师为先容，纳焉。乃熄炬引之入。至厅事，见婿坐新妇侧，貌果奇丑。而新妇姿绝世，饰翠羽，络明珠，华妆靓饰，而面有怏怏色。左右皆贵家妇，盛服持烛敷坐。见海森入，注视，相耳语曰："必若是人，乃足偶新妇耳。"并语侵苏丹。至是众视线皆集于海森，而圉人若疣赘矣。

须臾，乐奏，新妇起更衣。侍婢以其衣饰示海森。海森复取西衮司遍贿之，并及乐工。众大悦，咸愿奉海森，益丑圉人，不复顾。凡七更衣，众散，侍婢拥新妇入密室卸妆，而海森犹裴回未去。圉人见而大恚曰："汝何人，乃敢阑入？其亟去！"海森逡巡欲出，魔止之曰："勿出。可入告新妇曰：'苏丹实命吾为汝夫婿。'汝姣，妇必乐从。予当以术阻圉人也。"

时魔幻为猫，色黝异，呼声聒人耳。圉人鼓掌逐之，而猫躯渐膨大，瞬息若牛，目灼灼有光，声亦加厉。圉人大怖，仆地，嗫嚅曰："仙何故相迫？"魔曰："咄，汝竟敢妻维齐女耶？"圉人曰："仆实不知女为仙所眷，不然，断不敢近禁脔。幸恕之，惟命是听！"魔曰："居此，勿声！若日出前离此地，立碎汝首。"圉人噭应之。魔又颠倒圉人首趾，悬诸庭，禁不令动。时海森从魔言，入新妇室。适妇在他所，坐待之。未几，一侍者随妇至。及户，侍者退。新妇见海森，诧问曰："君其余夫之友耶？"海森曰："苏丹实简予为汝夫，而戏以圉人代之耳，请勿为所愚。"新妇闻之喜，笑靥融融然，益增妩媚，谓海森曰："予初谓遇人不淑，将终身无启颜日矣。不图遇君子，请矢永好！"乃解衣就寝。海森亦弛外服，置巾囊诸物于椅。方二人酣卧时，仙魔相议曰："事已谐矣，日将出，不可使久居。"乃以术运海森至大马色城，置之衢间，仓卒间竟遗其巾囊焉。

既至大马色，日出，城关启，行人若织。海森犹酣寐。众见其仅衷祖服，大怪。有谓其逋逃者，有谓其中酒者，相与藉藉。忽微风吹海森衣，露肤色如雪，众益喧笑。海森亦惊觉，问此何所。答以大马色城。海森曰："公等戏言耶？予昨夕在开罗，今胡至此！"众为轩渠，乃目为病狂。

有一老人语海森曰："君神经殆失，何所言惝恍也？"海森曰："吾昨日在伯沙拉，比晚就婚于开罗，今又至是，余亦不自知何故。"众益笑。海森旋入郭，踵之者辄鸣掌呼风汉，腾噪满衢路，左右居皆辟牖以观。海森恶之，适经一饼师肆，乃入避。

先是饼师尝为盗魁，大马色人多侧目，见海森入，众悉散去。饼师向诘，海森具述之。饼师奇其事，有顷曰："子来亦大佳，吾无子，君能父余否？"海森初怒其唐突，继思孤寄于此，拒恐得祸，不得已姑允。饼师大喜，为置新衣一袭，诣行政官所，以认海森为子告。自是海森遂于大马色城操饼师业。

斯几西亭女既寤，不见海森，意其恐扰己清梦故，潜起去耳，不以置念。俄维齐至视女，见忻然有喜色，大怒，责其无耻。女曰："父勿怒，宵来同榻者乃一翩翩美少年，吾苏丹特以阉人为戏耳。"斯几西亭大惑不解。女仍力辩，且言婿不久即归也。

斯几西亭闻言，即出觅，不得。惟阉人倒悬庭中，骇问故，阉人曰："嘻，维齐，汝竟以不可近之女偶余耶！余受虐极矣！而今而后吾不复为君婿。"斯几西亭复不解所谓，释缚趣之去。阉人备道昨夕事，且谓："日不出不敢离，恐余首不保。"斯几西亭力斥之，阉人鼠窜去。述诸苏丹，亦大骇异。

女迟少年不至，方惶急，而斯几西亭入，诘女曰："汝知此少年为谁氏？"女不能对。斯几西亭颇怏怏。女曰："尚有衣巾遗此。"斯几西亭取而谛观之，曰："此维齐之服也。"见巾中有一书，亟读之，则阿黎手笔也，心大痛。并见囊贮西衮司殆满，及犹太商讲货交易券，既竟，谓女曰："此少年非他，乃汝亡叔阿黎子海森也。此西衮司想彼所以具聘者。"以吻亲阿黎手迹不置,悲甚而厥,久之始苏。于是斯几西亭备知阿黎抵伯沙拉后情状,其婚娶日生子日均与己同。乃备述于苏丹,并呈阿黎手书及交易券。苏丹遂寘不问。斯几西亭既归,急欲见海森,至七日,仍杳。复命访诸开罗,皆无所得。乃笔其本末,并详青庐之陈设,以此书与海森所遗巾囊闭之一室。未几,其女有身。九月举一男,斯几西亭名之曰爱结柏。爱结柏七龄,即出就傅读。师素负大名,从游者多,而家望均下爱结柏,故爱结柏骄甚,辄气陵同学。同学嗛之,诉诸师。师阴令众相约为戏,各言父母及己名,不如约者斥。于是爱结柏曰:"吾名爱结柏,父名斯几西亭穆罕默德,母名美后。"众曰:"否,斯几西亭乃汝外大父也,胡云父?"爱结柏力辨,众哗笑之。爱结柏怒而啼。师止告之曰:"斯几西亭实汝外大父,汝父乃魔耳!"因为述圉人事,并诫以自后宜自谦下,毋侮人以取辱,盖欲藉此以折其气也。

爱结柏既愧且愤,大哭而归,趋见母。母见其涕流被面,亟诘之。爱结柏哽咽不自胜,久之,述学侣相戏语,且曰:"儿父究为谁?"曰:"斯几西亭。"爱结柏曰:"非也,乃予外大父耳。请明示予父名。"母不觉凄然以泣。斯几西亭闻而询其故,备述爱结柏语,相对汍澜,于是斯几西亭谒苏丹,乞假往伯沙拉踪迹海森。允其请。斯几西亭即归治装,偕女及爱结柏首途。十九日而抵大马色。其地景物颇足流览,拟少勾留,于河滨支帐焉。众人素耳大马色名,咸欲一揽其胜,美后亦命奴随爱结柏出游。

爱结柏盛服出,黑奴手杖以从。入市,爱结柏美丰姿,面若朝霞之艳,途之人环而观,皆啧啧称道。旋经海森饼肆,观者愈众,途为之塞。爱结柏不得已,止肆外。海森闻声,亦出视。时海森假父已死,承其产,所制饼出大马色诸家上,故其贸易颇盛。

海森见爱结柏,怦然心动,欲延之入。奴不允。固请,乃入。海森出佳饼以飨,爱结柏极口赞美。海森曰:"此制出吾母,吾母制饼,人无驾其上者。"食时,海森详察爱结柏举动,酷类己。阴念岂美后所产耶？方欲再诘其自来，而奴趣之行。不得已，闭肆从之。

奴见海森踵至，怪之，问其故。海森曰："予别有事耳。"奴疑甚，深悔使爱结柏入肆食，致招其来，磔磔然怒以目。爱结柏解之曰："同道何碍。"未几，抵斯几西亭所居。爱结柏见海森注视己，徬徨不去，亦滋诧，且恐斯几西亭见而致诘也，乃拾石掷海森。中额，血如注。海森狼狈归，自悔孟浪，致为所辱，治创操业如故。爱结柏及其奴既见斯几西亭，迄未道入肆事也。

斯几西亭留大马色三日，乃遍游爱毛斯①、哈那②、爱里卑③，复渡幼发拉的河④，至米索波太米⑤、马亭⑥、穆索耳⑦、散耆拉⑧、洛毗叩⑨诸地，最后至伯沙拉。谒苏丹，问阿黎子海森所在。苏丹谓："自阿黎死，阅二月，海森即逸去。其母为故维齐女，今尚在。"告以居所。斯几西亭偕女及爱结柏往访之。既至，则居颇壮丽，以云石为柱，门楣金书阿黎名。斯几西亭使从者入报，则谓主方哭于复室。先是海森久不归，疑其死，日必哭。斯几西亭既入，乃备述本末。阿黎妻大喜，见爱结柏，则谓颇似其父。斯几西亭欲同赴埃及，阿黎妻允之，别苏丹。苏丹且致馈于埃及苏丹，仪甚盛。斯几西亭行经大马色，购所产物。爱结柏与黑奴欲一探饼师消息，相与入市。抵其肆，见前石中额者仍操业。爱结柏谓之曰："与君有一面，尚忆否？"海森见之，心大动，急延入；且谢前冒昧，谓："己亦不解何故相随，或情不能自止耳。"爱结柏奇其言，要之曰："予行，君能不踵至，则翌日当复来。"海森许诺，仍出饼以食爱结柏，邀之入坐。海森欲起持之，爱结柏不许，且谓

---

① 爱毛斯(Emaus)。
② 哈那(Hanah)。
③ 爱里卑(Halep)。
④ 幼发拉的河(Euphrates)与底格里河合流入波斯湾。
⑤ 米索波太米(Mesopotamia)即底格里、幼发拉的两河流域。
⑥ 马亭(Mardin)，米索波太米北部之城。
⑦ 穆索耳(Moussoul)。
⑧ 散耆拉(Singier)。
⑨ 洛毗叩(Diarbeker)，米索波太米北部之城。

其用情若太过者。海森乃作歌以道爱结柏之美。食毕,海森复以玫瑰和雪进。爱结柏举立尽,谢海森匆匆归。须臾夕食,阿黎妻命爱结柏旁坐,食以饼。且曰:"若味之,此予手制。"爱结柏以饱食,不能进,稍就吻,即置诸槃。阿黎妻大诧曰:"儿何简食! 余制饼,味独绝,汝父外无能及者,然亦由予授耳。"爱结柏曰:"儿曩食于市者,实有过无不及也。"

阿黎妻闻之,怒,盛气责黑奴,不应挈爱结柏入市食。奴不服,谓仅与饼师谈,实未尝食,而爱结柏固言食之。阿黎妻益怒,趋告斯几西亭。斯几西亭亦怒斥之曰:"谓汝可托,乃谲谬若是。主已承,汝尚狡赖耶?"命众仆缚榜之,奴不胜痛,始对如爱结柏言,并言顷所食者,实远胜于此。

阿黎妻终未之信,意世间安有制饼胜我者。立命奴购至,食之,一痛几绝。斯几西亭急问故,阿黎妻曰:"作此饼者,必吾子也!"

斯几西亭问安从知之,阿黎妻曰:"予之制饼,法至秘,吾儿外无知者。今饼味类吾手制,以是知儿尚在也。"斯几西亭曰:"姑勿宣,使饼师来,果为海森也,与之赴开罗,而后告其故。"阿黎妻亦然之。

于是斯几西亭命仆率五十人,往毁海森肆。且嘱之曰:"若饼师叩毁肆之故,则询以彼是否制饼者。是,即缚之来。惟慎毋少伤损。"于是众拥入海森肆,恣意毁践。海森大惊怖,问所以毁践者。众曰:"制饼者为谁?"海森即自承,且谓:"所制实为他肆冠,何罪而侵余?"众不答,裂衣拳其手,曳之出。观者咸不平,嚣腾纷扰,几欲酿祸,幸总督所部兵至,始解散。先是斯几西亭往谒督,告以捕海森事,请兵弹压。大马色督虽统辖叙利亚①,亦隶埃及苏丹,故从斯几西亭请也。海森既至,阿黎妻自帐后窥,见果为海森,欲出持之,而格于斯几西亭约,不敢出。海森谓斯几西亭曰:"仆何罪而遭逮?"曰:"汝制饼劣,必杀汝。"海森曰:"噫,饼劣,乃罪至于死? 虽苛暴之政不出此!"斯几西

---

① 叙利亚(Syria)在小亚西亚南,介于地中海、阿剌伯之间,旧为土耳其之一州。

亭瞋目曰："毋刺刺，予不能恕汝！"即命启行。置海森于木笼中，载以驼。日饲之，不令与母妻见。行二十日，抵开罗，驻城外。斯几西亭命舁海森至。复召木工谓之曰："速造木桩若干。"海森诘何所用，则曰："以之钉汝，肆诸市，为制劣饼者儆。焉有作饼而遗椒粉者！"海森搏膺呼冤不置。自思饼遗椒粉，细事耳，而家毁身囚，尚不足，必欲杀以为快，诚亘古未闻之奇冤，不图于奉回教讲法律之国身受之！大哭不止。须臾，木工以铁钉木桩进。海森益大痛，自谓以细故受惨死，何辜而至此。

时薄暮，斯几西亭命进海森于笼，俟翌日行刑。已以驼载海森，先驱抵家。以笼置别室。命女来，谓之曰："汝尚忆结婚夜诸室陈设否？倘已忘，则检视予书所载，必使一一设如前，且以所遗巾囊置诸椅。"女诺之。斯几西亭复谓美后曰："汝其解衣假寐。海森入，若与汝言别绪，则乱以他语，佯作初寤状，趣其寝。明日可偕来见汝姑。"言竟，出。美后即弛服卧。斯几西亭命诸仆退，留数人出海森于笼，易其服，置堂中，闭门去。

海森方酣睡，不知众所为。及寤，环顾四周，仿佛十年前结婚处也，大异之。继见一室，与堂缃连，户半阖。觑中有椅，置外服及巾囊，识为己物。海森揉目自问："岂身在梦中耶！"美后见其惊愕，即揭帐谓之曰："君何事徘徊门外？妾适寤，不见君，度必出散步。夜未央，君盍速休？"海森见与语者非他人，即十年前与共一夕之新妇也，色骤变。大疑，逡巡入。察椅上巾囊，果不谬。觉所经诸事历历，又不类梦幻。隐自语曰："此真不可思议！"旋趋床谓之曰："予与卿不已别久乎？"美后曰："君言窃未省。甫离榻，而遽谓别久，或记忆之误耶？"海森曰："予记忆力虽逊，然十年前与卿同梦，境犹在目。而居大马色十载，所历亦纤悉不能忘。若宵来果同衾枕，则所谓十年之别离，仅须臾耳。"美后曰："安知君所谓在大马色十年非梦境耶？"海森遂缕述袒服卧大马色城下，后与饼师居，及被系至开罗囚禁事。且谓："此后事益奇幻，使非梦醒，恐已受惨刑死矣。"言竟，大笑。美后曰："噫，君何辜而遭此祸？其殆有隐恶，故受冥谴耶？"海森曰："仅以作饼不置椒粉故耳。以至微末事，而受刑綦酷，天下宁有此不平事！岂真皆梦境耶，非也？"美后慰之曰："嘻，君受惊矣。"遂同寝处。海森辗转不成寐，以久别得欢聚，惟恐为梦。思槛车之困，铁钉之刑，又惟恐非梦，而将受毒也。更拥衾环视，室所陈列，与畴曩吉夕无少差异，疑怪不能决。黎旦，斯几西亭入。海森跃起，见而色顿灰败。然睹其颜温霁，异前日之目棱棱鸷视者，心少安，总隐忧不已。忽失声而啮曰："噫，子固以予饼劣而欲杀予者也！"斯几西亭为之颐解，乃缕述始末，并谢前怨。且曰："予非好为此狡狯，盖欲扬则先抑，欲甘则先苦，以非常之惊骇，而忽得非常之愉快，益餍心有味矣。团聚在即，汝尚不知在大马色所心爱之儿即汝子也。"须臾，海森与其母子相见，相持历述，悲欢交集。爱结柏亦投怀昵父，不复如大马色时之落落也。时斯几西亭以始末告苏丹，苏丹奇其事。既归，宴诸朋戚，以庆骨肉之会合云。

盖发述毕，加利弗为色喜，遂贷黑奴死。复悼少年，以误杀其妻失偶，遴宫中女为之继，赠奁至厚，且宠之不衰。

史希罕拉才得曰："苹果酿命事虽不厌听，较橐驼事之瑰奇，则不可同日语矣。陛下倘不斥其烦聒，诘朝当缕述。"苏丹默然起，思顷所道者实娓娓娱耳，不能释。橐驼事或诙奇过之，若即以后付有司，则坐失异闻，未免可惜。不如俟述毕，再申前令。意既决，许之。翌日，东方既白，定那才得癗其姊使践昨约。史希罕拉才得遂言橐驼事如下。

橐驼

昔开斯格城①有缝人妻,贤而美,伉俪颇笃。一夕,缝人在肆制衣,忽一橐驼伛偻来,口歌而手鼓,音节娓娓。缝人思与妻共听之,告橐驼,欲与偕归。橐驼喜诺,遂闭肆相与返。妻适治食,有鲜鱼一簋置几上。缝人语以故,并飨橐驼食,谈笑殊欢。俄而鱼骨鲠橐驼喉,格格不能吐,立死。缝人大惊,恐刑官科以杀人罪,乃与其妻谋舁尸于比邻犹太医士家。时天已昏黑,四无人迹,二人即舁尸,叩医士门,诡言有病者求治。未几,一女仆跟跄来启门,询数语,即匆匆登楼。二人乘间弃尸于梯而逸,深喜其计之售也。

女仆既告医,医即下楼。仓卒间未携灯火,足及梯,适触尸,尸直坠下。医命仆燃火。及火至,见病者呼吸俱绝,大惊。意其人病本革,适又足蹴坠之,故猝毙耳。急与其妻谋所处置。妻言不若舁之比邻烟囱中以灭其迹。医如言,以绳缚尸掷墙外,龛之下。比邻者,加里弗之御厨也,庖人适外出。未几归,瞥见一人僵立,疑为贼。怒挟之仆,再挟之,力不胜乃已。及细察,则赫然死人也。大骇,颇悔妄挟人,致酿祸。继念不如乘行人稀少时弃诸市,遂负之出,掷于道旁,亟归卧。时已昧爽,一基督教贾人自友所赴宴归,行于途中,适触尸,亦以为贼也,击以拳。警察闻声至,见尸,询贾人何故杀人。贾人怪己

---

① 开斯格(Casgar),近鞑靼境。

力何骤猛若是，瞠目不能答。嗣刑官至，知尸为苏丹宫中人，告之苏丹。苏丹论贾人以缳首偿死者。贾人徒呼冤而已。将就刑，而庖人至，自首曰："杀橐驼者余也，贾人无罪。"因备述昔夕事。刑官释贾，拘庖人代之。犹太医士又至，如庖人言。医士将服罪，缝人又至，曰："予真杀橐驼者，毋累及无辜也。"刑官奇之，命具言其详。缝人缕供不稍讳。

苏丹闻之，命刑官曰："以四人来，予将亲鞫之。"刑官如命。既至，苏丹询三人曰："奇哉，橐驼之死也！天下事更有奇于此者乎？"贾人闻言，即起伏地曰："有，谨为陛下述之。"

断臂记

贾人曰："予非君部民也，生长于埃及之开罗，父母均古普多种①，奉基督教。父经商致富，卒后，予袭遗产。一日，于开罗米市中遇一少年，业商，而容饰均雅洁，跨一驴，得得来，与予行额手礼，以一巾盛胡麻畀臣，从容问曰：'如此者一大量，当值几何？'受而视之，对曰：'准近时米价，当值一百掘勒钦②。'少年曰：'然则请为代觅主者，某当在维克妥来旅馆相俟也，馆距民居甚远，不难辨识。'言毕径去。予因遍访诸业米店者，皆曰：'每两愿出百十掘勒钦为价。'予喜甚，盖可藉此获什一之利也。

乃至维克妥来访少年。少年果在，偕臣至廒，量所储胡麻，得百五十斛。遂以驴运交众商，得价五千掘勒钦。少年曰：'今行什一之法，当赠君五百掘勒钦，君其无固辞。并乞君为予储此款，他日当来取。'予对曰：'诺，将持此四千五百掘勒钦以待君命耳。'言已，遂别去，途中颇自喜。

自此不见少年者月馀。一日遇诸途，问曰：'予金在君处乎？'对曰：'待君久矣，如有所需，当立返。'时少年仍跨驴行，请其下驴至家。方欲归以金，少年曰：'顷有要事，不克久留，移时当复来。'仍策蹇去，

---

① 古普多种（Copt）为居于埃及之古埃及国遗民。
② 掘勒钦（dirhen），银币名。

迄一月犹未至，意此必少年信予诚，故能恝然若此耳。至第三月，少年忽跨驴至，衣服丽都，更甚于昔。

予出迓，问："此来得无欲取金乎？"曰："君长者也，余殊不急急于此。迟七日，或当再来。"匆匆别去。予以其往往爽约，七日之期，恐未遽信，暂贷之人，庸何伤，乃以其金经营他业，届期果不至。越年，始与之遇，所服益华美。予惑不解，仍邀之至家。少年曰："固所愿也。"遂下驴入。亟治具款之，饮酒甚欢。偶见少年饮食均以左手，心窃异之，欲问其故，复未敢造次，嗫嚅者久之。

既而席散，与并坐，故赠以水菱。少年仍受以左手。予不能复忍，请之曰："君何常用左手耶？意别有故。"少年长叹起，出右手示，则臂已折矣。请其折臂之由，则潸然泣下，若不胜其悲戚者。

曰：某为报达之土著，吾父为富而仁，闻于通国。予闻邦人之游历埃及归者，辄述开罗之美，心怦怦动，欲一至其地，而吾父辄不允。未几，父卒，予有自主权，遂游开罗，并携报达之织锦以行，冀获厚利。

既至开罗，乃入一逆旅，名梅落阿者。其附近有储货所一，以所携物贮其中。既而仆自外购食物至，食毕，即游览回教堂，驻防营。

翌日，与二三侍者持织锦至修开兴赛珍场①，思为招徕计。既至，侩纷然环集。予以锦与之，受者遍示在场诸商，均以价昂，无顾问者。予恚甚，求售之意甚亟，复踌躇久之。诸侩知予意，语予曰："从予言，货可立售。"予问计。曰："君以所有织锦分畀赛珍场诸商，使代沽之，君则每遇星期一、三日来此核收货值，则两俱有利，而君亦可徜徉尼罗江②上矣。"

予从其言，以所储均运至赛珍场。侩告予，商人某某可恃。予分畀之，取有收证，约匝月后核收货值。

自是日与开罗诸少年相征逐。一月后，乃偕市政官至众商所检

---

① 修开兴赛珍场（Circassian bezetzein）。
② 尼罗（Nile），埃及大川，入地中海。

察簿籍。商人尽以所得值付予，数甚丰。予归藏之。嗣后每晨必至赛珍场，意甚得也。

一日，在商人勃特勒亭处小坐，忽见一女子入，貌娟秀，服亦丽都，仆从甚众，有贵者风。予注目久，爱不忍释，特不知彼美能会意否也。旋揭去黑纱面巾，顾问勃特勒亭近体安否，音清转若新莺，益令人心醉。

既而女语勃特勒亭曰："比闻君肆中织锦为赛珍场中诸家冠，故来此一浏览耳。"勃特勒亭遂以予所寄售者示之。女览毕，择一佳者，询值几何。勃君言价当一千一百掘勒钦。女曰："固愿得之，然囊中区区者实不足此数，能登诸簿籍，约明日偿可乎？"勃特勒亭指予语之曰："此货主乃此少年，少年专以取值来者，义不能赊。"女不悦曰："予之至此，非今日始，曩予购物，均约翌日偿，如期无不至。予岂食言而肥者？"对曰："是诚然，然今日实不能如命。"女掷锦于地，怒曰："市侩，毋多言！汝辈皆挚挚为利己耳，曷尝有斯须之敬及于人！"言毕，悻悻而出。

予见而奇之，俟其去远，追之返，曰："某愿作调人。"女乃返，而词色间犹怏怏。余问勃曰："向者之值果几何？"曰："一千一百掘勒钦耳。"予曰："然则速以锦畀若，予当以百掘勒钦为寿，君可于予货中取偿也。"言毕，即书券付勃特勒亭，而以锦畀女，曰："卿但携归，价不妨迟日偿也。"女曰："余始愿不及此。蒙君雅意，倘不知感，胡以立人世！愿祝君生延年，殁登天！"

予闻之，气顿壮，语之曰："卿倘能俯鉴愚忱，俾得一瞻识乎？"言未毕，女果去面巾，肤色如雪，容光照人。予目瞠焉不知所措。须臾，女复蔽面去。予心益憧憧。既而叩勃以彼美家世。勃言若为安迷之女，安迷死，遗赀甚富，均女袭之。

及晚归梅落阿馆，馆人具夕食，予心有所属，食不知味。比登榻，又转辗不寐。黎旦思更访之，乃易华服，至勃所以俟。

移时，女果至，一女仆随，衣饰之丽逾于昨日。入门，若不见勃也者,径问予曰:"君视予信否?今来偿债矣。虽然,君厚谊,没齿不忘。"予曰:"予颇能自给,毋需此,卿何急急也?远道来,当甚劳苦。"女子以值置予手,而坐于予侧。

谈际,予乘间道相爱意。女闻之,即却走。予心忐忑,意逢彼之怒矣。第心惓惓,不克自抑,目送其出,即潜尾之行。俄复相失。徘徊赛珍场中,忽觉有人追踪至。视之,则女之仆也?言"吾主待君久,令婢为导。"予欣然从之。至一肆,女果在。

女见予至,色甚蔼,命坐其侧,曰:"曩之拒君,非逆君意也,实不欲令勃知吾二人相爱之情耳。予自见君,即知君为非常人。味君临别之言,益感激无已。嗟乎,人非草木,孰能无情,况君有以刺激我耶!愿君毋为薄倖人也可。"予闻之窃喜曰:"闻卿言,令人狂喜,吾二人可谓奇遇矣。"言未已,女曰:"喋喋空谈,徒费时耳。既卜同心,盍入余室。"予曰:"天涯游子,枯坐旅馆中,正苦岑寂,得雅召,固所愿也。"女大喜曰:"然则明日下午祷祝后,至提佛兴街,访司令官彭高亚防司喀马室,当知予所在也。"遂别去。予亦归,独坐沈思,益觉长日如年矣。

翌日蚤起,易新衣,以金钱五十储诸囊。策骞至提佛兴街,问司喀马室所在。一人指示之,并导予前。及门下骑,嘱侍者返,越日再来。

剥啄者数四,二仆出,均衣白衣,见予曰:"主妇待郎君久矣。"予遂入。有亭翼然当前,视平地高可六七级,绕以短篱。行数武,为一果囿,中杂花茱茂,老树参差,新果累累,著枝无数。而水声鸟语,若相应答。有泉出花台中,台颇修广,四角作龙尾形,水由龙吻出。顾而乐之。仆促予登堂,陈设甚丽,予一一周览之。

未几,女出,饰以珍珠钻石,光华四溢,服之美亦称是。见予寒暄毕,并坐,叙别后情。既而殽酒杂陈,女与予共酌。薄暮,侍者进弦管以歌,欢甚。比夜阑,玉山颓矣。

翌晨起,予以五十金钱置枕下去。别时,女握手,殊恋恋,问何时复来。予期以入暮。女闻之，似甚喜，遂导予出，并丁宁毋失约。

予遂购羔羊饼饵等，令荷者送女家。及暮，予仍策蹇往。宴饮如昨，而殽核更盛。比晨，予又以五十金钱置枕下而归。

自是每夕必至女所，至辄置金钱五十于枕下而返。每星期亦必两赴沽货所取资。久之，货行尽，所得渐不给。一日，至驻防营闲步，见众环聚，则埃及苏丹有赐物至也。予亦杂众中，适与一富家子近。其人乘怒马，衣鲜衣，鞍间悬一囊，口半启，灿灿者现于外。予怦然心动。时适一负薪者过，其人拨马首避之。予乘隙曳其囊，囊颇沉重。予竭力携以逸，竟无知者。

负薪者去稍远，骑者察钱囊顿杳，回顾予，颇疑之，以鞭扶予。予不胜其痛，仆诸地。旁观者皆愤愤，扶予起，阻骑者行，询其无故扶人之罪，并言不应以无礼待回教徒。骑者曰："公等毋怒，若窃人物，故扶之耳。"时予亦起，众视予良久，均不信。骑者又固言。正纷攘间，一警察吏帅警卒至，问故。众均言骑者诬此人为胠箧者。

警察吏闻之，不知所决，问骑者曰："汝所疑者即此少年耶？"骑者颔之。警卒命其徒大索予身，即得一钱囊，举以示众。众皆气沮。予受此大辱，愧痛欲绝。

警察吏执钱囊问骑者曰："君知此中储若而金钱？"曰："二十西衮司耳。"吏计之信，乃归之。命予至其前曰："速自供，无俟刑及身也。"予垂首沈思，事已泄，不直陈，又将受诳语之罚，益以罪，乃自承不讳。警察判当断右臂。其徒如其言，出余右臂断之。观者默然皆无词。后予又至裁判所听鞫，判当刖一足。余求骑者代乞免，许之。既退，骑者以钱囊畀余曰："君方青年，竟罹此罚，余心甚不安，愿以此相赠。"言毕，径去。时余一痛而绝，久之方苏，嗒然而行。幸邻人饮以醇酒，并为裹伤，送余返。呼仆无应者。欲复访女，又恐其以断臂见恶，然舍此无良策，乘众散，即诣女所。入室，创作，体不能支，即呻吟坐椅上，语女曰："慎勿触予右臂也。"

女子见予色大变，急趋前曰："君何所苦而若此？"予深讳之，佯曰："头风耳。"女闻，戚甚曰："君昨至此，行行有气概，今何惫也！愿闻其故。"予闻之，泪如缏縻，呜咽良久。女曰："君何凄苦乃尔！令人索解不得。意予有所开罪于君耶？"予曰："否否，卿言益增予悲耳。"

时予迄未以实告。及夕，进食，女劝予食。以不良于右手，托词谢之。女曰："知君病必有难言之隐者。若能相告，当为君报之。"予叹曰："固所愿也。"言未已，女斟酒相赠曰："饮此足以增君之力。"予乃以左手受。

既受杯，泪潸潸下。女曰："君何自苦？何以左执杯？殊不便。"予曰："右手适病肿耳。"女曰："当为君解之。"予言："此时创甚，不可触。"言际，复饮酒。须臾，身倦，入睡乡矣。女见予酣卧，私割裹创之布视之，大惊，竟夕辗转，不能成寐。

翌日，予醒，见女卧予侧，其形甚戚。知予痛苦，命仆辈以雏鸡汁进。未几，予将行，女牵裾止之曰："予见君去，辄郁悒不乐。君病虽不言，要皆予之咎也。予亦恐难久侍君矣！然一日不死，当图一日之报。"言竟，遣仆诣裁判所，邀长官与证人至，而尽以遗产畀予。既，复启巨柜，则予囊所遗枕下之金皆灿灿在，女曰："请以璧返。"并付锁钥于予。予感其厚谊，力逊谢。女又言："爱君之情，至死未已。"予闻之，肠若涫汤，百计欲解其悲，竟不可得。女忧闷成疾，越五、六星期而卒。予悲怆欲绝。丧期过，计其遗产甚钜，即胡麻亦彼美所遗也。

少年述毕，谓予曰："感君长者，以至诚相待，愿以存资相赠。且予自彼美逝后，实不欲郁郁久居此。君如能偕游，当以资之半为寿。"予曰："甚感，愿偕行。"于是相与经叙里亚、米速波太米、波斯，始抵此处。少年则独返波斯，畀予以所有之半。陛下闻之，不将谓更奇于彼橐驼事乎？

苏丹闻之，大怒曰："咄，此一登徒子好色故伎耳，何足挂齿，而谓更奇于橐驼事耶！予必杀汝！"庖人闻之，即为伏地请曰："陛下勿怒，请语其更奇者。如不厌闻，乞宥其死。"苏丹曰："诺。"

截指记

庖人曰：昨有显宦某，因嫁女招饮。予往，则坐客已满，询之，均显者及诸名流也。俄顷，主人出，开筵款客，各就座。侍者进一馔，味类蒜，香沁鼻观。客皆交口称赏，争摇食指，独一报达贾人某不举匕。众邀之食，则曰："慎毋相强，予曩者尝以此胸次格格作数日恶，实不愿再近。"众问故。客未及答，主人曰："昔人有言：'一人向隅，满堂不乐。'请勉尝少许，以徇众宾之请何如？"客曰："余非憎其味恶，盖中有别故。必欲勉从君命，食后，须以蒜茎灰、碱皂各盥手四十次而后可。向曾矢言若此，不敢背。"主人曰："诺。"即如言进盥具，顾客曰："请君下箸。"

客重违主人意，乃取食少许，而攒眉蹙额，若万不得已者。当举箸时，主人见其手无拇指，骇问曰："是岂生而已然耶？请以语我。"

客曰："君勿怪，不独此右手，左亦然。"因出以示众，果丧其拇。客曰："不独手为然，两足亦如之；皆婴险而断者。诸君既乐闻，当为缕述。"言竟，即离座盥手一百二十次，始归席。曰：予之先世，度诸君尚无知者，请先约略言之。当回教王赫仑挨力斯怯得在位时，予父居报达城，业商，获甚富，惟性侈好声色，及老，家产几尽。殁后，予大困，竭力啬缩以偿父债，设小肆，为餬口计。

一日昧爽，门甫启，见一少妇，跨黑骡，得得来，后随阉者一，奴二。至门，戛然止。阉者扶妇下，曰："是肆中阒然无人，时固尚早，若从余言，则不必苦候矣。"妇周视领首，乃逡巡入予肆，曰："乞借尺地少憩。"予诺之。

妇既坐，见肆中止予一人，乃去面巾，丰姿昳丽，眉目如画。予睇视良久，心摇摇。而妇殊和蔼，无怒容。旋门外行人渐夥，则仍以巾幂其面。

妇谓予曰："今晨为购锦来，有上等者否？"予曰："予资本甚微，且新设，佳者甚鲜，有辜夫人命。无已，俟诸同业来，为夫人一择，可乎？"妇曰："甚善。"予与谈良久，益惓惓焉。

未几，众售锦者至，为择其至佳者示妇。妇问值几何，予言五千掘勒钦，即裹锦授阍者。妇起辞，出门，超乘去。

妇既行，予木然有顷，忽猛省未取锦值。仓卒，又未询妇姓氏居址。无意间负此巨债，颇踌躇。即语售锦者，请缓偿，并诡言妇乃余素稔者。

予与之约，八日而后偿。至日，售锦者来责。予无以应，不得已，又请缓。其人性素和易，诺而去。越晨，妇仍偕侍者跨骡至，旋下骑入，曰："前日匆匆，未偿锦值，今特归奉，请以此银诣钱肆一核货价。"阍者即偕予往，权之，相当。旋归，与妇谈良久，皆新奇可喜事，妇娓娓无倦容，且更欲购锦，予益慕恋不已。

既而诸售锦者至，予先偿值，又取锦约值千金者以应妇请。妇率尔携去，既未询价，又未告居址。予不能无惊疑，阴念其前次未爽约，或不致愚弄予，不然，责偿者行至，为之奈何！逾一月，妇竟不至，责偿急，遂尽货予物以准之。

一日妇忽至，谓予曰："以金去，权其重。"余受之，大喜，略作寒暄语。妇忽问曰："子有室乎？"予大奇之，告以未也。妇呼阍者曰："趣助若往权金。"阍者微笑，偕予至金肆，乘间窃告曰："比见君词色间甚慕余主，不知余主之爱汝更有甚者。曩一再烦君购锦，非真有所需，以君殷勤，爱莫能释，今日之问，职是之由。君盍乘此通情款，必有佳遇。"予曰："然。自见汝主，即忽忽若有所感，数月于兹矣。汝主既有意,乃天作之合。君能为钛,玉成之,没齿不敢忘。"权金毕,阉者归,告妇以予意。妇即去,濒行,语予曰:"迟日,当遣使者来邀君,乞君毋拒。"

予遂为尽偿所负,静俟妇命。阅数日,阉者果至。延之入,礼甚恭,问其主安否。阉者曰:"余主意颇属君,果为眷属,君将为世界极乐人矣。"予曰:"其富家女耶?"阉者曰:"余主乃回教王后苏培特之义女,颇得妃欢,爱如己出,事无巨细,悉以委之。及长,后为余主终身计,欲得一快婿。昨余主以属意于君告后。后许其请,但须一见君,盖虑余主年幼,所择或不相偶也。后爱女诚挚如是,于归时必多以丽者为媵,故为君幸耳。余来欲导君入谒后,君意如何?"予曰:"诺。顾以何日进谒,于何所,均唯命。"阉者曰:"宫内妃嫔列屋,禁卫颇严,非设计潜入,则猝不得进。余主谋尽已定。君其从余言,毋或泄,泄则有祸。"予曰:"敢不从命。"曰:"然则今夕君当俟我于底格里河干苏培特所筑教堂中。"予诺之。及暮,即入堂祷祝毕,以待阉者。

未几,见一小舟延缘傍岸,舟有箱甚夥,舟子及诸阉者负箱入教堂。既毕,尽去,惟昨与余约之阉者在。余既惊且喜,而妇亦姗姗至。予趋前起居。妇曰:"时不我与,毋徒空谈。"即出钥启箱,命余入,曰:"如是,则余二人得遂愿安乐,勿谓恶作剧也。"予此时计无所出,不得已入箱。妇闭之,命众阉人,仍悉负诸箱入舟。妇亦登舟去。予是时颇自怨艾,不应至此,默诵祷文,以求解免,无应者。既而至,众阉者负箱入宫。宫门夙设监督,凡妃嫔出入,所携物必检验。时监督已就寝,以请验强起,意殊不适,厉声责妇曰:"胡不早归?迟迟乃尔!"即命持箱至,启验之。最后至予所匿箱,予大惊,自分必死。而妇不肯以钥交监督,但曰:"予素不携禁物,当所夙知者。今奉后命,赴城购珠玉,并赴麦加汲泉,箱中所贮即是物。贮泉瓶若有损,泉必倾泻,馀物将毁伤。尔时倘逢后怒,则无与吾事,君能任此咎耶?"监督无如何,但怒叱曰:"趣去!"

未几,忽闻人报曰:"王至矣。"予闻之,又大惊。旋闻王曰:"箱中所贮为何物？"妇曰："锦耳，奉后命购置者。"王曰："畀予观之。"妇曰："后有命，毋令外人观，不敢违。"王曰："毋多言，速启箱。"妇仍不从，曰："若然，后必怒。"王曰："有余在，庸何惧！"言际，促之甚力。

予尔时惊绝，几欲昏晕，迄今追忆之，犹心悸也。旋闻王似就坐，妇命阍者启各箱，取锦示王，其文若色，一一指绳其美，意将倦王也。良久，仅予所匿箱未启。王曰："趣启之！"予益战怖无措。妇曰："乞陛下毋启此箱，以此中物非后莫能观也。"王意亦倦，乃置不启，有顷去。阍者负箱入，予心稍稍定。妇启箱，呼予出，导至梯，命登楼俟之。方欲阖门，而王又至，诘妇今日适市有新闻否，谈良久始出。使尔时王早至须臾，予其殆矣。

王既出，妇登楼慰予曰："险哉，累君恐怖。"又曰："尔时予既为君惧，而又自惧也。凡人猝遇危难事，机智胆识必不可缺。顷王来，其一种咄咄逼人之象，恐常人处此，必惶恐失度，则未必能免君。当知余爱君切，此身此心均以付君，故摆脱一切恐怖与之周旋。今得无恙矣！"予与妇语良久，各道爱情。妇曰："谅君甚惫，请休息。翌日，当导君见予主苏培特也。"予恐又遇王，妇言王惟入夜在后所，予心乃释然。遂就榻，念妇情，窃窃喜不止。

翌晨，妇先教予见后仪注，并与问答辞，然后导至一殿。俄顷，传后出。即有女二十人靓容丽服，鹄立左右。又有女二十人，随一丽人来，以明珠为衣饰，徐步上，即后也。既登座，侍者分列左右，惟妇依后立。

后命侍者宣予。予匍匐前，顿首及地，不敢仰视。后命起，问姓名资产，予一一答之。后甚悦。又杂询琐事，色殊和蔼，既而曰："吾女赏鉴果不谬，予愿遂矣！当为若二人备吉礼所需。惟婚事必白诸王，姑期以十日。君居此，静待后命也。"予退，居宫中十日，群姝左右侍，甚周至，惟终不见妇。

是时苏培特已将嫁女事白王，王悦，并赐帑治仪。苏培特部署毕，及期，行合卺礼，舞乐交作，男女杂沓，尽欢而散。妇与予旋至食室。予就坐,殽酒并进,中一篁储蒜。予素酷嗜此,见而大喜,啖之尽,仅以巾拭手,未盥也,而不谓祸患即伏其中。

时已届晚,灯明如昼。俄而乐作,并集名伶演剧,欢呼声彻堂上下。既而妇与余共至一堂,侍婢为更衣,数四无一相袭者。每妆竟,辄向予行礼:彼中婚礼如是也。礼毕,入房,诸侍婢咸散。余戏近妇,妇坚拒,并大声呼。诸侍婢闻声入。予惊甚,兀立不能声。众曰:"斯须间已受惊耶？请告婢等,当可相助。"妇曰:"速逐伧父,毋令污人体!"予闻之愕然曰:"予何敢触卿怒？"妇厉声曰:"汝食蒜不濯手,乃一龌龊儿耳,安能近汝!"顾谓侍婢曰:"速曳至地,以鞭来!"于是众婢捽予下。妇以鞭痛抶余,力竭乃止。即谓婢曰:"速交巡警官,截其食蒜之指!"

予闻之,呼曰:"天乎,余竟以此琐事获罪！鞭扑之不已,而欲断指,抑何甚耶! 夫烹蒜者,庖人也;购蒜者,仆人也。累予至此,予誓必投诸海!"

众婢见余呻吟,固已怜之,至是乃请曰:"夫人毋怒,彼诚不自重,尚乞念婢等而恩宥之。"妇大声曰:"不如是不足惩伧父,所以创之,使毋忘前愆耳。"众为跪请,妇不发一语,面作铁色,且行且漫骂而去。众亦退。予尔时愁苦,有难以言罄者。

予独居者十日,一老仆给食外,无见者。予问仆妇何在,仆曰:"自触君指臭,即患病,甚殆。汝不濯手,究何居?"予曰:"嗟乎! 不濯手,小事耳,不意乃致疾。且已重抶予,可泄忿矣。"予之为此言,盖心仍恋恋也。

一日,仆忽告余曰:"妇病已愈,今往浴室矣,言明日来见君。君其慎之,勿逢彼怒。"

次日,妇果至,谓予曰:"汝累予病困数日,今日之来,汝当知予犹善视汝也。然汝罪甚大,仅一抶汝,不足蔽辜。"言次,呼婢曳余至地。婢如命,复手利刃亲断予左右手足上拇指凡四。一婢急取药敷之,血稍止。予一痛几绝。

及予苏,妇给酒少许。予曰:"夫人,今而后若不用蒜茎灰、碱皂各盥手一百二十次,誓不食蒜也。"妇曰:"果如是,予将不念旧恶,与子偕老矣。"予今不食蒜,职是故也。

时众婢既以药止血,一婢又以麦加所产凤仙花敷创处,此物惟王库有之,度必设计盗得者。不数日,予精神顿复,自是与妇相处甚乐。惟予性疏荡,渐厌居禁中,而又不敢令妇知,恐其不悦也。既而妇觉,亦有出宫意。妇性灵敏,从容白后,言予久居禁中,不克与诸同业相还往,欲出宫一行。后重离妇,不许。

越一月,妇随阉者无算,各负一囊,甚沉重。妇曰:"知君居宫禁,意殊不适,已为设法,以遂君意。后今许我二人出宫,赉以五万西衮司,君可以一万为置宅也。"

予如嘱,于城置宅竟,妇从来侍婢至夥,衣服丽都。自是伉俪綦笃。不意是冬,妇以疾奄然逝矣。

予非不能续娶以娱暮年,但懋迁之念复炽,遂货居宅以购货。随估客至波斯,复至撒马罕,最后乃至此。

庖人述毕,苏丹曰:"聊足博笑耳,顾不如橐驼事远甚。"于是犹太医士匍匐而前,请曰:"愿陛下垂听臣言,当能惬意。"曰:"姑试言之,倘不惬,杀仍无赦。"

讼环记

予业医,颇有声于时。一日有仆踵门言,城中某太守家求治疾。予随之往,至一室,见一少年伏枕呻吟,若甚创者。予施礼,不答,扬目为谢。予曰:"请举手,俾得察脉。"少年乃出左手就诊。予怪之,阴念彼必不知俗例①,遂书方而去。

自是邀予往治,凡九日,终未出右手。及十日,而病渐解,予嘱以不必服药,但时沐浴,即良已。时大马色太守亦在,极称予用术神速,即为予易华服,命予充医院及其家医师之职,院特虚予一席,到否悉随予意。

少年与予甚相得,邀同至浴室。仆解少年衣,见其无右臂,创痕尚新。始知前日即以此病,当诊治时,少年辄秘之,诡言有寒疾,是必有不可告人之故,且惊且疑。少年渐觉之,曰:"得毋见予断臂而诧乎?兹事甚奇,当俟一日之暇告君,君闻之,必骇怪不止。"

既出浴室,少年曰:"仆意欲出郭一游太守之园,不识病后相宜否?"曰:"野外空气清,殊相宜也。"少年曰:"然则请偕行,当以曩事颠末告。"予诺之。少年乃命仆携食具偕出,既至,相与周览。少年旋命敷毯大树下,据坐而言曰:

予马沙耳人也,本城中望族。予祖有子十,父长,诸伯叔无后,父

---

① 俗例诊脉出右手。

亦仅生予。父故珍爱,教养弥至。予亦深谙世故。既长,交游往还,无不中礼。一日,值礼拜五日,日向午,予随父及诸伯叔至马沙耳大教堂申祷毕,馀人皆去,惟父及诸伯叔留,席毯坐,予亦侍。父与诸伯叔语及游历事。叔某曰:"吾见游客,未有不绳埃及之美甲于全球者。"予闻言,心怦然动,思一览其胜。他叔极称报达城及底格里河之景,言报达乃回教发祥地,足为诸都会冠。然余心殊淡漠,不能夺游埃及之念也。父亦曰:"人言不游埃及,不克览世界之奇景,其果不谬。盖埃及为至膏腴地,有黄金为土之谣。其妇女又艳丽风雅,能悦人意。当春秋佳日,徘徊尼罗河畔,水光澄目,如石黛碧玉相因依。两岸田畴,赖其灌溉,耕作便之,收获每倍蓰他国。河口流分二道,中有岛屿,苍翠扑人,杂花缤纷,掩映其际。负山襟水,名埔屹然。试一登眺,运河亦历历在目。回顾衣塞披亚①,则又平原浅草,芊绵万顷,沟渠错综,如蛛网然,诚奇观也!开罗富庶,甲于诸省,廨宇台观,壮丽无匹,高矗云表。不知昔日范雷大帝②费几许人工,乃克成此。呜呼!范雷逝矣,其遗迹经千万星霜,犹未泯灭,不亦足动人凭吊乎?

"至沿海各镇,如代米太③、罗散太④、亚历山德等处,皆商贾云集,百货山积,凡可以悦目娱心者,罔不备具。予仅得诸耳食,犹驰念不已,聊举所习知者言之。予居埃及数年,至今追想,殷繁之象,恍在目前也。"

诸叔皆曰:"美哉,诚名都会也!"予闻之,游埃及之志益固。是夕心绪撩乱,不能成寐。阅数日,诸叔因闻父言,亦心动,商诸父,欲往埃及。父许之,诸叔遂行,并藉逐什一之利。予艳之,乞诸父,亦欲携货往,不许,继以泣。父曰:"道路间关,恐汝不能耐跋涉。况汝夙不谙贸易,安能与他国人竞心计?必败无疑。"予心仍不死,求叔为力

---

① 衣塞披亚(Ethiopia),古地名,指第一瀑布左边之尼罗河流域。
② 范雷大帝(Pharaohs),埃及古代帝王之称号。
③ 代米太(Damietta)在尼罗河口大三角洲上。
④ 罗散太(Rosetta)在尼罗河口大三角洲上,代米太之西。

请。父不得已,诺之曰:"然则止赴大马色城而止,以俟予与尔叔埃及归也。大马色饶名胜,足供游历。微尔叔言,予将并此不许,毋不知足也。"予勉从之。

于是随父叔等去马沙耳,经米所波达米,渡幼发拉的河,抵哀来拍①。留数日,乃进,抵大马色。名都大市,人民殷富,繁华靡丽,为平生所未睹;出览名园,景物美楸,始信人言不我欺也。予叔所售货大获利,以赢畀余,而自赴埃及。

予自父叔赴埃及后,竭意撙节,不敢稍忽。所僦宅颇华美,墙皆以云母石为之,雕琢丹臒,备极精妙,且有园泉之胜。而予室独朴陋,应需之外,略无糜费。居停主人为贵族,名马同亚勃代雷海,业珠宝。予月出赁金二锐②,居颇安之。且时邀相识者宴饮,予亦常至其家,因是无岑寂虑。一日,予当户坐,一美人衣华服,仪态幽娴,姗姗其步,从容问予曰:"汝售帛者耶?"言次,即入门。予起掩户,导至一室曰:"曩曾有之,今已罄矣。有辱雅命,殊歉歉也!"妇乃去面巾,容甚丽,骤见之,疑为天人也。妇曰:"余非真欲帛者,特来访君,能为余下榻乎?若不弃,以酒果见饷,足矣。"

予大悦,命仆进果酒,就坐饮。酒阑,乐甚。次晨,予以十锐金授妇。则力辞不受,曰:"予岂为此区区者,君亦太薄予矣。予辱见饷,应畀君以金。"即探囊中出十金,强予受之,曰:"三日后薄暮,予当再至也。"遂别去,予思之不置。

越三日,妇果来,大喜,即迎入。时已晚,仍酌酒饮。次晨,复以十锐金授予,期以三日而去。如期又至,饮酒酣甚。妇谓予曰:"君以予为何如人耶?"曰:"安用问为?予之爱若,度若当亦知之,若一日离此,予辄郁悒不欢。"妇曰:"嘻,君若见予妹,恐弃予若将不速矣。妹少予数岁,而更艳绝,一颦一笑,往往移人。予昨已与之言,渠颇欲一

---

① 哀来拍(Aleppo),叙利亚北部之一城,南行抵大马色。
② 锐(Sherif),币名。二锐约十先令。

见丰采。君意苟同，后日当偕来也。"予曰："一唯命。然予情专注，终不为外界所移，致爱情稍损也。"妇曰："毋言之遽，将以试君心。"

次晨，妇将行，以十五锐金授予，曰："二日内将有新客至，亟备精舍俟之，来时仍在日落际也。"

予为特洁除一室，陈设颇精，并治酒以待。天将暮，妇果偕一丽人至，如蕣花初放，灼然眩目，柔娆绰约之态，不可方物。予致敬，并陈慕悃。女曰："得随予姊来睹君丰采，方自幸之不暇，君胡谦抑若此？若有同居之意，当尽去繁文缛节焉。"

予命取果酒，各就坐。女睇视予而微笑。神为往，不能自禁，因乘间述爱慕意。妇见之，始而笑，继有妒意，谓予曰："曩者予固言君必为所惑，今果然矣。前矢言，犹在耳也。"予笑应之曰："卿介之来，倘有慢，卿不将责予失礼耶？"

于是开樽饮。有顷，而女玉山颓矣，媆光眇视，益令予心荡。妇见之，妒甚，即兴曰："予欲归矣。"匆匆去。顷臾，女忽歕身入予抱，昏绝不省人事。予惊甚，呼仆掖之起，而自出门追妇。邻言妇启巷棚，去已远矣。予恍然悟，盖妇濒行时，曾酌酒饮女，其嫉而下鸩耶？遂仓皇返，而女已气绝。

予手足失措，计无所出，踌躇久之。恐事泄，命仆起石瘗之，束装键门出。往见居停主人，偿赁金，并预付一年资，告以有事往开罗见诸叔，迟数日始归，畀以门钥而去。

比抵开罗，予见诸叔曰："自叔去后，杳无音耗，心窃不安，故来问起居耳。"叔闻之，喜甚，曰："然则当于汝父前为缓颊，或汝父不汝责也。"自是予与叔同居，而所见又与大马色不同。

其后，叔所携货既售罄欲归，而予游兴殊未餍，乃潜投他逆旅。叔四出，觅予不得，意予恐干父怒，故先归耳。遂亦返大马色。

予居埃及者三年，所至周览名胜，而时与大马色居停主人通音问，如期偿以赁金，因归时道经大马色，拟仍寓居也。岂意不测之祸，即伏于此念矣。

予既归大马色,入城访主人,欢若平生。主人偕余至旧宅,启门入,凝尘盈寸,将囊所寄物一一示予。予亟命扫除之。一仆于尘埃中得一项环,式如钟,周嵌明珠。忆此间即曩与彼美饮酒所,曾见女带一项环,意女醉后偶堕于此。予摩挲数四,忽忽有物在人亡之感,泫然不知涕之无从,因拂拭而藏之。

予尔时体甚顿,小憩数日,始出访友。未几,资渐窘,又雅不欲贾,拟售此环资旅费。噫,自蹈祸机矣。

予操环入市,示某侩,告以求售。侩赞赏不止,曰:"予操此业久矣,迄未见有珠若是精湛者。君既得此奇货,必有人出重值以偿。"乃导予至予宅主所设肆,曰:"稍待,即来。"肆中人本素稔,遂坐待之。

少顷侩来,招予至别室曰:"是环之珠,质之诸贾人,实皆赝鼎耳,值仅可五十锐金,购者殊不踊跃,君意若何?"予既不识真赝,又急需用,遂漫应曰:"然则以五十金货去可耳。诸贾精此业,言当不谬,且君亦非欺我者。"

狡哉此侩也,环实值二千锐金,而故以五十金之价尝余,以为余若识环,必不诺,诺则必非己物,当由肱箧而得者。侩既告购者,购者即持环控诸巡警官,言予实盗其环,而伪以资竭欲售,盖此环本值二千锐金,乃其志仅欲得四十分之一,其非己物无疑义,且欲速得值,图脱耳。

巡警官即饬巡卒拘予,予大惊,狼狈随之去。官持环示予曰:"此汝入市求售者耶?"曰:"然。"又问曰:"汝得五十锐金,即肯售此环耶?"又曰:"然。"官微哂曰:"嘻,汝为鼠窃,而伪作贾人装,将以欺绐为民害,罪不容贷!"命痛搒之。不承,严其刑。予不任受杖,乃妄承曰:"实窃此环。"巡警官乃判断予右臂。

予负创而返,居停主人谓予曰:"异哉,君翩翩少年,当修饬品行,何忽作此大耻辱事耶?朋友有通财之谊,若患贫,盍告贷于予?乃甘为不齿!今悔无及矣。予宅势难久寓,请别图栖止地可耳。"予闻之,益仓皇无措,泣请曰:"尚能作三日留否?"主人许之。予自念遭此奇祸,有何面目归见父,虽百口辩,父终不信也。怆然者久之。越三日,见巡卒蜂拥入,主人及诬窃之贾亦至。予问故,皆不答,立缚余手足,叱曰:"前日之环乃大马色太守物也,不见者三年矣。"予闻之始悟,阴念见太守时,不若以实告,或可幸免耳。

及抵太守署,见太守色甚霁,予窃喜。俄而太守命释缚,问贾及主人曰:"此少年即售环者耶?"皆曰:"然。"太守曰:"观此人不应作此事,得毋有枉?"予闻之,胆稍壮,即呼曰:"予实无罪,所以自承者,迫于刑耳。此环本非予物,亦非贾人物,贾人与余素不相识,特涎此环,故诬告以遂其欲。太守若能为予一剖其冤,愿以颠末告。"太守曰:"汝诚无罪。"遂命坐贾人以诬告罪,即以巡警官曩所刑予者刑之。

贾人既出,太守屏左右问曰:"汝安得此环?请详言毋隐。"予一一述之,并自愿受罚。太守曰:"嗟乎!天道诚可畏,予当敬从天命,务戒杀人也。"复顾予曰:"予闻甚悲,将以苦衷告汝。汝知予何人乎?乃汝所见二女之父也。彼先至汝家者,为予长女,归余犹子,居开罗。既而夫死,女返予家,不修节操,有外遇,盖染埃及恶俗也。后受毒死者为予次女,先颇谨严守礼,予甚爱之。及其姊归,二人殊相爱,亦染其习。

"次女死之次日,予方食,以不见次女为诘。长女不答,泣甚哀。予知有异,固问之。则呜咽曰:'阿爷知儿悲耶?昨夜妹忽易衣戴环出门去,不返矣。'予乃四出踪迹,迄不见。而长女哭之恸,寝食俱废,忽忽成疾,未几亦卒。"

因叹曰:"一念之差,终亦自贼,殊可喟息,君亦因之怅怅。盍偕予同居,予三女最幼,知闺戒,平时颇不满于其二姊之行,貌尚不俗,应当君意,愿执箕帚。他日予殁后,当以遗产畀女也。"

余曰:"长者慈爱,敢不惟命。"自是遂赘太守家。太守恨诬告余罪之贾,既断手以罚,复没入其产巨万以付予。倘君①从太守所来,当

---

① 指医士。

见太守爱予之情也。

时予叔已遣人至埃及访予,道经大马色,见予仍居此,归告叔。叔致书于予,言予父已殁,命予归。予不忍远别太守,即复书诸父,将予应得之产尽迁于此。此吾失右臂之本末也。君闻此言,当恕予前之出左手就诊,而不予怪矣。

少年之言如是。余①居大马色久,及太守死,即经波斯,入印度,最后至此,仍执旧业。

苏丹闻之曰:"事奇矣,然言之不文,罚仍无赦。"将行刑,缝人伏地请曰:"陛下既乐闻故事,乞稍假须臾,以尽臣辞。"曰:"可。然勿喋喋,令人生厌,厌则汝其已矣。"

----

① 医士自谓。

折足记

缝人曰：昨晨有友招予饮，予往，而客集者已二十人，主人尚未至，乃坐待之。须臾，主人偕一少年入。少年貌俊美，类大家子，跛一足。既入，众起迎。少年见客中杂一剃匠，大惊，仓遽欲出。众怪之，阻其行。主人曰："足下坐席未暖，匆促欲去，得毋开罪于君？"少年曰："否。吾见此剃匠，辄格格作恶。是人生于白种国，而貌黑若衣塞披亚人，其心更有甚焉者，故不愿与之同列也。"

予等闻之，均惊疑不止，阴念少年言果不谬，诚当摽剃匠于大门之外。主人喻意，乃谓之曰："君姑缓行。"少年曰："是人实予深仇，予足跛，实渠致之，追思往事，不能瞬息共。予二人本同居报达，独行至此，职是之故。非敢重违君命。"言毕，举武行，且言即日将他适。主人强挽留，且乞述其崖略。时剃匠俯首默然。少年乃自述。

曰：予生于报达，先人颇有声于时。然性疏淡，寡交游。家饶于资，无兄弟，父殁，予独袭遗产。是时，予已卒业高等学校。居常颇撙节。惟生平有奇性，最恶妇人，遭妇人于道必引避之，亦不自知其所由然也。一日予出，瞥见有妇女数人至，亟入一小巷避。巷有宅，门设长椅，予坐而小憩。见对宇一室，颇类大家，门侧有牖，前杂植卉木，因注目视。见一女子取水灌花，貌艳绝，顾予偶一启扉，风致嫣然。平日粪土妇人之念，不自知其置诸无何有之乡，心旌摇摇，不复自主。旋闻呵殿声，有一官人至，傔从甚盛，即入门去。意其父也，予遂怅怅归。

予归念此女不置。越数日,身热头痛,家人莫喻其故,纷纷为谒医,然徒增忧懑。后来一妪,自言知医,因延入。妪请屏左右,谓予曰:"请相告,或能为力也。"予恧于启齿,惟唏然而叹。妪曰:"第告我,庸何伤?予疗此病多矣,无不愈者。"

予于是尽举前事告之。妪闻言,有难色,谓:"彼姝家教严,女亦极自矜重,不易得见。然君第静摄,必为力图之,迟早当可报命。"

妪言毕辞去。明日来,予观其色,知事不谐。妪果附耳曰:"予昨至女家,备述君病状,初闻之,颇不为怪。及道君欲一面,则大怒,立逐予出门,云不愿再见。"予闻之,大失望,忧闷欲死。而妪仍以言宽慰予。

越数日,妪复来,言事渐有绪。予大喜,一跃而起。妪曰:"予昨又至女所,含涕哀乞,言君病甚殆,濒于死,皆为女郎也。忍不一援手耶?女曰:'汝言恐无稽。'予次第述君见灌花后一切事。女闻之,意恻然曰:'若言信否?'予曰:'何敢诳?予昨往视,彼知事不成,嗒然若丧,病益委顿。非余力慰,今且死矣。'女闻言意动,询予曰:'汝知彼一见予,即能霍然起乎?'予曰:'然。'女叹息曰:'此皆予过也!事已至此,尚复何言!汝归语彼,期以翌午来,一仲积愫,以明日为礼拜五日,予父当出申祷。愆期,即无望。惟将来必求婚于予父,毋泉初志也。'"

予是时病良已,乃以金赠妪。妪受金去。家人喜予疾瘳之速,然总莫得其故也。礼拜五日,予晨起,妪来言君欲浴否。予言浴需时久,理发足矣。乃使人往召剃匠,匠随至,即今所见者。

匠谓予曰:"观君色,若久病初痊者。"予曰:"然。"曰:"上帝其佑君矣。"余曰:"愿如子言。"匠哓哓不已。予厌之曰:"趣理发,毋多谈!"匠探囊取刀,甚舒缓。复取一测天器,徐出庭中,测日影高度,良久,谓予曰:"今为萨法月①第十八日,距吾教真主穆罕默德离麦加至

---

① 萨法月(Saphar),回教月名,为一岁之第二月。

麦地拿①之日六百五十三年矣。且水火二星相交,适逢礼拜五日,诚大吉日也。然吾推算之,知君今日当遇一不幸事,虽不死,亦累及终身,宜留意。"

予是时心有所注,闻其刺刺不休,益不耐。怒曰:"予呼子理发耳,安有暇与谈星命。无已,请趣去,今午予有要事也。"匠曰:"嘻,君何善怒?君得我,可为君贺。予为报达第一剃师,生平学术淹贯,通医学、化学、文学、名学、数学、哲学、历史、代数、几何、天文等科,识万物公理及各国法律,尤长于诗歌,故予实为今日世界第一流人物。君父知余甚深,常为余揄扬,他日予誓必保护君也。"

余闻而笑其诞,仍促之理发。匠曰:"君以予为多言耶?君殆未见余昆仲也,有兄弟六人,而予为最凝静。君若厌予饶舌,冤甚矣。"

诸君思之,予当日急欲出,遇彼哓哓不止,恼恨莫可举似。即命仆取金三枚给匠,挥之去。匠急曰:"君欲逐我乎?"又曰:"曩时君父每剃发,必召予,且谈论甚欢。今君乃简慢若此!"予曰:"然则速为我理发,毋多言。"

匠见予怒甚,乃手刀为修发,未三四下,复停刀,问予何事亟亟。予曰:"有友以予病新愈,招饮耳。"语未毕,匠亟曰:"幸君言,否则几忘之矣。予今日拟约菜佣、豆贩、街卒、园丁以午时纵饮,今尚未治具,奈何?"予欲急遣之,乃曰:"尽有酒食,可赠汝也,惟汝速为予理发。"匠大喜谢余,旋检视食物毕,始复奏刀,而时已近午矣。

匠又邀予至彼所同饮,谢之。曰:"然则与君同往何如?"予厌之甚,复力却。匠絮聒不已,予无如何,绐之曰:"理发毕,可偕往也。"匠乃为理发毕,就庖取酒食。予乘间易衣急出。比至女家,见妪已门外久待,而剃匠亦在对户坐。

予登楼与女语,未三四分钟,闻门外呵殿声,知女父已归,大惊。女曰:"请毋惧,父从不至此室也。"后闻其父笞一仆,仆呼詈,声闻于

---

① 麦地拿(Medina)与麦加同为回教圣地,在今黑札斯东部。

外。剃匠闻之,以为笞予也,急召集街中无赖子蜂拥至门,声言赴救。女父闻声出问曰:"汝辈汹汹何为者?"匠言:"我主人与汝女有约,以今午会。兹闻汝笞击声,知主人受屈矣。"女父曰:"予不知汝主人为谁。且此间无他人至,不信,试索吾室。"剃匠不待其词毕,即闯然率众入。

予急匿一箱中。匠觅得箱,掂之而重,即呼曰:"在是矣!"负而疾走。途中予自箱坠,足为折,此予所以跛也。当时予忍痛踅而入小巷。匠大呼,道路来观者益众。予后抵一逆旅,主人素稔予,留予暂避。比创愈,予誓不与剃匠见,故携珍贵之物至此,不图今日复邂逅之也!

言毕,即出。众闻之,大怪,转询剃匠。则曰:"少年所言皆实。诸君试思,彼所以能出险者,实予之力,不感而反欲远予,不知其为何心也。"继又曰:"予在诸昆弟中为最寡言者,而少年且谓予喋喋。今将为诸君述,且及予所历焉。"

剃匠言

剃匠曰：报达昔有一加利弗，名莫斯顿撒伯拉，以仁慈闻。时报达有盗十人，劫掠行旅，居民患之，官斯土者力不敌，无如之何。加利弗大怒，命逻者于回教瞻礼节①前捕获，逾则死。逻者惧，侦骑四出。至期，果尽得盗。余尔时适步于底格里河滨，见是十人者先后登舟，服甚都，意为富豪子出游，贸然随其后。既登，亦未及他事。舟循底格里河行。比至加利弗宫前，始知为盗，大悔。忽巡卒蜂拥至，尽缚盗及余至加利弗座前。余见巡卒辈势汹汹不可当，阴念仓卒自白，将终不见信，或转以非法加我，乃默不一语，而众亦以余为真盗矣。

未几，加利弗判罪令下皆斩。行刑者命余等并肩立，余次居末，斩自首一人始，次及余。行刑者谛视良久，刃不下。加利弗见而大怒，呼曰："吾命汝尽断十盗首，汝遗一何也？"曰："君命曷敢违？然骈首已十人矣，身首具在，可覆案也。"加利弗躬验之，信。诧而观余，见貌不类盗者，乃谓余曰："汝何来，致与盗同系？"余曰："余今晨行底格里河滨，见若曹先后入舟，意令节相率游泛耳，遂与之俱，而不虞其为盗也。"

加利弗闻而大笑，以余能镇定，不亟亟自辩白，几受刑也。余曰："余幼即喜默，世寡言人未有若余者，人至以寡言名余。昆弟行凡七，

---

① 瞻礼节即婆兰斋期（Bairam）。

余为长。诸弟各异其生,而所遇皆厄艰。独余泊然有以自娱,予非得哲学力不至此。"加利弗复輾然曰:"甚嘉汝辞寡,未知汝六弟性行何若?亦有类汝者否?"予曰:"绝不类。六弟均言浮于实:长背偻似橐驼,二折齿,三丧明,四眇一目,五无耳,六病兔缺;然各有其生平所历者。倘宽其喋渎之罪,又何敢辞觊缕。"时加利弗色甚和,余乃历述如下。

剃匠述弟事一

剃匠曰：余长弟曰培鲍克，佝偻其背，业缝人。当学成，即自设肆，而过问者殊寥落，况至窘。肆之对宇为业马磨者，主人饶于赀，妇亦有姿首，弟常见而涎之。一日，弟早起启户，适妇倚牖外瞩，态益妍媚，不觉神为之往。妇若绝不措意者，闭窗径去。是日，未复出。

自是余弟愈益爱慕，思辗辒无间时。虽终日事裁纫，目炯炯，其视线常注于妇居之户牖间，手针而心不属，不自知刺其指。日渐西，则盼愈亟。夜反侧不能成寐。甫辨色，起延望，而杳不可见，情益惘惘。寝则不交睫者复达旦，不暇盥沐，亟觇之。妇复倚其牖，若微觉弟意者，略无怒色，目注弟，嫣然启齿。弟喜欲晕，迷离中亦一笑答之。妇阖窗入。弟性素钝，不知彼特以此为戏，即私自庆幸，以为彼姝真爱我也。

翌日，遣婢以绣帕裹美锦至，言主妇嘱通殷勤，并烦制一衣。弟益喜，以为彼姝将藉是为媒介，亟曰："诺。当尽舍诸衣而从事于此，请以翌晨缴。"于是操作不少辍，至忘食饮，晚已竣事。

明晨，婢至。弟以衣予之，且曰："辱主赐顾，焉敢逾约。今而后傥有所命，必竭诚以副主意。"婢逡巡去，未几又反，曰："顷受主妇嘱，几忘之矣。主妇以君故，辗转中夜，念君甚，特遣予起居。"弟狂喜，即倾吐其实曰："余以汝主妇故，不成寐者四夕矣。请为我达之。"婢诺而出。由是弟忻慰不自胜，谓事必谐矣。未半小时，婢又携锦至，曰：

"顷主妇见汝制,喜甚。欲更制里衣,再劳从事。"弟欲以工且速媚妇,约即晚告蒇。当拈针时,妇复时时自窗间窥弟。弟心荡,作益力。晚告成,婢取衣去,凡衣之缘及手贽均无所偿。弟固日以缝纫所入供饔飧,至是枵然无能为计,不得已,贷以充腹焉。

翌日,婢复来,谓"主妇在主人前誉君,今主人亦欲君作衣,是君进身机也,好为之,必达所志"。弟益喜,随婢往见主人。主人遇之厚,授以布,命作里衣二十袭,成即与馀布并缴。五六日后,磨主人又命弟制袒衣。弟制毕,并前衣送其家,冀一遇。主人询工资,弟以二十掘勒钦对。主人命以衡至,欲权银付之。婢怒以目,若谓受银,则前功将尽弃者。弟会意,尽却不受。于是大困,至不能购线缕。乞贷于余,伪言顾者多赊,未给值。余量助之,始得略购饼饵,敷衍数日,仅足疗饥。

一日,磨主人方工作,弟往见之,彼以为索资来也,命偿余弟值。婢适在侧,以目示意,戒勿受,且谓:"渠特来起居,非索资也。"主人谢盛意,又命余弟制一衣,弟又不取值。于是爱魔、贪魔、饥魔交战于胸矣。

妇贪且酷,既使弟窘不能支,意犹未餍,复激夫怒,使有以惩之,设计伴召弟晚餐。餐已,言夜阑,不如宿吾家。卧至夜半,磨主人来,谓弟曰:"予驴适病,倘子能执驴之役,余甚感。"弟以妇故,不敢拂其意,诺之。磨主人以绳束弟腰,命之转,一若驴之运磨然,稍迟即鞭余弟后。弟呼謈问故。曰:"策汝前进也。"弟甚不乐,顾无术得脱。行五六周,弟困欲稍息,则力鞭不置曰:"速行,余需面亟!"弟奔命疲欲死,不得少休,黎明乃已。婢来谓余弟曰:"哀哉汝也!此事皆主人意,无干主妇事。主妇与婢子颇为怜恤。"弟至是大懊丧,伤困交集,狼狈归家。从此绝妄想。加利弗闻之解颐曰:"若可归,当有以犒汝。"余固请毕辞,再拜厚赐。加利弗听然似首肯者。余遂进述次弟事。

剃匠述弟事二

予次弟名巴克巴雷,抱折齿疾。一夕行城市,遇一妪于僻巷。妪曰:"君稍休,有一言渎听。"弟止询所以。妪曰:"君倘愿偕行,将导君达一邸宅,宅华盛莫与比。中有粲者艳绝伦,君往,必广罗珍错以为飨。"弟曰:"媪殆戏言乎?"妪曰:"生平素不作戏语,请勿疑。第随吾往,宜寡言谨行,彼姝有所命,勿逆也。"弟贪酒食,且可睹姝丽,喜甚,即从之行。至一大宅,傔从纷列,阍者起阻弟,妪为左右,始得入。妪复谓余弟曰:"彼美喜柔和者,雅不欲人稍拂其意,能从吾言,自有佳境。"弟且诺且谢。

旋入一室,富陈设。四周为游廊,中植卉木,景色幽靓。妪使弟就榻坐,已入白之。饰榻之具,罔不炫燿烁烂。弟固贫者,骤睹华美,目睒睒四瞩,不暇观赏。忽闻笑语声出自内,则众拥一丽人至矣,妍姿褥饰,毕生所未经见。弟心荡不自持,欲前致辞道景慕,而群侍环立,貌颇庄,不可犯。丽人行旋近,弟起逆。丽人笑曰:"得见君,令人心喜,我必偿君愿。"弟曰:"觌玉貌,私愿已偿,欣幸何似!"丽人喜余弟善辞令,谓性情必大佳,可与相处。

丽人即命从者具馔,殽果骈陈,中多不能名者。丽人并余弟坐,众侍婢给事于前。丽人见弟无齿,顾侍者,侍者哄然笑。弟以为爱己也,拟以间通情款。丽人似已喻意,故作媚态,又以纤手拈食属之弟,弟狂吞不复辨味。俄丽人起,侍者十馀各奏乐,馀则或歌或舞。余弟欢甚,忍俊不禁,亦蹲蹲而舞。稍息,丽人命进酒一卮。酒既至,丽人先饮,次及弟。方授杯时,弟吻接其手,以显诚敬。饮毕,丽人命弟坐其旁,以手加弟颈,微击之。弟以为昵己也,益大乐,欲回施于丽人,以群侍属目而止。而丽人击弟颈不已,且甚力。弟觉痛楚,微愠不敢言,乃坐稍远以避之。妪以目语弟,若咎其违约者。弟悟,不得已,仍傍丽人坐,意怏怏,又不敢稍形于色。丽人于是恣击予弟,至千数。群侍有弹其鼻者,有拽其耳者,有拍其首者,喧笑纷扰不已。

时余弟均忍受之,睇妪亦相从狂笑,若反以为乐者。妪又私慰弟曰:"姑忍之,行将入佳境矣。"丽人又谓弟曰:"我极扰君,而君不愠,君性情盖可知矣。"弟曰:"自见卿,自由之权不复属诸余矣,敢不惟命是从?"丽人曰:"甚善。"即呼侍者取香水及玫瑰露来。俄取至。丽人以银瓶中玫瑰水洒弟面,弟复大乐。洒竟,丽人命复奏乐。又令一仆与余弟偕往,嘱曰:"汝当如我命,毕事再与若来。"弟诘妪曰:"究欲我何为耶?"妪耳语曰:"主人性好戏,欲去若须髯,并画眉作妇人装,以为娱悦。"弟曰:"画眉或勉为之,去须则恶可?余岂能童其颏以见人乎?"老妪作色曰:"汝又违我言矣。若此固执,安望得佳遇?愚哉君也!人爱君,至不惜献其身,而君转惜此无用之于思,弃终身之愉乐,真令我索解不得。"弟意转,即随仆至一室。仆涂其眉作红色,又去其须至尽。弟虽心嗛,亦无如何矣。

既毕,衣余弟以妇人衣,复导至丽人处。丽人见之大笑,众鸣掌以应。弟忸怩甚。丽人起言曰:"吾生平耽跳舞,汝能以跳舞博吾欢,予必更爱汝。"弟允之,于是厕众中与为跳舞。众皆大噱。众乘间多以足蹴余弟为戏。弟痛仆,妪挟之起,耳语曰:"君勿怒,已苦尽甘来矣。一事有求于君,亦戏耳,愿君勿却。盖余主醉后,不容所眷者近,必尽褫外服,与绕廊竞走,逐而得之,然后事可谐。君当让主先行若干武,君矫捷健步,必易逐得之,盍速解衣。"哀哉,余弟不悟,以妪言为可信,竟从之。丽人弛服,留窄衣约束,先二十举武,命弟追之。丽人走甚疾,弟坌息不能及。丽人绕廊三匝,至一黑衖。弟前奔不已,忽不见丽人。弟亦力尽，见黑暗中有微光外射，迹之得一门，启而出，户即砰然阖。

余弟惊顾，尚欲觅丽人踪，不知已在衢路中矣。居人皆业皮工，见予弟赤其眉，无须髯，女饰，仅著里服，目瞠然，状甚丑怪，则相与鼓掌大笑，或从其后以皮絚击之。适有一驴过，众缚弟著驴背，游行城市中。又鸣之官，言适见彼自相第出，形奇谲可疑。官命杖一百，逐出境。弟盖不知大家眷属，多设方略诱少年为戏，骇不更事者，往往入彀中，而余弟适罹此困。悲夫！亡几何而有予三弟之事。

剃匠述弟事三

巴培克者,予三弟也,目盲,贫无以生,流为丐,沿门乞食。每叩门,不启,虽终日不去,叩益力,必启而后已。未启时,门内人诘为谁何,则瘖不发声,虽百千问,无一答也。

一日,弟至一家,叩户。内问为谁,不应,叩如故。再问,仍不应。如是者三。内不得已,辟户,见予弟问故。弟向之乞食。主人曰:"汝盲者耶?"曰:"然。"曰:"然则以手授余。"弟意将给食也,即授以手。主人竟执其手登楼。既登,命之坐,问所欲。弟曰:"无他,饥欲食耳。"主人曰:"否。吾欲祷上帝,使汝目复明耳。"弟曰:"然则何不早言?"主人曰:"顷叩门时,吾数问不一答,必欲劳吾步。吾实告子,无物给汝也。"弟曰:"若是,无多言,速扶我下。"主人不应。弟不得已,摸索下楼,偶失足踣,伤首及腰,詈而出。主人大笑。

是时适二盲丐行经其地,闻弟詈声,止问之。弟告之故,并言今日尚枵腹,且曰:"盍偕我归,取所储资备夕食乎?"二丐诺,于是摘埴偕行。

岂意弟所叩门乞食者,乃胠箧流也,性恶而狡,自牖间悉闻弟及二盲者语,即下楼,尾之行。未几,三人至一老妇家,即余弟居处。弟曰:"请留意,无使外人入此室。"偷闻之大骇,适见一绳自梁下坠,即手握之。旋而上,踞梁间。三人者闭门持杖大索,不得,始稍安。偷乃自梁下,默坐余弟旁,屏息以伺。三人既信室无他人,乃相与谈私事。弟曰:"辱君辈以所得之资相托,实未尝几微妄动。前末次核计,共得一万掘勒钦,分储十囊,烦二君一检。"言毕,探手入破絮堆中,出十囊,授二丐。二丐极称余弟之诚,于是各启囊取掘勒钦十枚,取毕,弟仍藏十囊如前。一丐曰:"余今日所乞食足供三人之需,可无庸更备矣。"言竟,手囊中取面果干酪诸物共食之。偷则私择佳美者大肆咀嚼。弟微闻其声,呼曰:"声何来?中有一生人矣。"突起擒偷,以拳奋击,二盲者亦助予弟。偷力闪避,呼号之声达于外。邻闻之,破门入问故。弟言捕得一盗。是时偷亦闭两目伪为盲人也者,曰:"若诳言耳。予辈四人,夙同居。今若曹欲乾没余所存款,复共起而殴余。"邻乃挈四人至官所。偷曰:"主司一方事,曲直惟鉴判之。余非不自知其罪,顾曾立誓,不受刑不言。"官乃命隶鞭偷。偷忽张目视,求免罪。官异之。偷曰:"能免我刑,当缕述不敢隐。"于是官命止刑。

偷乃言曰:"我曹四人,名为瞽,实非瞽者。所以伪为者,特藉以阴行其私耳。故往往入妇人室,利其弱而惟所欲为,屡有所获,以是积掘勒钦一万枚。予自念为不善非良计,欲痛改前非,与若辈绝,故向索予之二千五百掘勒钦。而彼三人欲侵吞予赀,不允予请,反痛挟余,可以邻里为质证也。主如重责彼三人,彼三人必无从狡辩,将自输其罪矣。"三丐方欲陈诉,而官已信偷先入之言,即厉声诃斥曰:"恶徒!乃敢佯盲入人室,罪不逭!彼方悔过,而若辈复图没其资,阻彼自新,尤法所不容者。"予弟大呼曰:"若人之言妄也,主毋受其欺。呜呼,上帝实鉴临之!"

官冯怒,不之顾,各予杖二百。偷又谓三丐曰:"予实不忍见同类受此惨境,盍张目自白罪状,庶邀末减乎?"又谓官曰:"姑宥之,取一万掘勒钦来,以为左证。"从其言,果得一万掘勒钦,而以二千五百枚给偷,余则官自取之。判三丐皆遭戍。予闻此事而悲之,欲白弟冤,恐官护前,予弟将重得罪,遂中止。

述竟,加利弗为之轩渠,命予进言四弟事。予乃更述之。

剃匠述弟事四

予弟之居第四者曰爱尔柯时，眇一目。请述其眇目之故。弟业屠，有绝技，能聚众牡羊令互相搏斗为娱戏。豪商富族多乐观之，均欲其奏技，恒与之往来，且有盛畜牡羊，使予弟专指挥之，俾斗触娴熟，以供览玩者。而诸屠羊之肆，举肉之美，亦无出弟肆右。弟用是多私畜，每不惜重资，购肥牡焉。

一日弟在肆，有老人来，白须彪彪然，购肉六磅，付值去。视其钱，光泽精美，似新制者。弟甚爱之，别储一箧。自是老人日来购肉，每购必六磅。弟亦日别储其值。

若是者凡五月，弟适欲购羊若干头，价不足，拟取老人钱益之。比启箧，则非钱，皆纸片也。弟骇恚大呼，声闻于邻，争来问故。弟备述颠末，众藉藉称奇。弟涕泣祷曰："愿上帝速使此奸恶妖诡之人来！"言甫毕，即见老人自远至。弟亟奔逆之，又顾众曰："诸君其助我，请速为我声其罪！"且呼且述其事于众，而老人洋洋然声色不动，漫应曰："嘻，甚矣！汝乃于众前辱我。汝忘汝罪乎？汝不自省而欲困我，我必报之。我非诡辞乞宥者，特为君计，殊不利耳。"弟曰："予生平无诡计，不几微负人，自信无疵可指摘者。汝将何以毁我？"老人曰："然则汝其殆矣。"即谓众曰："诸君殆未识若人之险恶乎？彼屠而沽者，人也，非羊也！"弟大呼曰："安有此事！"老人曰："予顷与相语时适见之，刃断吭，与人无殊异。倘不信，往试观之，是非立判矣。"

先是予弟曾卦一羊悬诸肆,闻老人言,故坦然。而众则不能无疑,急欲验然否,则迫予弟释老人。比往,则裸而悬者,俨然人也,喉断,血漉漉,如老人言,盖老人用魔术以致之者也。众受其欺,哗然詈予弟,有以拳痛抶予弟者,曰:"不良哉爱尔柯时,乃令吾曹食人肉!"老人亦以足踢予弟,适中一目,目遂眇。

众势汹汹犹不已,取人肉,拥予弟至官所。老人首白事曰:"此屠以人肉伪羊售诸市,罪当不赦,请置之法。"弟力辨其诬,并述老人纸钱事。官以言无左证,而人肉则固为众目灼见者,立命杖五百,使乘驼游于市以示儆。三日后,屏之出境。

时予适未在报达,而弟被逐后,复惧祸及,择僻地避之。比创稍瘳,偶入城,城中无识弟者,弟以为此可安居矣。独处憪憪,散步郊外,忽闻喧哗声,有马队群至。弟觉有异,亟潜入一室而键其门。讵室中突出二人若纪纲状者,径前按弟项,反接之曰:"嘻,上帝佑我,君乃自来!畴昔之夜,若辈肆扰达旦,今来就缚,大佳。"弟曰:"素不相谙,公等得毋误耶?且余甫至此,乌从于昔夕扰公等?"二仆曰:"若辈为盗,既劫我主财,复思戕其命,罪大恶极矣,尚奚讳?曩持以恫喝之利刃,谅具在也。"言讫搜弟身,果得一刀。二仆呼曰:"此刀即盗证,尚何遁饰!"弟曰:"佩刀常事耳,以此为盗据,何也?我将述我所遇,恐闻之,当悯余不幸耳。"因历述老人事。二仆仍不信,褫衣,欲挞之。见背有创痕,斥曰:"贼!凡善类安得遭鞭背,汝必见获而兔脱,是老于盗者。"遂拳足交下。弟投地乞命。二仆仍不动,即絷弟付有司。有司诘予弟曰:"汝何故操利刃夜入人室?"弟泣诉曰:"噫,人孰有如予之不幸者!请述一二,乞明断。"隶卒呼曰:"彼老于盗者,虽喋喋,复谁欺?"即袒予弟背以示。官不复问,命力鞭予弟肩至一百,游市曹以惩来者。弟于是再乘驼行市矣。旋复驱逐之,不得逗境内。有以此事告余者,余觅得之,与同居,乃力济其厄。加弗利闻予言而怜之,欲贶余物,使余返。予曰:"予尚有弟二,所遭益诡幻,请毕述之,以供一噱,当不厌闻也。"

剃匠述弟事五

予诸弟中以五弟爱奈斯加为最懒,每日不事事,常匄食于人,不为耻。予父殁,遗产银七百掘勒钦,予兄弟七人各得一百。爱奈斯加骤得金,则大喜,思一善用之法。踌躇积日,始决计往购玻璃器以博利。既购,悉置诸筐,设肆坐其中,脊倚壁,筐陈于前,以待顾问。

时予弟两目注筐,口喃喃自语曰:"予筐中各玻璃器共值一百掘勒钦,予之财产尽此矣。我以此获售,当可得二百掘勒钦。复如前购以售,则可得四百掘勒钦。由此递推,至四千八千掘勒钦,亦复易易。倘积至一万掘勒钦,予不复为玻璃商矣,易而售钻石珠玉,获利当倍蓰。乃置良田广宅,盛僮奴,罗姬妾,集乐工及善跳舞者,数张宴为娱乐。上帝知予富,必佑予,虑吾用之不足,必贲予十万掘勒钦以资挥霍。尔时予富埒王侯,闻维齐女才色双绝,即以千金媒聘之。脱维齐不允,则决计篡得之。要之维齐艳予富,当无不乐从者。

"既与维齐女结婚,乃选最美之宦者十人侍左右。予起居尊严,亦如王侯等。乃命诹日乘骏马游行衢市中,障泥以金为之,饰以珍珠宝石,缨辔称是。骑从导前,俊奴执供具拥于后,路人皆避道。至邸,贵族之见予者皆敬礼有加。乃历阶上,给事者翼然两行侧立。维齐行亲迎礼,坐予前,示敬意。予旋使二仆各持千金置囊中。予先取其一奉维齐曰:'以符前约。'又举其一曰:'以是赠公。'是时观者千人皆啧啧赞叹,壮予之高情豪概,谓振古无伦。而爱奈斯加之名乃广播于全世界云。

"既毕盛礼而归,予妻见予纡尊谒其父,遣使谢,礼至恭。予以美衣一袭赐之。俄顷,妻以珍物献,却不受。妻非予命,不得擅离室。凡予至,必肃迓,行最敬礼。予室中陈设罔不备,璀璨陆离,炫耀人目。予入则箕踞巍坐,不见喜怒之色,亦不左右视。予妻则严妆檡饰,鹄立予前,予若罔觉者。婢跽白曰:'夫人待命久,未辱主一语及,诚惶诚恐。愿稍假以颜色,赐之敷坐,惟主命。'余仍不答。众益惧,俯伏予足前,窃窃哀之。予乃略属目,仍作睥睨态。众以为予妻之衣不合予意,则为易更美者。予亦易华服,富丽出其右。众为予妻缓颊如前,予略不措意。盖必先示之以威,使后日恒恭顺将事也。

"后予取金五百枚分给诸婢,遣之出。予妻先就寝。予登榻,终夕背向不一语。翌晨,予妻即以倨傲状白其母。母来谒予,执礼至谦下,以吻接予手曰:'请勿遐弃予女,予女之情实钟于君。'予不答。母惧甚,跪伏予前,以吻接地曰:'予女未嫁前从未与外人接,今不得于君乃若是,彼懊丧不可状。愿垂意悯恤焉!'

"其母见予仍漠然,乃以葡萄酒一卮使予妻持之,谓之曰:'以此为敬,彼必不汝拒也。'予妻乃持酒,战栗立予前,涕泪交下。予仍不顾。予妻曰:'我之爱主,我之灵魂,愿恕我,尽此卮!'声哀惨不可闻。予昂首不语。予妻不得已,卮傍予口曰:'强饮此!'予厌之甚,即手批其颊,并力推其体使去。予妻骤倾仆,直坠榻底。……"

当予弟幻想击妻时,以两手力作势,适中筐。筐倾转于路,骎然一声,而玻璃器尽碎矣。

邻有缝者,闻予弟恍惚自语,又见其筐之覆也,不禁大笑,嘲予弟曰:"汝真忍人也,如此丽人,且贵家女,而为汝妇,乃始终固拒,至彼涕泣待罪,竟绝无怜悯心,不近人情乃如是。假余为维齐,必鞭汝百,肆诸市,以惩汝。"

予弟闻之豁若梦寤,既自怨,复自悔,不觉抚膺大痛,悲声四达。是日为星期五,环而观者若堵墙,有怜其愚者,有笑其痴者,指目并集。弟非复如自语时之骄心盛气,乃愧痛自搏,无地可容。俄一少妇乘健骡得得来,鞯辔华美。闻予弟事,甚悯之,命仆以金钱五百枚给予弟。弟大喜言谢,遂闭肆归。

弟阴念不幸中得此巨资,岂非奇遇。忽闻叩门声,询之,声绝似女子。启则一老妇入,素不相谂,猝谓弟曰:"吾来微有求于君。比祈祷之时至矣,吾将沐浴从事,赐水一盂可乎?"弟念其老,虽不识,未即拒之,诺而予之水。归坐数金钱,往复数四,旋取一修而窄之囊贮之。而老妇祈祷毕,又伏弟足前如祷上帝然,且深谢予弟之惠。

弟见其服甚敝,执礼恭,以为是乞钱来者,取金钱二与之。妇大诧却步曰:"君何意以我为乞耶?请收入,予无所用此。予隶城中一少女家。少女美姿首而饶于资,我安用乞为?"予弟闻之,心又怦然动。问:"有因缘得一见少女乎?"曰:"不特易觌面,即欲妻彼亦非难事。君有福,渠得归君,渠财尽归汝有矣。盍以资从我行?"弟贪欲两念交炽于中,不复审真伪,贸然取囊金从之去。

俄至一巨室,老妇挩户,一希腊婢应声出。妇导弟入。内一厅事,庭除广洁。妇令就坐,地凉爽宜人。老妇入白。未几,一丽人盛装出。弟骤见之,心摇神夺,相与比肩坐,道相见乐。旋携手至一室,促膝对语。丽人起立,言有事,片晌即来,请复待之。既去,则一黑人闯然入,形甚伟,手剑,怒目视弟,叱曰:"汝至此何为?"势汹汹欲击。弟惊绝,猝不能答。黑人即褫弟衣,攘弟金,又剑创弟体数处。弟仆地不能起,黑人以为已死矣,命希腊婢取盐至,遍涂伤处。弟痛不能忍,不敢呼晷,仍佯作死状。后二人去,老妇复至,曳予弟足至一所,状类地穴,启门投入。弟晕绝复苏,见穴中尸累累,度皆若曹所杀者。伤处转以盐敷得不死。弟困不能兴,越二夕,始起坐,乘夜抉户出穴,隐庭中。黎明,见老妇启关出,弟亟遁。狼狈至予所,具述所遇。

予为之谒医匝月,创愈。弟即欲报此老妇仇,取一巨囊,约可容金钱五百枚者,而实以玻璃屑,藏诸身,复暗挟一剑,易装为老妇状,晨立途中伺之。果又见老妇于于来。弟佯为妇人声，前曰："予波斯人，适至此，携有金钱五百枚，欲假一衡权轻重，苦无相识者，姆能假我否？"老妇曰："大佳。予子，钱商也，可偕往，使权之。稍迟，彼将他出，其亟行。"于是弟随之，直至前所见之巨室，启门者仍希腊婢也。

老妇命弟候厅事中，己则往呼其子。未几，黑人伪为其子出，谓弟曰："我为汝权金。"言毕，导弟行，意将乘间杀之。弟即潜拔剑刺黑人头，断其首，投尸于穴。希腊女以盘取盐来，见予弟去面障执剑立，盘惊坠，返走。弟矫捷逐得之，刎以剑，头落。老妇闻声入，弟擒而怒叱之曰："恶妇！识我否？"老妇觳觫对曰："君为谁？"弟曰："汝尚忆畴昔与汝水沐浴之人乎？"妇投地乞命。弟不顾，杀而支解之，时所存仅丽人，老妇辈之死，尚未之知也。

弟大索良久，得于一小室中。丽人大惊求宥。弟诺之，诘何以与诸恶人居，甘为之役。丽人曰："予本富商妻，此老妇时来见予，予不知其诡，不复疑。一日，老妇邀予赴宴。予易华服，携金钱一百枚往。既至，为黑人所禁，不得出，忽忽已三年矣。为诡恶事，实非我愿，迫于凶暴，无如何耳。"弟曰："黑人数数以取货杀人，想所得必富。"丽人曰："诚如君言，君能携去，则吃著不尽矣。"因导弟至一室，箧匮骈垒，中灿灿皆黄金。弟大惊喜。丽人曰："汝速使人来取之。"

弟亟出，呼十人偕往。至则门大辟。趋藏金所，荡然无一匮存者。盖丽人甚狡猾，给弟出门，即运金他往。弟失望，括室中物。凡可取者无一遗，值亡虑五百馀金。出时，忘阖户。邻里见之，疑有异，遂鸣诸官。

翌晨，予弟即为逻者所得。弟贿以金，不受。涂遇故友，为解说，亦不听。至官，吏曰："汝必告我以得之之所。"弟曰："我固不敢隐。惟请先许我勿加罚。"从之，弟乃历述其事，并言移室内物者，以偿所失五百金之值也。

吏即命役至弟家，尽取诸物没之。又命弟速出境，后不得再至此城,违则死。吏之所以远遣余弟者,盖惧以其枉判事上诸加利弗也。弟即仓皇出城,拟卜居他邑。途复遇盗,尽夺其衣装去,至不能蔽体。予闻,亟以衣往,觅之归,款待如他弟。

剃匠述弟事六

予既述五弟事矣，所未言者，尚有六弟之历史在。六弟名斯加开培克，病缺唇。自得予父遗产银一百掘勒钦，勤操作，初颇能自给，后渐颠窘，以致乞食。然其乞颇殊别，必先赂大家之仆，以出入于其家，因之得主人怜，而日有以济。

一日，偶经一巨室门，仆从甚夥，即前问为谁氏。阍曰："汝胡此问？孰不知此为巴米息特宅耶？"巴米息特者，素慈善，名播远近，予弟亦习闻之。即向阍述来意。阍曰："其入室，当不汝阻。汝往见主人，必能偿汝欲。"

弟深感谢，即侧足行入内，重廊复阁，不知孰为巴米息特之室。旋达一屋，形正方，髹涂精美，陈设极奇丽。旁辟门，门外花竹靓雅，道皆砌彩石，陆离光怪。门洞辟，帘周垂蔽日。执事者视所向，日光不及，则钩帘引风入。

弟顾而乐甚。更进，至一厅事，承尘雕镂，青黄为饰。一白须老人踞榻坐，意必主人巴米息特也。询从者，果为主人。巴米息特以手召弟前，问所欲。弟曰："主乎，予婆人也，穷无所依，故昧然至此。愿悯其困绝而援手焉！"声哀恻，足以动老人。

巴米息特闻弟言，以两手置胸，示哀怜意，曰："我居报达有年矣，而有贫厄若汝者，竟未之知。"予弟闻之，谓难得老人怜，必有厚赐矣。而巴米息特乃曰："我殊不忍遽弃汝。"弟蹙然呼曰："予自晨起，迄未得食。"巴米息特作惊诧状曰:"噫!君此时尚未进膳,盍早言?必饥欲死矣。"即叠声呼仆取水来盥手,实无仆无水。而巴米息特则两手于空中相摩若洗盥者然,谓弟曰:"请濯手。"弟意彼偶戏耳,既有所求,未便拂其意,亦以两手摩擦效其状。

巴米息特又呼仆曰:"速以食来,不耐久待矣。"实未有食,而彼即两颐大动,宛若食在其口,咀嚼有声,并谓予弟曰:"君枵腹久矣,请勿过谦,以快大嚼。"予弟不得已,答曰:"食尽矣。"巴米息特曰:"汝啖面包,佳否?"弟伴答曰:"佳,夙昔未见有精洁若此者。"巴米息特又劝之食,且谓此面包实以重价得之,计需金五百枚。又盛称其女仆制面包,实无与匹。弟唯唯而已。旋闻其又呼仆曰:"速取他食物来。"即谓弟:"汝尝此始知其美,此大麦与燔羊肉也。"弟曰:"美甚,予方大嚼不辍。"曰:"君既嗜此,盍饱食,勿使虚设。"既又呼取鹅来,须贰以甜酱,并取干葡萄、无花果、酸菜豆、蜂蜜诸物,谓弟曰:"此鹅殊肥美,今特一翅一胫耳,汝当食之尽。将以次飨其他。"弟饥火上炎,且闻老人道诸食品之美,馋涎溢吻,愈不能支。不得已,仍佯为吞咀,冀以悦老人。而老人尤极口称小羊,谓:"餧以榧实,故味胜常畜者。余为口腹计,不惮求精。君舍余所,必无由食此美馔。"乃作自取一胾状,以一胾虚置弟口,谓弟必酷嗜之。弟无如何,舐舌称美。巴米息特曰:"予思食谱中膏腴之味莫有过于此者。"弟曰:"然。"巴米息特曰:"尚有肉醢,君试评之。"弟曰:"精绝。"巴米息特曰:"是中辅以丁香、荳蔻、姜、椒诸品,虽融合,尚一一可辨。君必并量食,勿负此精制也。"言次,复命仆再取肉醢来。弟心烦甚,曰:"予已饱德,不能再事刀匕矣。"

巴米息特曰:"然则少食果饵何如?"乃少待数分钟,若俟仆整理食案诸物者。巴米息特复曰:"此杏仁新收,味绝佳,盍食之?"遂伪为脱皮投口状。又谓:"饼饮饧果备具,任掇食之,勿见外。"于是虚握若有所赠曰:"此蜜果,善消导。"弟伴受之曰:"香逾于麝。"巴米息特曰:"此果为家制,与得自市肆者迥殊。"复授弟。弟曰:"腹果矣,虽有佳制,惟心受而已。"

于是巴米息特曰："盛哉斯会,既饱食,安可不饮酒。汝喜佳酿乎?"弟曰："君请恕予,予夙有酒戒,即涓滴不能饮。"巴米息特曰："何拘谨乃尔?余幸得君,必共酌以志雅集。"弟曰："本不敢违盛意,惟量隘,沾醉恐失仪耳。能以杯水代,幸甚。"巴米息特执不可,即命取酒来,伪为启瓶斟盏自饮状,更虚酌以釂弟曰:"请饮此为我寿,且为我品此酿醇美否。"弟佯受盏,侧睫引鼻,若察色,若辨香,然后就口,貌为欣喜曰:"味甘而性和,尚非厚而烈者。"巴米息特曰:"予贮酒甚富,不适口,请易之。"亟呼换酒。旋复伪为斟酌,自饮并饮予弟。若是者连叠不止。弟饥渴欲绝,不复能再耐,即佯醉起,挟巴米息特仆地。欲再肆击,而巴米息特执予弟手曰:"汝病狂耶?"弟憬然曰:"君赐食已足,乃必强余以饮,吾先白君,恐酒后失仪也。余不任酒力,其恕我。"巴米息特闻言,鼓掌大笑,谓弟曰:"予乃今知汝性质之美。予久欲觅一善性者,不可得,今于子见之。予之所以虚作饮食以困汝者,无他,试汝耳。今将与汝为莫逆交。深喜君能坚忍,始终不贰。予甚敬君,愿君主我家。兹当以真食相飨。"即鸣掌数下,旋有数仆自外入。主人命取餐。瞬息间,进馔者鱼贯至,其品类烹饪,皆巴米息特前所口举者也。至是予弟始饱啖,并痛饮。诸侍婢姱容丽饰,环而作乐,继之以歌。又易弟以华服,雅意周旋,惟恐不至。

巴米息特知予弟才而诚,数日后,命弟理家政,出入一委之。如是者二十年,未尝有违言。及巴卒,无后,遗产入官,并没予弟所蓄。弟贫甚,无以自存,乃随众往麦加乞食于瞻拜者。中途复遇盗,掠所有,并执弟去。

予弟为一盗胁作奴,盗日笞之,冀速其赀赎也。弟曰:"予既为君奴矣,惟君所命。余嫠人子,安有赎我者?日笞我,无益也。"词甚哀,而盗不为动,且因所欲不遂,怒以刀斫予弟唇,唇遂缺。

既而盗出劫,留予弟于家。盗妻颇有姿,百计媚弟,欲与之私。弟惧祸,恒避不敢近。而盗妻眷予弟,见必与戏,久而成习。一日,不自觉于盗前为之。盗疑弟私其妻,大怒,痛责。以驼载予弟,放之荒山之巅。凡至报达者必道此山,有人见而告予,予设策拯之出,与余共居。

加利弗闻予言,忽局局然笑曰:"汝声为寡言,而喋喋言汝弟事,予实不愿再聆汝语。汝此后不得入此都!"数年后,加利弗死,予乃归报达,是时予六弟均物故矣。

当予之归报达也,途与此跛少年值,拯之出险。讵少年忘予德,绝予而远飏。闻其去报达矣,不知往何所,遍踪迹之。历时既久,始于此相遇,诚出意外。而彼毅然绝予,则非予所逆料也①。

剃匠自述毕,众皆以少年言不诬,摈剃匠不与宴,而馀人则极欢而散。时日将坠,当末次祈祷时,予②匆匆归肆,橐驼即以此时来,似有酒所。此后诸事,陛下已一一得闻矣。予曹生死,幸陛下决之。

苏丹闻之,色稍霁,谓诸人曰:"聆汝等所述,独跛少年及剃匠昆弟事最奇特。欲于未瘗橐驼前一见剃匠,偿好奇之愿。剃匠居此都,不难致也。"即命缝工导其从者往觅之。顷之,剃匠至,年可九十许,须眉皓白,大耳修鼻。苏丹见而卷然曰:"知汝多异闻,盍述一二。"剃匠曰:"当如君命。敢问医商诸人胡皆集此?"曰:"此事不涉汝。"剃匠曰:"不然,余与此事实有关系。予固素以寡言名,非好为刺刺者。"苏丹益奇之,乃告以橐驼事。剃匠摇首若不甚解者,曰:"事固奇,予愿再验橐驼之尸。"言毕,即趋近尸,就地坐。以橐驼首置两膝间,细察之,乃狂笑仆地,若忘其在苏丹前者。须臾起立,尚吃吃不休曰:"人死不能无故,凡历史之宜书以金字者,其此橐驼事耶!"

众目注剃匠,意非滑稽则病狂。苏丹诘之曰:"汝曷为狂笑?"曰:"予敢决言橐驼未死,尚有一息在。予若不能生之,则甘受愚名而不辞。"言竟,出小箧,储药多种,盖携备不虞者,检止痛剂③,擦橐驼颈。良久,复以具启其口,箝前所鲠之鱼骨出,举以示人。见橐驼手足微

---

① 以上皆缝工于苏丹前所述跛少年及剃匠之历史。既毕,即补述橐驼事如下。
② 缝工自谓。
③ 即拔散谟(Balsam)树脂。

动,俄张目而嚏,若证其重生者。

橐驼死一昼夜矣,绝不见有几微生气,而剃匠竟使之复苏,神乎技矣。苏丹大奇诧。众注目视剃匠,无不啧啧称道之。苏丹喜剃匠之具此神术也,命以金字书其事,俾传之后世志不忘,而以缝膳医商诸人事附之。各赐锦衣一袭,使衣衣而出。别以多金赉剃匠,养其天年,并留与同居以重之焉。

史希罕拉才得既述以上各事于苏丹前,即缄口不语。其妹定那才得见姊述毕,语之曰:"姊所述均缜密有致,而以剃匠活橐驼事为结束,尤觉奇特,盖予初谓橐驼已真死矣。"苏丹曰:"朕亦深喜其奇特。即剃匠昆弟所历,亦极诙诡。"定那才得曰:"予尤乐闻报达跛少年事也。"史希罕拉才得曰:"予以陋质待罪,不触天怒,幸甚。主上倘惜蚁命,俾苟延残喘,尚有变幻离奇,述之当不减橐驼诸事之饶兴味者。"苏丹于史希罕拉才得所道,既无不倾耳乐闻,兹闻其复欲叙说他端,度必有可听者,因从其请。晨兴,祈祷毕,即入朝。翌晨,定那才得请姊如约,乃复述。

龙穴合窆记

昔加利弗赫仑挨力斯怯得在位时，报达有医士阿波海生爱勃宰侯者，美丰仪，有智谞，而性谦蔼，复饶于财，当时士大夫咸倾慕之，加利弗亦深倚任。时加利弗有艳妃，宠冠掖廷，起居一切，虑弗当妃意，以宰侯左右之。凡妃所御，悉使宰侯为之供张。而宰侯亦以妃得主宠，曲探其意旨，先事而办，罔不胗饰，由是得妃骥，而加利弗之眷宰侯者益隆。于是公卿大夫，世家贵胄，争奔走出其门，车马相望于道，势可炙手热矣。

宰侯既广结纳，尤深契者为亚伯赫生挨力朋比客。比客本波斯王族，迨墨苏孟①灭波斯，乃流离至报达，貌都，胸无崖岸，善谈论，听其言娓娓不倦，柔曼蝉嫣，闻者为之心醉。资既英敏，立论务极高旷，然必先自贬抑，惟恐或露圭角，招訾尤，其恂恂自抑又如此。以故衣冠归之，与宰侯尤沆瀣无间焉。

一日，比客过宰侯，见一丽者，乘白骡来，女侍十，簇拥之，皆以纱翳面，意度娴雅。复睨丽者，则欹坐锦鞯间，腰玫瑰色绣带，宽可四指，上缀殊珍，光煜煜四射，而姱容修态，如彩霞，如皓月，令人目夺神眩，不可逼视，回视群婢，殆蒹葭倚玉矣。盖丽者以事临宰侯家，及门下乘，宰侯迎道左，延之入。比客亦相与效殷勤，为设金垫于座，退请

---

① 墨苏孟（Moslem），回教徒总称。

妃憩，再拜而复起，侍于侧。丽者以数至，无所避嫌，揭翳相见。比客斯时得审睹之，心神佚荡，自惭形秽。丽者亦转视比客，见雍容尔雅，迥绝伦等，不知眸之灼注，嚶宁而言曰："子盍就坐？"比客如其命，视线集丽者面，不复他顾。丽者亦会其意，流目送盼，属意于比客者良厚。旋起至宰侯侧，与耳语，并询比客本末。宰侯为详展邦族，即姎姎然喜，以其为贵胄，爱益深。乃重询宰侯曰："子谓彼为波斯王族耶？"曰："然。君波斯者乃其祖，不幸及身而国墟，流寓于此，加利弗且优遇之。"曰："子倘为予介绍，能屈彼作闺中友，则拜子之赐，縻百体不足以酬。"指一婢曰："予归，当命是婢相召，必偕比客至，俾一览宫中景物。子慧心人，当知予意，勿辜所托。苟弃予命，以为予忧，则怨将终其身，誓不复与子见。"宰侯素敏，知其旨，嗫嚅而对曰："天佑微臣，当不至无故启怨于贵人，以重罪戾，谨心铭之。"丽者颔而兴辞。濒行，顾比客，脉脉若欲有语。久之，始超乘，云拥以去。

丽者之去也，比客形神俱散，目逆而送，至香尘已杳，犹鹤立凝睇，旁观者咸吃吃笑其痴。宰侯掖之，始觉，叹曰："情之所钟，正在我辈。若人外艳而中慧，邂逅间目挑心与，深情若揭，重有惓惓于余者。别时尤隐若寄意，令人如春蚕作茧，自缚不能解。则余之神往，亦情不自禁。君辈固当哀怜予，不揶揄予也。虽然，余未款曲于若人，不知为谁氏，子盍详之。"宰侯曰："彼为斯客孟雪力赫，妃于加利弗，加利弗宠之，无与俪。"比客曰："天生丽质，必高其位置，以示超绝。似此婥姿，诚不媿为六宫冠。"宰侯曰："加利弗非惟昵爱之，且奉若帝天，惟恐不得当其意。谬以仆稍晓事，命奔走承役，其崇宠至矣。"宰侯之为是言，盖以妃意属比客，而比客复属妃，是将为不利，故盛称加利弗之于妃，以断其痴念。讵比客念益坚，口喃喃呼妃名，自语曰："斯客孟雪力赫，仆何幸得一顾！魂梦萦眷，积思成痗。予念即不见谅于卿，亦终不能释。虽形销骨化，此区区之忧不与俱泯。予惟有爇瓣香以祝，冀得身为帱枕，长亲芳泽也。"

妃之归，于途筹策，冀与比客会。甫至宫，即命前婢诣宰侯第，趣其偕比客来。婢衔命去，比至，值宰侯以利害晓比客，劝早绝妄念，勿留恋于加利弗妃。言次，婢遽前致词曰："妃有召，汝二人其奉命。妃不耐久待，可亟行。"宰侯闻妃召，不暇他语，即偕婢去。比客心跃跃，亦踵之行，不复顾祸福。抵宫，则金兽衔开矣。婢导二人历阶升，入掖庭，赐坐。罘罳周列，珉碱璘布，锦毹帖地，五色煌熀，炫人目精。椒兰之气，郁然而起。比客斯时无异置身瑶台璚岛中。少选，侍者舁几出，珍错骈集，劝爵良殷，婢亦屡以佳馐进。饮毕，呈金槃浣手。旋于博山炉爇沈檀，薰衣履，又以镂玉盏盛百花之精，醇浓芬馥，用以润面。修容竟，复归坐。未几，导往别院，屋顶作圆葩形，白石为柱，莹洁如玉，以金嵌种种鸟兽，形态飞动。销金毡厚寸许，绣赤白玫瑰，图绘之巧，欲穷极天工，幻妙奕丽，不能为状。左右列修榻，上设花磁、斑石、晶碧、玛瑙诸器，殊形诡制，珍逾彝鼎。瑶窗四辟，縑衣灿然。外台上亦设坐具，供休憩。面院而葱蒨入望者为园。甬道砌以文石，若摘锦布绣，与室中藉地之茵光华灼发，互相辉映。径尽则平溪接焉，澄澈如镜，净不可唾，参差楼阁，皆影入波中。蒙茏幽翳间，有涧流下泻，声锵锵若琴筑。傍流有磐石，亭翼然起。中置古铜瓶，插名葩数种，靓鲜有致。数武外则丛树排比，清阴黛色，弥望茂密。群鸟翔集，鸣声下上，脆滑和圆，爽心洞耳，益令人徙倚盘桓不能置。

比客初入宫禁，裴回叹赏，称羡不去口。宰侯虽时寓目，觉景物之妍丽，亦乐观不疲。忽歌女数辈连翩而至，绛绡雾縠，飞飏飘撇，姿态万端，咸手执云和琺瑟之属，坐蕉椅以待召。比客与宰侯步至平台，遥见殿阁缅连，修梯回属，长廊曲转，若篆籀紊回。时禁籞沈沈，寂无人迹。二人相与槃谈，畅抒心臆。比客喟然谓宰侯曰："以子之英锋踔厉，务为广远，睹此佳丽，或无所动于中。仆则见隘识卑，固视若人为美无与匹，寸中辗转，忍俊不禁。窃不自揣，妄作万一之想。或竟所愿不虚，宁非美满。自故宫禾黍，身世飘零，遭家不造，已怆余抱。乃更因情增郁，虽觌面若山河，兴言及此，我怀曷极！"宰侯慰之曰："精诚所结，可以彻天通泉，矧深情相感，有终必达其所志之目的

157

者。仆倘能为力，不敢言劳。且是宫名长乐，为妃私第，妃有自主权，一切得随所欲为，无宦侍监察。妃常出游，必兴尽乃返，加利弗不之问。即临幸，必先敕宦者传旨，备迎迓，俾不至仓猝失仪。似此防范之疏，又何虑所期之不遂哉？姑少安毋躁，勿忧以伤人。试视妃意厚薄为进退也可。"盖宰侯知妃意已专属矣。

俄婢来，命歌女奏乐。于是八音谐会，响可遏云。俄一女敛容而歌，抑扬婉转，含宫嚼徵。比客倾耳以听，百端交集，不待歇拍，即谓女曰："卿真解人耶？一字一声，乃悉能道人心腹事。余回肠荡气，欲诉无从矣。"女按拍不顾。歌阕，更为哀曼之音，潜气内激，凄音外发，一字百转，曲尽幽抑之思。比客有感于中，不觉呜咽流涕。众女复离立而唱曰："皓月吐华而初升兮，与夕阳其邂逅。"盖喻妃与比客之喜得相见也。俄婢复来，随黑女十人，舁镂银宝座至，于比客所立处稍远置之，即退入林内。旋歌女二十人皆韶容而都服，管箫齐奏，且步且歌，分列于座之左右；又美婢十人各执具俟诸门。良久，众女侍若群花之团簇，拥妃冉冉出，惊鸿游龙，不足以喻，神姿照焯，一室光生，乃款步入座。

当妃出时，比客已远睇，喜心翻倒，谓宰侯曰："余之恋恋，实彼有以召之。一望其神光离合，即心摇摇不自主。"遂自呼名而对曰："比客，子何妄！独不虑如膏之煎，徒自苦耶？"又对宰侯曰："君误我，偕余至此！非纾我缱绻，直益我磨折耳。"复举手谢曰："此行实自至，昏瞀中诬君为道引，余过矣！余过矣！"语未毕，泪坠如雨，哀抑不自胜，若痴若狂，百态交作。宰侯甚怜其情至，语之曰："君不罪及，仆幸甚。仆前告君谓彼为加利弗宠妃，正破君妄念耳。君不能自遣，卒不悟。事至此，亦惟有善自持，毋躁率，取尤戾。当仰副妃所以召君之意。妃已驾临矣，苟悲狂若是，微特将撄罪，仆亦不能终徇君。倘必不余言是听，虽悔何及。情为性贼，将溺人于恨海，永无拯救。"言次，妃已至。宰侯嘿不复声。妃就坐，目专注比客，与比客言，辄托兴于物，而隐寓其心愫，脉脉然相通无间也。既互睫递意，妃益信比客为深于情者，虽耳目众，未能罄所怀，而方寸间蹲蹲欢舞，自流露于眉宇，觉人生之乐，无有逾于此者。乃回顾侍者，召歌女。女群起至前。侍者为移蕉椅于平台牖下，即比客、宰侯坐处也。歌女列队，作新月形，以次就坐。命之歌，歌音凄宕，若游丝萦空际，袅袅不能自已①。

妃斯时目视比客，似令其细参歌意。比客形神俱惑，荡思绮念，触绪纷来，起至平台，倚栏以听。俟歌毕，谓歌女曰："烦卿鼓琴，余当以歌和。"于是发激楚之声，以写缠绵郁抑，其为哀艳，音馀弦外矣。甫阕，妃复命歌女曰："速转弦，俾谐啴缓。"乃更作绸缪宛转之曲，其用情尤深于比客。比客益酸心，再作歌以报妃。情至无可排解，觉悲来填膺，夜鹤秋蛩，无此凄恻，有令人不忍终听者。

比客与妃既藉琴歌以诉怀，渐忘形迹。妃起欲入。比客知意，即踵随之。抵宫，即握手相偎，不知有左右，爱情既烈，神经易昏，不觉目眩身浮，相持俱踣。幸侍者亟拥承之，扶卧榻上，沃以香露，始悠然而苏。妃四顾不见宰侯，急询何往。盖宰侯见妃昏绝，宫中纷扰，恐事泄祸及，方欲急奔，闻询趋入。妃谢之曰："微子，余不能与比客缔交，子所以益余者至厚。自顾荏弱，糜躯不足以报挚情。"宰侯唯唯，不知所对，惟祝妃终获如意而已。时比客坐妃侧，妃顾比客，颓颓而言曰："余方寸已乱，口不能掬余怀。君之见爱于余，余深信君用意之笃，第君虽情重莫与匹，余以意度君，知君当不疑余之钟情于君不如君之甚也。所冀者以此区区之寸心，互相印证耳。君谅不至负余意，使忲怨以终身。虽然，即两心始终不渝，亦见其苦，不见其乐。君局促居辕下，予闭置深宫，日以眼泪洗面，实有同病相怜者。惟共矢此志，虽石烂海枯，不变旦旦之誓。倘上帝或哀怜之，俾得偿夙愿，则幸何如之。"比客欷歔而对曰："即使卿不亮予衷，不列余于没齿不二之臣，是予不足以感动高深，亦惟自怨自艾，矧卿之于予，乃固结若此

---

① 歌意盖谓两美相遇，情思所缠，身离心合，脱好事多磨，莫偿私愿，则涕泣怨怼，命实不犹，非两人之爱情有阙也。

耶？予自念一见颜色，即不复自知有生命。利剑之刃，能断百重甲而不能断予一缕之爱丝。所恨者，此万劫不转之心，不能剖以相示耳。"言际，泣下沾襟，妃亦呜咽不能止。

宰侯以温语劝曰："臣不避斧钺，敢进一言：今日得缔交良友，宜如何愉快，乃出此悲苦之辞，涕沾襟袖，果何为者！臣愚昧，诚不解所以怅触之由。夫妖由人兴，恐非时之戚，几兆于先，意外之尤，将因之而召。他日祸至，或更有胜于今兹之惨别者。春花秋月，为日方长，后此将何以堪此。且宫禁森严，臣等陪辇而游，已冒不韪。倘或淹留，恐加利弗见知，罪不容逭。伏希明鉴下情，饬臣等速退。"妃叹曰："呜呼！君何若是之忍也。予肝肠断绝，不复他顾，君宁不知？何绝无体恤意？奈何妾命薄，有愿不得酬，悲何如也！"言毕，泪坠如缫縻，不胜怅怨。良久，味宰侯言，究不失为忠告，色亦稍和。以目示婢，婢以果品进。妃手拈以食比客。比客欣然承接，视果有指痕，先含以口。亦择果呈妃，妃亦含如比客，始以果赐宰侯。宰侯以入宫久，惧为加利弗所侦，急欲归，即取食之，不暇辨味。侍者撤果，以金碗贮水置左右。共盥毕，复入坐。有三婢持水精之杯，就巨罍挹美酒以献。妃兴顿豪，于群婢及歌女中选精丝竹者十人，留以侑酒，馀悉遣去。命抚琴，自扬觯而歌，或抑或扬，似娇莺之啭。歌竟，一引而尽。复斟以劝比客曰："君苟不瑕疵予，当尽此觞。"比客大悦，接杯命婢作乐，为歌以答殷勤，引吭按节，不知泪之涔涔下矣。歌中语意，谓不解所饮者是酒是泪云。

时比客亦尽其爵。妃复以酒酌宰侯，宰侯再拜谢。饮既阑，妃更取歌女所携琴，自抚弦而唱，音激以哀。比客目灼灼相顾，痴坐不知起。忽见婢仓皇入，急造膝白妃曰："适使臣率宦，捧加利弗谕来，已抵宫门矣！"宰侯、比客闻言，色灰败，手足战栗，疑事机已败露。妃极意宽慰，命侍者出，姑与使臣寒暄，而自备接诏。谓婢曰："汝羁縻使臣，余妥帖后，当谕汝，请使臣入见。"复命阖诸牖，撤园中绣画，嘱宰侯、比客勿恐怖，暂藏身平台下。自启门出，反掩之，向花园去。比客、宰侯虽得妃慰护，终惧事泄，祸且不测，蝺伏而忐忑，意不自安，狼狈之状，亦良苦矣。

妃既至园中，群婢来侍。妃命撤去蕉式椅，即入座。命传谕前婢，引使臣。使入，宦官二十人从，皆腰金而佩剑，遥距妃坐，即匍匐敛安，鞠躬前。妃起立，询使来意。曰："臣奉加利弗旨，传谕贵妃：念妃綦切，以牵于政事，不获早临。拟今夕命驾，望一切备如仪。"宣毕，妃俯伏遵诏，起谓使曰："望转达天听，谓妃得加利弗宠命，不任荣幸，当谨俟乘舆之辱。"顾侍者曰："速命宫人供张，毋稍疏忽。"复语使曰："奉诏仓卒，储待非咄嗟可办，惧或苟简，以速罪尤。汝其转达加利弗，乞假以时刻，不胜惶恐之至。"使唯唯，乃率宦官退。

妃见使去，即返至平台。思事已至此，必速纵比客。然意恋恋不能舍，相向汍澜。宰侯睹其状，惧必以迁延致败露，心益悭怯。比客谓妃曰："予知卿迫于无如何，来与余别，予其与卿诀矣！虽然，天或哀怜予，当于予焦然若灼之胸中置一副忍耐心，俟时再申良觌也。"妃乃送比客行，且行且叹曰："比客乎，君于万难撒手之时，能作此种思想，较予若荼蘖之在抱无一息甘回之境者胜多矣，予为君幸。盖君与予别，虽黯然终日，倘如君言，可俟时以续坠欢。予则如敝絮行荆棘中，左右挂碍，自君之去，触景回思，愈益凄楚且必含愁敛怨，致殷勤于加利弗前，宁非大苦事。使君为不能见谅者流，势必怏怏。而予一念及加利弗之突然见迫，君之皇然走避，其恼人方寸，莫此为甚。君之于予为何如肫挚，予又何能恝置怀来，于接加利弗时，不改常度乎？与之言则漠然少味，徒败人意。强忧为欢，则如越禽处燕，殊无恋恋情。彼于余纵竭意周旋，予心匪石，又胡能转？此情此景，君试为思之，其何以遣此？"言间，潸潸被面，几不成声。比客欲慰藉之，则中若结辖，不能出一语。且睹妃愁容戚态，肠为之断，惟相对神伤。宰侯急图出宫，以二人忽悲忽喜，若得心疾，殊不可耐，不得已以割爱为劝。正相语间，忽一婢垒息至，曰："时已迫，不得再迁延矣！宦官宿卫，已集宫门，鹄立俟驾，顷刻加利弗将临。"妃乃悲呼曰："天乎，何不顾人间苦离别而复促其时以困之乎!"泣谓婢曰:"速匿彼等阁中,阁面园而伏临底格里河者。汝可于薄暮率二人自殿后出,俾得归去。"于是持比客大哭。复急收泪敛容,往迎加利弗。此中况味,在旁观者,犹为之不忍设想,况身受者耶!婢导比客、宰侯入阁中,嘱静俟,勿章皇,薄暮,当导汝出。言毕,阖门去。

二人隐阁中,忽忘婢嘱,绕阁四顾,见悉闭其牖。默思倘加利弗或宫监等突入,将于何避面,心至惶惕。俄临园之窗,有光线射入。就窗中潜窥之,见宦者无数,手银烛,迤逦行。后随众武士,擐介胄,悬剑,气象雄厉,盖宫中宿卫兵也。加利弗徐徐行,欤飞左右拥。时妃率侍者迓道侧,宫妆明艳,音乐齐举。妃见加利弗驾近,趋而前,望尘而伏。然妃意殊不属加利弗,俌匐间尚默呼比客之名曰:"比客乎,使君目击予之含羞忍垢而为是仆仆,亦当悼予命之不犹。使斯时予膝为君而屈,固祷祀以求,无几微怨意也。"加利弗见妃即色喜,持其手曰:"亟起,国事鞅掌,不获数接见,实歉且思。"相与入坐。加利弗频就妃作喁喁小语。时宫监皆散立。加利弗出步园中,闲览晚色,见各牖沈沈,深掩扃戍,方欲询问,珑窗骤辟,灯炬齐明,卉木楼台,列列呈远近。加利弗大悦,谓妃曰:"欲显先函,使暴吐光明,出诸意表,可谓灵心慧性,巧手布置矣。"初,宰侯与比客藏阁中,心怵怵不自宁。及隐窥宫车所至,气象万千,辄有天上人间之叹。比客则心烦气乱,惟视线随如左右。及见加利弗与妃握手语,则如沈身巨浸中,谓宰侯曰:"予心非木石,不能无感。余之于妃,交相爱眷,而志不得遂。加利弗骋其权力,既为阻,而复攘据之,是宁可忍!固非予偪仄也。忆与妃共罄情愫,乐且未央。一转瞬间,已为他人所有,念及此,气颓神丧,令人不克自持。宰侯、宰侯,君何以教我?"言次,忽闻加利弗方命歌女鼓琴,妃即令度曲,皆侧艳悱恻之词。加利弗甚喜,谓妃以是致怀,诚不减夙昔之爱。而妃闻言意大怫,以此曲为有感而发,何物加利弗,乃从而揽得之。又迫于势位,不得不矫意承顺,自悯身世,益愤愤不能平。急血攻心,陡然昏绝,几坠于地。加利弗大惊,谓得暴疾,急命侍者扶昪入宫。

宰侯于窗隙见妃昏绝,大愕,顾比客则亦挺然僵矣。呼之不应,挽之不起,骇极。知其睹妃晕厥,心骤痛不能宣,气壅所致。念二人精诚所结,竟若磁石之引,宁非奇事。又念方匿迹阁中,重遘此变,愈益焦灼。忽见婢启阁门入,粉汗淫淫,气竭声喘,状若坌奔而至者。呼曰:"速来!将导公等出。事不可测,杀身恐在今日。"宰侯蹴足曰:"去复不能,奈何?请观比客!"婢亟视,见气息仅若游丝属,色败坏,知为晕。即取水噀比客面,渐苏。俟神稍宁,宰侯谓之曰:"今日之事已危如累卵,计维速逸,稍滞,无生理矣!"比客弱不能起,宰侯及婢挟以行。至临底格里河之铁门,乃拔关出。河有渠通焉。抵渠侧,婢鸣其掌,即闻水际有挐音,一舟子以艇至。相将登。比客甫入船,左手遥指妃,右捧其心,战声曰:"卿乎!余相爱之情凝于掌,其将去。余拳拳于中,不忘卿别后郁陶也。"言际,舟行至疾。婢沿岸送,迨渠尽,入底格里河,始返。

时比客神尚未复,惫甚。宰侯曰:"余及君居距此远,脱即登陆,君体弱,何能归?况夜阑,设巡警者见诘,何辞以解?"语次,舟抵岸。宰侯携比客就道,比客步至狼狈,宰侯睹状益急。忽忆有友居相近,即曳比客行。至则叩友门。友尚未寝,辟户视,见宰侯,骊然延入。坐甫定,询深夜何来。宰侯伪答曰:"有某甲负余多金,闻其将有远行,恐无及,故乘夜往访。途遇此少年,语及索逋事,惜忘居址,少年谓彼知之悉,仆强邀与偕。比向索,甲狡甚,争辩者久之,始理屈,会计子母以偿。归途不数武,少年忽发疾,不能行。不得已黉夜叩君户,以君雅爱,当不吝一榻以相容也。"友曰:"君不鄙吝仆而惠然来,下怀慰甚。此少年报恙,秤药量水,仆亦当分君之劳。"宰侯谢曰:"感君盛情!渠云宿疾,触发时但安卧,无劳谒医。"友信其言,知二人急欲休憩,即导入寝室而下榻焉。

比客虽就枕,心乱,多噩梦,屡觉不宁。默念妃于加利弗,察其状,意殊不属,非眷已而何,用是益惓念不释。宰侯素病择席,辗转达旦。昧爽欲告别，而友已出祷，不及待，遂偕比客归。比客尚不能健步，抵宰侯居，力已不任，即偃卧于榻。宰侯知其惫，使别除寝所，俾得静摄。旋走使比客家，告之病。复慎视比客起居，劝其省思虑，善自保。然后以勾留宫中之故缕语家人，谓幸得脱险。俄而比客家及其朋戚多来探视，皆百端相慰藉，比客怀稍宽。暮，比客欲归。宰侯坚挽以待翌日。又恐夜阑时比客复涉冥想，思所以排解之，乃徵歌选乐，冀以此遣长夜。讵比客益枨触，闻幻眇之声，愀然欲涕。次日，病加剧。宰侯知无术回其抱，不得已，躬送之归，且不惮委曲反覆以相箴劝。比客喟然曰："君言良是，仆岂褒如充耳者？惜情障已深，无由抉破，绵绵兹恨，长此安穷，誓灭顶于爱河耳！"宰侯默然兴辞，比客曰："愧不能从药石，自呼负负，惟君实鉴宥之。倘能得妃之近状以示，幸甚。仆念其色丰福啬，当闻歌晕绝时，不知有几许难言之隐。一经追念，五内为之摧崩，致呻吟床蓐间，以重君忧虑。"宰侯曰："妃虽蹶必苏，君勿为念。其婢倘来为予道，即当转白以纾望焉。"

宰侯既归，日兀坐以待宫中消息，久之寂然。而念比客切，复过其家。比入室，则比客方拥衾坐，色益悴。视疾者环集，有医士三五辈，各挟其技相辩论，莫衷一是。比客见宰侯至，相视而笑，盖喜良友之至，而鄙庸工之不识病情，徒事喋喋也。时众亦纷纷悉退。宰侯就询疾。比客曰："仆日念妃不置，惟冀其康复。苦无从得息耗，意悬悬，病益日棘。而来慰问诊视者相续，心实不耐，又无术拒之。闻君足音，甚喜。日来见宫婢未？妃近状何似？愿举以语予。"曰："婢未之见。"比客听未毕，泪随声下，不胜凄楚。宰侯曰："子何自苦乃尔？且此事君亦当秘之。泫然流颊，倘为见者窥破，事涉宫禁，恐婴意外之变，奈何？"宰侯虽以危言动比客，而比客仍悲不能止。顷之，谓宰侯曰："子诚知几者。予于兹事，但能键予口，而不能瞑予睫，予亦不自知其所由然。倘妃或不幸促其生，予亦当蝉蜕人世矣。"宰侯急止之曰："子勿作此刺心语！妃固在，子又何疑？息耗之寂，当由无间可乘耳。"语良久，乃出。甫抵家，而妃之侍婢来矣。

宰侯见婢面灰白,蹙然若重有忧者,知无佳耗,肺叶陡欲相击,亟询妃近状。婢曰:"前别时,比客甚可危悯,望君先言其安否。"宰侯具道先后事。婢谓宰侯曰:"比客之为妃而憔悴,亦犹妃之为比客也,两情固无分厚薄。予前导君等入底格里河后,归见妃奄然榻间,昏不知人事。加利弗坐妃侧,甚酸楚。遍询病由于侍者,而于予尤详。惧不敢道实,伪词以应。营救至夜半,妃始苏。加利弗始喜形于色,就妃询慰。妃恍惚中,闻加利弗语,即强起坐,吮其足。加利弗止之不及。妃曰:'妾承恩幸,愧无以酬。重以瞀疾,烦眷虑,诚惶诚恐。愿宽其眚尤,特吮足以报高厚。'加利弗曰:'卿心朕固知之。望善体予意,勿起居稍忽,以为朕忧。顷间之疾,或由伺候过劳。其善自珍摄。今夕不必归寝宫,体怯将不任劳动。'于是命侍者进酒,斟以奉妃,使饮少许,以强精力。未几,即别妃命驾去。

"妃乃命婢至前,询比客情状。婢曰:'自离宫后,久伏阁中。后得乘隙由底格里河挐舟归去矣。'婢盖未敢以比客昏厥事告之,虑其哀怛,触发宿疾。讵妃闻语,即拊心大哭曰:'比客乎!倘予终不获见子,予其已矣!予固知子之睫惟痛泪是承,不见予不止也。予即欲不悲,又乌能已!'状若酒醉,复哀极而厥。群相呼救,有顷乃苏。婢泣曰:'妃果徇情死,婢亦不得生矣!比客虽去,可徐图继见。保重玉体,正所以隐慰比客之心。他日得如愿偿,使婢常获给事左右,俾仰瞻欢笑,实婢之大幸。'妃曰:'汝能婉体余意,予甚嘉汝。惟予不克强自宽譬,恐不能保朝夕,夫复何言!'时群侍中有欲奏琴为妃解郁者。妃止之,命悉退,独留婢。耿耿不能成寐,涕泪浮枕。次日返寝宫,则医已奉诏来诊,为处剂。加利弗亦旋临。妃意甚憎恶,虽服药,疾转剧。扰攘至夜分,妃始少寐。比觉,即使婢往宰侯所,询比客。"宰侯曰:"吾前已告子,比客之念与妃同。特尚有请于妃者,愿妃强自持,勿终日戚戚。倘辞色间为加利弗窥罅隙,则我曹不得活矣。"婢曰:"君见良是。婢亦以妃额常蹙,面有啼痕,一见知其有隐忧事,甚惧泄露,婢亦常以利害陈之。今为君达斯言,妃即不能自持,必不嗔斥。"

遂辞去。

宰侯甫自比客家归，闻婢言，未即往。又部署家事。迨日暮，始诣比客。入其室，寂无人。比客独倚枕卧，与茶炉药鼎为侣。见宰侯至，相谓曰："辱数顾，热肠挚意，可感孰甚。曩者君至尝艰险，实见累于藐躬，更无以报。"宰侯曰："仆忝为莫逆，敢惜微躯。所以数渎者，适妃命婢至，询君起居。仆为君坚妃意，谓君饮食瘠痰斯须不能忘妃。"兼述婢所言妃之近状。比客闻之，惧妒悲叹交集于方寸中，若层澜之起。是夕，宰侯留比客所。诘朝归，遇婢于途。婢即出简，谓宰侯曰："妃致意君，有尺素，乞付比客。"宰侯即偕婢复至比客家。命婢于别室待，入见比客，睠然而笑曰："今诚有以慰子矣！前婢已赍妃书至，待君命。"比客大喜，即力疾起迎。先是宰侯入，侍者皆退，室无给事者。宰侯为启门召婢，比客欣然慰劳。婢曰："别君后，常在念。兹有妃手书，君阅之，病当霍然已。"比客手承书，以吻吮封者数四，乃发函申纸。书曰：

斯客孟雪力赫再拜致书亚伯赫生挨力朋比客左右：禁籞一别，心魂为劳。咫尺山河，莫抒结辖。积思成病，遂尔婴缠。寸中恍恍，若有所失。侍者知状，君可见询。缅觌丰仪，并接绪论，倾挹之抱，匪言可摅。徒以仓猝，未申藏愫。一从间阋，惊魄莫宁。虽幸无恙，离梦弥罹。位势之迫，实命不犹。匪石难移，胡能强向？以兹踯躅，益足摧怀。忆把情波，深逾渊澥。亮此固结，两地同然。所愿血诚，或可补恨。非惟侯间，用拾坠欢。双心一袜，期得永好。祇嗟宫掖，偺若拘囚。华月韬沈，一息如岁。百忧丛起，泫脸终朝。自悼屏薄，误罹鸿网。凤志既乖，愿甘菱绝。以君笃挚，视息勉持。纵类膏煎，尚留灰泪。区区所矢，惟君图之。至诚岂渝，曒日斯在。前尘不沬，惟伫玉音。

比客得书，悲喜交集，回环循诵者数矣，尚手持不释，殆忘裁答。

宰侯促之曰："婢不能久待，可速作复。"比客叹曰："妃此书一字字皆血泪结撰，言情之作，殆弗能加。仆虽欲尽言，而神思眩瞀，词不能举，如何如何！"方摊笺搁管，觉悲从中来，泪零渍纸，书复辍者数回。书竟，授宰侯曰："请君为我诵之。余心乱恍惚，恐不复能成辞句。"宰侯读其书曰：

　　比辱赐问，奉简泫然。缄绺未开，情流函外。伸纸三复，恻感弥襟。猥以蒙陋，获申瞻对，不被谴责，假以言辞，优容之恃，自忘冒昧。瑶情所被，重越崔嵬，顶踵捐縻，不足言答。仓皇乍遘，幸指归涂，纵脱危艰，弥深缅眷。淹缠床蓐，积日支离，肠若涫汤，岂惟轮转。永念垂意，至固至深。侍使之来，益悉缱绻，兹复枉翰，愿共不渝。自顾寸心，长镌肺爱，天荒地老，此誓无亏。谨呪手书，以表诚爱。薄植不固，自分形销。适荷厚期，何敢自弃。方当强励，以俟合并。要之此身，甘为情死。即未邀佑，矢不负卿。临颖心摧，泪墨凝洰。亚伯赫生挨力朋比客手复。

宰侯读至篇末，不禁酸楚失声，以书还比客曰："至情语，乃历劫不可磨灭者，无庸点窜。"比客手封之，付婢曰："是书复贵妃者，望转呈。"婢即持书偕宰侯去。

宰侯至家后，默念妃与比客事，不幸己身涉其间，纵极秘密，恐未必无属耳目者。脱事暴露，祸不旋踵矣。使斯客孟雪力赫不妃于加利弗，则事或可遂。既妃矣，而复见宠，吾夺以予友，是加利弗之仇也，于何逃罪？彼二人者，情日固，迹将日显。泄则加利弗加罪于妃，比客固不能保首领，而己亦将牵累及之，则名隳家破，虽悔何追？言念至此，五中若灼。次日，往视比客，即列举所度可危可惧之状，谓："曩者平台私语，特漫言以慰君耳。君以一妇人故，而甘殉其身，践危机不顾，微仆言，君亦当不自视若是之轻也。况宫禁至严，窃恐欲未遂而害及，子固不利，妃尤首受其祸。是子爱之适所以祸之，于心忍乎？所以不惮苦口者，为子及妃计，用敢不避刺刺，惟君图度之。"比客斯时颇怫然若不怿，即谢宰侯曰："子休矣。妃为余，且不知万乘之贵，余藐藐何足道，而怵祸以负其诚，余何以自问？要之，予志不可夺，虽巨祸立至，甘之如饴。子无为我虑！"宰侯知不可挽，不能无悻悻。出，咨嗟不已，神志沮丧。至家百计筹画，无善策，忧形于色。忽阍者白有素识业卖珠之某客造访。宰侯即延之入，于是为钵者有替人矣。

先是客在外，闻宰侯与宫婢往来颇诡秘，且与比客踪迹密，而比客之病又藉藉多传闻，心滋疑焉，惟无从得实，踌躇久之，始来访。既入，见宰侯举止改常度，疑必有隐忧，即骤叩之曰："闻宫婢数往来君家，何也？"宰侯见问，踧踖不知所措，支吾曰："婢因宫中多琐屑事，故常来。"客曰："子语其不由衷耶？君辞强而色馁，此琐屑事必重大者。"宰侯见客言咄咄逼人，若已窥其底蕴者，不得已具以实告曰："诚如子言。子既乐闻，乌敢匿，致受子窘？君固明察而深沈者，予尽言告子，必缄其口，毋或泄。"于是悉以妃与比客事谇之，谓客曰："余不敏，谬为当世士大夫所重。使此事发，则因人受过，身败名裂矣。不徒躬被戮辱，将恐波及室家，言之若芒刺在背。予行作伯沙拉之游，聊以避祸。念与比客交且久，一旦舍之去，能勿悒悒。亦惟冀其幡然觉悟，以智慧剑斩烦恼魔，游历他邦，脱身迷障。比客之自保，即所以保妃，宁非大幸。非然者，既自累，复累人。彼或不谅予远出之苦衷，而将株予及难矣。"客闻言大愕曰："不意妃与比客不自重乃尔！即爱情出天性，亦当权可否，审利害。乃昧然而动，甘犯凶危，岂谓此事无属耳目者耶？仆知其必以恶终，正同君见。君之出，诚所谓明哲保身者。虽然，此仅君得离险境耳。"言毕兴辞。宰侯止要之曰："以君忘形交，故敢布腹心。言出予口，入于君耳，君其终秘，则拜赐多矣。"客曰："君勿介介，即遇危险，亦将为君隐之，不敢寒盟。"

二日后，客复经宰侯居，见已扃其户。思前言，尚未敢信，询其邻。答曰："治装他适，馀非所知也。"客颔首者再，而心念比客，叹曰：

"比客乎,君如审宰侯行,当如何悲愤。且此后君更何藉与妃通款曲耶?虽然,宰侯谋己工,谋人则拙。其为首鼠,尤可耻。比客钟情,良足怜悯,予必有以成之。"乃径往比客家,虽仅一面识,未与深交,而客不暇计也。

比至,门者为通,即导入卧室。时比客偃于床。客至,熟视似相识,乃欠伸起,肃客就坐。曰:"辱左顾,何以教我?"客曰:"仆不才,负性坦率,君虽未知仆为何如人,然仆固愿效驰驱于左右,虽无君命,仆不惮自媒。所以率造君庐者,仆与宰侯为心腹交,巨细事彼此可共,故无相隐。宰侯与君谊至笃,近且为君竭心力,此言出宰侯口入余耳者。余今日适过宰侯,则键其外户。诘左右居,则谓二日前宰侯过其居话别,云有事诣伯沙拉。仆颇怅怅,特访君,欲得宰侯所以出游之故。"比客闻之,面顿变,目惺惺视客,状若婴儿之失母。愀然曰:"闻子言,惊悸欲绝。仆大不幸事,未有逾宰侯远行者。"语未毕,欷歔不自禁。良久,谓客曰:"宰侯行,余无生望矣!予交游遍报达,惟宰侯知我,以予故,践险不辞,且数来视予疾。遽舍予远出,如置身冰山雪窖中,竟体无春气,余休矣!"客前闻宰侯言,知比客爱情至烈,至是益信。盖人非用情至极点,其感触当无如是之深者。顷之,比客顾仆曰:"速往宰侯第,探之。"仆去,客与比客纵谭。比客心不宁,于客言茫乎若无闻者,度宰侯非泛泛,或未必舍己去;然回忆其前悻悻,则又可信。未几,仆归白曰:"奉命往,遇其纪,就询踪迹。云:'主往伯沙拉,离报达二日矣。'回途遇一女,装束不类小家,突诘曰:'子比客仆耶?予有事白汝主,愿偕行。'顷止厅事待命。"比客不暇计为前婢与否,即命导之入。初,客曾见此婢于宰侯所,宰侯告之故,至是为继见,貌约略可辨。婢见客,颇踧踖,然恐比客迫不及待,勉趋而前。客故黠者,暂退,俾得倾吐。喁喁有顷,婢出。客复入,见比客色奕奕若甚欢畅,目流动烂烂有光,顿异初见时委顿状,阴揣婢来必得好消息,就比客笑谓之曰:"仆知君与加利弗宫中必有缪辂。"比客甚逌邃,曰:"子何所见而云然?"客曰:"仆得之于来婢。"曰:"子知婢为谁?"曰:

"加利弗妃斯客孟雪力赫之宫婢耳,仆所素识。以购珠宝故,兼识妃。且审此婢为妃所爱,得与机密事。数日仆常见其踯躅衢路间,面有忧色,因疑妃必有事劳若筹画,致失常度也。"比客闻言,心益忐忑,度客倘不窥隐,必不为是言,默无以对。久之,谓客曰:"子为是言,度子知本末。但措词闪烁,令人瀓瀓。盍索言之?"客见其情得,不复讳,遂举宰侯前所告者转述诸比客,且谓:"职是故宰侯为妃作枏,继虑事败,将不利于己,遂有伯沙拉之行。仆深怪宰侯肝胆薄,仅能自为计。念君顿失所藉,益复无聊,用特不揣造次。倘有可为君殚力者,仆不敢避槃错。"比客闻言,心大喜慰,乃起谢客曰:"余何幸辱君垂悯,使失于宰侯者乃得于君!此诚梦想莫觏者。君之于予,不啻生死而肉骨,虽云天之高谊,何足以喻?适婢来,谓子即劝宰侯避报达者。而君热肠若此,嗟乎,婢子之不知人!"客曰:"仆今以与宰侯相语者具述之,可知仆意无他,特此婢误会耳。先是宰侯以欲避地语仆,仆不之阻者,以宰侯中馁,即阻之,亦不足以终君事。盖仆当时,即隐以君事为己任矣。仆第激于热诚,愿为其难,非欲有冀于君者。天日可誓,决不食言。"比客曰:"余之不实婢语,已白诸左右矣。此亦彼情急致疑耳,望推情谅之。"于是相与密议良久。客意此婢所以通两家骑驿,必先释其疑怀。比客谓侯婢来当委曲告之,以解其惑。且此后婢或赍书至,可由客所,免属耳目。议定,客乃出。

客之归也,于道左见遗函一,知为人所失。拾视之,函未缄。出笺读其书,曰:

亚伯赫生挨力朋比客足下:顷间婢归,悉宰侯竟不谋而行,令人惊且悲,想君同之。忧能伤人,伏望善保。夫宰侯既以莫逆交,受腹心之寄,乃中道自绝,不啻陷人,诚不能无介介。要之彼徒自了,亦不足责也。至彼此情愫,若涉巨浸,顿失舟楫,于何能达!亦惟有以坚忍心始终持守,必不以此阂隔,致我等爱潮为之消落。事有千磨百折终必达其所志者,愿共誓死期之!斯客孟雪力赫手启。

先是客在比客家,婢来访,匆语即去。归,即以宰侯远适事为妃陈之。妃虑比客忧灼,即作书付婢,令速呈比客。婢踉跄行,匆遽间,遗书于途,为客拾得。客阅之喜,谓藉此可释婢疑己之心。阅适毕,见婢来,仓皇四觅,色甚惨隐。客藏书于怀,微露其角,盘桓道左。婢异之,即前请曰:"长者怀中书,得无拾诸涂者?予偶遗失,倘荷赐还,幸甚。"客佯为不闻,徐徐行。婢尾之。抵一所,客启户入,不阖。婢亦入,复请曰:"藏此书,无益也。试一审其名氏,当知于长者无涉。若故靳之,是佻薄者所为,想长者何肯出此。"客命婢坐,谓之曰:"是书非斯客孟雪力赫致亚伯赫生挨力朋比客者耶?"婢闻此言,色顿变。客曰:"余知汝闻之必惶恐,谁执疏忽之咎,似不当责予讦人隐事也。予固何靳于此书?所以不然者,欲引汝来,语余肺腑也。今有人无辜而遭谤,质之于卿,以为何若?汝适告比客,谓宰侯之避祸自保,余实怂恿之。汝何漫言乃尔?此事比客已具悉,予无暇与汝剖。予所不得已于言者,以比客与妃情密,知宰侯去,则失所因缘,必益侘傺。余心悯之,即往访比客,汝曾见我于座中。予是时以此心告诸比客,愿竭予诚。比客不以予为冒昧。汝之见疑,或由未审曲折而误会焉;否则不慧之讥,汝何以自解?请归白斯妃,谓余不避艰险,实欲补宰侯缺陷之心,纵以此而糜躯于刀锯鼎镬间,余不以为悔。"婢闻客言,自悔前失,谢罪不遑。谓客曰:"妃与比客事何幸得长者垂悯!归当如教缕述,想妃亦忻慰无伦。"客遂探怀出书曰:"汝将去授比客。得复,望仍过余家。"婢唯唯去。过比客呈函得复,即诣客出书示之。书略曰:

奉书辱厚爱,命勿以宰侯之去为介介,并勉待后期。旦旦之申,日月同鉴,令予感极而涕。自分携后,忧来煎胸,眠食俱废,仅馀鸡骨,非见卿颜色,不能霍然也。第咫尺万里,觌面何日!

亦惟于侘傺无聊中,思卿坚忍之一言以力持勿失,冀得倘如所愿耳。仆身属于卿,承命珍摄,又曷敢不勉,以重卿忧。书不尽言,余属婢述。"

客阅竟,以书授婢。婢告归,曰:"明日当有以复长者。"越宿,婢果来,面有喜色。客曰:"予度妃必有以餍汝意。"婢曰:"诚然。昨回宫,见妃有不耐久待状,即以书呈妃。妃读之泣下。予知妃忧不能释,即谨白曰:'望妃勿忧。今幸得一客,肝胆照人,深悯妃及比客两地悃悃,愁思戕心,将不能自保,愿为谋其事,祸福利害有所不顾。闻耗即亲访比客,出矢言以明不渝。宰侯不足言矣。'妃闻大慰曰:'是人余亟欲识之,当以肺肝相示。以彼之情肠侠气,能急人之事,余与比客何幸而得其垂怀!尔明日必偕之至。'妃意良切,望长者即命驾从,予当为前驱。"客闻言,默自度,不能遽决。谓婢曰:"妃召,余何敢辞?惟予与宰侯异。宰侯得宠于加利弗,且奉命给事于妃之左右,出入宫禁,无敢呵止者。余何人,宁敢贸贸至禁籞中以速罪戾。卿慧心人,亦必知其不可。尚望代达下忱。且予触罪不足惜,事连妃,奈何?"婢闻客言,乃设词激之曰:"妃属望长者遂其事,意极恳至。今召长者入宫,此中可否,长者度其未一思及乎?尚望三思,则知此召非漫然者。予导君入宫,决无不利,请勿退缩。事后归来,长者当悔此时之恐惧无因,必哑然失笑也。"客不能置辨,立起偕行,怏怏之意,微形于色。婢觉之,曰:"长者固不愿,予亦不强,当如言归白。妃思见长者良殷,或当命驾来,君其静俟之。"言毕,乃去。

婢归以客状白妃。未几,妃果步诣客,客出迓。妃以夙恙,颇劳顿。坐定,去翳巾。客睨之,心为振荡,思比客爱忘其死,固有由也。妃曰:"君怜比客及予,慨然许为力,感激何极!虽踵谢不足以尽。余自失宰侯,如鱼在陆,奄奄欲枯。得君继之,又何异引东海之流苏其鳞鬣耶?"客抆言。妃复褒许者再,始回宫。客即往语比客。甫入,比客望而大呼曰:"予待子久矣。婢昨赍妃书来,仍不得要领,惟命忍待,若巨石沈归墟,亮无可望。余心旌摇而炬爇,何能旷日久耐!恨宰侯貜鼠其胆,倏然而逝,不啻置我于绝谷中,四顾皆画壁接霄汉,复从何处觅径。嗟乎,余其已矣。"言次,意色殊惨愤,盖郁极语,且因以激客。客从容进曰:"君忧非不可释,愿非不可偿者。苟能俯听仆言,仆尚非宰侯比,恐不仅涓流土壤之助也。"比客闻言,即屏息以听。客曰:"仆之所欲慰君者,使妃得脱羁绊,而君亦不至冒险危,以各偿其积日之私愿。仆有幽居,粪除久矣,明日敢请吾子与妃共须臾焉。"比客狂喜,起持客谢曰:"余自分为情死,今得君为予画策,周且速,是不啻起我于黄壤而登诸钧天清都也。君生我,仆不君之听而谁听?"斯时比客不知所欲感称者至何地。客旋别去。

次晨,婢至客所,客以昨与比客所言告。婢鼓掌曰:"予亦筹及,莫如假君居为之。"客曰:"此间易属耳目,仆有别墅两楹,面野而筑,幽僻而人迹罕至。比客与妃集于彼,当无觉者,可行止自由,罔所避。予当往具一切以待,免仓卒为主人羞。"婢曰:"甚善,当归白。"少焉复至,谓妃以薄暮抵幽居。出囊授客,命治馔。客引婢至墅,欲先使婢知其所,俾可为妃导。婢略瞻眺,即去。客乃假具于友人,备极精美,用为陈设。即导比客来。比客喜不能定其体,被服奇丽,顾盼自得。辵步偕客行,循径委折,类非平日足迹所经由。客盖故迂道以蒙人耳目,免启见者之疑,为所伺察也。

久之抵别墅,客偕入室,清谈破寂,以待妃至。有顷,婢导妃来。妃虽积时愁痛,容光清减,态致益嫮妍可怜。见比客,几疑梦中晤,喜慰之色形于悲惘中,若好花当雨霁,浅日微烘,清姿漾漾,不可名状。乃携手入坐,四目相顾,脉脉欲有言,千端万绪,萌柢刹那间,不知诉从何处。久之,始能声,乃各摅离悰,哽咽悲凉,闻者为之酸鼻。客行酒至殷敬,比客及妃勉举觞。复起就榻坐。妃求琴于客。客冀以宴乐娱二人,悉预为具,应声以进。妃捫指调音,按节而歌,曲传情悃。正娱畅间,忽户外人声鼎沸,杂以挝击。仆奔入,怖无人色,战声曰:"有多人来打门,询之不答,益肆冲撞,势汹汹,不知何故!"客闻大恐,往视，至厅事，黑暗中见众已破扉入，各手白刃，若虓虎之群突，凶锋不可逼视，亟隐墙隅。见若曹竞进，数之，为十人，势犷甚，必不利于二人。欲往援，则众寡不敌。听之，复不忍。卒以力孤，避于邻，心辘轳不自安。度此持仗毁门而入者，必加利弗知妃与比客逃亡所在，踪迹得之，发卫士来缚。念及此，愈悸急。距别墅仅数十武，至夜半，不闻喧阗声，始假刃自卫归。

比登堂，突一人问曰："尔为谁？"客大惊，辨声，知为仆。乃呼问之曰："汝幸未被缚？"仆曰："伏暗陬，未为察觉，得免。迨众蜂拥去，始敢出。若辈非兵士，乃巨盗也。日前于城肆劫掠，民多罹其害。度盗必窥见室中美富，故垂涎，纠党来劫。"客顿然悟。巡视形迹，见陈设一空，而比客及妃亦杳。乃搏膺而呼曰："天乎，何不吊！所假物，值并不赀，遽为席卷去，倾家不足以偿，何面目以见友！况妃及比客皆为所掠，死生莫测，祸实由余。倘巨案一旦发，必闻于加利弗。苟知予为钬，则予为砧上肉矣。"仆见客悲苦不自胜，乃进慰之曰："度盗之劫必涎妃服饰故。既得，必释之。妃免难后，或径返，比客恐亦归其居，不必他虑。所祷祝以求者，此劫案不闻于加利弗，即大幸。至苦盗患者不独主人，缙绅贵族横被劫夺，不知凡几，虽逻者四出，迄未能得。若辈猖獗，主之友当亦共闻。祸起仓猝，亮不至以失物见责，当徐图以偿，不足则以称贷，请勿以此撄怀也。"客善其言，徘徊待旦，修葺户牖。旋率仆归旧宅，且行且愤。嘅然曰："宰侯诚知几士，能防患未然。予奋而自趋死地，或上帝怜予，警予愦愦，使毋再蹈危机耶？"是日，客被劫事传殆遍，多来慰客，幸无道及妃与比客者。疑二人或暂避幽僻处，心终悬悬，食时餐为之废。

日中客正懑懑，仆入白云："有某甲待门，欲与主人言，特未相识。"客不乐其入室，自出见。甲曰："君虽不识仆，仆固识君，有要事以闻。"客延之入。甲曰："此非余来意，望不吝举武，偕仆至君别墅。"曰："君从何知余有别墅？"曰："仆知之稔。君第去，勿逡巡。仆将告君，使君耳悦。"客与之偕，因语以夜被盗，室为空，虑亵从者。至则见扉毁过半。甲曰:"君室受盗蹻,不如枉驾至敝庐。"即导客行,足无停趾。时日落,旷野无行人。至底格里河大道,客惫甚,不能行。甲强之。抵河滨,以小舟渡彼岸,达修衢,为客所未经。绕曲弄无数,见一宅巍然。甲止客,启户邀之入,即阖门,以铁梃键之。导登堂,在座凡十人,皆未识,见客至,略举手为礼,命坐。客劳顿,见诸人目棱棱,气彪悍,股栗,因就坐。值夕食,馔列长案,待主者至,至即某甲也。于是群起浣手,迫客亦浣手毕,命同食。食竟,问客曰:"子知与子语者为何人?"曰:"不知。此为何所,予亦茫然。"群哄然曰:"然则速以昨夕事语我,勿少隐。"客大惧,齿振然有声,曰:"君等云云,想已知端绪矣。"曰:"然。昨与汝槃桓之少年及妇曾语我曹,第尚须汝缕述其事。"客于是始知为盗诱,身入盗穴,愀然曰:"予为是二人者备受艰瘁,今安在?"众曰:"汝勿凄惶,二人固无恙。"言间,以手指两小室曰:"此为二人居。渠语我曹,谓惟汝能知渠隐,且为左右。我曹以重汝故,重待二人,无有敢侮之者。既招汝,当不令汝落寞。汝当从实言,勿畏首畏尾,致辜好意。"客闻言,知妃与比客未遭害侮,心大慰。冀盗见释,称感不去口曰:"仆何人,猥辱君等知。君辈皆雄杰不世出之才,仆蒙闇,不能辨识,几失之交臂,诚为愧汗。君辈待人以诚,令人钦敬。天地间至秘密重大事败露祸且不测者,惟君辈能操纵之,使不泄。即事至阽危无可援手,亦惟君辈豪侠勇敢,能全力挽回之。仆何幸得遇君辈,又何敢不谨布其腹心耶?"盖客度若曹虽粗猛,意气足用,感其心可得死力相助,故不惜甘辞以媚之也。于是举比客与妃之本末,及己出而干涉事一一言之。

客述竟,盗惊叹不已,曰:"彼少年即波斯王子亚伯赫生挨力朋比客耶?彼美妇即王妃斯客孟雪力赫耶?"客应曰:"然。仆言如妄,神将厌之。"盗闻客言,即群起趋二室,罗拜,匍匐请罪曰:"我曹倘知为贵人,必不有此唐突,惟乞贷罪!"复列所劫物,谓客曰:"曩冒昧,误攘君物,当归诸原主。徒恨间有售去者,致不得悉数以归,愧甚。"客喜感谢。盗请比客及妃出,谓将导至僻处,俾自返。又虑其以踪迹白有司，因要重誓。三人遂与盟。盗悦，引之出。涂次，客四顾不见婢及两女仆，就询妃。妃曰："予未之知，惟知盗迫予等渡河至彼所，继得见君耳。"盗护三人行，抵河滨，以舟渡。甫下舟，闻众骑殷阗声，乃官兵逻察至。盗大恐，急刺船遁。主者前诘三人："深夜行，何姓氏？来何所？"则仓皇不知所对，恐为觉察，踟蹰相顾。客心稍定，乃告曰："我曹皆良民，家于城，夜为盗劫，迫胁随行。经我曹哀乞，盗乃弃置。濒行，忽见悯，掷还一二所劫物，在囊中，可证也。"即出以示主者。主者不之信，目炯炯视比客曰："速言妇为谁？汝等居何所，何由识？"比客方支吾，妃乃牵主者衣，至道旁与之言。主者即下骑为礼，顾从兵，驾两舟至。妃乘其一，比客与客同一舟，舟以二兵驾，谓行止惟三人命。于是两舟分行，而比客与妃成永诀矣。

比客乘舟返，将邀客俱归，命舣舟至近家所。兵以舟就岸。视之，则王宫在咫尺，心怔忡不止。忆主者言，舟行惟己命，而舣舟所远隔己居，疑将拘缚，益大恐。实则兵急欲归队，近营房即导二人登，引以告弁。弁饬从送归比客家。宵行，道辽远，至则困惫甚。而比客念与妃甫聚首，即遭惨变，事舛午至此，当由缘蹇，将终不得遂初愿。斯时五内崩裂，身摇摇不自主，倚榻坐，即昏不知人。家人环救，馀则杂询所遭于客。客以此中本末实不能告其家，乃谓之曰："事良异，此时无暇为言。汝曹惟营救主人是亟。"言次，比客已苏，气仅微属，怯不能声，有询者，以手示意。次晨，仍委顿。客前致别。比客可以目，勉握客手，知客携有囊中物，手为状示仆，命将去。客乃归。

初，客偕某甲出，终日不返，家人殊焦急。且因同行者素未之识，益疑惧不能安，恐有意外变，甚于盗祸。方相对泣语，见客归，破涕为笑。复睹其容憔悴甚，则又为之戚。盖客先为盗诱，奔走困顿，嗣以比客蹶而病，为彻夜不寐，故肌肉骤减也。于是作三日休，体已复，出步郊野，呼吸空气。还过某商肆，闲谭以遣。行时，见一女远相招，谛视为宫婢，喜且恐，即趋而出。客意以衢路间人稠密，言虑属耳，故不顾径去。婢会其意，踵之行。客奔轶。婢走不及，坌呼少止。客佯不闻。盖婢饰异,且常出,报达人多识者,客恐与言致人疑与妃有关涉也。久之,抵一寺,地荒凉,行人稀少。客止,婢亦止。客即以彼获免于盗及妃近状为问。婢不暇答,转询客别后事,客具述之。婢乃曰:"曩者见群盗来,仓皇莫辨,疑为事泄,加利弗遭兵至,急走登露台,两女仆从。虑藏身未固,视邻台相接,援而过之。循梯下,叩户求匿,幸得留宿。次晨,即回宫,而妃尚未返。群侍以未偕妃归,窃窃疑语。幸予与两仆已预筹策,至是,谓之曰:'妃诣其女友家,将作竟日谭,命我曹先返。'众心始稍安。是日,予惊惶无措。薄暮,与二仆私出,见小舟舣于渠中,即呼船人属其行视底格里河两岸有无妇人来。船人解维去,予俟渠侧。夜半,船回抵岸,有两男扶一妇出,非他人,盖妃也。予大喜,共掖之上。妃若不任劳困,命予取金钱千赐两兵,气不能举其辞。予即使二仆侍妃回,疾自往取钱酬兵,复以资畀舟子。妃以艰于步,尚未抵宫,予追踪至,拥之归。入寝室,为解衣履,舁登榻,息奄奄,神魂恍惚。次日,群侍共来起居。予以妃欲屏人静摄,止之。予竭意候伺,期适妃意。妃不思食,多方劝,为举少许,或时以滴进。妃竟日嗟吁,继以啜泣。予俟问,询如何得免盗患。妃曰:'汝何故询此事?使余回忆,徒益伤感。'语至此,悲呼曰:'天何不使予死于盗而万念俱灭乎?不死,则凄苦伊于胡底!'予曰:'主臣,人不幸遭险难,尝以死亡大祸较其巨细,以自宽慰。所以率渎者,或婢有可效力处,为万一之补耳。'妃乃言曰:'余命舛,致情缘中多阻障。余初见盗哄入时,自分就死地,然以与比客同死,殊坦然,不以为悲苦。讵两盗以酋令来守余等,馀肆搜牢。比所欲遂,迫余与比客偕去。途中盗诘姓氏,余伪为舞女,比客则称居民。抵盗所,盗环余立,眈眈视余衣履,疑予为大家眷属。曰:"舞女服无此美丽者,速以实语!"余不答。又询比客,比客曰:"余今日访某客,盘桓别墅中,为君等掩执。"一盗似酋者,闻客名,曰:"是余素识,余且受其惠,然彼或不我知。彼有旧居,诘朝当邀之来,证汝曹来历,姑留此待其至。"并慰余等勿惧。次日盗果偕客至。客语以余与比客姓氏,盗旋俯伏请罪,谓倘早知为客别墅,决不敢破扉劫。未几,导至底格里河滨,渡登岸,遇巡骑。予告以名,谓访友为盗掳,幸得释。此两男子亦被掳者,余为请于盗,免其死,盗幸从,偕至此云。主者即拨两舟分送,遂东西渡,与比客别矣。想比客悲恨,当不减于予。而客为余与比客故,致珍设悉为盗劫,汝取金钱四千往赠之,并为致歉,且询比客起居。'予如命诣君,君适他出,无从觅长者辙迹。欲往比客家,又复旁皇。不得已以金寄友所。归途幸邂逅,望稍待,当携金来。"婢去,顷刻即返,以金钱授客曰:"妃区区之意,望纳以偿失。"客曰:"厚贶浮于所失,不啻倍蓰,盛意不敢固辞,谨再拜以受。妃倘有所驱使,望卿辱临敝庐。"语毕,与婢别。

客以得巨金,而妃与比客事幸秘未彰,意颇慰。携金赴友所,以偿失物,浮其值,友喜过望。客以馀资葺别墅,新之。客复过比客家,家人杂然迎语曰:"主人病革,气息仅存,终日无一语,恐有不测。君来幸甚!"于是导入比客卧室,蹑足行,虑惊病者。见比客柴瘠,目陷不启。客执其手,殷殷慰藉之。比客张目视,把客腕,低语曰:"子不惜辱顾予奄奄欲绝人,感激何极!"客曰:"君勿使仆愧,仆尚思为君图此事。君体弱至此,诚由悲苦,以此自摧折,即偿愿亦徒然矣。尚须努力勉进饮食。"其家人闻客言,相告曰:"多方请主人食,乃比来日渐减,忧莫可言。"客于是强劝之。比客不能却,勉为举匕。即命众退,谓客曰:"仆命蹇更累君,仆甚自恨。虽然,仆念妃,致形销骨立,未识妃近状何若。子能举以语我否?"客唯唯,以婢言告,且谓妃命询起居。比客垂泪叹息,强起立,呼仆掖己躬,检金宝赠客。客辞,谓已获妃赐。比客不允,不得已受之。比客复留客下榻。翌晨,客欲返。比客引近己坐,语之曰:"仆将长谢人世矣!人不幸为情所困,得遂愿则乐,反是即悲怨不欲生。仆自念两次得见妃,皆仓皇遘祸,惨然别去。徒益悲痛,已绝生趣,屡欲自裁,又以有违教律,乃强支朝夕。未知生乐,焉知死悲?病入膏肓,行将不起,已矣复何言!"泪涔涔下不止。客竭意相宽勉,谆谆以勿负妃望,当重视己身为嘱。且曰:"仆久在此,恐婢来余所,当亟归,探耗以闻。"比客泣曰:"君见婢,请其转白妃前,谓仆命在旦夕,倘不幸长逝,精魂不泯,当化为鶄鸟以傍妃也。"

客忍泪归,静待宫中消息。逾数小时,婢来,则泪承其睫,仓惶无人色。客大惊,问故。婢曰:"大祸至,妃及比客、长者并予曹皆不免矣! 先是前往别墅之两女仆,以误役触妃怒,受重责。两仆衔恨,一逃匿寺人家,以妃与比客相会事告寺人。一尤鸷恶,径以事白加利弗。今晨加利弗遣宦者二十辈来,拥妃去。予知已事发,故潜奔来告。度此事必穷竟,君速告比客,筹策以脱此祸。"言讫,即匆匆去。客闻大恸,立起如比客家,面色灰败,目眊眊然,叠呼曰:"比客、比客,祸在须臾,将何以处此?"比客曰:"速明语我! 苟不测,有死而已。"于是客悉以婢言语比客,曰:"度君必不能免。虽病,速强起,筹自保,少延,将饮刃矣。"比客久以死誓,乍闻无甚惧,继思及利害,乃谓客曰:"君有何策,为解此危?"客曰:"无他策,惟飞骑遁耳。循大道,赴恩霸①,明日昧爽可达。亟集傔从,选精骑,仆当与偕。"比客心乱,不复计可否,即饬治装,携金玉,别老母,率仆从,偕客疾驰去,未尝敢少歇。比夜阑,马疲人倦,势不能支,暂下骑休憩。而已为群盗窥觇,持利兵突犯。诸仆力与相抗,久之不敌,相继歼焉。客及比客仅未死,投地乞命。盗尽夺所有,无孑遗,并襫二人服,呼啸去。二人相顾泣,客尤甚。比客曰:"似此苦酷,宁留报达待死,尚不至横遭凌辱。"客曰:"祸福何常,避祸遇祸,适丁此厄耳。尚何尤乎? 旷野非可久留,请前求栖身所。"比客泣曰:"君去,仆于兹待死。生既不辰,何所留恋? 使此时妃已遭不幸,仆当同赴九京,决不独生人世。"客哀劝至切,比客始勉行。久之抵一寺,适户未阖,遂入就宿。

昧爽,民某入寺礼祷毕,见二人单衣坐屋隅,色焦然,意怜之。前语曰:"仆度君等为异乡人。"客答曰:"然。夜由报达来,途遇盗,装悉遭劫,并服亦襫去,进退狼狈。欲求助,又苦异地无从呼吁。"某曰:"倘不见弃,可至敝庐,仆当代筹画。"客顾比客耳语曰:"幸此人未识

---

① 恩霸(Anbar),底格里河之镇市,距报达约六十英里。

我曹。使久藉此地，或与相识者值，见我曹衣服举止改常，必生疑，恐复蹈祸。计不如允其请，徐图后计，君意若何？"曰："仆方寸扰乱，凡事君主之。"某恐拒其请，复询曰："君辈斟酌定未？"客曰："辱厚意，诚感激相从。惟衣不蔽体，赧颜就道，奈何？"某衣重裘，即解以赠。导抵其家，命仆取衣衣之，具食食之，劝饮而退，俾可自便。客忧惊不能饱。而比客虽对佳毂，若土苴，盖体弱悲深，神魂若已离体。客心焉虑之。某亦数来视，日暮始去。俄客见比客神恍惚不属，两颊火色，知不祥，即呼某至，议后事。时比客呼吸已短而促。客近榻，比客声断续语之曰："仆休矣！得君亲见仆忧恨而殁，夫复何憾。予死无挂碍，所恨者，老母素爱予，予不幸先老母死，且不得死于家，老母当以未见入棺为深痛耳。望君转达予母，乞母以榇归葬报达，俾母泪得洒予坟，愿斯毕矣。"又谢某曰："君乃德及垂死之人，仆死，暂以柩累君室，俟来异取，高厚之谊，怅无以报！"言竟而绝。客与某感怆陨涕，为营附身事焉。

次日，值众往报达，客相与俱去。甫抵家，即更易衣履，往比客家。家人群相惊问，客曰："予有要事，须面白主人。"即为传达，俄导客入后堂，见婢拥母出。客心凄然，谓曰："天佑老人，既寿且康。虽然，福为祸倚，此中固难测也。"母闻客言，惊曰："噫，子来传吾儿凶耗耶！"言毕，即大哭。群婢亦呜咽。客愈益伤恻。良久，母含泪询本末。客具告之。母曰："亡儿卒时，有言嘱君否？"客以比客弥留之言对。母命仆留客宿。次日黎旦，率婢往移柩。客俟母首途，亦即归，且行且伤比客之怀才夭逝。正悲感间，有女迎面来，见即止。视之，妃婢也，易素服，容尤惨败。即随客至家。客亟询曰："卿岂已知比客物故，为之涕泣耶？"婢惊曰："非也。"转诘客曰："岂比客已殁耶？诚多情男子，不令妃独死者！"初，客见婢素服，方惊疑。及闻言，始知妃亦卒。谓婢曰："如汝言，妃亦逝世耶？"婢涕泗交颐曰："然。妃竟弃予曹而逝！不知比客死状何若，望长者先语我。"客具告之。婢叹曰："予前日曾以妃被逮事语长者。度加利弗必怒妃而仇比客，讵加利弗意非是,谓已许妃出入自由,致浸淫成此事,咎实在己,于人乎何尤?且待妃转厚,当妃入宫时,欢颜承迎,绝不以前事懋介。妃亦无惊惶状。而加利弗见妃病,益增媚,愈爱怜之。谓妃曰:'不意卿清减至此!何郁郁自苦,以为朕忧?卿或以卞急结怨于左右,致横搆浮言,卿知之否?朕爱卿甚,固不以区区者介怀。卿亦当仰体朕意,屏绝烦恼,慎自珍卫。可留此娱遣,朕庶务毕后即临,以永今夕。'濒去时,又曲意慰安之,无不至。妃既感加利弗,复思比客,辄零涕悲叹。此皆予访长者归去后闻之近侍者。比予归诣妃所,妃知自君家来,呼予前,于邑以语曰:'尔为予此行,予实深感,恐此后不复能勤尔矣!'予以耳目众,不敢举以告,并不敢作慰言,默默者久之。夜,加利弗至宫,命女伶奏乐,携妃手就坐。妃强从之,意殊不属。歌作,妃蓦触前事,心血骤上涌,晕绝于座。加利弗以妃夙有厥疾,命亟营救,终无济,数分钟后,即香消玉陨矣。加利弗大悲痛,抚尸而哭,命尽毁乐器,后不得复奏。予念妃命薄,遽以情死,哀不能自止。是夕,予手浴妃尸,泪下如泻,尸几以泪涤。次日奉加利弗谕,葬妃龙穴。盖龙穴景绝胜,妃生时每过之,辄流连不已者也。"

婢复谓客曰:"君适言比客之棺将归报达,予意与妃合窆何如?"客大诧曰:"此事恐加利弗必不见允。"婢曰:"长者未知耶?加利弗痛妃之亡,宫中侍者悉重赐遣散,许其自主,而于予则尤厚,命守妃墓,给朊糈供公私用。予既有守墓权,则仰承妃意,俾与比客合葬当无不可者。且加利弗知其事而不加谴责,岂于此举忽尔阻止?"客无以难,乞婢导谒妃墓。至则围妃墓而观者且数匝,车骑络绎,道为之塞。客不能近墓,乃遥睇挥泪而祝。祝毕,谓婢曰:"卿所言可行矣。仆等当以妃及比客端末,具为传以示世。"婢趑之。一时闻者皆哀其情,谓宜合窆,上书于加利弗吁请之。加利弗可其请。比客柩抵报达,往迓者复不谋而集,远至二十里外。婢素服翌于郭。柩至,婢往谒比客母,以合窆事白。且曰:"国人哀之,合词为请,已荷俞允矣。"母亦无言。于是异比客柩,依妃墓而窆。华胄世族咸来会葬,极素车白马之盛。

自后国人过其垄,皆动色相告,而好事者闻风,辄不惮跋涉,徘徊墓门,欷歔凭吊不置云。

　　史希罕拉才得述毕,曰:"妾述斯客孟雪力赫与挨力朋比客合窆事,陛下闻之,谅亦闵其痴,哀其志。"定那才得极道其事缠绵动听,且称谢不置。史希罕拉才得曰:"苏丹如容余苟延,当为道王子客马力儿瑟孟遇仙缔婚事。其悲欢离合,出人意表,视以上所述,有过之无不及者。"苏丹犹预不能决;究之取娱之念,胜于示威,不得已可其请。诘朝,史希罕拉才得乃具觍缕焉。

荒塔仙术记

距波斯海滨大率二十日水程,有客利登岛[①]者,据大海中,区为数省,民既繁庶,殖业复殷盛,为海上一强国,隶斯客瑟孟加利弗。加利弗睿于治,政罔不洽。而年就衰,无储嗣,居恒郁郁。一日,与维齐语,偶及之,甚以为戚。维齐对曰:"陛下念及于他日社稷之寄,顾此中有莫之为而为者。无已,其祷诸天乎。"加利弗可其言,召僧主者,谕意以申祈祝。无何,东宫斐地马有身。弥月,举一男。加利弗大悦。厚赉僧众。臣民闻者皆欢舞呼万岁,喜得储,置酒相庆。

太子之诞生也,抱而朝,加利弗见其貌丰下而英特,取皓月初升义,命名曰客马力儿瑟孟,令善抚之。稍长,能读书,即为慎简贤师傅,育以德智。太子幼慧,学日进,嘉言之勖,虚己容纳。年及冠,才力绝人,誉褦著,为舆望所归。加利弗甚爱之,有内禅意。谓维齐曰:"嗣子非冲龄,惧其以逸蔽心志,朕衰颓,恐滋丛脞,思传位于嗣子,俾综庶务,知国事艰巨,民生疾苦,以磨励其精神而免耽逸欲。予自此将永息仔肩,不复能关政矣。"维齐心非之,然不欲显违旨,对曰:"太子年华尚幼,恐不能躬总万几。陛下既惧其失德,则盍选贤淑女以为之妃,俾得内助。且用情专一,一切纷华靡丽,自不致溺其中。即陛下欲授以政,可先使参预,以观其施措。诚能胜任,传位未晚也。"加

[①] 客利登岛(Isle of the Children of Khaledan)。

利弗趋之。退朝，召太子。故事，太子见有时，至是召，惊异，起居后，俯首立。加利弗喜其恭谨，谓之曰："知召汝何意乎？"对曰："不知，愿赐谕。"曰："无他，为汝议婚事耳。"太子色顿变，嗫嚅者久，怆然曰："主臣，儿愚幼，不欲得妇。夙知女为不祥之尤，率祸及男子，至颠困不可道，历观纪载，益信女祸之无极。窃鉴于此，冀有以免。虽然，儿亦未敢固执，父命容熟审之，或他日当能仰承旨意也。"

加利弗见太子逆命，心不悦，然不欲骤责之。徐曰："予此事不汝强，汝其自思，嗣续事大，矧将君国者。倘不以予言为非，其从予命。"于是命太子退，许其出入枢密，参与国事。岁暮，复召太子理前说。太子见问，不复踌躇，抗声对曰："斯事曾三思之，实有害无利。微特历史固显著之，使人怵怵，即报章中，凡巧佞阴险事，亦出于妇女者为多，复何能与彼作缘以自蹈不测？愿恕其方命之罪，勿复相迫。儿志已决，父即多方导饬，恐终无所成。"言毕，不待加利弗命，径趋而出，意颇悻悻，顿异其平日之恂恂恭慎者。

加利弗爱太子甚，仍优容之，冀以婉言徐使之回心，尚不忍立加诃谴。于是以此事告维齐曰："召客马力儿来，语以立妃意，初尚犹豫，后则甚似厌闻，使朕愤恨，特强自抑遏。晚岁始得此子，乃转取懊恼。卿有何策，以释予怀？"维齐曰："凡事之成，多出于忍耐。太子之不欲娶，或非口舌所可转移。要之陛下亦不宜深自怨怼。或积岁月，俾自思觉悟，否则以天伦至爱动之。倘竟执迷，则集群臣以大义详晓之，太子即甚辩，亦不能抗父命于盈廷卿相前也。"加利弗不得已，往见斐地马，具告以故，谓"强从维齐意，展以岁月。予素知此儿颇能听母言，愿乘间示以利害，谓倘必固执，将加罚于其身，虽悔何及，且使予隐自伤也"。斐地马唯唯。

一日，太子侍斐地马坐。斐地马询之曰："儿拒父命，不欲议婚，致触父怒，使母郁郁，儿意果何属乎？"曰："儿望母勿作是语，益儿憽憽。近心绪瞀乱，恐言语失检，将取戾于母。"斐地马知太子心气未平，遂默不一语。久之，见其容度和蔼如平常，乃从容询曰："汝能不惮琐屑,以不娶之故语予否?汝谓妇人险狡,无出其右,特未见世之诪张为幻者,其恶将倍蓰于妇人。妇人诚多不善,予亦不能曲为之贷。惟概加毒视而不为之别黑白,得毋太过。汝见识既广,当不为载笔者所愚。亦知彼不惜痛诋妇恶谓害民乱国实阶之厉者,毋亦有快其私憾,而深文周内乎?汝流览史册,其所载暴主贼臣,破坏纲纪,涂炭生民者,后先相望。汝宁未之见耶?综而论之,男子之恶居多数,妇人之恶仅居少数,载籍具在,可偻指计也。汝宁不思彼贤妇人不幸而属于乱君贼子,言不见听,事败则反受其恶名,念之尤足悲痛。"太子曰:"儿非谓天下竟无贤淑女,然安得有令德懿行若吾母也者?儿之不欲娶,实惧得妇后,稍不自持,即虑为所惑,致失自主之权。且上国储君,议婚必于邻邦之贵主。无论容之不称,即称矣,而德之备不备未可知。倘貌美而心很,或盛气凌厉,势倾其夫,甚至以一国之帑藏,兆民之膏血,供其起居服食,恣为无益之费。似此诸弊,念之寒心。此儿厌疾妇人之念所由起也。即使幽娴无失德,儿别有抱负在,鳏旷固非所计耳。"斐地马曰:"汝抱负能具言之否?且予将以数言破汝疑虑。"曰:"母试言之,儿或能置辨,不至辞穷。"斐地马乃曰:"苟不幸取不肖妇人,如汝所言,或防之,或出之,使不致蠹国,又何难措之有?"曰:"论则善矣,然忍而出此,人孰无情?回思结发之爱,其悲感必至切。曷若吾守吾真,不与帷房缪辘之为愈乎?"斐地马曰:"汝见亦良是。然嗣续将由汝而斩,予所望汝光前而裕后者,愿竟虚矣。"曰:"人生浮云耳,瞬息即杳。且子先父而卒者亦不知凡几,儿或夭折,又将奈何?至社稷之无主,由于乏嗣,非由于淫乱亡国,似宜分别观之。且藐躬他日得居民上,能自策勉,不坠先业,则宗祖之光荣,仍垂于后世,虽无嗣,亦何伤?"斐地马见太子甚口,亦无从置辞,遂罢议。后虽屡为说,且刚柔互用,竭意开导,不惜焦敝其唇舌,而太子执念益坚。加利弗闻之,惟躅足咨叹而已。

复值群臣集,太子亦在朝,加利弗语太子曰:"议婚事语汝久矣。朕非强汝,而汝屡逆命,使予悲愤,顾予犹忍不加罪。今复诘汝,汝若固守前见，非惟无礼于朕，且失兆民望。诸公卿在前，亦群欲询汝不婚之故，其具语之。"太子艴然不怿，对如前，固拒不稍移易。加利弗大恚曰："不肖子，何目无君父而傲慢乃尔！"立命卫士将太子下，幽诸荒塔，仅一榻供休止，书笈他物称是。复给一力，以应奔走焉。

太子既被幽，意无几微不适，读书为乐，视荒塔无异深宫。夜则沐浴行祷祝礼，诵《可兰经》。一如宫中时，不灭灯而寝。塔中有古井，深不可测，为女仙密梦里潜灵之所。密梦里者，天将登力特女也，夜则环游世界，搜访奇迹。是夕夜阑，甫出井，见塔中灯光荧荧，潜入视，守户者不之觉。旋近榻，见一男子卧，衾半覆其面，玉颜微露。启衾睨之，则莹然璧人也。狂喜自语曰："所见顾影少年多矣，未有修美映丽若此君者。其卧态已令见者心醉。脱得其一盼，吾恐虽木石人，亦不自持矣。惜乎，位为储君，而受其幽厄，能无太息。"盖密梦里已知太子触加利弗怒幽囚于此也。爱心不禁顿起，潜吻太子颊及其额。良久，仍覆以衾，而耸身冉冉入云际。比高至天空，忽闻振翅声飒飒。即御风前觅，知为魔登赫斯客所作。此魔为斯恰民奥力斯客之子，不服帝制，恣其横行，夙与密梦里习，知密梦里忠顺，位复居己上，深畏之，雅不欲与之见。今咫尺不得避，遂伫立天空，哀请于密梦里曰："望仙垂宥，无加斧钺，负罪之臣实不敢惊左右。"密梦里斥曰："尔慎戴尔头，予姑免尔死。速语我，自何所来？造何孽？见闻有可解颐者否？"登赫斯客曰："不厌烦渎，有异事，当以上闻。适自中华来……"言未毕，体战栗不敢仰视，又哀请曰："予述所见后，能蒙赦宥，许他往未？"曰："毋喋喋，速以见闻告。予赦汝，勿惧也。尔岂以予若尔之不诚，惯食言以损人者耶？汝或造妄语以欺予，予将断汝翅。"登赫斯客心少定，乃对曰："荷宽宥，又安敢欺饰而不以实告？惟乞恕其言之冗，不诛幸甚。"密梦里诺之。

于是登赫斯客叙所见曰："适言中华者，东方强国也。王名开阿，有公主姿绝世，善画者穷于笔，善辞者穷于舌，其美丽虽百拟之，末由尽其万一也。姑举其可髣髴者：主发黄而润，长可拂地，叠髻于额，若结鲜葡萄为巨球然。额若彩镜可烛。目澄而黑,光漾如流波。鼻修整合度。口樱而齿贝。音吐柔婉,虽新莺之声不足俪。罗襟稍解,则玉胸皑然。婉娟娉袅,仪态万端,非拙口所能状。开阿爱主臻至,惟恐拂其意,为筑宫七,供游憩:曰晶,曰赤金,曰镁,曰古铜,珍过晶、镁,曰珉,曰镣,曰镠。宫之制,均穷极华丽,而园囿之景物,昼夕之供张,皆称之。怡情娱瞩,诚无有出其右者。

"主美既无匹,名噪著。邻国遣使赍书来求婚者,开阿辄命主自择。主无一当意,以性喜自适,愿暂缓婚事,得常侍左右为对。开阿乃悉谢使者。久之,复有某国来乞缔姻,其王富强冠诸国。开阿大喜,以为诚得系援,则交益固,且大国,足如主意;乃具以告主,张饰其词,冀耸主听。主力执前说,坚不从。开阿不悦,强迫之。公主怒,作色对曰:'父母以此事相偪,必刺刺不休,儿将伏剑死。'开阿亦勃然怒不可遏,诃之曰:"儿岂病心疾耶?何遽无礼!必罚汝。'遂幽主于别院,命主之乳媪及老妪数人为给事。旋简使赴某国,婉陈主不欲结姻之意。又疑主盛怒拒婚,必染心疾,宣言有能愈其疾者即以主妻之。"登赫斯客言至此,谓密梦里曰:"予虽愚蠢,然睹此佳人被厄,心窃怜悯,拟往探视。仙子曷枉玉趾一垂瞩之,知鄙言非谬也。"

密梦里闻言,大笑不止。登赫斯客不知其故,大惊。有顷,密梦里曰:"以尔将语予以异闻,乃双瞳如豆,见一女而倾羡若是。使予以适所见之美男子示尔,将不知颠倒何若矣。"登赫斯客曰:"敢问美男子为何如人?"曰:"彼为斯客瑟孟加利弗之太子,事与尔所见之公主不幸相符,盖一不欲嫁,一不欲娶者。太子以辞婚触加利弗怒,幽之荒塔。塔有井,为予居,故得觑其仪容,诚冠绝伦辈。"登赫斯客曰:"二人之妍若嫌,予不敢与仙子争。惟予得见太子后,无论其美与主或过或不及,愿贳予,不加以罪戾,许予亟归。"密梦里曰:"汝又以小人之腹度人矣。予宁包藏祸心者!尔何鼷胆若此?"登赫斯客始释惧为欢,复请曰:"使予见太子,而仙子未见主,则予言真伪,仍无以辨,予亦无以自明。敢请导见太子后,亦一往睹主貌,以决优劣。蒙垂许否?"曰:"予无暇偕汝行。汝曷携公主来,使与太子共枕,然后相月旦,以了疑案,非一举两得乎?"登赫斯客然其言,即振其翅。密梦里亟呼之曰:"止止,尔可先偕予往认荒塔。否则汝携主来,茫无安置。"于是偕去至塔所。密梦里曰:"识之,可速往,予待于此。与尔约:主之美若见绌于太子,汝受罚;反是则罚予。"登赫斯客诺而疾骞以去。

顷之,登赫斯客摄公主来。密梦里置主于太子榻,使共枕相偎傍。时二人皆在梦中,未知有阴品其妍媸者。良久,登赫斯客谓密梦里曰:"太子姣矣,抑未若公主美,仙当何疑?"曰:"不然,汝第执私见。公主非不美,特压于太子耳。汝勿偏,其谛视,当服予言。"登赫斯客曰:"仆初睨之,觉主之美出太子上。熟审之,益信。然仙既一意美太子,予何敢有异词?"密梦里呵之曰:"猾奴,勿作此欺人语。余将请主判者定优劣。汝苟不从,即心虚,当受罚。"登赫斯客唯唯。于是密梦里以足蹋地,地暴裂,一状貌狰狞者出,伛偻而跛,眇一目,首巍巍然列角六,手足指皆钩其爪,见密梦里,即跽一足请命。密梦里呼其名曰:"客斯客克斯克,汝来,亟评此卧榻之男若女,以决其孰美。"客斯客闻命,注目移时,见两美合并,称羡不去口。久之,始谓密梦里曰:"仆苟妄断,是面欺而自陷不义。是二人者,诚各擅其美,无可轩轾。必欲判之,当使一寐一寤,旋使寤者寐,寐者寤,俾互睹其美,互相爱悦。我曹可细察其语之浓淡,情之浅深,以定高下。仙意云何?"则皆称善。于是密梦里化身为蚤,跃登太子颈,猛啮之。太子惊觉,搔摩者再,欲得蚤而甘心。幸密梦里预为防,疾跃地,复其形,与客斯客等各以法自隐,故太子不得见。于是三人潜窥其举动焉。

太子偶以手加榻,触主体,大诧,亟启眸,则并枕卧者一绝世丽人也。即举首,以手支颐细审之,玉雪其肤,麝兰喷溢,妙龄殊色,非人世所有,不觉神为之荡,爱情如炽,平素憎恶妇人之念,已置诸无何有之乡,缠绵不已,微呼曰:"丽人,识予爱卿意否?"即吻昵其额与颊,几不自禁,使无登赫斯客隐为护,则主几惊寤。太子见主卧方酣,怅然曰:"予频示相爱心,卿何不一展瞩?卿即天上仙,予亦非蠢蠢,冀不负仙人怜念。"于是撼主体使觉。主卧若无知者。太子忽敛手自语曰："是丽人，必将以妻我者。父以予未睹美色，致予绝意婚事，家庭有违言，故以丽人来，乃怜慰予耳。"言次，深以前拒命为悔。旋又自语曰："安知此丽人非遣探余意者？果尔，必有人潜察余动静，欲得予之隙，以嗤予伪。稍失虑，则愧莫湔矣。"于是取主所御约指，与己所有者互易之，曰："即此已足，不可或萌他念，自取笑讥。"复就枕卧。密梦里施以术，俄顷入睡乡。于是登赫斯客亦化蚤啮主唇。主瘠，起坐，瞥见一男子与同榻，惊愧莫状。复睨之，则容都美无与俪。则易惊为喜，羡且爱，不自知其形于辞曰："不意天壤间有此俊物，余自悔畴昔孟浪，遽逆父言。今不复能坚执前说矣。"数以手趣太子起，爱情益厚。密梦里恐事败，急以法迷太子使鼾。主亟呼曰："君何贪睡若此？岂为魔魇耶？"言已，以吻就太子手，惊见约指。急自视，则灿然者非故物，喜而自语曰："约指互易，殆有天缘，当不敝屣予矣。"又力掣曳之，不醒。愆甚，叹曰："予亦不忍复相扰，俟后会耳。"乃吻太子两辅，颓然自卧。比酣，密梦里谓登赫斯客曰："猾奴，汝见二人用情厚薄否？太子之美于主，尚何言？予姑恕尔捷捷，后当知予非诳人者。"顾客斯客克斯克曰："有劳裁决，速偕登赫斯客携主返中华。"二人衔命退，密梦里亦逝。自此太子与公主且多事矣。

翌晨，太子起，心悬丽人，视之已杳，惟衾枕间尚馀芳泽，自维必父以佳丽诱余，乘予卧，趣之去，幸予未堕计中。踪迹当询诸左右。念呼仆，仆以槃水进。太子沐祷毕，谓仆曰："昔夕孰携女子来，至予榻？"仆瞠不知所对。太子复曰："女乃予与并枕卧者，自来耶？抑舁至？"曰："夕则当门卧，焉有妇得潜入？不信，请指日为誓。"太子怒曰："黠奴，敢连合外人欺乃主耶！"立取鞭挞仆。仆不胜痛，呼署仆地。复以足践踏之，索缚縋诸井，没复出，曰："尔告不以实，必杀汝！"仆奄奄待毙，思太子果得狂疾，而己将遭不白死，愤且悲，不得已伪言以自救，乃哀吁乞命，愿实陈。太子曳之出，释缚，趣使语。仆觳觫曰："狼狈失体，万死，乞赐更衣。"太子许曰："去速来！苟不以实，碎尔首。"

仆逡巡出塔，反掩其户，不暇易衣履，踉跄奔宫中。加利弗适与维齐语，以太子抗命获罪，已益郁郁。维齐慰之曰："陛下第耐俟之。太子幽于塔，寂寥独处，自讼愆尤，必能追悔以听严命。"言次，仆伏阶白曰："有祸事！上渎：今晨太子突谓昔夕有女来共宿，坚以其来历询奴。奴不知，不能对。触怒，遭横挞几死。无异得狂疾。"具言其事。加利弗闻之益懑懑，谓维齐曰："此怪事诚出意外，卿可往察之。"维齐立诣塔。比入，见太子坐观书，无异平素，即趋为礼，坐语太子曰："奴适以意外事白加利弗，臣愤甚。"曰："猾奴以何事渎？"维齐曰："彼谓殿下得狂疾，以今观之，其言益妄。"太子曰："彼妄称余得狂疾耶！虽然，幸君辱临，窃有所请，亦知昔夕有女子至此共宿否？"维齐闻而大诧曰："臣意无此胆壮女子。塔仅一户，奴卧守之，即男子不敢越身进，况为荏弱女。或梦中幻境，误为真耳。"太子厉声曰："子言岂足信，予固知此女行止。子猥言不知，予知子必不能终隐。"维齐见太子震怒，悚然思以宛言解之，曰："殿下目击此女否？"曰："予见之。若以意授女，使女诱余，佯卧不一语，以阴探予言。比予寐，即潜去。予知此女受若嘱，必以昔夕之事告。"维齐张目曰："主臣，臣茫而不知所谓。彼女之至，实非加利弗及臣所驱使，亦必不欲出此策以陷太子。臣敢复决此女必梦寐中邂逅者。"太子大恚曰："子亦来戏余耶！"立起执其须，斥曰："若语予，若何所见，知为幻境？"即奋拳挞无算。维齐俯受不敢避，思太子果得狂疾，己亦将如仆之横遭不白矣，图设辞以免。太子复连抶之。维齐哀请曰："望免死，听臣一言。"太子亦惫，释之。维齐诡言曰："殿下所疑，亦有自。第受命，不敢泄。望许臣去，当转白于加利弗，必有以复命。"曰："予许子去，子其语吾父，予欲得昔夕之丽人为耦也。得旨即报。"维齐唯唯退。

维齐之返也，形容伤蘼。加利弗惊询之。对曰："奴言非妄也。臣一见，太子即以昔夕共寝之女询臣。臣以为梦幻之误。太子怒，挞臣几绝，哀乞始免。"于是缕述太子语。加利弗素爱太子，闻言益伤感,欲躬视之。帅维齐至塔,太子愉颜以迎。加利弗就坐,询太子近状。从容答言,无他异。加利弗数目维齐,意谓太子无狂疾,维齐必无礼自取辱者。久之,询及昔夕女子事。太子曰:"愿父勿复益儿烦郁,望亟许为婚,以遂儿愿。儿夙恶妇女,特睹此佳丽,不复能坚其初心,敢乞速成之。"加利弗见太子语涉恍惚,先后判若两人,惊且忧,谓太子曰:"儿言使予疑惧。彼女子或爱汝而夜奔,非予所能隐嘱。且去来踪迹,迷离惝悦,维齐疑为梦幻,必非无因。儿盍取宵来事自勘之,当必憬然悟,勿以怪幻事使予愁虑也。"太子曰:"此事儿终不以为幻境,愿垂听,当详述之。"于是具道端末,且谓已互易约指矣。即出以示曰:"儿所御约指,父当见之,此非儿物,可证非幻境,非妄言。"加利弗见约指,瞠而默然,良久不能吐一词。太子乘间以必欲得此女为请。加利弗蹙然曰:"睹约指,知汝系念切。倘能踪迹得此女,必以耦汝。惜不知其去来所自,茫茫渺渺,于何访觅?予思其既以色身示,使汝生爱眷心,复杳然去,又荒怪不可测,或有神焉为左右其间耶?脱此事不得实,微特汝将以情死,忧能伤人,予亦不复能久于世矣。"言已,执手相涕泣,谓太子曰:"予今携汝归。"于是太子相从还宫云。

太子自此意惘惘,容锐减,瘦骨柴立,寝食殆废,呻吟床褥间,病日剧。加利弗忧之甚,日视疾,久旷国政,惟予维齐以特别权,得出入宫禁,馀官莫能见。于是臣下渐生异议。一日,维齐入言于加利弗曰:"陛下久未视朝,臣民望切。臣固知以太子违和故,致灼叡虑,国事至重,尚望珍摄,无遗臣下忧。小岛离宫,风气颇不恶,于养疴为宜,臣意可移太子于此。凡七日中,陛下以两日听政,五日至离宫。太子病由结辖,于清胜地相羊消散,可早日霍然,当不以暂违圣颜或增郁结。"加利弗从其议,命饰离宫,为太子养疴。除听政日外,即殷殷临视,跬步弗离焉。

登赫斯客等之携主归也,仍卧之别院中。翌晨,主寤,左右视,不见同寝之美男,亟询侍者,躁急殊甚。侍者奔集,乳媪倚枕问故。主曰:"昔夕有少年与予共卧,今何在?"媪以主言鹘突,对以不知。主复曰:"一美男子夜与予并枕,彼仪容俊雅,旷世无俦,余綦爱之。今遽杳,故诘汝。"媪曰:"主得毋戏言?"主艴然曰:"予何戏!实欲知彼踪迹。"媪曰:"奴辈侍寝时,仅主一人,无男子入室,果有,奴辈无不知。"公主骤怒不能遏,按媪首,痛批其颊,詈曰:"死妇!汝亟语,否将断汝头。"媪负痛乞哀,久之得脱,奔诉于后。至则面败坏,发蓬而涕雨,不复成人状。惊询之。媪泣曰:"主暴击奴,非速走,命几不保。"于是白主盛怒之故。后疑且怜,即往见公主曰:"媪语言拂汝意,致虐加捶楚。以主之尊,而下与姅媪较,似非所宜。"主曰:"母亦来辱儿矣。此少年踪迹,母必能知,望速为儿匹。倘事不谐,儿将扰乱无宁日。"后惊曰:"是何言欤!此事予冥然罔觉,何从议婚?"主愤然曰:"儿不欲婚则纷纷妄相逼,今儿自择婿则佯为不知,何也?儿必嫁此少年,不然,惟一死。"后见主盛怒,语无伦,即婉慰之。且曰:"宫禁至严,必无男子能擅入者。汝何故以荒幻事,至欲以身殉?"主闻言,气益涌,喧嚷不已。后无以为计,则归告开阿。开阿询之主,主曰:"勿徒词费,速以昔夕共寝之少年见与,儿无他求。"开阿曰:"噫,何物男子,竟入汝寝所!"语未毕,主大声曰:"父不必以此事见询,焉有男子未奉父命敢入儿卧室者?尚复何诿?亟为儿图之。彼美而艳,儿眷之,矢必得。惜昨百计不得使之瘖,未与通款曲耳。"即以指环示开阿曰:"此约指可爱否?"就视,果男子指环也。疑不能明,谓主必得心疾,梏之,仅以媪给役,又饬寺人严宫禁。诘朝,召群臣,具以主疾告,有能愈其疾者妻之,且己天年后,得嗣位。于是闻者妄希冀,皆欲图所以已疾者。有朝官某,老矣,艳主色,贪国富,出而自衒曰:"臣能治主疾。"开阿曰:"慎旃,勿妄语,脱不愈,头堕地矣。"乃宣谕曰:"后有承命治疾者,愈则赏如前议,否则死无赦。"群臣唯唯。开阿乃导某入别院。主见,即以巾翳面,斥曰:"咄,老秃翁,可憎孰甚!父胡携之来?"开阿曰:"此廷臣某,将为儿婿者,勿恐。"主急曰:"速去休,此非与儿易约指者,吾岂能夫彼!"初,某偕开阿入,以为公主得狂疾,必歌呼笑哭,不复知人事。至是见主出言无他异,知主疾感于情,又不敢察察言,乃伏地引罪曰："臣适聆主言，疾非臣能治。臣术浅，谨待斧锧。"开阿大怒，以其妄自矜诩，致己为牵率，即命毂其首毙。自后闻者皆悚惧，不敢试。而主疾日笃。开阿焦灼甚，乃揭櫫召疗者，且致书邻国白其事。久之，一术士至。开阿命寺人引至院。术士以一囊随，形彭然。入宫，即累累探而出，若星盘，若球，若炉，若香屑，又铜盘一，较巨。旋索火于寺人。主见其举止诡陋可笑，询寺人曰："彼胡为者？"对曰："是术士，来拘妖，获即置铜盘，沈之海底。"主笑曰："术士休矣，尔勿作此丑态！尔殆真病狂者耶？"术士曰："非祟也，惟王能解公主忧。"即返诸物于囊，疾趋出，言于开阿曰："陛下谓主得邪疾，故臣应召至。然主非邪疾也。主之疾在思一男子而不得，非臣所能治者。望陛下亟为谋，否则病且殆。"开阿怒其唐突，立命斩之。后挟术而踵至者至百五十人，悉以术穷见杀，城闉揭人首，弥望且累叠矣。

　　初，主之乳媪有子曰墨沙文，幼与主受抚育，相亲爱，若同产。稍长，以避嫌去，交仍笃。墨沙文喜读异书，幼时即通形家及丛辰五行家诸术，以为未足，弱冠健身手，浪迹海外，访奇异士，与结纳，学益富。归入都，见悬首累累，大惊。甫抵家，询其事，且问主近状，具告之。墨沙文以主得奇疾，悲甚。时媪已知墨沙文归，急托辞潜至家，以主病受累，涕泣述诸墨沙文。墨沙文益伤感，乞媪图与主叙别。媪踌躇良久，曰："此时不能必。诘朝，当以佳音语汝。"遂去。先是加利弗许乳媪得出入宫禁，他人不得入。适守者新易，禁稍宽，媪乃请于守者曰："予为主乳媪。昔有弱女，与主同庚，幼侍主左右，主宠爱之，近已适人。主念不已，欲召女来会，能容其出入否？"守者曰："主命不敢违。翌暮，命女郎来，或自引至也可。"至时，媪归，具告墨沙文。为易女装，宛然好女子也。导抵宫外，守者启户。媪入，引墨沙文见主，谓主曰："此予子墨沙文也，适自海外归，防耳目，特易装来见，望恕之。"主闻言，喜呼曰："阿兄来耶，何忽作此态？请亟去髢巾，叙契阔。"墨沙文起居讫，主曰："久别未得耗，即汝母所，亦未得一手书，无恙，良慰。"墨沙文曰："辱垂注，感且无地。予游海外，常念主兴居。

归来突闻主遘奇疾，良为忧虑。幸于海外受异术，当能已主疾。"即出一卷书及诸不经见物。主曰："兄亦谓予得狂疾耶？速敛尔具，勿复言。予当以腹心布。"乃具以语墨沙文，且以约指示曰："他人不知予衷曲，妄谓得心疾，藉藉传播，令人恼憾。"墨沙文闻而默然，俯首若有所思，有顷曰："言果非妄，予能遂主愿，乞勉自摄卫。予不日游海外，不惜穷搜竭访，必得当以报。"遂别主归。

翌日，墨沙文治装首涂，周行涉历，闻道左争传，皆以白达力①之得疾为奇事。比道出泰父城②，所闻忽一变，所传得奇疾者则非主而太子，事与主若出一辙。墨沙文即询太子所在。人具告之，且谓由泰父城达客利登岛，水程较陆为近云。墨沙文买棹往。约两月，抵都。舟入港，驾者偶失，舟骤驶，触礁破，即小岛离宫前也。时加利弗与维齐倚栏语，见来舟欲沉，亟遣救。而墨沙文已跃入水，游至宫下，与救者值。为易衣履，少憩，导见维齐。时加利弗已进视太子。维齐见墨沙文美丰仪，意度和雅，欢颜接之。与语，而墨沙文对如响，益敬爱之。进与讨论经籍，则批郤道窾，衮衮不倦。维齐叹为得未曾有，曰："子非常人也。以子明达，游历各国，学罔不综，必邃于医术。太子久遘疾，来治者皆束手。子今日惠临，得不靳其技，实敝国之幸也。"墨沙文曰："倘幸示太子病状，可效万一之助。"于是维齐以太子得疾之奇暨加利弗爱子之切，为具述本末。墨沙文默度之，知能治太子者惟白达力，姑不以告，仅谓维齐曰："仆当谒太子治之。"曰："可。加利弗在太子所，亦欲见吾子。"乃相率入离宫，时加利弗坐太子右。墨沙文见太子病骨支离，目或离或合，状与白达力相髣髴，不觉失声呼曰："天乎，同病相怜，未有甚此者也！"太子朦胧中，闻呼声，即启眸视。墨沙文有所触，信口而歌，歌词隐奥，加利弗及维齐皆茫然，盖墨沙文隐道太子与主相会事，故局外人无由知。太子闻歌，知墨沙文来语丽

---

① 白达力，公主之名。
② 泰父城（Torf）。

人消息，顿见欢容，作状示加利弗，欲近墨沙文，有所询。王见太子有喜色，大悦，起让墨沙文坐，询里居。曰："臣居中华，适自彼来。"加利弗曰："如天之福，子能已太子疾，朕必有以报吾子。"即与维齐出，盖微窥太子欲与墨沙文有私言也。墨沙文乃窃语曰："今而后太子可释然矣。予知太子所系念者非他，中华公主白达力也。"于是具以主事语太子。曰："主之疾惟太子可已，必一见始效。第病后重跋涉，或当徐为之。"太子闻墨沙文言，喜气溢眉宇，神为之王，不知疾之离体。侍者亟报加利弗。入见状，大喜，持墨沙文，颂其已疾之速，不暇询治法。以此事论群臣，群臣称贺。加利弗乃宴百官，各有赉，赦囚赈恤之令下，欢声动四境焉。

太子之疾，几废食饮，至是进如常，体已复，私谓墨沙文曰："及今可行矣。予念主若饥渴，知而不得见，病将复作。虽然，父爱予，动息相视，必不许远适，奈何？"言次泣下。墨沙文曰："臣早计及之。襁褓时与主友爱，不啻同产，所以不惮远涉者，欲以慰主念耳。倘不竭谋，致半途而废，非所以副公主，即非所以报殿下也。臣意可伪言出与臣游猎，加利弗亮不见阻。得命，即具良马四，殿下乘其一，一备易乘，馀两骑臣将之。届时有善策。"太子诺。翌日，乘间言于加利弗曰："儿欲偕墨沙文射猎郊外，以舒筋骨，乞赐一二日假。"曰："朕不阻儿兴，特一昔即归，勿久羁于外。儿病初瘥，过驰骋，恐伤体气。毋为予忧。"即命治猎具，并诇属墨沙文谨护之。太子乃行。

二人策马至旷野，佯为射猎，要趹追踪，离郭愈远。薄暮，投驿亭宿。夜半，墨沙文潜呼太子起，二从者未之觉。墨沙文请太子易新衣，索其常著者。于是各超乘，牵从者之马一以行。且抵深林，路四出。墨沙文请太子勒马待于丛林中，杀从者马，裂太子常服，染以马血，至路口，以血衣委地。太子怪询其故。墨沙文曰："加利弗见太子未归，必侦骑四出以觅。倘来此，见血衣狼藉，必以太子饱虎口而臣惧罪遁，以此归报，加利弗必信之，则予等可从容就道，不虞追逐。计虽酷，然他年知此事子虚，其欣慰必甚于今日之悲痛也。"太子喜曰：

"墨沙文,子真慧心人,策至周密。"遂与进发,质所赍供资斧。比抵华京,墨沙文导太子至旅馆,而己为太子制方士衣。三日后,偕太子浴,易服,引至宫。而己报其母。先是墨沙文为太子谈方略,伪为方士,携法器,并授以言。至是,太子径诣宫门,立而自白曰:"予方士也,应召治主疾。效,尚主;不效,断头。"阍者相诧目,诸术士大殁后,皆破胆无敢踵至,兹见其俊雅而英踔,深为之危,谓之曰:"城阓悬首且累累矣,君休萌妄念,欧刀未可尝试也。"太子不顾。阍者相与叹曰:"彼决意投陷阱,天其悯之。"时相已奉命来迎,遂导太子入。太子见开阿,伏而拜。开阿初以为寻常方士耳,及见为美少年,恐其罹杀身祸,顿生恻隐,语之曰:"卿齿稚,恐不能已主疾。虽然,朕亦未能阻。第有法在,治而不效者杀,卿其勉旃。朕不能以卿英秀,独违成例,示不公。"太子曰:"臣来从异国,辱垂睐,甚感。惟臣跋涉至此,若中道畏难止,何以副初志。治而不效,受死奚辞。"开阿见其意决,不得已,命守者导入别院。濒行,复谓之曰:"卿其三思,此时行止尚可自由,否将悔无及矣。"太子不听。比入宫,道经平台,距主室咫尺。太子以良觌在即,向之萦回方寸不敢疑为神女生涯者,至此将实证其非梦,不禁喜极狂奔。守者曳其臂曰:"子将何往?予不为导,子乌能入?狂奔若是,岂欲速就死地耶!余见方士数矣,未见若汝之汲汲者。"太子目睨守者,行稍缓,曰:"彼趑趄不前者,坐术浅,心虚耳。余此行若操左券,又何犹豫。"抵院门,守者导登殿。旁即主室。太子伫立,徐谓守者曰:"予治主疾,法有二:一面主,一否。任择之。"守者曰:"此事须君自决之。"曰:"若尔,仆不必见主,俾知予术之奇。"于是陈方士具盈案,旋作书致主曰:

  自某夕获见颜色,爱慕之深,积思成痗。此中结辖,当有同情。追维邂逅,拟通悰愫,值卿酣寐,破梦无从。自恨缘悭,兰言莫接。然拳拳之抱,惧无以申,谨易指环,以志奇遇。今者幸成咫尺,几似梦中。约指一双,还期互易,宁云璧返,所望珠圆。倘辱不遗，具徵爱我。伫立引领，敬俟玉音。

书竟，以约指实其内，函封之，以授守者曰："此函往呈公主。若睹此病不已，身名之弃，予固不恤。"守者持书入白曰："今有道术幽深之方士来，以书物上，谓睹书病当霍然。"主取书发缄，约指见，惊喜不暇视书。即起立，梏尽解，拔关而出，与太子见，有无限欲诉者，而转若涸其词。忆夕会时，含意未申，则又亟欲一抒积臆。时乳媪来请太子入室。主仍以约指授太子曰："君之指环当终身佩之。君倘不弃予，亮亦有同鄙愿。"太子承而御诸指。侍者已往报开阿曰："谨为陛下贺，主病立愈，方士诚神技！"曰："彼持何术而效若是之速？"侍者曰："不假勃勒术，所施治仅寸函耳。"开阿喜且惊，即临别院，握主及太子手于一掌中，谓太子曰："当谨践前约。惟卿温雅，不类挟术以游者，望以实告。"太子曰："睿鉴不爽，臣特伪为方士入宫耳。臣名客马力儿瑟孟，父为斯客瑟孟，主客利登岛国者。"即以与主夜见及易约指事历历言之。开阿曰："此奇事可传，朕将命载笔者录之。"即日为公主、太子行合卺礼。以墨沙文有不次功，褒以重爵云。

太子既与主婚，爱日笃。开阿深喜甥馆之得人，时置酒高会，如是者数月。一夕，太子梦斯客瑟孟病卧，甚悁恻，容蹙然，指己而言曰："是儿朕得之非易，遽弃朕去，思之至死。"太子寤而悲叹。主询其故。曰："予恐与卿语时，予父已弃养矣！"于是告以梦。主知太子久疏清，思亲切，故得噩梦，倘念不释，将夫妇之爱，且为淡漠，欲顺太子意，相与归客利登岛，然默不以语。诘朝，乘间与开阿言，即吻其手曰："儿有求，乞勿拒。儿欲与客马力儿归觐舅姑。此特儿一人私见，能邀垂许否？"开阿曰："远别令人不怿。虽然，朕不能阻汝孝思。轮蹄劳顿，当强持之。省视期以一年，即遄返。嗣后如期递相往返，似亦至允，想汝舅必不至有异议也。"主唯唯，以告太子。太子大喜，不数日，开阿命为治装。别时，各依依泣不忍舍。开阿复诲嘱主及太子，始策马归，行者首途矣。

一日，抵一大陆，树阴浓布。时酷热，太子欲卸装。主亦倦，与并辔入密林，倚树止装，命从者设幕。主憩，太子指挥行众。时主疲甚，解带卧，婢以置卧榻侧。俄顷太子入，见主假寐，未使寤，傍榻坐。见衣带华耀夺目，取观之，饰明珠金刚石甚精丽。带系一小鞶囊，女红巧绝。度中必珍物，启之，则玛瑙一，镌人物，极奇诡。盖皇后以主弱多病，勒驱邪符于玛瑙上，命佩之，谓可被不吉，而太子未之知，至是自忖曰："是物珍贵，值必昂，否则必不为常佩。"时幕中阴暗，不能辨，就帐外谛观。忽有鸟自空际侧翅疾下，衔玛瑙飞去。太子大惊且怒，睹此鸟旋集树杪。近之，鸟鼓翼去，俄又集。复往逼，鸟徐徐上飏。太子奔以逐，思掇石毙鸟。飞渐远，逐愈急，逾山跨谷，誓必获。日暮，遥见鸟就高枝宿。太子踟蹰荒野间，归计不能决，自语曰："归乎，则路崎岖，昏夜失途，虑饱虎狼腹，且委顿不能疾行。况主所佩物未追获，何颜复返？"思至此，益愤恨，又饥渴甚。无如何，宿树下。诘朝，仰窥鸟，足抱枝如故，见太子视，复悠然逝。则又疾奔，随鸟为左右。于路俯拾果实以餐，皇皇然，鸟止亦止，鸟宿亦宿。若是者旬日，抵一所，隐隐见城郭。比近，鸟翔益高，旋经郭而过，顿失踪迹。太子大懊丧，嗒焉举步入城。城故滨海，达其极，至海口。沿岸行，久之木葱然，一圃列道左。启扉甫徘徊，圃叟举首视，见太子，即招以手，且作掩扉状，意甚皇遽。异之，入询故。叟曰："观子自异乡来，乃奉回教者。此地则为异端人盘踞，若曹夙仇视教民，恣意屠戮，凡回教民之居是土者，鲜不蒙其害。若曹恒于旅客中伺踪迹，得则设阱以坑之。子初至，不识利害，故具语之。"太子谢叟厚意，脱己于厄，正欲有所言，叟止之曰："子惫矣，当饮食。"乃导入舍，以羹饭进。食毕，询太子何自来。悉以告，转诘之曰："予欲返里，当何从？"又曰："遭此意外事，与主不谋而别，两地不复知生死，奈何！"言次泣下。叟慰之曰："终有会期，毋过悲戚。自此水陆皆可达客利登岛，陆必匝岁至，水程较减。子可乘舟至意白里岛，由意白里返客利登，道至便。第往意白里岛者，舟岁一发。子数日前至，则及附。今须俟来年，子能久待否？

倘不嫌野处，敢请留。"太子踽于进退，且异地无相识，虑罹危，遂从其言，以莳花种蔬为遣。第一念及白达力，则肠若涫汤，欷歔服膺而不能已。

公主之寤也，不见太子，急询侍者，皆以见太子入而未出对。主偶取衣带，见丝囊解，中已虚，度太子必取观，行即返，默待之。薄暮未归。入夜，迹仍杳，惊忧莫释。懑无所泄，则痛诅驱邪符，致累及太子，语几侵后。久之，以太子私出，恐仆从知之，欺己弱，将不利，欲伪为太子装，掩饰耳目。以意谕群婢，严饬秘不宣。于是著太子衣冠，象其举止，宛然无少异。盖主与太子貌美相若，其殊异处，人不能辨也。次晨，主易装指挥，仆从皆不之疑，盖太子之出，从者皆休卧，故无从觉。将发，主命一婢潜着己衣，与并辔行，向客利登岛进。长途跋涉，数月来固无人能识之也。

一日，舟抵意白里岛京都，主欲求数日休。从者入郭觅旅馆，言客利登岛国之储君自远方来，将归国，暂驻于此。此事旋闻于意白里岛主阿民罗斯。阿民罗斯与斯客瑟孟有旧，敦睦谊，为兄弟国，闻太子至，大喜，帅群官往逆之。值主诣旅馆，遇诸途。阿民罗斯不知主为伪也者，鹄立道左，坚请辱临。主力辞不获，不得已移装入宫。阿民罗斯盛具待，礼至优渥。三日，主欲行。阿民罗斯止之。以主貌绝世，富于才，欲婿之，谓主曰："予衰朽，止一弱女，貌尚不恶，堪与太子匹。窃愿托援系，乞缓归以成礼。予髦不能治，当以国让。太子聪明英武，必能有为，予自此可无憾矣。"主惊，默自计，苟以实告，则徒自作伪，愧孰甚。却其请，则或易爱为仇，祸起不测。且太子已否归国无从知，踌躇莫能决。久之，自维曰："余苟顺从，结婚后能临机应变，不稍露形迹，则他年得与太子会，可释肩于彼，而太子将富有意白里岛矣。"觉可从者十之七八，乃赪颊而言曰："辱恩，感难言喻。惟自恧疏陋，良惭兹选。然垂意谆谆，又乌敢违逆。幼无知识，一切惟明训之遵，否则臣万死不敢承命。"阿民罗斯喜其诺，定翌日行嘉礼。白达力辞归，以王意谕从者，且伪谓已邀公主允许云。又严饬群婢谨自将，毋少疏失。时阿民罗斯以得快婿，大悦。诘朝，携白达力临朝，命旁坐，指语群臣曰："此客利登国太子，已尚主，得君社稷，诸臣当勉辅之。"众伏遵诏。阿民罗斯乃下坐，肃白达力上，受百官朝。旋以新登极诏布告国中，赐民大酺。入夜，宫中盛饰。白达力衮冕以待。观者羡其美，啧啧称叹。顷之，侍者拥意白里岛公主赫泰勒非斯出，于是二人成婚礼焉。

次晨，白达力视朝，群臣集贺。阿民罗斯与后往视赫泰勒非斯，谓太子诚矫矫，亮当汝意。则默俯其首，面无欢容。阿民罗斯慰之曰："汝勿忧，太子汲汲欲归省，朕以汝姻事坚留之，彼不能遂温清愿，故忽忽不乐。久之，思亲念疏，则琴瑟好合，为日方长也。"言毕，往见白达力，命主军政者部署操练，备新君大阅。夜，白达力返宫，赫泰勒非斯意似不怿。知其故，婉慰之。赫泰勒非斯意稍解，先就寝，白达力坐观书，俟赫泰勒非斯酣寐，始释卷卧其侧。曙色动，即起往视朝。阿民罗斯复临探视，见公主兀坐无言，泪渍于颊。阿民罗斯不明其故，疑白达力必肆无礼，顿愤怒曰："太子受朕禅，尊且富，不知报德，乃蔑视吾儿！藐汝，即藐朕，将伺其过而废之。可察彼动静以告。"是夜，白达力复以甘言饵赫泰勒非斯，俟其寝，又诵书如故。泰赫勒非斯止之，使坐近己，语之曰："君又故态复萌耶？忝奉巾栉，正私心欢慰，而君何故与妾若冰炭然？诚所不解。自问尚无拂君意者，而君乃落落难合，岂妾遭际，竟若是其不幸耶！父知君薄视予，怒甚，欲加君罪，知之否？与君有结发情，诚不忍君遭白眼，敢以告，望好为之。古来多薄命妇，君宁忍妾踵其后尘乎？君苟不作薄幸人，妾幸亦君幸。"白达力闻言，嚗不语，心惴惴然。继思赫泰勒非斯以肝胆相示，深感其情挚，拟告以实，固哀之，冀可保全；又虑其不能秘，以此事白阿民罗斯，则必受欺人罪，奈何！久之，复自忖曰："太子若仍飘泊，道返故乡，必经意白里岛。予即受厄，亦当强忍以待，不可自误。"于是甘冒不测，决计实陈。时赫泰勒非斯见白达力犹豫，躁急将复言。白达力已自明曰："予不幸陷欺诳之罪，乞有以恕我。盖予诚有不得已者。

敢以告,愿秘之,俾免鼎镬。"即袒其胸,示赫泰勒非斯曰:"公主试观之,固同类也。"于是备述己与太子结婚端末,乞勿泄,并为缓颊于阿民罗斯。赫泰勒非斯曰:"主与太子甫结婚,忽遭不测,良用叹息。陂者终平,必能再合也。隐情所在,敢不竭力弥缝。且主不弃予,使得闻心腹事,予又安忍寒盟哉。自今以往,外为夫妇,而内实姊妹行,望勿以鄙陋见拒。"言已,与白达力相持,以明信爱。次日,白达力仍早朝。阿民罗斯见赫泰勒非斯惫然无戚容,遂不复过问。白达力勤于政,知贤否,治颇称盛。

太子之避难圃中也,一日晨起,将操作,圃叟止之曰:"今日为异端人佳节,民皆出游。是日回教人得赦,不遭荼戮,且可随游博物院。院罗列物类,可悦耳目,扩见闻。子今日勿复执事,任休息游观。余将出访友,且刺听舟赴意白里岛期,为子关说,俾得返故里。"即易服出。太子徙倚无憀,念主不置,凄然身世,百感交集。忽闻树杪有扑击声。举首视,见两鸟振翅相搏啄。俄一鸟毙,堕地,一飏去。复有巨鸟二,自远翔至,见一鸟受啄死,乃斗然下,分集死鸟前后,俯视哀鸣,声悲而怒。旋攫土为坟,衔死鸟入埋毕,掞翅去。顷之,共捕恶鸟来,衔其翼若爪,疾飞至死鸟坟,相与啄恶鸟死,亟裂其腹,曳肝肠出,弃之,遂翀霄逝。太子深叹两巨鸟之侠义。旋至树下,则死鸟血肉狼籍,胃有红色物,掇视,则固主驱邪符也。喜而呼曰:"恶鸟,汝何故作此孽,致予离主而被厄! 今日汝亦得惨报耶!"复遥祝曰:"公主,予无意中重获卿所佩物,即重圆兆也。"乃吻其符,巾缠于臂。是夜得安枕,盖自失符后,目不交睫者久矣。

翌晨,太子着园人衣,诣园叟受役。叟指一老树曰:"是树老朽,不能复得佳实,子可伐之。"太子唯唯,取斧劙其根。才及半,忽若触坚质,声硿然。掘土视,一巨铜板覆其上。启之,下有石阶。循级下,数至十乃尽。则石洞呀然见,宽约十五方步,中列黄铜甕凡五十,上各有覆。悉发窥之,中所贮皆金粉。太子大喜。出,沿阶上,仍以铜板掩,劖枯株以待叟返。先是叟出游,探舟往意白里岛消息。群以不日将启椗,第无定期,谓次日可决,故叟于今晨复问询得实。至是归,欣然有喜色,谓太子曰:"予为子贺,舟越三日即发,子可附以赴意白里岛,予已语船主矣。"太子喜,对曰:"仆亦为长者贺,苟不惮烦,望偕仆去。仆为长者觅得藏金,用以告。"于是导叟至劚树所,举铜板,与偕入,观甕中物,贺曰:"长者躬劳苦,施德于予所不知,藏金之出,宁非天锡。"叟怫然曰:"是何言!子谓是金为予所应有者耶?子获之,子自受之,予何与焉?予自父殁,灌园八十年于兹,曾不知有窑金,即可证非予所应有。且余耄,死亡无日,需此何益?子英俊,贵为青宫,不日归国。以金属子,是天偿子以跋涉之劳。子其善用之。"太子固不从。

二人相让,至再四不决。移时,太子请叟得其半。叟坚辞良久,而太子让益力,叟不得已从之。旋谓太子曰:"子携金以行,必启觊觎,非隐藏不可。意白里岛不产橄榄,岁由此载往者不知凡几。予圃广植橄榄,子所素悉。请购坛五十具,下藏金粉,覆以橄榄,庶无意外虞。"诺之。叟与为治严,匆遽终日。比叟入室少憩,太子以驱邪符在臂,恐复失,亦取藏坛底。料简竟,诣叟清谈,以鸟斗获符事告之。叟惊异,击掌相庆。坐良久,始各解衣寝。是夜,叟体中忽不适,盖老人以数勤操作病也。数日,疾革,野扉深掩,无顾问者。太子黯然。俄船主偕舟子来,询何人赴意白里岛。太子曰:"仆即是。值圃叟困于疾,君可先挈予行李去,仆即续至。"于是舟子等舁坛及诸装出,请客速就道,且曰:"专俟子,风至利,至即发矣。"太子颔之,退与叟别。入室,见叟弥留,不忍遽去。俄叟绝。太子悲不自胜,亟浴尸,布束其体,埋之圃。时已薄暮,携籥往付园主。坌奔抵海口,烟水迷茫,觅舟不得。询路人,谓已启椗,待客历三小时久云。太子悲怅,无以为计,且驱邪符已纳诸坛,益无以自慰。不得已,仍返圃,傃于园主,躬操作,以一童供奔走。继以圃叟遗金无受者,复购坛五十具,拟如前法贮之,待来年挈之归。

意白里岛之王宫滨于海。一日,白达力凭窗眺,见一巨舟张帆冲浪至,即询侍者。对曰:"此舟岁一至岛,乃载珍物来贸易者。"白达力闻言,恐太子附舟至,心有所触,欲私访之,以稽察为辞,率从官数人,乘马赴海口。比至,舟已舣,主者适登陆。白达力遣从官召之来,曰:"汝舟发自何所?海行几日?客有他国人否?"船主曰:"舟客皆业贩负者,载货为细纻、宝石、麝、龙涎、樟脑、药品及橄榄果。"白达力素嗜橄榄,欢甚,曰:"朕欲得橄榄,可将至。"且命诸商先以各珍物呈览。船主曰:"橄榄凡五十坛,是客尚勾留未至,果遗小人所。辱谕,权越俎为论值。"曰:"值几何?"对曰:"客贫甚,能赏银钱千足矣。"白达力曰:"索价不为贬,谅彼无异词。客贫可悯,朕当如汝所论值而易以金,示体恤。"即命以值付船主,转给客。日暮,白达力至公主赫泰勒非斯所。时橄榄已舁至。侍者发覆,倾少许于盘,而金粉外溢。白达力临观,异之,命悉启视。则皆贮金粉,特以果覆面耳。忽见金粉中有红色物,细审之,则驱邪符也,惊悲交集,身骤厥。赫泰勒非斯与侍者急持救,良久乃苏。时夜阑,侍者退,白达力谓赫泰勒非斯曰:"予骤见此符而惊,恐太子有意外变,不禁骤厥。继思此符既在,则太子可踪迹得矣。"翌日,白达力命召船主至,曰:"朕给金之客操何业?何缘留异域?汝知否?"曰:"粗知之。先是园叟以树艺为业,一日来语,谓有某少年流离至此,彼要之居处。少年思归故乡,道当经意白里岛,欲附舟去。小人允之。船将发,往邀少年。少年命先载橄榄,已当踵至。诇待至数小时,杳不至。不得已,启椗来此。"白达力闻之喜,即伪怒曰:"幸哉,罪人斯得,彼少年负国款远遁,朕欲得而甘心,汝速返舵执之来。汝苟逆命,将尽没汝舟中货入官,汝罪且不贷。"船主大恐,不知所对。归以语舟客,舟客哗然,趣其亟了事。船主不得已,挂帆返。比至海口,携舟子之勇敢者数人,小舟登岸,夜往叩园扉,甚急。太子起辟户,众即执太子去。至舟,复捩舵向意白里岛进发。太子识船主,惊询掩执之故。曰:"子非负意白里岛王之国款者耶?"太子曰:"嘻,异矣!余素不识岛主,足未践其土,何缘负国款?"船主曰:"此事君自知之,何必喋喋?"太子茫然,不知所措。夜抵意白里岛,船主趣太子入宫。守者具报。白达力即出见，所谓少年者果太子，喜极而悲。复见其着园人衣，容憔悴，心为惨然。而太子则疑岛王将妄加负债罪，惴惴而慄，不知顷所见者，即已朝夕涕泣眷念之人也。时白达力欲具以告太子，恐耳目属，致滋疑论，姑命从官善视太子，当以明日召。旋以金刚石赐船主，慰劳之曰："前金钱千，汝可自有，橄榄之值，当另付少年。"船主唯唯，谢而退。白达力乃以太子之至告赫泰勒非斯，乞勿彰露，且问计。又曰："太子才非庸碌者，虽辱在泥涂，蕴蓄故在。予欲举为上卿，何如？"赫泰勒非斯颔之，且曰："苟有机可乘，必为力。"

次日，白达力命导太子至，传旨赐浴，具衣冠。俄而白达力临朝，太子侍阶下。群臣左右鹄立，见太子，互相诧。继睹其风仪英矫，顿起爱敬心。而白达力与太子久别，见太子虽似久困悴者，而风度如昨，愈可亲爱。乃指谓群臣曰："是名客马力儿瑟孟，有经世才，朕于风尘中识之，今举为上卿。卿等与共事，当知朕简任得人也。"太子闻白达力呼其名，大惊异。及闻谓与己素识，自维无半面缘，胡语此？疑不能明。第骤被重秩，不能无感激，遂伏谢曰："臣飘零异地，不自意遽蒙重任。殊恩所逮，没齿难忘。敢不竭驽骀以报高厚。"顷之，有从官导太子往私第。比及门，则仪从肃然两行立。入室，则侍者跪呈册。阅之，乃胪列储金所在，供挥霍。步后园，则卉木竞荣，良马盈厩。室沈沈然，焜燿眙饰，富可埒王侯。太子以隆遇出意外，魂摇摇莫定，不知白达力为之部署也。

数日后，白达力召太子与议国事。时财政大臣职缺，即擢太子任之。太子洞利弊，知大体，所设施同僚皆倾服之。民亦以太子不妄事苛求，力破计臣之习，舆颂遍衢路。太子上受主知，下孚民望，旁观者皆闻声为太子羡。而太子则以与公主中道暌离，私心戚戚，虽处华朊，而不能辍叹息。度公主倘返客利登，当经意白里，时阅数载，恐主已归国，无人知其梗概，罔从得息耗也。盖公主抵意白里岛时，虽自谓客马力儿瑟孟，自受禅，即称阿民罗斯第二，不复袭太子名，故太子愈不疑。况诸臣知白达力始称客马力儿瑟孟者仅数人，太子未与缔交,亦无从言及。然白达力终恐一旦泄露,思太子朝时,郁郁见于色,而己亦隐戚不自胜,欲直言之。以此意告诸赫泰勒非斯,赫泰勒非斯甚然其说。于是白达力召太子来,谓之曰:"有大事与商,非俄顷可毕,卿今夕可来宫,当为卿下榻。"太子唯唯。入夜,往见白达力。白达力引至后宫,宦者将为先导,白达力止之。及入,又进一精室,中设卧榻。白达力即阖户,自箧中出驱邪符示太子曰:"此贡自某方士,藏之久矣。卿多智,必识此物来历,望为予言。"太子取符就灯谛审之,意色惊诧。白达力见其状,喜甚。太子曰:"此臣妇公主白达力物也。偶取观,为鸟衔去。臣穷捕之,与主隔绝。而己羁异域,悲怨几死。倘不厌闻,敢渎。"白达力曰:"卿莫言,此物所自,朕亦略知。卿在此少须,朕去即至。"言次,往他室易妇人衣,系当年衣带,复来见太子。太子见为白达力,狂喜趋前,互相持抱曰:"卿真狡狯!仆竟在梦中!卿即国主耶?"白达力泣曰:"妾此后不复主此国,君就坐,当以苦衷语君。"于是互语别后事,婵嫣不得休,涕继以笑,夜阑就寝。黎旦,二人起。白达力不复着王服,盥洗毕,命请阿民罗斯来。俄至,见一女与财政大臣齐肩立,大惊,外人乃擅入宫禁! 坐定,即询新君何在。白达力对曰:"妾即是,昨为意白里岛主,今为客马力儿瑟孟妻矣。"指太子而言曰:"彼即客马力儿瑟孟也。"于是具述其事之始末。阿民罗斯惊叹不置。白达力又曰:"一夫数妻,教所不禁。陛下若以公主妻太子,亦无不可。妾甘居妾媵,愿以后位让。想公主必不忍拂妾意也。"阿民罗斯遂回顾太子曰:"朕自媿愚暗,误以他国公主为太子,使弱女执箕帚,幸今日始白隐情。虽然,公主既不能忘情于太子,假太子之名与弱女结伉俪,朕当从公主意,以弱女侍太子,愿主社稷,以实前言。"太子对曰:"陛下不罪臣妇之欺公主,复不泄臣妇隐事,负德如山,罔从图报,又安敢违明诏?"于是阿民罗斯大喜,即日请太子登极,与赫泰勒非斯行嘉礼。赫泰勒非斯美姿容,多才艺。太子大悦,待两后无轩轾。两后亦和洽,无间言。是岁,同日各举一子。太子为命名,长,白达力所出,曰爱民继德;次,赫泰勒非斯所出,曰爱斯瑟德。

墨继城大会记

爱民继德与爱斯瑟德襁褓时，客马力儿瑟孟抚爱备至。稍长，受教于贤师傅，娴诸学，并精伎击。敦笃天性，尽友于谊，言动意识罔不合。以东西分处，不能晤接，请于客马力儿瑟孟，欲同室居。许之，共一宫，供帐悉从所好。复以其英武有才略，深相信任。比年十九，客马力儿瑟孟每出游猎，辄命共摄国政。白达力与赫泰勒非斯溺爱尤甚。然白达力之爱子，不于己出者而于爱斯瑟德；赫泰勒非斯亦如之。其始两后以谊笃，若姊妹行，故互爱其子。洎二子长，美而艳，两后心不能无动；亦未尝不知内乱之可耻，特礼法之严，卒不敌其情欲之烈，蓄念有日矣。而爱民继德与爱斯瑟德则以两后相爱，为母子间常事，不知其实有它肠焉。

两后思既切，特不敢显言，各拟以缄密探之。值客马力儿瑟孟猎郊外，两后不谋而合，乘间施其计。日午，爱民继德归宫，一宦者怆惶左右视，以赫泰勒非斯私函进。爱民继德启观，愤怒不可遏，抽刃指宦者曰："汝之忠于乃主者固如是乎！"杀之，即往见白达力，面铁色，探书于怀，朗读之。曰："此赫泰勒非斯后致儿者。"白达力怒曰："赫泰勒非斯后至贤智，汝何深拂其意，而卤莽若此！"爱民继德骇曰："母亦不知伦理耶？儿非以父故，今日必诛赫泰勒非斯。"言毕，拂衣去。

白达力夙知爱民继德与爱斯瑟德性行相同，睹爱民继德之拒赫泰勒非斯，犹不知鉴，而欲私爱斯瑟德之心不稍欸。次日以笺述臆，固封之,命老宫婢持往,乘间密递爱斯瑟德。爱斯瑟德发书,气若山涌,立断宫婢首,怀书往见赫泰勒非斯。正欲出示,而赫泰勒非斯叱之曰:"余知汝来意,汝亦如爱民继德之肆其挺撞耶?亟去,后勿复相见!"爱斯瑟德闻言,惊且恨,仓皇出见爱民继德,互道两后事,以遭此不幸,相对欷歔。而两后虑二子逆命,顿欲致毒,伪语宫婢等爱民继德与爱斯瑟德窥间来戏。言次,掩袂泣,痛詈不止。旋毁妆垢面,共僵卧一榻,佯为悲涕。客马力儿瑟孟归见状,惊询之,不答,泣益甚。再三诘。白达力始拭泪告曰:"妾等猝受辱,几无颜见陛下。自乘舆出猎,两王子来宫中,欲施无礼于妾等。微力拒,几不免。此二子竟甘冒大恶,妾等实耻为其母,恐不复能长侍陛下矣!"大号咷不止。客马力儿瑟孟大怒,趣召两子来,当手刃。为阿民罗斯所知,力阻之。谓客马力儿瑟孟曰:"二子有罪,当明正典刑。事涉暧昧,尚宜详察,勿造次贻悔。"乃不得已,系二子于狱,召阿庙①盖恩脱者夜受诏。是夕盖恩脱入见。客马力儿瑟孟谕之曰:"二子罪无赦,亟押赴郊外戮之,褫其血衣来。违命者死!"盖恩脱受诏出,率二子去。黎旦,抵丛林。盖恩脱下骑,以客马力儿瑟孟之命垂涕告之。且曰:"不幸迫君命,进退维谷,愿勿怨臣。"二子曰:"君父命不可违,余等当受戮,复何怨?"言毕,兄弟相持哭。久之,爱斯瑟德曰:"盖恩脱,可先杀我,免睹阿兄惨死。"爱民继德急止之曰:"长者先。"兄弟争先死。盖恩脱哀之,为堕泪。有顷,二子曰:"余兄弟幼相爱,无一日离,望共缚使密切,使同时饮刃,幸甚。"盖恩脱许诺,泣请曰:"殿下有遗言否?"曰:"不幸遭不白,致罹死罪,然终不敢怨君父。语尽此,望转陈。"盖恩脱唯唯,拔所佩剑出。

时盖恩脱之乘马傍树立,剑莹利,举时光若掣电,马惊而大嘶以逸。盖恩脱夙宝此马,且鞚勒皆珍物,恐奔失,逐之,遗其剑。马倏忽不可及,将及,复奔,旋窜密林中。盖恩脱垄息追捕,马驰且嘶。而林

---

① 阿庙(Emir),回教国之官名。

中有狮伏卧，闻声起，瞥睹盖恩脱，奋前欲搏噬。盖恩脱舍马疾遁，狮追不释，急不得脱，乃狂呼曰："天不当怒予！天不当怒予！余无寸刃，余死矣！"狮骤搏，盖恩脱仆，自分必饱狮腹。忽觉有人当其前，狮舍己而搏，视之，则爱民继德也。先是盖恩脱往逐逸马，二子就缚，渴甚。爱民继德谓爱斯瑟德曰："林右有泉，可解缚就饮。"曰："命在须臾，胡事饮？"爱民继德渴不能忍，解缚携爱斯瑟德去。抵泉侧，闻林中狮吼声，见盖恩脱遗剑在地，检之曰："盖恩脱久不出，必为狮困，当往救。"共奔入林，狮已按盖恩脱，将大嚼，见爱民继德仗剑至，搏之。爱民继德按剑待，无惧容。俟其近，力刺，刃入吭者尺，狮毙。盖恩脱伏而谢，泣请曰："殿下出臣于险，臣何忍戕殿下以自陷不义？"二子曰："救卿，私情也；杀予，君命也。以私废公，乌乎可？"言次，马循途至，立而喘。盖恩脱维之。二子引领就戮。盖恩脱正色曰："事有经权，请无自轻不訾之身，贻后世议。若惧臣无以复命，但解衣与臣，臣自有处置。"二子不得已，从其言。盖恩脱复出珍物，资二子装，仓皇别去。

　　盖恩脱持衣往深林，蘸以狮血，策骑归，往复命。客马力儿瑟孟曰："事了未？"盖恩脱以血衣呈曰："了矣，衣可证。"曰："若曹受死时有怨言否？"盖恩脱曰："无怨言，第哀呼曰：'不幸遭不白，致罹死罪，然终不敢怨君父。'"客马力儿瑟孟为之恻然。取血衣审视，见爱民继德衣袋中有遗物。出视之，则为赫泰勒非斯私函，中有同心结，绾发为之，不觉手足俱颤。又检爱斯瑟德衣袋中，则白达力书在焉。悔恨交集，两手自搏，晕绝于地。良久始苏，痛不欲生，涕流被面，自呼其名曰："客马力儿瑟孟，汝何愦愦至此，自杀其子？"复望空击膺而哭曰："儿无辜，乃甘就戮而不一言，是何如仁孝耶！予杀无罪儿，天地不予容。予自幼惧女祸，不欲娶，乃不能坚其志，果以是获厉，正天所以警予也。"又詈白达力及赫泰勒非斯曰："毒哉二妇，狗彘不食尔肉矣！杀尔，徒污刃！"言次，命立幽之永巷中，严守之。

　　爱民继德与爱斯瑟德别盖恩脱后，走沙漠中，恐为觉察，就荒僻径以行。入夜互为卧守,防虎豹。若是者匝月,抵一危岭。山石荦确,色黝黑,崖壁矗万仞,陡直不能容趾。久之,察有小径,细如蛇,诘屈而上,崎岖偪仄,艰于履。复沿山觅道,稍可步者不得。徘徊观望,计无所出。乃奋自鼓,循径先后登,援附藤石,愈进愈险,前者之趾及后者顶。历一日,尚未达巅。薄暮,爱斯瑟德履为之裂,足痛楚不胜,泣曰:"兄勉自前,余足破力竭,不复能上矣。"爱民继德慰之曰:"弟勿自伤,盍少休?月上再进,至极顶亦不远也。"乃共席地坐。俄云际月出,爱斯瑟德力渐复,遂相与达岭首。一俯视,则足心酸涩,胆欲坠落。复息少许时,爱民继德旋起瞩,数武外有树耸然峙。近之,乃石榴树也,实累累缀枝上。往引爱斯瑟德至。树侧有泉穴出,澄而浅,乃饱食榴实,就泉濯手足卧。晨起,爱民继德曰:"予等可下岭矣。"爱斯瑟德曰:"余疲甚,当憩二三日始能行,奈何?"爱民继德遂为觅崖洞,共休止,采山果为食。语及被诬事,辄蹙足流涕叹息。越三日,相携下岭,路乍宽乍窄,至峭削处尤慄慄。凡五日岭尽,得坦途,城堞入望。爱民继德谓爱斯瑟德曰:"弟于此少待,余将潜入郭,购酒食,并探为何所。惊弦之鸟,惧罹不测,愿独往。"爱斯瑟德曰:"兄万一有意外虞,弟心何安?愿代兄往。"曰:"弟不忍予罹不测,予岂忍陷弟耶?"爱斯瑟德坚不从。不得已,听之,据树以俟。

爱斯瑟德行未数十武,邂逅一叟,服丽都,手杖,度为长者,前请曰:"欲之市,以何道往?"叟睨笑曰:"子殆异乡人耶?"曰:"然。"叟曰:"适市将何来?"曰:"仆与兄跋涉两月始抵此。兄惫息郭外,拟为购食于肆,幸得瞻长者。"叟曰:"子来甚佳。予今日飨客,治具悉备,不厌辂渎,请须臾于敝庐。尚当以不腆之殽核奉贤昆,则子可免奔走。此间浇薄,子幸遇老夫,使执途人而问道,殆矣。仆土著,习谣俗,少顷,当觇缕以闻,谅不见鄙也。"爱斯瑟德闻叟言,感无地,曰:"幸蒙高谊,谨从长者命。"于是叟前导,数掩口胡卢,状殊诡谲,继见爱斯瑟德属目,亟庄其容。抵一宅,引登厅事。庭设一巨盆,火煜然四耀,有叟四十罗拜之。爱斯瑟德大骇,知为异端,而身入险地,不寒而栗。叟旋与诸老为礼,大呼曰:"火神教徒,诚幸事幸事,祭物已获,革斯朋何在?"声窣然达户外。

突一黑人入,即革斯朋也,见爱斯瑟德俯首立,色若丧,即知叟呼己意,径奔爱斯瑟德,猛击之踣,束其臂。叟曰:"可曳去,嘱余女波士特里与克肥马守之,日加以鞭挞,昕夕予乾馔半。俟往蓝海朝火山,挈以供神食也。"言竟,革斯朋立曳爱民继德去,径敲门,至一窟室。有石阶,复曳之下。梏爱斯瑟德两足,旋出。至两女所,而叟已先在。叟语女曰:"汝等可诣狱,以例待回教人法挞来囚。余家素崇祀火神,非此不足明虔敬。"两女各挟一鞭欣然往,褫爱斯瑟德衣裈,痛挞之,血肉狼籍,呼暑晕绝。两女委乾馔瓶水于地,掉臂去。爱斯瑟德久乃渐苏,自悼遭此无妄,死不旋踵,使爱民继德知之,宁不迫痛。继又窃慰,幸己独来,尚不至同及于难也。

爱民继德俟爱斯瑟德于郭外,日暮不来,灼甚。入夜,迹仍杳。就山麓卧,不能成寐。辨色起,入郭,往来人衣履悉与回教异。询其地,曰:"此墨继城也,民多奉火教,火教徒称曰墨继①,故名其城。"爱民继德思被难出奔,逾越山岭,越四旬,即至墨继,不自意如是迅速,疑为神助。行且思,已抵阛阓。见衢右有缝人肆,主者著回教衣,即趋与致礼。缝人延之坐,诘何以走仓皇。以觅弟对。曰:"君弟苟为异端得,无复见期矣。并慎自防,陷阱随处而有。余与子同教,将以彼阴谋语君,君或不致陷弟辙。"爱民继德以失爱弟,焦怛不自胜。不得已,傀居于缝人,探弟踪迹,且以避害,足不出户者匝月。

未几,胆稍壮,自问不致为墨继人所绐。一日浴归,道少行人,遇一妇。妇见爱民继德衣楚楚,丰采甚都,揭翳面巾,眼波紫转之,询曰:"君焉往?"爱民继德睹妇有殊色,情不自禁,曰:"余漂零无所归,欲趋谒,得无见拒?"妇笑曰:"何言之躁?君视予何等女,而遽共男子归。余甚苦奔走,欲就君家憩,君亦见拒否?"时爱民继德自度:苟导

---

① 回教人称火教人曰墨继,不知合是何字。疑是 Magi,但字典上又无火教徒义。

妇往缝人家,缝人必鄙己为儇薄子,拒不纳,且己亦不得留。倘诣妇所,或邂逅异端,遭不测。又鲜相识,无托足处,不能共妇情话。益自惆怅。然恋妇心驰骋不能已,不知所答,姑偕妇去。顷之,见一巨室。户深键,寂无人。左右列修磴,琢石为之,爱民继德惫甚,就石少息。妇亦娇弱不胜,随之坐,曰:"此君居耶?"爱民继德嗫嚅曰:"户钥付僮,适市沽酒去矣。当久待,奈何?"妇怫然曰:"佣乃误事,可恨!归来后,君若不夏楚,当为代惩之。"即拾石击锁。爱民继德大恐,又难阻止,亟曰:"望稍待,小奚当至。"妇曰:"君状张皇,谅此非君室也。损一锁,失无几,何吝为?"言已,大击。锁裂,户遂辟。于是妇先入焉。

爱民继德见锁裂,大惊,恐主人至,己得罪,欲乘妇入室后遁去。又贪其娟媚,不能舍。犹豫间,而妇人以不见爱民继德入室,复出,笑谓之曰:"徘徊户外何为者?盍入室尽欢?"爱民继德曰:"室朴陋,未治具,惧亵,仆倚门俟小奚归也。"妇曰:"僮来,当入室,无事久待。"爱民继德辞穷,遂偕入。中厅事,四壁皆白石,翼以廊庑。相与循登。庑之右,有精舍数楹,设甚丽。食几二,一列殽核,一鲜果。旁有案,矗矗罗名酒。爱民继德大惧,自度已堕术中,命不知在何时,恐不能与爱弟相见矣。时妇顾而大乐,笑曰:"君早具,尚假辞于僮,岂别有属念者在?虽然,予皆不问,君毋忐忑也。"爱民继德于郁伊中闻妇言,颇为之解,曰:"卿殆误会,此仆常供耳。"然心怦怦不宁,盖以馔有主者。偶倦欲伏几,妇止之曰:"君神采索然,意果何属?浴后饮至宜,盍共酌?"不得已,从之。妇取玻璃盏注酒,毕饮,复斟以饮爱民继德。时室沈沈,并仆从未之见,爱民继德甚疑恐,复自忖曰:"倘主人终不至,予少间得脱身出,万幸矣。"窥妇则狂吸恶嚼,唇齿哆然,并割肉趣之食。俄顷,殽酒就尽,妇频掇果实食之。而室主人至矣。

主人贝黑德,为墨继王御马监,饶于财,美居室,此其别墅,恒以宴客。是日,折柬招友人饮,命奴治具。既备,奴以事阖扉去。而贝黑德度客将至,诣别墅俟之。至则见锁折户辟,疑有胠箧者,蹑足入。

忽闻语笑声出精舍，窃视，则一美少年与妇酬，食案狼籍，妇则貌妖冶，辞态荡谑，知非良家，思调以为戏。时妇敷坐，面背户；而爱民继德则瞥睹一伟丈夫隐于隅，知为主人，仓皇色变，目注贝黑德，欲有所言。贝黑德急摇手，示勿声，招之出。爱民继德知意，即起离坐。妇曰："将何往？"曰："小遗耳，即至。"走庑下，与贝黑德相值。贝黑德恐妇属耳目，退至外厅事，谓爱民继德曰："汝何故毁吾门，入吾室？"曰："诚知开罪。虽然，使君知事端，未必不余宥。"乃具以告，且谓己为王子，遭不白冤，避祸来此云。贝黑德夙以豪侠自喜，见爱民继德位王子，容辞俊朗，知非诳己者，即转怒为喜曰："得遇王子，良幸！仆贝黑德，为墨继王御马监。此别墅，为予与友朋谭宴所。今日招友饮，辱不弃，请少留。此妇甚突兀。仆拟就君言，佯为僮入室，觇妇举动。君即以仆迟归，责且扑，仆有用意。今夕请君居此。晨当遣妇去。仆必有以报君。"爱民继德复欲有言，贝黑德止之，趣使入。

亡何，所招友络绎至。贝黑德伪托辞却之去，即至别室易服。时爱民继德已入座，谓妇曰："僮逗遛不返，室乏人，简侍应，罪甚。奴归，余必重责。"妇曰："小事何介意？奴辱命，遣不容宥，且不足以烦君。愿与君但霑醉为乐。"爱民继德以贝黑德不罪且敬，喜出望外，斯时意泰然，不若前之芒刺在背，与妇饮益豪。久之，贝黑德青衣至，佯为悚惧，匍匐请罪，旋起俯首待主命。爱民继德佯怒曰："汝不事事，暮尚不归，何往？"曰："万死，不意主早至，致迟迟复命。"爱民继德曰："尔以予藉口，狡孰甚！"起取鞭，稍挞，即归坐。妇以罚轻不满意，自起肆击。贝黑德负痛，泪涔涔下。爱民继德不忍睹，叠呼曰："止！止！"妇怒曰："君驭下无方，致奴益纵，予为约束，君何效妇人之仁？"复痛笞不已。爱民继德夺鞭，妇不与。良久乃释手，犹目磔磔大骂。贝黑德拭泪侍，且为斟酒。食竟，贝黑德洒扫洁其室，揭来奔走。妇复以恶声加。爱民继德心不平，然慑妇威，不敢语。比夜阑，贝黑德为设卧榻，列枕衾，而已就外厢寝。

贝黑德既退，爱民继德与妇坐语，历一句钟，始解衣将寝。妇复出,闻贝黑德大鼾,触前怒,思杀之。进谓爱民继德曰:"君爱妾,能为我作一快心事否?"曰:"当尽力。"妇指壁间悬剑曰:"君取此剑断奴首。"爱民继德愕然,疑妇醉,曰:"彼违予命,予责之,汝复痛挟之,可已矣。彼蠢蠢者何足深责?且彼夙供役,无大过,岂可执细故以杀此身?愿毋复及此事。"妇怒曰:"君与此奴无戚谊,何袒彼为?予必得彼而甘心。君不忍,予将手刃。"取剑奔外厢。爱民继德追呼曰:"奴属予,惟予能杀,若不能越分侵吾权。若既有深恨,余为若杀却可耳。"妇即授以剑。爱民继德执剑顾妇曰:"禁声,偕我来,毋使觉。"比至贝黑德榻前,爱民继德举剑力斫妇颈,头耆然堕贝黑德之胸。贝黑德惊起,张目四顾,见爱民继德持剑立,一妇僵于地,无头,榻上一首,血漉漉,大骇,急诘。爱民继德具言之。且曰:"欲拯君,非杀妇不克。"贝黑德感谢曰:"微君,予必死于妇。再造之恩,何以报!"旋顾曰:"天未曙,仆将负尸出,免泄露。"爱民继德曰:"予杀予埋,胡累若?"贝黑德曰:"君不知途径,无从掩此尸,此事望委诸仆。倘曙后仆不还,必为逻者获。君可独居此墅,再作他图,谨以墅及一切为赠。"言已,作书为左券,取大囊藏妇骸,负而去。

贝黑德既出门,欲投尸于海,行向海滨。不数十武,与主捕者值。主捕者素识贝黑德,知为墨继王御马监,是日见其衣青衣,负巨囊而走,心疑焉。从者止贝黑德,发囊视,则赫然死妇人也。于是执贝黑德去。主捕者以其居官杀人,罪至重,黎旦,缚以白王。王大震怒,曰:"贝黑德以职官擅杀民妇,横甚,罪干缳首。"贝黑德默不置辩,入于狱,日午当刑死,时其罪状已遍布国境矣。

爱民继德在别墅中迟贝黑德,久不至,心摇摇不宁。闻户外喧传声,聆之,则言贝黑德杀人获谴事。大骇,扼腕曰:"贝黑德无辜,何可坐抵!吾不愿嫁祸于人。"立起赴市曹。观者方麕集,众议腾沸。俄主捕者押贝黑德来。比至行刑所,爱民继德奋至前,抗声请曰:"杀人者我也!贝黑德无罪。"于是以杀妇事历历告主捕。主捕以事至重,不敢决,导见王。爱民继德述端末,并以失弟事告。墨继王恻然曰:

"得睹丰仪,幸甚。贝黑德可谓以德报德,当复其职。王子手刃恶妇,救贝黑德,复慷慨自首,豪侠不可及,可任维齐,以辅朕治。并予特别权,得于境内访所失者。"爱民继德俯伏谢,即日视维齐事。遍召侦者,诇爱斯瑟德踪迹,得及知耗者赏有差。久之杳然,固不知其拘囚于窟室也。

爱斯瑟德既受执,波士特里与克肥马日鞭挞之。比祀火神期近,舟之人往蓝海者悉已具,行有日矣。叟置爱斯瑟德于箱底,上厚覆以帛,凿微隙令通呼吸,舁登舟,付船主比力民。而比力民已奉爱民继德谕,将诣舟稽察,盖爱民继德诇知凡岁往朝火山者,必杀一回教人供神食,恐爱斯瑟德为所获,拟往觅之。至则命侍者大索,竟不得,不知其在帛箱中也。殆哉,爱斯瑟德为砧上肉矣。

舟既发,距墨继城已远,比力民出爱斯瑟德于箱,惧其投海,以铁缃锁之。行数日,忽海色昏暗,狂飙掀巨浪,挟以急雨,舟颠舞不能自主,漂若箭激。比力民恐触礁,惊惶失措。久之,达一海口,审为玛奇亚纳女王之都,顿战栗无人色。盖女王崇回教,仇视火神,屏其徒不许阑入,并舟楫亦不得泊其境。而风雨势更厉。比力民语众曰:"泊口内则舟可保。而女王凤仇火教,往必遭戮,奈何?计惟有诡为贩奴者,释爱斯瑟德缚,衣以青衣。脱女王召,即以遭风漂至,贩奴仅馀一人,以彼尚不蠢恶,留可会计对。女王见爱斯瑟德美丰姿,必欲得以给事,则佯为不欲售,固强乃允,复迁延之。俟风定,即潜解维去。君等以为若何?"佥曰:"甚善。"于是比力民解爱斯瑟德缚,衣以青衣,驾舟入海口,下椗焉。

玛奇亚纳女主之宫,高瞰巨海。宫之外植卉木为园,修广抵海岸。是日,玛奇亚纳凭窗眺,见一舟入口泊,例召舟主,诘所自来。比力民即挈爱斯瑟德,嘱勿妄言贾祸,至则伪白如前言。玛奇亚纳见爱斯瑟德俊雅,好之,询其名。爱斯瑟德蹙额曰:"所询为昔名乎,抑为今名?"曰:"若有两名邪?"曰:"然。臣昔名爱斯瑟德,今则名神食。"言竟,欷歔不自胜。玛希亚纳骤不能解,疑其白奴隶苦也,不知爱斯瑟德之作廋语,谓之曰:"若能司计,必能文,可书以示予。"曰:"恐不足尘览耳。"退数武,为文,隐括被难事,呈玛奇亚纳。览之,爱不释,谓比力民曰:"联欲爱斯瑟德供役左右,汝意云何?"比力民曰:"赖其司会计,实不忍售,万死不敢承旨。"玛奇亚纳大怒,立起携爱斯瑟德入宫。命侍者出,谕比力司速驶舟出境,迟且获罪。比力民仓皇归舟,启椗行,时风雨未止也。

玛奇亚纳乃宴爱斯瑟德于宫。爱斯瑟德谢曰:"臣奴耳,安敢越分?"曰:"朕怜子被困,为出诸水火。子若甘居奴隶,失朕意矣。盍就坐?适见子所陈,必见忌于仇者,其明言毋隐。"爱斯瑟德不敢拂意,就坐,具道前事。玛奇亚纳悲且恚曰:"朕不仇火教徒,而彼仇我乃惨酷至是!朕必荡使无遗,以泄此恨。"言次,酒进,所以劝爱斯瑟德饮,殷甚。曰:"王子罹困久矣,今日盍尽欢?"终食,爱斯瑟德至忿乐。玛奇亚纳辞去。爱斯瑟德乘间眺瞩,信步入园。百卉掩映,老木参天际,杂以鸟声,足娱耳目。一泉绕竹,水潆潆然。就盥手,坐磐石少憩。体被酒,俄顷,酣寐,而祸复作矣。

比力民之失爱斯瑟德也,颇怏怏。时风雨少减,暮色苍茫,舟子犹有在小艇中者。比力民谓之曰:"余适见园中有泉流,甚清澈,若辈可往汲。墙不及肩,可逾而入。余舣舟以待。"舟子如其言,至则见一男子就石卧,谛视则爱斯瑟德也。戒勿哗,取水毕,即潜负之,逾垣出。比爱斯瑟德寤,则已在小舟中。舟子遥呼曰:"神食又来矣。"比力民闻而大喜,亟趣登舟,狂躁殊甚。既复得爱斯瑟德,仍梏其手足,命挂帆捩舵,面火山行。

玛奇亚纳归宫,不见爱斯瑟德,询侍者,不之知。以出游当自返,坐待之。久不至,觅诸外不得;大索于宫中,又不得。乃秉烛自踪迹之。见园扉启,遂率侍者入。至泉侧,得履一,识为爱斯瑟德著者。水泼地,循湿迹达垣。疑比力民施诡计,立命诇去舟行止。俄复命曰:"薄暮已开,至海口又少泊,乃行。"玛奇亚纳立传谕海军主者,选快舰十,待命。主者饬部伍立具。翌旦,玛奇亚纳登舰,主者请旨。

玛奇亚纳曰："速捕比力民之舟,获则赏,不获,谴无贷。"主者唯唯,至三日昧爽,始隐见舟樯。旋近,识为比力民所驾者,舰环围之。比力民见兵舰蜂集,知不免,遂释爱斯瑟德梏,瞋目语之曰："以汝故,致余等受困,然汝亦不得生。"即投爱斯瑟德于海,时玛奇亚纳暨诸军士皆未之见也。爱斯瑟德素习泅,即游至海滨,攀木石,登陆少憩。解衣曝石上,日烈,移时干,乃著衣步沙石间。自叹舛午,遭厄难者屡,泪潸潸下。久之,抵一大道,荒旷无人迹,仅于道旁掇野果实充腹。凡十日,至大聚落,髣髴曾经由者。熟省,始瞿然悟,非他,墨继城也。时薄暮,恐复为仇者得,投身丛莽中。墨继人墓最巨,外有舍,可容数人。爱斯瑟德见一舍户未键,遂入栖止,不知复入阱中矣。

玛奇亚纳之追及比力民也,命兵围迫之。比力民下帆降。玛奇亚纳责之曰："前为若司计者何在?尔擅入宫禁,盗彼来,罪当死!"比力民伏对曰："奉命后,即挂帆去,安敢复劫?望垂詧!倘以为妄言,请索之。"于是命军士严搜索不得。怒,欲诛比力民。比力民投地乞命。释之,舟货入官,给一小艇,命比力民率舟子乘之去。比力民不敢违,驾抵海滨,舍舟登陆,亦遵大道行。于爱斯瑟德抵墨继日,亦抵墨继,仅后数小时。而城关已闭,不得入。裴回田野间,拟寄身墓舍,即择一稍高广者入,即爱斯瑟德栖宿处也。

比力民入墓舍,见一男子以袖障面卧,未留意。而爱斯瑟德闻履声惊寤,举首询来者。比力民瞥睹爱斯瑟德,呼曰:"嘻,汝复来此耶!余为汝,几不保首领。汝今岁即得免刀俎,来岁岂能逃神食乎?"即按爱斯瑟德于地,以巾蔽其口,呼舟子急缚之。晨,舁爱斯瑟德由僻道抵老叟家,复囚爱斯瑟德于窟室,并以遇险事具语叟。叟切齿,命两女虐爱斯瑟德加甚。爱斯瑟德惧,见波士特里握鞭至,股栗而号,哀声楚入肝肺。波士特里为之动,恻然不忍。爱斯瑟德搏颡乞生命,涕泪纵横。波士特里亦为泣下,曰:"予父憎君奉回教,故命虐待君,曩昔已施无理。自是后,予知非,予不敢复从父命。且当役于君子,以赎前愆。有侍婢奉回教,常以良言规劝,予颇容纳,欲改奉之。君如不信,誓诸皦日。君气概不凡,必非久困者。天佑善人,冥冥中使予幡然改念以捄君子,君幸亦予幸也。"爱斯瑟德闻言,心始定,且乘间以教中宗旨为波士特里陈之,且具以生平告。波士特里正襟聆其言,复嘅其遭际。爱斯瑟德旋蹙然曰:"卿性仁慈,大姑来,将不余宥,奈何?"波士特里曰:"毋过虑,此事当为君排解。"复慰藉爱斯瑟德,良久乃去。后克肥马每欲入窟室,波士特里设法止之。而己则时来视,与酒食,温语。爱斯瑟德忧稍解。

一日,波士特里偶倚门,闻喧哗声自远至,语不能辨。俄见人从骎骎来,即隐身属耳,乃搜觅爱斯瑟德者。波士特里趋窟室,笑谓爱斯瑟德曰:"喜君脱厄,亟偕予来。"爱斯瑟德相与潜出,至衢路,波士特里大声呼曰:"爱斯瑟德在此!"时爱民继德已过老叟家,闻声回顾。爱斯瑟德即趋前,相持而泣。爱民继德以从骑授爱斯瑟德,同往谒墨继王。王具询涯略。以爱斯瑟德英俊,不下其兄,即位以上卿,使勷毗国事。时波士特里以潜出爱斯瑟德,惧父责,不敢归,旁皇于爱斯瑟德之侧。王命人导往宫中,使后善视之。又遣武士亟捕叟,治其罪。

先是爱民继德以失弟遍谕居民,有匿爱斯瑟德不出者,坐诛夷。至是爱斯瑟德以叠受囚厄事述诸爱民继德。大愤,立请于王,毁叟居室,缚叟及其家人,比力民亦同系焉。至,墨继王一鞫尽得实,罪当骈首。叟等哀号乞命。王曰:"若曹甘为大恶,罪不赦。既畏死,必灭火神,奉回教,或可从末减。"叟等顿首出血,惟命是从,誓不背负。于是予以不死。爱民继德以比力民既改持回教,悯其舟货之失,令襄笺家政。比力民感激涕零,痛悔过,以诚自劾。既知二人受厄颠末,乃乘间请曰:"意白里岛主念殿下必綦切,拟具舟送归国。窃不自揣,于岛主前愿代布腹心。倘王意不回,变计未晚。"爱民继德然其说,往白诸王。王曰:"善,朕将为治装。"比启行有日,爱民继德昆弟入朝辞,忽闻侦者来报警,谓不知何国兵已薄郊外,请筹所以守御。墨继王大惊。爱民继德前曰:"臣受恩未报,今邻国师出无名,愿单骑赴敌,以口舌下之。"王允其请。爱民继德出诣彼军。其主帅亦出,则玛奇亚纳女主也。爱民继德曰:"王率军辱临敝国,敢请其故。"曰:"朕为玛奇亚纳,来修邻好耳,宁兴无名之师?第贵国有比力民者,潜劫朕从官爱斯瑟德去,愿得之。"爱民继德曰:"爱斯瑟德实为予弟,今官于朝。敝国之君待王久矣,乞不吝玉趾,且可与爱斯瑟德见。"玛奇亚纳帅数骑谒墨继王。墨继王优待之。爱斯瑟德趋与道离愫。玛奇亚纳悦甚。而侦者复告有敌兵自东来,势汹汹。墨继王愕不知所出。俄而鼓角竞鸣,飞尘及阙。墨继王戚然,谓爱民继德曰:"岂朕有失德,而邻师数至?"对曰:"臣请复为陛下解之。"即驰骑往,欲见主帅。比主者出,询所以帅师临境者。王曰:"朕国于中华,数十年前有客利登岛王之太子客马力儿瑟孟来,朕以女白达力妻之。不数月,挈妻往觐其父,约一载归。届时杳不返。朕念切,不惮跋涉,历各国踪迹,倘以耗相示,幸甚。"爱民继德闻言,知为其外大父开阿,即前蹑吻其手曰:"臣为爱民继德,母后白达力所出也。臣父为意白里岛王。父母皆安好。"开阿大喜,持爱民继德问曰:"汝何勾留于此?"则泫然以后之不德及客马力儿瑟孟之盛怒欲杀对。开阿曰:"汝曹不归,是重父母之过也。予将为若父子解间言。可以余来告爱斯瑟德。"言已,命息军于野。时墨继王方旁皇焦急,爱民继德至,具道见开阿事。墨继王闻其国富强甲天下,思敦睦邻之谊,拟帅群臣往迎。忽军声远沸,谍以西警告。墨继王曰:"一日警报迭至,心若悬旌矣!"仍命爱民继德往。爱民继德受命,携爱斯瑟德去。比见彼军为意白里岛人,知客马力儿瑟孟来,冒险往见。先是客马力儿瑟孟知二子冤死,悔而泣。盖恩脱不忍终秘,乃具白王子未死。客马力儿瑟孟益念不释,乃以军自卫,躬踪迹,誓不得不归。至是见二子,相持痛哭。继知开阿至,乃辍涕帅二子往见。突有军自波斯来,部伍严肃,即命二子往视。至则询主军者。耄老不能答,有臣为致辞曰:"客里登岛国主,敬问墨继王无恙。敝国主有储曰客马力儿瑟孟,私出数十载不返,今躬自踪迹经此。君辈有知之者,见示幸甚。"盖言者为维齐客利登也。爱民继德等不暇答,即策马以大父来告诸客马力儿瑟孟。客马力儿瑟孟喜且悲,回念浪迹久,致重累君父以高年劳车马,蹀足悔恨。二子婉慰之。即偕往见斯客瑟孟,俯伏请罪。斯客瑟孟见爱子喜极,不能无怨,愀然曰:"儿何久滞于外?予思汝几致伤生,今幸见汝!"客马力儿瑟孟闻言大痛,搏颡自责,深恨困情欲,疏温清,愧悚无地。久之,缕述列后事。是日也,四王实大会于墨继城。墨继王宴接以礼,凡三日。复为爱斯瑟德媒于玛奇亚纳,成伉俪。而爱民继德以波士特里有捄弟恩,亦订白首约。旋三王率师归国,而玛奇亚纳则偕爱斯瑟德返京都。墨继王以爱民继德惇明有才略,己老无嗣,久有禅位意。至是,国事一决于爱民继德,退不问政矣。爱民继德既受禅,勤于治,力端宗教,人知反正,异焰渐熄。不数载,民悉奉回教云。

波斯女

伯沙拉城为加利弗之附庸国，当赫仑挨力斯怯得时，主是国者齐纳弼，与加利弗为从兄弟。齐纳弼不欲以行政权专属维齐，擢甲开、赛哇同秉国政。甲开温和仁恕，善处事，有求匄者，力罔不为尽；待人公，持己正，信孚于通国，朝野皆仰重之。而赛哇性恶，复善怒，凡与相接者，鲜不遭龁齮，或竟摈斥之；贪且鄙，拥有厚赀，而吝啬极豪发；行事不惜怫人性，人不能堪，生平未闻有一人称道之者。与甲开虽同朝，不相能，恶甲开之仁爱宽大为异己，必百计阻坏，又时时潜其短于王前。一日，王退朝后，与群臣语及置女奴事，盖国俗于女奴选至苛，女奴得优宠者，权且与主妇等，于是群臣相与议，谓才美奴未易有，有必大踊其值，至或出华贵族，或已订婚，皆足为室碍者。

时甲开持议谓选奴微特当貌端丽，性行婉嬺，且须具智能，通各学，至音乐歌舞无不娴，始足膺此选。盖治事者鞅掌庶务，备极劳瘁，休憩时得妙婧敏慧之侍者，左右语笑，以养活泼之精神，于娱乐中多裨益。傥徒重其色，而使鄙陋佻俗者厕其间，势不至陷其主于荡佚不止。

国主善甲开言，命其物色，必有殊色而得完全教育者。赛哇意既与甲开反，兼妒其重荷信任，心滋不悦，遂抗议曰："所求女必如甲开言，则旷世不能得；即得，亦非糜黄金万镒不可。"王曰："赛哇，汝以为此价过昂贵，第一己私见耳，予则不然。"即命主财政者持金如数付甲开。甲开归,即遍告奴侩,必如约以求。皆衔命争搜访,冀得一当意。于是备选者日必数至,终鲜及格,多遭点额矣。

一日凌晨,甲开造朝时,奴侩于途当骑请曰:"昔夕有波斯商人来,挈一女求沽,姿绝世,慧而才。商言女邃诸种学,博览多识,女界中罕其匹。"甲开闻之喜,度果如言,则既合主旨,己宠将益坚。遂约时以女至家俟选。比回,而波斯女已至。甲开见女妍艳无伦,喜逾所望。与之语,女答如响,并发言衮衮,知其学识不群,非浅尝粗涉者比。询侩曰:"未识波斯商索值几何?"曰:"商云至减须万金,因此女历载从学资及衣饰等,统核几逾此数。至其蕴蓄成就,尚未计及。以彼学靡不通,求诸受教育之诸高才中,正如麟角然,的未易得。有奴若此,万金之索,谅不为多。"甲开当未闻侩言时,早隐度此女值必不廉,至是即招波斯商至,语之曰:"非我欲购,为国主谋耳,值宜稍降于商所云者。"商曰:"使我得躬送女于国主,必获无限之荣誉。第我不愿出此,但偿还历年从学费足矣。至女才色,予意必能得国主欢心也。"甲开即如其数与之。侩曰:"君购此女,欲进诸王,甚善。惟长途风日,不能无损颜色。能小憩二星期,然后薰沐而豫饰之,必更见妍丽。进诸王,当宠越等恒。君既可得褒嘉厚锡,予亦与有荣焉。"甲开然其言,令女与其妇比室居,同案食,奉给优异。又使其妇为制美服衣之,益绰约婑媠有致。乃谓女曰:"尔所得幸福无以加。予奉明诏购尔,尔行将入见,必荷殊荣,予亦幸不辱命。又有言不能不为尔告者,予有子一人曰挪利达,颇聪敏,惜浮躁气未除,尔倘遇之,须加慎。"波斯女谨受命。

挪利达者,幼为母溺爱,尝膳母室,故以挪利达名,挪利达译言养育也。方绮龄,容昳丽,有力而多智,和愉之气盎见于面。性既敏,易夺于外物。偶一见波斯女,惊其艳。已知其父为王购也,然心怦然不能无动。与之言,益喁喁见亲爱。多方策画,冀殚力为之,或竟能攫而归己。女亦深慕挪利达之为人美而聪警,恒自忖曰:"维齐为王而购我,是欲致我于青云,用意良厚。倘阳托王而实阴为其子计,则尤私心所深幸者也。"挪利达恋女日益切,窥间,辄与语笑,或寓意于诙谑动之。女亦色授魂与,彼此惓惓,不顾属耳目。其母常斥之曰:"尔年长,不当逐儿女子溷一室。日月易逝,亟当勤恁于尔所当务者,毋佻达陷于不肖,为乃父盛德累也。"挪利达不得已,退自强敛。

甲开夫人甚爱女婉丽,洁浴室,饬侍婢具槃巾澡豆之属,相与伺浴。复手检饰服之至贵美者,物维其备。顷之女浴竟,盛饰出,雾縠纤蜚,凝脂掩映,珠袿璎串,复互相灼耀,容光动左右,若娇花之含晓日,姿态万方。夫人见而目眙神跃。女前吻其手曰:"蒙施盛饰,殆所谓妆媒费縢矣。蓬陋之质,猥辱诸侍者以增妍为誉,自顾愧汗,愿质之夫人。"夫人聆其词令之妙,大喜曰:"予妄加评骘,美饰尚压于丽容。譬连城之璧,藉以锦绣,玉色益纯。似汝姱姿,予目中诚为仅见。"女逊谢。俄而夫人曰:"予亦欲浴,侍者亟为具。"夫人饬婢二守户外,禁波斯女勿出,倘挪利达来,拒莫令入。不意挪利达适以是时至。入室,不见母,心窃喜,即潜至波斯女所。遇二婢,问母所在,以浴对。又问波斯女,曰:"在室。夫人有命,公子不得入。"挪利达不听,欲冒挂毡径进。二婢横身阻。挪利达怒,奋臂掷二婢户外。入,即阖其门。

时二婢号奔浴室,具白夫人。夫人大恚,辍浴出。比至波斯女室,挪利达已逸去。女见夫人泪涔涔下,暴喘若不任,惊悸不知所措,曰:"夫人何仓皇若此?抑浴室有不测?不然,出胡速?"夫人曰:"噫,顷挪利达不入尔室乎?殆哉!大祸且踵至,若恶得佯若无事,转作此冷语耶!"女曰:"公子但一至予室,于何得祸?乞明示。"夫人曰:"所以购尔者,为欲进诸王。尔违训与挪利达昵,如王何?将累及予家矣!"女曰:"训曷敢忘。今日挪利达来言,维齐不以予献王而以予偶公子矣。身为奴,不能自主,又曷敢拒公子?辱公子不弃,窃不避万死,予已心许之矣。"夫人曰:"天乎,谈何容易!挪利达无信之徒也,予知其父必不愦愦若是,恐尔受其欺。度其父闻之,必愤怒不可遏。危惧之事当在瞬息间,予虽涕泣为吾子请罪,亦恐无济。"大哭不止。

女亦惊怛啜泣。甲开归,见而诧愕,亟询其故。泣益甚。良久,夫人具言所以。甲开忿极,搏膺而呼曰:"恶子敢尔,非先缚而痛搒之不足泄予愤!使予名一旦陨灭,不肖子乃忍而出此!夺君之爱而予其子,无论获罪,人将不食吾馀矣!"夫人慰之曰:"错已铸矣,余愿斥被饰之半,即可得万金。君持以重购女奴以进于王,当无不可。"甲开曰:"是何言欤!万金何足道,予所惜者名誉之损失耳。赛哇夙为予仇,有可以中伤予者,彼尝不能为地。此事不幸为彼所闻,彼欲快其私,必潜首于王曰:'陛下素以甲开为长者,窃观其行事,诚出意料之外。甲开受重金购女,今闻所购得女,国色也,匿不献,私与其子挪利达。且谓之曰:"以汝爱此女胜于王,故以畀汝。"今闻其子既得女,纵乐无度。臣以人臣欺君上,罪至重,不敢不以实闻。……'"甲开语至此,长喟曰:"此事发觉后,卫士必立蹴予户,取女去,予一家且缧绁入诏狱矣,奈何?"夫人曰:"赛哇诚谲险。然予家事,即善侦,亦未必能知之详。纵事发,王必询君虚实。君可言波斯女一经考验,实无学识,乃知向所称皆波商自诩词耳。有色而无才,譬麒麟之楦,徒资嗢噱。臣恐不足当王意,故未进献。若是,则王必直君言,而赛哇之潜不售,夫亦将自败也已。君仍当传诸奴侩,告以前所购之波斯女不能中选,速物色他奴,则益足自弥其隙。"甲开闻之,心为所动,筹思至再,即不得不如其言。然中尚怏怏,不欲遂贷挪利达。挪利达惧罪,伏匿不出,潜身于郭外废园中。此园罕人迹,故人无知之者。至夜分,俟甲开寝,始潜归。未辨色,即起去。如是者匝月。仆辈亦多易之,不为礼。且时时以主人将致尔死之言相恫喝,挪利达胆益若鼷鼠然。

夫人甚怜其子,乃伺间从容谓甲开曰:"凡人子获罪于父,未有如挪利达之甚者,夺王所爱而陷君不韪,罪固不可逭。然以是必置之死地,虽愤泄而患亦随之。君惧赛哇为仇,第祸积隐微,恐为赛哇者随处而有。君不能容己子,人必因以侦悉真情,是掩之适所以彰之也。果尔,则欲去害而害转烈。君其图之。"甲开曰:"夫人虑固周矣。然予不惩挪利达则忿不释。"夫人曰:"望惩后,即了事。挪利达惧罪及,昼伏而宵归。今夕俟其至，君暴起，声欲致之死。当受罚时，予力为缓颊，乃已，且即以波斯女与之。是二人者久相爱恋，离之恐复有他变也。"甲开纳其言，于是度挪利达当入，隐户后。关启，跳身出，猛击挪利达仆地。挪利达回视，见甲开手白刃，欲刲其颈。正危急间，夫人出，格以臂，呼曰："胡至此！"曰："无问予，必杀此不肖！"夫人曰："吁，必杀我乃可，予岂许君忍以己血污己手耶！"挪利达亦投地泣请曰："乞我父慈爱，容祷上帝，赦儿罪。"甲开即掷刃。挪利达跽甲开前，吻其足，并自陈悔过乞宥。甲开曰："往谢汝母，予特徇其请而恕汝。今以波斯女为汝偶，汝当设信誓，待与妻均，不得以女奴视，即有故，不得出遣，以此女才行迥绝，复能自节就范，胜汝多矣。"挪利达初不自意邀幸福至是，感喜不能禁，遂如言矢誓。比与女婚，具获所愿，意惬甚。而甲开心志忐，倘必待王问及购奴事，始以语支吾，恐滋疑窦，故每于进见时极言购女难乎其选，又不敢率尔应命，致不合陛下意，益重臣罪。历时渐久，王亦不以此事置怀。赛哇虽确闻其事，以甲开方膺宠遇，惧己言不得入，乃忍不以闻。匝岁相安，为甲开始望所不到。

一日，甲开浴后而风，体不适，寒疾大作。缠绵床蓐间，病日棘。挪利达侍疾，穷日夜，无须臾离。比弥留，谓挪利达曰："予荷上帝赐，幸优窃禄位，已无所恨。汝曩婚波斯女之誓言，口血难寒，汝宜始终守约，慎勿渝盟，使予不瞑于地下！"言毕，即易箦矣。闻者知与不知，皆为痛惜。王以失贤佐，尤震悼不置。比舆梓出葬，倾城执绋，会葬所者车千辆，为伯沙拉城自来所未见云。

挪利达杜门守制，适有旧交来唁，谈次，见挪利达哀毁骨立，力为譬解，且谓："足下诚守礼不出，惟君家先人之绪业，繄承续者是赖，假徒终身作孺子泣，不思缵述旧绪以恢拓新规，则先业由是而隳，又曷贵此无识之孝？愿君速作健，不废交际，勖勉奋发，以大其家声。此故人所日夕伫望者。"斯言也，可谓直友，脱挪利达从其语，事事皆有节，何至他日有无数不幸事哉？

不意挪利达性宽仁无断,遇事不能自持,徒徇人以见好,此其大蔽。至是闻友言,心为之纵,一意以结纳征逐为务。宾客阗溢,穷日夕无休时。举尤昵者为十友会,年均与己若,饮食谈宴外无所事事。又以珍物遍赠各友,几无日无之,多方娱友,博友欢。有时且令波斯女与会,或琴歌跳舞以为乐。女虽游于群公乎,而明敏有谞识,见挪利达奢侈无度,意大不怿,乃从容进谏曰:"君父以雄财遗君,岂可不受之以节?不节则嗟,理有必至。倘恣君所欲以供挥霍,虽铜山金穴,且有时而罄,吾未见一时千汲而尚得为不竭之渊也。夫宴飨亦朋簪常事,然无限之费,后继为难。盍稍自制敛,留有馀不尽而得无穷之娱适乎?君冠绂世胄,胡勿效一官以绳囊业,则誉且益彰矣。"挪利达辄然笑曰:"请毋作此庄论,使人不欢。予惟知行乐而已。当父在时,动不得逾尺寸,无自由权,踟蹰大苦。今则惟予意所欲为,必倍蓰纵行之,以偿往失。汝言固不可废,然时乎时乎不再来,安能敝敝焉沦精神于宦海,而放弃赏心乐事耶?"挪利达恒漫为无訾省,深恶人与言会计事,每见司出纳者持簿来,即麾之去惟恐不速,曰:"吾知汝诚,足矣。慎将事,勿烦吾抱。"司出纳者曰:"仆既司其事,不敢不以实告。谚曰:'钱不知计,后必丐。'君家出浮于入久矣。今宴赏之费日益,将穷极侈泰,漫无津涯。君家非不涸之仓,愿及时自慎。"挪利达艴然曰:"君言令人厌听,予以己赀供幸舍之食,毋劳廑虑。"自后挪利达之友环招而至,相将为坐上客。挪利达接之殷,无懈色。众以其愚昧可欺,时时设方略左右之,因以为己利,所以称道谀媚之罔不至。凡觊觎其财产者,不惜百变其技,以餂以弋,必遂所欲而后已。当宴叙极欢时,一友尽爵而言曰:"予曩出某道,有巨室,极轮奂之美。有园繁卉木,幽绚无伦,虽钧天清都之居无以过。询而知为君家别墅,辄为叹羡不置。"挪利达曰:"君言佳,即以为赠。"呼笔来,书券与之。由是客之艳而效尤者踵起以请。挪利达皆慨与,无稍踟躇。虽波斯女频以撙节为规劝,挪利达口韪而心拒之。未一载,举所有之资产皆挥斥殆尽。

一日罢宴,闻厅事有足音。先是挪利达屏诸仆,闭关与诸狎客俱,谐笑罔忌。至是中一友出观,值挪利达走其前,则见司出纳者匆匆至。挪利达询何来,时厅事门半阖,此友故识司出纳者,疑而潜属耳焉。闻其言曰:"扰君清兴,乞垂恕!惟事亟,不敢安缄默,否则仆自弃职分,无以对君。顷综计出入,始知仆前日所预料及诋劝左右者,今不幸均验!凡涉予手所入金,费殆罄,他资财亦无馀。且诸佣佃均来白,君已券让田园于他姓,往索取所出,竟徒手返,簿具在,可覈。倘必欲余仍职此,当别定章则,否则惟有乞退而已。"挪利达闻之,惊失色,噤不能言。其友急蹑足入,具告诸人,且曰:"请诸公勉行乐,我则决去。"众各动色起,曰:"否否。果尔,我曹亦胡事留此?"言甫竟,挪利达至,虽强自持,不欲稍泄露,阳欢笑如平时,然气索,词不属,已隐呈于言色间。众知所闻确,即不待挪利达就坐,一友言曰:"有事即欲别,甚怅惘。"挪利达曰:"何遽?"曰:"妇有急疾,须归视,想荷许可。"遂长揖去,俄顷间,托辞洋洋而走者趾相续。向之掎裳连袂,留连歌酒,谭谐呕哕,谨厔一室,或甫辨色而綦履骈集,或午夜趁趣来会,镫樽沓然,至是一刹那若雾销烟灭,长廊曲榭,无复跫音,门外阒然绝人迹,雀罗之叹,殆不是过。

挪利达此时嗒若丧偶,与波斯女言及之,扼腕悔恨。女曰:"君任性而行,不察几先之告,致有今日。予不幸早觉,故不揣冒昧,时竭刍荛。君昵于群小,不复置念,谓无庸以多虑妨娱乐,且云:'不有运命主之乎?'予当时言即论运命,亦当以己之聪明材力管理之,否则不恃。由今而观,可知予言非迂论也。"挪利达太息曰:"嗟乎!予真懵懵,充耳于若之良箴,虽悔何及!惟是予因友而竭其财,今且大困,友之爱予者,当必不弃予。"女曰:"彼争乐与君为友者,利君财耳,财尽则交绝。吾知君言甫脱口,彼必掩耳走矣。"

挪利达曰:"虽然,予必往。汝以为予友皆酒食征逐者耶,抑岂无抱肝胆、笃气谊者?缓急人所时有,挹西江以苏涸,正友朋责耳。予孑身往,辇金归,安知不可藉此以复振也?"

次日,挪利达拟谒十友。先造一最殷富者之门。仆导客至厅事,持刺入白主人。挪利达突闻屏后大声曰:"速出语,主人他往,令亟去,无论何时再至,仍以此言绝之。"仆出如主命。挪利达已闻之审,始愕。继愧,俄大恚,即回身出。

曰:"噫,人之无良,一至于此!若非皦日矢盟,谓终身不负者乎?念之令我不寒而栗。"旋以为他友或不至如若人之凉薄者,历诣之,皆谢以事或他出,拒不之见。挪利达此时愤极,不能出一语,若万斛冰雪水倾心房中,悔痛几无生气,蹰足而唶曰:"波斯女乎,诚智者!诚智者!吾乃今而知曩与吾出肺肝相莫逆者,皆肥我而噬我耳。其诏我者不啻剥我肤!其称誉我者不啻咀我膏而吸我髓耳!今余肤尽,膏竭,髓涸,彼不弃我复何待?譬彼果木,实累累缀枝上,人绕匝争取之,俄实偈,则去之惟恐不速矣。"行且思,益愧无地。归见波斯女,蹙额有怍容。女骤睹其失望状,笑谓之曰:"君知予说不诬乎?"挪利达曰:"不幸为汝言所中,十诣无一见。彼皆衣食我久,受予重惠,一旦竟暴绝我,实非所逆料。人情险薄,可为怵心!向予受人求,今乃求于人,转不可得,余心死矣!汝其何以药我?"曰:"君其姑自宽,亦惟有先斥奴隶,次器具,以支持朝夕,然后徐图他策耳。"挪利达无如何,遂先售奴。奴价贱,易告罄,又举家具之精美者揭而沽,得值倍逊于原价,即至贵重物,值亦锐减。数月后,复不能支,无他物可斥,惟有以穷蹙落寞之怀,倾注波斯女之耳。女居恒慧贤知大体,至是语突兀,与曩者判若两人。其言曰:"君父前以万金购予,当时度之,昂不必若是。顾验诸今日,予身之值,亦不致视前为绌。君无已,其以我付奴侩,当可立得主者。君得值,可商于他所,以自谋生,即不能大裕,亦足优游日月。"挪利达惊曰:"噫,予不意是言之竟出汝口!予所以待汝者汝当自知,汝即不自聊,亦不应以是念蓄汝抱。汝以予为何等人,而遽界予以无颜之事?予纵历颠困,旦旦具在,予宁死不能破誓以灰灭先君子之遗训!汝虽先发此不韪之言,予不能踵汝之失。由是知汝之所待予者,以视予之待汝,缺然其有所不及矣。"女曰:"昧君言,若不谅予怀者。虽然,君误矣。予虽有喙三尺,不愿与君辨,予之心惟上帝是鉴。如谓予之于君其爱不及君之于予,致有此分张之议,则上帝必能知我之苦衷。盖人至穷迫时,用权之念,胜于用经,不得不出此下策。予之志愿,自谓尚有足以见信于君者,但予身在,予志不可易,他日君能珠还予,非惟予愿,抑亦君之愿。君奈何不一再思而中若怏怏?试问君,今舍是谋,果何道而可纾此困?"挪利达不能答,度不售女无以存女,并无以自存,不得已送女于奴市,市专为卖买女奴设者。挪利达谓其侩哈其海生曰:"此奴求售,愿定值。"哈其海生邀入室。波斯女即撤其蔽面衣。哈其海生大惊曰:"君何善谑?此非曩日尊甫以万金购得者,胡云售?"曰:"君不必致询,为觅主者足矣。"哈其海生曰:"必尽力,当为求善价。"乃留女于室,出集诸贩者谓之曰:"诸君,凡物不能以其名定优劣,女奴亦非可一例视者。君辈见女奴夥矣,然以持较此女,诚未足仿佛万一。请入室一观,并当定值。"比见女,众皆惊为得未曾有,遂共议,先以黄金四千铤为索价。哈其海生乃号于众曰:"此波斯女奴值黄金四千铤!"众方议欲加值,适赛哇道经奴市,瞥睹挪利达,自忖渠岂欲将斥具之资来此购女耶?复闻哈其海生宣言,赛哇以值重,度女必有殊色,策马进曰:"予欲观此奴。"故事,奴经诸贩者定值后,他人不得再寓目。第众慑赛哇威,不敢逆命,遂出波斯女。赛哇谛视女,美丽绝伦,亟欲得之,询哈其海生曰:"是女果值金四千铤耶?"曰:"然。众议先以四千揭,俟有加者。"赛哇曰:"若无人加价,我将如数付汝,购此女奴。"言毕,即举首目众人,隐示意,不得再益价。众畏慝不能声。约半时许,赛哇见无敢与争者,意得甚,谓哈其海生曰:"尚何待,速言诸售主,值已定矣。"哈其海生即前私谓挪利达曰:"予雅不欲以沈懑之言告,君虽售奴,绝无利益,奈何?"挪利达曰:"曷故?"曰:"始则甚有望,当众同声称可,先索价黄金四千铤。时赛哇适至,众原议逐益其价,至黄金而止,讵一见赛哇,各钳口,无肯道只字者。时赛哇知众无敢与抗,据四千值,亟欲得之。君为售主,许否,仆不敢参一辞。赛哇凭权势,飞扬跋扈,国人举莫撄其锋。此女定值视原值已削数倍，赛哇叵测，或竟以力压篡，可不名一钱而得此女，亦事之未可知者。"挪利达曰："感君注意，赛哇与予家积不相能，予虽穷乏，宁填沟壑，实不愿使此女入人手。君知予者，请为设方略，以力阁此事何如？"

哈其海生曰："兹事大难。无已，君可伪言'曩是奴有小过失偶触予怒，予一时不能忍，欲售之，实则渠无大恶，予雅不欲其为他人奴，愿罢前议。'如是则诸贩者无言，即赛哇亦不能强。"言次，赛哇已至，欲付值取女。哈其海生曰："奴在此，为君家人矣。"时挪利达突前执女，大声呼曰："汝可速偕予归！前汝失辞，致予恚不可遏，决欲售汝。继思汝平时尚恂谨，非不可恕，姑返汝，观汝后效。"赛哇瞥见挪利达来前，心大不怿，闻言，怒气坌涌，指詈曰："汝荡佚而落魄，至售其女奴！定值矣，而忽反覆！无论背例，汝家空诸所有，此奴外复何物可暂活汝须臾者？汝盍自忖？"语竟，即策马前，欲攫女。挪利达目示女，使自匿，即奋力逆冲赛哇，猛若虓虎，马惊退至三四武。挪利达持马衔大骂曰："民贼，毋横！敢再前，吾裂尔体！"赛哇夙不理于众口，以其横恣，多衔恨者，见挪利达遽与之抗，皆大喜，各举手示意，欲令力困赛哇。赛哇见事亟，竭平生力图脱。而挪利达少年有勇力，见众助势，胆益雄，耆然曳赛哇下骑，掷沟中，拳足抶踢之无算。赛哇呼詈，首触石，血如泻。其仆从争来救，拔剑击挪利达，为众掣阻，且曰："若曹持凶器，欲何为？若主为维齐，彼挪利达之父前亦为维齐，彼同官，即争竞，事易和解。若曹若致死挪利达，是重入汝主罪矣。"时挪利达亦疲于搏击，即释赛哇，携波斯女归。众鼓掌称快。赛哇创重，仆沟内。从者力拯之起，泥血淋浪，狼狈无复人状。愤且愧，命从者舁诣王宫。

赛哇见王，王见其负重创，诧甚，诘之。赛哇曰："臣欲购一女治庖，觅诸奴市。至则见一波斯女，美容色，询为前维齐甲开子挪利达者出售。陛下当必忆及曩以万金付甲开为购奴用，讵甲开艳此女，既购，匿不献。以女不愿，与其子。子自甲开死，佚荡无度。未一年，大困，斥其具尽，乃售此奴。臣见挪利达于市场，顾念世好，未忍诵言其父欺诈事，仍接之以礼，曰：'挪利达，予已知此女奴籴诸贩者定值四千金，予欲购献诸王，且登剡吾子，必荷宠赐。'臣语甫毕，挪利达勃然曰：'死公，以此奴售诸汝，不如送犹太人之为愈！'甫交谭，即施漫骂，不知其何意。第臣不与较，谓之曰：'子言过矣。味子语意，且伤王，予与子父同受王遇，言不可不慎。'臣意以是言导彼，必能知过。岂知挪利达益怒目磔磔，遽前擎臣，自马背坠沟内，横施捶击，几死者数，彼力尽始止。臣命不足惜，目无君上若挪利达者，此风又胡可长！"言竟，袒而示伤，涕潸潸下。王深恶挪利达所为，有愤色，顾卫士曰："速率兵四十人，至挪利达家籍没其产，并拘挪利达及女奴来！"时有内监沙奇者，初为甲开奴，后举以入侍，递擢内监，深感故主恩，且于赛哇齮龁甲开事，常愤愤，今闻王入赛哇言，发卫士，必置挪利达死，即驰抵其所力挝户，甚急。挪利达家无僮仆，自出应门。沙奇曰："大祸将至！伯沙拉不可居，其速遁！"挪利达亟询何事。沙奇曰："赛哇挟夙怨，已将君事诡白诸王，捕者将至！兹以四十金资君及女奴行，愧仓卒未多备。君亟去勿迟，请从此别。"即匆匆去。挪利达入以告女，相与束装，女以巾障面，偕离故居。

出郭，幸无逻者。达幼发拉的河口，登舟将发。主舟者声于众曰："客集否？尚有事欲离舟否？有遗忘物否？"众皆以备齐对，遂启椗行。风利，舟至疾。挪利达心喜甚，度即善捕，亦无从踪迹矣。

卫士之往捕也，叩户无应者。破门入，兵争进，遍觅挪利达与波斯女不得。诘左右居，以不知对，盖挪利达夙厚邻，邻即知其逸，亦隐讳其在何所。既籍其居所有以覆命。王曰："凡可藏匿地，搜毋遗，必得乃已。"卫士复四出访侦。王温语谓赛哇曰："可归去，勿以挪利达事为念，虽远飏，必弋获，以重惩其罪。"于是下令大索，不能得。揭赏能获挪利达及女奴者，与千金，又不能得。赛哇虽欲甘心，竟无由报怨焉。

挪利达与波斯女附舟至报达，将抵步，主舟者喜谓诸客曰："幸此行至迅,为诸君贺。报达乃大都会,居民富庶,游客辐辏。诸君登览后,即知其阛阓之阗纷,室宇之崇丽,举莫与匹。且气候适宜,冬不寒,夏不热,常若春秋佳日,洵乐土也。"言次,船已下椗。众竞登,挪利达偕女亦携手上。

挪利达甫至报达,不识逆旅所在,遂与女沿底格里河行。旋缭垣一带,甚修楚。循而前,复折,则甃路皆以瓦,作种种巧式。清泉濑濑然鸣其侧。有门矗立,极雕饰之盛。门前有庑,庑旁置睡椅二。挪利达曰:"时近暮,体惫,盍憩此,明日觅逆旅何如?"女曰:"君以为可,予固所愿。"相与掬水,饮少许。共倚椅小语。泉声洞耳,景色萧寂。无何,二人均入睡乡矣。

是园穷池台楼榭之胜,多饰以波斯名画。中有厅事,为诸画汇。列牖,均其向,都八十,皆以巨玻璃为窗。窗各缀大烛檠一,爇则光达数里外,熊熊彻旦。主此园者即加利弗也,暇辄临观,命臣史其克爱勃雷姆筦是园,为暮年娱赏,以酬曩日庸。游观者不得入,或擅憩庑间椅者有重罚。挪利达至此时,值史其克他出,比归,瞥睹男女二人据椅卧,以绤蔽面避蚊虻,大惊,自忖曰:"是二人者乃蔑法至是!必重警之。"亟潜步入门,手大杖出,拟悉力一击。杖甫起,忽猛止曰:"若人或自远方来,不知是园之禁令者,漫挞之,乌乎可!当先诘问。"遂启其蔽面之绤,则一美少年一艳女也,怒为顿释,徐曳挪利达足。挪利达寤,见老者白须彪彪然,长几及足际,和容立于前,即起立吻其手曰:"丈,愿上帝保护,不识丈意云何?"史其克曰:"若何人?来自何所?"曰:"我曹自远方至,以不识逆旅,天暮,故暂憩此。"史其克曰:"憩此恐有不测,盍偕予入室?虽日暮,园中尚足供眺览,俾若曹不虚此行。"曰:"是园属丈否?"即笑答曰:"然。受诸予父,谅汝曹亦必以得游为快也。"

挪利达感谢,偕女入园。史其克首导至高阁,俯眺全景,结构点缀,景物天然,实出伯沙拉诸名园之上。又徐步花径,且行且互道姓氏,谓史其克曰:"是园胜绝,愿丈得无量寿,优游泉石。我曹辱不弃,接待殷至,愧仓卒无以报,有金二铤,乞丈代治具,共遣良夜,何如?"

史其克性至贪,骤见金二铤,色灿灿然,与目光相激射,喜颤不能自持,纳袖中,即辞而出。笑吃吃自言曰:"是二客殆夙以财雄者,幸予优待,不致交臂失。区区治具,需金十之一已足,馀可尽充予私橐矣。"

史其克之思染指于金也,且行且筹度,延未即归。挪利达偕女于园中闲步眺瞩,至中央厅事,见规模闳广,弁冕诸室,构筑之精奇,云谲波诡,不可仿像。环观数匝,意刿刿欲入。历阶上,则户键焉。方旁皇问,史其克已返。挪利达迎问曰:"丈不言为是园主乎?"曰:"然,何复诘?"曰:"然则画厅亦为丈有否?"史其克见语寖逼,自忖厅在园,恶能异主,厅亦何必不可伪言为我有者。即应曰:"然,君胡赘问?"挪利达曰:"蒙厚意,猥厕座客,所以不避刺刺者,欲入厅事,一寓目名画,惟丈指导之。"

史其克见挪利达言委婉有礼,不能却。又思乘舆来必先有传语者,度今夕必不至,遂取钥秉烛,启门延二客入。陈设既富丽,列诸画,美且夥,疑身入其中,神移目眙,烛照焯,纤豪毕见。挪利达观赏不置,隐若枨触,思家居事,喟然太息。

俄而馔备,即设厅事中,相与食竟。挪利达辟窗望,顾波斯女曰:"华月悬照,水竹益清,亟来同赏。"时史其克亦至。挪利达曰:"不识丈能以饮材见赐否?"曰:"我有水,甘且馨,然食后不宜饮。"挪利达曰:"所欲得者饮材,非甘水也,君宁不解予意耶?"曰:"然则所欲者酒而已。"挪利达笑颔之。史其克曰:"上帝戒予饮,并不得近酤肆,且我已至麦加矢誓,终身断酒。"曰:"求丈恕我,购酒少许。予有策,能使君不入肆不触酒器而得之。"曰:"善,愿闻教。"曰:"园有驴,可用代劳。再奉金二铤作酒值。丈但以筐二,置贮酒器于中,架驴背,驱至近酤肆所。少俟,遇有诣肆者,即许以酬,倩其驱驴沽酒。比出,可自驱之返,予当手取酒以饮。如是,则与君夙戒不相妨,非善策乎?"史其克大喜,目眈眈视挪利达果出金二铤以授,乃轩渠而笑曰:"君真善于策事者。不然，我虽费几许经营，尚未识能副君命否。"遂携金去，少顷即返。酒既具，挪利达曰："甚感代劳，然尚需一物。"曰："明示之，必效力。"曰："盏数事，果数种而已。"曰："所欲第言之，必有以报。"即出取金银酒器，贰以名瓷，并嘉果数种，罗列食案。挪利达挽之饮，固辞而出。

挪利达复入席饮，酒至甘冽，谓波斯女曰："异地邂逅，复得畅意，幸甚。可勿辞霡醉，用以袚征途之不祥。"相与引满饮釂，按节而歌。时史其克窃隐身阶上，听歌声清澈，婉转动人，久之情为之移，不能自持忍。数数探首窥觇，知已为挪利达所见，即笑谓："君等乐甚，予亦良欢。"挪利达曰："我曹不敢强君饮，愿君入坐共谭笑何如？"曰："得聆清歌，于愿已足，无俟接席也。"言竟，倏然引去。女见其仍匿暗陬，即谓挪利达曰："度若人虽声为戒酒甚严，虑涉矫伪。予必强之饮，君能从予策否？"曰："第言之。"曰："先力劝之入坐，移时斟觥酒使饮。彼若固拒，君即自倾尽，阳醉假寐。此后事予能了之。"议定，挪利达见史其克又探首于内，即起谓曰："我曹客此，猥辱不遗，有加礼，实欲撤席与君申欢悰，望勿固辞。君戒酒，恶敢相强，但使君纵谭娱意而已。"史其克逊谢不遑，逡巡傍阃而坐。挪利达曰："此坐稍远，不能近接音谈，致敬臆，请移就此女坐，以乐君心。"史其克迁延微笑，起趋以就，坐与女近。挪利达命女再奏新曲，以侑主人。歌毕，挪利达持酒一觥谓史其克曰："愿君尽此，祝长乐寿康。"史其克起退数武，有惊色，皇然曰："愿恕予罪！已告君戒酒久，不能背誓。"挪利达曰："愧予意未诚，未蒙垂许，区区之忱，谨当尽此觥，以为先生寿。"当挪利达举觥时，女剖苹果之半贻史其克曰："知君不愿同饮，此果清芬，谅不见斥，敢以奉。"史其克见女手纤纤然持果以饷，不忍却，受而咀之。于时挪利达已倚椅瞑，若不胜酒力者。女耳语史其克曰："君不见渠已玉山颓乎？平居与饮，觞未二三行即霡醉，使予独酌无侣，殊损佳趣。君倘不以卑陋见屏，请洗樽重酌，赓续今夕之欢。"于是举一觞曰："尽此，为予增幸福。予亦当陪釂，不敢辜君雅意。"至是史其克不欲拂女旨,即两手接觞徐呷之,盖以女喁喁软语,情不能却,顿忘前言矣。史其克本夙嗜酒,然雅不乐与不相识者饮,亦时时至酤肆,皆独饮,不欲见人,实无所谓戒酒者,特故峻其辞以预杜劝饮之口。史其克尽一器后,又啖馀果。女频以巨觥进。史其克亦不之辞,樽至即空已。

正酣饮间,挪利达寤而起,睇视之,笑曰:"酒佳乎?君言立誓戒亲曲蘖,至恶触酒器,入酒庐,今且若长鲸吸矣。"史其克骤受讥,为之失色,继而强笑曰:"使予破酒戒者彼美耳,予不任咎。苟非木石,其能不动于爱情者谁耶?"女知挪利达意,佯言曰:"任彼自竟其说,不必以是之故致扰酒兴,使君不欢。"移时,挪利达自酌,复酌女。史其克见独遗己,恶然举杯相向曰:"饮不及我,何也?我岂不能厕君等酒徒之列乎?"二人闻之,均笑不可仰,遂频为之酌,酬酢极乐,至夜分,犹未散。

时食案仅具烛一,女谓史其克曰:"烛甚夥,燃一似过吝,多多益善,盍使一室通明?"史其克时有酒兴,正与挪利达纵谈,衮衮不能中止,漫答曰:"请自燃何如?尔年少,举动便利。然数以五六限,勿多燃。"女不从,燃之尽。史其克贪与女笑语,挪利达乘机请再及烛台。史其克神摇瞀,不知烛光已耀一室,又漫答曰:"君欲燃则自燃之。倘习懒欲委诸人,将病与予等,君青年不应乃尔。第燃不得过三枝,慎毋忘。"挪利达则尽爇诸烛台,无遗者,窗八十叶,亦一时洞辟。史其克方与女促膝密言,目若无见。

是时加利弗尚未归寝,偕维齐基阿法语宫中。是宫面底格利斯河,园在其侧。加利弗偶倚窗眺,见画厅烧烛若列炬,户牖洞耀,光煜煜薄霄汉,大怒,谓基阿法曰:"汝不慎职守乃至此!画厅之烛,朕至始燃,今孰敢擅燃者?亟察以告。"维齐曰:"窃有所陈:四五日前,史其克爱勃雷姆曾诣臣语及拟会牧师,举行回教大礼,为陛下祈福。臣许为转奏,偶忘未即闻,死罪乞宥。画厅燃烛,当由会集牧师耳。"加利弗曰:"如汝言,已有三罪:一,擅许史其克会牧师于画厅,彼管园小吏耳,不应行此崇大礼。二,不即入奏。三,汝未目察而遽对。"言次,色稍霁。维齐见加利弗怒渐平,幸此事可相蒙以自文过,私心窃喜。加利弗曰:"汝罪应罚锾,幸不重,姑缓。今命汝至园,朕亦躬往,以察史其克之举动。朕当微服,汝与美士勒亦易服以从。"基阿法力谏阻,谓夜已阑,至则恐已罢会。加利弗勿听,盖基阿法所云皆虚构,去必败,心忐忑不安,然不敢逆上旨,遂嘿不复言。

　　加利弗偕维齐基阿法及总寺人美士勒易服诣园,见园扉洞辟,盖史其克行沾后,忘键其户。加利弗顾谓维齐曰:"夜过半矣,胡筦钥不严?史其克司启闭,而户不时阖,殊乖职守。或以飨事殷,偶失检,情尚可原。"比入,至画厅前,先饬维齐隐侦之。维齐以厅事户亦未阖告。加利弗闻之,即潜步蹑阶上,隐门际,觇室中人,甚悉。见一美少年及一丽女与史其克共席而饮,大惊。又见史其克持杯酒向女曰:"今夕可谓盛会,酒酣耳热,当歌遣兴。予不敏,敢先导引。"于是击节而歌,音致宕往。加利弗平素以史其克严重,不溺酒色,称为长者,今竟若此,是前后判若两人。退而谓基阿法曰:"汝言今夕有牧师之会,今试观之,其信然耶?"基阿法知事露,心战掉,强往窥之。见男女杂坐,谈谑方酣,益惶恐不知所措。回至加利弗前,痖若木偶然。加利弗曰:"若辈何以擅入园,且燃烛高宴?史其克何以纵之入,与同饮?史其克老矣,何昏愦若此!察彼举止言貌,当为夫若妇,非狎邪者比。特若曹为何如人,以何事至,必究之。"复往窥,维齐侍后。闻史其克谓女曰:"汝有何术,能使吾辈今夕得完全之乐?"曰:"以予观之,至乐无过于乐。乞假乐器一,当小试其技。"史其克曰:"能琵琶乎?"曰:"能。"史其克即往密室携琵琶授女。调弦之顷,加利弗曰:"基阿法,倘此女挡琵琶善,当赦其罪并及美少年。惟汝妄言,例应缳首。"基阿法曰:"愿上天默佑,使此女病指。"曰:"何也?"曰:"挡而善,臣独死,不善则二人且随臣死,岂非愈不善愈快乐乎?"加利弗好诙谑,喜基阿法应答机敏,笑颔之。复引耳以听,闻音节幽婉,涧泉莺语,不足以喻。间以清歌,丝肉竞响,益泚泚移人。退而称曰:"美哉!朕闻挡四弦者屡矣,而绵芊杳渺,不可方物,直以意行而不以迹造者,惟此实无伦匹。重以引吭叶节，感沁心脾。朕向以嫣婵歌弹之美，以此女较之，未可同日语。朕深欲入聆雅奏，恐于事未顺，故踟蹰莫决耳。"基阿法曰："陛下倘骤入，史其克必惊悸而死。"加利弗曰："念此老事我久，脱因我而死，心实不忍。有一策可两全。朕去即来，汝与美士勒俟于此。"

是园之筑，实因底格利斯河之利，引河水入，潴为大池，养鱼至夥。渔者知之审，时思网取，以严禁不得入。是夕经园外，见扉未键，潜进。甫投网于池，而加利弗已至。盖加利弗知园门未阖，必有来窃渔者，故巡行池畔。虽微服，渔者识之，投地乞恩曰："实迫于朝夕，不得已出此。"加利弗曰："起，毋骇，亟投网，将观汝所获。"渔者凡数举，得鱼五六。加利弗择其巨而美者二，系之，谓渔者曰："予与汝易服而著。"顷间，易定，自观颇肖渔父状，曰："汝速持网他往。"渔者如命去。

加利弗携二鱼，闯然至基阿法前。基阿法不之识，呼曰："渔父胡至此？其亟去！"加利弗大笑。基阿法曰："不图陛下易渔者服来也。主臣，臣不闻声，竟不能辨。度史其克觌面，必无由知陛下，可径入，无他虑。"曰："汝与美士勒仍守此，毋离。"

加利弗升阶，手推其半阖之户。挪利达闻声，即告史其克并诘谁何。时加利弗已入，曰："予吉利曼，业渔。有人语我，君今夕宴客，适获鱼二，甚腴，亦欲购以佐庖否？"挪利达与女夙嗜鱼，闻之喜过望。女曰："请君许渔者入内，俾吾侪得观嘉鱼。"史其克已困于酒，目迷离不复辨识，即承女旨，呼曰："来，汝其挟鱼进。"加利弗举武，甚肖渔父。女曰："鱼洵美矣，能烹以进，则更佳。"史其克谓加利弗曰："生鱼虽美，不可食，亟往庖所治之。"

加利弗出而潜告基阿法曰："得鱼喜甚，且无一识朕者，猥使执烊人役。"基阿法曰："臣愿往代。"曰："朕既能为罟师网叟，又何必不亲釜鬵？烹小鲜也何害？"于是基阿法、美士勒并从至庖所，助加利弗烹鱼。加利弗盛以巨槃，置厅事中食案，又各设柠檬一。当食鱼时，加利弗旁侍。挪利达曰："今日食鱼至美，微子捕若烹，恶得饫此味，当厚谢盛意。"探囊尚馀三十金,并囊畀之,曰:"惜所赍止此。倘囊有多金,予必罄以赠。子若早日遇予,子亦不复从事于笠簦蓑袯间矣。"加利弗受而谢曰:"君雅量宏远,世所仅见。今日得良觌,喜不自胜。不揣冒昧,窃有陈乞。予夙具音癖,尤耽四弦。兹者檀槽凤尾,列巾帨之旁,夫人当必善此。敢乞赐鼓一再行,俾得聆雅奏,于愿斯餍。"挪利达闻之,谓女曰:"试鼓一曲,以娱客何如?"女即呦然而唱,和以弦索。歌毕,复手挡自度之调,声绕梁栭,泠泠然洞耳惔心。加利弗大乐,拊髀雀跃而呼曰:"美哉,技至此!综古今善歌弹、称绝艺者,皆可以奴仆命之,无复有与伦比者矣。予何幸,乃竟得一倾耳,予无憾矣。"挪利达性豪爽不吝,其所蓄物有称誉之者,无论如何珍贵,必立畀之。今闻加利弗赞波斯女不容口,即喜谓之曰:"君真解事,彼既能悦君心,即当为君有,请以持赠。"言毕,起著外衣,与加利弗别。斯时挪利达尚不知加利弗为何如人,但见为渔父耳,一语间,即慨然以所爱者相赠,其天性之豪宕,诚世所希有者。

波斯女闻之,惊骇欲绝,谓挪利达曰:"君将何之?愿归坐,俾予终曲。"挪利达从之。女复提琵琶于膝,目视挪利达,泪若雨坠,且挡且歌,盖深怨挪利达之寡情蔑义,视己如敝屣,呜咽悲哀,不能自己,一一自声中传出。曲终,掷琵琶于旁,以巾拭泪。挪利达默然不答,弃绝之意已于无言中见之。加利弗诧问曰:"如此美慧无匹之女,君乃慨然相赠,彼得毋奴于君者?"曰:"然。使子闻予所遭,必更骇愕。"加利弗曰:"愿闻其详。"挪利达具述购女以来事。加利弗曰:"君将何归?"挪利达曰:"呜呼,予将何归?天乎,胡不示我?"加利弗曰:"故国之思,谅时在抱。我当为作尺一致伯沙拉王,王必冰释曩事,以礼遇君。何人敢与君抗者!"挪利达曰:"吉利曼,尔一渔者耳,未闻有操罛钓之业而与宫中通声气者,令人索解不得。"曰:"何疑之有?我与伯沙拉王为总角交,志意沉瀯,俄而升沉异致。然吾侪交谊,不以车笠殊也。渠数招予作伯沙拉游,至则彼必礼款。君既为予友,则渠必能视予友如渠友,必更有以重君。君何虑焉?"挪利达颔之。加利弗即作书曰：

> 赫辰挨力斯怯得致书于从弟谟罕默德齐纳弼。持书人为前维齐甲开子挪利达。尔见书后，去尔之服加其身，脱尔之冠冠其首，其亟让位于挪利达，毋违我命！

书竟，加利弗不之告，缄而与挪利达曰："赍此书，亟赴港，乘舟返，迟恐不及，舟发有定时。昨夕未寐，抵舟憩息可也。"挪利达持书出，是时囊中只馀银钱少许，即沙奇赠金时所用存者。波斯女见挪利达出，悲且憇，嗒然欹于椅，悒悒之状有令人不忍见者。史其克侧耳久，见挪利达出，即瞠目视加利弗曰："吉利曼，汝以二鱼至，值不过二十铜币耳。今汝骤得囊金、沈沈者，复得女奴、娟娟者。汝何侥倖！噫，汝殆妄想均为己有乎？吾语汝，是女当与我平分之。囊中物可出验，银耶，汝取一；金耶，我尽得之。鱼值则别有以偿汝。"加利弗曰："囊所储予未审视，或为黄白物，析必均。惟此女必属予，汝毋逆予旨，逆则将一无所得。"史其克大恚，以为若不过一渔者，至卑贱，胡跋扈乃尔，遽执甆楪擿其面。加利弗以其沈醉，不与较，亟侧身避之。楪中壁，砰然粉裂。史其克见一击不中，愈益怒，烛入后，欲觅大杖而甘心焉。

加利弗乘隙至前窗，以手隐示基阿法与美士勒及四从者皆入。从者急为加利弗易王服，就椅端坐。俄史其克持大杖夆奔而入，拟痛挞渔者，举首忽见加利弗俨然中坐，基阿法等侍，惶战不知所谓。加利弗笑曰："史其克，汝操杖而四顾，意汹汹，胡为者？"史其克始悟吉利曼即加利弗也，五体震栗，长跽乞哀，修髯拂地，呼曰："微臣愦愦，致触天威。愿逾格仁慈，赦臣之罪。"加利弗曰："无惧，当赦汝。"

波斯女始知主是园者乃加利弗，非史其克，其伪渔而因以为诇耶？念至此，郁憇为稍已。加利弗谓之曰："汝从予归，嘉汝聪慧，予不欲受挪利达之敬礼以损德誉，归后将馆汝于他宫。至挪利达事，予已致书伯沙拉王,令让位于挪利达。他日,汝即因之而贵,可无他虑。当续发使持牒,往为勾当也。"女闻之,转悲为喜,思挪利达倘一旦践王位,则诚为私愿所不及。加利弗归,嘱其后查俾得谨款女,敬礼毋失。

方挪利达之附舟也,风利不泊,不数日,抵伯沙拉。登陆,踽踽行,不因知旧,持书径达王宫。俟间,躬上之。王启视,色骤变。既,接吻于书者三,欲从其言。复以书示赛哇。赛哇之仇挪利达也无已时,阅之大骇。思挪利达为王,必害己,当以计倾之。伪为阅书未审状,向光处复阅,潜抉去其名及要语,吞之,曰:"陛下之意云何?"王曰:"当遵加利弗之命。"赛哇曰:"察此书虽加利弗手笔,然签名处及要语并付阙如,愿熟审之。"王接书复观,以始阅时故完好,何忽缺失,或由一时目眩。方犹豫间,赛哇曰:"此书必挪利达恶陛下及臣,故乞加利弗作此以报宿怨。一纸空文耳,无使臣护送,直可作废。仁明如陛下,奈何无故以君位让,失臣民之望?乞陛下听臣言,以挪利达付臣,当鞫治之。"

王从其请。赛哇归第,即痛搒挪利达无算,几死而后止,命囚诸地窖。窖邃而黑,稍与乾糇及水。挪利达比苏,见体创甚,叹曰:"嗟乎,渔父卖予,待尔以诚,而尔以谲险报!世岂有受人之仁而以不仁报之者哉!上天虽佑尔,尔乃忍为虚诈若是!予之遭此,夫岂有使之者?丁兹荼毒,其何以自释耶?"囚挪利达者六日,虽不致之死,然欲杀之心,赛哇未尝一息忘,盖其设心阴而很,必欲杀挪利达于广众中,以报曩时之辱。策既定,至第七日向晨,率奴致礼于王,至丰腆,伪言曰:"陛下观此仪,皆新君所赠,请受之。"王闻之,大惊曰:"何也?岂若人尚未死乎?"赛哇曰:"未奉命,臣不敢擅杀。"曰:"今以全权授汝,亟去为我杀之。"赛哇曰:"臣曩时遭挪利达于稠人中,所以侮臣者至甚,此事陛下亦既知之。敢乞恩许,必肆挪利达于市,使合境之人知其罪,庶一洗前日之耻。"王允其请。民闻之者,莫不感前维齐之德,而悲挪利达、唾赛哇焉。

于是赛哇亲出挪利达于窖,使跨痫瘵之马,无鞍无辔,蹶而行。挪利达见已入仇人之手,悲且恚,谓之曰:"汝滥用权势以陵辱予,汝气且骄甚。虽然古昔有言曰:'汝以不公正之判断加人,转瞬间汝将自食其报。'"赛哇矫首而答曰:"死魅,至死尚敢辱我!愿亲见汝上断头之台,万目争瞩,我心之快,莫逾于此。人亦有言:人孰不死,死于仇人之后者为荣。"言毕,命从者执兵拥挪利达去,己亦督队行。既至宫前,以挪利达付刑人。时王坐内阁,待监斩。卫士围挪利达数匝。刑人进曰:"乞恕我戕君之罪。既职此,不得不尽。君至是,当无救护者。令发,即奏刀矣。"挪利达惨痛不自胜。继视日影曰:"时已至此,仓卒恐无救予者。予渴甚,请勺水一杯。"刑人以杯水进。赛哇见而大呼曰:"速杀,复何待!"声甚厉。闻此言者以赛哇残忍,窃窃议之。王亦恶其专,方欲宣谕,忽马队一群飞驰而至,尘土坌涌,即谓赛哇曰:"汝知此马队胡来此?"赛哇恐有变,请速发斩令。王曰:"否,我必先知马队为何如人而后行刑。汝何喋喋?"

此马队非他,即大维齐基阿法及从者奉加利弗之命自报达来者。先加利弗自挪利达别去,即携波斯女归,虽有特遣使臣之言,亦忽不置抱。一日,于后宫闻歌声嫋嫋,如抗如坠,细聆之,若有无限幽忧掩抑之思。询左右,以挪利达之女奴对。加利弗蹴足而叹曰:"挪利达乃甲开之子,我奈何忘之!"亟召基阿法来。有间至,加利弗曰:"事亟矣,不及遣使臣证明挪利达为伯沙拉王之据。汝疾驰马,穷日夜以赴。挪利达倘已殂,速处赛哇死。若无恙,则与伯沙拉王及赛哇挪利达来,由朕讯判。"基阿法衔命奔伯沙拉,至则大呼曰:"挪利达赦书至!"径趋阶。王见基阿法至,即降阶逆入。基阿法急问挪利达如尚未即刑,亟来前。王命传之。至则银铛被体,蓬首而囚面。即释其桎梏,加诸赛哇之身。

翌日,基阿法偕王及挪利达,赛哇归,复命于加利弗,并述赛哇虐待挪利达事。加利弗大怒,即命挪利达手刃之。挪利达曰:"赛哇诚为臣世仇,既甘心于臣父而不足,复及于臣,谋至毒矣,然臣亦不愿躬戮此獠以污臣之手。"加利弗见挪利达大度,甚喜,遂以赛哇属刑人断首而已。

加利弗欲送挪利达返国陟位。挪利达力辞曰:"隆情之逮,感且不朽。窃有下忱,愿得毕其说。夫水尚知归,臣独何心,而无枌榆之眷。特少丁不幸,于故国数遭患难耻辱,至今每一念及,心震荡不宁。且畴曩郁伊佗傺中,曾有终不回国之誓。乞陛下不弃愚陋,俾永得自效。则出诸高厚之赐,没齿不忘矣。"加利弗可其请,授以重任。又归波斯女于其第,复为夫妇。嗣此二人皆得安履华胱,终老是邦。加利弗于伯沙拉王归国时,复重申规敕,继自今当慎择维齐,勿蹈前辙云。

海陆缔婚记

波斯，古强国也，幅员既辽阔，王权复足卢牟之。其所领地初皆小国，远近错布，波斯张厥兵力，兼并包括，声威所及，相顾震动，遂并归其统属，以时纳赆焉。

有最英武者继为国主，令行如水，有不慭，征必克。以是王权愈大，享幸福者数十年。而王心未足，盖春秋既高，时时以乏继嗣为虑。充后宫者数且百馀人，列室而居，皆雕楯绮疏，翡帱翠帐，侍者亦夸姿炫饰，给事左右，每乘舆临幸，箫管啾嘈，极兰掖谦歌之盛，然后宫虽骈列，从未有以好娠闻者。王常不怿，辄命商人，遍物色良家好女子，不计值多寡，冀多御女，则必一得当。不意绵历岁月，前星之兆杳然。复博施力赈，吁福于天，并命缁流代祷焉。

王每日朝后必与群臣会，凡各国使臣及人士有学识，均得入会，互相辨难，以共究格致、理化、历史、舆地、诗歌诸学。一日方会，左右有白商人携女来。王命入坐，俟散会与言。商见王气和蔼，接人以诚。私心窃喜。盖王恐与会者或慑于咫尺，不得尽其言，特假辞色，使畅抒心肊，一破除龈龈小节。毕会，且宴飨，间询各国政治风俗，从容谭笑樽俎间，旋相与游息片晷而散。

会散，惟商人留，即前谒王，晋颂词。礼毕，王曰："顷闻汝挈女来此，容止若何？"商曰："陛下后宫罗粉黛，盛纨绮，都容丽质，不可胜言，皆竭数十年之心力遴择而后得之。今臣所献者非惟颜色足为后宫冠，即方之古丽人名象及载籍所谓容华绝代、仪态万方者，恐亦莫能状此女髣髴。重以敏慧，学罔不精。其并擅兼长，尤旷世无偶。"王曰："女何在？亟命之来。"商曰："臣入宫时，饬于总寺人所待命。谕下，即至矣。"

女入，幂以绣金面衣，不能见颜色。然纤腰便娟如束素，仪静而态娴，已迥绝凡品。旋入室，王及商从之。商即为女去面衣，斯时王瞥睹殊色，狂喜几不自持，爱心若洪涛之汹涌，叠激层腾，弥亘无际，急问商索值若干。曰："初臣之购此女也，黄金千铤，历年来饮食教诲，费更不赀。且数千里跋涉，资行匪易。惟臣雅不欲为奇货之居，倘见录，亦无庸计值也。"王曰："感汝厚意。第朕求女而得，得而不与值，人谓朕何？拟以黄金十千铤为酬，汝愿否？"曰："此女得侍王，邀恩宠，即不赏，复何言？猥辱厚赐，臣不敢辞。惟归国后，或足迹所至，必宣扬陛下宏量，俾咸传盛美。"商之归，王锡锦袍一袭以荣之。

女奉命入宫，所居尤穷极侈丽，金钉壁带，玉树周阿，椒兰之馨油然而起。保姆侍婢趋承左右，王命先侍女浴。浴竟，当衣以别制奇贵之服，珠钻饰称是。保姆等承王意，所欲博女欢心者无不至，佥曰："当刻意为盛妆，必三日后见，则美艳不啻增倍蓰。"王虽亟欲与女聚，然不得不自矜持，强应之曰："可。"

波斯之都即岛为城，巍然并海峙，规模闳丽，举莫与京。女室接王寝，据窗纵眺，海水万重，几若有白浪喧豗腾落于几案之上。

期至，女新妆竟，迻椅凭窗。远览海景。保姆等以事事皆胗饰，专俟乘舆之临。顷之，王至，去繁仪勿事，径入室。女闻声回视，王已近前，辄坦坦无悻惶状，亦不起逆，若以等辈视王者。王见女容益妍艳，心荡往不禁。及见其淡漠，疏礼节，则以为必幼失教育。渐近，女闲冷如故。然王始则凝睇，继则执手，终且拥持之，备臻爱慕焉。

王于是询女家世，并诘其来自何所，且曰："后宫望幸者趾相错，虽有一二足娱心意者，持较汝，粪土矣。予爱汝甚！女何落落而不顾答予？凡丽貌者必慧心，岂汝犹不能领会予心之惓惓耶？其尚不知予爱情之真伪而不欲轻施眄睐耶？抑故若偶人然而藉以验予用爱之能否胗笃耶？抑骤离故国，念父母兄弟而忧难遽释耶？虽然，予不惜纡尊下气，冀得一当于汝，汝独不念予所以待汝者诚且至，而忍不一注意及之乎？"

王虽委婉其词，曲为导解，女仍以睇视地，不盼亦不言。王亦不之强，以其始至未相习，久必相洽，洽则语笑且欢然矣。用是绝无芥蒂，转以其不随流俗婉媚为高。遂击掌，命从者饬庖治具。偕女至食室，共坐。肴进，王必先劝之食，然后自食。女虽食，终默默，目惟视己之带。王复易说以问，冀可博一言，问衣饰如意否？居处合宜否？室中陈设无尘俗否？窗外海景堪娱瞩否？女漠然若不闻者。王无从索解，以为岂夙病瘖疾耶？要之，天既生此丽质，而独靳与以喉舌之作为者，予不信也。吁，斯人斯疾，纵或有此缺陷，则闵且不暇，又何能辍予爱也？

食竟，王起盥洗，女亦起。王潜诘司巾栉者曰："汝曹曾闻彼发语否？"曰："三日间于浴室、寝室及妆所，奴辈必侍，执役不敢离，特未闻其出一言驱使，且意慼慼若有思，抑生而瘖欤？则非奴辈所敢知者已。"

王闻益骇，以为非得瘖疾，必有重忧，思以诸游戏术媚悦之。又命开跳舞会，征色媌妍者、纤丽而矫捷者，毕集于宫中，命奏各乐，鼓吹声伧伫，歌舞穷日夜不绝。王邀女偕观。而目若无睹，钳其口，神复不属。众异之。夜阑，众散去，王与女入寝宫。

翌晨起，王嬖女益甚，谓历数后宫未有能及之者，遂膺专房宠。又欲博女欢，拟举诸粉黛而一扫空之，以示幸爱之无纤豪他用者。即下令放宫中诸美人出，不得一人留，去者资以被饰，并多金为赡，嫁守任之，所不遣者保姆、房老而已。然女之不笑不言也仍如故。王卒不以为怪，宠遇不衰，时且一载矣。

王一日坐女侧，谛视之，若霞雪相辉，容光灼艳，益喜恋不自禁。谓之曰："自结爱，岁已一周，未尝违朝夕。予主一国，万几少暇，以汝故辍事勿亲,轻国如敝屣。所以不避怠荒之谤而甘桀桓燕处者,实惟汝之耽。且摈斥后宫,数十年眷恋情,因汝悉等土苴之弃,非爱汝之至,用情能若是专乎?人非木石,岂能无感,奈何不一启口以慰予心?衰老倦勤矣,深望有子以继斯位。世亦未有绝言笑而得畅帷房之乐者。藐藐予躬,或不足以感汝。冀上天默相,俾汝意移,予虽奄忽,无遗憾矣。"

王且言且视女,谛察其容状,颜温如也,眸姈姈然微注,若春波之漾,不复俯视。俄而颐渐解,双靥融融,则嫣然笑矣。王斯时喜心翻倒,乐极而神眩,恍腾身中天,摇翔不自主,其愈快有莫可名状者。

不意女非徒一启颜也,且发其娇嘤清软之声曰:"主臣,窃有无限事,欲觊缕以达宸听。恐未能即毕其词,愿从容,俟异日,今当先谢陛下之优宠,以庸陋而得荷非常恩幸,虽捐糜不足酬,惟有祷上苍眷护,俾国祚绵长,四邻辑睦。妾渥蒙幸爱,近已有身,脱产而男也,足慰陛下之望。妾于今日始不复扪舌者,实感独一之恩下逮于蒲柳,区区之心虽欲不为陛下尽,不可得矣。幸大度,恕其前罪,不胜惶恐。"

王之意得女一笑,于愿斯足,兹闻其发言之挚而婉也,字字沁心脾,喜感几欲出涕,持女而语之曰:"汝言至宝也!予竟得至宝,是何如幸福!予愿毕!予愿毕!"言次,即摄衣疾出,状若狂惘然。

盖王喜不可遏,欲为诸廷臣告也。即语大维齐以下,俾咸知王乐。又命以万金付牧师,为施贫民之无告者。谕竟,入谓女曰:"顷以语诸臣,致匆促出入。抑予窃有不能已于问者,汝其悉言无隐。自一载来,朝夕与共居处,询诘万端,而汝终不屑一启齿,至今日始发语,必有非常之意存焉。愿闻其故。"女曰:"妾不幸,离故土而远售他国。人孰无父母兄弟,至终身远适不得见,悲孰甚焉!嗟乎,妾之郁郁,虽欲言,乌从言!闭口而已,抑塞而不欲自明,非无自也,人至失其自由权而奴于异域,其不幸莫过于是。虽然,身可夺,志不可夺也。彼不仁者以力压人,强欲划其自由之柄,受压者痛失其自由,宁百计以求死者,且不可胜数,是非不仁者之过欤?"王曰:"若才容并绝,不幸而

245

子身远适,令人扼腕。虽然,以身事予,固何求而不获,夫亦可自慰已。"女曰:"人类至不齐耳,似未可概以富贵縻者。世多以奴于人者,才能惟供人娱悦,当降心相从,以博宠爱。要之其人之出于卑漈微贱,固无论矣。若稍具知识者,我知其必追忆别父母兄弟,肠若涫汤,逡巡事人,愀然有身世之感,抱恨宁有穷耶?设有人于此,其门第与王族等,一旦遭不造,沦而奴于他氏,其如何菀结?如何悲悼?如何自峻其志?陛下之明,必能察之。"

王闻之大惊曰:"如若言,若必出王族也明甚。其亟以家世及所历语予。"女曰:"妾名格尔纳利。先是我父为国主,雄长海中,至有权力。母亦海国名王女。父卒,传位于妾兄舍利,国于洪波巨浸中,安享承平,极南面之乐,不意强邻觊伺,潜师来侵,神京不守。妾家蒙犯尘露,逃窜流离,幸不为俘虏。其时从亡者仅落落数旧臣。我兄不忘国耻,时时枕戈励志,期恢复故业。一日谓妾曰:'自失国以来,予日夜求所以复仇雠,收疆土。然事之成不成未可知。脱不成,予岂能苟且求活耶?当此国祚中绝,吾妹宁可以韶年久匿于此?吾实为妹忧。以今日时势,缔婚海中必多窒碍,权宜之策何如易海而陆。妹倘有意,予必力为成之。以妹才色,系姻国主,反掌耳。'妾闻言,艴然滋不悦,曰:'兄言误矣。吾族王海中,于陆素无交通谊。今忽呈身而蕲与结姻好,辱孰甚焉!即予一身不足惜,辱兄并辱先人,奈何?虽失国遭厄,仳离困顿,岂可自隳其志气而玷及予宗?万一兄恢复之业不成,予亦惟从兄死耳。何必降志辱身,而图不可必之富贵乎?'不意妾兄立意坚甚,且张言陆国之权势不亚于海。妾因之愤极,莫可与语,几濒于死。负气升自海底,直抵月岛,就僻静所,暂托足。既与世隔绝,亦颇自适。讵有艳妾之色者,乘妾酣寐,潜劫至其家,以种种甘媚言句为其室。妾力斥之,复以强力逼,又不得遂。彼怒,鬻妾于某商。商故和谨,待以礼,挈妾至波斯,因得侍左右也。"

格尔纳利语至此,慨然曰:"妾入宫后,脱陛下不接以殷勤及空后宫而示真爱,妾早蹈海潜踪矣。妾入室,见牖临大海,时萌长往意。

以陛下恩渥,欲行辄止。然未有身以前,固无日不思遄返海中也。今则此念冰释矣。惟妾返己自维,良用恼恧。将来诞育后,无论男若女,妾誓终身不离陛下侧矣。谅陛下念妾所从来,尚不至有辱陛下之尊,必有慰妾者。"

格尔纳利述竟,王恍然大悟,急称曰:"予今日诚闻所未闻而增进新智识矣。若诚深识,能忍人所不能忍,并能验证予有恒不变之爱情。予早知若非庸庸者,今果为海国贵主,予益自幸有先识。今而后予当后若。诣朝当命礼官具仪,下册正若位号,俾通国皆知之。"

王又曰:"抑予尚有询者,国于海与国于陆也,其风声气俗分别否?予尝闻谈瀛者辄凿凿道海底有人居,当时斥为妄诞。今闻若言,始悔前此实夏虫之见矣。然犹有疑念,尝见没人之游于水也,自为能潜身水府而鬐鳞之与俦,要之竭其技不过历数小时,倘不出则气窒必毙。然则国于海者,何以能居处动作如常人,若鱼之不见水者,则又曷故?愿闻其详。"

格尔纳利对曰:"凡生长海中者,其行于水,视行于陆,便利无异致,其呼吸水气与呼吸空气同,故于卫生也无害。最奇者,蹴波带藻而衣履无稍沾濡,即登陆,仍冠服楚楚。至语言文字,受之于达维之子苏罗门,于海中诸国交通皆无待舌人之译。海底万物皆具,明澈无障碍,入夜月光照矚,景尤奇丽,各行星皆历历,其面积实大于陆地,建国棋错,分疆而王,附庸者且不可胜数。至民齿之繁衍,都会之殷隆,不能偻以指。其风俗因政教而异,不遑殚述。敝国京邑之宏富,宫室之丽壮,无与比伦。水碧、珊瑚诸珍为之饰,眩心骇目,往往而有。矿之以金若银名者,累累相望。陆地之出,诚不能及其豪芒。而明珠之最巨者,光且夺电。举陆地所夸为照乘珍,海人以寻常视之,不屑一佩带,惟小户用饰器服而已。人习与水处,多能控波涛,穷潭澳,任意所之,屏舟车不用。且身手多矫利,水族之悍者不能害。各国之王多畜海马,既以驰骋列注为胜负,亦资驾辇,调良迅奋,虽渠黄、山子不足以喻。其隆侈者以至巨之钿壳制车,缀诸种真珠奇贝,置宝座其中。每出,则望威仪者夹道骈集。妾前曾驾此车游骋为娱乐。陛下闻之,当想见妾飞扬顾盼时也。今者水陆通驿,申以昏姻,第恐臣民未知者或滋骇异。妾拟请母兄姊妹辈至此,使人知陛下礼接有加,谊亲交睦,则浮言无从起。母兄辈见妾膺后位之尊,必益形愉悦,陛下之名且与海流俱远矣。"

王曰:"若居后位,事固有专行权。况懿戚相过从,礼所宜有。惟径路既殊,无由走一介以申鄙意,对此茫茫,跂望徒切矣。"曰:"不事繁缛,接晤在瞬息间耳。陛下可密觇之。"

王入密室。后命侍者具瓯水及鼎,摈左右阖户,取芦荟爇诸鼎。吻启敛,微有声,烟袅袅出窗户,俄而海波山涌,砰騞若霆震,水左右壁立,中辟一径。一少年衣冠出,貌英伟,须作海青色。继之者一媪,盛被服,气度华贵,五女从其后,皆殊色,倏忽入室。格尔纳利前与相持为礼,骨肉相聚,悲喜交集矣。

格尔纳利之母曰:"不意今日与汝见于此地!汝子身遽出,家中人惶急不知汝去所,日以涕泪濯面。后汝兄告予,始知汝以一语不合,负气行。当时汝兄因国祚中绝,故出此权宜策,不图汝悻悻乃尔。予思汝久,今得一见汝,喜慰何似,前事愿不复言。今予所渴欲知者,别来本末耳。"

格尔纳利跽母膝,吻其手,起言曰:"儿仓卒不告出,累母悲想,负罪何极。蒙垂恕。母恩宁可量。儿历苦厄久,矢坚忍不移,始得今日。虽倚伏有常,亦儿固执一念有以致此。"乃备述所历,至商人挈售于波斯,舍利儇言曰:"妹误矣,奈何以贵主身自辱,甘弃其自由权,忍耻图生!阖家之人皆欲谴责汝。亟起与我归国,以自湔涤。予已恢复旧业,重主故都,妹奈何郁郁久居此耶?"

王于密室闻舍利言,惊怛不可名状,默自叹曰:"噫,酷矣!使格尔纳利听其言,予死必矣。后为予命,后去,则命与俱去矣。"方焦惶间,闻格尔纳利莞尔笑曰:"兄何出尔反尔若是之甚?顷之悻悻责予者,即前日喋喋然怂予出者也。当时力绳适陆之利者何心?今乃趣予归国,缅想前言,得无失笑。且王之致予也,以黄金十万铤,斥后宫立尽而独厚视予,告诸臣民而正予后位,以予有身而预庆前星之有耀焉,是于予何所歉,而兄乃出此不情之辞?即不为予地,独不为波王地乎?国之强权,海陆一也。但今日母兄辱临,幸且喜,予不应刺刺。要之兄实激予言,愿谅之。"

舍利至是,自觉其言之过激也,乃愧墨而谢曰:"前言戏耳,愿勿罪。妹历险艰,卒跻鼎贵,与予初意合。虽妹遭际,未始非兄建议力也。予不以复国为喜,而实以妹之得匹为喜。波王仁智,妹固不失所托,而海陆之交谊将从此日亲,老母亦惫慰无极者也。"母于是谓格尔纳利曰:"予见汝所适如所愿,予喜不胜言。予所欲言者,亦无易汝兄之说。汝能不负波王之诚意,交相敬爱,乐享无涯,予心惬矣。"

波王初闻舍利欲趣后去,皇迫无措。及闻后语,则转恐为喜,几欲距跃三百。于是德后益至,自誓事必竭心力以悦后心。凝思间,闻后击掌呼仆,命饔人治具。筵既张,相与入座。而舍利等以未与波王接,遽先饭,于礼阙然,心歉仄不能安,面各见火色,目眥及口鼻中皆出火,烁烁然若流星之迸裂焉。

王陡见此状,大惊诧,以为若曹必不适而骤怒至烈,心不无惴惴。而后早知王意,即离席入慰曰:"王闻吾侪所言,当知妾诚悃。今日若从兄言,遄归故国,于妾情则良适。所以峻辞拒绝之者,恐辜负陛下之宠恩,不欲恝然舍去也。顷母兄皆渴欲一觌陛下,申敬意,愿出见以尽地主仪。"王曰:"善,甚欲相晤语,敦戚谊。奈彼等口鼻间火煜煜然,使人心悸。"后笑曰:"毋惧,是盖母兄辈急欲见陛下不可得,性素卞急,故顿形此状耳。"

王闻之,疑团始释,与后偕出。舍利及其母若中表等皆执礼甚恭,王谦下,答以优礼。舍利谓波王曰:"海中僻陋之族得系援上国,幸甚。妹以一介弱女,粗知箕帚,忝备后职,实贻吾侪光荣。为相攸久矣,而难其选,今得耦陛下,良由天作之合,亦吾侪朝夕祈祷有以致之。今而后愿陛下与后咸享华盛,继继绳绳,昌炽无极。"王曰:"诚哉善颂！易地而成好合,微天作不及此。予与后笃于情爱,誓不暌离。今日蒙辱玉趾,联两国之欢,通海陆之驲,其为忻幸,宁有既耶?"遂肃舍利诸人坐,馔序进。王谭笑甚欢。夜分始散,导至各室卧,然后归寝。

于是日设盛筵待,复储备所以娱客者罔不至。王又留客,俟后娩后归。期至,命觅一有识之侍蓐者,不能即得。后之母爱女甚,愿纡尊任是职。后举一雄,母大喜。浴竟,裹以绣褓,见于波王。王见太子路声而丰下,且得既晚,益宝贵之,即命名曰倍特。倍特者,明月圆满时也。感谢天锡,振贫民,释奴婢,饷牧师金,赐群臣有差,大赦天下,庆宴者累月。

后免身后,体至健。王请后母舍利等同至后室,纵谭娱乐。适乳母以太子至。舍利逆抱之,极意抚弄,室行数匝。偶倚牖而眺,以两手持太子。喜弄之馀,失坠诸海,舍利亦一跃入波中矣。

波王见倍特坠海,骇绝,谓必死矣,躅足呼天,涕堕若縆縻,容貌更变,无几微人色。后亟劝之曰:"无恐,无恐,妾之爱倍特,不亚于陛下。请视妾,故坦然,即可知倍特当无恙也。盖倍特入海时已谙水性,转瞬必与其舅氏破浪出矣。"后母等亦同声相劝慰。王终不之信,泪汍澜不止焉。

有顷,海上大声作,波若雪峰之崔巍,硍硠辟峙。中一人手婴儿,矗立浪花上,则舍利与倍特也。王遥见即破涕欢呼,击掌狂笑。而舍利若飞燕穿帘户,倏忽跃入。王亟视倍特,婴婉喜笑如常时,且衣履无沾濡状,惊疑不已。舍利曰:"顷与甥入海,得弗惊恐否?"王曰:"嗟乎!予胆几破,几欲死。今见君负儿出,予乃更生。"舍利曰:"予猝挟甥往,不及详告,致累惊痛,甚歉。盖予将入海时,已默诵秘语数过。此语乃达维之子苏罗门王刻诸玉玺者。凡海族诞儿,必为诵是语,若受戒律然。受戒后始成海中完全资格。倍特虽陆产,母则海族,故循例诵之。嗣后渠出入水中,与吾侪等,无往不宜矣。"

舍利言毕,以倍特授乳母。出小匣一,即顷入海取自宫中者,中金钢石巨若鹄卵者三百，宝石洞赤者数与之埒，翡翠多枝，枝修六寸许，珠璎络三十串，串以十琲紫结。舍利举以饷波王曰："吾侪仓卒至，不及其礼申良觌，愧甚。此戋戋者少将意，不足为予妹辦奁也。"

王见匣所具陆离璀璨，皆希世瓖宝，值故不赀，亟谢曰："幸萝附，得缔永好，枉辱，愧辀襃，方歉恧之不遑，又何敢辱厚贶！且至戚胡事仪文耶？"顾谓格尔纳利曰："愿为敬谢，毋重予悚仄。"后曰："陛下以此为殊珍耶？陆地矿产薄，不易得此钜宝。至海中俯拾即是，不足骇异。幸勿却予兄区区之诚。"王至是不能固辞，拜手而受。

舍利于是欲返国，具言"国初复，百事待举，客久欲遄归，愿勿念，容图继见"。王曰："予惜不能作海中游，无由答降辱。惟君等不忘格尔纳利后，时复左顾，实不胜大愿。"遂各挥涕别。舍利及母等以次入海。后持母体，尤恋恋。久之，不得已始释手。波涛倏合，万顷茫茫，不可踪迹矣。王谓后曰："始吾不信有国于海底者。今悉贤昆恢复事，知神州之感，不徒大陆为然，且出入洪澜，若履砥道。予既目击奇异，欲遍审诸国，共广见闻。"

倍特自瞖合以来，牙牙学语，旋能嬉戏，父母喜之甚。髫龄即举动有则，性和且敏，神观巍然，有王子气象。舍利及其母数来视，抚爱有加。比就外傅，习各学，慧甚，不仅中程。年至十有五，学成，辨析疑义，冰解的破，师不能难。王见倍特邃于学，且究心政治，自念耆老倦勤，拟修内禅故事。与群臣议，佥以为可。言播于氓庶，亦莫不额手庆曰："传位太子，允当，太子诚贤明。"盖倍特于修业暇时出与百姓接，虚己待人，不耻下问。人或与之言，皆纡尊以听，温语答之。

内禅期至，集群臣，小大执事咸具。王降位，脱冕加太子首，成登极礼。俯吻其手毕，下降，与维齐暨将军列坐。时维齐率百官进见。维齐首陈要政，并矢誓谨尽职。倍特礼接群臣，宣诰于众："以冲龄受禅，怵焉丛脞是惧。惟臣工夙夜匡弼，以无堕绪业。"又申诫在廷："有言责者当直陈无隐，毋巧言，毋谀谄。"于是举平日所确访者，赏贤黜否，厘然悉当，臣下咸服其烛照之神焉。退朝，入见母。母迎持之，祝其永享无疆丕祚云。

倍特既孜孜求治，事无巨细，必躬亲，无旁落。俄而出巡视，整饬风俗，详布治规。又历诸邻国，联睦谊，固邦交，愿永以敦槃相见。比归国，父已病革。倍特侍疾维谨。无何，疾大渐弥留。王遗命勖倍特勤政，并谕群臣善事冲主，语竟而殂。

倍特治丧葬如仪，亮闇不言，守制若将终身焉。舍利来唁，偕戚力劝节哀视事。不从，久之，维齐谏曰："一日万几，庶务待理，陛下过事哀毁，其何以慰先君之灵？愿仰体遗言，善自珍摄，以临御措施，实举国臣民之大幸，"倍特从之，国以大治。

倍特治政之二年，舍利独来视。倍特见之甚喜。夕食后，舍利与格尔纳利盛称倍特治国之能，翔誉之广，称慕之者不惟其邻，惟其远。倍特素不喜谀言，兹闻舅氏力绳己，心滋烦不欲闻，倚卧椅假寐。舍利又曰："甥若是美，岁已冠，当议婚矣。妹胡不为意？予已为代访，海族之国有公主至美，予愿为蹇修。"格尔纳利曰："微兄言，几忘之矣，缘儿无欲娶念。兄为物色甚善。兄相妇必卓越，果以为美，儿必满意也。"舍利私语曰："吾意中有此女，然不便诵言其名。甥固熟寐否？此事未可使闻。"格尔纳利回视倍特，睡已酣，鼾声且微起矣，谓舍利曰："兄毋疑顾，儿已入睡乡。"舍利曰："人知好色，则少艾之慕生。倍特血气未定，予不欲以此事扰其怀抱。意中所选者非他，即山美达而王之女姬武海儿也。第有三事未可料：一，倍特愿否；二，未识姬武海儿意何若；三，必山美达而王首肯而后可。有此三者，则成否未能定。故予不欲宣言。"格尔纳利曰："予见姬武海儿时，彼生甫十有八月，已美丽动人。今日长成，必足以倾动一世。屈指计之，年似较儿稍长。谓之佳耦，谁曰不宜。然兄窃窃虑山美达而王，何也？"舍利曰："方今称雄海国，以山美达而王为巨擘。彼负其意气，度不屑与陆国有连。则予之欲撮合而不得，非予之过。第甥闻姬武海儿美，欲得之志，如热度之涨，必达极点。予所以不欲使之知者，恐事不成而甥将怨责予也。虽然，予亦不愿畏难中止。归必先诣山美达而王所,相机进说,冀事必济耳。"

讵知倍特乃诈寐者。初闻舅氏欲秘其语,不使闻,知必有异,故瞑而徐齁,使不疑。而舅及母所言悉收诸耳鼓中,心怦怦动矣,恍若有姬武海儿之肖像镌印于脑,无一息忘。比返寝,辗转反侧,终夕不能交睫焉。

舍利言将以翌日归,而倍特故挽留,拟乘间从容私于舅氏,乞挈归海国,定姻事,不使母知,恐见阻也。于是约舍利出校猎,欲于猎所潜告之,而弱于颜,启齿复辍者屡。当众驰逐旁午时,倍特独至河干,系马于树,藉草坐。默念此事,五中结辘。四顾忽忽而悲,泪落如霰,不复能忍,竟大哭不止。

舍利方校获间,不见倍特,亟策骑四觅。闻悲号声,循而往,得焉,方搏膺而洵涕。大骇异,度必昔夕语为所闻,故有此变,遂舍骑徐步潜近之。忽闻倍特呜咽而嗒曰:"予所爱之公主姬武海儿乎!予知汝之美,不于目而于耳,而心已悦悦焉。举生平爱慕之物,无足与之伦。汝之美竟能使予倾倒若是甚乎,则凡处乎世界各国及日球月球诸天之丽女,亦当无以过之。予倘知尔居,必犯险重跰以求一觌。虽然,汝即杳不可即,汝不能不适人。可悲者予念之不能达耳。噫,予已矣!"且泣且语。舍利即拍倍特肩曰:"甥必窃闻予昨夕之言矣?何自苦乃尔?"倍特赪颜答曰:"舅洞鉴,甥何敢隐,先实苦欲语嗫嚅耳。佳人难得,岂能落落效木石耶?愿舅怜予愚,玉成其事,感幸何极。倘不见诺,自顾生复何趣,恐不得见舅氏矣!"舍利闻之,骇懑殊甚,怵于山美达而王,恐不能为力,又思倍特主波国,久出,国恐有变。遂力慰其无稍躁卞,数日内当有佳音至也。倍特蹵然曰:"忍哉吾舅!甥之有求于舅氏仅在今日,何见绝之甚?微特不以至戚视,直不啻置死地矣。"舍利曰:"毋灼,予必从汝请。然必告汝母知,允即惟命。"倍特曰:"舅非不晓事者。此事倘为母知,则足趾不能移以寸。或舅藉此以阻予行,则非所敢知。必爱甥,则必挈以往,否则是途人予也,忍乎哉?"

舍利无可诿,不得已,取约指一,上镌太乙推神语,与苏罗门玉玺所刻同,并有不可思议之秘用,即以约指授之曰:"服之,可避水,穷渊出浸无所惧。"倍特受而置诸指。舍利曰:"动作视予。"即举足蹈空行。倍特从之。倏达海滨,投波共入。无何,抵海宫。舍利导至母室。倍特即上与吻手为礼。母持诸怀,喜不自胜,谓之曰:"予甚喜汝体壮矫!汝母起居何若?"倍特不敢谓不告而出,以无恙对。然后与戚属见。舍利潜以倍特来此之故告母。母责之曰:"汝何卤莽?汝岂不知山美达而王刚愎自大,目无诸国,而强欲以求婚之词进,徒取辱耳。"曰:"我亦知其难达。第前吾妹私议,不意为倍特所窃闻。以姬武海儿美,必欲得,几致发狂。数迫予为救,予不从,彼憋不欲生。无如何,与之偕至。惟有重币卑辞,诣山美达而一尝试之,冀万一得当。"母曰:"倍特执性,予亦不能尼汝行。惟山美达而王骄甚,慎勿撄其锋,必事事从抑,相机进说,毋使决裂。"

于是具聘仪,悉诸珍品,并遴行人之贰,皆能专对者,舍利率之行。旋抵山美达而,阍通谒,王命传见。故事:邻国君相见,与敌体,当出迓,无用属礼待者。舍利则以求亲故,勉屈节,乃入觐,致颂词。王延坐于其次。舍利曰:"久跂威德,道里辽阔,未能时望颜色,乃心眷念,匪伊朝夕。兹者躬问兴居,得一承颜接词为幸。此戋戋者谨以将意,冀不加鄙斥,无任主臣。"王曰:"辱厚贶,当非无自,愿明示予,或有可效力者。"曰:"感荷垂注,敢布腹心。此事为王所自操权力者,倘可鉴其诚,第勿以涉冒昧为罪责。"曰:"第言之,必尽力。"舍利曰:"蒙允许,不敢不尽其辞。已为贵主姬武海儿得馆甥之选,谨以奉闻。申姻好,睦邦交,倘不致有格清听乎?"

王闻之,目瞠视舍利,笑哑哑不止,轩其两眉,倚隐囊,盛气答曰:"向以君为贤智,乃今而知实前闻之失实而受欺于人也。不识何处得此幻想,而欲耦吾女?是狂且戆者竟不择地而施,吾服若胆。且壤土隔绝,踪迹不相往来者久,一觌面,即刺刺道此事,尚得谓有当于理耶!"

是时舍利怒勃发,然强制之,不形于色,徐曰:"予非自为谋,乃为波斯王倍特谋也。予末小子,忝主海国,制与足下埒,无所谓轩轾者。乃忽视予,何哉?况波斯为大陆上至强之国,新王才略不世出,以倾心于大国,且闻贵主之美,欲借援系以重亲睦。足下奈何弃利而绝之?"

山美达而王不俟舍利言毕,大恚,不可遏,跳踉瞋目,肆詈之曰:"奴乃敢以谵言辱吾女名!奴何等人!奴之父何等人!奴之女弟,奴之甥何等人!鄙贱哉,乃欲作非非想,乌能容!"顾左右曰:"速擒此伧,断其首!"左右蜂拥,争欲缚舍利。舍利故勇武有力,身手趫捷,越等伦,转瞬间已耸身宫外。瞥睹己国军人已操兵至。盖舍利之母见舍利成行时侍从寥寥,设有不测,必罹于祸,故遣军来援护。及见舍利出,军人逆问,略得端末,佥奋曰:"愿尽力,惟陛下命。"舍利曰:"歼之耳。"率众疾入宫。军故精练,卫士当者辄死。事发仓猝,皆怔忪无所措,杀伤无算,获山美达而王于其宫,军士严兵守之。大索姬武海儿不得,盖姬武海儿闻变,即挈婢潜出宫,走海上荒岛矣。

当山美达而王怒骂舍利时,舍利之从官知事决裂,大恐,未知援兵之至,即间道回国白太后。时倍特在侧,闻其言,以事由己起,愧且骇,独起潜遁,拟回波斯。迷不知路径,误奔荒岛。于时姬武海儿已先至,坐大树下,倍特疲甚,就石稍憩。闻隐有妇人声,相去甚远,不解作何语。潜起觅,于密林叶隙中见丽者,以手代远镜,尽一目力缔观之。自忖必为姬武海儿,否则无此绝艳,得邂逅遇,岂非天幸。喜甚,忍俊不禁,即趋前致辞曰:"予何幸,观美姝于此,其天帝之赐耶!以贵族仓皇来荒岛,必非无由。脱有所需,予不敏,愿竭犬马。"

姬武海儿欷歔曰:"诚如君言。予生长深宫,一旦遭奇祸,流离绝岛,悲愤何极。予姬武海儿,乃山美达而王女。舍利侵予国,喋血宫中,父为所执。予闻变,挈婢潜逃,幸不受虏。回首故国,能无泫然。"倍特闻之,始知舍利师已获胜。悔闻从官言后,不确探消息,贸然潜出,致误入荒岛。继念舅氏既执山美达而王,必能伸权力于其国,则婚事当可操券得也。谓姬武海儿曰："主以金屋之质，躬犯霜露，闻之令人扼腕。然此事虽变生仓猝，推其所以致此，则尚非无法挽回者，于以免尊公于难，复完交睦，亦正非艰。实告主，予即波斯王倍特。舍利，予舅氏也。舅初不欲以兵甲从事，有侵国虏君之志，特以予求婚见辱，迫而出此耳。尊公倘幡然许以缔姻，则转圜可卜。亮主必能审利害，以致意于尊公，庶几脱羁累而复君位。国之存亡，实系于主，愿一图度之。"

姬武海儿初见倍特时，以其貌妍华，气英武，心窃爱之，故致敬礼。及知为波王倍特，实舍利之甥，则予家国漂摇，事实由倍特而起。既为肇祸人，即为吾敌，君父之仇，不共戴天，必不能重申姻好。且予父雄长海国，家世之贵，位望之重，固环海所同知者。猝遭败亡，当力图恢复。岂可一蹶不振，苟求免难，辱身下嫁于陆国之主耶？予必先有以报之。忖画既定，绝不露怒容，阳为亲爱，谓倍特曰："君母格尔纳利后美无伦，予知之已熟，觇君容，益知后美矣。予父不察而加侮謇修，致有斯祸，终必允如所请，予曹之私愿，行即遂耳。"言次，握倍特手与为礼。斯时倍特心摇摇，喜颤不自持，以为人生之乐，无有过于此者。即欲俯吻其手以示敬爱。不意姬武海儿当倍特俯首时，急以水洒其面，咒之曰："咄！趣易尔形，为白羽之鸟，绛喙而丹足。"倍特应声踣，一旋转间，蜕衣冠为羽类矣。姬武海儿谓侍婢曰："亟放诸乾岛中。"是岛童然无寸木，无滴水，惟有若奇鬼、若恶魅惊心骇魄之怪石而已。婢以倍特贵且美，仓卒遭厄，易人而鸟，使复饥渴死，心实怜之。矧主性素厚，今忽施暴戾，恐后日必追悔无已，不如置善地以全其生。遂放鸟别岛，岛多林木，产嘉果，澄泉交错，且远近多民居。

舍利之遍迹姬武海儿而不得也，惟虏山美达而王归，拘守之。又命人监其国。即具白诸母，并悉倍特潜遁事。母曰："予始闻汝为山美达而王所窘，即遣军赴护。不意倍特即逸去，或以衅由彼起，故怀惧出奔耳。"舍利大惊，思此事当秘之，密使诇其迹，复不得。乃自出往觅，国事则母为釐理焉。

舍利启行后，是日，格尔纳利后至。盖自倍特游猎，至三日不归，大惧，从者具言失王所在。立遣踪迹，仅得倍特及舍利之马于荒林中。又命依马迹访之。时格尔纳利心至灼急，又不敢显露，恐滋疑乱，决意躬入海求之。即伪以避人卧告侍者，皆不知其入海焉。

格尔纳利归见其母。母一见，即蹙然曰："此事罪首，予实尸之。今日汝至，予不能纾汝忧，予益悲戆。当倍特与汝兄同归时，不知其不告而出。汝兄之卤莽从事，予已切责之矣。"遂具述前后事，且曰："予已命遍迹倍特，汝兄亦有山美达而之行，当必能得汝子使汝喜慰也。"

格尔纳利闻之，心噎塞，默不出一语，流涕长潸，悲不能自止，以爱子将永无相见日也。母曰："汝兄不慎于口，遽以婚事使倍特窃闻，致肇大祸，一言之为戾也如是。虽然，既偾其事，追咎何益？国务至重，汝当速返，言波王有事于海国，不日即归。令臣下各守其职。勿稍宣泄，致启群下疑。"格尔纳利深韪之，即回国，伪若卧起，使侍者无从觉，立下令如母言。朝野安谧，若平日焉。

倍特被放后，自痛易形羽族，将终古不复为人，所谓魂化杜宇者，恒以为荒诞言，不意今日身遭其变。且不知岛何名，距波斯若干程。但弥望苍茫，虽悲鸣垂血，亦复何济。故国既迷不知处，即有御风之翼，无所用之。矧化鸟归来，惭伤何极。饮食栖息既殊人类，又何乐苟生计？惟有自槁死于荒崖丛木中耳。方悲楚间，而弋者至，瞥睹是鸟，美其形，罗得之，置诸笼中，将以求售。以是鸟雪羽毵毵，朱其觜距，非凡鸟所能伦比，欲居为奇货。有顾问者，不答，先诘其何意购此。曰："亦供口腹耳。"弋者曰："然则若必不能出重值，若休矣，毋溷我。是鸟为希世珍，将以待识者。吾业此数十年矣，见奇禽至夥，乃今日始得此完粹之品。吾将献诸王，必得善价，宁以明珠投道路耶？"径诣宫前。适王眺于台，见而异之，命寺人导以入。诘知求沽者。王爱鸟甚，即以金十铤畀弋人，居鸟于精金百镂之笼，饰具皆殊珍，以示优异。

257

时王出校猎,命寺人饲护之。比归,察鸟于所具水食未尝一染喙,惟凝睇王勿释,若欲诉而不得者。王觉其异,命具馔。馔至,列鸟前,启其关。鸟似解意,即耸跃案上,或食或饮,先后有序,啖咀之态无异乎人。王大骇,速后来观。至则一见鸟即愕然,急用衣蔽面,逡巡欲出。王以为室无他人,何作此皇遽态,怪问其故。

后曰:"陛下误会予意矣。予知是鸟系人类易形,故不忍睹其惨状耳。"王曰:"得毋戏语?鸟而人,即善化者,亦未之前闻。"后曰:"予从无妄言,请以是人之历史陈诸陛下。彼即波斯国王倍特,格尔纳利后之子,邻国主舍利之甥,舍利母斐腊之外孙也。其舅氏为彼议婚事于山美达而王,欲得其女姬武海儿不遂,而以兵虏其父。姬武海儿邂逅倍特,故咒彼为鸟,借鸟报复焉。"

王闻后语,知后精魇术,高出等类,闻造畜者可造即可复,浼后咒解之。盖波斯为王邻国,今见王化鸟而受辱,心良不忍,欲复其形而借以结好也。后允之,谓王曰:"请携是鸟至宫内,其本形瞬息可复。彼为国主,愿陛下以优礼待之也。"鸟闻,即辍食,若已解意者,不待入笼,径拍翼随后入。后取水盂,发异声诵咒,人不能解,即水洒鸟面曰:"鸟之脱,人之复,如敕速速。"鸟倏然灭,一少年盛服出,美姿容,丰度端雅,跽谢上天。起执王手,吻以示感。王礼答之。

食时,王引倍特于席间见其后。王询遇姬武海儿事。倍特具述所历。王曰:"姬武海儿不忘复家国之仇,志亦佼佼。然以凶毒之术迁怒于无辜,无奈太忍乎。今姑不谈往事以伤君心。幸联邻睦,如可效力,则谊不容辞。"倍特曰:"蒙施厚德,得解幻形,免大辱,虽生死肉骨不足以喻。既荷垂注,窃尚有进而请者,倘能赐附一舟,俾归故国,则感戴尤无既极。盖曩入海时潜随舅氏行,未以白母,必悲思欲绝矣。愿垂念下情而惠及之。"王立命具舰,必美且备,供张殷盛,拨弁兵资保卫。诹日祖道。倍特既登舰,张帆疾驶。一旬后,忽飓风大作,樯舵并折,舟旋荡洪涛中,卒触礁石成齑粉矣。

舰中凡能泅者游以待救,或力尽而毙,馀皆与波臣伍,而倍特独逐浪行,任所之不惧。忽隐见海岸若城市,竭力赴之。比登陆,瞥见马牛驴驼麋鹿诸兽纷纷不胜计,皆排列若行阵,昂首注目视,尼其进路。倍特骇异,绕越出其后,潜身岩石间,呼吸空气,体旋复。及郭,各兽又迎阻如前,若不欲其前进者。倍特未解意,强纵身入,见逵衢广荡,阒其无人,益疑怪不已。或诸兽之阻,实以相予?然冒险之性不少挫,仍鼓行不辍。见列肆秩然,门户洞辟。睇一果肆,有叟在,容蔼然,拟就询焉。

叟举首,见倍特貌伟美,英武之气见于面目,知为贵者,诘其至此之由。倍特约略答之。叟曰:"君入郭时未见一人乎?"曰:"然,方疑若此巨城市,岂无居民?乃寂若荒野,曷故?"叟曰:"毋多言。入,吾语君。"倍特趋室就坐。叟以倍特犯险远至,必饥惫,先为治具。倍特亟欲询本末。叟不答,惟槃壶是事,劝食良殷。不得已,啖之。叟见其有饫意,不强劝,谓之曰:"君今日得无恙至是,乃上帝之庇。"倍特惊悚曰:"何也?"曰:"是地名妖城,主者为后,名莱佩。美而有妖术,无能敌之者。君登陆时所见各兽,实非兽,皆人也,若曹初至时,皆壮龄伟表,或为国主,或为贵族。后一一昵爱之,华其居处,甘美其服食,皆坠其术而不觉。阅四旬日后,爱稍弛,辄以术咒之,而牛,而马,而驴羸,而橐驼、麋鹿,惟其所欲易。盖后性好幻,以幻为乐,被毒者且不可胜计。君登陆时,诸兽皆阻不令入,实悯君之自蹈祸机,欲使觉而亟遁。惜君不悟耳。"

倍特大惊悔,仰天长叹曰:"呜呼,何天厄我若是之甚耶!甫脱于幻术,惊肉犹颤,不意今日所履之险,将更烈于前,为之奈何!"遂以姬武海儿事详语叟,悲喟不已。叟慰之曰:"后虽妖且暴,幸君遇予,可无虑。予忝都人士祭酒,后敬礼有加,不敢稍侮,盖予力足以制之也。请安居于兹。倘有厄,予当力为解脱。"

倍特感叟厚,暂寄迹肆中。见者皆凝睇,谓叟何缘得奴昳丽若是,若人壮美罕匹,后宁不知,而置不窜取,怪甚。叟曰:"若曹勿误视,予婆人耳,何能畜奴?渠为予犹子,予老无嗣,故招之来。"闻者解疑，为叟贺。然恐后闻，必攫去，又为叟忧，曰："后之暴，叟所知也，倘闻叟兄子之美，竟取闭深宫，四旬日后，又与前至者为伍，奈何？"叟曰："后与予善，宁忍夺予？意后见之知为予犹子，必早灭绝其觊觎念矣。"

叟见倍特温雅而英卓，益亲爱，以儿子畜之，倍特亦兢兢自慎，如是者匝月。一日，见衢间马队腾涌，列仗严整，行者皆避道。叟谓倍特曰："后将至矣。汝立视之，毋惧。"顷之，卫士为先驱，袀服尽紫，佩长剑，联骑列行，汎汎而至者千馀人，继者为各从官，及宦寺。经叟肆，见叟皆与为礼。又宫女数队，容绝艳，锦衣窄袖，手短兵，步伐整肃。莱佩乘照夜之马，障泥衔辔，皆缀以殊珍。徐行而前，瞥见倍特之美，心为之荡。按策而呼曰："阿勒达雷，此奴属叟耶？颇俊，挈居此几日矣？愿有以告。"叟曰："后，此非奴，吾犹子也。予抚若己出，予殁，当以薄产传之。"

莱佩一见倍特，爱情臻极。及闻叟言，思所以婉致之，以偿其欲。久之曰："叟乎，夙仁慈，不欲自私所爱，倘可以尔兄子见让乎？愿叟深念予眷眷。予诚得此子，必以殊礼宠。谓予不信，有如此火。叟素能垂念予，故亟焉以请，亮荷一诺，则予实感大惠于无穷。"曰："蒙不弃衰朽而纡尊垂谕，自顾何人，敢不承命。第彼小子福薄，不足以上侍清严，愿知其不肖而弃之，幸甚。"曰："予之重叟，可谓至矣。而叟竟重违予愿，必予情愫未坚之故。"即矢之曰："予于此子，倘不以真爱相施，而有异志，火神光神，实鉴予心，必立受恶罚。"又曰："予固知叟不欲与尔兄子违离。然予于是子，竟不克自持，宁予负叟，不可使叟负予而失此幸福。"叟闻之，心益忧灼，既不能峻词却后，又不忍舍弃倍特。不得已拟缓其行，即曰："是子予实欲依倚之，不忍遽割弃。猥辱讻命，又何敢固执，致虚垂注。惟愿俟乘舆再驾时，再图副命。"莱佩曰："善，期以翌日。"

叟谓倍特曰："予今日不得不允后之要求者，实以彼大欲，如火始炽，不可复遏，遏必攫其怒而施阴毒之谋。渠魔术至精，非耳目所能防觉,脱为所螫,则予与汝必均受其祸。予已洞烛其情,故因其欲而利用,使以旦旦自矢,不敢出强暴。矧彼亦知予必有术以制之,倘彼破誓以魔术毒予,予必有以报。"倍特曰:"魔术之不测,予尝受之矣。自遭姬武海儿狡虐,至今心悸。矧莱佩所挟,更甚于姬武海儿。噫,予其已矣!"言至此,呜咽不能声,涕流被面。

叟慰之曰:"勿悲,予在,必能使后守誓言而免汝于厄。彼虽险恶,必不能越我范围。汝独不见彼于予敬礼有加,兢兢自下,即可知予权力矣。汝即去,予必语汝以防御法,可坦坦施施,坐享艳福。彼之不敢欺汝,与不敢欺予等也。脱有变,予必预知而对付之。"明日,莱佩率侍从如约至。停辔,谓阿勒达雷曰:"叟,予今日躬来迎,望叟如约。吾知叟大信,必不食言。"叟叩马小语曰:"谨惟命,但乞摈魔术勿施。并愿视此子如予子,勿使予失意。"莱佩曰:"约誓已复申矣,可以见信。今乃喋喋,是叟未知予之诞愫而有所疑也。虽然,他日此子必当眷眷于予,即可证予笃爱。"时倍特侍叟傍,垂首默默。莱佩许平视以眩其美。然倍特终以魔待莱佩,虽妖丽,曾不足以概其心。方凝思间,叟携其手授莱佩曰:"愿念予耄迈,许此子时一归省,幸甚。"莱佩既诺,复囊千金贻叟。固辞不得,受之。莱佩命倍特骑而并辔,顾叟曰:"几忘之,是子何名?乞示我。"叟以倍特告。曰:"命名之义误矣。以彼英特,应名史其姆司。"彼国谓日系曰史其姆司,莱佩之意以不当名满月,当名日系也。

时倍特于骑从所经,察道傍多偶语,虽阳为肃立,大半窃窃出侮言,谈莱佩暴行。或曰:"女巫,今日又得所欢而逞其毒矣。"又有谓:"此客坠术而不之觉,以为身得殊宠,抑知祸不旋踵耶!"倍特微闻之,益愤莱佩之淫虐。思叟言,即亦不惧。亡何,骑已抵宫阙矣。

莱佩甫下马,即逼倍特授以手①。导之入,遍历禁籞,富丽无与俦。倍特见囿中卉木鱼鸟怪奇诡美,非目所经见,为一一评赞,吐属

---

① 西礼男女爱情以授手为定。

渊雅。莱佩益倾心。谛察态状,度非阿勒达雷之兄子,遂就椅与并憩,纵谈者久之。

顷之,馔具,相与至食室,珍错骈列,以黄金为器。俄命治酒。莱佩先尽一尊,复注奉倍特。受而饮,并斟以答莱佩。时女乐十辈上,丝管竞作,声泂泂移人。欢甚,数举觞相醻。至夜分,皆有酒所,益昵近不能已。倍特至是顿易其初念,觉莱佩美无与并,不复忆其为魔妇矣。

翌晨,倍特、莱佩自寝兴,偕至浴室。浴竟,更丽服相与游谦,并及种种娱戏事,备极谐悦。若是者凡四十日。是夕,倍特寐中忽惊寤,见莱佩摄衣起,屏息若惟恐人觉者。倍特知有异,仍伪睡觇之。见莱佩启积出小匣一,撮黄粉少许,环洒室中,转瞬水汩汩涌流,若小川然。倍特大惊,手足欲战,强自持,仍为酣卧状。见莱佩勺水入麦屑盎中,和以药,手搏之,制为馎饦状。炙诸炉毕,置密室。敛具,诵禁咒,室中水倏灭,然后归榻卧,不知倍特之已窥其隐也。

初,倍特有乐不思返之意,弃叟言若土苴。兹目击怪象,猛忆曩嘱,辗转不复成寐。黎明起,谓莱佩曰:"久居此,劳叔氏望,乞归一省问。"莱佩曰:"予之于君,爱故未艾。貌躬主一国,似不致为君羞。奈何若是之忍?"倍特曰:"人非木石,曷能受恩宠而漠然无动者?予之欲亟归省,以叔老视予犹己出,别四旬矣,曾不一往起居,予实负疚。惟逾格哀怜之,俾稍遂省问之私,必不敢盘桓以勤注盼,愿垂察焉。"莱佩曰:"然则必速返,勿使予鹤望。予一日不见君,即怅然不适。当亦念予惓惓耶?"乃命骑送倍特归。

叟见倍特至,乐甚,互相拥持,见之者莫不以为骨肉之爱焉。叟曰:"汝与巫共匣月之久,安耶否耶?"曰:"莱佩之爱予无微不至,若全神贯注者。不意昨夕忽潜作狡狯,令人大怖。"即具白所见事。曰:"睹此诡术,并忆叔言,若铦刃之被体,则前誓直谰语耳。故假归,欲图免难,其何道之从?"

叟曰:"汝能猛省,是汝之幸也。彼蓄念至毒,爱不以诚,又将以术苦汝。幸予在，汝必不致罹凶机。予一小试其技，彼当无所逃命。莱佩之僻性，凡观一男阅四十日，即辍爱而憎，恶念辈起。汝所见制饼，即易形丹也。一下咽，则坠畜生道矣。"言次，别出饼二，授之曰："藏此。莱佩倘食汝以饼，当阳受。窥其他顾，易食之。即以彼饼飏渠自啖。取少水洒其面曰：'速易汝形，其为某！'无论何毛羽类，即应声变，如汝言。汝即缚以来，予有以惩治。"

倍特衔叟命去。返宫，莱佩俟诸园，见而欣然笑曰："予与君殆不可须臾离，一小时即旷若积岁矣。"倍特曰："辱厚爱，感当没齿。予叔苦寂，得共予一笑语，甚乐，予不得不作俄顷留。叔且欲予常侍左右。予以眷爱故，力辞而出。叔以饼赠，予不及食，携之来。叔云：'此饼制再精。'请一尝之何如？"即出饼奉莱佩。莱佩曰："谢君叔之赐。然予亦有手制饼一，藉为报。"倍特谨受曰："饼出手制，自越伦等，口腹之幸渥矣。"

倍特潜易所藏饼啖之。故鸣颊舐吻而赞曰："馎饦耳，不意味之嘉，虽列珍不足喻。"时与莱佩行且语，溪流溅溅然在其左。莱佩突掬水洒倍特面曰："而形速化，为跛且眇之马。"不意倍特目炯炯，注视而笑。莱佩知术败，惊悚不能自存，颊红似火。不得已，强自解曰："前言戏之耳。予不幸性好谑，于所爱暱者则尤不检，谅君必不以是言为介介也。"

倍特曰："吾固知为戏言也。帷房笑谑，亦何所不至，予宁以是介怀？第所赐饼已饱啖，予前所奉者虽微，亦区区之诚，愿受予菲意。"莱佩不获已，为食少许，觉异常饼。而倍特已掬水洒之曰："咄，速为马而牝，如律令！"莱佩应声而脩脩然尾鬣蹄噭具矣。呜呼，向之数施于人而以为长技者，今则身食其报。其俯首乞怜之态，举羞赧悲恐集于一时。然倍特即念前爱而欲解复之，亦无能为力。遂与御者骑而牵是马，诣阿勒勃雷之肆。

叟见倍特牵马至，知已如所计，太息曰："莱佩乎，汝恃术而积久逞毒，今日则不啻天降之罚焉。"倍特至，具以语叟。叟为施鞯勒，命御者归，谓倍特曰："久居此，非计，亟归国。是马知愧悔，必调良可乘。惟一事毋稍忽，勿纵其辔，纵则祸及，慎旃。"倍特遂起与叟别，超乘出郭去。

时以为幸免于祸，且忸于前事，自负力足以制，意疏漫，渐忘叟戒。历三日，途遇一老人踽踽行，容和蔼，逆马首。倍特询何自来，答之。谈次一老妇踵至，面倍特之马大哭。诘之，则泫然曰："君所乘马与予子所失者甚相似。予子以失马故，苦思成疾，予忧之甚，今瞥睹是马，有触而悲。窃有冒昧之渎，未识许割爱示值否？"倍特曰："甚歉，是马非欲售者，愧无以副所愿。"妇曰："天乎！天佑予，使君不却予请，幸甚。盖予子若不得马，疾必革，疾革必死。子死，予何能生？君倘能悯而允之，是不啻活予母若子也。"倍特曰："是马非凡才比，即欲售，非金千铤不可。若能出此重值乎？"曰："能。脱待价，万镒不吝也。"倍特见妇服不甚华，度必贫者，特故为大言，即藐之，漫应曰："若出金如数，马即归若。"妇立解囊，授倍特曰："中贮金殆满，君自倾而计之。不足，家距此近，取足必无绌。"倍特见灿然者盈囊，骇愕失色，不意老妇有此多金。强答曰："是马不欲售，前已言之，虽多金奚为？"老人在旁，闻此二人言，即谓倍特曰："如君语，不能无罪矣。吾国不得有诳言欺人事。君始允而终变，即不自重其言，如法律何！请取金付马，倘违信，祸且立至。孰利孰害，亟自决，毋贻伊戚。"倍特穷于辞，不得已，怏怏下骑。妇持马，急纵其辔于道左溪中，取少水洒马面曰："儿乎速复！"语甫毕，马人立。惊视，非马，莱佩也。倍特大怖惧，微老人掖，几惊仆。盖老妇莱佩母也，莱佩魔术皆受诸其母，而妇术尤精。是时二人始相抱而笑吃吃，继窃窃私语。妇突吹口笛，声尖厉可怖。一巨妖应声至，左挟倍特，右挟母女二人，腾而上，瞬息抵宫。莱佩指倍特怒斥曰："不义之徒，汝叔与汝非所谓感德者。险恶如是，必有以报之。"即掬水洒倍特面曰："速为鸮！"倍特自视，羽褷褷鸮也，而至污秽。纳诸笼，使绝食饮。侍者怜而潜饲，复报阿勃达雷知，使得脱毒手。阿勃达雷知已危急，即鸣口笛，有四翼之巨人出，拱俟命。

叟曰："电光①,波斯王倍特,即格尔纳利子,不幸遭难。尔趣至其国,密以告,俾亟筹拯救。当慎秘,毋惊扰。"电光衔命,瞬息达波斯,以此事白格尔纳利。时母若子正语及倍特,懑懑。得耗,喜且愕,拟发军赴救之。

格尔纳利既传谕,俄而舍利亦至,盖其母焚香致之来。格尔纳利具道倍特受困于莱佩,待救孔殷,师宜急赴。舍利立集劲旅,躬督之行。以电光为前驱,而母若妹等亦附队去。骑乘皆腾沓天空中,云驰电掣,瞬息达妖城。莱佩举室及奉火教者见舍利帅大兵至,怖急,几皆欲床下伏。格尔纳利下令曰："速以鹑笼献!迟则放手屠歼,不使有遗噍。传语救波王之侍者,甚有功,亟送师次,有优赏。"时莱佩已詟于兵威,穷蹙破胆,不敢稍枝梧,悉从所命。鹑至,格尔纳利破笼洒水解如术,而倍特已复为人,持格尔纳利而泣。格尔纳利亦涕不能仰,移时不成一语。良久,倍特始与诸人道别绪及所历本末。格尔纳利既见倍特,念阿勃达雷大德,思有以报,亟访致之,曰："蒙屡脱吾子于厄,感且不朽。乞示以所欲,必有以给叟之求。"阿勃达雷曰："微垂谕,亦私中有欲匄者。传语之女侍饶有志识,窃不自揣,欲得以为室。至衰朽之躯,倘波王归国,许给其微禄,俾安享天年,以遂其赡奉之愿,足矣。"

格尔纳利因顾女侍。女侍俯首不言,晕颊作羞涩态,然心许之色,已见于面。格尔纳利与倍特遂为主婚。阿勃达雷以暮年得美眷,喜可知已。

时倍特以叟之得谐伉俪也,乘间及己婚事,谓其母曰："母今日为阿勃达雷主婚,甚善。窃以为母意所亟欲为谋者,尚有在焉。"后已会其指,曰："汝所谓亟欲为谋者,非汝婚事耶?佳妇之求,予固久在意,特鲜当意者。"即语舍利偕电光,当历访水陆诸国。倍特曰："足当儿耦者固在,无事他求。前者闻母绳姬武海儿之美,即不能去胸臆。比

---

① 电光,巨人名。

见颜色，益惓惓不释，以为舍彼美外，无可与缔婚者。且姬武海儿之厄我，以不知颠末，误以儿为致祸人，且迫于报父之辱，仓猝出此，其志可取，情可原。今事已剖晰，姬武海儿当必悔前此之孟浪，杌陧不安，不知其若何惶懔。倘不获耦儿，则其父将永蒙失国之耻，彼则抱恨终身矣。想山美达而王经此困艰，亦必悔悟自咎。诚得一为媒合，则事罔不谐。"格尔纳利鞿然曰："噫，汝受姬武海儿困而爱想不衰，色之系人也如是。虽然，汝既非彼不耦，予必令成之。"

山美达而王之受系于舍利，但卫士严守耳，起居实无所苦，且慰待良优。王至此，颇追悔，数数自讼其失，非复当日之骄暴盛气。一日，方坐语间，忽心动，恍舍利趣之往。盖是时舍利正爇香诵咒，以术招之。炉篆甫上衮，已硜然有声，山美达而王偕卫士来矣。

舍利即拥彗逆诸门。肃入，谨致辞曰："窃不避烦渎，愿重申前请。非不佞好为甥言，实甥欲求婚于左右。甥性执，谓事不遂不如无生，足下明且慈，必能鉴其诚而垂许之。"山美达而王腆然答礼曰："自愧前此憒憒，波王既垂意，不以息女为贱，必欲取供箕帚之役，予曷敢辞？予女恭顺，当无异言也。"

时舍利命迹姬武海儿于海岛，得之，导以归。山美达而王见而语之曰："予已为汝得佳婿矣，乃波斯王倍特，汝向已见之。倍特有非汝誓不他娶之说，彼主一国，都俊而洸武，诚足当俪偶，予已允诺之矣。"姬武海儿曰："父以为可，儿复何言？惟愿波王谅予前日之苦衷，勿念旧恶，则幸甚。"

结婚之夕，众咸集视。格尔纳利复普施解术，向之受禁咒而幻为诸兽者今悉复为人，相与感戴，欢忻不置。

于是舍利送山美达而王回国，复其位。倍特挈姬武海儿回国，格尔纳利等偕之行。自此海陆数相往还，骑从使者驰问不绝，永敦睦谊云。

报德记

昔大马色有业商者，善懋迁，绾毂货利，所拥不赀，侪侪号隆富，人皆称之曰亚波爱波①。有子女各一：子盖讷曼，开敏而锐学，容昳丽，复以爱之劬名；女爱尔哥伦勃，具绝世姿，其命名亦取使人心悦之义云。

比亚波爱波殁，遗产甚巨。盖讷曼检馀货，则累累山积，千名百种。别有锦帛都数百巨裹，皆至贵重，外均署字曰报达，与他货异。未能解，询其母。母曰："汝父在日，商业扩张，所至不一地。货宜贸何所，先以其地名揭橥之。当时汝父已部署帖妥，诣报达有日，疾作而逝。"言至此，泪雨坠，咽不能成语。盖讷曼亦悲不自胜。久之，始曰："父欲贾于报达，不幸未遂而殁。业方盛而中止者可惜，予窃欲赓续之，以竟父志。矧货已夙具。拟即日载以行，虑或久滞，致时机有失也。"

其母夙爱怜之，惧其以稚龄跋涉也，曰："汝能成父志，予甚慰。惟途路艰险，时复不测，老于行者且苦之。汝齿幼，素未习劳瘁，恐脆弱不能任。予甚不欲汝暌左右，使予寝馈不帖。所贮货，平值而近售之，即不获厚赢，而终身安稳，未尝非计之得也。"而盖讷曼去志已决，欲藉以历桀错，观时变，证消息，以握商枢，以是力匃于母。母无如

---

① 亚波爱波（Abou Ayoub）为富厚之义。

何,诺之。盖讷曼乃治装,募从者,复购明驼百,备载运。约徒侣启行。有游历者亦附丽以往。人既众,足御不虞。盖是时亚剌伯人名勃同斯者游掠无定,客之孤孱者多婴其祸,故行旅有戒心,必结队为捍卫。盖讷曼等虽经途无少窒,然陟崎岖,犯雾露,惫可知已。

　　至报达,诸商就逆旅。盖讷曼不欲与共居处,独僦居邻室。室宏敞,华其饰,复有园林泉石之美。休数日,易服,命从者持货样,迤逦至市,晤众商。商皆以优礼接。语次,益浃洽,恨相见晚。议值既定,日有易,获利倍蓰。后复携货之市,皆拒不纳。诘之,知主者于是日逝,诸商悉往会葬所。盖讷曼夙耳主者名,甚惋惜。诣礼堂陈尸室,室幂以黑帛。故事:回俗丧尚黑,祷礼毕,乃敛,引以行,朋戚为执绋。盖讷曼与焉。地距城远,久之始至。石为坟,规颠而矩趾,若半球形。左右张幪,以憩送葬者。窀既启,尸入,闭如初。于是大牧师意曼率徒席毡周坐申祷,诵《哥兰经》数章,义皆系葬事者。朋戚从和之,声殷然动地。窆事竟,已曛黑矣。盖讷曼以久待意不适,而报达俗,葬毕,朋戚必致祭,时益晏,或谓幪非惟蔽日,亦供宿,恐不及入郭,会息此耳。盖讷曼闻之,愈惶急。自忖资装弃逆旅,脱夜不归,安知无肤箧者。即奴辈利财,亦挟遁可虑,奈何!乘间潜身出,垒息急奔,仓皇误歧路,回折数四。至夜半,始抵郭,门键不得入。不得已,觅茔舍暂宿。一茔有棕榈错杂,户虚掩。入,则草地茸茸然。就卧,心忡忡不能成寐。起,绕茔数匝。忽灯光逆眼至,惊键其户,猱升棕林间隐瞭之。见三人著服类奴隶,一携镫导,馀舁大箧一,修五六尺许,置茔内。一人曰:"弃此归耳。"又一人曰:"不可,吾侪受命,必以瘗,违当婴咎。"从其言,穴地埋箧,覆土而后去。

　　盖讷曼闻其语,度箧必贮珍物,故埋此僻所。欲探究竟,循而下,至覆土处,力爬沙之。须臾箧现,有巨锁,无钥,无策以阚。时破曙,见傍有硝石,举大者力折其键。启箧,则一妇僵卧其中,有殊色。乃大惊悸,谛察,则妇颊微赪,隐约有呼吸气。自忖其醉寐耶?当石击锁声甚厉,胡不寤?又见被服至丽,钏若环均饰以宝石,巨珠环颈,光烁然，为装类宫中女。心怜之，以其有生机也，拟先出诸箧，阖户置妇于地，使受空气。俄闻嚔，腹鸣而口沫。旋媕媕然微举其目，若不任怯急者。声断续呼曰："茶华乐薄斯坦，史嘉乐曼马奇，夹赛薄斯沙嘉，奴罗纳海，纳姵曼都司沙希，挪司希都司善美，若曹皆何往？"盖所呼者为诸女侍名。不答，则怂然张眼视，惊曰："胡至此？"盖讷曼初闻妇呼婢声，幽鸣可听，心为之醉。见其苏，即前致殷勤曰："邂逅相遇，而拯若于厄，俾得少尽心力，实不佞之幸也。倘有所命，愿不辞赴蹈以始终之。"并历述己所由来，及窥见瘗箧事。妇察其言若举止，知为长者，谢曰："感上帝佑，得君拯予命，感无既极。然仁心为质者，必不半途辍。窃有所请，愿藏予于箧，俶骡至，载达君家，徐议善策。否则予与君徒步行，予衣饰迥别，见者疑怪，虑生不测也。"

盖讷曼从之，出箧于穴，平其土。掖妇入箧，覆留隙，通空气。即阖户入郭，雇骡至茔，负箧行。又以"昔夕抵郭，时值夜阑，至今晨始得入"告驱骡者，释其疑。

盖讷曼自大马色至报达，惟什一是权耳，孳孳日稷，心无旁及，不复知所谓儿女之爱情者。自见妇殊色，心不能无动，竟不知情之一往而深。既不惜与驱骡者伪言，冀以弥盖，复步逐其后，防不虞。比抵家，意稍帖。阖户避人，启箧出妇，导入室，所以慰语之良厚。妇曰："微君，命橥绝矣。复翼卫之以免于危机，丝发皆君赐也。"

盖讷曼室虽华其设，而妇顾盼不之及。特以其款接殷至，感其诚，去面衣，示敬爱。盖讷曼媕媕然喜，庆不世遭际也。具珍馔名酒，躬自省匜罍。复雪嘉实授诸妇，曰："请先尝。"妇肃与共席。盖讷曼就坐，见妇面衣有字，绣以金，数数审视。妇诘识字否。曰："使行贾而昧之无，欺绐立至，乌有不学者。"曰："善，请诵所书字，当道本末。"视其词，有"噫嘻，先知者叔父之后裔"语，盖加利弗赫仑挨力斯怾得为谟罕默德之叔父亚勃司之后裔，先知者指教主谟罕默德也，凡奉教者于其主不敢举其名，称先知者。

盖讷曼至此，恍然悟，则蹙蹙以为大戚。曰："嗟夫！予拯若，反弃予命矣。予奈何不幸以至于是！予与若相遇也，几不自持，亦以若之不遽弃拒于予，而私心冀有以慰，今则前望坠地矣！呜呼，予复奚言！生死惟命。"语竟，继以泣。妇怜之甚，曰："勿戚，予将语君。予名斐乃倍，意谓伤心人耳，以是命名，若预知将来之有拂逆者。凡报达人，无不知予名，而知予为加利弗所至爱眷者也。予幼入宫禁，学于女师，业益进。加利弗喜予敏，所宠予者靡不至，尊贵无足与垺。而后苏倍特妒予宠，时譖予于加利弗，凡有可中伤予者，不惜百诡以簧其说。幸加利弗不为动，予亦慎防不敢忽。彼不得伸其螫，愈仇予不释。若昔夕事，竟为所算。度必潜置药于柠檬水，予饮之，乃迷不知人，欲生瘗予以快志。彼蕴毒久矣，特乘加利弗出征隙，一施其技。虽然，谲险若兹，卒不能致予于死，亦何为哉！将来彼如何图饰说于加利弗前，不能逆料。惟予匿此，恐耳目众，必秘密，勿少漏。否则不特予岌岌，子亦有不利焉。苏倍特倘知君拯予于死，必仇君，将并及以雪恨，君其慎旃！予倘得重见加利弗，予必具白所以，彼鬼蜮无所逃。所虑者苏倍特萋斐之口耳。"

斐乃倍言毕，盖讷曼愀然曰："事诚可虑。此间奴辈倘知妃为宫中人，或不免多口。第若曹蠢蠢，必疑为新购之女奴。故俗：凡少年多蓄美奴以给事左右，不为怪。虽昔夕来踪至诡，要之若曹亦惝怳不能测，请勿以是忐忑。主臣，幸不责，屈若阳为奴耳。区区之诚，实愿殚竭于左右，冀垂深鉴。惟祝加利弗别黑白，审贤奸，惩苏倍特而复若之崇宠。他日沈沈禁籞，重得渥承恩遇，以冠弁后宫，亦曾念及草茅中有一舛午不幸之人，其倾向私忱，虽未邀俯察而九死不释者，知予者倘不谓若真痴绝者耶？"

斐乃倍见盖讷曼萦回哀恻之情形于言表，为酸鼻者久之。徐答曰："君言一何凄感！幸毋再及，以伤予心，予正郁伊不自禁，有无穷欲掬诸胸臆者，卒不能宣诸口，奈何？君亦当默照予心矣。"言次，闻叩户声。启，则奴以飧具告。盖讷曼止不令入，躬其役，不惮蹀躞。既，谓斐乃倍曰："愿少憩休养，有需惟命。"复出购衾具，并女侍二，归贡于斐乃倍，曰："以资驱使，助橡饰。"斐乃倍感谢曰："厚意稠叠，益见拳拳。愿上天佑予，俾得显予爱君之证，虽死不憾矣。"遂相与密谈竟日。薄暮，盖讷曼以烛至。报达俗，日中饱食，晚所设惟果酿。盖讷曼具亦如之。酒三行，盖讷曼击盏作歌，以道心曲。斐乃倍和之，歌中既述所历，微寓不满于加利弗，而于盖讷曼则勤勤致意，情溢言外焉。嗣是盖讷曼日左右于斐乃倍，言笑宴乐，不欲瞬息离。斐乃倍亦乐与周旋，由感而爱，情日胶结。第二人皎洁自好，恍若有加利弗临其间，虽缠绵而不及于乱也。

时苏倍特以斐乃倍生瘗死矣，意大快。特不能无虑，加利弗归，其何辞以对。百思不得策。无已，则速妪至。妪为保母，有秘事，苏倍特辄与商榷，因具道斐乃倍事，求善谋。妪曰："此事不当为，既为之，悔何及？策无他，惟欺绐耳。以木蒙布，作伪尸，置棺，葬之陵侧。建墓门，造茔舍，塑肖象其中，蔽以墨缯。以石檠燃烛。然后后率诸侍从暨群臣往哭。加利弗归，即以斐乃倍猝中疾亡流涕以告，作悲痛莫释状，且云：'已命制墓碣，表不忘。'加利弗至是，亦惟一恸而已。然事亦未可仅就己想，脱加利弗以斐乃倍死之猝有疑窦，必以后妒而潜逐之，伪以死报，哀伤哭泣，特出于虚饰，则彼必启棺视。视则事立败，后将于何诿罪耶？"苏倍特怃然曰："然则奈何？"曰："无虑，伪尸之木须名匠刻尽面目，当逼肖斐乃倍，加利弗必见信。此事一委予料量，决无偾误。并传昔夕进柠檬水之侍婢来，语以斐乃倍得急疾死，禁其入室。并以斐乃倍之死耗告寺人长美士勒，则事了矣。"苏倍特大喜，即贻妪以宝石约指一，持其体曰："贤哉母！予想所不逮者，皆一一策无遗，予实衔感。是谋惟尔我知，弗轻泄。"

妪俟镌像就，潜携至宫，裹以帛，饰被悉具，纳诸柩。命美士勒护窆于陵右，起茔树碣，告成不日。于是苏倍特亲率群臣及诸侍从举封窆礼。闻者咸集视。盖讷曼以简出，知最后，喜谓斐乃倍曰："死耗已播于众，苏倍特必私庆设计之善。虽然，祸福倚伏往往如此。愿上天默佑，俾早遂予怀。且回黄转绿，恩宠至无常耳。加利弗之爱正未可恃,况苏倍特所行不义,行必自毙。若似亦不必白诸加利弗。时不可失,所谓适以成彼此之愿者非耶? 虽然,予自惟无似,要不敢作非分想也。"盖讷曼之语意,隐以饴斐乃倍。斐乃倍心肯矣,特不欲遽宣吐之,漫曰:"苏倍特逞毒而骄乐,自败何疑。然加利弗归,予必谇颠末,则所以暴诈伪者更速。予之愤臆,不于是一快乎?"

三月后,加利弗胜敌而归,意张甚,欲夸示于斐乃倍,襮其雄略。瞥睹群臣服皆以黑,若有丧,大骇。亟诣苏倍特,见其与女侍哭甚哀,诘之。苏倍特曰:"不幸斐乃倍以骤疾死,故痛之甚。"加利弗不俟其语毕,悲极而晕绝。时维齐基阿法从,急以臂承之,幸不踣。久之,始累欷而言曰:"窆否?"曰:"葬事皆躬督,尚无憾。并置肖像于室,当导观之。"

加利弗不欲重烦苏倍特,即偕美士勒往。入室,见肖像,以墨缯幂,烛光灿然,立碣穷雕镂之美。隐忖苏倍特性至狭,居恒数短斐乃特,何忽宽厚若是,殆判若两人者,必有故。盖加利弗多疑而智,度斐乃倍未必死,必苏倍特害其宠,值予久出,乘间摈逐之而伪以疾卒告。即欲验其实,命发窆启棺。视之,则斐乃倍面如生,盖巧工为之,虽谛察,不知为木质。加利弗泫然流涕,不敢以手触,恐干教律也。深悔发视之孟浪,而疑苏倍特之心已冰释矣。复命封筑如前,为营奠荐,躬率牧师礼经以祷,匝月乃已。

加利弗还入寝,二侍者左右屏息侍。俄加利弗微鼾,一侍名奴乐纳海者小语其侣纳曼都司沙希曰:"顷得耗,斐乃倍实未死,王闻之必大喜也。"纳曼都司沙希不觉噭然呼曰:"天乎,美无伦之斐乃倍,诚未死乎!"声高而锐,加利弗觉,诘之。曰:"奴闻斐乃倍尚未死,喜极尖声,万死乞恕。"加利弗曰:"果未死!在何所?"奴乐纳海曰:"今夕得斐乃倍书,述所历事,并嘱转达宸听。书虽未签名,确为斐乃倍手笔。因陛下休憩,未敢率渎,且……"语未毕,加利弗亟曰:"书来!书来!汝迟滞,误乃公事不浅。"奴乐纳海惶恐出书。加利弗阅之,则具叙出宫后事,极言苏倍特之妒恶无人理,复及盖讷曼拯待之厚意。加利弗性至忌,方怒苏倍特,欲重惩之,而阅至斐乃倍称道盖讷曼语,失色大恚曰:"不意若竟背约!以孤男少妇,数月同居处,已不可问,尚敢以书喋喋,抑何狡妄!予必立捕治,为无耻者儆。"即御正殿,维齐基阿法率百官至。加利弗谓基阿法曰:"汝速率卫士四百人,搜捕大马色商人亚波爱波之子盖讷曼者,械以至。并捕斐乃倍来,毋使脱。彼二人辱国体甚,罪大不赦。"

基阿法衔命,先传商会支配者以各逆旅客籍册至。检得盖讷曼名并寄迹所,即督队往捕。其居周以圃,命骑从围数匝。时斐乃倍适饭罢,据窗眺,窗临衢,见武士麻集,人马声鼎沸,隐身潜觑,则维齐方指挥徒众,知有变。自忖:"加利弗必已得书,微特不垂悯而卫士势汹汹来,非初料所及,维齐帅以至,若搜捕罪人者,不知何缘致触加利弗之怒。噫,予实不检,予不应盛道盖讷曼厚意。加利弗素多疑嫉,必欲甘心于盖讷曼,则卫士必急名捕。噫,殆矣!"奔而谓盖讷曼曰:"大祸至!捕车在门,奈何?"盖讷曼自牖窥,刀槊摩戛,马蹄蹴踏,卫士目磔磔然皆作鹰鹞视,大悸,股栗不能声。斐乃倍曰:"事迫矣,速易奴服,以炉烬墨面,首承巨盆,状若酗肆佣者然,必无人能识。其亟遁。即有诘,以酒家保对。"盖讷曼戚然曰:"然则若独不自为谋乎?"曰:"毋虑,予见加利弗,自有言。君非予比,不速行则不保。"盖讷曼尚犹豫,斐乃倍力趣之,乃如言易装出。维齐及诸卫士以佣也,不之疑。盖讷曼遂疾驰出郭去。

维齐入,见斐乃倍坐睡椅,案满置会计簿及银币货样。见维齐,即起跽曰:"予已知加利弗意,见时乞君为之地。"维齐亟掖之曰:"上帝鉴予,孰敢侮汝!予之来此,不敢有几微使若不悦。特奉命速驾,并偕盖讷曼往,则予职尽矣。"斐乃倍曰:"惟命。然盖讷曼已一月前以事他适,濒行……"语至此即指案所列者曰:"以此种种留请予为暂守。予不欲负彼拯予之厚惠,故足迹不离,愿并携往。"维齐为首肯,命舁诸物至宫,付美士勒弆之。大索不获盖讷曼,毁其居,车载斐乃倍并二女奴以行。

基阿法复命时,加利弗曰:"罪人至未?"曰:"居已毁矣。盖纳曼遍索不得。斐乃倍言彼一月前他适。谨与斐乃倍来,倘许入见否?"加利弗益愤愤,不欲见斐乃倍,立谕美士勒幽斐乃倍于荒黝之塔。时加利弗盛怒,无敢谏者。美士勒凄然,潜语斐乃倍姑忍就幽,徐俟加利弗怒解时,当为缓颊。斐乃倍含涕入塔中,盖是塔筑以专囚罪人者。

斯时加利弗手作书与叙利亚王齐纳弼,盖齐纳弼为其从弟,亦附庸国也。书略曰:

> 今有大马色商盖讷曼,为亚波爱波子,前在报达盅予所爱者斐乃倍,事觉潜逸。度必返故土。希严行搜捕,械系犴狱,数数搒答,凡三日。然后声罪徇于市,饬卫士递报达定谳。盖讷曼大恶,当籍其产,墟其居室,其亲属悉拘至,裸而揭橥,驱以游,敢以衣食给者死。赫仑挨力斯怯得手书。

加利弗立命使赍书递叙利亚。又饬携传书鸽往,期得覆之速。报达鸽故善飞,即至远,能识途自返,哺雏时,返益疾。使者穷日夜驰至大马色,投书于叙利亚王齐纳弼。齐纳弼即拱立吻书者数四,加诸首,然后展阅之。立集卫士,躬飞骑帅以往捕,从官仓皇随行。

盖讷曼之母自其子离大马色后,不得一纸书,念甚。同旅有归者,虽言盖讷曼无恙,然盖母以未得书,戚戚不已。久之,神恍惚,心趣趣不宁,若盖讷曼已遭不测者,若左若右,或隐或见,一阖睫即遇之,貌至惨戚。此盖其母积思扰脑,成兹幻象。悟悯中谓盖讷曼必已死,于是为营虚冢,置偶像,日夜对之泣。女爱尔哥伦勃亦随母哭甚哀,闻者皆为恻恻。齐纳弼帅兵至门,婢出应。诘以盖讷曼。曰:"死矣。顷主方哭于墓。"齐纳弼甚疑愕,挥从者入室,索不得。至墓屋,见盖母及少女涕泗交颐。骤见齐纳弼领众蜂涌至,惊不知所谓。从者曰:"王也。"乃跽。齐纳弼曰:"毋恐,予以加利弗命,捕汝子盖讷曼耳。"盖母曰："噫，死矣，尚何言！尚何言！"言已，悲咽欲绝，不能成语。盖妪痛子切，瞀乱无状，不复知王尊。而齐纳弼性和厚，睹盖母及女惨痛无人色，甚哀怜之。自念盖讷曼有罪，刑其身足矣，奈何及属。加利弗好暴虐，一至于是，予凌此无辜，隐痛宁有极乎？

卫士既不得盖讷曼踪迹，齐纳弼旁皇甚，又不敢违加利弗命，谓盖母曰："汝与汝女速去此，不得安汝居。出，当护汝。"即谕从者以长袍蒙披二人以行，恐为众欺辱。于是籍室之所有，一罄之，铲其居，无一椽遗。既归宫，谓盖母曰："加利弗命裸汝等体游于衢，以示儆戒。此大辱，予视汝等，良不忍。虽然，命不可违，奈何？"即谕令制衣二袭，无袂，以马尾为之，仅能蔽前后。翌日，以是衣衣盖母及女，散其髻。而爱尔哥伦勃之发长可委地，毿毿然状益可怜。卫士驱之走。斯时二人离奇其服，复裸其四肢，观者如堵墙，亦有为泣下者。卫士行且呼，谓若曹得罪于加利弗，罹是罚。盖母及女愧且痛，以发被面，无地自容焉。

至暮，始驱二人归，首飞蓬，足徒跣。行一日，未须臾息，惫甚，至是晕踣不能言。叙利亚王后闻之，深悯惜，命侍者持酒往，救之苏。并慰之曰："后悯汝不幸，命吾侪护持汝。王亦知尔曹冤，甚哀怜之。"盖母跽谢，并乞达感忱于后。又问曰："吾侪罹此虐刑，究何事获罪于加利弗？虽刑死，殊梦梦。"曰："汝得罪之因，实由汝子盖讷曼盗加利弗之爱奴斐乃倍。往捕，逸去，加利弗怒而刑及汝曹。加利弗性暴，然无敢与抗者，奢其威也。吾君虽恻隐宽大，属于加利弗，又何能方命，亦惟有阴施其惠耳。"盖母曰："吾子性质凤谨，复渐渍于教育，深明尊亲之义，何至冒不韪，蹈刑章？决无是事。"言至此，仰而呼曰："噫，盖讷曼，今知汝尚未死！果尔，则家虽毁，罚虽酷，举不足道。愿上帝佑予子无恙。予复何求！所虑女脆弱，不能耐厄苦耳。"爱尔哥伦勃曰："予矢必从母志，觅予兄。"于是相持而泣。侍者复慰止之，并饷以食。翌日，驱行如前。若是者凡三日。齐纳弼虽不慊于加利弗之命，亦不敢显违取咎。即谕大马色居民及流寓者，有敢与盖讷曼之

275

母若妹衣食居室,及与通语,相饮助,皆杀无赦。令下,驱母女出,任所之。人皆望而走避之,惟恐不速,至朋戚亦然。盖母惊谓女曰:"吾侪岂中疫而见者惧染乎?抑遭此惨罚而人皆恶而屏绝乎?何可一日居此!"遂携爱尔哥伦勃同行,亟欲出境。甫及郭,时已曛黑,无可投止。即有回教徒之好善者甚相悯,卒怵于令,相与叹息而已。

齐纳弼以所办本末由鸽递复加利弗,旋得谕,速逐出境。齐纳弼如命行,而盖母及女傫然就道。出郭,耳目稍疏,亦有私馈以币若糇及行縢者。至一村落,人多聚问。妪具述其故,呜唈不自胜。见者罔不流涕。为去马尾服,而衣以大布之衣,縢以屦,为束发盥沐,稍复人色。于是盖母及女指涂哀来拍,暮就回教寺憩。俄渡幼发拉底河,而至米所波大米国。又达穆素安。然后赴报达。报达为加利弗所都,不远遁而至此者,冀踪迹盖讷曼,故不避危险焉。

斐乃倍之闭于荒塔也,日夜泣不止。一夕,加利弗微行诇察,偶经塔侧,闻中有悲泣声。伫听,则斐乃倍叹曰:"呜呼,盖讷曼!以救予故而得祸若是之酷,又以凛凛于加利弗故,食此恶报,至不能保其身,而远逸求免,不亦哀乎!呜呼,加利弗绝不审黑白,而遽以酷烈施,虽威棱无敢犯,天帝实日鉴之,将如冥诛何!"言已,辄大哭。加利弗闻之,自忖使斐乃倍言确,则予虐及无辜,何以操刑柄。即回,命美士勒诣塔挈斐乃倍来。美士勒自斐乃倍得祸,甚为怜虑。闻加利弗言,大喜,垒息至塔中,谓斐乃倍曰:"加利弗命若往,将复幸。冀若以后勿再至此也。"

斐乃倍一见加利弗,即长跪伏地,泣不能言。加利弗面铁色,盛气曰:"斐乃倍,汝言予暴虐,不辨黑白,何所见而云?拯汝者为谁?亟以实告。"斐乃倍知加利弗已有所闻,不如直陈无隐。答曰:"主臣,愿恕其愚昧。拯妾者非他,即亚波爱波之子盖讷曼,以衣以食以居均以礼。若人自知妾有宠于陛下,益以敬心自持,无几微忽,其皦皦固可质诸天帝者。"加利弗曰:"汝言得毋欺?"斐乃倍曰:"妾胡敢欺陛下?脱欲欺,即不直言矣。"加利弗曰:"然则盖讷曼诚矣。汝徒感其诚而已耶？"斐乃倍曰："妾以盖讷曼长者，使人爱且敬。使妾不遇拯而死，死有知，且不忘陛下，岂以一拯故而顿易妾初志耶？况盖讷曼始终守身若处子，即一言动不敢逾，更使妾心肃然无他念矣。"加利弗闻言，色渐霁，命之起，赐坐，使晰述所历斐乃倍于苏倍特事则隐约不彰言，并明所以居盖讷曼家者，特避祸耳。盖讷曼之逸实渠悯而趣其行，不自知其干法也。加利弗喟然曰："汝言当可信。予不欲文过，予志予誉。惟予归报达将匝月，汝始来告曷故？"斐乃倍曰："盖讷曼简出，得信较后。且妾书虽早具，无因缘得达。迟至一月，始得交奴乐纳海手也。"加利弗曰："盖讷曼遭此无妄，必被雪之，以补予过。汝倘有请，予必许。"斐乃倍伏地谢曰："愿陛下亟宣令，赦盖讷曼罪，并召使听命。"加利弗曰："予当录其救汝之功，复其产，新其室，湔濯其家属蒙刑之辱。至汝遭厄之夕，脱不遇盖讷曼，白骨矣。是盖讷曼实生汝，汝之身盖讷曼之身也，汝当归彼以酬其德。"斐乃倍斯时心奕奕然，不复能置一辞，默而退。至旧居，陈设如故，而盖讷曼之簿籍币物，已罗罗移皮室中矣。

赦令下，不知盖讷曼所在，斐乃倍决意躬觅之。请于加利弗，得许，囊千金，骑而二侍者从。先祷于寺，施其金立尽。次日，至贩珠者总汇所，未下骑，命召笕事者某至。某故乐善，博施与。及见，斐乃倍授以金，曰："君大德，遐迩称道。予以千金置君所，请为予济客此而贫病者。"某曰："敢不惟命。昨适有母女自异国来，状至黯惨，第意态非娄人，必遭厄至此。长途风日，面黛黑，衣尽穿空。予悯其困顿，命妻款之，给衣食。倘欲一见否？"斐乃倍下骑，甚欲面之。某肃斐乃倍入。主妇出致礼。斐乃倍曰："窃有请于夫人，闻有母若女自异国来，愿得一面。"曰："渠辈正在此室。"即为指示。斐乃倍谛视良久曰："汝曹远来，闻颇颠困，必被难者。予来此，汝倘有所需，可索言之。"答曰："吾侪以无辜婴祸，天实启之。经此惨劫，使人惊心欲碎。"言未已，涕若绠縻，悲怆哽咽。斐乃倍与主妇皆为挥泪。移时，斐乃倍曰："愿若以家世及所遭不幸事缕述，予当释若悲。"曰："吾侪得祸之由，实斐乃倍致之。"斐乃倍大骇,以欲得本末,不之阻。续聆其语曰:"予夫为大马色商人亚波爱波,已逝世。子曰盖讷曼,商于报达。不知如何,加利弗谓其盗斐乃倍而遁。捕不获。檄叙利亚王,毁籍予室产,逼予及女徇于市,复遭逐,流离困苦极矣。所以忍而不死者,欲一见予子耳。予子在,则困辱所不计。"斐乃倍曰:"盖讷曼已蒙赦矣。此事皆由予遭乖舛,致汝曹家室颠沛,予心实恫然不宁。今加利弗已有后命,以盖讷曼为长者,冀慰其诚,待其至而旌赏之,并以予归盖讷曼,酬厥厚德。然则与母一家亲属尔。"言次,即持盖母,示敬爱。母惶顾不知所答。斐乃倍又与爱尔哥伦勃接手,显亲密焉。

斐乃倍致相见礼既,又曰,"愿屏烦恼,待好音。曩盖讷曼贾于报达之财,储无遗失。第母固重得儿而外赀产,不得盖讷曼,虽巨富何乐?即予亦怅怅者。要之骨肉之情,与爱恋之情凝注于一身,神彻冥冥,相见或当不远矣。予今日得母等于无意中,安知不获见盖讷曼亦出于料想所不及乎?"言次,某至曰:"适见一年少,病不能乘,纺于驼而行。抵医院,视之,若相识。诘其邦族,不答,但流涕欷歔。予甚悯之,虑入院或为庸医所误,即命仆掖至予家别室中,当为从容调摄焉。"时斐乃倍闻之,若有所感触,起谓某曰:"请君导予入病人室。"某诺,导之去。盖母从旁悉其语,谓爱尔哥伦勃曰:"嗟乎!彼病者未识何许?予恍惚欲疑为汝兄,特不知汝兄果犹在人世否耶!"

斐乃倍入室,见少年瞑其目,面灰白,无几微人色,微似盖讷曼。不能决,即名呼之,不应,若失知觉者。又曰:"嗟乎!盖讷曼,予误矣。予以念汝切,致惑于形似。彼亚波爱波子,即病剧不省事,亦未有闻斐乃倍声而不识者。"此少年闻斐乃倍名,即奋张其睫,愕视良久。既而愀然曰:"呜呼!汝果为斐乃倍乎!胡相遘于此?"语未竟,一悲而厥,力救始苏。某以病者恶嚣,趣斐乃倍暂出,勿扰其清神。移时,盖讷曼神稍复,举首四瞩,不见斐乃倍,蹋足而呼曰:"嗟乎,斐乃倍!顷所见者,岂汝幻影耶?何逝之速?"某曰:"非幻也,予以君体弱,宜静憩,故趣夫人出。稍息,可相见。且加利弗已下令赦君矣。

微特无罪,且有赟。惟愿君省思虑,强饮食,善自摄而已。"

斐乃倍以得见盖讷曼告其母,母喜欲颠,即起往视。某之妻以盖讷曼疾甚,不宜过悲喜,力阻之。从其言。于是斐乃倍慨然曰:"今日不期而得团栾一室中,非上天默佑,乌克臻此?"即兴辞回宫。时加利弗独在密议室,斐乃倍由近侍导之入,具白得遇盖讷曼及其母妹。加利弗深骇异。斐乃倍复绳爱尔哥伦勃之美。加利弗默然作色,移时,始霁颜曰:"予闻汝得见盖讷曼等,甚喜。前言息壤,予必不食,今而后汝可自由矣。"

翌日,斐乃倍至某所,询盖讷曼疾何似。某曰:"行瘳矣,可使见骨肉。"裴乃倍曰:"予当先见之。"入趋榻前曰:"盖讷曼君,予以为长别离矣,不图今乃继见!"盖讷曼长吁而起曰:"嗟夫,相见之奇诡乃至是!昨一觌面,未接辞,殊悒悒。若曾因缘以此事达诸加利弗否耶?"斐乃倍曰:"加利弗已深悔前非矣。因祸得福,并许予自由,以遂尔我之私愿。"盖讷曼闻至此,心怦怦然,喜跃不自禁,扸髀而前曰:"是言果确有可据乎?"斐乃倍曰:"胡不可据之有?初加利弗闻君脱身逝,大恚,罪及汝母妹。今则幡然一反曩日所为,渴欲见若,并厚赍若。若一家将并蒙释矣。"

盖讷曼诘母妹受虐事,斐乃倍具告之。盖讷曼毛骨为悚,既而凄然曰:"以予故,致累及母妹,予罪何可逭!"为沾襟涕下。斐乃倍复述遇其母妹。盖讷曼亟趣延之入,相与持之而泣,见者皆为汍澜。盖此四人者,皆涉历苦厄险难,心力俱瘵,自谓毕生无复有眷然开口之一日,不图愉心惬志之境,竟于邅迍侘傺中遘之。其肹蠁之机,一若天故陆离突兀以炫其奇妙者。

于是盖讷曼自述与斐乃倍别后,匿迹小村落,骤遘疾。有农耆而慈,为调护周至。前日病稍间矣,农为御驼,俾就医院养疴。乃适与某君遇。斐乃倍亦补述荒塔受困事。又曰:"吾侪自此,当舍荼而荠矣。谒加利弗不可缓。特所需必预具,否则加利弗将不欢。予当为料简之。"

斐乃倍径至宫，取千金授某君曰："黄金千，愿君为盖讷曼母妹制华服。"某部署毕，盖讷曼已霍然愈，拟偕母妹晋谒加利弗。方整衣待趋朝，而维齐基阿法至，趣盖讷曼上骑亟造。盖讷曼唯唯，斐乃倍等亦超乘从之。

维齐导盖讷曼至廷，以礼见加利弗，仪观辞气，雍容得中，群臣皆私相欢赏。加利弗曰："予今日见汝，甚慰慕念。汝亟以救斐乃倍本末谂予。"盖讷曼缕晰以闻。加利弗嘉其诚，赍锦袍一袭优宠之。诏曰："其官盖讷曼于朝，用勷庶务。"盖讷曼曰："草莽无识，辱鞭策有加，敢不竭其愚忱，以仰酬高厚。"加利弗悦其对，颁禄维腆。退朝入嚵室，亦惟盖讷曼及基阿法与焉。

加利弗既见盖讷曼之母若妹，心独艳爱尔哥伦勃，以其殊色无俪匹者，为神移久之。谓之曰："若容采冠绝，足膺委佗之选。曩日之屈辱，幸勿介怀。今予欲斥苏倍特，科其罪。若即承后位，其克修乃职。"又谓盖母曰："若齿未衰，拟以若耦维齐基阿法。"又谓斐乃倍曰："若即归盖讷曼，予曩命无戏言。速传主裁判者，分别签定婚事。"盖讷曼既娶斐乃倍，感加利弗恩，益兢兢自矢。以女弟微贱，不足代苏倍特，固为辞。加利弗不从，卒娶爱尔哥伦勃为后云。

史希罕拉才得缕述盖讷曼事竟，苏丹大悦，谓跌宕诙奇，且足风世。史希罕拉才得曰："陛下既好之，请再述魔媒故事，其奇谲当更有可听。"苏丹许诺。时朝曦欲上，急于早朝，约翌晨再叙。如期，史希罕拉才得复就坐而言。

魔媒记

伯沙拉昔有一王，甚爱民，民亦推戴之。富而无嗣，常忽忽不乐。回教士多有为之禖祝者。未几，后果有身。十月而生男，王名之曰徐恩爱拉斯门，译言美如神像也。

王乃集五行家以术推此儿休咎。相与推讫，白王曰："太子多寿，性勇毅。特不免魔绕，至多艰险，必强忍之。"王闻，识其语，亦无忧色，曰："凡主一国者必勇敢，事乃有济。若夫所遭艰险，则祸福固相倚伏，安知不由此得深造乎？智识必经患难，乃能增益也。第勖以君道而已，安问其他。"

于是使人慎抚太子，并懃懃以修身为教。长则延专学者为之师，以广习诸术业。王年渐耄，旧疾复作，势且不治。自度奄忽亡日，召太子受遗命。时爱拉斯门被教有年，气象渊卓。王乃曰："我病且弥留，汝当嗣位。治国之道，不可不知。政固宜剂以宽猛，顾使民畏不若使民怀。且刑赏之柄，尤宜慎重。金壬之辈，往往貌为君子，取信一二事，使人不疑，以阴售其奸险。阿谀浸润，复工其术，使人主受其愚而不知，颠倒是非，国是乃不可问。汝其慎旃，毋蹈覆辙！"言竟而绝。太子服哀七日，始行登极礼，别用新玺。受朝时，见诸臣旅进屏息，深凛天威，一发言则群相唯诺，左右无不承望其颜色，自谓今日乃知人主之贵。用是日益骄恣，喜诣谀，诸新进皆授要职。即有以忠言规者，皆不纳。日纵淫乐，不复问民生疾苦。小人渐进，治体隳，国用匮矣。

爱拉斯门之母甚有才,深虑之,思欲革其恶。乃诫之曰:"若踵是不悛,非第丧其财,将有揭竿而起者。当此时汝尚能酣歌恒舞乎!愿早为计也。"不听。未几,怨言盈途路,愤政府之无道,嚣然欲动。幸母调停之,得不发。于是爱拉斯门惧,尽斥诸少年之执政者,而以名德有凤望者代之。

然帑藏竭矣。爱拉斯门悔且忧,莫能自释。梦一老人容莞然,前谓爱拉斯门曰:"天下事常有以至艰而得至乐者,知之乎?汝欲解汝忧,必游开罗,有佳遇,足以娱汝。"

爱拉斯门觉,甚异之,往白诸母。母不信,笑谓爱拉斯门曰:"梦,幻境耳,乌足据?果欲往开罗者,愚莫若汝矣。"爱拉斯门意殊不然,曰:"母以为梦特脑中偶现象耳,然有时往往奇中。予师曾述得奇梦而致祸福者,难偻指数,安得谓必无其事?即吾师言未可尽信,而昔夕之梦则固亲历无可疑者。观彼老人仪容庄穆,非人世习见者,意必神也。殆我教之先知①欲释我之忧,故来诏我,所言当不欺,吾必往。"母多方止之,卒不听,乃以政托诸母,而乘夜私赴开罗。

开罗者,名胜区也,其富丽无与匹,处全世界人无不思一观览为乐。爱拉斯门不辞艰辛,至其地,疲甚。偶憩息一回教礼拜寺中,即倦卧。复梦前老人来曰:"汝从我言,乃不惮跋涉,自非至坚定勇敢,曷克臻此。予必使汝为全世界至乐至富之君。予所以使子来开罗者,亦藉以观子之诚。予嘉汝志,可亟返伯沙拉,当于宫中得无穷幸福也。"

爱拉斯门觉而甚失望,阴念:曩者疑为先知,而惝恍若是,恐实幻想之魔耳,思之数,故往往见于梦。留此无谓,不如亟归。幸未为他人说,否则人将痴予矣。

于是返伯沙拉。母问何所得。爱拉斯门历述其事,甚忸怩,虑母

---

① 先知指回教主穆罕默德也。

责也。母恐伤其心，转抚慰之曰："勿忧，上帝倘以富赉汝，可安坐得之。我所望于汝者，则非富伊德。倡乐饮酒，娱则娱矣，实戕汝心，勿再蹈前失也。且人主以天下为忧乐，若治象雍熙，斯民歌舞，乐孰有逾此者乎？"

爱拉斯门曰："自兹当母言是从，并守贤师傅之训。"而是夕爱拉斯门复梦此老人曰："汝大富之时至矣。翌晨，辨色而起，以一锄往汝父居室，发其地，所得必偿汝欲。"

晨起，爱拉斯门往母室，以梦告。母笑谓之曰："固哉此叟也！何缘而数诳汝？汝尚以其言足信乎？"爱拉斯门曰："虽不可信，然语甚奇诡，拟如言试究之。"母大笑曰："汝既好奇，不妨一试。此固易事，非若曩往开罗，长途劳顿也。"

爱拉斯门曰："三梦语相衔接，往开罗，老人所以验我勇；使归伯沙拉，谓得之宫中；昨复以所在地明示。细按之，似非不可信者。宁发而不得，一举手劳耳。诏我而我置不取，我其自外矣，悔可追乎？"

言毕，即取一锄往。室砖发太半，杳无所见。力倦稍息，度若又无效，则母将重嗤予。旋又奋力为之。忽砖下见巨石色白。急起之，下有门，键以铁制。以锄断键，破门入，有阶级，文石为之。乃爇烛而下，至一室。室之颠及地，皆缀以水晶，磁周其四壁，甚密致。中列架四，架各承云石缸十，疑所以贮美酒者。发覆，则灿然累累皆黄金。大惊喜。逐发皆然。乃手金一握，出以呈其母。

母闻爱拉斯门所遇，大奇，乃曰："汝无喜也。今而后若再以淫纵耗而财，汝之仇闻汝得多金，将必陷汝。"爱拉斯门曰："否否，请毋过虑，必不贻母忧。"

于是母使爱拉斯门导入地室。阴念其父在时默不以此事告我，岂非大奇。至藏金所，见诸物，奇诧已极。俄复于屋隅得一云石小瓮，为爱拉斯门曩所未见，知必有异。启瓮，则一小金钥在焉。母曰："此必他室之钥。踪迹之，当有异宝在室中。"

觅良久，见壁隐一锁。试以钥，豁然落。门辟，见中有金柱九，八柱皆有像，以大钻石成之，异彩照灼，明逾白昼。

爱拉斯门遽呼曰："嘻，阿爷从何所得此宝像耶！"尤奇者，第九柱无像，而上缀白锦一，有文曰："儿观此，当知尚有第九像，美丽非馀像所望，而价值亦倍蓰至千万。汝欲得之，必往开罗访予旧仆莫巴雷克。其名开罗人多知之，得即告以所遇。彼知汝为吾子，必导汝知像所，且示汝得像之良法。"

爱拉斯门心动，谓母曰："意此第九像之值，虽并八像，亦无如是巨也。余决计作开罗游，望许我。"母曰："诺，予不汝阻。汝去，国事予与维齐分任之。"爱拉斯门乃治装，挈傔从，再游开罗。

抵开罗，询莫巴雷克居址，乃知为埃及巨富人也。居处崇丽，埒于王侯。性复好客，四方冠履集其门，若龙鱼之趋大壑。爱拉斯门乃遵途诣之。门者询氏及职业。曰："予远来旅客，夙耳汝主名，欲一奉手。"门者入告，出谓爱拉斯门曰："主人已敬俟矣。"

爱拉斯门入，至一厅事。莫巴雷克降阶迎，执礼甚恭，并道爱慕意。爱拉斯门言予为伯沙拉新王爱拉斯门，前王即世，予得嗣统。莫巴雷克曰："前王乃予主。然我不知其有储，君年几何矣？"曰："予生已二十年。足下何时离伯沙拉至此？"莫巴雷克曰："予别予主约二十二载矣。敢问君何证而称王子？"曰："予父在位日，曾密筑一窟室，藏金四十缸。"莫巴雷克亟问曰："外尚有何物？"曰："内更设一室，植金柱九，钻石像居其八。惟柱之次九者，上止白锦一方，有父手书，言有第九像，华丽逾所列，且命我至开罗访汝，当得像云。其速导我行。"

莫巴雷克闻之，悲喜交集，即长跽以吻接其手曰："天乎！君真予主子也。君欲得此像，吾必导之。然君道路困顿矣，请少休，数日后卜行，可乎？顷吾适飨客，皆知名士。倘不弃，盍相将入席，以纵谈笑。"爱拉斯门曰："固所愿也。"于是莫巴雷克即导至一高阁，宾从骈集。爱拉斯门入坐，莫巴雷克进食维谨，诸客皆属目心异之。

已而莫巴雷克曰："诸君勿惊余执礼过卑下，此少年为爱拉斯门，乃伯沙拉前王子，今嗣统矣。前王曾以赀畜余为奴，迄死未许自由。

顷所执礼,在旧主前,固应尔尔。"爱拉斯门即谓之曰:"自此时始,予畀汝自由,凡予于汝身所应得之权利,概从放弃。惟愿知更有何事可以效劳?"莫巴雷克大喜,以口接地谢。命酒欢饮。夜分,客兴辞,致赠以礼。翌晨,爱拉斯门谓莫巴雷克曰:"今日予欲行游,子其导我。非景物之揽,实予事是亟。"曰:"诺。顾此像非易致者,必历种种困厄险阻,庶几或得之。"爱拉斯门曰:"事即至艰险,予必冒之,不复避。危难当前,畏而瘳,毋宁奋而死。予自主持之,无所悔。愿君勉作健,即日首途。"

莫巴雷克见爱拉斯门志坚不可夺,乃命办装。各沐浴申祷①,然后启行。途中闻见恢异。旋至一所,地阒寂,景甚幽。莫巴雷克下骑,命留仆从以待,而招爱拉斯门曰:"当与子偕行。然此后皆险境,慎之,非入此不能得像。"

行抵湖滨,莫巴雷克面湖坐,谓爱拉斯门曰:"当渡此。"曰:"无舟奈何?"曰:"少顷当有一船来。船具两樯,乃魔王来逆君者。君慎勿与舟子语,亦毋或作声。舟子状至可怖,然汝勿惊。脱不默,船立沉溺死。"爱拉斯门曰:"承教,不敢忘。"

言次,果一舟破湖来。舟质以檀制,蠡琥珀为樯竿,张以蓝锦,长旂飐左右。操舟者象首而虎身。渐近,舟人以修鼻引莫巴雷克、爱拉斯门登。瞬息达彼岸,复以鼻举二人置岸畔,俄人船俱杳。

莫巴雷克曰:"至此,可无庸扣舌矣。地为海岛,属魔王辖,中多珍怪物,近瞩遥眺,胜概不可殚举。君不观坰野间乎?芳草芊靡,杂树相错,果木之植,累累盈缀。群鸟下上其际,鸣清婉可听,皆他处所未闻睹者。"爱拉斯门信武纵览,神为之移,几忘行路难矣。

旋见宫阙峨然,上接云表。缭垣一带,翠玉莹然,周以深沟。沟畔高树耸列,浓阴敷覆。宫门金色璀灿。一桥衔接,以一介壳为之。修可十二尺,广可六尺。人揭来宫前,状并丑怪,均手巨铁梃,以环卫

---

① 此皆回教礼仪。

宫禁者。

莫巴雷克曰:"姑少留。恐鬼物将为害,吾当以术解之。"探衣囊出黄绢四,一缠腰,一覆背,馀二则予爱拉斯门,令如式为之。又以毡二布诸地,周以宝石麝珀。二人各就一毡坐。莫巴雷克曰:"此宫为魔王居,予将延之来。惟其喜怒不可测,魔若不善吾曹来,必为巨形怪物;倘为美丈夫来,则事可济矣。尔时君当谨致礼。然足勿离此毡,离则立死。君当曰:'吾父不幸辞世,愿主以爱吾父者爱吾。'倘魔询所欲,君则谓:'但欲得第九像耳。辱赐,则万幸。'"

莫巴雷克言竟,即施魔术。须臾,电煜烁,雷声隆隆然。岛中呼号声骇人耳,四隅昏黑,坤轴若震荡,几似世界末日时矣。

爱拉斯门惧甚,而莫巴雷克若罔觉者,笑曰:"予在,请勿惧。"忽见一美丈夫来,盖魔王也。望之,凛烈之气使人生畏。

爱拉斯门即起致礼,一如莫巴雷克所教。魔喜接之,谓曰:"予子,予曩甚爱汝父,汝父每来觐,予必赍以像,今将移以爱汝矣。汝父卒前数日,吾命书锦以遗汝,并许以第九像赐汝。像之美,逾八像远甚。兹当如约。汝梦中三见之老人即吾也。吾屡指示汝,实欲玉汝。予早知汝意,汝强毅,无畏难心,予颇嘉汝志,即不以尔父故,亦且偿尔愿。惟汝他日必以一年十五馀之处子来,须具绝世姿而未知爱情者。汝亦当严自律,毋稍萌异念,汝其誓以为信。"爱拉斯门即立誓守斯言。又曰:"彼美之未知爱情也,乌从而知之?"魔王笑曰:"观人面固难知其心,然亦自有术,但亚当后裔不能为耳。吾有一镜,汝持以考验,自胜皮相。汝倘得女,即以此镜照之。镜洞澈无翳,此女必守礼谨严,稍有烟云,则已非完璧。愿毋背今日盟。苟食言,予必戮汝。"爱拉斯门唯唯,矢不敢背。

魔王乃授镜于爱拉斯门曰:"得此,事易为矣,汝可任意去来也。"二人于是别魔王返。抵湖,象首虎身者又具舟渡之。既抵前仆从留待所,乃乘马回开罗。

数日,爱拉斯门谓莫巴雷克曰:"今我曹当往报达选女,以应其求。"曰:"盍先觅于开罗?地大人稠,必有当意者。"爱拉斯门曰:"然。但何道可使如年之女一一就验?"曰:"予素识一媪,可委彼为之。"乃召媪,告以故。媪果导女麕至。视之皆美好,齿亦如所言。迨试以镜,则皆不能无翳障。此曹女有出贵族者,有出平民者,皆不中选法。

于是启行往报达,僦一大宅,将以选女。复广招宾客,相与谭谦。更以馀食饭僧,缁流咸集,门几如市矣。

近爱拉斯门居,有回教祭师曰巴皮叩马秦者,性媢嫉,因己贫,尤忌人富。闻爱拉斯门饶于资,衔之甚。于晚祷时,宣言于众曰:"闻报达来一旅客,挥霍豪恣,莫知所自,颇可疑怪。或盗劫人财而越境以遁者。倘加利弗闻之,则诸君失察,必受咎。盍白诸上?予在堂职锁钥,不宜干他事,特为君等计耳。"众为所惑,即请巴入告。巴阴喜其计之行,归草一疏,拟翌日上之加利弗。

适莫巴雷克亦在堂,悉闻巴皮叩马秦之言,乃具金钱五百,锦数端,径造巴氏门。比入,巴询来意,状殊睥睨。莫巴雷克卑其辞曰:"予君邻也,因伯沙拉王爱拉斯门来,故至此。"言次,以金锦馈,且言:"爱拉斯门夙景君名,愿一承颜色,先遣某奉贽,幸弗却。"容益谦。巴喜曰:"辱王至此,匆匆未趋候,甚歉。其先为致辞。翌晨,我固当修谒。"明日,巴祈祷毕,谓众人曰:"事有误会。昨所言之旅客,今乃知为伯沙拉王,才行卓越。予之疑亦误闻传言耳,幸未孟浪。"言毕,易服往访爱拉斯门。爱拉斯门待之谨。巴皮叩曰:"公欲久居此间否?"爱拉斯门具以选女告。巴皮叩曰:"此大难事。顾我所知者,有一女,甚近公言。昔其父为维齐,今已解组,以教育弱息为娱遣。君帝室贵胄,倘欲婚,彼必不辞。"曰:"吾必先验此女之品,合格,然后娶。才色易知耳,贞否将何以为据?"巴皮叩曰:"君愿如何验之?"曰:"愿一觌面,他无所求。"巴皮叩笑曰:"公岂有相人术耶?我将为公导见之。"巴皮叩即导爱拉斯门往女父所,告以爱拉斯门之家世,并求见其女之意。女父即使女出见。去面网,美无与俪。爱拉斯门为之神往。亟取镜照之,镜莹净,无纤毫翳焉。

爱拉斯门求婚，维齐允之，命行结婚礼，使召理民事官至，如例署书毕，祷上帝。爱拉斯门复宴维齐，丰其赠。又使莫巴雷克赠女以珍宝珠玉，并逆女入室。客既散，莫巴雷克谓爱拉斯门曰："今事已谐，可返命矣。君曾记前立之誓乎？"曰："女貌美，令我心醉。欲挈之返伯沙拉，不愿复见魔王。虽然，背誓不祥，予决不负所属，当即行。"莫巴雷克呼曰："君萌此念，殊危险，终当强制情欲以践前约。"爱拉斯门曰："此女艳绝，视之几不能自持。当速藏，毋令我见之心怦怦也。"

于是偕往开罗，遵途抵魔王岛，而女则乘舆往。女自结婚后，迄未见爱拉斯门，心疑之。乃询莫巴雷克，至伯沙拉境否？莫以实告，谓爱拉斯门本无娶汝意，因受魔王嘱，欲致汝于彼，故伪婚耳。女闻之，悲恸欲绝，乞为援手。莫巴雷克甚怜之，所以慰藉之者良至。女泣曰："予以异乡茕弱，坠若曹计，上帝必有以报。"而爱拉斯门终不敢背约。女徒涕泪终日夕而已。

爱拉斯门即以此女奉魔王。魔王谛视良久曰："此女端丽，甚合予意。汝竟能践约，尤属可喜。汝亟归，入觇地室，所许第九像已移往位置矣。"爱拉斯门乃别魔王，返开罗。稍勾留，即回伯沙拉，急欲得像。又忆女容色之美及哀泣之状，抚膺自问，愧悔交迫。若此丽质，乃令其弃父母，入鬼国，与异类偶，其咎予实尸之。

未几，抵伯沙拉，民皆欢迎。爱拉斯门往见其母，告所遇。母以第九像可得，乐甚，曰："当如言速往地室验之。"至则大惊，盖坐第九柱上者非钻石像，即前进于魔王之美女子也。女曰："王以予在此为怪乎？王初意特欲得至宝耳。今得予，必追悔曩之疲道途，历危险，为不值矣。"王曰："否。我至爱汝，特以妨前约，不得已弃之，心犹耿耿。今何幸得汝！钻石虽贵，又乌足道，即举世界至宝重之物，亦无以易予爱汝之心也。"

时雷霆骤作，声震宫宇。母惧甚。须臾，魔王来，谓之曰："毋恐，予深爱汝子，欲一试其制欲之功。予固预知此女美绝伦辈，几令汝子见之不能践约。然世人抵制情欲之力本极薄弱，汝子虽一念偶弛，旋能强自坚忍，不负盟言，亦堪嘉尚。兹以此第九像赉汝子，其珍贵非彼八像可同日语矣。"又谓爱拉斯门曰："此汝妻也，愿永以为好。既丽矣，其无纤介瑕也，益足珍贵。汝必始终爱重之，毋稍移爱于他人。予更有后命以奖若。"语竟，风焱起，倏忽间，魔王已杳。爱拉斯门乃大喜慰，即夕成婚，下诏以女为伯沙拉王后。后二人伉俪綦笃，并享大年云。

史希罕拉才得于爱拉斯门事已备述端末，请再及他事，苏丹许之。惟夜已向晨，不及续叙，期之明日。史希罕拉才得续述如下。

杀妖记

昔有君哈伦城①者，国既富强，复子惠及下，民庶和洽。后宫多佳丽，而王心不怡，以未得储嗣故也。宫中祈祷亦惟胤续之求。一夕，梦一老人，仪容严穆，若先知然，谓王曰："予已悉汝意。后祷时，必长跪者再礼毕，即诣园取柘榴实任食之，必得子。"

觉后，忆所梦，亟如言祷毕，食柘榴实至五十粒，盖后宫有姬五十人，故食如其数。亡何，四十九人皆孕，惟一名比罗时者独否。王恶之，曰："天其弃彼矣。天之所弃，留则不祥，必杀之。"维齐闻之，谏曰："具质禀气各不相同，比罗时之得子容有迟早，请王勿杀。"王曰："姑贷一死，遣之出宫耳。"维齐曰："送萨马王所可乎？"萨马王者，为王中表弟。王允之，手裁书致萨马王，使管理，并言倘有身，亟入告。

比罗时既抵萨马王所，未几，觉有孕。十月而产一儿，貌甚英隽。萨马王即遣使以闻。哈伦王大喜，手答曰："闻使言，甚慰。予今有子四十九人，多男颇累。此子仍寓君处，愿抚教之，命名曰古代特。欲见当相告也。"

萨马王得书，抚此儿如己出。渐长，教以骑射诸艺。至年十八，才能志概卓越侪辈矣。古代特性勇敢，一日谓其母曰："我甚不乐郁郁久居此，欲投身戎马中耳。邻敌方滋，边氛甚恶，彼四十九人皆荷

---

① 哈伦城（Harran）。

楯前驱,而予碌碌无所表见,宁不短气!"比罗时曰:"予固望汝能自立勋业。然毋造次,静待父命可也。"古代特曰:"时不再来,予宁耐此。今拟隐姓名,往哈伦自投效。俟建功后,自承为王子,何如?"比罗时然其策,即命之行。又虑萨马王见阻,伪出猎于野,乘间逸去。

古代特乘一马,色白而骏,饰马之具皆以金,布以翠锦,缀以珍珠;佩长剑,剑以巨钻石为之首,香木傅以玫翠为之鞘;盛矢之囊,亦丽其饰,道旁观者,均啧啧叹赏不置。抵哈伦城,往见王。王睹其英姿飒爽,有名将风,喜甚。询其名业,曰:"予开罗总督子也,好游历。偶经君所,闻战事方殷,窃不自揣,愿效尺寸耳。"王即授以军中显职。

未几,古代特誉大噪,军士共敬爱,王眷尤隆,大臣均要结之,而诸王子则滋嫉忌。古代特日与王相接见,吐属具智谞,谈尤衮衮不倦。王欲其长留宫中以监视诸子,虽古代特年亦富,而王甚偿其有驾驭才也。

诸子闻之,益忿,私相语曰:"嘻,父乃以爱子之情移之旅客,何昧昧也!今且使之监督我,必举足触碍。不如先发,共杀之以复主权。"其一曰:"若是,则父必深恶我曹,益取疏外矣。不若假名田猎,出郭匿他所,久不返。父闻,必怒监督之失职,即不加诛,亦必见逐矣。"

诸子以为然,乃偕往见古代特,言往猎即归。允之。诸子三日不返。王谓古代特曰:"我久不见诸子,何也?"曰:"前三日以猎告,云即日归,乃至今未返。"王闻之,色不悦。翌日,诸子仍杳。王怒古代特之失职也,乃让之曰:"诸儿出不归,监督不得辞其责。速往觅之。不得,杀无赦!"

古代特大惧,急装驰马往,颇怅怅。至墟市村落,必询人曾见王子否,而迄无知者。悲灼欲绝,泫然泪下曰:"呜呼,诸兄弟!其均为敌人虏耶?若然,以余一人故而使诸兄弟婴困,老父焦虑,予罪大矣,其何以补救?不如不至哈伦之为愈也。"时古代特归咎于一己,深自怨艾,旁皇愤慨,若无以自解者。历数日,卒不能得。后抵一平原,遥见巨厦轩敞,周垣皆以黑云石为之,黝泽高广。临牖有一女,姿绝世,而不栉不沐,憔悴若有深忧者。古代特行近此牖,女谓之曰:"君速去,否则且饱妖腹。此妖为一巨黑人,日饮人血,此其居室也。复有一地穴,行人经此,皆攫置穴中,饥则取啖之。"

古代特曰:"无以我为念。顾若何以至此?"女曰:"予开罗大家女。往报达,途遇妖,尽杀我仆,弃我于此。妖屡欲污我,我以死拒。妖复予一日限,谓再拒,当令惨死。"又曰:"顷妖奔逐行客,行即来。君速去,稍迟及祸。嘻!时至促,虽急遁,恐无及矣。"

言未竟,妖腾越而至,巨体怪状,骑而手剑,剑与马之巨称其人。古代特持剑当其冲。妖欺其弱,若不介意者,命释剑就缚。古代特不少动。乘不意,以剑创其膝。妖怒,大吼声震,以剑还击,势甚猛。古代特轻捷,急跃马出其右。妖刃虚下。欲再击,而古代特已乘间断其右臂。妖坠地大嗥。古代特亟下骑,剑取其首。女自牖窥见,大惊,不意古代特英武乃至此,谓之曰:"请君搜妖体,取钥以救予。"古代特检得钥,启门入。女出,欲跽谢。古代特止之。女嘉古代特之勇,谓当世英奇莫与匹,自庆幸遇若人。而古代特亦喜己之能救女出险,相与谈述甚欢。忽隐隐有呼声甚哀。古代特方愕顾,女遥指地穴曰:"此中皆为妖囚禁者。妖日取一人供其餐,故怖恐悲啼耳。"

古代特曰:"不意予之至此,竟若多人之待予以生者,当亟往释之。想此曹之快脱险,当不减于汝也。"即共走诣穴,近则声益惨苦,古代特为之酸鼻。历试诸钥,门始洞辟。穴中人以为将实妖腹,相持号哭。

古代特既入,见一梯达地穴,中惨黑,屋角有灯若燐火。囚百馀人,皆桔其两手。古代特谓之曰:"妖已手戮,特来解诸君缚耳。"即与女分破其桔。众感涕。先释者则相与递脱之。须臾,穴中人皆得释。

众罗跪古代特前而拥其足,泣谢之。比共出穴,古代特乃大惊,不意四十九人遍踪迹而不得者,今尽在其中。喜而雀跃曰:"汝辈乃皆在此!王以若曹久不返,甚惊怒。今幸相见,可复命。倘失一人,则予虽戮妖,不能始终愉快矣。"

四十九人皆一一与古代特相抱为礼,言以漫游累君踪迹,予辈之获再生,繄君之赐。古代特偕众周历各室,中储物稠叠,若珠玉綺绣,若波斯毡、支那帛,皆妖劫诸行旅者。中半为诸囚物,命各自取,馀则均所有。古代特曰:"惜无马载之。"众曰:"予等本有驼,为妖得,想犹在厩。"觅之,无一失,诸王子之马亦系焉。厩有黑奴十数,知妖死因释,均奔遁。众不复追。各以驼载,别古代特而去。

时古代特谓女曰:"若将焉往？我必能达若志,想诸王子亦有同情也。"四十九人皆曰:"诺。"

女曰:"予居距此远,诸君胡能与偕,恐余亦终不能返故里。予前云来自开罗,漫言耳。辱大德,又曷敢不以实告。予,王女耳。王为奸人弑而篡其位,故予潜逸至此。"众闻之,请述其端末。女乃言曰:

头耶巴①之城实据一岛,中有王统辖之。王懋于德而无嗣,祈诸上帝。久之,乃诞予。王以非男也,怏怏。既以天为之,亦聊持以自慰。及予年渐长,父延名师,传授政治、法律及诸学术,盖父将以予嗣统也。

一日,父出猎。远逐一野驴,遂与众相失。日暮,驴窜林中,不可见。父下骑稍憩,遥见林深处有微光,谓当有居人,可遣以往召傔从,乃向之行。

渐近,则光自一茅屋中出。窥之,中有人,色黑形巨,甚狰狞,箕踞榻上,前设炉一,酒器一,方炙牛下酒。旁一妇,美容颜,两腕受縶。有小儿甫二三龄,号泣不止,若知其母之遭此不幸者。黑人饮自若。父悯之,思入杀黑人救妇。恐势不敌,徘徊户外,图以智取。俄黑人有醉色,顾妇曰:"汝何执意,必欲试予酷刑耶？甘苦汝自择,倘相从,则乐故无极。"妇曰:"予终不能一释愤恚。汝岂自忘为怪物而望予易志耶？"且语且詈。黑人大忿曰:"汝亦知爱可变怒乎？汝嗛予,予岂不能相报！初予以爱汝故,迨一死,今则不汝贷矣。"即手挈妇发,使

---

① 头耶巴(Deryabar)。

趾离地尺,举剑欲斩之。父见之益愤,亟引矢射中黑人胸,仆而毙。

父入门解妇缚,诘其何由至此。妇曰:"近海地有沙兰生①族,予即其酋长妻也。君所杀黑人亦隶酋长部,艳予色,怀叵测,将乘间夺予。一日,予携儿行僻径,黑人即篡予而逸。既恐为予夫迹得,故去沙兰生界,潜伏此林,已数日矣。予矢志不辱,即无论其如何惨酷加予,予终不慑。彼日恫吓,谓不从当置极刑。予虽受缚,舌则自由,痛骂以激其怒,愿速死为幸,不以志节易生命也。君闻予事,或尚不薄予而知援手之非滥者。"父曰:"予深喜汝志。兹幸已出险,予当终庇汝。倘复遭不测,则予不辞咎。明日,朝暾上,当挈汝归头耶巴。予实主头耶巴国。汝可留宫中,汝夫当来逆汝。"

妇闻甚慰。翌晨,父即挈之归。甫出林,即值傔从来,见王惊喜。王述所遇,且谓如先为黑人见,恐不得生还矣。从者负妇及孩以行。抵宫,以别室居妇,且傅其子。久之,其夫不至。妇初颇郁辖,后以父遇之厚,渐亦安之,无去志。其子渐长,貌俊,且颖悟,颇知媚王。王怜爱甚。廷臣疑父将使之尚主而继位也,敬礼綦至。彼知廷臣意,心窃喜,恃王之宠,尊贵欲与他国之诸王子并。又以父不及赐婚事,竟冒昧自陈。父隐窥其骄恣,以徐图答之,意色仍和霁。

彼自命贵胄,求婚于父,直如要索。父却之,彼即引为大辱。即背弃不顾,与朝中诸佥人谋不轨,割刃王胸而篡其位。弑王后,率乱党入宫中,度其意欲逼予为妻,否则杀予以固位。幸维齐忠于王,乘彼行弑,潜来宫,挈予匿其友所。维齐愿偕遁,不甘事贼,欲与予往邻国乞师复仇,乃具舟,发自岛。数日飓风起,舟触礁沉。维齐及同行者皆与波臣伍。予则惊极昏眩。比苏,身已在岸,不知何由上,或适附破舟木,漂流达岸,抑上帝欲再磨折予,故使予不死也。

予自怨所遭多舛午,且孑然一身,不如速死,拟投身入海。忽闻人马声甚杂,返视之,有马车一队,中一少年,骑而冕,缘衣以金绣,宝

---

① 沙兰生族(Saracens)。

饰其绅,貌都气蔼,望而知为酋长。见予痴立海滨,则大奇遭问。予痛泣不能对。时折樯断板,随波出没,众见之,知予舟破飘流至此。以予重悲戚,喋喋穷诘,且谓酋长温仁,倘有求,必可如愿。

酋长见使者未返,躬来予前,目注之,戒众勿诘。且谓予曰:"若遭此厄不死,良亦天幸,勿以困顿绝望。哀乐何常,号咷于前者安知不娱喜于后乎?予虽不知若家世,睹若举动,已得梗概。盍偕予归?予母慈,必有以慰汝也。"

予感其意,诺之,告以故,并述奸人篡弑事,众甚悯恻。酋长即偕予归,导见其母,为陈颠末。母亦凄然,再三慰藉。居久之,酋长甚重予,请娶予为后。予自念穷蹙,幸主厚,得寄此身。或者竟赖其力以雪弑父之恨,未可知也。遂允而结婚。吉夕,仪甚崇盛,廷臣均入贺。而邻国瑞吉巴①王乘不意来袭,率大军,夜登陆,长驱薄宫阙。诸臣仓皇奔窜。予与夫几为虏,幸得潜脱,遁海滨,伏身渔艇中,随风所之。二日,见海面有帆影,意商舶,或可求援手。既近,大骇,舟中十馀辈露刃植立,皆盗也。瞥见予舟,即跃入,缚王及予以登盗艇。盗去面网,皆大喜,竞欲得之。初则争阋,继则短兵接。须臾,尸纵横,仅馀一人。谓予曰:"今汝为我有矣。予前许为开罗友人觅佳丽,当以汝赠。"又顾予夫谓予曰:"彼何人?与汝何属?"予告以实。盗曰:"然则不当使彼见汝为予友人奴。"即投予夫于海,予竟不能救。

时予愤不欲生,思自沉。而盗觉之,缚予于樯竿,扬帆行。抵陆至市,购驼马,僦仆从,拟往开罗。道出此突遇黑妖。远睇之,黝然而巍钜,以为塔也,近始见具人形。妖挥巨刃,命盗尽纳所有,为其役,盗不屈,率仆从攻之,皆强悍敢死。相持良久,盗卒不胜,中刃死。众仆歼焉。妖即提盗尸挟予入其室,即磔盗尸吞咀之,供夕食。见予悲泣,谓予曰:"汝至此,终不免,惟服从为宜耳。姑予一日限,汝其熟审之,毒刑而毙与生而受眷也孰愈?"即扃予室中。脱今日此妖不授首,

---

① 瑞吉巴(Zanguebar)。

予不知当受若何楚毒死也。

　　头耶巴公主述毕，古代特曰："予深悯汝遭不幸。惟汝之将来则惟汝自择。今予愿以宫壶居汝。哈伦王宽厚，必能容。汝大厄而遇予救，此中不谓无缘。倘荷降心，请谐永好。彼四十九人皆哈伦王子，即以为证，何如？"主诺之，晚即行结婚礼，并出室中所贮之果馔以为宴。明日，首途归哈伦。心既适，觉风景触目，令人怡旷。比距哈伦城止一日程，古代特乃以酒遍饮诸王子，起致辞曰："今予不复能隐。予实名古代特，哈伦王妃比罗时子，君等之兄弟行也。幼受育于萨马利亚，长而始归。久未实告，惟曲谅之。"言竟，顾主曰："卿幸恕予秘不先白。卿允婚时，或终以贵贱非偶为嫌。使予早布腹心，或可免卿此想。"主曰："否。妾钦君英武，一见即意惓惓不能释。纵今日不知君为王子，予心亦至欢幸也。"

　　诸王子闻而忌之，伪为欢笑状。俟古代特夫妇寝酣，乃共窃议去之之策。中一人曰："吾思父王倘知古代特为己子，并闻其杀黑妖事，必嘉其勇，使之继位，予等则永为臣仆矣，奈何？"众闻之，皆扼腕大恨，必欲甘心而后快。呜呼！此四十九人者设不得古代特，果妖腹久矣，乃弃其德而欲致之死，甚矣哉，嫉忌之为毒也！乃相与潜往古代特卧所，乘其睡，以匕首击之。以为必死矣，急共跳身赴哈伦。

　　是时，古代特创甚而僵，血殷褥，绝无生气。主觉见之，大痛，号呼自掷，悲不欲生。且泣且诉曰："吾英勇无匹之古代特，乃见贼于凶奸，竟仓猝饮刃终耶！杀君者果尔兄弟行，抑黑妖幻形来耶？不然，何残酷至此！然予之责他人而不自责也亦过矣。君之罹惨死，未必不由于予。自予去故国，屡遭不幸，是天欲祸我也。君出予于祸，而身受其酷，是不啻移祸于君也。予不足惜，独奈何以君之瑰奇雄特，而因予以毕命耶！天既欲使予骜，又何故使予见爱于人，既予而复夺耶？"悲恸间，见古代特时尚微有呼吸，主乃往谒医者。比偕医返，则不见古代特，周觅不得，疑为野兽攫去，主益哀痛。医见而怜之，令主偕至其家。

医劝慰备至,主终不怿。一夕,询主端末,谓倘能为力,当不辞。主略述之。医曰:"徒悲何益,既为其偶,复仇之举义不容诿。幸忍摧痛,尽任责。予闻哈伦王慈明公正,倘往谒,自披诉,谅王必能成汝愿。不愈于今之坐泣耶?如有意,予则请从。"主然之,医乃僦一驼,与主往哈伦。

比入城,医询市人以朝宇近事。皆云:"王有子曰古代特,育于外府,匿名事王者久,今忽不知所至。王及古代特母比罗时时时悲念,使人遍踪迹之,不得。古代特有勇略,国人皆惜之。王尚有子四十九人,皆不同母,才皆在古代特下,王益无以自慰。复大索数日,消息杳然。大率已为异物矣。"医自度为主计,不如先见比罗时。然事险,易生变。恐四十九人闻而加害,使不得白其事,而彼剚刃之阴谋,乃不虞暴露矣。医拟己先独往,然后导主去,与主议决乃行。途次,遇一妇跨骡来,衣装都丽,女婢皆骑以从,众黑奴为拥卫。民皆分行立,伏地致敬。医亦效之。既过,询旁立之噶棱达:"顷所见得毋为王妃?"噶棱达曰:"然。是王妃之一,民最敬慕之,以其为古代特母也。古代特之名,想君所耳熟者。"

时比罗时方以赈事赴教堂,并申祈祷,使古代特早返。医闻之,即从其后。国人亦望古代特得还,相与入祝。医杂比罗时仆从中,备聆祝辞。俄比罗时将出,医私谓其女侍曰:"予有事欲白王妃,能许为先容否?"曰:"王妃念子切,意不适,何暇及他事。必事与王子有系,则予可进言,君当蒙召。不然,即力请,无济也。"医曰:"予所欲言者,正太子古代特事也。"曰:"若是,从吾曹入宫,必可如愿。"比罗时归,女侍如医言入告。比罗时以事涉其子,急欲知所以,立召医入。尽避众侍,留忠谨者二,乃温语具询。医先致敬礼,然后详述古代特戮妖拯诸王子事。语至诸王子刃毙古代特,比罗时痛极而晕。良久苏,医乃续述馀事。既毕,比罗时曰:"归告头耶巴公主,予必以彼为媳。亦必有以酬汝。"医去,比罗时哭其子甚恸。哈伦王至,语及古代特。比罗时曰："古代特死矣！"因备述医言。王大怒曰："世间安有此负心子，我必有以重惩！"盛怒出，召维齐曰："急遣兵千人，往擒予四十九子囚之于塔。"维齐大惊疑。王并言："后一月予不复听政矣。"未几，维齐覆白诸子已如命捕禁。王乃更使维齐召古代特妻至，且言当优视之。

维齐即列仗往迎头耶巴公主。主靓妆而骑，辔勒灿然，前驱后从，传呼煊赫，医亦厕其间。观者麻集，知为古代特妻，益大欢忭。王逆于宫门，导主入比罗时之室。主见比罗时则大哭，比罗时亦哭。主乃备述始末，并乞王雪古代特冤。王曰："此四十九人已幽囚待命，须得古代特尸始能定狱，不然，民将不服也。"即命维齐速相地，营主居室。并造古代特墓，立其像于上。王躬诣墓为礼，远近多有来观礼者。

时邻国之仇哈伦者又与师来侵，敌氛渐逼。王思脱古代特在，宣其武略，一战足以震詟之，于以掞张国威，快复何似。念之益悲怅不已。比两军交绥，方互有伤杀，而尘飙滚滚自远起，一马队卷地来，直捣敌壁，所向披靡，其主军者尤勇锐不可当。敌军大败，死伤略尽。王大悦，谛视主军者非他人，王子古代特也。惊喜相持，各述别后事，归见其母妻。

初，古代特之遭刺也，伤而未殊，晕不知人事。比稍苏，创甚不能兴。又不见头耶巴公主，盖未知其出谒医也。适一农过之，见古代特负伤重，悯而以驼载至其家，为之疗治。创竟愈。古代特尽赠所携钻石，拟回哈伦。值邻敌入寇，即聚市中诸少年，以兵法部署，用以攻敌，竟获大胜。

于是王以诸王子共谋杀古代特，虽未死，罪当诛，欲尽置之法。而古代特力为求免，乃止。王乃命立古代特为太子，而释四十九人，并厚赍医。古代特与诸王子相见如常时，绝不以前事介抱，其洪量洵不可及也。

先是史希罕拉才得述盖讷曼事，深饶兴趣，苏丹聆之颇乐。至是史希罕拉才得曰:"陛下前闻盖母等受屈,则为扼腕,迨闻后复被宠,则又为之辗然。倘闻疑梦伪死事,亮又当大噱不已矣。"苏丹急待引耳,奈时值晨兴,不得不俟诸诘旦。届时,史希罕拉才得为具道亚布海森所遭。

非梦记

加利弗赫仑挨力斯怯得在位时,报达有大贾,工计术,致巨富,老矣。有子曰亚布海森,年既长,父督束之綦严,无一息得纵适,意蹙蹙,若被桎梏,顾无如何也。居顷之,父疾死,遗产悉归海森。海森往日随父竭来都会,见少年多炫奇服,跃怒马,盛宾客,縱游欢谦,挥金若土苴,意态骄伟,飞扬不可一世,道旁皆属目,赞羡声啧啧相闻,心窃艳之。徒以钤于严父,跬步不得自繇,乃强自抑制。一旦承巨资,得指挥如意,拟恣所欲为,以偿昔日之蓄念。于是中析其产,以其半置田舍,广生息,馀则供宴赏嬉游,期金尽乃止,其半虽至亟不动也。

海森意既决,遂与诸佻冶少年骑从相出入,狭邪游无虚日,穷雨雪阑夜无休时。众殚力挥霍,海森悉资之,不少吝。意犹以为未足,则广召宾客,启高宴,美酒罗千罂,珍错极海陆,数里之外,炙香逆鼻。复为征明童,集妙伎。清歌比竹,更唱迭奏,缠头之费,手挥辄千黄金。开跳舞会,争靡斗侈,男女杂沓,噂噂然连臂蹋地,作种种技巧。海森屆厦其间,无倦容,无啬色,凡有请者罔不应。与征逐者益众,海森复百变其行乐方,以新耳目,娱宾从。所出入都不赀省。亡何,主计者告空乏,不能勉揩挂,供应渐不给。客门下者稍稍散去。无几时,庭可张雀罗矣。向之出肺肝,称莫逆,与之朝长楸而暮北里者,咸屏迹不见。即邂逅于途,率掉首勿顾,欲前与语,则疾驰惟恐不速。海森至是,始悔所交之滥,结客少年场,直以金钱掷虚牝耳。耗资事小,乃为若辈齿冷,其何以堪。思至此,悒悒不乐,踥蹀无聊,嗒然入母室。母见其色颓丧,神思惝怳,即逆谓之曰:"汝殆有仰屋之叹耶?不节则嗟,予早知汝有今日之伥伥矣。徒以汝能坚保其半,故不汝阻耳。桑榆可收,郁伊胡为者?"

海森泪泫泫下曰:"境不身历,不知贫之戹人若是。尝观夕日既下,蒙气晦冥,万物尽失其象。人一失其赀财,凡诸乐境,皆杳不可得,如日没然。当予之拥巨赀以挥霍也,有敬我者,有畏我者,有媚我者,有称道揄扬我者。一旦贫乏,则敬者慢,畏者侮,媚者傲,称道揄扬者且诟毁挡挏之矣。嗟乎!予独何能不介介于怀耶?"

既而海森复颊首自忖,作而曰:"予所以待诸宾客者至奢极渥,度无不恖适其意。今予金尽不能供,即皆望望然去之。世俗交态,可炙手热者,即可掉臂走,固无足怪。虽然,予不敢谓诸客皆全无心肝者,当遍面之,勾其所以处我,或不虚所愿,未可知也。"海森之母喟然曰:"予非欲挠汝意,然事可逆料,汝之愿必不能偿,徒取无味耳。若曹之所以趋汝者,利汝金。金尽则绝,谁复念汝畴昔者!愿汝经此一蹶,力自奋勉,安知不复振兴,胡事视人眉睫耶?"海森曰:"母言固不诬。然予必姑尝试之。倘失意返,予未始不于此获益也。"

言竟,即次第诣诸友家,谓:"迩日寂寂寡欢悰,拟集金作十日饮,他日当举息以偿,辱交末,当许一言为息壤。"语次,面惨白,目瀁瀁然,声微咽。而诸友皆漠然不为动,或默不言,或乱以他语,或佯以事走避,无一应者。海森乃大悲愤,蒙袂而归,白其母曰:"母诚先见。今而后知若曹皆不足齿之伦,请从此绝矣!"

海森经此创,愤甚,设矢言,终身不愿有报达人入室宴。乃以廑给朝夕,自奉至啬。而好客之习不能锄,日筹一飧之费以款客。款必远客之乍至者。且一膳一宿后,晨必遣之去,无勾留,无再款。室固面桥,桥当衢,往来若织。薄暮,海森即跂足桥下。见旅行者有自远至状,即殷勤起逆,必延之归,进夕食,馔无过菜,亦不草草。膳毕,继以酒。烛话至夜阑,多涉闾里琐碎事,不及时政。海森性和,喜诙谐,客问,答如响。即客有幽忧者,闻其言,无不为颐解。向晨,海森即谓客曰:"愿上帝为君涤除烦恼。昔夕已明语君,一饭后不复与共席,且矢不相见。予于此具有深意,幸勿介怀。"海森始终守此旨,前客或重遇他许,即趋避。客或前与言,则瞠也若不相识。久之,人亦知其旨,无再面者。

一日,加利弗易服微行,周历郊市,盖其性好独断,喜调察,辄潜刺闾里隐事以炫其明。是日为月朔,加利弗作马苏尔贾人装,从一健仆,于于来,徐达于桥。加利弗虽商服,仪状伟甚。海森骤见,惊为非常人,度必马苏尔大贾,即起迓。口注手,示敬礼,曰:"客跋涉甚劳,倘不蘏敝卢,敢申地主谊。"并略述款客之例。加利弗异之,欲知其究竟,欣然偕往。海森导入室,延上坐。须臾具设,海森躬进之,仅鸽鹅鸡三簋耳,无他味。然烹饪至精美,虽罗珍篹无以过。海森面加利弗,与共食。食时不语亦不饮,循报达俗也。膳竟,事漱盥,撤馂,更为其从者置飧。乃设嘉实醇釀,再肃加利弗入席,引满而进曰:"独酌寡欢,兹得飞盏相醻,令人神王。彼欲止酒者,至视为狂药,一何偏蘑。予则愿手此杯杓,便足了一身。君亮不以斯言为河汉。"言已,倾舭立尽。加利弗持觞笑曰:"君倜傥不羁,使予大乐,今日当需醉尽欢。"海森酌巨斝奉之曰:"醖尚不恶,必鲸吸,乃快意。"加利弗曰:"君豪放士,深得饮中三昧,非漫交曲生者比。"且语且引倾。海森曰:"昧君言,洵能及时行乐不令流光笑人者。得邀左顾,幸甚。不佞苟能诗,则当歌君子之章,以志簪盍。"酒酣,主宾语益相得。加利弗诘及海森邦族。对曰:"先人业贾,遗产颇不赀。以予好客,析产之半以供用。讵财尽而客皆弃我去。往贷,遭淡漠。予愤极矣,计田舍尚存,稍节缩,犹足自给。乃发愿逆他邦客,凡土著于报达者概不与,故今日得承音欬焉。"

加利弗鞿然曰:"析半之举,虑在几先,卓识自越庸俗。金尽,复能保半产,改前辙,尤善之善者。好客盛名,当风传远域矣。"乃相与劝酬谭笑,至夜分,加利弗阳为倦状,谓海森曰:"当不阻君好梦,请即赐休息。昧爽，予即行，不及话别。窃念甫观面，辱承接殷渥，感不知所报。惟君倘有所愿，望明以诏我。虽无似，或不至辱命，即仆交游中亦多能为君臂助者。"

海森斯时不知其为加利弗也，漫应曰："感雅注。第不佞生平无觊望，亦无希冀，无所谓私愿者。虽然，有一事，予常念之，不能无介介。报达之境，区以图，图有堂，堂有主教。主教率其图中人以时申祈祷，是其职务。此图之主教者耄矣，心险而色庄，人不知其叵测。邻有四金人，与同气类，能羽翼牙爪，日夜聚议为非法事，诽毁乱黑白，或诬评人，或左右鼓讼，要挟恫吓，百出其技，遭之者家为索，见者罔不仄目视，重足立。夫主教自侐其规，甘冒不韪，胡以服众。自此曹出，鸡犬无宁时，言之令人发指。"加利弗曰："然则君愿惩此鬼蜮耶？"海森曰："然。惜予不得为一日加利弗耳。"曰："君脱得为加利弗，将奈何？"海森曰："为加利弗耶？予必执四人者各鞭其足踝百，而鞭主教则从严，数必三倍之，俾知所儆戒。予知报达居民必同声称快也。"

加利弗性好娱戏，取谀笑，闻海森言，意娻娻然，曰："君为井间计，心至公，且若曹罪不可纵，或者君有志竟成，予乐观厥效。予知加利弗苟知君意，必以柄授汝，俾君于二十四句钟内可为所欲为。予虽业商，然此事或可为君效力。"海森曰："君殆嗤予妄想耶？予恐加利弗闻之，亦轩渠不已也。虽然，倘能使加利弗察主教等所为而予之罚，事实至幸。"加利弗曰："予非诳君者。君遇予厚，故予敢决言。烛炧矣，将各归寝。"海森曰："诺。"即起视罂，曰："尚有馀酒，尽此后就榻何如？有一事属君，君兴，必以黎旦；愿阖户出，勿任洞启。"加利弗曰："如教。"倾酒于觞，立举之尽。俟海森他顾，潜以药投其杯，即注酒入，奉海森曰："领君殷意，予亦以此为寿。"海森取吸之，甫释杯，药发，眥阖而颐欹，醉如泥矣。

加利弗斯时鼓掌大笑，仆闻声趋入。加利弗曰："速以此人返，且默识此居所，他日可掣之归。"仆即负海森走，加利弗故不阖户去。既至宫,置海森于寝。诸侍者方排比待驾,加利弗谕之曰:"趣为此人缓结束,使卧朕榻,俟后命。"诸侍者为海森易加利弗之寝衣,使就枕。加利弗复宣诸嫔及执事人至,曰:"此榻上人若曹必慎侍。翌晨,必举平日伺应朕者以伺应之,毋忽。彼或有所需,即立从命,虽微琐事必顺其意。总之,视其人与朕无异也可。"众知加利弗将藉以为戏也,均唯唯。加利弗即谕维齐基阿法曰:"明日早朝时,有客衮而端冕登朕座者,幸毋诧,其一切如常仪。倘有命,无论何事,即侵及府库,亦遵行勿违。且传谕诸臣,俾皆致敬礼。当使客回皇不解。梦梦然如置身云雾中也。"语竟,加利弗就别室寝。唤寺人长美士勒尔来,告以海森之欲,且谓拟以加利弗之权暂授之,一觇其所为,汝当以翌晨至。于是美士勒尔如期往侍加利弗。加利弗与偕至海森寝所,自匿曲室中,自隙窥海森动静。

东方甫辨色,执事人咸趋侍,按级立,无哗。俄日轮将出,已近早祷时。海森中于药,沉酣未易寤,有以海棉著醯,近海森鼻,则大嚏,复瞑而欷,格格欲唾。侍者虑污毯,以金盘承之。少顷,海森启目四顾,朝暾已上。瞥见居室,庄严华美无与俪,承尘施采绘,陆离炫耀,氍毹贴地,繁花累累,插戗金瓶中。宫人环立,皆流靡婧艳,或手弦索,若将间奏。又黑奴数辈,盛饰鹄俟室隅。卧榻列锦衾,作玫瑰色,金缘珠缀。橚则张大袍一袭,文以金钻,精莹激射,不可逼视。锦垫置一加利弗所御之冠,备极贵丽。海森骇然,不知所谓,疑此梦境耳。既思又适如己所欲为,则又恐为真梦。乃抚膺自语曰:"然则予真为加利弗耶?"继辣然曰:"非也,勿自迷惘,当由予与客言所欲,结非想,成此幻境,予奈何不省。"维时,美士勒尔已趋前致辞曰:"日已杲矣,晨祷其时矣。"而海森总以为梦幻,不之答,复矇其睫。

美士勒尔再请如前。海森自忖,人寐不能有所闻,或者实非梦。张眸四顾,见日光自珑窗射入,煜煜然,室中益金碧璀璨。蹶然起坐,颐舒张欲笑,一若深喜其忽得此佳境者。加利弗自隙窥其状,意亦跃跃。时诸嫔及执事者皆前致敬。须臾,丝竹并奏。海森大乐,心摇摇不自主。念此种种何因而至，地为何许，又何由来此，迷离惝恍，不知所措。而美士勒尔复以诸臣待朝白。海森始恍然知非梦。然意终旁皇不能释，谓美士勒尔曰："汝所言系何指？谁为陛下？汝殆痫而误耶？"曰："陛下为控驭世界之加利弗。仆臣虽驽下，仰承天眷，事奉有年，幸无犬马颠眴之疾，何致有误？奉命实不胜惶惧。"海森闻之，笑不能仰。加利弗亦掩口吃吃，复强忍，恐为所觉。久之，海森指一黑人曰："汝以予为何人？以实告。"曰："陛下为加利弗，天地大主之代表。"海森曰："噫，汝墨面如鬼，犹作诳语！"复命一宫人前，出手向之曰："试啮予指，予欲一验，究为梦境否。"宫人知加利弗正隐眴，欲博其启颜，即趋榻张口啮海森指。海森痛而嗥，亟敛手曰："非梦！非梦！但昔夕犹亚布海森，一宿忽为加利弗，予实不解。"顾众侍者曰："予真为加利弗耶？"齐应曰："然。"海森乃忻然下榻。众役事惟谨，而海森口中尚隐呼奇事不置。

更衣毕，群侍者拥之出。美士勒尔掖海森升座，见卫士鹄立阶下，列仗森严，廷臣跄济，气象端肃。时加利弗亦匿罘罳间遥望，见海森盛服临朝，仪观庄穆。维齐白事，海森一一裁判，或允或否，不少踌躇。加利弗甚嘉其敏。海森继传主警察者上，谕之曰："若趣往某教堂，逮主教及其党四人者，立鞫得其种种不法罪。鞭主教四百。四人者则各予以百鞭。衣以鹑衣，乘驼徇于市，并声其罪，为放弃教务藐法为非者戒。徇毕，屏出境，毋使少遛。亟若覆命。"主警察者即衔旨去。加利弗见海森谕谆谆，知其夙所疾首，其所欲一日为加利弗，初无他意也。时维齐续奏事，有至繁复者。海森则胪分晰决之。亡何，主警察者入白曰："已将主教及四人者治如谕。邑中人多见而作证。"呈一纸，胪证人姓氏。海森取阅，中多素识。即命主警察者退。复喃喃自语曰："彼伧敢干预乃公事，谓予好客为非，造言诽谤，今乃得报矣。"言已，意颇自得。加利弗窥其快意状，亦为听然。须臾，海森语维齐曰："饬笪库具千金，即挈诣某许，贻亚布海森之母。"维齐取金往，至则但言加利弗赐。海母大惊，思加利弗何由知予，予何由受此重赉,心志忐不宁者久之。

海森既退朝,维齐即以其所为白诸加利弗,加利弗为之捧腹。复随处潜察之。时美士勒尔先导海森至复室,歌者已列侍。须臾乐奏,宫羽谐婉,曳魄轩神,若置身霞表。稍憩,入膳堂,触目皆金彩焜燿。有丰容盛鬋,长裾戍削,抱筝瑟管箎之属,左右骈立者,为女乐。屋颠为藻井,雕镂密致,垂枝逆发,缀翠金点点,精光洞射。列文梓之案,奇葩灼灼,纷甹晶鳟间,参差映照。盘匜集珍馔,侍餐者凡七人,并靓妆刻饰,便嬛绰约。睨之,皆殊色。既入坐,七人者徐以雪羽之扇挩之。海森意忞甚,曰:"扇,一人足,馀环坐。"斯时海森密迩芗泽,眷然不知矧露之久。复询诸美姓氏,则为蜻蜻领,为珊瑚唇,为月华,为日丽,为目之欲,为心之乐,而持扇者则以都蔗名。海森各就其命名竭意称扬之。诸美皆笑靥翕翕,似无不满意。加利弗自隐所见之审,深喜海森善语言。食竟,侍者奉盥潄。美士勒尔再导海森至一室,广袤与堂埒,而以邃雅胜。张壁多名人迹,彝鼎诸玩,古茂绝伦。氍毹帏幕称是。复列女乐,缤纷案衍,繁声竞响。以七金槃贮嘉果。而侍者亦如槃之数,离立于前以俟给事。谛视,则并娉嫋有妍姿。命之坐,各贻以果。海森工辞令,见中有名锁心者,以一无花果与之曰:"此心系卿身矣,愿食此,以志予意。"又赠名销魂者以葡萄,且赞之曰:"卿玉貌冰肌,称是实之莹洁。"加利弗睇海森举动温雅,虽谐笑,罔越礼则,已知其人格,心契之。海森俄达一所,纷华若前室,进各种佳果汁。饮之,甘美。时日暮,美士勒尔复导入第四室,亦列歌姬,具丽侍。中列炬百馀,光注精金各器,陆离眩瞩。列一食案,庋银瓶七,中满蓄嘉醸,凡餈饵之属副焉。其杯皆以玉琢,诡形殊制。报达俗:自加利弗至庶人未有昼饮者,即有饮,水耳,违者众口訾,故报达市白日无酒徒。海森语笑良久,以管弦繁急,命止乐。执手诘至美者名,曰:"珠串。"海森笑曰:"视卿齿若瓠犀,虽明珠逊其皎,嘉名诚无愧,当酌以劝馀。"珠串盈斛以奉。海森饮复醑。珠串笑注酒,吭声而歌,音绕梁楣。曲竟,始尽觖。海森益喜。而姬有晨星者亦端丽,与海森相劝酬。珠串得间,潜取加利弗之安眠药投杯中,酌以奉海森曰:"新度一曲,愿歌以侑酒。"即抽琴鼓以歌,音至清越。海森据几按节,飒飒入听。比阕,复令再度。杯就吻立尽,方思与诸美语,而噤不得发,颔拄于膺,不复知省。杯欲堕,侍者亟以手承。加利弗自隐所出,命为海森解衣,易以来时服,召前仆谕之。仆即负海森如前,至其家,置之榻,返报。加利弗曰:"海森愿得一日为加利弗以惩主教等,竟偿其愿,喜可知已。"

海森越日始寤,张目视,身在己榻矣。大愕,迷茫中尚呼诸美名。母平日不常至海森室,至是闻声趋入曰:"儿胡事喧呼?"海森正色曰:"谁为汝儿者!"母骇曰:"汝殆呓语耶?汝非吾儿亚布海森而谁?"海森曰:"谬哉妪!胡率口儿人?实告汝,朕为加利弗,非亚布海森也。"母曰:"缄而口!恐他人闻之将谓汝痫。"海森曰:"老妇真痫矣。朕则确为加利弗,即天地大主之代表。"母曰:"噫,斯言非痫而何!岂魔冯汝身耶?愿上帝拯汝,脱离魔阱。汝姑宁神谛察,所居者为汝卧室耶,抑加利弗寝宫耶?儿则不烦言而解矣。汝所言若梯空捉月,必不能有。何脑气骤紊至是?"海森手支颐,目注地,忆所遭,固历历在目。久之,忽著心有若电闪者,惊如梦觉,谓母曰:"予之为海森或可无疑,然予亦终不以予言为妄。"母私喜,谓海森将渐悟矣。

讵海森忽蹶然起,目睒睒怒视母曰:"予之为加利弗信而有征,何物老妪,敢妄语!予非汝子,汝亦非吾母。汝自欺,乃复图欺人耶?"母曰:"汝勿剌剌言,恐有属耳,则祸且不远。试举一事,足以破汝迷。昨警长逮主教及其党四人去,各予重杖,复乘驼徇于市,且屏之出境。汝贾人子,何由得此权力?"母为是言,特欲折之使悟。孰意海森闻之,益自坚其信,傲然曰:"予之为加利弗非汝子,至此益有征矣。盖主教等之受惩,均予发令。王言如纶,故奉命恐后。倘予为亚布海森者,能有此权力乎?"

母见海森坚执,度必脑病,失其神识,乃凄然曰:"愿上帝佑汝,使病速瘳!使他人耳汝言,虽百喙不得辞痫名矣。"海森大恚,眸闪闪若流电，作豺声呼曰："老妇，予命汝扪舌，何哓哓不已耶！再尔，必惩汝，汝悔何及。"母见海森类发狂者，心伤甚，抚膺大恸，涕泪交下。海森微特不为动，且怒气垒涌，跳取杖，高举而叱曰："老妇，实言予为谁！"母战声曰："汝实我子海森，复何诘？汝自承为加利弗，诞妄，大不敬。昨加利弗尚遣大维齐基阿法赍金赐予，感戴且不遑，胡可狂言，以自取罪？"海森闻言，益自信曰："赐金即予命基阿法取诸库以畀尔者。汝受予惠而复狂予，恶不可贷！"即挥杖痛挟母，每挟必诘曰："汝从今认予为加利弗否？"母负痛不承。海森力挟不止。母大呼暑，声彻邻里，众奔视。海森怒稍杀。邻叟夺去其杖曰："海森痫耶？子而殴母，罪居何等！汝母哺汝鞠汝，而汝报以杖，殆禽兽不若矣。"海森鸷目睨之曰："若大谬，孰为海森者？"叟骇曰："然则汝竟不母尔母耶？"海森曰："若言殊离奇，予不识此妇，并不识汝，胡以海森目予？若如是占占多口，当使若知予加利弗威力也。"

众以其所言类痫，恐狂发，将不可制，必妨害邻里，乃絷其手若足，白诸治痫所，使拘禁。主其事者携棘鞭挛索至。海森不意其相逼若是急也，力与之抗。鞭下，气为摧，乃一任所为。众既挛之，复缧之，拥以去。途次观者麻集，以其狂人也，群相凌辱，无复人理。海森惟长吁呼上帝，不狂谓狂，百辩莫解，惟听之于天耳。既抵其所，则鞭海森背五十，系诸铁槛，日予鞭，且挟且号曰："海森乎，汝奈何欲为加利弗！不猛省，当痛挟。"其母来，见海森憔悴呻吟，心为之碎。以其遭深创，当能醒悟。及与语，坚执如前。母无如何，挥泪去。

盖海森回忆宫中谰乐，与诸姬语笑，流靡妙曼之音，尚回旋于耳。而视朝时则群臣鹓鹭行，云移日照，心目间尤历历。且惩恶赐金，又实事可证，故毅然以加利弗自居。及丁此鞭扑银铛之苦，挫折悚惕，念亦稍稍转。自维若果为加利弗者，胡以不宫而家，不衮而常服，无宫人女乐之奉，无维齐及百僚之晋谒？若果为加利弗者，胡遭此拘囚，受笞扑，而维齐不出予于厄？噫！其梦也，非真也，予仍一贾人子耳。虽然，惩恶赐金，胡竟见实事？然则乌得谓为梦？既非梦，乌得谓予非加利弗？继思此二事虽有证，然其馀情事多未似，断不能泥此二事，以梦为真。方沉思间，母至，见海森益尫羸，泪潜潜下，复辍泣慰劝之。海森以温语答。母喜其省悟，曰："儿自今可销却种种妄念矣。"曰："予知罪矣。予获罪于母，触冒邻里，迄今思之，若芒刺之被体，予实为梦误耳。然此梦使他人遇之，亦必狂易不自禁，盖境非惝恍无据者。然今则余确以为幻境，不复作他想。母乎，予实亚布海森，为母至爱之儿，谓加利弗者，吆也。"言时，声凄颤，若愧若悔。母喜且悲曰："汝之遭厄，由与客夜宴。晨，客启户去，魔遂入，以种种幻像置汝脑机中，汝乃荒憎。幸上帝援汝，亟以诚祷，毋再受弄于恶魔。"海森曰："母言良是，客马苏尔人，不知报达俗，所为愦愦，致予为鬼揶揄，且婴此楚毒。母当言于主者，俾儿亟返，否且死。"母即为言。主者验而释之。

　　海森既归，体亦渐复。第每夕苦岑寂，复思要客，仍跂足于桥。而月朔加利弗复经此，仍易服为马苏尔贾者，从前仆。海森瞥睹，思受厄所由，心嗛之，掉首不顾。加利弗自海森归，复遣诇动静，知曾以痫受系，思欲再戏弄之为娱笑，故复经其地。见海森注目水滨，有不怿色，若甚憎恶之者，度其介介于前事。乃趋前执手与为礼，甚殷至。海森怫然曰："予雅不愿见若。趣去，毋溷乃公！"加利弗曰："昔月朔，君招予饮酒甚乐，何忽见拒？"海森铁其色曰："否，予不识若，亦不解若所云。亟离此，勿饶而舌！"声甚厉，且戆率无礼。而加利弗殊不介意。盖知海森有已款不再之例，即阳为不知，曰："无几日别，胡乃善忘？或君不幸遭厄，心烦虑乱，故迁憾于予。虽然，予固感君优待，曾为效绵力者，胡此失忆？"海森曰："无论若具如何势力，请勿复言。若包藏祸心，使予病狂为快，幸上帝佑我。若徒为不善，复此饶舌，尚图再祸耶？"加利弗绝不以为忤，固句欲共一饮。海森憎且恚，即峻词拒之曰："若为祸水，近则濡。予所受，一已甚，若勿视予易播弄者。"加利弗曰："君遽以恶声加，诚出予意料。愿语予所苦，脱事果由予致者，则咎无可辞。"海森乃延之坐，曰："倘举以语若，知予之仅拒若者，予尚行恕耳。"

海森于是具道前事。且曰:"谬哉,若马苏尔人,忆宴饮之夕,予坚请若,晨必阖户出,若乃洞辟之去。致魔潜入,以恶梦输予脑,离奇诡宕,使予迷惘中以加利弗自居,至不母予母,竟以杖犯,不酿灭伦祸者几希。迄今思之,犹汗发霑背,自容无地。邻人縶予治痫所,受种种虐待。以一不阖户故,祸几戕予身,不若之咎而谁咎耶?"

加利弗闻海森以实事为梦,又谓见弄于魔,辄仰天大笑。海森以其嗤己也,气迸于膺,隆隆然,瞠其视,良久,曰:"毒哉,若之笑,甚于刃矣!予以宴若故而蒙其酷,若不予慰藉,如以予为漫言者,若目之。"言已,袒而示之背。加利弗则大恻,不意偶作狡狯耳,而海森乃被笞挞,婴奇辱,心屏仄不自宁。乃自谢罪,而以好言婉煦之,惟恐不至。且切切乞从饮以为欢。海森素和易,至是入其言,微特冰释其前过,且竟为破例。即诺之曰:"当设誓,晨出必阖户。"加利弗立出矢言。海森与偕返。途次,加利弗曰:"予愿君满意,必有效,君当知予非食言者。"海森曰:"止止,予无所蕲,愿君无庸措意。予前以一念希冀,得种种恶果,不得不惩羹吹齑矣。"加利弗笑曰:"君不欲,予复何渎?愿共醉足矣。"海森曰:"君此言,令予意豢。"顷之,入室,海森为设食。食已,置酒共酌。加利弗见海森兴颇豪,饮且谭,语蝉嫣甚洽,乃徐询以有所眷否。海森时已有酒所,即曰:"予视妇女,赘疣耳。生平樽酒外无所好,得佳酿,与良友共,烧镫霑醉,乐故未央。"语至此,目眈眈然。俄而拊髀起曰:"予虽不欲得妇,脱有若梦中宫内所见之丽人,艺色双绝者,为予匹,予亦非木石人,云胡不乐。虽然,金屋之藏,惟属诸具大权力者。予寠人,即艳之,亦无从得。不如以浊酒浇块垒之为愈也。"即坐,数举其觞,并以醑加利弗曰:"今夕当与君作醉乡游耳。"加利弗曰:"君大豪爽,然安可无偶。"曰:"世颇有受帷房之累者。余虽寂寂,尚无憯焉。"

二人纵谈久,加利弗已得海森隐,谓之曰:"不佞请任蹇修,物色当君意者偶君,必不为君累。"言已,取海森杯,潜投以药,酌劝曰:"试尽此,为君梦中人寿。"海森鞭然曰:"君何善谑?愿拜君雅意。"一吸尽,而睫重顶颓,齁声作矣。

加利弗命从者仍以海森归,阖户去。及宫,置海森于前饮酒所,命为易己服。复谕宫中给事者及女乐,并末次侑酒之七丽人侍,且命美士勒尔部署如前。诘朝,加利弗仍匿复室。时海森中药未觉。女乐及侍者相继入,解海森使寤。乐作,簧籥齐鸣,和以歌,铿锵荡耳。海森陡闻大异,奋眸周睽,见左右执事者似多相识,室中陈列,亦非初见者。须臾,乐止,众肃然侍立。良久,海森啮指大呼曰:"噫,孽哉!予复入恶梦矣。槛乎铁,鞭乎棘,此中又将位予以一席。不祥哉,马苏尔客!予胡启罪于尔?而又投以种种之幻象,种种之苦厄。口血未干,复导魔以入予室。上帝耶,其拯予急!治魔以磔,镇魔以石,使予不梦而宁帖。"言毕,阖其目,溚溚然若不胜烦乱者。须臾,复启视室中,自祷曰:"上帝救予,使予不牵于外物。"即又伏枕曰:"予今不知所措,亦惟以沉睡却魔耳。"

时姬心乐者趋榻肃海森兴。海森瞋目斥之曰:"撒但①速退!"复睨视久之,曰:"谁为加利弗,汝其戏耶?"曰:"陛下以此见诘,始真戏妾矣。或宵中感何恶梦,致萦回脑中,疑虑不能去。陛下试察之,身固在宫中也。给事者皆各恪守其职以伺天颜。且此为膳室,非寝所,昨夕陛下饮于此,倦而鼾,不敢惊寤,故移卧于榻。"海森闻心乐言,渐为所动,即起坐。目灼灼四瞩,若珠串辈,均垂手侍,一一能辨。众姬合词请曰:"晓日曈昽,群臣咸鹄立俟矣。"海森曰:"纠绕殊厌闻,予亚布海森耳,无与朝事,剌剌胡为者!"心乐曰:"何处有亚布海森耶?要亦不愿知之。惟陛下日必早朝,故不敢不以请。"海森心愈惶惑,而所见与前梦无稍殊,一回忆间,浸淫汗下。以手击枕曰:"嗟乎,撒但!何嗛而颠倒予?上帝乎,幸垂悯而出予于险乎!"声哀颤,面若被霜雪,状甚悾惧。加利弗窥见,几欲大笑不自持。诸姬以不得请,即掖

---

① 撒但(Satan),魔王名。

海森坐为冠衣,丝竹竞响,长裾而修带者翩跹于前。海森心益烦乱,欲言而乐音嘈杂,度不能闻,躁急不可状。珠串知其意,使止乐。海森谓之曰:"实谇予,予曷为至此?"曰:"陛下岂昔夕为噩梦所荧误耶,请为缕述,昨早朝,陛下曾命警长惩一主教及其党四人者,又以金赐亚布海森母。返宫具食,乃入此室饮,命婢辈度曲以侑。俄伏几睡,心乐为移诸榻。在室中者皆寓目,足为证,陛下又奚疑?"海森蹙额曰:"呜呼!予倘再入汝言,则予将自入罻罗矣。若曹虽花月其表,殆若疠疫之不可近。予自见若曹后,若魔之冯身,致有犯上辱邻系槛遭扑诸事。趣去!予已知若曹惯陷人,技不得再售。"晨星掩褎笑曰:"陛下善诙谐哉!殆以梦为真,以真为梦矣。"海森垂首墨墨久之,忽翕辟其唇吻,微语曰:"上帝乎,愿赐予智识,俾立辨虚实。虽然,创固在予背也。"即袒其衣示众姬曰:"予背之鞭痕,岂梦中所得耶!创犹甚,思之心悸,而若曹猥以为梦,予固百思而不得其解者。"忽忆前啮指事,即呼一侍者曰:"汝齿利否?利,其坚齿予耳。"侍者如其言。

海森狂号曰:"轮穿矣,止止!"时乐声鞺鞳,震心轰耳,歌亦扬厉。诸舞人鸢翔燕掠,极蜲蛇缭绕腾撇超游之致。海森烦懑填胸肑,体中血轮骤涌,忽若发狂,引吭沸响,与歌音相乱,裂冕于地,手坼其衮及裒衣,声蛓然,片片碎落,特袒及袴着体,突自椅跃起,手挽两舞者与同跳荡,作天魔妖女种种冶蛊荡佚之态,至丑亵不堪卒视。加利弗窥至此,狂笑不能抑,声若百鹳之鸣,启牖大呼曰:"颠乎海森,汝欲令我绝倒耶?"众闻加利弗言,乐顿止。海森瞥见加利弗,尚以为马苏尔贾也,曰:"若胡至此!若一祸之不足,尚欲再祸,忍为此挪揄,毋乃太甚!"加利弗漫应之曰:"汝言良是,然必有以慰汝。"即入室,命以美服至,饬诸姬衣之。海森至此,知马苏尔者即加利弗,惶恐无地,谢万死。复请何由两次入宫之故。加利弗曰:"朕尝以有朔微行,遇汝邀饮,成汝欲惩主教之愿。汝之寐也,乃朕以药入酒。汝之去来也,乃从者负而往还。其始也,所以完汝欲;其继也,以汝受厄,图有以慰汝心。今者倘汝有请,罔不汝允,其放言,毋踖踖。"对曰:"虽所遭不幸,既出诸陛下,又何敢置念。辱高厚,不责以冒渎而许以殊恩,俾获申所请,虽捐糜顶踵,不足以酬。惟臣素硁硁,不汲汲于私利,不敢烦睿虑。但或得常侍天颜,揄扬盛德,固小人之幸也。"加利弗益重其廉,曰:"以宫中一室赐尔,任出入,无所禁。"海森复自陈不愿受职。加利弗乃赍以千金。海森归白其母,相与庆幸。未几,事遍播于报达,远近至引为嘉话。

海森故明敏,善辞令,好诙谐,颇得加利弗欢,一日无海森在左右,辄不乐。并引海森见后苏培特,具述始末。后亦悦之。后常随加利弗至后所。后见海森来,必目其婢奴士海多尔倭阿达者,即从容谓加利弗曰:"海森每见奴士海多尔必注视,而奴士海多尔亦赪其颊,若非无意者,幸玉成之何如?"曰:"微后言,几忘之。予许为海森觅偶,既彼此有所属意,则事无不谐。"海森旁聆其语,即伏地谢,谓"得主婚幸甚。但不识奴士海多尔愿否"。起睨奴士海多尔,俯首不语,赧然拈衣带,隐有喜色。加利弗知其意,立为主婚。苏培特所以赠奴士海多尔者綦厚,加利弗亦重赍海森。结缡之夕,笙歌筵宴,极嘉礼之盛。伉俪既笃,侍从加利弗、苏培特外,常一室相欢叙。奴士海多尔柔婉可人,海森益恋爱。海森故嗜饮,至是日对艳妻,愈纵酒为娱乐,罗百种佳酿精馔。调弦抓管,各谱新声,授歌者曼声度之,以侑杯杓。每出则雍容车骑甚都。游赏之欢,备穷侈汰焉。

海森前时本挥霍无度,迨中落,无可策画,始敛手不敢逞。兹骤荷荣宠,复得奴士海多尔者极帷房之爱,固不惜糜费以务为富丽,冀襮表其爱情,由是用日张,出日夥。海森固沈湎缠绵,一无所问,恍若有铜山金穴之无尽藏焉。久之,主计者穷于周转,且赊责巨,求索蜂午,乃簿以晬海森。会之,数累累,斥所蓄珍物及赐金,堇堇足偿。海森夙伉爽,即尽举以毕责。四顾萧然,咨嗟不已,不图结婚甫一载即潦倒若是,不量之咎夫复谁尤。忆入宫时,加利弗许以无虑困乏,第颁赍虽稠叠,消糜之速若沸潽泼残霙,倘再以加利弗为西江,亦胡颜之厚。且遗产悉以归母,脱乞援,则背约,将谨于始者黩于终,其冥以自解？奴士海多尔亦以苏培特赐飨至厚，乃耗之罄尽，即欲匄请，亦弱于言。二人相对戚戚，至无以为计。有顷，海森曰："为欢未央，即困窘不继，令人愢愢。卿颜色焦然，必念此郁悒。予意则无论若何偪侧，必不愿中道颓丧，相对欷歔。当于侘傺无聊中出一空拳力搏之计，使予等于加利弗及后前不稍露窘状，始为尽善。今予已得一策，然非与若勰为谋，则室不得行。"

奴士海多尔闻而听然曰："筹疗贫术，予不敏，愧徒束手。君能于龟壤中得甘泽，愿亟闻良策。脱予尚足备任使，予复何辞。"海森曰："予所欲部署者，虽迹涉欺诈，然可为加利弗及后解颐，而于予二人必有益。第此策出，予与若皆当死。"奴士海多尔怫然曰："予以君硕画必奇崛，乃出此下策！果偕死者，亦何患乎贫？君或厌世，甘自弃其生，予则未之敢附。"海森哑哑而笑曰："予词犹未竟，何听之遽？所谓死者，伪耳。予得卿，曷敢言厌世。"曰："予初以君庄言耳，骤闻之，令予心诧。敢问伪死奈何？"

海森曰："当以部署告。先覆予身以布，入诸椁。椁置室，无偏，以足向麦加城，以巾幂予面，若真死者。若即毁容被发，号泣趋苏培特所，以予逝世告，言必极哀。后必怜而厚赠。既得，即返。予自椁出，若踵入，伪死。予亦泣奔而白诸加利弗，必赗如后。则足为酒食资矣。"言已，大噱。奴士海多尔拍掌曰："此事极可解颐，想加利弗及后尤必感予辈苦心，搆此活剧。惟所获之多寡，则必视技之巧拙。予更事多，尤稔凶礼。昔侍苏培特，姬有逝世者，苏培特恒使予主丧事，虽伪也，当惟肖。君阳为病卧，予当以椁衾来。"顷之，悉具。奴士海多尔屏人置布衾于地。海森更衣竟，就衾交手卧。衾周其体，持入椁，以细葛蒙面，复掩黑巾，使不碍呼吸。于是撤妆散髻，发蓬蓬然被肩颈，悬涕若绠縻，搥胸踯足，大咷不止，蹴躏而奔苏培特之居。

后侍者自牖见奴士海多尔具此恶状来，惊报苏培特，即趋门逆之。奴士海多尔入门，哭愈厉，匍匐而前，面苏培特而伏，泪滂滂然滴后足，若雷雨之泻阶石。苏培特急询之。奴士海多尔即阳为哽咽，哀气逆结不能声。久之,始忽忽汍澜被颊而语曰:"不幸遘重忧,情不自已,致悲号无状。盖奴夫海森婴急疾逝矣!"言至此,复掩面泣,愈悲绝不忍睹。苏培特惊呼曰:"噫,海森乃仓卒怛化耶!彼体素实,性复和蔼,宜享耄耋,不意其遽尔溘然也。"亦嗟悼不胜。侍婢亦皆色为惨戚。盖海森每面后,善承意旨,复工诙谐语,和颜接左右,故闻其死,咸痛惜之。既而苏培特曰:"或汝有不善于海森者,致海森怏怏;懑而成疾,以夭折其生。汝试自问之。"奴士海多尔跽而泣对曰:"主臣,奴虽蠢陋,又曷敢不以妇道自饬。溯结缡以来,凡应尽之务罔不力钊,惟恐稍失海森之欢心。使死者可作,亦必证予言非謈,自痛命薄,遘此鞠凶,寡鹄之悲,实无心人世,天乎,予亦将从诸九京耳!"哭踊欲晕,几无气以动。苏培特甚怜悯,竭意慰抚之,命吏以百金及锦为赐。奴士海多尔泣谢。苏培特曰:"以锦为榱峍,以金欤费,以尽汝诚,徐当为汝处置。"

奴士海多尔既出,即改容收泪,归出海森于椟,具言计之得售,意颇自得,曰:"予诈死非难,不知君亦能如予所为,博取巨金乎?"海森笑曰:"凡妇女小有才,恒自谓突过男子。实则彼或由侥倖,要亦由男子授意所致。予既出此策,焉有自棘其手者?卿试入椟,须臾间当使卿心折也。"

海森将奴士海多尔饰装竟,即往谒加利弗。时加利弗正与维齐语,美士勒尔从,见海森入,不冠不领,面作黝灰色,涕洟浪浪然,沾污襟褎,左手摇膺,右挥泪,汨汨汨夺眶出,喉格格若气弱不任者。平日海森见,多启其辅,密其睫,作欢喜相,无几微不怪色。今瞥现此状,加利弗大骇,诘其由。海森啜泣,吭骤室,语噎不得出。良久,出其幽鸣颤惨之声曰:"奴士海多尔死矣!"即掩面不能续,身亦栗栗然欲仆。加利弗始知海森来谇其妻噩耗者,愀然曰:"是女为侍中佼佼者,故以偶若。不图纣绝阴天,乃夺人之速!"言已,凄然欲泪。维齐亦为太息。俄而加利弗目视海森,光烁烁然,忽甚炽,谓之曰:"是女不应绮年遽夭,必有虐之者。岂汝使彼有不遂于怀,故卒以憾死?"海森闻之投地，益悲泣不能仰曰："臣受恩深渥，逝者又出后赐，美姿首，多才艺，臣眷之惟恐不至，所以奉给之者，竭臣力惟恐不当其意，即有所言，承之惟恐后。臣非有胸无心者，又何敢不用其诚？天降凶灾，使当景收兰，而臣妻竟仓卒逝！五内摧剥，倘非以陛下高深未报，臣愿从逝者作同穴之归矣。"

加利弗喟然曰："前漫言耳。朕知若心臆，今赙若以百金及锦。若笃伉俪，治丧必周至，毋庸朕饶舌也。"海森持赐返，心窃窃喜。而奴士海多尔待海森久，颇不耐，闻启户，既举衾起曰："得乎？"曰："得。"示以金锦。既而曰："汝能佯哭其夫，予岂不能伪作悼亡之泣耶？"相与呕噱。海森曰："事虽幸获，脱加利弗与后遇，言及此，则事败。当再善为计以愚弄之。"

加利弗自闻奴士海多尔死，知苏培特必悼惜，急欲往慰。海森去，即谓美士勒尔曰："奴士海多尔死，恐后闻而心碎，当相宽譬。"乃同诣后所，见后据榻坐，容戚然。加利弗温语曰："朕已悉卿悒悒。然修短无常耳，有耄而寿，即有弱而夭者。奴士海多尔美且婉，卿所夙喜，今遽尔忽奄，卿固不能无哀。第好月易缺，此恨终古，亦惟有以无可如何者，付诸一喟。倘以此为恻楚，恐悲能伤人，愿有以自遣。"苏培特闻加利弗言奴士海多尔之死，大惊怪，口呿者久之，曰："深感见慰，惟云死者为奴士海多尔，何也？盖实见彼固无恙。妾之戚戚，悼海森逝耳。陛下夙重海森，入宫时与偕，妾亦深喜其和挚。陛下居恒非海森不乐。今彼不幸谢世，陛下若未之知者，不识何意？尤异者，不曰海森而曰奴士海多尔死，岂传者误耶？益令人不解。"加利弗闻之，顾美士勒尔曰："汝闻后言乎？何与朕所见适相反也？"复谓苏培特曰："海森固未死，幸勿自怆。惟奴士海多尔已香消玉萎矣。顷海森流涕滂沱以凶耗来告，予赐之黄金百及一端锦。美士勒尔且可为予证所见闻。"苏培特以加利弗谐也，对曰："陛下常好戏言，顾此非其时。胡谓死者不死，不死者死？"

加利弗正色曰："以朕为谐，误矣。海森岂肯妄报丧偶者？且海森来，距此时仅数分钟耳，海森乌得死？"苏培特滋不悦曰："愿陛下勿再误。奴士海多尔之去此室也，尚不至一句钟许，然则彼亦乌得即死耶？"

加利弗大笑，呼异事不置。时各据所见，执不相下。加利弗目光烈烈，大恚，坐榻去苏培特甚远。久之顾美士勒尔曰："趋往验，究谁死者？朕虽明知无疑，总欲以实验息辩口。"美士勒尔既去，加利弗复谓苏培特曰："是非立白，既各执，可先赌赢负。"苏培特曰："甚善。陛下夙熟妾憎爱，当择妾至爱者为注。妾亦如之。"加利弗曰："然则予注以囿，卿注以画院，何如？二者似尚不轩轾。"苏培特曰："二者优劣，可置勿议。今既各下注，即一言定，毋后悔，愿以上帝证。"加利弗亦矢言。于是各引领望美士勒尔之覆。

时海森方与妻促膝话牖下，遥见美士勒尔踽踽至，知有故，趣奴士海多尔卧榼中，覆以锦。草草部署毕，乱发洵涕坐，若守尸者。须臾，美士勒尔入，乍视已得厓略，私计有以报加利弗矣。海森起，以口接美士勒尔手，泣且叹曰："仆不幸遘此变，忆畴昔爱，摧痛何已！君素绳逝者婉娩，当亦悲其不寿。"美士勒尔闻言，亦泪欲承睫，微揭幂尸面之巾，略睨之，叹曰："嘉葩易萎，竟于斯人见之，令人傯喝！"言已，顾海森曰："人恒谓妇言多谩，今始知之。以苏后之贤，犹未能免此。盖后坚谓死者君，非君室。加利弗固争不信，复命予作证，因君来告时，曾目击君悲状也。然终不能解后惑，相断断不已。加利弗故命予目虚实以报。第恐后性执，将谓予不诚。"海森曰："愿上帝默启后，使无坚执。君既目击，可知予非有意愚加利弗也。且入宫来未尝敢以不豫色见加利弗，前时流涕入告，非痛迫于中，又乌敢出此？"美士勒尔曰："仆亦为君叹惜，愿君善珍摄，勿神伤。更有请于君者，勿即敛殡，待仆来视含执绋，以将寸心。"言已，匆匆去。海森阖门潜视，惧其复返也。顷之入室，趣奴士海多尔起，曰："今者事出枝节，势不得泰然。后闻美士勒尔言，必不信，后使必踵至，当预备。"时奴士海多尔已更衣，即与海森隐自牖觇动静。

美士勒尔既返宫，轩渠不已。加利弗亟欲得覆以屈苏培特，即厉斥之曰："奴，此岂嘻笑时！趣言谁死者。"美士勒尔敛容对曰："死者实奴士海多尔也。"加利弗不待其词毕，笑曰："何如？数分钟前，后尚主画院，今易主矣。盖予以圃，后以画院，各作注决胜负，闻汝言，予操胜券矣。当详述汝所见。"曰："臣至海森所，见其守椟而泣。亡者足向麦加城，覆以锦。揭幂巾视，见奴士海多尔眉目仿佛已变。既以言慰海森，复告以行往执绋襄葬事也。"加利弗曰："此节颇子细，甚嘉汝。"复顾苏培特曰："卿其负矣。实验如是，复何言？卿负矣。"苏培特闻美士勒尔言，已怏怏不悦，加利弗语复微侵之，气益垒涌曰："美士勒尔妄人也，是其言恶可信！予既睹奴士海多尔之悲态，复闻其且涕且述之词，今犹为恻怆。美士勒尔直妄语耳！"美士勒尔曰："皇天后土，实鉴予言。"苏培特大怒曰："贱奴！再诳言者，必惩汝。"即鸣掌召群侍及笼库者入，曰："加利弗未临时谁至者？"群侍皆以奴士海多尔来告夫死对。复诘笼库者曰："此时何事谕汝？"曰："命以锦一端金百赐奴士海多尔。彼拜受去。"于是怒顾美士勒尔曰："贱奴，汝耳不充，当备闻。诸证具在，汝复谁诳！"美士勒尔据虽确，究不敢撄后怒，即默不复言。时加利弗必欲屈苏培特，闻美士勒尔言，信已益笃。及见苏培特怒斥美士勒尔，即莞然曰："人谓妇性护前，予未之敢信。今则不得谓人言尽诬者。美士勒尔给事久，素未妄语，何忽于此事独妄。卿固执前说，其意何居？"苏培特佯若不闻者。有顷曰："幸恕愚昧，然窃有妄度，安知陛下不与美士勒尔协谋，美士勒尔所报，即受意于陛下。愿许妾亦遣人往察，果误，负亦甘。"加利弗许之。苏培特即命乳媪往。媪年高，苏培特襁褓时即为保抱，自是尝左右。后谕之曰："若已备闻斯事，趣往海森所察验，毋草草。不诬，有重赉。"加利弗观苏培特所为，颇匿笑。惟美士勒尔因受苏培特斥言，良惴惴，思有以解，俾不开罪于君后前，追见媪往，心窃喜，知归报必符己言，后嗛己之念可顿释，故望其覆命也尤切。

海森正候伺，遥见媪彳亍来，亟语奴士海多尔曰："苏培特遣媪来察，予当伪死。卿好为之，弗败予事。"即匆匆装点讫。媪未入门，即闻奴士海多尔哭甚哀。比见其搏膺踊甚，面覆发，乱若棼丝，嚆嚆声欲瘖痖。媪老年，易感，怜之滋甚，即前抚之曰："若良苦！老妇此来，非欲止若哭。"奴士海多尔不待其卒词，即泫然曰："予婚未久，即作未亡人，此后日月，予当以九幽中度之。"即拍椁大呼曰："君遽弃予去，予茕子胡所依。同穴之盟，行即践耳。"媪亟以手持奴士海多尔，酸声慰譬。复戟手遥指曰："美士勒尔黔奴，敢谩言达君后，上帝将惩汝！"复谓奴士海多尔曰："美士勒尔诞妄哉，谓若死而海森存，任意混淆，有负委使。"曰："嗟乎，彼言将谁欺！脱海森存者，予何忍作楚囚状耶？"媪侧然揭海森幂巾，察颜色，即覆之。叹曰："可怜哉，亚布海森！玉树方欲干云，乃遽尔中折。"复谓奴士海多尔曰："老妇深愿同处，慰若岑寂。惟此来奉后命，亟须归报，以纾后䰟。"言已，为阖门去。奴士海多尔知媪去亟，不复追，即为海森去覆，相与密策以俟其变。

媪既得实，知有以慰后，且获赍，喜而疾趋，几欲颠蹶。须臾至，则涌气张目不能语，半晌，喘述所见。苏培特大慰，谓乳母曰："加利弗方信美士勒尔之谩语而以予为护前，若当前白之。"美士勒尔初意媪言必与己合以成已信，讵大谬不然，则后将益嗛己无已时。再欲剖白，恐以此挂后，愈撄怒，祸且立至。嗫嚅者久，已谓媪曰："媪乎，此事不可涉私见。闻媪言，似专欲抵予者。"媪艴艴作色曰："若真妄人哉！老妇方观海森尸，且揭其幂，乌有误者！予亦不知何谓抵若，予但尽职役，以实见告耳。"美士勒尔曰："若言殆欲荧谁听？"曰："若当自反，无谩者，有法在。"美士勒尔怒曰："老诗乃此喋喋！"苏培特见美士勒尔于己前力斥媪，不为之地，不复可耐，不待媪答，即谓加利弗曰："美士勒尔慢不敬，藐妾即藐陛下，罪不容逭，请付执法。"初，加利弗闻二人辩，默不语，自忖事胡相舛若是。至是，谓苏培特曰："是非愈纠结矣，徒劳口舌，盍偕履其地共寓目焉，是非立辨。"言已，加利弗起，苏培特从之。美士勒尔趋白加利弗曰："媪耄惛诳报，致臣得罪。今须臾间可表臣无辜，良所忻愿。"乳母恚曰："黔奴，自汝外更无人惛

319

悖者!"苏培特闻美士勒尔重斥媪,怒叱曰:"奴尚尔捷捷!若即善佞,恐证谩在指顾耳。"美士勒尔曰:"臣不敢欺后。惟媪固执,未识能以一物角赢负否?"媪闻之曰:"予何不敢!恐汝食言耳。"二人遂于加利弗、苏培特前各取金花锦为注。毕誓,乃从驾赴海森所。

时奴士海多尔坐室,目注牖外,忽嗷然惶促而呼曰:"祸至矣!加利弗及后至,事立败矣。可若何?"海森泰然曰:"否。毋惧,汝殆忘予所策耶?予二人试其伪死,自有佳境。"即同仰卧,幂且覆,足并向麦加城,屏息以待。俄美士勒尔先为启户,加利弗偕后入室,群侍者从,觉室中阒寂阴幽,令人凄黯。苏培特瞥见二尸,失声曰:"惜哉,皆死矣!"复目注美士勒尔曰:"汝谩言诅奴士海多尔,今果死。大致以夫亡,哀毁甚,故亦奄忽耳。"加利弗曰:"否否。当由奴士海多尔先死,海森悲不胜,遂以身殉。然则画院不复属卿矣。"苏培特曰:"陛下已不保其囷,胡画院之欲?"而媪与美士勒尔亦各自是,争胜负,持不下,几致用武。加利弗恨不能知二人者死先后,恐所注之失,拟设辞愚苏培特。不得,喃喃曰:"有能知此二人中孰先死者,必以千金赉。"语甫脱口,海森推被起曰:"请以千金赐臣,臣实先死。"即面加利弗长跽。奴士海多尔亦起伏苏培特前,并覆身之锦未及卸。苏培特大骇,旋转惊为喜,盖入室时见奴士海多尔死,心欲裂,今知其伪也,且笑且骂曰:"黠哉奴!何处得此伎俩,予受汝累矣。"加利弗见二人骤起,海森跽而乞赉,乃拊手狂笑不可止。已而命之起曰:"海森,汝种种令人发噱,此举尤奇诡,不解汝夫妇奚为演此狡狯之活剧?"海森再拜曰:"主臣,窃有愚衷,敢布诸左右。臣素不解治生术,又不能刻自撙节。自赐婚后,费益巨,括所有,仅足偿逋,仰屋不知为计。屡辱稠赐,又不敢靦颜再陈乞。不得已出此下策,既以捄窘,且博天颜一笑。夙荷优容,幸恕其狂愚焉。"

加利弗及苏培特闻之大悦,深嘉海森之谲智。加利弗念海森假此游戏,而苏培特以为实,至于忿怒,益吃吃不止。既而顾海森夫妇曰:"汝二人虽工作伪,然亦惫矣。得此数副急泪,大非易易。当各以千金劳若曹。"苏培特曰:"海森当受陛下赐,奴士海多尔之赏则妾任之。"乃命侍者具金,如赐海森之数。

自是亚布海森及奴士海多尔时时荷上赐,仍起居隆富埒王公,人争羡其能,得膺眷顾。终加利弗挨力斯怯得暨苏培特之世,宠未尝少衰也。

神灯记

支那都极东,最富饶。有缝人默世德法者,家于都,素贫窭,所入不能周妻子。子曰爱拉亭,愚顽不受教,日游衢市,与群儿戏。稍长,默世德法携之入肆,习其业。而性惰且拗,不任劳,恒旷日以嬉,虽严督之,不顾也。默世德法愤而成疾,旋卒。其母知爱拉亭不能继父业也,撤其肆,自纺绩以为生。

积久,爱拉亭顽如故,屡戒勿悛,且恫喝其母,使不得过问。岁十五,无所著见,亦不问生计。一日嬉于市,遇一人,见爱拉亭若素识者,熟视之良久。是人为斐洲产,习魔术,有神巫之称,跋涉来,冀有所得。其识爱拉亭也,或有相人术,故察貌知足以遂己谋,或更有他故,不可测。彼盖先刺得爱拉亭之家世及性质嗜好,至是,乃迎谓之曰:"汝父非缝人默世德法乎?"曰:"然,不幸殁矣。"

神巫即以两臂持爱拉亭与行接吻礼,泪潸然下,叹惋不置。爱拉亭怪之,问故。神巫曰:"予汝叔父也,予与汝父为兄弟行。予出游久,今归视汝父,不幸逝世,乌能无悲?汝父之音容笑貌,历历在予目。予见汝容与之酷肖,故相诘,不图果我兄子也。"复询母所在。爱拉亭告之。神巫出金钱与之,曰:"归奉汝母,翌日当至汝所。汝父虽逝,然予愿一睹旧庐也。"

神巫既去,爱拉亭归询其母曰:"予有叔父否?"母曰:"汝父无昆弟,予亦如之,故汝无伯叔,并无舅氏。"爱拉亭曰:"适邂逅一人,讯予父于予。告以殁,彼流涕悲叹,谓为予叔父行,并赠予以金,且命予致意母,当以翌日访旧居。"言次,出金钱以示。母曰:"汝父昔有一弟,久物故,此外未之闻。"语毕,即亦置之。

翌日,爱拉亭出嬉,又与神巫遇,持之如前,畀以金钱二,曰:"归遗汝母,可治具,晚,予即至。"复询居处甚详。备语之,始去。爱拉亭以金归告母,如神巫言。母以金购物,复贷食器于邻,纷纭终日,薄暮始备。又命爱拉亭逆诸途以为导。爱拉亭好懒,不欲去。俄闻剥啄声,启门,则神巫以酒果至矣。授爱拉亭使列诸案,即与其母相见,又请以默世德法常卧起之榻相示。神巫即榻前伏地哭,汍澜不已,拊膺而呼曰:"兄乎!予竟与汝成永别乎!"延之坐,不顾,曰:"予于兄虽不能继见,不得不纵览其遗物以寄予怀。"于是不复强,听其周瞩室中。

神巫既入坐,即与爱拉亭之母觍缕往事。谓己于四十年前别其兄出而游历,经印度、波斯、阿剌伯、叙利亚诸都会。最后至阿斐利加,居颇久。然而倦怀故国,未尝一日忘。每念及兄弟暌离,驰思惘惘,不能自已。岁月不待,遂决计归来。长途跋涉,备历艰险,时以思兄切,未以为苦。今不幸兄长逝,使予愿永不能偿。途次遇侄,初不相识,见酷肖兄貌,异而询之,果兄嗣也。痛兄谢世,幸此儿长大,冀得承家,不可谓非上帝之赐也。嫂归吾家时,予已出游,故不得见,得无讶予突如其来耶?

神巫语及默世德法,爱拉亭之母触念哀悼。神巫顾谓爱拉亭曰:"侄何名?"告之。神巫曰:"习业否?"爱拉亭俯首刮席,怍不能语。其母曰:"此儿惰不事事,父在时,殚精虑,教以诸艺,奈彼日从群儿邀,嬉戏无度,弃置不欲习。父没益无忌,予虽力戒劝之,而爱拉亭藐不听,独不思齿已长,非儿时比。今叔来,倘彼亦不受教,痛自悛改,则予之希望将从此绝。家无遗产可恃,朝夕仅仰予纺绩,其何能支?似此冥顽子,亦惟有逐之去,使自谋生计耳。"言次,愀然而泣。

神巫曰:"爱拉亭,视汝尚非蠢蠢者,何好游惰若是?自此当自立,谋饷口,勿再累汝母。治生之道不一,汝可自择。昔汝之不悦学,或以汝父之业非汝所乐为,得毋欲择较优者而从事?其直言无隐,予必有以助汝。"爱拉亭仍默然。神巫曰:"汝意似薄学艺,殆欲就上等商业耶?若然,志亦可嘉。将为汝设一肆,胪陈各物,汝主售之,而以所入为周转,将日益充扩。汝倘有意,予当为尔谋。"爱拉亭闻之,私心窃喜,平日往往见巨贾人衣鲜衣,策怒马,驰骤衢路间,观者啧啧称羡。倘予业商,能炫耀若是,意且得甚。即谓神巫曰:"愿为商,惟玉成是望,感激何似!"神巫曰:"汝既愿,明日当为汝购新衣为观美,使汝仪度若巨商,然后再谋设肆。"

爱拉亭之母见神巫许为其子谋生计,益信不疑。且嘱爱拉亭自检饬,勿负汝叔父提挈盛意。即列馔延神巫食。食时复申谕前事,夜分始去。翌晨,神巫复至,携爱拉亭入衣肆,使出衣之至优者,命遴所爱。爱拉亭狂喜无措,仅择其一。神巫为购衫若袴及他饰物,虽价至昂,不顾,惟精美是求。复为尽付其值而返。

爱拉亭益喜幸。神巫复引之历游巨肆,曰:"他日汝多设肆,作富商,正当与若曹相还往。"又导之游苏丹行宫及邑中诸名胜,然后偕归逆旅,使见诸旅客。薄暮,爱拉亭兴辞,复送之至家。母见爱拉亭尽易其上下服,丽都无匹,喜心翻倒,称谢不去口。且谓:"叨厚赐,何以为报?惟是儿顽钝,恐习于故态,致负厚意,深为虑耳。"神巫曰:"孺子尚可教,能受予言,当可成立,不负所望。惜明日为星期五,肆中人均休沐出游,赁肆购货诸事,须迟一日料量之。明日当偕爱拉亭作郊外游,邑之绅佩及诸知名士,皆眺览于此。是子昔虽与群儿伍,兹既当自立,正宜广交游,通声气。"爱拉亭闻而大喜,自顾足迹从未至郊外,兹可一扩眼界矣。

爱拉亭晨兴栉沐,俟神巫至而出游,度刻如岁,俟久不来,则不胜焦迫,足蹀躞户外无停趾,延颈以望,目不他瞬。俄神巫于于来。亟趋入白母,阖户出。神巫容蔼然,执爱拉亭手曰:"今日当挈汝历游佳境。"即相与出郭,遍游别墅。神巫盖有欲至之所,故特引爱拉亭远游以达之。既至一行宫,中有囿,囿有池。池水澄碧,有铜狮吐水入池,涓涓不止，神巫有倦状，谓爱拉亭曰："久步良劳顿，景至佳，盍少憩？"遂就池畔坐，出果饵使同食。食毕，复行。既而地渐旷寂，峰峦迎面出，幽无人迹。爱拉亭素不习长行，疲甚，却步曰："叔何往？距前休憩所已甚辽远，弥望嵯峨，无可观赏，倘再进，予恐疲不能归矣。"神巫曰："勉之，前途尚有广囿，珍奇毕萃，远逾所见，当导汝一游。若意馁而返，则坐失巨观，可惜孰甚。"爱拉亭不得已，从之再进。神巫复历述奇异事，使听而忘劳。后至一谷，谷至狭，左右二峰壁峙，峻若剑削。神巫曰："我曹可不再进矣。今予以殊珍相示，汝见所未见，当感予不置，而笑他人无此眼福也。亟为予取薪聚之。"爱拉亭从其言。神巫即以火燃薪。既炽，出异香投火中，口喃喃。须臾，地大震，辟一穴。穴有石，方尺有半，石有环，以铜为之，若备起石用者。

爱拉亭惧，思遁。神巫怒，抶之仆，血出，几折齿。泣而起，谓神巫曰："叔何抶我？"曰："予为汝叔，即与汝父等，汝乌得拂我意？"复温语之曰："石下有宝藏，天以锡汝，得之当为富者之巨擘，且惟汝一人得取之。然兹事系至大，汝必一一从我言，否则祸立至。"爱拉亭战栗请示。神巫曰："汝先执环起石。"曰："力弱不能举，奈何？叔盍假一臂？"神巫曰："汝呼乃祖乃父名，石当立起。"爱拉亭从之，果起。

石既起，见一穴深三四尺许。神巫曰："入此，循石梯下。梯尽有门。入则有巨室三。第一室中列铜瓶四，各满贮金，慎毋取。入室时当束汝服，勿使触垣，触则立毙。至第二室有广囿，林木丛杂，嘉实累累。一坛隆然峙，阶其前，级凡五十。坛有龛，龛有灯一，火荧然见。汝亟灭其火，弃其芯，倾其油，置灯于怀，出以与我，勿以污衣为虑。盖所贮油倾去即无涓滴，非常油比。果实之可爱者任取之。"言毕，脱指环与之曰："此环能御邪，当谨佩。事成，则同作素封矣。"

爱拉亭一跃入穴，凡门若室若囿若坛，一一如神巫言。乃就龛取灯怀诸胸，将出，忽忆果实当摘取。趋视之，非真果，皆奇珍缀枝上，若诸种果，而状特异且巨，五色灿烂，累累若贯，赤为红宝石，白为珠，绿为翠，蓝为璧，紫为玉，莹洁而明为钻石。爱拉亭乍见不能识，以为玻璃制也。取纳衣囊中，囊溢则贮以皮鞴，束诸腰。欲出，爱不能释，视胸前虽置镫隆起，尚足容物，复摘实若干怀之。恐神巫不耐久待，即趋至穴口，大呼援手。神巫曰："灯何在？盍先畀予？则不难出穴。"爱拉亭曰："先出而后畀未晚也。"神巫不从。

爱拉亭以灯为果实所压，仓猝不能取，惟大呼，欲亟引也。神巫难之。相持不下，巫怒，复爇香诵咒，砉然一声，石复合，而爱拉亭长埋地下矣。

盖神巫先以术测知世界内有神灯一，得之可立致巨富。后复测知在支那某所，且知欲得此灯必假手于人，乃觅诸市。适见爱拉亭，度必游惰无业，且齿稚，易受绐，故导之往。拟既得灯则闭不令复出，惧泄其事也。计亦至狡毒矣！讵爱拉亭必欲先出，靳所得之灯不即与，乃大失望，恚而咒闭之。石既阖，忽忆指环未索回，彼且得藉以护其生命，不得灯，且失环，悔复何及。愤然径去，即日归斐洲。

爱拉亭居石穴中不得出，悲泣无所为计。至三日，自分必死矣。偶触巫所给之环，声锵然发，一魔自地出，体修巨，首及穴顶，曰："汝何求？得是环者，我为其奴。今环属君，君即奴我。"爱拉亭曰："汝有灵，出我于穴。"言次，失魔所在。视所处地，乃前日神巫焚香诵咒处也。

爱拉亭得出，大喜，循途归。特三日不食，惫甚，抵家即晕踣。母自爱拉亭出不返，疑惧啜泣。比见其归而僵，又大痛。竭救始苏。爱拉亭饥极呼食。母持食至，谓之曰："汝腹久枵，骤食必病，宜徐徐少进，当早憩息，所遭可缓述也。"爱拉亭从之，先取所采之果实出，精光四射，洞烛一室，不问而知为珍异。惟母微贱，少所见，不能名其实，悉置榻后。爱拉亭复出灯于怀，具言其事，母若子则交诟神巫不已。

翌晨，爱拉亭求朝餐于母，以食尽告，命缓须臾，尚有一掬棉，当售以购饼饵。爱拉亭曰："不如售灯，所入当可敷一日食。"比取灯出，见黝黑不洁，曰："拭之或多得值。"方沙水摩洗间，突见一魔出地中，伟躯而狞貌，抗声曰："予此灯之奴也，惟所求，必当偿愿。"音若震雷然。母惊绝。爱拉亭已继见,不少怯,曰:"食来。"转瞬魔首承巨银盘,手酒罂二,置槃及罂于案而杳。视槃贮精馔十二,器亦以银,饹六,洁若雪。时母已苏,爱拉亭请与同食。母大异,询所自来。曰:"母欲食,当不减予,姑先果腹。"

食时,母详察食器果为银质否。嗜其器之精美,不觉食已过量。食馀尚足供数餐,母取庋之。爱拉亭述魔献食状。母曰:"魔既见汝于地穴,何不语汝而语予?"曰:"否,此魔虽魁伟犹前,而状饰迥异。况一称奴于环,一称奴于灯,可决其非一。"母曰:"先哲有言,魔非善类,予不愿复与之见。汝速屏此灯,毋使人惊恐欲死。或竟售值,并指环亦去之。"曰:"此灯,奇珍也,彼神巫不惮艰辛跋涉,亦惟是之求。彼谓得此可大富,可罄地穴之所藏而有之。今予等当收其成效,留以供所需。母若厌之,当置别室。至此环予实赖以得出,雅不欲割弃之。"母曰:"然则汝其好为之可也。"

未几食尽,爱拉亭携银楪出,欲售以供食。途次遇一犹太人,出楪示之。犹太人狡黠,就询值,则不能对,惟以量给请,犹太人疑其不知为银质也,姑与金块一,仅得楪价七十二分之一。爱拉亭则喜极返奔。犹太人始知其实不知此楪价值,悔不再缩其酬。爱拉亭以金购食,数日复尽,又取他楪售之犹太人,凡十二次而罄。独馀银盘耳,重不能举。于是招犹太人至其家,出示之,以十金购去。

金尽,爱拉亭不得已,复拭灯。魔现,询所欲。告以乏食,须臾食至如前。阅二日食尽,爱拉亭复欲售楪,途经银肆,主者招之曰:"彼犹太人最狡诈,汝常怀物与之交易,恐受欺者数矣。汝第语我,售者果何物。苟我所欲,值必当其物。否则亦当为汝介于他肆,俾得善价。"爱拉亭出楪,主者见质至精美,因诘售楪几何?得值几何?告以实,大为扼腕,且曰:"楪值实至昂,汝今知之,必大悔。"即取楪权之,曰:"计重量当值七十二金钱。"即如数付之。自是尽以楪盘售此肆,得优游无衣食虑。阅数年,爱拉亭长日游巨肆,渐与大贾交。又常至沽珠玉所,见出入值不赀,始悟囊所取之玻璃果实皆珍珠宝石,价且无量也。

一日，爱拉亭行于市，闻苏丹传旨，市人速闭肆，盖公主巴罗布德将出浴，途经此，故先清道也。爱拉亭闻之，思一睹，匿友人家，登楼潜瞩之。俄主过，垂面网，未能真视。计不如往匿浴室之户后。至则见户有隙，窥之，可纤毫毕现。未几主来，从者甚众。至距门三四武，主即揭面网，莹目而朱唇，修短适中，姿态艳绝。主既入，爱拉亭尚痴立。继思主出必蒙面网，守此何益，不如归。

既归，兀坐冥想终日。母见其墨墨不语，疑有疾，诘之，秘不告。俄夕飧，爱拉亭不知饥。趣之食，始食，毕即就寝。翌日，母复坚询之。爱拉亭知不能隐，述所遇，且谓非主不复偶，必往求婚于苏丹，不得主不已。母初闻主之美，方倾耳以听。迨爱拉亭欲尚主，则笑不能仰曰："儿作此想，殆病狂作谵语耶？"曰："予固知母必哂我。虽然，予念决矣，必不可易。"母曰："汝自顾何人？即汝不自知，亦谁为汝往白苏丹也？"曰："非母其谁往？"

母大骇，叠呼曰："予何敢！予何敢！主貌绝世，即他苏丹子求之尚恐不得。汝篾人子，即或萌妄想，亦何至欲得主为妻？汝且休矣！"爱拉亭曰："凡此种种阻难，予早筹及。惟予期必达予志。母幸怜予，亟为予行。不然，有死而已。"母曰："予曹寒素，必自度力足以赡蓄，始敢谋家室。汝幸得饱暖，即作必不可得之妄念，抑何其不自量也？予何人，而敢干渎尊严，昧死以请！汝殆不知朝廷仪制，咫尺天威。廷臣闻予言，亦必以予为妄人，立被斥逐。纵幸得见苏丹，予惶恐，又何能毕其辞？凡苏丹之召见民庶也，或雪其冤，或褒其善，未闻草茅欲求偶于主而诣阙自达者。况见君者例有所贡，以表其诚，汝将以何物进耶？"爱拉亭默然久之，曰："予固知想妄而见难，第痴情所结，不暇顾虑。母勿以贡物为踌躇，予蓄且久。曩者果实罗罗然，得诸地穴，初以为玻璃玩具耳，后知皆为宝石，值甚巨。以之上苏丹，或当不斥。家有瓷盎，甚奇古，盍取以贮之。"如其言，宝石列盎中，精光炫烛，文采骈坒。爱拉亭顾母曰："贡已具，母其毋辞。"母中怯犹豫。爱拉亭乞请不已，母曰："物虽珍，予不敢信。无已，姑犯险一行，祸福不可知。脱撄苏丹怒，不徒失所赍，祸且不测矣。"

诘朝，爱拉亭早起，促母行。母以锦帕蒙盎，逡巡入宫。至则维齐率百僚入，民欲白事者亦鱼贯入。母随至苏丹前。时庶事麻集，处分旁午。久之，苏丹有倦容，退，群臣亦退。母随之出。归以所见告爱拉亭，谓已厕众中，适当苏丹，苏丹必见之。今日倦不理事，未可渎，当复去。翌晨母往，则九阍阖矣。询之，知视朝必间日。次日复入，立如前，仍未闻宣见。盖故事：有所白，必大维齐为代奏，母不知，谓苏丹见必召。若是者六，苏丹稍稍异之，诘大维齐曰："有一妇与众进退，数数至，至必当予前，似欲言事者，而始终未发一语，汝知其故否？"维齐实不知，不得已漫言曰："妇盖因人售以败肉，受欺，欲求直者。臣以其事微，不敢上。"苏丹意殊不然，曰："他日妇至，必使之见。"维齐诺而退。次日母仍往。苏丹见而闵之，顾维齐曰："亟引妇来前。"维齐传命，母前伏地，旋起立。苏丹询所求。曰："窃欲有言，恐得罪，不敢遽白。"苏丹命众退，惟大维齐留，然后命述所以。母请先赦罪。许之，乃历道爱拉亭见主后慕不能释及冒昧求婚之意，且言且栗栗，惧干重戾也。

不意苏丹闻之色怡然，惟诘以手何物。爱拉亭母解锦帕，奉盎进。苏丹见而大惊，喜溢眉宇，摩挲良久，顾谓大维齐曰："此诸珍品，予生平实未见有逾此者。得此厚聘，即以女下嫁，亦不谓过。汝谓何如？"大维齐嗫嚅久之，附苏丹耳语曰："主臣，倘陛下许臣子尚主，请予三月限，当令臣子纳奇珍，视此且倍。今绝不知此子家世，徒炫于其财，贸然许之，恐遗后悔。"苏丹默然，度其子三月内必不能致此珍宝，姑从其请。谓爱拉亭母曰："归告汝子，衾非咄嗟可办，三月后其复来。"母大喜，归至家。爱拉亭见母欣然有喜色，默念事必有济。母具述之。且谓苏丹见所贡，甚悦。后维齐向之耳语，不知白何事。汝第忍俟之。爱拉亭颇自慰，惟三月之约，觉绵邈不能耐。迫二阅月，母偶购油于市，至则诸肆洞启，灯火盈衢，百官络绎道上不绝。询途人，知大维齐子于今夕尚主，主方浴，结缡在即矣。母奔告爱拉亭。爱拉亭闻之，嗒然若丧。继以苏丹食言，维齐诡计，复勃然大恚不可遏。

时爱拉亭嘱母亟具食，将就憩。母知其有所为，听之。爱拉亭即起拭灯，魔出，语魔曰："向尔维食是供，兹更有要事。苏丹已许我尚主，今未及期而食言，以主妻维齐子。汝速往宫中，俟若曹寝后，并其卧榻移此，无使觉。"魔去，爱拉亭出与其母膳，愉快逾常时，旋归室俟之。维时宫中方行合卺礼。夜阑客散，执事人导维齐子就寝，苏丹后亦送女至，方相偕合扉去。须臾，魔以术移榻及二人至爱拉亭室。爱拉亭命魔锢维齐子于外，俟黎明有后命。魔去，爱拉亭向主缕述衷曲。主茫然不解。爱拉亭解衣，背公主卧，置剑其间，示无他意。爱拉亭酣卧，而主则惊疑辗转不成寐。旦，爱拉亭披衣起，魔亦如约至。爱拉亭即去剑，命魔取维齐子置榻，复送至宫。魔往返皆匿形，恐其睹狞状惊绝也。二人徒见卧榻无故自来去，爱拉亭与魔语，亦不之闻，相与骇诧而已。

维齐子既惊怪，闭置别室竟夕，寒欲死，比晓就褥稍温。而苏丹来省女。维齐子闻启门，即起入更衣。苏丹见主憔悴，若未安枕者，诘所以郁郁之故。主不答。苏丹出，以女愁苦状告后。后以为儿女新婚常态，不足虑。及探视，始稍异之，询夜来事。主以实告，谓："昨夜卧后，不知如何，移至一室，室陈设甚简陋。俄不见予夫，一少年来，向予道数语，即共予卧，以剑置我二人间。旦，夫复至，榻亦移返宫中。时适父来视予，予忧惊不能作一语，父若甚怪予者，悻而去，母幸为予代白之。"后曰："幸汝未以此事告汝父及他人知，不然，人必以病狂目汝。"主曰："母不信，可询诸婿。"后曰："否。今举国臣民皆以汝婚事申庆贺，汝当屏烦恼，勉自持，不闻乐声已作乎？从母言，其亟兴！"主起着服。后趋告苏丹，谓女稍不适，幸即无恙。维齐子虽竟夕受困苦，惧玷名，不敢少泄，乃佯欢笑，与众周旋。人度其得美匹，愉快无与比，实不知其怵宵来事，方肠若涫汤也。

爱拉亭衔维齐子至深,恐其近主。薄暮,即拭灯命魔移就如前,凌晨遣之去。是日苏丹早起,即往问女。而维齐子夜间寒苦更甚,愈不能支,闻苏丹来,无如何,强趋更衣室。苏丹就女榻,问体中何若。主怏怏,不欲声。苏丹怒,视佩剑曰:"汝再秘不言,当齿吾刃!"主惧乞宥,且曰:"所以不言者,虑扰父抱。倘知端末,当怜予不遑。"遂备述夜来事,声泪俱下矣。

苏丹愀然曰:"汝胡不早言? 予为汝身计,用择此婿。若是,则累汝滋甚。予必使汝勿再历此幻苦之境,其好自珍摄。"即出召大维齐至,询亦有所闻于其子否。维齐曰:"未之闻。"苏丹以主言告,命询其子。维齐如命诘之。子蹙然曰:"主所言皆实。"即缕述两夕所历困苦之状,且谓使旦旦若此,必不能生,不如离婚之为愈。维齐恋荣宠,不欲自绝,谓数日汝当相安。而其子惕息于前厄,去志甚决。维齐遂入复命,谓主言不诬。继见苏丹颇不豫,遂请曰:"因臣子而累及公主,臣何以安。不若使臣子出宫,冀可以免。"苏丹爱女,已有离异意,得维齐言,即从其请,命维齐子归第,且止庆贺。民皆疑怪,莫知其故。爱拉亭闻之,欣然自得,自是不复拭灯。苏丹及大维齐虽未尝忘爱拉亭之请婚,而终不疑其与此有涉。

未几,三月期满,爱拉亭复请母造朝。既入,苏丹见之,顾维齐曰:"贡珍之妇至,盍引之前。"母前致礼毕,即以践三月之约请。苏丹默然,自度老妇衣粗陋,其子亦篓人耳,焉可尚主? 徒以前言在,不能遽绝,乃商之维齐。维齐曰:"彼荜门贫子,乃不自量,作此妄想。即有前约,以彼所必不能致者难之,自不敢再渎矣。"苏丹然之,顾爱拉亭母曰:"予不食言,固乐得汝子为婿。惟纳采必丰其仪。今与汝约,若以金盆四十,满贮希世之珍,遴黑奴如盆之数,俾持之来,复简奴之哲而俊者亦四十人,丽其服,为先导,则当许汝,其速复。"爱拉亭母出,自度子即狡狯,此种种难致物将何自来耶? 抵家,谓爱拉亭曰:"苏丹已许尚主,惟索重聘,汝力乌能办? 计不如自今绝此念。"遂述苏丹言。爱拉亭曰:"难题仅此耶? 区区者何足道。母盍出购物具馔,予当料量之。"即入室拭灯召魔,命立致苏丹所索。须臾,白黑奴暨金盆悉至,盆幂异锦,中贮宝石,光怪陆离,不可逼视。母归见,喜诧交集,爱拉亭即请母率奴覆命,八十人鱼贯行,观者纷若堵墙,交口称羡。既抵王庭,八十人伏地再拜,鹄立左右。爱拉亭母趋前致辞。黑奴揭锦幂,以金盆进,珠光宝气,百种千名,若云蒸霞蔚,多王所未见者。奴八十人皆姿概飒爽,被服华美,辉映风生。王大喜,以爱拉亭具此财力,复谁与匹,良不愧馆甥之选。即谓爱拉亭母曰:"婚事已允。今日吉,宜成大礼,亟归趣若子来宫。"母出,苏丹挥左右悉以宝盆入主室,并命黑白奴入宫伺役焉。

母归告其子曰:"汝大愿偿矣!亟薰沐,往作娇客也。"爱拉亭狂喜,摩灯呼魔而告曰:"速具浴,浴室必蠲洁。制服必穷极华奢,出苏丹上。"魔即以术隐爱拉亭身,至一所浴,云石之盆,上池之水,芬芳馥郁,著体不散,复拭以银绡之巾。浴竟,视肌肤莹白如玉雪,衣以锦绮,华贵绝伦,仍还故处。魔更问足所欲否,曰:"为备一骏马,金鞍而玉勒。仆从四十,皆珠履绣褌。为吾母备天衣数袭。女侍六,缘饰鲜明。服必人殊其制,毋重规叠矩,当与苏丹后之衣相颉颃。供吾母日用饮食,必精且周,金钱十万枚,以十囊贮之。其速集事!"

顷之,魔牵骏马,挈傔从,囊金钱,自空而下。六女侍丰容盛鬋,裾袂翛然,争献媚于爱拉亭之母。爱拉亭以金钱六囊付仆曰:"过市以赐观者。"即发使至宫,以入觐请。苏丹曰:"幸亟辱枉。"仆归白,爱拉亭即列卤簿驰往。官吏夹道迎。至宫门,维齐、将军皆出迓,掖之下马,导入宫。苏丹见爱拉亭冠服扈耀,光夺人目,觉自顾黯然,即起立相持,以表敬爱。一指挥间,众乐齐奏,箫笙篪,间以严鼓,音响嘈然,飨爱拉亭以盛筵。命法部大臣议婚礼,谓爱拉亭曰:"今日成礼何如?"曰:"无乃太促?且婿拟近宫别营金屋以居公主,庶不致有亵璿枝。"苏丹曰:"荷子雅意,汝自择地为之。"言毕,再与相持,爱拉亭始兴辞而出。

归即摩灯申命曰:"为我速构巨室于王宫近地,我与主将于此结婚焉。瓦以黄金，垣以截肪之璧，柱以翡翠，梁以珊瑚，修廊曲室，厩库庖湢罔不备，皆精镂巧制。别设一楼，圆蔤为盖，雕窗宏敞，凡二十有四，饰以珠贝，留一未竣，以示急就。复辟广圃，奇卉嘉果列植其中，芊草青林，用供游憩。室内珍玩骈布，更多置裹蹄白撰，以应要需。并百执事之人，亦备伺毋阙。"翌晨魔来，言宫已蒇役，请往落成。至则金碧交辉，无美不臻，远过所欲。左右纲纪及阶前奔走者，皆服各异色，依其差等，谨俟主人。魔曰："此累叠若丘山者为金银藏，用且不竭，骧首而奋鬣者盈于庌，皆名马也。"指示毕，爱拉亭曰："自楼达苏丹宫尚需一绒毡，以适步履。"即应声已具，修广天成。时晨光熹微，王宫尚未启户也。

比宫门启，卫士出，见新宫岿然，壮丽独绝。正惊诧问，维齐至，瞩之，瞠目不知所谓。乃走告苏丹曰："是爱拉亭妖术所成也，愿勿为所惑。"苏丹曰："汝不知耳，爱拉亭筑是宫，固请地于我而我赐之。财可通神，爱拉亭既雄于赀，咄嗟建此巨宫，亦非异事，何多疑为！"是时，爱拉亭已命魔退，请母往告苏丹，今夕当屈主成婚新室。己亦携神灯及诸珍物移居焉。爱拉亭母至后宫，苏丹敬礼有加，引公主出见，执礼恭甚。时母之衣饰婢从，灿烂映丽，皆非世间所有，见者皆属目心羡之。薄暮，主别苏丹，往爱拉亭新宫。侍者数百人，姱容盛饰，百乐前导，卫士列队以从。苏丹后躬自送女，以四百人燃犀炬，雁行立，使两宫衔接之衢，炳若白昼。群婢拥主入门，爱拉亭出迎，口致抶辞，神飞色舞。偕至室中，则修筵已陈，备极腴富，樽勺槃盂之属，悉精金良玉，制式之奇雅，镂刻之工巧，洵目所未睹者也。

甫入坐，乐声作于下，清歌间发，娚娚乎遏行云而绕梁栭，非俗工所能为。乐止，则男妇相偕舞蹈，各炫所长。比酒阑，爱拉亭握主手相与跳舞于毹毹之上，为合卺礼，蹁跹回鬐，锦辉翠飑，观者为之眉飞。翌晨，爱拉亭骑从入宫。苏丹遇之良厚，立命设宴。爱拉亭止之，谓此来欲奉乘舆及诸大臣至新居宴乐。苏丹许之。既至，见轮奂之美，目所未经，觉己之宫禁沈沈，未足拟其万一。爱拉亭导苏丹登楼,侍从拥主出,玉颜春蔼,其为惬心满意,不问可知。楼设盛席二,一宴苏丹暨维齐,而爱拉亭、巴罗布德与焉,一以款诸贵胄。杯觞交举,鼓吹杂发,筵间复媵以细乐,沨沨移人。苏丹大乐。是日无不霑醉尽欢,络绎而散。

爱拉亭自是或入朝与议,或往来周旋于廷臣间,或至教堂瞻礼,而性尤嗜猎,数驰骑作郊外游。苏丹恩礼有加,爱拉亭亦曲谨能得上意,与同僚恂恂谦下,朝臣多乐与之亲。而又轻财不吝,出必有以赒贫给困,穷阎多歌颂之。未几,国有不靖,苏丹简军往剿。爱拉亭即效用行间,颇以胆略显,屡奏大捷,乱事遂平,自是以智勇闻于世。苏丹嘉其功,恩宠愈隆。而爱拉亭愈益逊抑,不稍矜伐。数载以来,爱拉亭以尊位享盛名,福无与俪,孰知倚伏无常,风波转睫,由优游而复遭颠沛矣。

神巫之归阿斐利加时也,切齿于爱拉亭不置,虽闭诸地穴,必欲一测其存亡。乃出匣一,中实土平其面,画图如法,以星命推之。知爱拉亭微特未死,且尚主,富贵。大愤曰:"此缝人子具何知识,而得神灯之奥用乎!方决其已死,而不图予竭尽心力所求得者,彼乃坐享其成!予必夺之,誓不容其长窃幸福。"即策骑自巴巴利①首途,径达支那,侨逆旅,以隐迹爱拉亭。潜至新宫,见楼阁云属,知以魔力成之,计必先得神灯,然后足以制爱拉亭之命。于是归舍,出匣推如前,知灯藏新宫内。间询逆旅主人,悉爱拉亭远出猎,八阅日始能归,楼指甫三日,大喜,思以计取。

神巫即至售灯所,购铜灯十馀事,置诸筐,彳亍新宫前,号于众曰:"予有新灯,愿易旧者。"众不解,多环观之,目为颠,不然,以新易旧,虽至愚不出此。然神巫呼不辍,声益扬。主闻之,遣侍者出视。回白曰:"乃一极可笑事,一人手灯一筐,制甚新巧,而惟旧灯是易。"一婢曰:"主见否?窗缘有灯一,黯黑不鲜,盍试易之,以一新观览。"

---

① 巴巴利(Barbary),非洲北岸诸国之统称。

不知此灯即神灯也,居恒爱拉亭每以自随,因急装出猎,不便怀去,濒行偶置窗缘,主及侍者皆不知为神物,竟付仆易新灯矣。

神巫见此灯即其所欲得者,急手取之,曰:"新灯中,汝可自择其最佳者。"仆即遴其一以呈主。神巫携筐去,于僻所尽弃之,疾趋出郭。俟日暮,诣森林中取灯摩之,魔现。神巫曰:"速载予及爱拉亭所居之宫,移阿非利加位置。"魔即如令行。

明日,苏丹晨起,傍牖睇望新宫,不意穹窿杰构,悉化乌有,无半椽只础存者。惊且怒。即至密室,语维齐。维齐张皇无计,顾夙嗛爱拉亭攫其子之富贵,即乘机媒蘖,谓:"此宫本以妖术成之,今必以术摄去。速捕爱拉亭讯之。"苏丹大恚曰:"贼何在?我必取戮之!以骑兵三十人往,缚之来。"维齐即集骑兵,至苏丹前受旨。苏丹诫以速禽,无使逸。众驰出郭,约六里许,爱拉亭适自猎所归。众逆告,以苏丹待久,故遣骑迎。爱拉亭不之疑。至距城一里所,遇大军队,主者前言奉苏丹谕擒汝,即挚爱拉亭手,若罪囚然,使徒步入城。民见而大骇,不知爱拉亭以何事被逮,桎梏如待重犯,恐命在须臾。念平日受其恩至厚,即何忍坐视。相与群聚,或手剑,无剑者则以石,咸怒目直视,杂沓随之行。至苏丹宫,兵队惧劫,拔刃以卫,幸衢隘,民不能骤进。俟爱拉亭入,即重门下键焉。苏丹见爱拉亭至,愤极,不欲听其辩,命速枭示。行刑者以革一方覆诸地,革上血模糊,蹴爱拉亭跪其上,掩目解缚,举刃呼者三,俟苏丹一言,即刃下头断矣。

是时民大噪,逐兵士,争逾垣入,势汹汹不可遏。维齐见事急,白苏丹。苏丹不得已,乃下令赦爱拉亭,且命维齐宣告不杀意,民始解散。爱拉亭伏地谢,并谓苏丹曰:"求苏丹使我知罪恶。"曰:"汝尚不知罪,汝试观之!"即导至一室,指牖外曰:"汝新宫何在?速告我。已为之乎?抑人陷汝也?"爱拉亭注视,惟弥望旷地而已,骇绝,战栗不能对。苏丹诘公主所在。曰:"予实不知。"苏丹曰:"主,予爱女,嫁汝而失,不汝咎而谁咎?汝亟踪迹,必以吾女归。不然,不汝赦。"爱拉亭曰:"请与以四十日限。"曰:"姑许汝,慎毋逸。即逸,予亦能搜获之。"爱拉亭逐日出侦,迄不得端倪。至三日晚,惫甚,度此事恐绝望,宁赴清波死耳。继思死无益,祈于上帝,冀或佑万一。即从默哈墨德教规,盥涤示敬。方掬水于河,岸陡削,不能植其趾,偶失足,颠坠于石。指环适触石,声甚厉,魔现于前。爱拉亭喜曰:"亟救我,为我移宫。"魔谢曰:"予力所不能,必役神灯之奴斯可。"曰:"然则速送予至巴罗布德公主所。"魔即携抵新宫,宫已在阿斐利加大平原中矣。

时深夜,中宫静寂,爱拉亭憩树下。晨侍者出,见而入白。主尚疑,辟牖视之,信,呼曰:"别久,君安往?使予鹤望。"爱拉亭由谤门入,与主相持,具道所以。即问:"有一灯置窗缘间,今何在?"主告以易灯之故,谓:"次晨予开窗周瞩,迥非故地。方惊异间,易灯者告我,此为阿斐利加,乃知彼以魔术为之。"言次,以冒昧易灯,引为己咎。爱拉亭深慰藉之,曰:"此予失检,无与卿事。惟易灯者肆其险诈,是必欲甘心于予者。此事暇当备述,今予所亟欲知者,彼灯置何所耳?"

主曰:"彼得此灯甚喜,即什袭藏于胸,曾出而示我。"爱拉亭曰:"未知彼若何凌汝?"主泫然曰:"自移宫后,彼日必数来,以甘言饵我。我力拒之,厉色而恶声。彼未能售其技,迹亦稍疏。彼且谓君已撄苏丹之怒,受骈首刑。且詈君至深刻,谓微彼,君不得至此。予念君,悲泣,恨若人次骨,不与交一言。度彼不即相逼者,冀予日久或悲忧渐减,当可回心,不知予志且坚甚。顾若人性凶狡,他日以力强迫,恐势所必至。予方惴惴,幸君来,予种种恐怖,一时消灭矣。"

爱拉亭曰:"予来,卿可无虑。予已算得一策,或能出屯难,不见害于奸徒。午间,我将易服来,告若密计,卿必如法布置,勿少惊疑。且当启便门纳我,恐耳目易泄。"主一一诺之。

爱拉亭出,遇一土著,询愿易服否。土人利之,首肯。偕至一竹篱中互易讫,行至市,见往来熙攘,侧肩而过,入卖药肆,购毒剂一,怀而归宫。

爱拉亭由便门入,密语主曰:"欲出险,返故国,必从予请。卿盛妆以待,若人来,则佯为欢笑,若已回心而尚有馀戚者,使之不疑。伪殷勤,延其夕食。先以此毒剂入常饮杯中,置旁几。酒酣,伪欲与易杯饮,令侍者取几上杯注酒奉之。卿即持其杯,虚作引饮状,当不致污口,盖彼酒一入吻,必立毙,不暇辨真伪也。予二人之祸福及苏丹之忧乐,皆在此一举,幸好为之,予当出避。"须臾神巫来,主起立,延之坐,色甚和。神巫目睒睒视主。主曰:"汝勿讶予始终若两人,予自维既至此,父母将终不得见,爱拉亭又刑死矣,虽恸之至泪竭,亦不能使复生,计不如自节悲苦。"神巫闻之,喜就坐。公主复百计媚之,谓愿与共食,惟藏酒多出支那,颇思得阿斐利加酒一饮。神巫欲往取。主谓已具馔,盍命力去。巫必欲手取显其诚,并许即返。主俟其出,取毒剂投杯中。俄巫至,入席共饮。少酣,主以交杯请,即如谋酌以进。神巫立尽,首后仰不能起,抚之,已气绝矣。

主即命婢启便门,延爱拉亭入,见神巫僵卧,公主起迎,互相喜慰。爱拉亭以四十日之限,当速算归计。请主暂退,于神巫身出灯摩之,命魔亟移宫于原建所。俄风驰云拥,仍傍苏丹宫矗立,与畴昔无几微差。乃共酌酒以庆,拟翌晨造朝备述焉。

苏丹失女后,心悒悒,晨必据牖以睇。是日突见新宫仍在,疑目幻,嬹皆复谛视之,无误,喜跃欲狂,亟命骑驰诣。时爱拉亭方炫服登楼,见而趋逆。苏丹下骑,不暇他语,亟欲见其女。乃导之入室,主晨妆始毕。苏丹径前,持之而泣。主亦泣。久之,苏丹曰:"自失此后,汝父母痛汝不置。今虽睹汝无愁苦状,予固确知汝备尝艰苦矣。其亟以别后事闻。"主遂述易灯后诸事,谓咎皆在己,无与爱拉亭事。初亦深虑其失予获谴,迨与相遇,心始安。爱拉亭复述神巫死后,已假助神灯。使新宫如故。且谓巫尸在楼,观之当益信。从之,见尸面作青白色。爱拉亭谓此巫狡恶,死有馀辜,己已两被其毒,他日当以首次构难事渎听。苏丹持爱拉亭谢之,曰:"曩者痛女切,几致枉戮,思之愧汗。尚望亮其既往,幸不芥蒂于胸。今当置酒,语重还之乐。"爱拉亭命投巫尸于野,使供鸟兽食,为陷人者戒。此爱拉亭二次出险,谓自此庆安全矣,而祸尚未艾也。

神巫有弟,亦娴魔术,而阴很狡黠过其兄。巫居非洲之东,弟则居洲之西部,岁必一会合,以幻术各自炫,相与研论。神巫死,弟久不得耗,异而占之,知已为支那人毒毙,其人尚主而富,大怒,誓必报。立起驰赴支那,入都,客逆旅。偶游衢市,闻途人盛道圣母福脱玛事,啧啧称灵异。度此妇见信于众,假其名当可有为。遂向人诘福脱玛本末。闻者曰:"君殆远客,致不识圣母。母茹斋事神,惟礼拜之一、五,稍稍出外,馀日杜门修持,不问外事。祈禳罔不应,病头风者,一著手,即霍然瘥。"巫闻其略,询所居甚审,往访其庐。值母出,邂逅于途,遥尾其后,视其步履意态。母归,复潜尾至户外,默志之。乃小憩茗肆。时盛暑,民多有携荜席露宿者。夜分,巫抵圣母家,拨户入,至庭,母方就席卧,出匕首将刲其胸。惊觉,大恐,投地乞命。曰:"无惧,予第欲汝以衣履畀我,使饰作汝状。"母唯唯,为之施铅朱,易被服,顾心怵怵,虑为所害,股栗不已。巫谓之曰:"上帝鉴予誓,必不杀汝。"母稍安,装竟,镜之无异,母复予以杖,使扶杖效蹒跚行,毕肖。巫骤起,手蹹母,缢杀之,投其尸于沟中。

越日,虽非圣母出游期,然巫不能待,行于市。众环匝之,请祷请治疾者纷圊于前,途几为之塞。俄经爱拉亭新宫,观者益蚁集,争欲白事,喧嚣彻于宫中。主询故。侍者察得之,具以告。主曰:"耳名且久,颇愿得一见。"侍者曰:"然则当导之来。"主颔之。须臾圣母来,主接待至渥,且谓:"宫中别室,尚蠲洁可居,栖真于此,得朝夕奉教,幸甚。"巫喜其计获售,诺之。主导游各室,巫睹其陈设之富,心摇目眩。旋相与登楼眺望,询以佳否。巫佯为恭谨,目常注地,闻言始周览曰:"壮矣丽矣,蔑以加矣!虽然,尚有憾,未知能恕其戆直采及刍荛否?"主诘之。则曰:"以鹏鸟卵一,悬是楼,始臻完善矣。"主以欠阙,颇自惭。邀母同食。巫以必去面帊,虑为所窥,则谋败,乃固辞,谓持斋未能侍食。主亦不复强,分以果饵,使居别室。

维时爱拉亭方出猎,薄暮归,见主意态索然,异常日,问何以怏怏。主具述圣母言。爱拉亭曰:"幸勿介怀,此物尚非难致。"即登楼出灯摩如前。魔请命。爱拉亭曰："是楼之设尚未具备,汝亟取鹏鸟卵来悬之。"魔闻言,勃然怒吼,若巨霆之发,声震屋瓦。爱拉亭惊仆。魔厉声曰："予曹忠事汝,为汝致富贵,汝不知感,今乃以贱役役予,至命取鸟卵以为饰！本当罚汝,使空诸所有,顾念此事非汝本意,尚可相恕。实告汝,所谓圣母乃神巫弟也。福脱玛已为缢死,伪为其状,欲致汝于死。"言竟而杳。爱拉亭憬然,趋主室,佯病头风甚剧。主曰："盍召圣母来治之？"爱拉亭首肯。俄巫至,各以所苦,即俯首若乞其摩挲者。巫窃喜,探怀出匕首欲刺。爱拉亭早为之防,即搜其腕,夺刃刽之,巫立毙。主大惊曰："君奈何杀圣母？"曰："否,彼为神巫之弟,缢福脱玛而来此,图复兄仇。"即解其面帕示之,且述所以知此之故。主始恍然知巫之诈险也。

逾数年,苏丹崩,无嗣,主与爱拉亭共视朝政,在位历年久,厥后颇繁衍云。

时史希罕拉才得曰："非洲神巫居心险诈,故虽挟致富术得宝窟,而终不获受其利。爱拉亭一贫惰儿耳,转藉以尚主富贵,非由其朴忠诚谨,不作逾分想耶？苏丹虽公正,然偶惑于媒孽之说,违背公例,民即起与为难,几失王位。故知柄国政者亦不得擅用权力,虐待无辜。至神巫兄弟,一则贪利蔑义,适杀其身,一则险谋复仇,匕首甫出,已剚己腹,观此更可知报施之巧。"苏丹闻言大喜曰："神灯事非惟情节诡奇,兼可以示惩戒矣。"史希罕拉才得每晨所述,既皆寓劝惩意,故苏丹虽有日御一妃诘朝加诛之誓,至是亦为潜移默化,心惓惓不忍赐死。而后又滔滔汩汩,口若悬河,若无辞穷之日。苏丹入耳心开,益欲进聆他说,翌晨,则不待定那才得请求,自呼觉之,曰："卿智囊已罄乎？尚可觊缕他事耶？"曰："否。异闻尚稠叠,仅述其目,恐陛下万几之暇观之不尽。妾虽不患词窭,特恐久闻生厌,怒妾哓哓不休耳。"苏丹曰："否,朕好之,请再述。"史希罕拉才得曰："妾前所缕述诸事,曾及加利弗赫仑挨力斯怯得名,今请为述其逸事。"苏丹领之。

加利弗挨力斯怯得轶事

史希罕拉才得曰：一日加利弗独居宫中，怏怏若有不乐。大维齐入奏事，见加利弗屏左右，悒然兀坐，且颓其首，若未见维齐之入者。维齐徐察之，见愀乎其色，茫乎其有所思，即逡巡，不敢遽进。须臾，加利弗一举目视，仍墨墨不语。维齐知其非嗛己也，乃进言曰："臣睹陛下有不豫色然，敢请其故。"加利弗改容答曰："然。朕忽忽悲从中来，不自知其所以，卿傥能一为镯解否？"维齐曰："陛下宵旰忧勤，欲知民瘼，尝偕臣微服，潜自诇巡。今日适丁是期，盍出游，藉纾菀结？"加利弗曰："意绪瞀瞀，微卿言，几忽之矣。"遂相与易装作商人状，由便门出，道郊外，至河滨。地去邑门稍远，清旷，少行人，舟渡登陆，信步游瞩。望隔河景色幽迥，一桥横亘。二人先后行。桥下一盲者坐乞食。加利弗回身以金钱一纳其手。盲者骤握加利弗腕，止之曰："君殆仁慈长者，上帝使来赒恤予者耶？窃有所请，愿长者勿却。小人负重愆，当受严罚。请力抶予首，使予消罪。"即释手使抶，又执袪若虑其逸者。加利弗大诧曰："实不能从汝所请。予怜汝困，与汝金。夙无怨，胡繇抶汝？"言竟，挥使释手。盲者持益坚曰："小人尝矢言，凡遇施者，必令一抶予，背誓不祥。君苟靳之，则不敢受赐，请以金返。"加利弗厌其扰，不得已手抶之。盲者始谢而释其袪。加利弗乃偕维齐行，不数武，谓维齐曰："盲者甚奇诡，必非无因，朕欲知究竟，可往语盲者以明日来。"维齐衔旨返，亦施金币一，且击其头，然后宣加利弗言。盲者拜受命。

维齐趋及加利弗，相与入郭，经衢路，见观者如堵，途为之塞。一少年丽服，乘牝马，往来驰骋，若飘风掣电，以鞭暴击马，张目切齿，似尚不足泄怒者。马骤愈疾，鞭愈数，马噎塞不敢出气，惟殚力狂奔，汗雨下作赤色。加利弗见少年虐马，殆惨酷无人理，诘途人，冀有知其事者，卒不得，惟云日见此少年痛鞭此马耳。加利弗即命维齐传语少年明日来，述所以虐马之故。

加利弗复前行，一巨厦矗立道周，涂墍丹腹皆崭新，魁闳壮丽，如贵者居。加利弗诘维齐此谁氏宅。维齐以俟访对。旋询悉为业制索而暴富者古基海森之居，具以闻。加利弗曰："朕愿得见古基海森，亦期以翌日。"届日，加利弗行午祷毕，归便殿。维齐引盲者、少年、海森入。加利弗先询盲者姓氏，曰："名巴勃。"加利弗曰："汝昨乞食，颇奇诡，苟不念汝困，当禁汝所为，不使汝有累行者。朕欲知究竟，故宣汝来，其实言毋隐。"盲者再拜曰："昨不知为乘舆至，冒犯死罪，幸怜其愚而恕之。辱下询本末，敢不直陈。所为虽涉不经，实则负罪至深，非受众笞辱不可解。愿备述所由，陛下闻之，知小人之誓为此，实亦上帝所见许者也。"

盲者记

巴勃曰：予生长于报达，先世遗产颇饶。父母卒，予尚幼。然予性质实，竭力治生计，惟恐或失，非复若寻常少年，拥厚赀，辄挥霍游冶。由是入益嬴，家业日起。尽吾有，置骆驼八十头，备漠中商人竭来载运，所历无远近，得颇不赀。

予尤不自足，一日驼运至印度，归及伯沙拉，牧驼于郊。忽一豆伐司①跚跚来，坐予侧，若甚困惫。余问所自来，豆伐司亦询予。既相酬答，乃出糇粮共食，复同行，途中相与纵谈，欢甚。豆伐司谓："距此不远有一地富藏储，倘以八十驼往，宝物必盈载，而在彼都人视之，直九牛一毛耳。"予闻言惊喜，自度彼豆伐司当不欺我，乃与之行抱腰礼。谓曰："君殆知彼中事者，盍导予往？予当如君言，并分其一为报。"余言时娭娭然张颐而笑，自念计殊得也。

盖余生平欲至烈，见至小，而此日之利益至巨，因而心怦然大动，私念有所得，以八十分之七十九自取，而以其一赠豆伐司，似亦不为薄矣，故以此答之。

豆伐司闻之，从容曰："君所许，何比例之远也？予告君，谓当以诚相待，庶平分利益耳，不图君之出予料也。无已，予尚有请，既均而义，亮所愿闻。夫君不有驼八十乎？予所效力，诚不过一介之绍。顾

---

① 豆伐司（Dervish）奉婆拉门教之修行者。

以情而论，事后君当以所得之半见赠，诚均平而无厚薄之见存者。总之，君以驼之半付我，而君四十驼所载珠玉，斥以购驼，千头尚不止也。"

予聆其言，虽未深拒，然意颇非之，盖余方寸中衹惓惓计此四十驼之失，初不念所获之多也。惟事可一言决，不容游移，允其言，可得四十驼之珍物，否则坐失事机，将遗悔毕生。于是予即集驼与具，偕豆伐司首途。历大山谷，左右皆石壁，卓立千仞，道险狭，骑不得并，出谷乃能驰骋焉。

方吾侪之初入谷也，豆伐司谓予曰："缓行，使驼卧地，备载运，君其从予来。"予如言。既导予至一所，曰："宝藏在是矣。"视之，则岩石峭矗，高不可以道里计，豆伐司以钢条击石取火，集干木焚之，入以异香。口若诵咒然，不知作何语。旋香烟判为二，须臾山石砰砽，豁然坼裂，若户之辟。予瞥睹，魂摇目眩，盖其中宫阙嵯峨，富丽疑非人境。环顾左右，黄白累累，层积若丘山。时日已将暮，予贪且急，即手一囊取储之，囊颇巨，良久乃盈，盖几忘吾驼载重力之何如矣。时豆伐司屏金银不顾，止掇珠玉。诘之，曰："当量驼力。"予亟改贮珍珠宝石，至无馀囊乃已，各以驼负而行。

当将行时，豆伐司复入洞，探金瓶中得一匣，木为之，小而坚缄，中贮物若香膏。豆伐司怀之，谓余曰："此亦奇物也。"

既出，豆伐司复咒之，崖壁倏忽即合，无迹可觅。于是各携驼四十头，各乘其一，循途出谷。临歧，豆伐司言将至伯沙拉，予欲归报达，谋既定，予深谢其惠，与行抱腰礼而别。

甫举武间，忽念驼既去其半，而所负之珍物且不赀，则失甚巨。且豆伐司既得驼，随时可往取运，所得殆无量数。心怏且妒，必追索之。乃策驼疾呼豆伐司"止止"。豆伐司果立以俟。予谓之曰："所愿请于君者无他，亦向者事耳，度君已知之。余窃欲再有渎焉：君居豆伐司任，夙尚清静，屏华朊，不欲以他事萦念。今率驼四十头驰驱道路，事非素习，得毋深苦鞅掌？盍再以十头归予，而君取三十，较易策驭乎?"曰:"君言良是,予始念不及此,今闻之,具感垂注。请如君言,汝好自为之,上帝福汝!"言次,色甚霁。

予遂取十头置驼群中。又念豆伐司既减十骑矣,吾盍从而请益,其复见许焉,亦未可知也。乃前致辞曰:"君能用鄙人言,甚善。顾君贵族也,非吾侪小人比。驼至三十,驱率即非易事,况君不习驼性,恐转以累君。盍更减十骑?此非余自利,特为君计,不敢避嫌,惟君实图度之。"

豆伐司闻言,即又以十骑与予,无吝色。于是予得六十头,综所负,利至厚矣。夫俄顷之间,骤得多珍,而复予求不吝,此人生何等满意事。而予殆如醉者,愈饮愈渴,终不知餍足,思更得二十骑而后已。遂重以甘言诡说要豆伐司。豆伐司似首肯,予复抱腰以媚之。豆伐司即慨然悉数畀余,曰:"君善用此,夫上帝以喜而与者,亦或恶而夺。今吾侪若不以所得施贫婺,则帝亦何乐赉我,使我独拥耶?"余亟诺,驱驼行,意实不以其言为是也。

是时予所得益腆,而贪心仍未戢,以豆伐司所得小匣,观其亟置于怀,意颇珍重,且此匣既贮之金瓶,彼即欣然探手取,必早知其有异,其宝贵必有亿倍于驼负者,欲并得之。因追问曰:"顷所见匣,君携此何所用,盍作临别之赠?君性清静,度不若有癖嗜者多摩挲无用物以为雅玩。"予阴念豆伐司懦而弱,倘不许,必力取之,纵彼厚惠我,亦不暇顾矣。

不意豆伐司闻之绝无难色,即从容出匣授予曰:"君欲此,敢不惟命。若更有所需,其明以告我。"予启视,谓豆伐司曰:"辱雅意并赐,感甚,特未明中所贮者之用。"豆伐司曰:"厥用至奇,亦至险。但以少许敷左目,凡宝物在地中者历历皆见,脱不慎,置右目,则立眇矣。"

予诧甚,急欲观其异,谓豆伐司曰:"君言之凿凿,必能显其用,盍先置予左目一试之?"

豆伐司如言,命予合两目,而以膏敷予左睫。使启视,则璘瑜璀璨者且遍地矣。惟右目久合,视力疲甚,请更置膏于右,以分其劳。

豆伐司曰："君忘吾言耶？此非可戏者。"

盖予心疑豆伐司欺我耳，意此膏置右目，所见宝物必有过于左目所睹者，彼特靳之而伪险其说，使予终不得满所欲也，必无眇目之患，笑谓曰："君欺我哉，天下安有同一物质而其作用相左如此者？"曰："余安敢欺君！谓予不信，有如上帝。"予不听，以为偶一试，庸何伤，有变，亟去之未晚。豆伐司曰："君殆未知盲者苦耳。辱君爱，何忍祸君？愿慎思之，勿自贻戚。"

予终不顾，促之益急曰："君胡太固，吝此区区者不予畀也！凡事遏愈甚则欲愈烈，呜呼上帝，实鉴临之，祸甘身受，不汝尤也。"

如是者数数相嬲，豆伐司不堪其扰，乃曰："君既愿之，吾何惜？"即取匣中物置吾右目，时适两目悉合，及启，则冥冥若入黑狱，绝无一线光，乃蹋足大悔曰："噫，君言果验矣！予愿望未餍，致罹此祸，不敢怨君。惟君爱我，不识更有术以起吾疾否？"豆伐司曰："余既明言利害，并力阻君，使早从鄙言，何致及祸？盖君之心先盲矣，自速其疾，夫复何言。疗目之术，非所素习，今日之事，或上帝以君不知足而夺君所有，乃假手于吾以惩创之。君能悔罪以祈，上帝或当悯汝。"

豆伐司言毕，寂然，予无以对。良久，闻蹄声杂沓，则彼已驱负重之八十骑还伯沙拉矣。予亟呼其稍待，否则乞以一骑导予归。彼不应径去。此时予既大悔恨，且饥甚，瞑不识涂，不复能行，困急不可状。至次日，有商自伯沙拉来，怜予颠踬，乃导归报达，不然死矣。既归，回忆曩者之得富，且与王侯埒，以一念之贪，尽失之，而以盲终其身。贫至无以自存，乃行乞于市，此吾所以来也。予自维罪大，不能自解，遇善长，辄乞其一抶余，以冀减余孽。今而后，愿毕生受驱使，虽日鞭扑不怨。但区区忏悔，恐不足灭贪得之愆耳。

盲者既毕其说，加利弗谓之曰："巴勃，汝罪至大，然能悔罪，尚非怙过者。盲所以惩汝贪，非自忏所能消释，亦惟日祈于上帝，予将命大维齐日畀汝四掘勒钦，终汝身勿虑也。"盲者闻之，即伏地展手以谢，起作种种欢喜状焉。

加利弗闻盲者事，颇意满，乃顾虐待牝马之少年曰："汝何名？"曰："予名雪地诺曼。"加利弗曰："马固受人驱使，虽不废鞭策，亦未见有施暴于马若汝之残酷者。见者多不忍，予亦不能漠然。及察汝状，又不类犷野，何所愤而出此？想汝虐此马屡矣，或非无故。予欲知究竟，故召汝，亟陈其实，毋隐。"

雪地诺曼会意，然色屡变，怏怏若不乐道，又若有所踌躇者。于是先伏地致敬，既起，仍默然。加利弗殊不耐，继思其或慑于威，或中有不可告人者，故嗫嚅未发，因慰之曰："汝任言，毋瞻顾，姑视予为汝故人，无庸慄慄。即汝所述者或干禁触怒，予必不罪汝。其决然言之。"

雪地诺曼闻之大慰曰："厚蒙清问，敢不抒臆。予生平自饬，惧冒不韪，不敢使非念萌于予心，致干法禁。至偶蹈小过，容或有之，惟乞谅恕。顾予所欲述者，自问实无当得之罪。脱有罪，无所逃。陛下如悉予虐待此马之故，则必知所行为公理，非越分矣，将怜予之不遑，又何事惩责。愿垂听，当详述之。"

记虐马事

少年雪地诺曼者,于加利弗挨力斯怯得前自述曰:臣家世不足烦宸听,兹不率渎。惟溯父逝世时,遗赀甚富。臣既不忧衣食,则得室是亟,且愿得美而淑者,以襄家政,享帷房之乐,幸福何极。而孰知事有与予愿大相背戾者。结缡之夕,即遇失意事,后更险幻,非亲历者不能知。陛下深悉此都习俗,凡夫妇未成嘉礼前不相谋面,娶妻者以是恒受欺,得丑妇。既成婚矣,即拂意,不得易,惟强安之而已。臣亲迎后,见妇姿首不恶,心大慰,私自庆幸,谓伉俪之欢,可以预卜。翌午,入膳室,馔已设,独不见妇。俟良久,始见其姗姗来,乃同就食案。予饭以匙①,而妇取食则大异,囊出匣一,启之,得一针,以针刺粒饭入口,虽数数刺,无多粒。妇名阿民尼,予即呼之曰:"阿民尼,汝家食法,固尔尔耶?或汝食量窄,不能多进,抑欲知碗之容粒几何而一一数之耶?不然,汝岂欲为予惜区区之炊食,而力减以示节者耶?予非窭人子,不以口腹为虑,幸汝恣所欲饱,勿作此态,令人作恶。"予言时,色甚和,度必有所答。而阿民尼竟默然若无听闻者,食益少,惟取乾糇屑纳口中,不复食他味。予愈益不怿。虽然,予且曲为之解:或未惯与男子同席,初婚羞涩,不惜为小儿女子态;或素性俭约,恶奢费,遂矫枉过正;或食前已饫他品,腹果不能下;或喜独食,不欲与人

---

① 波斯及阿剌伯人取食并用匙,如吾人之用箸。

偕,类古洁癖者。以是种种推测,予故不复再言。食毕,予出,绝无不豫色。自是每食必然。予度阿民尼所食既少,必不能赖以生,当有他故,佯不措意,思密侦之。要之妇无他恶,予深望其能进食如常人,实亦不欲尝怀疑虑。不图无几时,竟廉得其隐矣。

一夕方同寝,阿民尼以予熟寐,潜起披衣,数数顾予,状甚瑟缩,若惧予惊寤者。予至是不能无疑,伪睡以观其变。阿民尼衣竟,悄然启户出,声息甚微。予急推枕起察之,自牖见其方辟外户。予潜尾其后。时月光皎洁,阿民尼走甚疾,径趋屋北之蓬颗乱冢中。此中夙有怪,数杀行客,啖其肉,且喜食死人,冢被发者屡矣,有窥见之者,怪乃一妇人,状极可怖。予惊忖阿民尼胡独身至此,乃匿墙阴,察其动静。则见一奇形之妇人出,与阿民尼若相语。予大骇,旋见二人破冢出尸,竞相啗嚼,狂吞恶嚼,声咋喳不绝。且食且言,若谈谑极欢者,惜相距远,不辨作何语。维时予已股栗无人色,至今念及,心犹震悸。旋见妇及怪以残骸纳墓中,掩以土。予知其将归也,即匆匆返,入门,虚阖之,与妇出时无异,然后就寝室卧。须臾,阿民尼归,鹤步入,解衣即枕,意若深幸所为未为予觉。予回念其啖尸之惨恶饕餮,自顾此身,独与寝处,无异狐豚近狼虎,方寸惕惕,反侧不能成寐。

黎明即起,诣教堂行祷礼毕,入郭游览。默度将以何法警悟妇,使其改行。强制之,恐其暴性激而益险,计惟以婉语启导之。比余归,阿民尼即命设膳,共桌而食。阿民尼仍以金针取食。予不复能耐,即语之曰:"汝亦知结婚之翌日予所以惊异之故乎?予见汝食仅以针著粒,意若不欲饭者。汝若是减食,安能持久,予实为汝虑。顾予雅不欲喋喋,惟愿汝知予怀抱。予且嘱庖人治具必精,冀投汝好,当可饱饫,孰知汝至今犹狃于故态!然予恐失汝意,故忍而不言。兹不得已,不能安缄默。倘汝仍漠然恝置,则予心郁结,将终不得释矣。阿民尼乎,岂汝视席上佳肴,将不若冢中腐肉耶?"语次,余自悔语直,而阿民尼知予已窥其隐,目磔磔然怒视予,面洞赤,若恚不可忍。予慑于凶焰,战栗不知所措。阿民尼立起取碗水,口喃喃若诵咒,即以指醮水洒予面,厉声曰:"破人秘密,当受惩处,汝其速化为犬!"予初不知阿民尼有巫术,语甫毕,而予自顾已茸躯而四足,伏身而翘尾,俨然犬矣。惊且忿,欲逸去。阿民尼陡挥杖暴击,着体痛欲折,自问将无生理,思庭中地稍广,当可避杖。而妇且逐且抶,遮拦之,不能脱,运杖若风,急如骤雨之下。余负痛狂窜,百方绕避,而所受仍不少。久之杖稍疏,知其力懈,张眸恶觑,若深恨不能杀予,复左右顾,疾趋往,半启其户,似欲纵予者。予虽犬,心则了了,知其设毒计,欲置予死地,盖诱予逃窜,俟予经户之半,急掩门轧予体,则予死必矣。予故作嗒然欲毙状,坐而潜俟其怠。俄妇他顾,若少懈。予乘间急一跃出,而门砰然阖,尾尖已为所轧,力掣而逸,痛彻心髓。奔衢路间,且行且号,予意在呼救,奈出口则仅成吠声。众犬闻声群集,见非素稔者,争欲噬予。予复奔避。众犬奋追不释,予仓皇入一屠羊肆中。主者怜予,为逐去诸犬。予欲于室中觅一栖止地,殊不可得,且察其人性颇怪僻,谓犬最不洁,人衣一触犬体,其所染百涤不能净,故屡欲逐予出。而终逡巡不去,是晚宿其室。创甚,未能即平。翌晨,主人出,须臾以羊之全体归,首若蹄皆具,置诸砧,刀磔之。忽门外声狺狺,乃群犬嗅味至,共舐舌流涎相向。主人乃以骨分投诸犬。予见之,亦出杂诸犬中求食。主人知予腹馁,即以肉掷饲,丰于他犬。食毕,予摇尾乞怜,期复入室中。而主人殊不愿,持杖当门,力阻予入。予惧再遭创,不得已舍之去。

行数十武,止一饼肆前,睹饼师貌和善,异屠羊者,时方朝食,予未尝作求食状,而饼师以一片糇掷饲予。予不即攫食,向之侧首视,以表感情。彼见予驯谨,为之莞尔。予甫得肉,腹正果,然欲媚之使悦,即两足举糇,徐徐食之。彼注目视予,且任予近其门。予食毕,坐地,与相对,作状示之,请容予入肆,且求保护。饼师若知予意,导至一处,命予圈伏。予遂逗遛不忍去。饼师待甚优,每食必及予。予感激不知所报,在肆则依依其侧,出则追随左右,无瞬息离。饼师亦若深喜与为伴侣者,将出,先呼予。予闻,即跳身至中衢,欢跃奔扑,若

349

游兴勃勃。主人出,即依之行,顾盼至乐,一若人之前后于显者,意扬扬甚得也。

一日,有妇来肆购饼,出币偿值,中杂一赝者。饼师请易,妇执弗承,争持不能决。饼师戏曰:"若此伪币,予所蓄犬尚能识之,而谓欲欺乃公耶!"言已,戏呼予名曰:"来。"予闻呼,一跃登匮。饼师以币投予前曰:"试检之,此中有赝鼎否?"予详察诸币,中一枚果为伪质,则举足挑出,以示主人。主人大惊,盖初仅以言为戏,不料予真能选择也。妇至此,穷于辩,易之而去。饼师具以语邻人,众欲知虚实,争投钱币,命予辨真伪。予一一别之,无或爽。众诧为未有。而前妇故好事,以犬能识币为世罕见,乃张大其辞,递传布,闻诸通邑。众纷纷诣饼肆,求观予所为,至终日无休息。既而来观者不惮自远,趾骈错,户限欲穿。群出币购饼,使予辨币之真伪。主人制饼至不给,所获利较常倍蓰。遂宠余异往日,所以豢予者加厚,视若奇珍然,谓予可代之致富,胜人力远甚。

于是有垂涎而思诱予逃逸者。一老妪来,出币六,五真而一赝。予为分出之,仰视妪,若询其是否。妪曰:"是也。"为易他币。临去,窥饼师他顾,以目招予,欲令从之去。先是妪数为购饼,数目予,至是予自忖,居此虽适,徒以犬视予,或妪能知予底蕴,可为予臂助,亦瞪目视之,以示首肯。妪行数武,见予不动,复作势招予。时饼师方涤器,予乘间潜出户,径从妪去。行稍远,抵一家,妪启关,趣予入曰:"若巫来,自有佳境。"既入,妪扃门,导予达一密室。一女丽色,方刺绣,妪谓之曰:"儿,汝曾闻饼肆之犬能辨钱币,今在此矣。予闻此事,疑其中巫术禁咒而成者,予故引之来。儿视之信否?"女曰:"诺,我姑试之。"言已,起持杯水,亦喃喃若诵咒,以指醮水洒予身,谓予曰:"汝犬耶,仍汝形!汝人耶,复汝真!"咒毕,魔术解,予复为人。予感激涕零,俯伏女足下,以口接其衣曰:"荷垂救,如肉白骨,予身皆出所赐,虽执舆台役不辞。"遂备述本末,并谢妪导引盛意。女曰:"雪地诺曼君毋庸言谢,君端士,予当尽义务。今语君以阿民尼之为人。彼未嫁时,与予同师某女士,又数遇于浴室,因是相稔习。吾二人虽师事同,性质则大径庭。予鄙其凶恶无人理,不乐与交往。阿民尼亦畏我能出彼上,避予不欲见。其所为日险诡。君为其夫,以一言龃龉,遽受诅,化为兽类。今虽已复本来,然此恶妇不可无惩儆。君姑与吾母纵谭,予去即至。"言竟,入复室。妪曰:"我女谙魔术,技优于阿民尼,第常假以济人,非若彼之藉行非义者。君倘悉其生平,知予言非谬。使其稍涉奇衺,予非惯惯,早禁绝之矣。"乃述其女种种以术拯人事。须臾女至,持瓶一,谓予曰:"雪地诺曼君,予方检书,知此时阿民尼外出,然少顷即归。且知自君化犬后,家人以不见君,颇疑骇。阿民尼则伪谓当膳时,君忽忆一要事出,一犬突入膳室,彼操杖逐去之,不知君何缘未返也。今君持此瓶速返,俟阿民尼归,则出与相见。彼必惊惧思逸,即以瓶水洒其身,谓之曰:'受汝恶报!'须臾间,当使君快心。"即以瓶授予。予如言至家。顷之,阿民尼归,予持瓶出逆。阿民尼惊呼反走。巫洒以水曰:"受汝恶报!"语甫竟,而阿民尼疾滚地化为牝马,即陛下昨所见者。予牵其鬣入厩,加羁鞚,系诸柱,以鞭痛挞之,力疲乃已。后每日必扑以惩。

雪地诺曼述毕,语加利弗曰:"臣下情已渎听闻。彼妇人以尸为飧,直是怪类,遽取畜其夫,复欲挞杀之,凶诡无匹。以此为报,犹从其恕,陛下谅不以所行为过酷也。"加利弗曰:"汝妻凶怪,罪无可诿。汝所行,予不之责。特汝日必以鞭挞从事,则过矣。汝既诅之为马,使不齿人类,宜任忏悔,不当数恣其捶笞。予闻术者心至险狠,他日汝妻或乘机以报,则汝之所受,必更惨酷。盍往求女解其术,使汝妻复为人,彼当悔过,汝亦可消释忿怀矣。"雪地诺曼再拜承旨。

致富术

古基海森曰：陛下欲知臣所以克臻此境，请先以臣之二友告。臣家世清寒，今日得骤致巨富，虽造物之赐，亦二友推挽力也。友皆家报达。散达、赛第其名。赛第拥厚资，谓人无财不足自立，虽居世，终身无愉快日，财愈腴则快意愈多。而散达之持论则与之异，谓人固不可无财供服用，然所谓愉快者，则在德不在财；苟能应所需，宜知足，不作过分想，即有馀，以资赒恤，不欲厚吾藏。故散达之为人，优游自得，乐施予；而赛第则孳孳日益富。二人交谊至笃，臭味无差池，惟语及致富一事，则各持己见，争论不能决。

赛第之言曰："人所以贫困，厥故有三：或生为婆人子，既无凭藉，不克自振拔，终老泥涂，以坎壈死；或席先世业，骄奢淫佚，恣所欲为，荡其遗资，卒至穷蹇；或命途偃蹇，遘遇灾厄，颠蹶不能起。是皆人贫困之原因。夫致富有术，能善用其术者立赢，不善用者终身匮乏。然术不可以徒手运也，故贸利者每苦资本之绌，本不绌，则长袖善舞，趋时赴利，可坐致富饶。"散达曰："君谓贫者之谋利，必得资本乃可致富。予意殊不为然，富固有莫之致而致者。人往往有不待营求，得意外巨资，立跻陶朱之列，奚必逐什一竞锱铢哉？"赛第曰："口舌不足服君，予必择一婆人子实验之，然后知予言之不谬。"越日二人出，道经予肆。予业制纽索，治此者且数世，规模隘，所入至薄，肆宇卑陋，日作苦，衣敝而履穿，予之贫困，盖一望而知也。

散达一见予，即指谓赛第曰："君如欲践前言，其在斯人乎？予见其业此久，而贫困常不给。"曰："诺，所以迟迟未证予言者，俟机缘之至耳。兹当询其待欤也未。"遂入予肆，已微闻其言，即起逆之。叩予姓氏，以海森阿尔黑勃尔对。赛第曰："业无论巨细，治之善，未有不可获利者。汝业此有年，必有所蓄，顾何以不广伫麻枲，繁其手指，以扩充汝业，庶可蒸蒸日上也？"予曰："仆自媿执业狭陋，自朝至夕，操作虽勤，不足给衣食，一妻五子，既重其累，而幼稚又未能分予劳，麻值虽不昂，资匮不能多得。竭蹶若此，君试思尚能有蓄积否？然予境虽蹙，予心则安，得以力作，藉免冻馁，又曷敢萌他想哉？"赛第曰："海森，予今始知汝处兹窘地，诚有不得已之苦衷。倘畀汝以二百金，汝自信能以之贸利致富，而为汝同业中之巨擘乎？"予曰："君果能以金畀予，自信不久当以财雄，令报达诸治予业者，恐尚不足与我竞富也。"

于是赛第即自膺间出皮鞵一，纳予手曰："此中适有金钱二百枚，聊以为赠，汝其好为之。愿上帝福汝，俾汝扩所业，日益闳大，不负吾二人期。"予受而藏之，喜心翻倒，身若坐云雾中。呿其口欲声谢，竟不能道只字，良久，吻接其衣之缘。须臾，二人别去，予复治业。踌躇当于何所置此金，既无匮箧可扃鐍者，惧有失，不得已，藏冠巾中，匆匆归家。即佯为整冠，出金钱十，馀仍藏巾内，先往多购麻枲。又以久食淡，未尝得肉，买少许，手持之。途次，突一饿鹰侧翅疾下，欲攫予所持肉。予骇甚，持益坚。鹰苦不得攫，即腾集予臂，以喙啄肉，挥之弗释。爪钩臂，大痛，予力竖臂，鹰翅触予巾坠地。鹰以为肉坠也，即扑地，以两爪挟巾翔去。予亡魂失措，蹀足狂呼。路人闻而惊集，助予号逐。鹰以群噪，飞愈疾，瞥然已杳，予冰汗沾衣，体肉尽颤，木立良久，掩涕而归。亡金之悲不能去抱。而所取十金，购麻及他物件，馀无几何。思赛第仗侠，以重金相畀，欲扩大予业，不意瞬息间尽亡所有，何面目复与相见！且金之失事尤奇诡，彼将疑予为诈言，纵彼谅而怜之，予独无歉于心乎？未几金尽，拮据如故。予自维冥冥中岂有使之者，或予固不当得此金，故失之也骤，又何足芥蒂。用是心盎然与未得时同。尝举以告妻及邻人，谓失巾时并失金币百有九十。然邻知予赤贫，闻言皆吃吃然睨予而笑，若以予为呓语者。

逾六月，散达、赛第出游，行次，散达曰："距海森居不远，曾饮以二百金，扩生业，盍往觇其效。"赛第曰："诺，微君言，予亦念及之，愿偕往。想彼规模当顿改，予等且不复识之矣。"遂诣予肆。散达先自远望予状态，谓赛第曰："噫，君不见海森犹是衣悬鹑而面蒙墨乎？恐所谓效果者成虚语矣。"渐近，赛第见予状，果如散达言，大诧。既入，散达先谓予曰："别来近状何若？想得金后生计必大裕矣。"予忸怩而应曰："二君高谊，所以属望予者至厚。予未尝不思勉副雅意，讵所遭舛午，厄有出意计外者。事颇涉荒怪，辱下问，不敢不以实闻。"即具言失金事。

赛第局局然笑曰："汝语何不经？殆欲聋盲予耶？鹰之攫物，欲果枵腹耳，巾非可食者，鹰即饥，必不至误攫。海森乎，吾闻人贫则志浅，贫者偶得巨金，喜极而狂，不惜恣意挥霍，欲酬其困苦，迨金尽业坠，虽悔何追，或者汝亦如之。乃知汝穷由自取，固不足惜。"予曰："君疑而见责，仆扪心不愧，实无动于中。予所遭虽不可以情理律，要之众共属目，可以相质，何敢以诳语欺君？即君亦非妄为疑测者。设有以鹰攫巾语予，予固不之信。今不幸身受之，知古未有事或一朝遇，不足怪也。"散达亦为予缓颊，备述鹰之攫物，其奇特有过予事。赛第始微颔其首，复出二百金授予曰："今复畀汝金，如前数。幸念此金所以为汝致富，慎藏，勿再失。"予感入心膈，堕涕若缏縻，愧惭而谢曰："予前呼负负，不宜再辱盛德。孰意君等垂悯，复生死而肉骨之，自非有胸无心，敢不益自奋勉，以副厚望。"予欲鸣感恻，不自知语之喋喋，尚欲有言，而二人已不顾去。

予是日怀金归，适妻子他出，乃仍取其十，而以布裹馀金，思弄之幽奥所而未得。久之，见屋隅泥瓮一，贮麸殆满，拟贮金其中，或可免妻孥见。即覆瓮入金，仍以麸覆。须臾，予妻归，予秘不以告。继以肆中乏麻,出赴市。当予出时,适有售漂白粉者过门。予妻欲购,苦无钱,乃以一瓮麸易粉相当,售粉者乃携瓮去。

时予雇五人负麻至家,给资遣之去。稍坐休息,偶举目,不见藏瓮,骇极,面若被冰雪,急诘瓮所在。妻以易粉对,且谓得粉多,有喜色。予闻言,心砰然如坠地,手若足皆发发而战,愤塞欲绝,跳身起,戟指而斥之曰:"唉!汝不知所失已不赀矣。予友赛第重赠二百金,予藏此瓮,汝乃贸然举以易粉,是夺吾衣食之源,且使吾何以对吾友!"予妻斯时大悔恨,陡若发狂疾然,自裂服披发,两手自搏头无算,踊身于地者数四,搥胸大痛曰:"剜却予心头肉矣!予失此巨金,予不欲生人世,予死矣!售粉者不知谁何,无从踪迹,金断不能返。金耶,予竟不得一见汝!命蹇至此,予胡生为!"号啕跳踯不已,既衔涕谓予曰:"君得多金,何秘不以告,告即无此矣,君其能辞咎耶?"口呶呶且泣且怨。凡妇人当失意悲恨时,语恒刺刺牵缀,穷日夜不能休,令人入耳楚毒。予不得已慰之曰:"悲泣何益,徒扰人耳。况此事一播扬,既不足得他人之悯念䀩恤,而揶揄者且竞集,不如忍秘之。且屡得屡失,不无天意,吾侪惟有安之而已。幸存十金,稍足支旦夕。且人汲汲欲致富者,图快意耳。富人所得天然之乐趣,和风丽日,名山大川,皆与贫者等。其御鲜衣,跃怒马,持梁齿肥,固非贫者所能望及。一旦奄忽,生存华屋,零落山丘,则暂日之奢豪,又何足动人艳羡哉?"予妻初至不怿,日久事渐忘。予则复理旧业如初,惟虑赛第来诘耳。虽此次之失非予咎,第屡负盛意,实愧与相见。要之,势至此,亦无如何也。

散达以久不见海森,常怂赛第往,而赛第殊不欲,以为暌愈久则所见成效当愈大。散达鞿然曰:"君谓海森必以得金振其业,予独为之惴惴。"赛第曰:"鹰攫金,偶然耳,宁至于再?"散达曰:"虽然,无妄之祸,其来无常,愿君勿作过量望,予逆料海森未必能如君愿也。且致富亦多术耳,正不必沾沾于得金。君策倘不行,仆不敏,请继为之谋。"二人恒举此事辨不决。赛第曰:"空言不可凭,姑亲觇之。"散达乃与之偕来予肆。予遥见色变，心冯冯若舂杵，念避匿既不及，则频首操作，目不旁瞬，佯若不见者。俄闻人呼曰："海淼无恙。"比举视，则散达、赛第已面余而立。予不得已与酬对，旋嗫嚅及失金事。语次，颊赤若火，且强自为解曰："金藏瓮，非予之疏，家贫无箧麓，念此瓮历年久，不移置他所，夙贮麸，易掩耳目。又安知即有售粉者来，而予妻遽与之交易哉？若谓不以藏金事告予妻，故至此，则君等达人，谅不以此见责。"言已，谓赛第曰："仆屡遭变故，致负玉成，然感不去心，无殊金在。"赛第曰："聆汝所述，予虽不能无疑，然不得不姑且从信。此四百金本以欸汝权子母，获赢利。汝亡之，汝自厄之，予不冀汝报，予无悔焉。然予实自铸错，脱以畀他人，或当收效，不致如汝之乖舛若是也。"言已，复谓散达曰："君聆予言，知予尚未自承失败，予策之蹶，由施之非其人耳。君常拗予意，谓致富不必权子母，君盍验之，恐观效终无期也。即偶有奇获，亦侥幸不可常，终不若操计者之可以券契致。"散达即出铅一片，谓赛第曰："此铅予拾得者，今以贻海淼，行有奇验，可拭目观之。"赛第大笑曰："铅值一二钱耳，海淼得将焉用？"散达不答，以铅授予曰："君亟取之，他日当以奇验淬予。"予意散达特以此相戏，姑受而怀之。比二人去，予仍操作。晚就寝，解带铅坠。予检置坐隅，初不知珍重。

邻有业渔者，是夕补缀鱼网，需铅片系诸网，搜索不得。又夜分，不及他购，而黎旦必往渔，踌躇久之，乃命其妇假诸邻。妇历询未得，徒手归。渔曰："至海淼所否？"曰："未也，以相距远，且其家贫无长物，恐徒跋涉耳。"渔曰："噫，汝何慵懒！不得于他人者，焉知不得于海淼？"于是妇来叩扃。时予已酣寝，闻剥啄声，寤而起诘。妇具道所以。予念及散达所赠者，即嘱少俟，当举以相贻。时予妻亦觉，乃告以铅所在。妻暗中摸索得之，启户授妇。妇大喜曰："辱厚惠，予夫感不尽，诘朝当以首次所得鱼为报。"归即以所许告渔。渔见铅，悦甚，曰："汝实先得予意，当践汝言。"治网毕，于辨色时出。网下，得鱼一，长近二尺许。后所得无算，皆细小。归，携鱼过予肆曰："昨拟以首次所得鱼举以相赠，不图只得其一，用佐庖厨。"予曰："铅微贱物耳，不当受盛贶，况即同里闬，有无相假，亦理之常，焉敢望报？第固辞，又恐失君意，敢不拜嘉。"渔去，予归，以鱼授予妻曰："此鱼邻人所以报赠铅者。予友散达谓是铅可致富，今得鱼亦差强人意。"遂并以与二友晤语事告之。予家贫，食无鱼，即得鱼，亦纤小者，自予妻目中视此鱼，觉大莫与比，狂喜曰："君将何以处此鱼？予家釜小，不能容，当假诸邻。"当予妻治鱼时，于鱼腹中得巨金刚石一，妻谓是玻璃颗也，盖予妻故小家妇，生平于钻石未寓目，故不能辨，乃畀诸儿戏。晚燃灯，诸儿复弄钻石，莹耀夺目，不可逼视。须臾，予妻携灯治膳，室漆黑，而钻石芒四射，群儿大哗。予以嚣叫为小儿常态，不为意。饭毕，复弄钻石，扰如前。予不耐，呼诘之。长儿曰："有小玻璃颗，光烛暗室，以争弄喧闹。"予命取观，大惊异，诘所自来。予妻曰："顷得诸鱼腹。"予虽仿佛知为钻石，特未知价值，藏灯试之，果煜煜有光。予谓妻曰："微片铅不能得此。可以此代镫节费。"诸儿见之，争欲摩弄，哗益甚。予厉声斥之，始归寝。翌晨，予赴肆操作，亦不复以此钻石置念。

有犹太富商者，业珠宝，其寝傍予室。昔夕商寐，适予儿辈弄石喧呼，惊而觉，良久不能安枕。翌日，犹太妇来予家，诘夜来嚣攘事，且谓缘是辗转。予妻即道歉，谓："儿辈哗竞，扰清梦。夫人试入，观其哗竞之因。"犹太妇入，予妻出钻石以示，谓夜来喧聒，以争弄此玻璃颗故，并述所得。犹太妇能识珍异，见之，默赞叹，绝不露声色，阳应之曰："然，此真玻璃质，惟制式略异耳。予尝以饰佩，得此可为俪，能售我乎？"予妻尚未及言，众儿闻欲夺其玩好，争攘臂欲藏匿勿与，并喧呼阿母慎勿诺。予妻最爱怜诸儿，即辞拒犹太妇。妇临去，犹恋恋，谆嘱予妻苟欲售，必先相告，勿入他人手。归即具以告商，且状钻石之大小轻重，并绳其美。商即嘱其妇先以低值尝；不餍，则益；倘执之坚，则不论值，以必得为主。妇乃先诣予妻，语及钻石事，则不问愿售与否，即许以二十金。予妻私度此玻璃颗得易二十金，已意满，虑予未允，不敢诺，曰："必俟海森命。"时予适归午食，睹予妻与犹太妇方阖门而语，见予即趋诘："愿以二十金售此玻璃颗乎？"予忽念及散达言，铅可致富，方沉思未即答。犹太妇疑予不足，遽益以五十金。予见其益之速，度志在必得，乃仰首不为动，漫应曰："去售值尚远。"妇曰："然则百金何如？此特出予愿耳，尚不敢必予夫亦同予意也。"妇虽故游移其词，然欲得之色愈显诸面。予徐谓之曰："至减非十万金不可。予以里邻谊，故贬值相让，他人则否。盖此钻为希世宝，价故不赀，夫人倘以为昂，予可他售，必有丰无绌也。"妇曰："无已，请以五万金相易。君必不许，则必待予夫妇，薄暮，当谒君定议。"乃别去，以始末告商。商守诸里，伺予入室，即踵门呼曰："海森君，能以钻石见示否？"予延之入，出示之。时黑室中，觉有烁烁然，如电如月，光莹激四壁。商摩挲良久曰："荆人已许以五万金易此，请更益以二。"予曰："否，必十万始沽，予已明语夫人矣。君靳之，鄙人非无从觅得当者。他日再让何如？"商复磋磨良久，予漠然若不顾。商技索，始允如数。惟款巨，咄嗟莫能集，先以二千金为息壤，余期以翌日。届时，商果以十万金交予。予即以钻石与之。时予一旦成巨富，信出意表，固由造物者之默相予，要皆散达之赐，拟往谢，而不得其居处。赛第两赠予金，虽于予失金疑余为伪，而所以期望予者良厚，皆永矢弗谖者。夫财非得之难，实用之难，予必好为之，庶无负造物玉成意。而予妻见予骤获多金，即以置衣饰、购器具喋喋聒予耳。予曰："此非所急，当俟诸他日。今必先扩张生业，谋所以持久者。"是日遍历城中，与诸制索者约，使皆代予操作。予辨其巧拙，而等差其所酬。未几，报达之制索者皆受役于予，工既众，成货日夥，遍僦屋以为储，并以一人综司其事。既为索业总汇，交通便，行销广，所获益不赀。建筑一巨宅，壮丽举无其匹，为绲縠出入所，而予即家其中，陛下昨所见巨厦是也。自予徙新居，久不见散达、赛第至。而此二人者故不知予得金移家事，复访余于旧肆。不见，异而询诸邻，则答以已成富商，卜居某路，易名为古基海森阿尔黑勃尔矣。赛第至是则疑予阳为失金，实阴自营运，用是致富，乃谓散达曰："予深喜能富海森。第彼数以失金欺我,终不能无介介。"散达曰:"否否,予能必海森实未尝欺君,失金事固章章者。其获有今日,微予赠铅不及此。少顷诘海森,知予言不诬也。"

方纵谈时,已行近予所居。见道周有大厦,宠奂而博敞,询为海森居,甫欲入,而门者起逆客。赛第则尚疑非是,谓之曰:"人谓此为古基海森家,信否?"曰:"然。君等欲谒主人,幸稍俟,当进达来意。"比二人入,予降阶以迎,欲牵衣接吻,示恭敬。皆谦辞,乃相持为礼。延上坐,复辞。予曰:"海森一贱工耳,幸辱枉临,愿承教益。况二君厚施惠于予,是尚不鄙弃予也,何可以过谦见外?"及就坐,赛第曰:"君高大其闬闳,极履丰之乐,实为忻忭。以四百金恢张旧业,规模阔大,实商界中之伟人。不解前此君曷为伪称失金,绐予至再?当时予固未之敢信,今睹君业勃兴,益觉前疑非妄。君至是可罄吐始末,无庸隐闷矣。"散达、闻赛第语咄咄逼人,心颇不耐,俟言毕,乃答之曰:"赛第君,幸谅予言直!君一觌面,辄责海森诳,颇足诧异。海森实诚悫长者,君即不能为地,予则信其无妄言。孰是孰非,海森一语可决。"海森曰:"致富之自,予本有不必告人之权。乃君等以予故断断不休,恐因予失交谊,故详举之。"乃备述所遭。赛第微哂曰:"鱼腹得石,似与饥鹰攫帽、售粉亡金同一荒诞。虽然,既往事姑置勿论可也,予初意期君致富,既富矣,予之愿已达,虽不得原因,予已无憾。"时薄暮,散达、赛第起欲别。予止之曰:"别久当畅语,胡亟亟?倘不斥辁骮,不腆之酌,愿稍尽欢悰。不然,即剪烛棨谭,亦足遣长夜。予有别墅,面郊而筑,小有水竹,颇幽逸可相羊。明日,拟与君泛舟游赏,再饬骑送君归。幸荷垂许。"赛第曰:"诺。散达能偕,当如命。"散达曰:"甚暇,可同游。惟予曹憨此,请走一使语予家,免彻宵守伺。"予即命仆分赴。并令庖人治具,且导游宅内外。予之视二友,初不设轩轾心,盖无散达,则赛第何能以四百金脱手赠;无赠即无失,安能起赛第疑而激散达以铅畀我,因而获钻石以获多金,则予将终以穷困死。事相因而至,予宁能存厚薄于其间哉?相与纵谈商业,予故究心于懋迁之术，有问皆答如响。须臾，食设。室修广，氍毹藉地，文采烂如。陈列皆精丽，肴核纷罗，珍错维备。乐工于阶下奏侑宾之曲，飒飒可听。罢酒，复集男女作跳舞之戏，尽欢而散。翌晨，如约作郊外游。水滨已舣艇待。艇轻而洁，布以锦氍毹。既登，鼓六棹沿流下。逾一句半钟，已抵别墅。墅室缭曲往复，靡不通贯，入者几迷门户。迤室外为园圃，林木葱郁，名花照焯，佳实累累，芬馥之气发越于怡风浅日间。清泉若萦带，曲穿林径，激细石，声铮然，如戛佩环，与鸣禽相应和。散达等负手属耳，留连欣悦，谓点缀天然，极园林之胜。未几至林尽处，一亭穹然跱，周以棕榈杂卉，中设几榻，清疏有致，资游人憩息。予延散达、赛第入，甫就坐，而予二子奔跃前来。先是予欲使二子呼吸清气，命仆携与偕。迨入林，二子欲觅雀卵，乃后予行。旋见一鸟巢在高树杪，思猱升取之，力弱不果，遂命仆。仆既升，见支巢于枝叉中，以冠巾承其底。大异之，取以示二子。二子即携示予，且奔呼曰："冠巾耶！鸟且巢之矣。"予及二友取视，则此巾固前为饥鹰攫去者，乃大惊。复详察一匝，询散达曰："犹忆初晤时予所冠之巾乎？"曰："予与赛第皆不复能记忆，岂所失之百九十金仍在巾中乎？"予曰："巾为予物，无疑义。且入手沉然重，或金尚在中，未可知也。"乃出巢中雏与二子，而以巢交散达，散达交赛第。赛第承诸掌，亦觉重异常巢，曰："此既无疑为君冠，然金在否必目击始征实。"予曰："然则当剖巢验之。君等试于予未剖前谛视加密，知此巾与巢久在树杪，非仓卒置彼所者。且巢结构自然，人工所不能办。"散达曰："赛第，海森之言以君多疑而发。予向以海森为长者，则所说自无涉于予。"时予已剖巢解巾，则灿然累累者仍贮其内。即倾钱于地曰："君等试计之。"散达取金钱列行十有九，行十枚，则炳然百九十金也。赛第词穷，不得已强辩曰："此百九十金虽不能为君致富，安知君所谓于瓮中失去者，未尝不为君力耶？"予曰："味君言，疑尚未释。"散达曰："赛第坚持己见，谓君之财皆其后赠之百九十金所致，不知皆予铅片之功也。因铅而获鱼，因鱼而得钻石，因钻石而致富，原因固较然耳。"赛第曰："散达，任君澜翻口颊，而予则终谓以金求金，此外无他术。"散达曰："否。设有人偶得一钻石，值五万馀金，君将谓此五万馀金亦必以金致之乎？"赛第无词，予等乃出亭，返别墅。午食毕，予别二友往视园丁。返，纵谈甚乐。午后酷热，薄暮，始复入园游履。旋乘马归报达，负月行。途次乏秣马料，夜半无从购。市尽有小肆，户未阖，仆买麨一瓮。比归，已两句钟矣。倾麨于槽，有物触手。取视，一布裹甚重。此仆尝闻予向友人述失瓮金事，意此裹即是，趋以告。予一见布裹，即拊髀雀跃曰："上帝，殆欲乘吾曹未别时释赛第君之疑念也！"言已，予顾赛第曰："此即君二次所赠金也。"解裹计之，是百有九十金。予复送瓮予妻所，使辨之。顷之，仆返报，谓即前贮麨与售粉者交易之瓮。赛第至是，始自承其误曰："吾过矣！今而后予始知获财致富之不必事母金矣。"赛第言竟，予曰："上帝使失金皆重返，所以使君等知仆实未有诳言。赛第君，既以金辱使，想不欲收回。惟仆幸不至填沟壑，亦不愿再得此金。明日当分赒贫乏，以体上帝仁爱意。"是日，二友仍宿予家。诘朝，始别去，喜予致富之骤，且以予能善用所有，益重予。自是吾曹数数相过从，交谊若沉瀣云。

当古基海森述事时，加利弗挨力斯怯得倾听忘倦。述竟，加利弗曰："海森，朕久不耳新奇语，得闻尔生平，快甚。上帝鉴汝诚，使汝致富，汝善用所有，尤足嘉尚。汝之钻石今已储库中，朕深喜能知其来历。第恐汝友赛第未尽释疑，他日当偕之来，将命库吏举钻石以示，俾知致富非必需金，意外之遭有朝泥涂而暮华屋者。汝可备述其事于史官，俾笔之于册，与钻石同垂不朽也。"海森乃偕雪地诺曼及巴勃再拜而退。

史希罕拉才得既述如右，欲再叙玛奇亚那杀盗事。苏丹见时已昧爽，不及细聆其说，至诘朝，后复续谭。

记玛奇亚那杀盗事

波斯有昆弟二人,皆贫家子。长曰克雪,娶妇为富家女,得其资助,权子母,设巨肆,以其赢广置田,渐富甲一乡矣;侈然自奉,凡人世间适己之乐罔不具。仲曰爱里巴柏,贫乏无以治生,妻亦出小户,困至衣履不能完,见者多贱之。夫若妇居郭外,结小茆舍,伐木为活,常以三驴运薪入市求售。一日樵于深林,方集薪置驴背待运,忽尘沙自远滚滚起,若烟雾迷漫,坌奔而至。据阜望之,见飞骑一群,蹄声杂沓。素闻林中多盗,恐掠货回蔌也,乃急舍所伐薪,就石升木,猱而上,隐密叶中,以观其变。骑者相率来,即下马憩石旁。潜数之,得四十人,身彪伟,状貌凶悍,各佩刀剑,其为盗炳然。俄皆自马上取一革囊下,下若甚重,度中必黄白物。一人若盗酋,拨草至石壁下,手指石曰:"茜莎米①速启!"石砉然辟,若门户然。众鱼贯入,石随阖。久之,门复张,众出,酋复曰:"茜莎米速闭!"石户即浑然无迹。众纷纷策骑去。行渐远,黄尘匝合,杳不可见。

爱里巴柏见盗去远,乃下树,行近石,效而呼曰:"茜莎米速启!"门辟如前。踞瞩之,门以内一穴颇敞,高逾于人,穴颠有微隙,光线射入,得历历见其中物,粮帛金币之属累累若丘山。盖盗之外府,积且数百年。爱里巴柏喜跃入穴,石即自闭。既知启户术,即亦不惊。取

---

① 茜莎米(Sesame)为一种细小之谷类。编者按:sesame 即芝麻。

金钱贮囊,量三驴力所能负者,荷而置诸穴外。复呼:"茜莎米速闭!"门如其言,盖人入,石即阖,必呼,始开。既出,石乃洞开,欲其闭,必如法呼之。爱里巴柏乃觅驴,驱至石壁,举囊使驴分负,蒙束薪,以掩其迹,驱之归,以囊置妇前。妇持之,几不能胜。异而启视,则金币灿然盈其中,大惊曰:"子盗乎?不然,胡致此?"曰:"否,予非盗,予盖取诸盗者。"具以颠末告,嘱秘勿言。

妇忽睹多金,喜极欲狂,欲手计其数。爱里巴柏曰:"室促,手计颇需时。虑动人耳目,不如速藏。"曰:"然则盍以斗量之。"乃假斗于克雪所。克雪妻妒而黠,度彼贫乏,何由得多粟而有事于斗,必察之。因潜涂脂斗底,以观所著之迹。爱里之妇持斗归,取金钱量毕,与其夫埋金于庭,即归其斗。仓猝间,有金钱一,黏着斗底,未之觉。克雪之妻察得金,心大嫉曰:"予以为彼行填沟壑耳,乃骤得多金,其何自来耶?"薄暮,克雪自肆归,谓之曰:"汝尚以汝弟为贫乏,试思若辈金钱,不以手计而以器量,我家恐不能及其万一。"克雪固诘,具白所以,并以斗底之金钱示之。

克雪闻言,并见金钱非近今物,异且忌。翌晨,至弟所,恫喝之曰:"汝金何来?亟以实告。稍隐,当鸣之有司。"爱里巴柏惧,具言取自盗穴,且愿以半畀兄。克雪意不足,将自往取,期必五十倍于弟数。次日,驱十驴往,各负大箧,从弟言,觅径至穴。呼曰:"茜莎米速启!"启,即入穴。见中所储者不特数逾五十倍,且货财累积,爱里巴柏所述尚未尽耳。

克雪心贪甚,举金币绣帛及珍异物,悉力运诸穴口,搜罗奔走,惫甚,心注重利,并启门之秘语忘之。继思仿佛为五谷名,试呼:"大麦开!小麦开!"无效,历试诸名,门坚闭如故。克雪焦灼,乃奋力抉撼,不稍动。疲喘无措,心益张皇。忽门外马蹄声渐逼,度必盗来,命将不保,拟乘启户时潜脱。俄门辟,即跃出。适撞盗酋,酋仆,众盗操戈前,击杀之。

先是群盗见克雪之驴,负箧游荒野,心窃异,驱之远去。及入穴,见诸革囊贮金殆满，乃集议，以踪迹已为人觉，且金币去其半，不知人何缘得入，当严防之。即裂克雪尸为四，悬穴口，以儆来者。又以尸臭，议暂不来穴。部署定，始散。

时已薄暮，克雪之妻见夫不返，疑有故，甚惧，走诘爱里巴柏。爱里慰之曰："度兄当以子夜归，早则辇货恐为人觉耳，嫂幸耐之。"克雪妻闻之稍慰。归待至旦，仍杳然，益惶急，复往告爱里巴柏，泪潸潸下，哽咽不能声。爱里巴柏即驱驴诣穴，见血模糊凝山石，秽气逆鼻，则兄体已磔裂高悬矣。大恸，布裹其尸，置驴上，覆以薪，更以二驴载金，匆匆出穴闭门去。日曛始归，以兄事告归，令窨藏其金。乃驱负尸之驴抵克雪所。女婢玛奇亚那已启户待，爱里巴柏知其狡黠有才，具告所遇，付以尸，命设法掩饰，使人不知为磔死也者。不然，为盗迹得，祸且立至。言毕，入见克雪妻。嫂逆谓之曰："噫，君状惨，吾夫休矣！"涕随声坠。爱里曰："嫂必从我言，强节悲苦，秘密不泄，始敢以实告。"诺之，乃缕述始末。且谓："事已至此，嫂娣嬬无所依，计不如嫁我，得保其赀。予妻不妒，必能沉漼。兄尸已交玛奇亚那设法掩饰，想不致辱命，予亦当臂助之。"克雪妻踌躇至再，计叔骤得大富，福泽必厚，逝者已矣，予复奚恃而违其言。于是辍涕节悲，隐示允意。爱里归，玛奇亚那于密室以水浴尸体，即诣药肆，诈言主人病甚，亟欲得某药。予之，始去。明日复往，言病增剧，恐已不救。言次，掩面啜泣，悲戚不自胜。见比邻，辄蹙额道主人病状。邻以爱里巴柏夫妇日揭来克雪家，色甚忧戚，知必因其兄疾革。未几，传克雪卒，人无有疑之者。

然尸体四解，殓必为人所觉。玛奇亚那乃思得一策，晨，幪面出行，至最远一补靴肆，主者默世德法甫启门。即纳一金币于其手曰："若能蔽目从予行，当更以一金给汝。"默初甚惶惑，继思得金钱二，利颇厚，允其请。玛奇亚那以物蔽其目，导至克雪家，入密室，去所蔽曰："此四裂之尸体，亟为我缝缀之。"默如言。事葳，畀金钱一，仍蔽其目，导之归。

玛奇亚那即归，复洁尸以温水，敷香膏，缠素布。适爱里巴柏以柩至，乃纳尸于柩，密封之。延回教师来，行殡礼。四人舁榇前，师行且诵。玛奇亚那被发搯膺，号而踊。克雪妻循故事，哭于家。爱里巴柏徒步以送，亲故亦多有来执绋者。至墓，窆如法，人不疑其有他。逾数日，爱里巴柏潜以家具夜运嫂家，遵回教例得妻嫂。爱里巴柏有子，习贾，能持其志，乃以克雪所设肆委之，命悉意经营，勿堕伯父业。

数月后，群盗归穴，见尸失财减，大骇。盗酋曰："我曹之隐已为人所窥，不早从事，势不至尽失所藏不止。今详加审察，必有人复来穴中，盗尸挟赀而去。与其事者当有二人，虽磔其一，患犹未已，必迹得严惩之。不然，予辈所得财不啻为若人积矣。"众皆切齿。盗酋曰："予固知君等皆壮士，必能保公财，杜隐患。今当以一人伪为贾客，入城刺探，近有遭支解惨死者否。有则当访其里居，相机为之。惟兹事重大，一或失实，将祸及同党。今与公等约，访实得成事，膺重赏。反是则戮无赦。"言毕，即询众孰愿此行。一盗应声出，且言倘不能得实，愿牺牲此身不悔。酋复谆属之。盗乃别众，易贾服去。

时甫黎明，肆门均尚阖，盗适过默世德法肆，值其启关。盗即揖之曰："老人何早？晨光熹微，恐汝老眼模糊，尚未能工作。"默世德法曰："予虽老，目力尚佳。前数日曾在一暗室联缀尸体，光尚不及此时明显也。"盗闻窃喜，诱之曰："汝言欺人耳，安有人尸需缝纫者？其殆尸身衣耳。"曰："非衣也，予非欺人者。"盗即出金贿之曰："予无他求，惟乞告彼家所在，幸一导予。"默世德法有难色，且谓："其人以物蔽予目，引往，既毕事，复蔽目引予归，故至今不辨为何所。"盗复畀以金。默世德法利其贿，曰："姑仍蔽予目，汝从余行，予以步隐度，尚能记忆，或可得其家。"从之，至爱里巴柏门，曰："此间殆是。"盗以白粉识于门，然后去其蔽，且询此为谁氏。答以不知。盗即谢默世德法去。顷之，玛奇亚那出，瞥睹盗所识，异之，度此粉何为者，必有故。乃潜取白粉，遍画邻人门，与己家无别，亦不以所见告主人。

盗归，见其酋，以所得告。众服其能，称道不置。酋命诸盗易服，藏短兵，分途入郭，约以夜分集通衢，酋及前盗先至爱里巴柏所居之里，辨其屋。既见第一家门有白粉，盗指以为是。更前数武，门居次者，粉亦如之。酋诘盗二者孰是。盗嗫嚅不能对。再进，见左右十馀户皆有粉识，盗大感，谓谁恶作剧效予所为。酋不得已至衢，戒众潜散。既归，告众所遇，以前盗访不实，断其首。

酋亟图报复，命众盗自推侦事者。俄一盗奋曰："必得当以报。"酋允之。盗亦由默世德法因缘至爱里巴柏门，一一如前盗，惟易以红粉，画门之暗陬。谓事至秘密矣，而玛奇亚那以白粉识门事，疑终不释，每出必潜察，今忽见门之暗陬有红圈一，大惊异，亦如式于邻扉遍画之。盗归报其酋。酋复部署众盗，自偕往。探者至其所，则红圈历历，比户皆是，均在暗陬，粉之色，圈之状，无少异，不能辨真伪。酋大怒，麾众归，立置此盗于法。

盗党戮死者二，仇卒未得，酋大痛恨，度诸盗即勇，而往往骎不知应变，数使之往，恐终无济，决意必躬其事。乃如前所为，比达爱里巴柏之门，则不复留记，惟谛观其门垣之结构，窗户之多寡，熟识于胸，返告众盗，谓此次必得仇而甘心焉。然必设策密图之，毋稍卤莽。乃命众盗往购驴十九头，贮油革篓三十有八，以其一实油，馀皆空之。众衔命往，越三日，皆备。酋令三十七盗各挟刃匿空篓中，幂其口，隐处留微隙，通空气，以油敷篓之表，作满贮状。酋易服为贩油者，以十九驴分载之。薄暮，径抵爱里巴柏居。适爱里巴柏出，酋逆与语，谓贩油自远方，至逆旅，客皆满，乞暂假一宿。爱里巴柏曩于林中虽睹此酋，仓猝忘其貌，矧酋易服，益不能辨，许之，命仆将驴入枥，卸篓置庭，使玛奇亚那治具。酋固辞。爱里巴柏固请。食时，谈笑尽欢。夜阑，爱里巴柏入就寝。酋伪巡视诸驴，近篓密与诸盗约，闻投石，各以刃破篓出，乃佯卧以待举事。

爱里巴柏既入，至庖所，嘱玛奇亚那以巾付仆，备浴，并命预治具，为朝食。如其言，方从事鼎铛间，而灯焰欲熄。察之油尽，适储油告罄，玛奇亚那商之仆。仆谓不若就篓潜取。从之，以器至庭，见诸篓排比，最前篓内，似隐约有人声曰："时至未？"语细，几不辨。玛奇亚那大惊，幸能自持，不重声色，但微应曰："未也。"以次均作此问，一一答之。至末篓，寂无闻，启之，真油也，即取注灯内燃之。

玛奇亚那思此事必盗以诡计谋杀主人者，幸为予觉，当悉歼之，以除民害。乃支巨镬一，倾油满之，爇以薪。油沸，即持沸油遍注篓中，即灭火，守视动静。盗酋见人声寂，周瞩昏黑，即自窗投石，如前约，而阒然无应者。酋疑众寐，再投石，礌礌触篓，而中无声息。异之，趋视，则油腥触鼻，幂已穿，篓中人僵矣。检诸篓，无一活者。知计为人破，倘予身留此，必受擒，遂潜出后圃，逾垣而遁。玛奇亚那见盗酋已逸，始归寝。翌晨，爱里巴柏毕浴，日已高，视篓累累尚在庭，曰："客犹未发耶？"玛奇亚那具言夜来杀盗事。爱里巴柏初未信，及启篓见盗尸，始叹玛奇亚那出奇智，能镇定，以一弱女子，手除数十盗，不几微动色，其胆识诚不可及，盗至狡恶，微玛奇亚那，则举室无噍类矣。深德之，许其自由，不复为奴。密议此事，泄则祸及，当勿令外人知，乃埋尸后圃，驴则陆续运市售之。

盗酋狼狈归。既入穴，悲愤填膺，懊丧欲绝。念羽翼已去，孤立何能存，欲再号召，而所得恐目前且不能保，必先杀能入盗此穴者，然后集党复业，未为晚也。乃易装为贾人状，居逆旅，思爱里巴柏家事必不能秘，因漫询近日有异闻否。众以所闻对，而皆不及爱里巴柏。酋知爱里巴柏不欲暴其富以启众疑也，必变计戕之。乃归，举穴中金缯珠玉之属，载之入郭，张一肆，适与爱里巴柏子所主之肆相面。酋更姓名，为商人古奇海生，渐与邻相周旋，而爱里巴柏子与之交，谊尤厚。逾数日，爱里巴柏来视其子，酋始知爱里巴柏为其父，于是益厚结之，时时通馈送，过从甚密焉。

爱里巴柏子以室湫溢，彼盛意久不报，心不自安，即商之其父。父曰："明日为礼拜五，商人皆休沐，汝可导古奇海生出游。使道经予家，则强之入，予当设筵款之。"爱里巴柏子如命，归途经其父居，谓古奇海生曰："予父家于此，渴欲得见，左顾为幸。"酋窃喜，伪辞欲去，固请乃入。爱里巴柏所以承接之者殷甚,益求庇其子,宾主极欢。酒阑,酋兴辞。爱里巴柏坚请夕食。酋谓非敢自外,特有所不得已耳。诘其故,酋答以生平不惯食盐。曰:"易耳。"即诣庖,命馔中悉去盐。玛奇亚那心滋不乐,曰:"馔已备,客何漫出此难!"劝之,始诺。然玛奇亚那窃疑怪其不欲食盐也,思一睹此客,乃偕仆进馔。谛视良久,始恍然悟,知古奇海生即前日之盗而伪为贩油者。虽匕首未见,目棱棱有杀机,必为复仇来也,当设法解主人厄,即亦不之告。骤饮间,玛奇亚那以果实进,旋偕仆出,一若同往晚膳者。古奇海生念机不可失,拟抽刀刲仇胸。甫一踌躇,而玛奇亚那已易装入,冠而蒙面,腰银带,刀悬于胸,即席前跐跐而舞,仆亚特拉击鼓和之。

爱里巴柏素喜观玛奇亚那跳舞,使就前尽其技,以娱宾客。古奇海生急欲血刀于仇,不耐看跳舞。第恐人察其迹,强为称奖不去口。拟俟玛奇亚那稍离,即乘间杀其父子也。

玛奇亚那曲尽其艺,博主客欢,自带出一短剑,持而舞,作种种戏,时或佯击其体,令人心悸。舞毕,右持剑,左取亚特拉之小鼓乞钱于主人。爱里巴柏父子各畀钱一,即转向古奇海生。古奇海生方探手入衣,玛奇亚那以剑直刺入,贯其胸。

爱里巴柏父子大骇,斥之曰:"汝贻害我家矣!"玛奇亚那曰:"望主人深察之,予实保主生命。若人非曩时诡贩油而谋欲逞毒者乎?试观其胸隐利兵胡为者?且彼之不欲与主人共食盐也何故?"①爱里巴柏憬然曰:"幸事败,不然,彼包藏祸心,吾父子必绝其手矣。"爱里巴柏因玛奇亚那两出奇策以脱巨祸,感激万状,即持谓之曰:"吾佩汝智,感汝德,今而后惟汝所欲,吾不阻挠。我将媳汝,使吾子敬汝,爱汝,服从汝。"又谓其子曰:"我聘玛奇亚那为汝妻,必能持门户,饬家政,当永以为好,勿负再生恩。"爱里巴柏子素服玛奇亚那智勇,得父命,适偿夙愿,喜幸无极。玛奇亚那复埋酋尸于后圃,秘无知者。旋

---

① 波斯风俗,凡与人有仇,则不与共食盐。

与爱里巴柏子成婚礼,仪甚隆,邻戚多叹羡,以主人和厚,玛奇亚那得幸福也。

爱里巴柏计先后毙盗凡三十有八,尚逸其二,窃有戒心,曩日所往之深林,则逡巡不敢涉足,不知二盗早为酋戮矣。逾一年,无动静,乃诣穴探之。草丛杂,无马迹,即呼如前。入则见所储尚栉比,盖自古奇海生移珍物设肆后,无人得入,乃悉载之归。复挈其子往,语以启闭术,以为窨藏所。后爱里巴柏子孙遂世雄于财云。

玛奇亚那以智杀盗,史希罕拉才得既述之矣。晨光熹微,日犹未上,乃续叙报达巨贾亚利可奇橄榄案事。

橄榄案

当加利弗赫仑挨力斯怯得时,报达商人亚利可奇者席父业,拥有巨资,称富家子。虽未娶,颇自得,惟职业是勤。忽梦一老人庄严可畏,怒形于色,以其不赴麦加教主前申祷为责。凡三夕,梦如一。亚利可奇惊且忧。盖回俗人人必致祷于教主,渠以席丰自足,雅不愿跋涉,遂逡巡不果行。今数梦老人责,知神冯怒,恐祸至不测,遂立意往祷。赁其庐,斥其家具,平售其贮货,但留可售于麦加者数种,部署定,以候旅伴。惟夙蓄黄金千铤,必得一善藏所,乃以大瓮贮金于中,上覆橄榄。封识讫,舁至其友商人某甲处,谓之曰:"予不日将至麦加,有橄榄一瓮寄君家,予回,当来取。"甲曰:"诺。钥在此,君可持往启货仓户,妥置之。"

期至,亚利可奇附伴行,僦驼一,负货,且代步。不几日抵麦加,即诣寺,虔祈忏罪。时来祷者麕集,多他邦人。亚利可奇揭橥其欲售之货,估客来观者甚称之,然不购一物去,相语曰:"货虽优,不能得善价。倘至开罗求沽,则必得倍蓰利焉。"

亚利可奇久耳埃及之胜,闻是言,以此行得寓目游赏,意娭娭然喜,遂决诣埃及,不回报达矣。比抵开罗,售其货立罄,果获厚赢,又别有所贩,将之大马色。然客之侣行者期四旬后,于是得遍观开罗名迹。又至尼罗江上游,一览金字塔。又从众客之大马色,道出耶路撒冷①。有寺至闳壮,麦加外莫与比伦,回教徒最崇敬,名曰圣城。亚利可奇亦往瞻祷,又闲眺山川之美与夫园囿卉木之清华,皆足娱乐心志,遂假数椽以居,虽留连不能忘报达。久之,又至哀来拍,然后渡幼发拉底河,南下底格里河,至马苏尔。亚利可奇在途与波斯诸商甚相浃,诸商欲与偕至史其来司,然后回国,则程较便利。亚利可奇从之,遂历素尔但尼亚②、利伊③、可爱姆④、克司章⑤各城,及波斯古京伊司巴罕⑥,而抵史其来司⑦,又与诸商同作印度游,始折而回,倭指已七载矣,乃浩然有归志。

某甲自亚利可奇去七年,不复念,并忘寄橄榄事。当亚利可奇归前数日,甲夕食后,其妇颇思橄榄。甲忻然谓其妇曰:"聆汝言,使我忆及亚利可奇。彼往麦加时有橄榄一瓮存予所,俟其归取。前闻与同伴者归,道亚利可奇已赴埃及,至今绝音闻,时阅七载,恐已为异物矣。使橄榄尚可食,吾侪可取啖之。汝亟具烛与匦来。"妇怫然曰:"君幸勿为此。朋友之交必以信,君谓亚利可奇去七年不返,恐已物故,特臆度词耳。安知其不即首途乎?使归而见封识非故,则君名有损,将辱及于家。无论如何,予甚不欲以此区区之果实而甘蹈不韪。予第于言次偶及之,非期于必得。矧橄榄封藏久,必已腐败,既不足供口腹,徒伤友谊,愿君速灭此念焉。"

甲不听,取烛与匦径往。妇曰:"汝虽往取,我必不染指,以分汝过。"甲不顾。既至仓,启瓮见橄榄,果腐败,泻诸匦。忽见金灿然盈瓮底,惊且喜,仍返橄榄于瓮,谓其妇曰:"橄榄果腐不堪食,已照封固,即亚利可奇归见之,必不能辨识也。"妇曰:"君从我言,不复及此

---

① 耶路撒冷(Jerusalem),巴勒斯坦之都会,在地中海岸之东。耶稣基督之墓在焉。
② 素尔但尼亚(Sultania)。
③ 利伊(Rei)。
④ 可爱姆(Coam)。
⑤ 克司章(Caschan)。
⑥ 伊司巴罕(Ispahan)。
⑦ 史其来司(Schiraz)。

事,则更善。愿上帝默佑,幸无后灾。"是夕甲归寝后,欲得瓮金之念益炽,终夜不成寐,以为没之可一生吃著不尽,惟祝亚利可奇不归而已。黎旦即起,出购新产之橄榄若干。归弃瓮中之旧者,出其金,别弆之,以新橄榄实诸瓮,缄置原所。

未匝月而亚利可奇归矣,以居庐出赁,寓逆旅。翌日,即诣某甲。甲阳为喜慰状,极言曰迟君归,积思成痗,今得晤语,甚乐。亚利可奇语及寄物,深致谢臆。甲曰:"前存物,数年来于我并无窒碍,君可持钥往取。"亚利可奇取得后,以钥还甲。比至逆旅,启瓮探手,则金已杳然,大愕。倾其瓮,累累者尽橄榄,无一金。斯时手足冰欲僵,面灰败无几微人色。良久,则仰面唏曰:"嗟乎!人固未易知,岂有至好之友而无信若是!"

亚利可奇以所积蓄悉归乌有,怅悒不自胜,即诣甲所,谓之曰:"予于君交最夙,予不敢匿其言。前存橄榄瓮内,有黄金千铤,今忽不见。或君以缓急偶转移之,然通财义在,固无不可,第必明以语我,归偿不计时也。"甲已从容预为答语,即对曰:"君误矣,当君携瓮至,君见我曾以手一近触耶?我岂不以货仓之钥授君,使君自安置耶?今取去时,君当先察封识,倘有揭动迹,君能缄口不言耶?况君只以橄榄告,我所知尽此而已,疑信听之君。然我敢自誓,始终实未尝以手触瓮也。"亚利可奇知其语多狡,特雅不欲激切伤交谊,思以委婉动之。徐言曰:"幸忝交末,实冀相与和平商榷耳。苟可以已,必不欲出对簿之下策也。凡吾侪业商者,遇私际轇轕,当亟自了,以为顾全。倘君固执己见,水激则过颡,必使予迫而涉讼。讼得直,则君之名誉隳,不得立于人世,予亦有不利焉,故深忧之。"甲曰:"当此瓮寄存时,中既藏金,君胡靳而不告我?且予不惟金之有无末由知悉,即中有橄榄与否,君未相示,亦不得而知。幸君仅云黄金耳,脱言珠钻等至贵之物,则益使我瞠目惊骇矣。归休乎君,愿毋词费,徒使旁观者纷纷错趾也。"

时甲见旁观者麇集,故有是语,盖来者咸欲为二人排解,以复归于好。亚利可奇具以此事之本末语诸众,而甲则坚执亚利可奇仅告以内藏橄榄之一言,对众宣示之,以为中窾要,足以抵制。亚利可奇至是亦忿恚不可遏,攘臂言曰:"君自以为得计,不知适所以自辱也。不图君狡诈若此。必与君至裁判所,相与出矢言,援天律以定之,君当无所逃罪。"甲曰:"善,我意亦尔。孰曲孰直,一经裁判,水落石出矣。"

亚利可奇与甲愬于主裁判者,两造各有辞,而主者诘证据。亚利可奇曰:"此事非能预料,以友可信,故托寄而不言金。脱彼时必言藏金,或及其数,是先以不信待吾友也。"甲亦不置辨,但切誓曰:"微特不知有金,并不知有橄榄,因存取皆亚利可奇自为之。"主者信其誓,判无罪。亚利可奇讼既不得直,所失巨,益怏怏不服,声言将愬诸加利弗以定此案。然主者以亚利可奇言绝无可明证者,即亦不以为意,自谓职分已尽,听之而已。

甲讼得直,乃大喜,计金可安享,无他虞矣。而亚利可奇归后,即以遭甲乾没事具诸状,于翌午加利弗礼堂申祷时,伺于旁近,以纸呈掌刑事者上诸加利弗。且知加利弗回宫后必躬自披阅,遂往候于宫门。亡何,掌刑事者出,语亚利可奇曰:"加利弗阅状讫,诘朝当集鞫。"又询某甲居处,以凭传质。

是夕,加利弗率维齐基阿法、寺人美士勒尔皆微服出,刺探此案事。至衢路间,闻人声嚣聒。见一室门内庭除修广,有童子十馀人戏月下,共潜身观之。一稍长者曰:"今夕当演裁判事,吾为主裁判者,汝曹其以亚利可奇及窃金之某甲来。"加利弗闻童言,有触于中,虽嬉戏耳,姑观其听断,盖此事报达均播为新闻,童子亦知之熟,故有是演。为裁判官状者正襟据堂皇,即有数童为吏若役列左右。俄役以二童进,吏宣名,一为亚利可奇,一为某甲。官曰:"亚利可奇,汝何事控某甲?"亚利可奇即具陈颠末。复询被控者:"胡不返其金?"则坚不承,并欲设誓,以征信实。官止之曰:"毋,此案之要领在橄榄,必先验之。"顾伪为亚利可奇者曰:"汝将瓮来未?"曰:"未。"曰:"亟将之来。"

则退持一瓮至。官命启缄,谛视之曰:"果颇佳。"即取嚼其一曰:"味似初摘,我未闻此果缄七年之久,尚能有若是之鲜美者。当传业橄榄者数人来,一为考验。"即又有二童像商人举止者上,官曰:"汝曹业橄榄者乎?"佥曰:"然。"又问曰:"汝等当知藏橄榄能耐几许时可不变?"曰:"藏之至善,亦不得逾三载,逾则败不可食。"曰:"汝等观此果阅年几何?"二人取食之,佥以果味至鲜,决为今年产。官曰:"误矣,亚利可奇不言此果已蓄七年乎?"曰:"否否,其为新果无疑,凡报达同吾业者见必同。"言次,欲邀证其言。官亟止之,拊案而呼曰:"果既易,金必窃,尚复何言?罪当缳首!"群童大喜鼓掌,立将伪为某甲者絷缚若就刑然。是童亦张目吐舌作绞死状。众大笑,俄各散去。

加利弗见之,深服童之裁判,顾维齐基阿法曰:"所判当律否?"曰:"此童幼而明智,能得情定谳,令人惊服。"加利弗曰:"今日亚利可奇已具状,诘朝当审鞫,汝更有何方略能出群童上者?"曰:"使此事本末无舛错,舍此外,别无善策。"加利弗曰:"汝当诣此童家,明日召之至,使正裁判官之误。嘱亚利可奇携瓮来。又传业橄榄者二人,届时群集。"言竟还宫。

翌日,基阿法往访此童,值其父他出,见其母,询有几儿。曰:"三。"又询昨夕戏作裁判官者为谁。其长者曰:"予是也。"基阿法曰:"加利弗召汝,亟偕往。"其母大惊怖,曰:"儿幼无所知,加利弗胡忽见召?"基阿法抚慰之,并云:"一小时内导之归,自知其故,必使欢适。"其母喜,为童更新衣,修容惟饬,俾加利弗见而益爱悦之。童遂从基阿法至宫。加利弗见其有惶恐踧踖态,煦妪之曰:"坐,勿惧。汝昔夕演作裁判官,吾与维齐观之审。汝甚有智能,朕心甚快。今日朕亲鞫是案,汝与听之。"遂抱是童坐其左。顷之,人证集。加利弗曰:"汝曹各直言无隐。此童早慧,能听讼,朕已假其裁判权,即有瑕,朕当纠正之。"亚利可奇与某甲供如前。某甲欲设誓。童曰:"无须尔,当先验果。"瓮呈,加利弗取啖之,又命业橄榄者察其新若久,皆云新果。童见某甲易果窃金事已凿凿炳著,当定谳蔽罪,意不能无懔懔,即曰:

"此非儿戏事,乞陛下自定罪,昔夕之判,特嬉笑资耳。"加利弗即命某甲以所没之金,悉还亚利可奇,仍处甲以缳首刑。又严斥前主裁判者,嗣后当益求详,毋草率干咎。又饬护此童归,且畀黄金百以奖其能焉。

橄榄案始末,史希罕拉才得既言之历历如绘,苏丹引耳,色盅然甚豫。于是波斯王得异马事,复继此为苏丹道焉。

异马记

波斯国以元旦为尼符罗芝①,是日,无贵贱贫富男妇老稚皆相率舞蹈欢歌,嬉游无度,杂以怪诞。大率波斯上古,多崇祀偶像,溺信不经,后回教兴,悉废偶像,而此俗终未能革,其由来久,视若应尽之务,转以非之者为狂,习之中人如是。

是日,凡区会至繁衍,交通至利广,则其地欢庆事尤盛。而尤足恢听闻,炫观览,则莫过于斯执雷时②。斯执雷时者,波斯之都城也。王于尼符罗芝节,则集四方之来会者,有能发明新理,创制奇器,皆得持器至殿廷著其艺,善者厚奖之。故不特波斯人乐与此会,闻风远来者且纷阗泆萃矣。

王既于贡技者馈赠有差,众欢呼鼓舞。毕会将散,忽一印度人来,携一马,乃傅合而成者,奕奕生动,顾视有神,与真者无异,鞯辔之饰,亦至华丽。观者佥赞叹之。

印人趋王前致礼曰:"远人得与盛集,幸甚。窃以为今日之贡技者,虽殚工竭巧,未有能出制此马之右者。敢请试观。"王异其言,即谛视马,似不难仿造。曰:"予实不知此马复绝所在。倘可一驾驭,启予惑乎?"

---

① 尼符罗芝(Nooroze)。
② 斯执雷时(Shiraz)。

印人曰："马之奇不于形式，于内部。驭如法，可惟意所向，不翼而飞，行空中，千里一息，虽骅骝、騄耳，不足拟其疾也。倘不实予言，可命意以试。"

波斯王生平嗜科学，凡制造之精奇者必潜心研究，闻印人言，虽异之，第不实验，不足证虚实，命发其机。印人超乘，请何适。曰："距此九里所，有山焉。"即指示印人曰："此嵯峨入望者是。山多棕榈木。汝乘马往，取棕叶一枝，归以为信，何如？"印人于是以手旋鞍前之木捩，马即上腾空际，驰若电激，瞬息间隐渺不可辨。俄顷，马坠于前，印人以棕枝从容报王命。

王见而大悦，思所藏虽制有极巧幻者，视此马则未可同日语，欲得之心锐甚，度印人即索值至昂踊必不靳，则不难为吾有矣。即谓印人曰："吾观尔超乘时，已知其设机之巧，诚希世物。且尔言不欺，予益敬汝。倘允公同好，愿以贵值得之。"印人曰："以陛下之贤智善断，知此马为不世出之珍，而爱之不忍释，诚何如特识。且王意微特惊羡之誉美之而已，又必欲长有之，以遂所愿，是重此马也。僻陋之心，非不知此马可贵，而使微末之姓氏因之长留宇宙间，岂不甚幸，又何敢吝不割爱而有负盛意耶？虽然，窃更有请者，言之恐蹈冒昧，不言则自匿其情，非所以对高厚。愿得毕其辞。此马非购诸他氏者，实臣独养女嫁创作者，因以为酬而得之。且立约，不得他售。若有心所欲得物而与人交换，则不在此例。"王闻交换语，即谓之曰："善，果欲交换，任何物，必允汝。予土地广，财力富，繁庶之城邑，水陆相望，任择一而居之，汝亦足自娱乐矣。"时群臣闻之，莫不惊为异数，然与印人索酬之本意，相去尚不可以道里计也。对曰："如是重酬以易一马，诚王之大度。然返诸区区之私，尚不敢谢厚意。不揣妄渎，敢布腹心，倘葑菲之不弃，俾得待罪于甥馆，则断不敢爱是马，愿奉诸左右。不然，他实未敢承命，唯垂谅焉。"

王之左右耳印人言，以其要求无状，皆嗤之以鼻，太子非罗斯加尤愤其唐突。而王意与人异，虽尚犹豫，察其色似将许诺者。太子益惶急，谓倘许其请，微特于体制大损，即予与女弟亦将受其不祥。乃进谏曰："乞恕儳言。窃于此事深知不便，言不敢不尽，愿父立拒绝印人昧妄之请，勿稍犹豫。印人卑贱诡诈，其生平不可知。苟许其求，则申昏姻于污陋之伦，固乖失国体，且恐贻祖宗羞，愿熟察之。"王曰："吾深纳尔之诤言。王族贵，尚主大事，诚不可降辱。然尔尚有未熟筹及之者。予若坚拒，彼必挈马适他国，将亦以是为请。若许之，予则悔何可追？盖他国主以得此异马，必挟其闳量而骄我，且笑我之不能得兹世界希有之物，则予夙昔富有之名必因之而大损矣。虽然，我亦不欲即允其言，度印人亦非欲必遂其奢愿。或设法婉动之，未尝不可以他物易也。然我所以欲得此马者，且实欲使汝躬先考验，以洞悉其机具便利之用。汝试乘之。"

印人度王意未之拒，缔婚王族之愿可遂，虽格于太子，当徐设方略以与之浃，乃娖娖然自喜。以马置太子前，欲助之乘，并导以控驾升降之法。太子性卞急，拊马背，一跃上，足就镫，不待印人言，即效其法，旋鞍前木捩。马欻忽上腾，其速率如强弩之发矢，一瞬间，天空湛然，不复见踪影矣。

王仰首望，良久，无所见，犹张目𥇥视。印人至此颇惶恐，俯伏而请曰："太子富春秋，性敏疾，致不及告以关捩起止之方。恐太子不知下降机所在，云驰飙逝，欲下不能，将一往无税驾时，奈何！设有不测，亦由太子予智自用，使予仓猝不及指示，实难任咎。谅必能俯鉴下忱，不致归罪也。"王闻印人言，焦灼特甚，无论其言中与否，太子实岌岌蹈危险。又以印人于事后图卸咎，心益不怿。即责印人："太子上升时，何不阻之使下？"曰："当太子旋捩，马骤腾上，疾过飞鸟，即大声呼止，而相距上下复绝，声浪不能达，呼亦无益。以太子灵心四澈，或此去竟可无恙，盖既悉上升之由旋捩，则下降可推类而知。使至极高处，窘迫之时，能觅得第二木捩旋之，则马可立下。且果使控驭适合，必能所向如意也。"王曰："使太子能察知第二木捩而试用之，诚善，顾事不可必。即曰能之，马之上下惟捩所使，高处目不能审地，或堕于岩,沦于海,则如之何？"印人曰："驭此马者数矣,凡经崇山巨浸,从未下陨,且必降于欲至之地,是无知而若有知者。使太子果能善用其关捩,此马将致之安全,可无庸过虑也。"王曰："尔言何诞,直面谩耳！太子倘不测,尔无所逃罪。今与汝约,若太子经三月不归,必断尔首。"即命卫士梏印人手足,置诸狱。王悲思不任,初不料尼符罗芝令节,王与群臣皆不欢而散也。

非罗斯加旋捩时,马翀霄直上。初犹隐约频见川原山谷,瞬息,即四顾茫茫,一无所睹。太子惶惧欲下,即逆旋木捩,度必可下降,卒不得,愈焦急。遍循马体,或摩或击,或紧其衔,或弛其辔,而马驰自若。深悔当时不一询印人,以卤莽蹈祸。复检马首,皆浑然无迹。启其鬣,右耳侧有木捩,较鞍前者稍小而隐。大喜,试旋之,马止不前,渐自云中下,然徐徐降,非如上升时之速率加倍矣。

马渐降,日光随之没,时弥望黝黑,莫能辨识,惟持辔不释,又恐落荒郊沙漠危崖大海中,意益懔慄。至夜分,马始着地。非罗斯加饥甚,且力惫,又无从询处所。凝神注视,仿佛楼阁缠连,绝类宫禁,身似在平台上,有石梯,周以栏楯。乃循梯下,见巨室,半阖其户,镫光自牖出。潜听,闻鼾声。自度吾至此决无伤人意,倘遇人有疑我为非常者,我手无兵,可自明,不虑见困。鹤步入,见直宿者多寺人,旁各置剑一。迄右一室,以丝幔悬门,灯明若昼。中一床至华丽,差后则列数榻。视室陈设,皆宫中珍物,度必公主室,则榻之华者当为主卧所,后则侍者休以伺役者耳。乃步就床,揭帐瞩之,见一女寐,姿绝世,心不能无动。忽自省曰："此险境也！予无故夜入宫禁,觉必撄祸。计惟实陈于前,冀其援手。"遂微引女袖,臂半呈若玉雪。寤,见一少年面榻立,大惊怖。继视太子美丰姿,装束类王子,甚奇之。太子见女无怒意,即乘机哀吁曰："予为波斯王子,昨尚与吾父庆尼符罗芝令节,今误涉此危险之地,望恕谅而悯护之。"女微笑曰："君勿虑,此为孟加拉国,予父为孟加拉王,予居长。吾国文教素彰,非野蛮比。君到处,国人礼待必优。惟不识君以若何探险事,一夕由波斯达此,必有异术。第此时君必惫甚,愿小憩别室,翌晨再请问其详。"时侍者已起伺。主命导太子至别室,饮食衾裯,供帐不周。

主见太子英俊,爱慕不自已,辗转不复成寐。侍者复命,主曰:"汝等之意观之,太子为何如人?"侍者曰:"不知主之意如何。以奴辈观之,太子贵为储君,容更昳丽,举朝达官及邻邦王子均无出太子右,惟我主玉貌足与俪。倘王能允以公主偶之,诚奴辈所同声共祝者。"主知侍者之以言媚己,心虽深喜,然雅不欲使若辈测其意,乃阳斥之曰:"止!毋谰言,其速休息。"

翌日,主晨兴,凡栉沐之事,其注意倍蓰于平日。鬓髮既约绾矣,镜之,稍不惬,重为之,不惮烦。诸修饰称是。侍者久立以伺,心窃怪之。主妆竟,自思曰:"予能自信,当予不事橡饰时,天然之姿未必不足以动太子,况以盛妆往,则彼必惊羡为胡天胡帝矣。"遂以至巨且莹之宝石缀诸冠,璎珞环诸领,珍钏约诸腕,琳带束诸腰,被以轻绘之衣,衣为印产,特织以供上用者。复临鉴细瞩,频问侍者:"新妆合度否?"又命婢起居太子,并道主将往见。于时太子已起披衣,神复奕奕。见婢人,询主妆竟否,将诣候。婢具达主言。太子曰:"仆客此,惟命是听。"婢还,主即往见太子。相慰问已,主就椅坐,太子亦敷坐,相距不远,以示敬意。主曰:"初拟屈君至寝室相晤,虑为主宦者属目未便。此室未奉予许可,无敢阑入,可以永谭。昔夕闻君冒险远来,愿示以端末。"太子曰:"吾父好科学,喜新制。尼符罗芝节,有印人携一假马至,能飞行。父悦而欲购。印人则索吾女弟为酬。余谏阻,而吾父令予试乘,仓卒旋掖上升,未知下法。比觉得,已日暮,马降于宫。实惧冒昧,仰蒙垂恕,感激无地。人情既免祸,便思幸福,区区之心,已属于左右,即思想亦非余所能主持矣。"语及此,声和柔甚,情见于辞。主闻之,不以为怪,但颊薄晕,娥光注视,益增娇媚。徐答曰:"听君言至危险处,予亦怵怵。倘是马或降他所,则祸福未可知。余幸得邂逅,相接以礼,实出余诚。且君之居此,其自由与在波斯等,可无容虑。至言君心之属,若余实使之者,则非余所敢知矣。"

主正辩论间,适婢以具飧告,语中辍。盖主以诚款太子,虽蓄其意,而语次色甚和,欲使太子微会之。主离坐谓太子曰:"今午餐特早,恐稍晏有妨夕食耳。"即导太子至厅事,馔至盛。甫就席,而乐部抱器至,皆好女子,绮龄而华饰。比奏,则声汎汎移人,为之欢醼。

　　时太子与主语,蝉嫣不得休,往复间,情逾爱密。乐声谐婉,与两人语妙,几若穆羽之调。罢酒,又导太子至一室,轩敞华美,环廊屧,面名园。乃共坐修椅间,望杂卉罗列,锦灿霞耀,帘衣乍卷,香习习,送以轻飔。太子顾谓主曰:"吾始以为宫室之大,园囿之广,以吾波斯为巨擘。今乃知凡强大之国,皆能以势力经营之。虽建筑不同,而壮丽则一。"公主曰:"予未至波斯,不敢妄为月旦。君既不作断语,余亦不欲以卑陋自谦,转违君意。余所敢决言者,予父于政治则伸其权力,于营建则大其规模,果与波斯相颉颃也。且君远抵此,不可不谒吾父。余知吾父必重君,敬礼有加焉。"

　　主之意欲见太子于王,度太子美容止,学复优异,王必崇爱之逾等恒,则其婿太子也,可操券以俟,且太子有前言,当无异说,一见王则事定矣。孰知太子之意,有不能如其所愿者。

　　曰:"辱不弃,俾修谒于王前,窃不胜大幸。以吾国忝邻谊,余羁旅于此,瞻仰颜色,礼亦宜之。惟此行匆促,既服之不具,又乏傔从,不知者几疑我为探险家,恐未当于礼耳。"

　　主曰:"请勿虑,当悉为君具,但有需,以语余,无不应者。且波斯贾人之侨寓于斯者,不知凡几,君应用物咄嗟可办。"太子于是知主之眷己也无已,爱主之情以此益笃。然归念未尝一息忘。即曰:"厚意感激何极!窃有腹心,辱爱敢不谨布。当时倏忽间飞骑腾上,天空无迹,不知老父若何悲思。幸此身无恙,而留连不即返,是图耽安乐而置生我者之焦忧于度外也。清夜自思,其何以为子?当亦爱我者所不取。猥蒙寸心隐托,虽捐糜不足酬,返顾藐躬,何敢自外?结婚之举,我父平日许我自由。卿诚葑菲不遗,得遂系援,父必所乐允者,盖睦邻之谊,固常因婚媾而益坚焉。"

主闻言,心喜慰甚,即亦不欲趣其见王,或事有微妨太子意者,亦绝口不道。然见其归志颇急,则必不能无皇皇,恐处未久而骤别,则太子之爱情必易衰减,甚且至不践其言,皆不可不虑及者。遂易其意旨谓太子曰:"前怂君修谒,欲使君名位处合宜地耳。君既以正言辞,何敢相强?惟君即以久旷温清,亟欲归国,而予惓惓之意,实愿君少淹留,此邦之风声谣俗,君亦得以考察周悉。既不虚此行,而予念亦邀君隐鉴,倘不以予为憔悴,他日同返波斯,固余夙愿也。"

公主必欲挽留太子者,以处久则爱情日增,归志日淡,徐可使其接交于公众社会,而见王有日矣。太子自重于主,即心感甚,挽之殷,不复能固其辞,遂允其请。自是一动止邀嬉,期曲适主抱焉。

公主喜音乐及蹴鞠,必与太子共。而囿之属于离宫者,多畜驯兽,或故为周阹以蘙,骑而驰逐,兽瞁瞿相奔触,争掎之,以为笑乐。猎毕,计所获,主与太子适相当,藉锦氍于地,罗杯铛相饮醻,必极骊而罢。复时时论国事,主每盱衡各国强庶,辄张孟加拉,隐若可驾波斯而上者,以动太子,冀太子久留。而太子不欲附其说,又以波斯国权之及于海陆者甚远大,地产之饶裕,商务之溥达,足以自信,故述其国也翔实无夸辞,雅不欲挂主言。而主已慊然意下,觉孟加拉国之视波斯且逊之。太子更以孟加拉国势之所以增进者请为申言,主竟语穷无以胜。

嗣是主不与太子竞国势,所欲抑波斯以扬孟加拉者,意已渐就划削。而太子举其国政也,语平实,无肸饰,知其不欺,且惓爱所结,颇欲同归波斯,而未显露其意。太子亦欲俟主情笃而心输,然后间布腹心,愿乃可遂,于是日与主游谦为娱,不复及归省事,几若欲终老此邦者。久之,主恋情益挚,乃从容进说曰:"区区眷爱之私幸邀心鉴。卿之薰沐,余受之,唯余知之。使我得讬爱如卿者,方若鲽鹣之相依,一旦分张,我将终身悒悒,无生人之乐矣。惟卿垂悯,有以启我之愚,非辱涵谅,实不敢以斯言渎,而或遭拒绝也。"语至此,见主颊微赤,无怒容,似沉吟不知所答者。太子又曰:"卿得无虑吾父或不足于余二人之结婚者？虽然，请勿虑。所可虑者，卿父虽慈，或以予于此结婚，未得予父命，势将未许。果尔，余当白吾父，发使来聘，必能得卿父嘉纳而谐其事焉。"

公主虽默无言，而意已允，愿偕太子返波斯，又恐太子之失驾驭而蹈覆辙。太子则力言现已熟机捩，可行止自如，术且轶印人右。主意决，潜部署行具，宫中无知者。翌日黎旦，乘间置马于庭，转马首向波斯，太子乘，主并之，旋其捩，马腾上疾驰。未三小时，已俯见波斯国都。如法降于附城之离宫，导主至内小憩，谓主曰："余往告，当以礼逆，饬侍者谨候伺。"乃趋王所。民见太子归，夹路欢呼相属。比至宫，王拥太子喜极而泣，盖久疑其物故，且举朝持服矣。

太子具道别后本末，且曰："儿与孟加拉公主订约时，云归国白吾父，即可成嘉礼。今主同归，候于别墅，乞以礼逆之，庶儿不致蹈失信之讥。"语竟，跽王前，求必许。王持太子而言曰："予不特允汝结婚，并欲躬迓，以明感谢。"立命具仪以往，并除丧服，击鼓作乐以相庆。又命释印人囚，使来前，谓之曰："脱太子不归，杀尔不足蔽罪。幸上天眷佑，太子返国，尔可将马速行，不得图继见。"

印人出，悉太子与孟加拉公主乘马归国，主尚在离宫，乃顿萌诡计，即挟马往，见侍者，伪言王特释余，命以飞马来迓。侍者自印人就系，久识面，信之，使入见。印人复陈所以，主亦不之疑。印人深喜得行其策，遂先乘，侍者掖主跨其后。印人即旋捩，马倏上。

时王与群臣出郭逆公主，太子先，而印人以受种种之虐待，欲激王与太子怒，一泄其愤，故使马距地数尺，徐徐行，且肆詈王不止。王大怒，命捕治，而马已翀空无迹矣。

太子见印人挟主乘马去，度无可救，仓皇不知所措。转瞬间，马不知何之。不得已，至离宫，侍者伏请治罪。太子曰："予不汝罪，罪实在余。速去为我觅方外服一袭，毋使人觉。"侍者为假服于素习之开士，持以进太子，即易衣携珍物宵征，誓浪迹觅主，倘不获，及获而不得为妻，则决不归国。

印人载公主飞行,至克什米尔国境丰林中,按辔下,置主于幽僻处,左有小溪。腹枵出觅食,主拟乘间逸,然晨食少,饥疲不能行,遂立志必不负太子,死不受印人辱。有顷,印人携食物来。主掬啖之且饫,神顿复。印人以昵辞进,严斥之。印人怒,以力犯主。主峻拒,疾呼救。猎者闻声来视,印人释不敢窘。适克什米尔苏丹率侍从游猎回,见而诘其故。印人诡曰:"此妇为吾妻,吾二人事,不得有干预者。"公主谓:"彼妖而犷,今日从波斯太子,即予许嫁夫所,夺飞马掠余至此,欲施无礼于余,幸众集不受逼。请勿听其妄言。"

苏丹见主容妍丽,体相华重,信之,立命从者戮印人,捽而断其头。苏丹复命备骑导主入宫,居以美室,侍者伺唯谨,谓主曰:"公主,今日惫甚,愿早憩,翌日当承缕述。"言竟,遂出。

主自思克什米尔苏丹接以礼,殊宽厚,试一陈请,则回波斯也在即,方自庆慰。岂知事有非逆料所及者,盖苏丹艳主色,欲偶主,饬在廷举行嘉礼。黎旦,主闻乐声器动,寤而起。移时苏丹入,即以缔婚请。主惊悸而厥,不复省。众哗救,良久始苏。主恐见逼,即佯狂作种种不经语,至跳而抶人。苏丹大失望,命侍者慎候寝食。久之,主颠如故。然苏丹眷主之意不稍衰,凡都中医之有声者罔不谒。群医集议,以颠有可疗有不可疗,必验而后决。苏丹乃命医以次入诊焉。

公主见群医入室,思己本无疾,脱受诊必伪见,伪见则婚事无所逃,必先发,使无所施其技。群医甫就坐,见主蓬首而闶面,手足自掣曳,若牵机然,口呻呻瞠目而噪。医稍近,则主裂其冠,挦其髭,批其颊。医狼狈走,众相顾束手。或以汤剂进,主漫服之,以病之已不已,己持之,乐不能为力也。

苏丹见群医不能愈主疾,征通国之名能医者来治。主均以前法待,医莫不颠困,逡巡遁去,相戒不敢履其阈。于是揭榜招诸邻国,能已病者有重奖,并资舟骑。应者接踵至,其入室也轩然,出则蹙然,有败面者。

是时非罗斯加伪作行脚僧,历诸都会,觅主不得。一日行印度大城中，闻人言孟加拉公主与克什米尔王结婚日忽得狂疾，及克什米尔苏丹征医事。太子大喜，知主故在，盖孟加拉国无第二公主也。立诣克什米尔京都，居逆旅，刺得印人已诛死，公主之疾，苏丹历为谒医不效。太子揣主疾，必避婚伪为者。

太子即易医士装，于思缀颔颊，径诣某臣所，具白闻公主有疾，群医束手，予不惮远来，愿以奇方治。其臣曰："君有奇术，苏丹必喜。若能使主恙霍然，则酬且不赀。容先达，少顷，且导君入。"

苏丹正以主疾不可治，则婚事望绝，郁郁不怿，闻复有良医来，亟命之进。见波斯太子貌都雅，仪止嶷然，知非录录，告以主病忌就视，惧为所窘。导至密室，令从隙间观主病状。见主意态颓放，或泣或歌，声调凄怆，若不胜其忧。不觉悲从中来，知主之病，必由己故，不得不阳狂以避免者。乃谓苏丹曰："病甚奇险，治时当屏左右，只留医与病者二人，则主必不若从前之暴动，当能静待诊治也。"苏丹诺之。

公主瞥见长鬣者服医士服，独身来前，未识为太子也，复戟手谩骂。太子不与较，徐近主，乃耳语曰："余非医士，乃波斯太子来救尔出险者。"主恍然悟，悲喜交集，各叙别后事。太子曰："印子死，飞马何在？"主曰："未之知。然苏丹必宝此马，为己有，当无疑。"太子亦度苏丹必善藏此马，密谓主曰："若设策得此马，仍可同返波斯。惟次日卿见苏丹时，当豫饰，婉丽其音辞，以礼相接，作病小愈状，使之不疑。"公主颔之。

苏丹知公主受诊于兹医而不拒也，大悦。次日见主语态温静，喜不自胜，所以思媚之者良至。比太子见苏丹，伪为不知也者，询苏丹曰："孟加拉公主何故独身远来，颇不可解。"意盖以此言为饵，欲苏丹具道端末，藉知飞马所在。苏丹以公主至克什米尔之由及杀印人事备述无遗，又云："虽不知飞马之用，知必宝贵物，已藏诸宫中矣。"

太子曰："闻言，使我悉公主病原，得以施治法。试思一匜马耳，能超骧如志，必为妖异。公主既御马来，骤得颠疾，安知不妖冯其身，是非符箓不能驱遣。诘期，当施予术，俾主疾立瘳，廷臣咸可寓目焉。

385

惟主之被饰,必珍异华美,以昭虔洁。"苏丹悉诺之,盖心惓惓于婚事,冀遂志在此一举耳。

翌日,置马围中。外间传其事,群相奇异,求观者鳞袭于道,多至数千人。卫士鹤列,禁阑入。苏丹及群臣登台以观,台专为此事筑者。孟加拉公主由侍婢拥之出,掖使乘,足鞬而手辔。太子出数小鼎,布马之四旁,中爇火使烈,异香覆其上。唇翕辟若诵咒,手交胸际,绕马行三匝。于是鼎中烟盛涌,若大云密雾之布,观者不复能见围内事。太子乘机突上马背,与主共一鞍,亟转捩,马欻然升。太子乃大声俯呼曰:"克什米尔苏丹,汝欲求婚于孟加拉公主,必先得彼国之允诺而后可。"

未几,二人抵波斯京。波王大悦,即日为成结婚礼,并致书孟加拉王具道前后事。孟加拉王亦深以得联姻好为喜幸,邦交逾笃焉。

《异马记》事既俶诡,得史希罕拉才得妙舌,益亹亹有致。述竟,复请于苏丹,愿为言印度王子爱米得践位册巴里巴奴为后事。乃从容缕述,词至繁,曰《求珍记》。

求珍记

昔有王印度者,英果,能治国。有子三:曰和珊,曰爱丽,曰爱米得,皆明卓有父风。王有弟,富而早逝。遗一女,曰奴伦尼黑。王爱怜之,抚如己出,俾从三子读。比长,容光靓丽,姿致绝世,且娴婉有才谞。王拟为相攸于邻国之储,微特使女获所归,且藉以睦邦交,托援系焉。

既知三子者皆惓惓于奴伦尼黑,则愀然不怿,知祸机所由伏。盖以三子眷一女,不得则已,得则二失者必怏怏,将因以启争竞,非家庭福。乃召集诸子,语以天下多美妇人,何必恋恋于奴伦尼黑,以若曹地望,不患无嘉匹。使奴伦尼黑得择耦于邻邦,事之至善者。不然,令奴伦尼黑于尔昆弟中遴一以婚,则彼爱情固有专属,不得者当无烦言。王以此谆谆,而三子者执不听。王不得已,谓之曰:"汝曹因情懵懵,将自取恼懑。无以,有一决判之法在,则各视汝曹能力,当不复怼予不公。汝三人可分道出他国,各求一物,为世所至罕难得者,归呈评较,孰得物至珍者,以奴伦尼黑妻之。"三子皆欢忭受命。王以金分资其行。即治严,以翌旦发,皆易贾人装,从一力。出郭,抵一旅舍,盖由此往,将分道,故假以叙别。期此行以匝岁,归仍集此,先返,则寓以竢未归者。议定,乃各策骑分手去。

和珊夙闻比士那加①为富强国,商业盛,交通广,遂取道赴印度海

---

① 比士那加(Bisnagar)。

滨。所经多荒漠,或历山峤,路崎嵚,苦跋涉,逾三月,始抵比士那加都。阛阓殷骈,第宅鳞比,气象至宏拓。和珊与逆旅主人谭,缕叩此都风俗,知邑分四部,部设诸肆,为诸贾廲集所。邑之中为王宫,地辽阔。中列三囿,修广可六英里许。是日,和珊适市,见各肆以类从,胪分析列,不相错杂。最瑰丽者为印度采毡,为支那瓷,为日本绣,而范金镂银诸器,备且精,其至巧密,则拟出鬼工,不可仿象,大小珠的烁累累,映以珊翠,璘瑜璀璨,金刚石尤精莹四彻,奕奕洞射,眩摇视线。盖国俗夙尚华侈,除婆拉门人①及僧侣皆崇偶象,啬衣食,屏繁饰,馀则男若女被服皆好缀珍宝,领串跳脱,价值不赀。人肤色多黝黑,珠光宝气益衬托显襮。鬻玫瑰者沿途而有,若国人酷嗜此花者,为球为环,盆植而高下胪列者,且不可胜计。醖醇之气,衢巷充塞,烈于沈水甲煎焉。

和珊且览且与诸贾相寒暄,众诘所求,具述其意。一贾人延之入,坐甫定,见有持毡来者,纵横可六尺许,索直金十囊。和珊异之,取毡周察,无他奇,不解其所以昂值。毡人度和珊贾于此,曰:"君殆以予为漫翔其值。脱知此毡之用,虽倍之,未为踊也。且欲得毡者当先纳价。"和珊曰:"请言其用。"曰:"欲何适者,途无论辽远,坐此毡,可立至,其神速无足与伦比。"和珊度是毡当无二,恐一交臂失,则更无胜此者,谓之曰:"若言果不诬,值如所索,且有别酬。"曰:"甚善,可立试得虚实,择旷地,予将展毡与共坐。君金不敷,可归里取。倘毡无效,则予得妄言罪。此毡为友人物,得值皆属友,有别酬者,予当靦受。"和珊即与偕觅广场,毡置地,坐其上,发愿达印都逆旅。甫念及,毡即冉冉升,迅行若电激,瞬息间,抵逆旅。和珊措金如数偿,并别具以酬,复乘毡至比士那加。毡人去,和珊自维此毡诚不世珍,两弟即有获,必不能越其上,则奴伦尼黑可操券得,狂喜不自禁。时去匦岁期尚远,而比士那加之政治、宗教、法律,有足资研考者,乃作数月留。

---

① 婆拉门人(Brahmins),印度国民之一级,掌宗教之事者。

比士那加王每星期内必一日见他国之来贾者。和珊故隐名，偶随诸贾谒王，而容貌昳丽，吐属渊雅，迥出诸贾上。王悦之，从问印度政治、财力、风声气俗甚悉。自是和珊暇则出游，搜访名迹。而比俗尤喜崇饰寺宇，土木极华曼，至范铜为垣，像质以黄金，睛石莹然，瞳随向为注。又寺有以云石为之者，崇百尺得其半，五分崇之二为其修，广袤则三分其修之二，矗建于砮石之台中，作覆圆形，穷雕缋之巧。周台则为广囿，囿周值奇卉。礼祷者多集此寺，日二，鼓乐谣唱及种种角技跳舞悉具。瞻礼及游观者多络绎自远来。又有所谓大节者，尤繁盛，岁一度。和珊适逢其时，自群官至士庶咸继莘来集，举行节礼。陡平原，袤长至辽阔，中筑九层之台，峥嵘薄云表。琢石为巨柱，支其趾，屹屹者至数十，固且疏。台之外层周以楯，绘画诸图象，藻炯雾隐，皆蜚动欲生，备臻窈妙。台设机以转，缋盾随易其面，得不劳而周视。台外列驯象千，被以文绣，彩敷其耳若鼻，以金涂塔著其背，贰以乐工，鼓吹伦伫，遥望则如荼如锦，足悦视听。象戏尤狡狯，柱四，承巨象足，嵬然峙立。鼻轮囷巧舞，与乐音合节。或以一杙支横木，象踞一端，彼端系石，重与均。象升降低昂，矫若猱捷。其馀供娱戏炫奇巧者，指不胜偻。和珊既周瞩，计归期伊迩，遂束装展毡偕仆坐。乍动臆，即飞腾至前所，于是憩逆旅，俟二仲归。

斯时继和珊而归者为爱丽。先是爱丽夙慕波斯风景，拟往游览，自与和珊爱米得别，即首途，月四周，乃达波京斯执雷时。爱丽易服为贩珠者，与诸商处，日遨于市，所见纵奇异，迄未有特出当意者。一日有客手一牙管，修尺，径寸许，索值三十囊金。爱丽度客殆偵也，不然，微物安得此巨值。因造别肆，谓主人曰：“不见彼以一管索金三十囊，岂病狂易者。”主人曰：“是客素长者，凡索价必中窍，以是见推重。此管或有非一望可尽者，试与一谭，可立得底蕴。”须臾，客经肆，主人延之入，指爱丽语之曰：“君方口揭管值，此君颇讶，以为诞。予倘非知君有素，亦将诞君。幸有以示。”客曰：“谓予诞者夥矣，以非能购管者，予无暇与辩。主人幸知我，敢道崖略。管两端有镜，试窥之，一萌想,则象应念见。"曰:"果验,仆甘受妄度罪。"即执管询窥视法。具告之。以管端就目,私念父可见否,即瞥然睹王方视朝,群臣鹄立。复发念欲一见奴伦尼黑,则佳侠含光者已徙倚于前,盖奴伦尼黑方晨妆,云鬟倭髻,横波欲流,风致嫣楚。爱丽狂喜,力欲得此管,举手谓客曰:"乞恕予妄言,愿购此,并志予过。"即偕归逆旅,偿如所索。客出,爱丽拊髀雀跃,计此宝足以屈弟若兄,奴伦尼黑不属予而谁属,喜不知所措。于斯执雷时少勾留,即偕诸贾返。至期会所,则和珊已前数旬至,乃共迟爱米得。而爱米得则为撒马根之游。

撒马根亦一大都会也,估客麻集,百货辐辏。爱米得偶遇客,以一频婆果求售,果则制成者,形惟肖。询值,则三十五囊金。诘其用,曰:"此果为返魂丹,疾至危,无不治,当垂绝时,但以果置鼻观,可立起。"爱米得曰:"使君言诚,洵不易之宝。然必试乃可。"曰:"予宁肯欺人?此果乃吾国大哲学家竭一生心力研究察验而成者,虽古所谓不死之药,殆无以过,非予故炫。此间人无不知此果奇特,第乏大力者购之耳。"时途人颇有止听其言,谓真确可信,且曰:"有友病剧,能藉以一验,大佳。"客首肯。爱米得曰:"果能起死,不特如所索,当以四十囊偿。"比偕往,则病者已弥留。试如法,神立复,蹶然兴矣。爱米得即付金四十囊,易此果,颇欢然自得。暇则徜徉于苏达河①流域,气暄土沃,山川尤明靓,亚拉伯人谓为世界四名胜之一。爱米得亟思以所得竞胜,未及流连,即理行媵,间关返,而和珊、爱丽已引领久矣。

初,爱丽之归,见和珊,诘何日返。曰:"月三匝矣。"爱丽曰:"然则君行必不远。"曰:"否。予所至,程距此百日而弱。"爱丽曰:"然则兄居此当不久。"曰:"已五阅月。"爱丽曰:"异哉,计途中往返及游彼寓此之期,已逾一载,岂兄能御风归者。"曰:"姑暂秘其事,俟爱米得回,当备述。观若行李外无长物,岂此行空手回乎?"爱丽曰,"察兄所益,亦只榻畔一毡耳。兄既秘所遭,弟亦当如兄默默。"曰:"虽然,予

---

① 苏达河(Sogd)。

既得一希世珍矣,然必待爱米得来,可共试。"爱丽姑不与辩,隐念有象管在,二子者纵得宝,吾持与较,即不冠,必不居殿,仍冥想自豪也。

爱米得既归,与二兄抱持为礼,话别绪,乐怡怡无竟。和珊曰:"兹无暇旁述见闻,以供谈助,姑以兄所得言之。兄于比士那都得一毡,陈榻者即是,视之无少异,然其用,必诧为生平所未闻。盖御是毡瞬息腾上,意行无碍,亿万里弹指即达。予既验得实,以金四十囊购之。归之速,以御是毡故。但不识弟等得何物以与予毡争胜也?"

爱丽率尔而言曰:"毡虽奇,然物无尽,奇亦无尽,或尚有不减此毡者。"言已,出象管示之曰:"此管外状平平尔,然值昂与毡埒。兄明决,倘知其妙,必断弟未为人愚。盖窥管一端,象应心立见。谓予不信,请寓目。"即以管付和珊。

和珊取管窥,动念欲见奴伦尼黑,突见和珊色大变,若死灰,目潮而足栗。爱丽等大惊,方欲致诘,和珊蹙然曰:"噫!奴伦尼黑殆矣,予见其僵于榻,息奄奄,行将玉陨矣。诸姬环而泣,若惶急无计者。予与弟不惮跋涉,远适他国,蒙霜雾,历险阻,非为奴伦尼黑而何?而今已矣!"以管授爱丽,递授爱米得窥之,皆如和珊言,并嗒然若丧。既,爱米得曰:"奴伦尼黑为予等所同眷,今虽命在须臾,能趣往,则尚可活。"即自怀出苹果曰:"此果以金四十囊得之,百疾皆治,虽濒危,可应手起,屡验不爽。今亟返,则奴伦尼黑不患无生,特事在呼吸耳。"和珊曰:"御予毡,可一瞬千里,容三人,尚有馀,其趣上,仆从仍令遵途归。"于是布毡就坐,时三人所欲至者一其念,斯须达奴伦尼黑寝所,自空中降。侍婢瞥睹,惊以为妖。继见为王子,即趋报诸侍疾者。

和珊等仓皇甚,踉跄趋病榻。时奴伦尼黑已属纩矣。亟以果覆其鼻,俄顷,奴伦尼黑眈然启目,即推枕起,索外服,若酣寐方觉,色玉润如常。诸姬告以始末,奴伦尼黑乃向道契阔,并感营救。和珊等谓:"幸未濡误,得稍勉效。沉疴初已,当善摄卫,以慰悬怀。"言次,意益恋恋,隐若魂与者。顷之乃出。

于是往朝王,至则奴伦尼黑宫中给事者已具白王子归捄愈疾事。王大喜,见三子,相持礼竟,益欢洽。盖奴伦尼黑深得王钟爱,当抱病至剧,诸医束手,王为焦然废餐寝,兹三子归,乃于殗殜时立起其疾,忻爱何极。既而三子各述所获,和珊夸毡,爱丽炫管,爱米得矜果,并剌剌不休,各以己物进,乞王第其次。王备审之,曰:"予既主此婚,则可凭予意。然揆之公理则未合。试思之,予能为若曹下断语否?奴伦尼黑之更生,固惟果是赖。虽然,无爱丽之管则无由知奴伦尼黑之病革。知矣,相距远,无毡则施救不及。若然,则管、毡、果相辅为用,不能去其一。物之珍则相若,所用之效则交相须,又胡从低昂轩轾其间耶?故汝曹当孰妻奴伦尼黑,予仍未能决。虽然,奴伦尼黑微若曹,命且槊绝。此嫁娶事,予必别筹他法,以不虚若曹治疗之诚。试语若,若曹当各手弓若矢,至射圃,将以射决。凡觳而发者,矢孰远,则得妻。至此三物,库所储珍异皆未能先,诚当慎度,永以为识。"

三子退,各挟弓矢,至射圃。一时闻其事者,皆接踵来观。须臾,王至,命校射各以序。和珊长,先引满发。爱丽次之,矢坠,逾和珊矢数武。时爱米得惟爱丽之竞,指臂益奋,矢脱弦飕然,亟视,一往若飞星之逝,杳不见坠,遍迹莫得。虽观者万目共睹,爱米得射最远,以失矢,无可证,不能出爱丽右。王命下,以奴伦尼黑归爱丽,即夕成婚礼。

诸子中,和珊眷奴伦尼黑也尤笃,一旦为爱丽得,不能无怨望。自维爱丽之于奴伦尼黑爱情远不逮己,而匹耦偏属之。然则深情固不足以系人,徒滋郁郁,宁非自苦,忿怨并集中,渐耎然思解脱。时有奉浮图道者,建大兰若,罗徒众至广,和珊弃国从之,摩顶为豆伐司,既灰志不婚,且以示愆。

当爱丽合卺之夕,爱米得则独步郊外,亦以己矢出最远,转不得妻,亦怨望不自懑,不欲见爱丽婚事。继思发矢后,何以无坠迹,欲穷究竟。至校射所,循爱丽坠矢处径前行,益远益进。忽危崖当道峙,蹊绝,已距射所十馀英里矣,爱米得踯躅徘徊间,瞥于石壁下见一矢。

取察之,则前所发矢。大愕,度弓力必不及此,况于射术夙不娴,或有拾置之者。第矢平卧,镞端微损锐,似中石而坠。爱米得忽激妄想,自口其心曰:"事大奇,中必有故,或者为予福。盖予之不得奴伦尼黑,安知非有冥冥相予? 今视若失意,或他日当有所遇,突过得奴伦尼黑万万,未可知也。"于时入一石窟,环视四壁,有若扉者,黝黑似铁,特密阖不可入。抵以手,有声砰然,扉启矣。内一斜坡,无石级,俯睇之,窈然深邃。虑有险,不可测。然好奇心特炽,即亦无暇顾。循坡下,路渐坦,渐微明,乃猛进。俄达空旷,恍洞崖巷而出,杂树杂立,芊草剡然,若别有天地矣。

复进百武许,有宫观巋然起,瓴桷飞矗,壮丽莫匹,周廊若回篆之布。方眺瞩间,一丽人从侍者连翩至,仪态绝世,不可仿象。爱米得趋为礼。丽人逆谓之曰:"爱米得君,知左顾,故蠲诚出迓。"爱米得闻称己名,大异,念夙未至此,何由知? 即曰:"以探奇至,不知游躅之远。幸瞻华邸,仓卒未敢投谒。乃先辱玉趾,惶恐何似。地虽距都不远,第初践此途,琐琐鄙名,不知何缘早澈清听?"丽人曰:"请往敝庐须臾,更陈颠末。"即举步为导,爱米得从。入室,则陆离璀璨,触眸荧眩,屋颠藻井,缕金鳞凑,尤煌扈美观。爱米得颇耽瞩赏。丽人曰:"此室陋不足容膝,姑小憩。"即肃爱米得坐,谓之曰:"君谓与妾甫邂逅,故闻道君姓氏,即觥觥惊讶。第君博雅士,亦知世有所谓神仙者,即贵教中亦数数言之。妾名巴里巴奴,忝厕仙籍,微特能悉君名,且知君家事。贤昆仲皆倾心于奴伦尼黑,出觅珍物,君于撒马尔根得果,君兄和珊、爱尔亦得管与毡。后君等以校射定婚,妾适过射圃,见君文弱,弓力薄,所发矢尚不能及和珊,即隐于空际,代增速力,矢遂一往触石坠。察君状,若仍不能忘情于奴伦尼黑者。虽然,明珠已失,尚复奚言? 以君才地,似不当以尘世人为匹偶,仙缘伊迩,又何必作刻舟之求耶?"言至此,素靥融融然,若轻霞之薄缀,横波下注,似不胜饧涩者。爱米得已默会,思奴伦尼黑他属,即惓恋何益? 且彼色虽艳,以视巴里巴奴,则且为嫫媒。自以凡质,得匹仙姬,实无涯幸福,又何必不顺承其旨？乃柔声答曰："倘荷不弃，俾以鸦俪凤，虽恶汗，愿足矣。"巴里巴奴曰："妾最为父母爱怜，即婚事得自主。窃喜获附于君子，愿举所有属之君。勿以自呈身遭菲薄，幸甚。虽仙人婚礼与尘凡殊，然妾当破格以从君意也。"

爱米得欢甚，欲以吻接衣，示诚意。巴里巴奴即舒腕就曰："爱米得，妾已矢志相从，君亦当以爱忱盟诸曒日。"爱米得喜跃，面天而语曰："矢言偕老，安敢背盟！大瀣可枯，此心不可易。"巴里巴奴曰："感君切誓，同心一袜，较赤石为坚，视彼卺夕虚仪，更觉切至。"又曰："君跋涉，腹应枵，当小饮啜，再导游诸别院。此室卑狭，不足久留。"须臾，酒肴进。毕食，乃从巴里巴奴周历览瞩，其结构巃嵸，雕饰珍媺，陈列闳博，视前小憩室无异培塿之与昆仑，爝火之与朝日也。爱米得王子长宫禁，丰席履，非僻陋无见者，至是则口咕心艳，不知所欲称道何等者。巴里巴奴曰："诸室幸尚不湫隘，然拟之上仙所居，犹不逮万一。尚有囿，小具林木，颇不恶，暇当与君纵眺。"时吉筵备，宝炬数百，照烛辉耀。比入座，女乐列队左右奏，声清窈流逸，曲度缥缈，非人世所闻。厨传以次进，盛肴核，虽醢龙脯麟不足以喻。酒芳冽，爽而不醉。饮竟，偕起，小坐锦榻，则舞女作鸾翔鹤骞之戏，腾趏畔椒，不可端倪，细乐秋锵，摇曳其际。比夜阑，侍者列苣导爱米得及巴里巴奴归寝室。自是宴赏无虚日，爱米得以此间乐，不复萌归志矣。

巴里巴奴恐爱米得思归也，百方为游娱，以悆凹其意，瞬已六阅月。一日，爱米得忽念此行未尝告父母，踪迹不得，必苦念无已时。思至此，对乐不欢，遂白言欲归省。巴里巴奴大惊，谓将弃己也，亟应曰："妾或有不至，致开罪于君，不然，何遽欲作归计也？前盟在耳，背之不祥。自维以诚意待君，当邀君察，不知君何意不满于妾，忽有此言？"曰："人非木石，深情一往，宁有中道渝者。仆所以渎请，徒以父老爱怜予甚，出不告，不归，必忧疑不能解，恐伤老人意，故思暂返，非有他也。卿既重言别，仆亦胡忍分携？宁负不韪名，不欲拂雅意也。"巴里巴奴闻而大慰。嗣是爱米得虽不复理前说，而心终不自宁，或临筋愀然,每及家庭事,尤称父慈爱无极,数数言,微示其意,盖希巴里巴奴见悯,或释使归也。

爱丽与奴伦尼黑结缡之夕,忽失和珊及爱米得,王大惊。未几,知和珊已度为豆伐司,王多方慰藉,并力劝之归,不得。又遍迹爱米得,使者分道出,久之,杳然。王疑其怨怼厌世,或自捐弃,念之益悲怆。一日语维齐曰:"三子中爱米得最贤,朕不能离世俗见,朕爱少子亦较笃。兹何图一旦无故自亡去,周求不得,积思如瘕,每虑其或已蹈不测,心灌然若坠崖谷。不识有何策以纾朕忧?"维齐踌躇对曰:"无已,请以巫卜。闻有某觋,能知人不能知事,术至奇,倘召之至,询王子踪迹,或可得。"王领之。翌日,维齐迎觋入朝。王告以爱米得亡失,使推测所在暨生死。觋曰:"请归以术觅,诘朝复命。"王曰:"得则有重赉。"觋再拜退。翌日,偕维齐入白曰:"历以诸术测,知王子实未死,踪当不远,尚俟确测所在。"王闻少慰,命亟推度之。

不知爱米得自一萌归志,心摇摇不自已,既时时以微言相动。巴里巴奴至明慧,早察其臆,自维彼父子情出于天性,强阁之不可,且爱米得恂恂长者,必不作中道弃,使归省即至,亦何害? 即谓之曰:"前未即许君请,非好阻室,亦徐待筹思。今察君笃于情爱,实无他肠,君诚以欲一慰老人念者,行即返此,妾谨当为君治装。将以言返之迟速,知君情之厚薄。妾以爱君挚,故不欲君久离,非有他意也。"爱米得斯时感沏心脾,几欲投地谢,曰:"予心诚所谓鳌戴三山,深知其重者。既荷垂谅,予曷敢久留? 予非有胸无心者,辱厚爱,实不欲一息离,愿即首途,庶得遄返。"巴里巴奴闻言益喜,前疑尽释,曰:"敢以一言为临别赠,君见翁,请善饰辞,幸勿以妾本末居处及婚事告。不然,恐启疑,有他变,其慎旃。"爱米得唯唯。巴里巴奴命纪纲二十人骑以从,甚都,命以骏马至,辔鞯精绝,使爱米得乘之。既出,循途入郭,衢中人识爱米得者欢跃以迎。比至宫,与王相持为礼。王喜甚,谓之曰:"汝发矢至远,以不得矢,致失奴伦尼黑,冥冥中或非无意。汝遽不告去,度汝邋邋,恐有意外变,颇以为虑。"爱米得对曰:"儿之眷奴伦尼黑也甚于二兄。不图事舛忤,儿心若被刃然,即强忍抑制,而爱情之不能遽泯,激之如怒潮之涌,益澎湃不能已。情之发,心不能主,譬专制之君,下令束缚,不听自由。故一蹈情网中,理想皆窒,儿之痴正不自觉耳。自失矢后,儿欲穷究竟,惘惘行,冀迹矢所在。历十馀英里,于石壁下得之。儿不敢怼父之漫断,惟念矢力必不能达,或有默主之者,则不得妻安知非福。后果得奇遇,惟事秘,不敢告,乞悯恕焉。儿至安稳,特以累父念为疚,故偬偬归。倘许随时起居,则愿亦足矣。"

王曰:"儿所请,无不允者。虽然,儿能常左右则益慰予怀。愿以居处告,有念可以使者来。"爱米得曰:"儿万死,不敢奉命。儿自当数数归省,他日,父将厌儿勤也。"王曰:"予初不欲刺汝隐。汝善自保,勿使予忧念,见汝孝思。"爱米得留三日,乃辞去。

巴里巴奴见爱米得返,笑盈于颊,初不料若是速也。忆畴昔妄疑爱米得有他想,甚悔浅测,自是爱益笃。爱米得备述答王语,自是月馀,不复言归。巴里巴奴以爱米得恋己而漠亲也,不自安其意,从容曰:"君殆忘前归时慰翁语乎?君尝以语妾,妾恐君偶失忆,故以告。"爱米得曰:"非予善忘,恐左卿意,未敢渎请耳。"巴里巴奴曰:"噫!君殆狭妾矣。妾前既从君请,甚重君不爽。君但有言,又何敢少梗。翁怜少子,必切盼,距曩期匝月矣,盍再往?此后当月一省以为常,无俟妾言,亦无庸白妾,君其识之。"

翌日,爱米得复归省,其仪从之煊赫,辣动衢路。嗣数数谒来,民渐知其事,每至,空巷宇来观,道为之塞,皆啧啧称道不置。王亦欢宠有加。久之,朝臣之凤幸者皆嫉妒侧目,窃窃偶语,渐潜于王。谓爱米得骑从往来,焜煌华贵,而行踪诡秘,莫测所自,必有非常之谋,阴险叵测,将不利于朝廷。当穷其居处,豫为防范。王宠爱米得甚,不入其言,笑谢曰:"公等休矣,胡此过虑?爱米得明正知大义,必无此逆行,无事妄揣。"潜者曰:"公主奴伦尼黑结缡夕,王子和珊与爱米得遽亡去,和珊既忿激为豆伐司矣,爱米得素钟情于公主,一旦失望,必愤怼不能平，思有以快志。从来情欲之激，虽素愿者能为鸷悍，即骨肉有不顾。陛下以爱米得数归省，无几微怏怏，以臣等所言为过虑。不知其阳尽礼为欢颜，实阴欲售其险术也。且爱米得来时，人马无疲态，尘不着靴袴，其居处必不远，诇之非难，愿陛下留意。臣等为乂安计，故敢冒渎，不避离间之嫌。"王曰："甚嘉汝能直言。然爱米得必不悖道至此，朕所确信。"盖王为是言，所以息言者喙。久之，浸润滋众，王意不能无动。思潜察之，密召前觋至，曰："汝言王子未死，果无失。第王子不欲言居所，朕亦不复强。汝试以术侦之，俟王子出，即尾觇得实以报。"觋衔命，既知爱米得拾矢地，即往匿乱石间以俟。俄爱米得至，觋目送之，须臾已杳。觋大愕，视石壁，峻不能越，或由地道，乃周索，皆土石无少罅，盖前爱米得所见之铁扉，由巴里巴奴以术致之，非他人得见。觋不得已，以所侦归报，且曰："愿假以时日，必能得一当。"王曰："如所请，其好为之。"即赐以钻石一，谓倘果诇得逆迹，尚有厚赍也。

嗣是觋日往迹，颇有端倪，思设策以入。一日，爱米得出，见一妪倚石而呻，若患重疾，恻然止问。觋微腕而吁曰："予拟省亲某所，途次得热病，疲不能行，旷地鲜居民，安得有援手者！"即欷歔呻楚，目昏昏欲瞑，呼吸艰微，情状至可悯。爱米得曰："可怜哉！当令从者翼妪至室治疾何如？"觋阴喜适中其计，颔之，力疾欲起，佯惫而仆。爱米得使两从者掖之骑，爱米得先，诸人从。既入，商于巴里巴奴曰："出门见此妪，以病作，委顿途侧，甚可怜悯，故偕归为疗治。卿慈厚，亦必垂矜。"言次，巴里巴奴目注觋，若已知其诈，重爱米得请，命扶入，曰："君图救危困，仁心滂然，愿成君志。第恐施非其人，善举转为恶果，此妪大狡，疾诈耳，殆阴欲侦动静，为君祸。虽然，彼即至黠很，予必有以解脱，不少贻君忧，幸勿介抱。"爱米得大惊曰："予生平未陷人，而人欲陷予也，何故？然彰瘅有常理，予惟常守予好善之诚，不及顾意外利害也。"言已，复与巴里巴奴别，驰诣王。王昀昀仍慰爱良至，绝不以心疑见圭角。

维时两侍者掖觇入室，憩诸榻，支以锦枕，然后设床衾，觇乃偃。一侍者出，携樽水至。一侍者承妪起坐，曰："此狮泉，饮之能已热。"觇佯若不愿者，久之始取饮，摇首蹙额，作格格不下状。复卧，侍者覆以衾，谓之曰："少休，予等一句钟许，当复来视。"觇以诇来，至是粗得要领，拟归报。顷之，侍者至，觇霍然起曰："泉大效，未一句钟，病即已。请导往见主，谢再造恩，并告别。"于是侍者为引至巴里巴奴所居室，重檐复栱，闳丽鲜匹，巴里巴奴据七宝镂金之座，女侍靓妆鹄立，气象尊穆。巴里巴奴以眸光射觇面，烁烁可惧，若已洞其隐。觇体欲颤，肺叶如震击然，仓皇噤其口，但伏地膜拜。巴里巴奴曰："恙愈可喜，此行殊非偶，一眺览，归未晚。"既周历台池楼榭，侍者谓他所尚有别墅，壮丽亚之。觇故啧啧称道。俄达铁扉，出不数武，则崖石巉巉，无踪可觅矣。

觇归，潜行谒王。召入，觇容色蹙蹙，若重有虑者，诘之，则请王屏左右，觇乃缕述始末。且云："室宇起居埒禁中，女貌尤艳绝，侍从如云，一宝座值可无价。乍观之，王子偶此仙姬，实无量幸福。然迹诡幻不可度，恐此尤物为祸水耳。王子素孝谨，必不为非常事，倘惑于其妇，一时失计，为陛下忧，奈何？似不可不备，愚心用是惴戚。既有所见，不敢不渎。"

王虽习知爱米得之为人，然众煦漂山，聚蚊成雷，竟为萤语所入，谓曰："汝诇得实，甚幹，此事重大，当熟议之。"乃出与幸臣议。疾爱米得者益傅合其说，所欲下石者无不至。王命筹抵御策。或对曰："幸王子来朝，趣逮，并其从，幽诸请室，终其身，则谋何自发！"众皆抚掌称善。觇目王小语曰："陛下少退，敢以管见进。"王出。觇曰："诸臣之言不可从也。诸臣嫉王子，故欲逮系，行太暴，愿以和平。且王子从者皆仙侣，能隐形，虽欲捕不可得。脱王子受系，从者逸以告，女必兴问罪师，则王殆矣。且逮之，在陛下有虐子之实，在王子负图逆之名，父子两败，智者不为。故为陛下谋，不如画策阴窘女，女窘则谋弛。盖仙术苟念至无不可力致，可命王子就女乞异物，如行军需帐至夥,然必舒可容全队,卷不盈一握,则可免载运烦,即以是帐求。女昵王子,必力奉。既得,可复以至难获者请。迨彼技索,则必逸去,与王子绝。既可免祸,且消弭于不觉,何庸骤动声色耶?"王曰:"善。"以告诸臣,并诘以策有加此者否。众不能对。王决意从觋言。

翌晨早朝,爱米得亦在列,王谓之曰:"汝前秘不以居处告,朕亦不欲刺人隐,故不汝穷诘。今予已悉汝得偶于仙姬,美而才,诚汝大幸,予亦喜得佳妇。惟仙人多能事,尚将有求于汝妇者。汝知行军时军队驼马皆需营帐,载运良不易,汝妇诚能为致一营帐,使舒之,虽无数军队,皆可免露宿,比敛,则掌握可藏,则于行军至便利,且不特从军者蒙惠也,谅汝妇必不予却。仙术奇幻,一粒藏大千世界,帐之广覆,又何足云。"

爱米得大诧,不意父忽有此要求也,帐非易致,似有意欲穷其术者,未识何由动父之忌。况结缡以来,未尝稍有求于巴里巴奴,以承眷爱,志愿斯足,不欲以他事烦其虑。用是踌躇久之,曰:"儿之不以所遇告,以事涉荒幻,徒骇人听。父既知,儿复何隐?儿妇虽笃爱,然儿从未有意外请。且谓仙人无不能致之物,未之敢信。即能,儿亦不愿知之。何则?虑彼将因是而轻予也。不图父曾未计及于此。愿父垂谅,庶不致或妨儿等之爱情。倘父意在必得,儿又何敢逆命,第成否不可必,不成则儿无颜以见,即不能时来侍左右,惟我父实哀怜之。"王曰:"汝素知大义,必不以予一言遽自绝去。且味汝语,似未谙夫妇间情愫者。凡夫妇相求请,情至,必不忍拂意。汝嗫嚅不欲启齿,殆未能自信果为妇爱耳。爱不挚者久必暌,盍尝之,以测厚薄。脱于此事有难色,即一无所请,恐亦难要久也。"爱米得滋不悦,亦不与辩,即率从者行。巴里巴奴以其早归致诘。爱米得但言无他。巴里巴奴曰:"观君容色,甚不怿,即有不能言者,但以谇妾,或可解结辖。"曰:"前予以卿诇嘱,秘我曹婚事,未审王何从悉本末,且迫予向若要求,用是心灼。"巴里巴奴曰:"君尚忆曩日病妇否?君以恻隐,孰知彼竟鬼蜮也,潜刺事以闻于王。妾初时即疑其诈,重违君意,致有此失,然亦不足窘君。君姑言王之见迫者,何也?"爱米得先明己所以不欲渎请,然后其道王索帐事。巴里巴奴笑曰:"将疑君有不可释之忧,仅此微末,乌足萦君虑。蒙君体谅周至,第妾虽无似,谓是区区者不能致,则未免浅测,即难致十倍于是,亦咄嗟可办,幸勿系怀。嗣后无论君如何取求,妾应必如响,君其识之。"言竟,命司箧库者来,谕之曰:"奴基哈,趣取最大之帐。"须臾至,小若方胜之叠。巴里巴奴以授爱米得曰:"试审之,不识称王旨否?"爱米得惊忖是安可覆军马,以巴里巴奴戏也。巴里巴奴觉其意,立命奴基哈张如法。即偕出如旷埜中,出帐置诸地,挈以手,则百千万叠纷纷出。命十馀骑引其纲,四向驰,尽埜之周,里可十数而帐若宽然有余。爱米得叹曰:"非仙力恶能致此!仆夏虫识狭,幸恕其无知。"巴里巴奴曰:"差幸不辱命,此帐可任意伸缩,大小必能称王意。"奴基哈收帐,爱米得即携帐以朝王。

王以要求之帐必不能致,妇必愧遁,爱米得窘无以覆,必绝迹,而爱米得遽来宫以帐进。王惊察之,命张以试,覆全军,尚绰然,默无以复难,即阳赞叹。爱米得曰:"军队有多寡,此帐可随需为广狭,无不当之虑。"王故为骧喜感荷状,令爱米得为致谢巴里巴奴。且谓此帐值不赀,命慎收皮。既退,益忌爱米得,意以爱米得得仙助,将无所不可为,己权力不能制,脱生变,奈何? 益欲败之,密召觋与议。觋进策,令爱米得取狮泉之水,泉为狮守,取至艰,足以窘其术。王韪之,即诏爱米得曰:"予老矣,多疾。闻汝妇宫中有狮泉,能已病,汝其语汝妇,为致此水,俾予得安颐养,谅汝所大愿,必不予却。"爱米得以王要求之无厌也,意觚觚然,虽巴里巴奴谓所求罔不应,终不欲数喋喋。久之,乃曰:"再以请,毋乃太黩。泉非儿能致,必假力于巴里巴奴。儿虽不避再渎,得与不得则未可知。"言次,颇形不悦色。

翌日,爱米得归,备述王所请,且曰:"允否乞自主,仆不敢强。"巴里巴奴曰:"否。王所以数请,正信予等笃伉俪,无违言也。脱不允,则显妾情薄,胡以自安,必从王请。妾固知王谋于觋,觋授计,使苛其求,觋虽毒蠚,亦不能困予。惟狮泉居某堡,有狮四守之,两醒两睡,更番迭望。有人汲者,向狮口,无脱者。然御之有术。"时巴里巴奴方刺绣,即以一线球授之曰:"当先具马二,一以乘,一载贮水器,复刲羊一,磔为四,亦置马上。黎旦,策马行,取线球掷逾马首,球转旋如风,即纵骑随,球止,则为泉所。自堡外窥,两醒狮必吼而出搏,两睡者亦必应声起。趣取羊分投之,狮必争食。急至泉侧取水入器,策马逸。狮方食羊酣,必无暇窘君,君可得无恙。"爱米得如其言,至堡,以羊分掷,果得水。偶返顾,见两狮尾其后,拔剑将为御,则一狮折右行,趋前,颔首掉尾,无恶意。爱米得鞘剑纵辔行,狮为前后。须臾抵都门,狮随入。至宫,狮乃返。见者皆惶遽闭户,而狮固驯善,无几微犯人。爱米得面王,以狮泉进,曰:"儿躬往汲取,虽犯险,幸有以报。私心窃祝,父即不饮此水,亦永永康强。"王曰:"甚嘉汝冒险致此。闻有狮守此泉,狞不易取,儿何术遽得?"爱米得曰:"实儿妇授策。"遂备述取泉事。王闻,嫉益深,特深沉不露,且嘉许殷殷也。

于是复召觊入,与之谋。觊以道途喧传爱米得引狮入城事,已悉梗概,乃密授计于王。王翌日谓爱米得曰:"尚有一事语尔妇,当为我致一侏儒,身不满二尺,髯之修如其身者且二十馀倍许。械以棓,铁为之,必重至五百磅者。又必有辩才,能悉人意。"爱米得度得侏儒非难,必若是怪异,虽穷世界不可觅,木然不知所对。王复谆谆不已。爱米得因辞归,以语巴里巴奴,且曰:"王殆欲以此窘予。不然,则欲假手以戕予生耳。试为予谋一自卫策。"巴里巴奴曰:"君复何虑?此侏儒之得,更易于狮泉。妾有兄,曰史基阿巴,生其奇表,适如王所言状。妾虽与同父,迥不相类,兄性暴戾,当冯怒,必行其志,无可解。第雅重妾,有所请,罔不从。一铁棓重约五百磅,常以自随,其雄力绝一世,足以应王命。当趣之至,幸勿以貌寝致恐。"爱米得曰:"既为卿兄,接见且不遑,奚恐之有?"

巴里巴奴命置案庑下,爇香于鼎,烟蠹上,从容谓爱米得曰:"兄来矣。"则瞥见一人踯躅至,躯高尺,复半之,髯磔磔然若坡竹之怒挺,翘于前,长可三十英尺;魁其头,颠窈其目,貌奇丑,毵毵绕面额,眉且为所掩,高撮其冠,顶锐甚,巍然指天,负铁棓若柱。时爱米得大骇怪,勉肃躬以俟。史基阿巴睨爱米得曰:"此为谁?"巴里巴奴曰:"是爱米得,妹婿也,婚时拟谒兄,以兄出征未果,兹用为介绍。"史基阿巴眷然曰:"是至戚,倘有所命,必诺。"巴里巴奴曰:"无他,惟予翁主印度,欲一见兄,愿不惮跋涉。"史基阿巴曰:"可。"即欲行。巴里巴奴曰:"姑缓,当以始末告。"史基阿巴额之。明日,偕爱米得行入朝,于途见者皆坌逸恐后,道无人迹,抵宫,阍者骇匿。比见王,时方视朝,群臣骤睹,并踉跄若惊兽窜。史基阿巴植立王前,卒然谓王曰:"予来,汝欲何为?"声若怪枭鸣,王惊绝欲仆,手蔽目不能对。史基阿巴则大怒,谓己自远来,王乃偃蹇不为礼,胡藐我?即举棓向王:"汝不屑与予言,试尝予棓!"爱米得阻不及,王已糜棓下矣。史基阿巴方欲击大维齐,爱米得呕曰:"彼常善谏王,无恶迹。"史基阿巴曰:"然则谗汝者为谁!"即挥棓杀诸幸臣,在廷之不及奔遁者尽死。须臾,瞪目谓大维齐曰:"予知宫中有一觋,实戎首,罪浮于诸幸,尤恶,趣缚之来。"大维齐即以觋至。史基阿巴棓碎其首,曰:"诈病进谗者合受此刑!"语众曰:"戮此曹,不足振国是,当以爱米得嗣王位。有阻挠者杀无赦,并屠都民,无遗噍。"于是廷臣皆同声呼爱米得王万岁。须臾,阖城并应。史基阿巴趣爱米得即王位,行朝贺礼,与众臣盟,然后往迎巴里巴奴入宫,册为后。

王子爱丽与奴伦尼黑于幸臣诬陷爱米得事皆绝然不与知,爱米得故亦优遇,畀以地,使自治。并往见兄和珊,告以所遭,使归国,任择封邑。而和珊既为豆伐司,耽闲适,不欲婴尘累,固辞不愿,且谓此生视荣乐若桎梏,得优游方外,足矣。

苏丹闻《求珍记》事,益咀味不厌,既悦其口说,即不能遽践前言,恣其残忍。史希罕拉才得已窥苏丹意,以百里才得能言鸟,事最奇妙,乃复衮衮道之。

更番迭望。有人汲者,向狮口,无脱者。然御之有术。"时巴里巴奴方刺绣,即以一线球授之曰:"当先具马二,一以乘,一载贮水器,复刲羊一,磔为四,亦置马上。黎旦,策马行,取线球掷逾马首,球转旋如风,即纵骑随,球止,则为泉所。自堡外窥,两醒狮必吼而出搏,两睡者亦必应声起。趣取羊分投之,狮必争食。急至泉侧取水入器,策马逸。狮方食羊酣,必无暇窘君,君可得无恙。"爱米得如其言,至堡,以羊分掷,果得水。偶返顾,见两狮尾其后,拔剑将为御,则一狮折右行,趋前,颔首掉尾,无恶意。爱米得鞘剑纵辔行,狮为前后。须臾抵都门,狮随入。至宫,狮乃返。见者皆惶遽闭户,而狮固驯善,无几微犯人。爱米得面王,以狮泉进,曰:"儿躬往汲取,虽犯险,幸有以报。私心窃祝,父即不饮此水,亦永永康强。"王曰:"甚嘉汝冒险致此。闻有狮守此泉,狞不易取,儿何术遽得?"爱米得曰:"实儿妇授策。"遂备述取泉事。王闻,嫉益深,特深沉不露,且嘉许殷殷也。

于是复召觋入,与之谋。觋以道途喧传爱米得引狮入城事,已悉梗概,乃密授计于王。王翌日谓爱米得曰:"尚有一事语而妇,当为我致一侏儒,身不满二尺,髯之修如其身者且二十馀倍许。械以梏,铁为之,必重至五百磅者。又必有辩才,能佥人意。"爱米得度得侏儒非难,必若是怪异,虽穷世界不可觅,木然不知所对。王复谆谆不已。爱米得因辞归,以语巴里巴奴,且曰:"王殆欲以此窘予。不然,则欲假手以戕予生耳。试为予谋一自卫策。"巴里巴奴曰:"君复何虑?此侏儒之得,更易于狮泉。妾有兄,曰史基阿巴,生其奇表,适如王所言状。妾虽与同父,迥不相类,兄性暴戾,当冯怒,必行其志,无可解。第雅重妾,有所请,罔不从。一铁梏重约五百磅,常以自随,其雄力绝一世,足以应王命。当趣之至,幸勿以貌寝致恐。"爱米得曰:"既为卿兄,接见且不遑,奚恐之有?"

巴里巴奴命置案庋下,爇香于鼎,烟蠢上,从容谓爱米得曰:"兄来矣。"则瞥见一人踽踽至,躯高尺,复半之,髯磔磔然若坡竹之怒挺,翘于前,长可三十英尺;魁其头,颠窈其目,貌奇丑,毵毵绕面额,眉且为所掩,高撮其冠,顶锐甚,巍然指天,负铁棓若柱。时爱米得大骇怪,勉肃躬以俟。史基阿巴睨爱米得曰:"此为谁?"巴里巴奴曰:"是爱米得,妹婿也,婚时拟谒兄,以兄出征未果,兹用为介绍。"史基阿巴眷然曰:"是至戚,倘有所命,必诺。"巴里巴奴曰:"无他,惟予翁主印度,欲一见兄,愿不惮跋涉。"史基阿巴曰:"可。"即欲行。巴里巴奴曰:"姑缓,当以始末告。"史基阿巴颔之。明日,偕爱米得行入朝,于途见者皆坌逸恐后,道无人迹,抵宫,阍者骇匿。比见王,时方视朝,群臣骤睹,并跟跄若惊兽窜。史基阿巴植立王前,卒然谓王曰:"予来,汝欲何为?"声若怪枭鸣,王惊绝欲仆,手蔽目不能对。史基阿巴则大怒,谓己自远来,王乃偃蹇不为礼,胡藐我?即举棓向王:"汝不屑与予言,试尝予棓!"爱米得阻不及,王已糜棓下矣。史基阿巴方欲击大维齐,爱米得呕曰:"彼常善谏王,无恶迹。"史基阿巴曰:"然则谗汝者为谁!"即挥棓杀诸幸臣,在廷之不及奔遁者尽死。须臾,瞪目谓大维齐曰:"予知宫中有一觋,实戎首,罪浮于诸幸,尤恶,趣缚之来。"大维齐即以觋至。史基阿巴棓碎其首,曰:"诈病进谗者合受此刑!"语众曰:"戮此曹,不足振国是,当以爱米得嗣王位。有阻挠者杀无赦,并屠都民,无遗噍。"于是廷臣皆同声呼爱米得王万岁。须臾,阖城并应。史基阿巴趣爱米得即王位,行朝贺礼,与众臣盟,然后往迎巴里巴奴入宫,册为后。

王子爱丽与奴伦尼黑于幸臣诬陷爱米得事皆绝然不与知,爱米得故亦优遇,畀以地,使自治。并往见兄和珊,告以所遭,使归国,任择封邑。而和珊既为豆伐司,耽闲适,不欲婴尘累,固辞不愿,且谓此生视荣乐若桎梏,得优游方外,足矣。

苏丹闻《求珍记》事,益咀味不厌,既悦其口说,即不能遽践前言,恣其残忍。史希罕拉才得已窥苏丹意,以百里才得能言鸟,事最奇妙,乃复衮衮道之。

能言鸟

顾斯罗司加者,波斯国储君也,好微服夜行,左右亦易衣以从,刺探民间奇闻琐事。比王薨,即位,宅忧尽礼后,一夕又微服偕维齐私出。时夜分,途罕人迹,达一巷,忽闻笑声出屋内。自门隙窥之,见三女子坐睡椅,促膝语,似为姊妹行。长者曰:"他日余必适为王制佳糇者,得以畅饫。"次者曰:"余必庖人是归,供玉食者,割肉以贻,余之口腹,当肥甘长餍矣。志在铺啜,实与姊同。"少者闻之,鞠然而言曰:"二姊之愿,胡自卑若是?余窃不自量,非王不耦。诚得为后,他日育王子,贵美无伦,虽精金拟其发,鲛珠拟其啼,玫瑰拟其笑,尚未足状也。"王闻三女言,独奇少者,且容最丽,计必各如所愿而后已。即命维齐识其居,明日,当以此三女见。

翌日,维齐诣其家,趣速饰。饰竟,亦不与言繇末,即挈之见王。王曰:"昔夕若曹言志,余已闻梗概。惟所言果由衷否,其亟实告,毋隐。"三女皆俯首刮地,不能仰视,面洞赤过耳,羞缩不自安,且恐昔夕言或有冒触,益喑噎不敢出气。王温语慰之曰:"所以趣若曹至此者,无他,欲实行若曹夙志耳。"即指少女曰:"尔既愿耦予,即日成礼何如?"又顾长者、次者曰:"若二人言,愿嫁予之庖人及制糇者,必偿汝愿。"少者即跽谢曰:"昔夕戏言耳,自揣微贱,不足备下陈,乞恕谬妄。"二姊亦为缓颊。王曰:"否否,我不欲闻求恕之言,特欲成尔曹素愿而已。"

于是命三女同日嫁，然高下迥判，于少者则穷奢极侈，如国王娶后仪，于长于次，虽幸不落寞，要不能越饼师膳夫之分。二姊既艳其女弟之尊荣富丽，自顾益惭恧，乃大悔恨。于是由羡而妒，由妒而愤，皆欲阴行其不利而后快。

一日，二女遇于浴室。长女曰："幸哉吾三妹，乃忝此非分。量其容止，岂受宠无惭耶！"次女曰："此中舛午，真有不可解者。不知渠以何术动王而矜宠若是？且其状尤委琐，徒以齿稚，得膺此选。姊仪体远出渠上，而独见遗，尚得谓有公道乎？"长女曰："予姑无论，使汝中选，予亦何言。今以彼污陋之姿，骤跻荣贵，予实不能无介介。此事尔我同病，必协力共谋之，凡足以致其死命者，我二人思想所及，必互以告，以共雪不平之恨。"

议既定，自是二人晤则密商方略，虽屡画策，而未得因缘以逞，毒念愈蓄愈烈。相与诣后所，伪为恭谨，所以阿谀之者甚至，道家事琐琐，以示亲爱。后天性和厚，不以鼎贵骄同座，爱敬二姊如初，礼接有加焉。

后婚数月后，有身。王大喜。二女亦来致贺，并言临娩时愿职看护，无事保姆。后曰："姊得来护视，甚善。第事惟王命，倘见许，妹必领厚意。或设法先以此事达王，妹从而允之，何如？"

于是二女怂其夫，因所识廷臣为之说。王闻而语后。后曰："陛下倘以为可，敢不从命。妾思产时与其以素不相习之保姆来，诚不若姊之亲便。"王纳其言。由是二女得入侍，窃喜得乘间施技矣。

娩期至，后产一男，貌端丽。二女先阴置一小箧，即麻裹而置其中，掷宫河，使随流去。伪报于王，所产者状类犬，已死，弃之矣。王大怒。以为不祥，微维齐力谏，后几摈斥焉。

箧乘流至御园河畔，时为筦园事者某总督所见，命夫取至，比启箧，则儿犹活，眉目如画。督婚久无子，得此大喜，立命携箧归，示其室，语以故，即为己子，佣乳媪哺之。其室亦忻幸过望，相与度此儿必出自宫中，即亦不敢究所由来。幸无属耳目者，事得终秘。

次年，后又举一子。二女以前法弃诸河，复为督所得，二女不知也，则诳谓孩体斑而毛，形若狸奴然，堕地即死。王闻之益怒，必欲治后罪，维齐为免冠乞恩，乃已。后二女知后复孕，预刻一木孩，状甚怪，及后临蓐，女也，二姊弃如前，代以木偶。而随流之儿篋，督又见而拯之。后二子一女皆见抚于督，事亦至巧诡矣哉。

后每分娩必晕，阅一时始苏，苏而以为真怪产也，又以二姊至亲，不疑其诳，故二女得售其技。白诸王，王忿不可遏，骂曰："贱妇人数产怪，必不可留！留之，则毓怪无穷期，必杀之。"乃当后死罪，饬维齐监刑。

群臣知后之无辜也，咸为后乞命，维齐谏尤苦，曰："国家法律，死刑为极。今后三产怪物，孽非自作，稽之往册，产怪之事，时有所见，后不幸而遭此，且悯怜之不暇，况加以罪！后因是失宠，已抱恨无尽，遽入以死罪，陛下纵嗛后，其如法律之不当何？脱罪更有浮于此者，则执法将穷，何以定轻重？敢昧死以请，乞收成命，幸甚。"

王闻维齐言，知后无死罪，特怒犹未释，徐曰："虽免其死，必苦其身以儆。"立命制木笼一，中辟一穴，使后衣大布之衣，囚其中，置清真寺外，凡入寺僧侣，过必唾其面，违者罚亦如之，维齐虽怜后，亦不敢逆王命。笼成，后就禁，环而观者日必数匝，有指笑者，有悯惜者，而二女则大悦。

后之二子一女自督与妇抚若己出，日就长，男则魁硕，崭然见头角，女婉丽无匹。督以古帝王之名命长曰伯曼，次曰波维齐，又以古后之名命其女曰百里才。无何，二男就傅。百里才齿尚幼，见二兄读，羡之，愿就学。督喜从之。百里才敏而好学，不数日，所学与二兄埒。后兄若妹业日进，研究各学，必诣其微。师惊异，自谓不及。百里才复工音乐，善骑射，与二兄角技，直陵出其上。

督见伯曼辈渊颖好学，意惬甚，凡一切教育游艺诸费概不吝，使精神活泼，所诣益孟晋。又以供职久，菟裘未营，遂于郭外辟地，若原隰，若林麓，若区畴，弥互相望，创筑别墅，极缭宲苋曲之致，铺缀华焕,罔美不臻。迤连别庑,则卉圃拓焉,水石台榭,参差映带,幽夐绝伦。波俗贵家,好以园林之胜相矜尚,督于此尤经营刻意,殚姱竭巧,惟恐落人后。又别开猎囿,缭以周垣,纵诸禽兽于中,特为伯曼辈驰逐设者。

新室落成之日,督入白波王,备言衰朽,不堪供职,乞恩致仕。王以督精勤供职,历年既久,劳勚实多,询告退外尚有所陈请否?对曰:"殊恩所被,感激无已。徒以耄老,愿乞身以终残年,他无所请。"乃予告归,移居别墅。时妻已物故,幸儿女承欢愉,娱暮景。讵甫五阅月,督遘急疾,仓卒易箦,不及将宫河得箧事告知,故伯曼辈竟不知为后产也。既丧葬尽礼,承遗产,以修以游,不求知闻,深自韬抑,所蕴蓄固卓卓越辈流,足备见用,然二人志高迈,雅不愿汲汲于仕进焉。

一日,伯曼昆弟出猎,百里才方独坐,忽一回教老尼来,乞入祷。盖家有自造小寺,又值祷日,故尼求入焉。百里才许之,并顾从婢,俟其祷毕,当导游诸胜。旋游毕,至厅事。百里才出,肃尼入室曰:"辱枉降,良深喜慰。愿一亲言论,以祛蒙鄙。且如尼之清行超越,即贤智者亦当效法,矧区区之愚。"尼逊谢。百里才曳使并坐,藉示敬意。尼曰:"承青睐,予良自愧,然雅命不敢不从。"乃坐。婢举食案至,果馔罗列。百里才持一饼奉尼曰:"食之,远道来,必馁。"尼曰:"平生未尝此精制,蒙贶感感。"百里才举诸信奉事以询。尼一一答。语次,百里才偶问此室陈列备否?曰:"美丽蔑以加,惜三物未具,具则凡全球宫室苑囿皆莫与京焉。"百里才曰:"三物者何?可得否?乞详示。"曰:"一为能言鸟,名白儿希沙,鸣则能使诸善鸣之鸟毕集。二为自鸣树,叶多细管,能发种种和乐之声,缈绵不绝。三为金色水,无论何所,劚土如盎大,置金色水一滴于内,泉即喷涌直上,复霏布以下,若珠玑之零落,永无间断。"百里才闻之,大呼曰:"此三者诚希有物,尼必能知其出处。若何可得?其有以语我。"曰:"蒙殷殷下问,若秘而不告,未免等于妄人。三者皆出印度相近处,此去大率二十日程。往觅者计行至第二十日,首遇一人,即诘三物所在,必当指示也。"尼言毕，辞去。

百里才自尼去后，亟欲得三物。度尼已示方略，当无舛错，惟希有之物，未可以平易得，必多历危险，脱不幸，微特不得，且罹祸，奈何？念至此，滋不悦。比二兄归，见其色悒然若有忧者，又不举首为礼，惊诘之曰："妹容止异平昔，体中何如？得毋不适，抑事有拂汝意者？其亟谇我，当为分忧。"百里才默然良久，始举目一视，即俯其首曰："无事，请勿疑。"伯曼曰："汝不以实告，益令人懑懑。吾出未久，而汝郁郁至此，必非无自。愿亟语以慰余心，否则汝其途人余矣。"

百里才曰："余所以重有忧而视为要图，非私一己，实为二兄意气计也。余家所以点缀园林者似臻美备矣，不知欠阙者尚有三物：能言鸟，自鸣树，金色水也。三者备，则凡天下园林之盛，举无能出此右。昨有一老尼来，语余以三物所在，及往觅方略。诚得而有之，则声价越诸园上，众皆属目赞叹，二兄主此园，当亦以为大快。余志在必得，以何人往，愿共熟筹。"伯曼曰："甚善，余与弟必表同情，当竭力求得之，以慰汝愿。其亟以三物所在告，明日当首途。"

波维齐曰："兄为家督，不宜远涉险。弟不才，愿行役，以竟兄之志。"伯曼曰："弟意殷至，予甚悦，且才力迥出，必能如愿。惟余去志已决，虽历万险，曾不足动虑。弟与妹其静俟好音也可。"于是百里才具述尼语，并为治严。

伯曼之启行也，弟若妹相与送别，并致吉语。百里才忽幡然改念，谓伯曼曰："兄一骑远征，躬历艰苦，不测之事，往往而有，不识可继此再见乎。言想及此，心若悬旌然，敢请辍驾，余宁不得此三物，实不愿与兄分携焉。"伯曼䩄然笑曰："妹殆中馁哉？丈夫行则行耳，成败不计也。至不测之祸，彼不幸者乃遘罹之，我此行不必为不幸，安知事之不成？无已，请以佩刀卜凶吉。"于是解刀授百里才曰："取此作记念，若刀光莹然，余则安稳无恙，脱血痕现，死矣，可为我申祈祷。"语毕，策骑竟去，终已不顾。

伯曼在道，偻指至二十日，遇一僧，发眉皓白，须长及其足，口为所掩,首草笠,以芦为衣,状离奇甚。伯曼忆尼言,即下骑致礼曰:"神父,愿祝上帝默佑,延神父年,成虔修之志。"僧还答,语隐抑不可辨,徐察之,声为多髭所障故。谓之曰:"予有要事奉渎,愿聆详教。而须窒君言,能许予奏快剪,一芟薙否?诚使予得闻指示,祷幸何极。"僧许之。伯曼出剪,为去须若眉鬟,色犹少壮,不若前此蒙茸欺魄之状。伯曼曰:"使有鉴在,君将自笑,易老而童矣。"老僧闻之,亦为莞尔,曰:"蒙君不弃,为予饰貌。观君状,匆匆弛辔,似非无事者。请明示,倘可效力,常能使君满意。"伯曼曰:"予所以不惮跋涉,志欲得能言鸟、自鸣树、金色水耳。是三者知在斯地,而不得其确所。乞指途径,则予不致入宝山空手归矣。"

僧闻,色顿变,目俯视,不置一辞。伯曼又曰:"予意必邀深鉴。君知与不知,愿不吝答,使予不致濡滞误晷,得舍而之他。"僧曰:"君所问予非不知。然予辱厚意,不忍漠视,故心犹豫,不敢以所知者直陈。"伯曼曰:"不识何事阻君意向,而吝教若此?"曰:"吾其语汝。予所以迟疑不言者,恐君罹非常祸也。凡道出此而问途于我者,不知凡几,予必力阻之。彼等酾不已,予无如何,乃违心以告。然见其入,不见其出,予以悯焉。人情孰不乐生,君知命者,望速归故乡,毋自蹈祸难。"伯曼曰:"铭君挚谊。然我志已决,虽遘巨祸,罔惧罔悔。即有攻我者,我有具足以自卫,复何悝怯之有?"僧曰:"攻汝之人皆潜形,不能迹,君虽勇,恐争胜大难。"伯曼大呼曰:"君言颓丧,更不能阻余猛进志矣。愿直示,脱祸及,必不咎君。"

僧知伯曼志定,不可喻解,探囊取碗一,授之曰:"君既不能俯采刍荛,余复何吝于君所欲闻者?请超乘后,掷碗马前,随碗所之。抵山足,即下骑,履而上。道左有黑石累累,又闻嬉笑怒骂声以尼君之进,是时当慎自持,勿恐勿恚,勿回首,回首即化为石。君所见诸黑石,其先皆若公等觅此三物来者。过此险,徐跻至颠,则笼鸟在焉。是鸟能言,叩之,能语君二物所在。惟君好为之。毋少忽,致丧其身。"

伯曼曰："承教，感何能已！必遵君言勉行之。事成，再相见耳。"遂策骑别去。即掷其碗，碗蓬转而前，按辔从其后，疾徐惟碗之视，无何，抵山脚。如僧言，下马，以辔扣鬣，循径而升。见黑石如棋布，不四五武，闻人语鼎沸，有云"此风汉胡来者"；有云"作此妄想，身且不保"；又闻大声曰："必絷之！必刲之！"又有若嘲笑者曰："姑缓其死，问彼应作能言鸟主人否。"语虽杂沓，绝不睹人迹。伯曼心不为动，鼓勇前，无几微惧色。不意声愈繁愈厉，若数百万人围而叫噪，风霆砀骇，响震山谷。伯曼至此，觉方寸骤乱，不能自主，迷离恐怖，股栗欲颠，顿忘僧言，欲下山逃祸，顾寻旧径。孰意一回首间，躯体智识立即变灭，盖已幻为黑石，并马亦化为同类矣。

波维齐与百里才每夕必出刀视，以卜凶吉，伯曼遭祸日，相与视刀，刀隐隐有血痕现其上。百里才掷刀而啼曰："呜呼，兄其死矣！兄以予故而戕其躯，使予不得见兄面，予罪何可逭耶！奈何妄信尼言，而贸然以三物告予兄，以一鸟一树一水观玩之微物，而丧予兄不赀之身，予其何以自问耶！使此尼不来见，则斯念不起，予兄不行。由是观之，尼真速予兄之死；速予兄之死，又何啻速予之死耶！"号啕不已。

是时波维齐悲哀之心虽与妹同，然不作无裨之哭泣，知百里才欲得三物之心仍不稍衰，谓之曰："涕泪悲痛何益于死者？惟竟兄未遂之志，则死者有知，当稍慰耳。且何所见而以尼言为谩者？妹于尼又何故前礼而后怨耶？兄之死或别蹈不测，非所逆料，何可以兄故而易我初念？余本欲代兄行，今兄不幸死，余当以明日发，以完兄志。"

百里才辍泣而愕眙，力为劝阻，恐又蹈伯曼之辙，奈何！波维齐不从，竟于翌日行。濒发，以明珠一串授其妹曰："余之凶吉惟此珠是占，余无恙，则珠一二可数，若胶结不可解，则必继余兄后尘矣。虽然，愿天佑余，不凶而吉。晤聚之欢，且未艾耳，请勿以暂离为悯悯。"

波维齐行二十日，亦遇前僧，向询之。僧复怵以危词曰："凡少年来问途者，不可以偻指数，然皆去而不返。日前与君年貌略同者亦曾经此，至今未出，恐亦罹祸矣，良为悯悼。"波维齐曰："此余兄也，我知其不幸,特不识何由致死,乞明示。"曰:"化黑石死耳,与前觅宝者同受斯祸。君既知之,不如速归。"波维齐曰:"感君爱我,然余欲得之念方烈,非君言所能遏。望授方略,余必力避险,冀不负指示之殷。"僧曰:"君壮志不可回,当以碗一为赠。"波维齐不待其辞毕,即趋前欲得碗。僧探囊授之,并语以法,且谆属无论如何奇怖声决无害,勿少疑惧,一不慎,殆矣。

波维齐用其法,马逐碗行。至山足,碗止。恐忘僧属,再记之,而后登。甫举武,即闻人逐诟曰:"若冒大恶而来探险,吾必戕若!"波维齐壮岁盛气,骤遭毒詈,大恚,勒马回身,思有以报之。未及四顾,而黝然珞珞布道周者,波维齐已倏瞬其间焉。

百里才自波维齐出,时时弄珠不释,卧则系之项,起即一一数之。一日,见珠互胶结不能脱,知波维齐有变,即不复悲泣,急治装具骑。临行以暂作数日游语其仆。乃著男子服,持兵行。

百里才平日好驰马游猎,能耐劳苦,非寻常弱女子比,行途之疾,与二兄等。比遇僧,即下马曰:"神父,能许我于此小休否?并望将能言鸟、自鸣树、金色水三者示其所。"僧曰:"密司①虽男子装,余则识真相。所云三物,予知之綦详,何缘辱问?"百里才曰:"闻此三物故珍异,予亟欲得之。"僧曰:"物诚异,得则难,恐不能受此艰险,不如已。予亦不愿饶舌,使密司徒捐此千金之躯也。"

百里才曰:"余远涉至此,备尝艰苦矣,倘虚作斯行,余何以自慰?特不识若何艰险,予渴欲一知,自视余心力,当则往,否则辍。"

僧告之如前,一闻声不惧,二不得鸟誓不回顾。百里才曰:"余知之矣,只此二者,余已得解法。"曰:"愿闻其详。"百里才曰:"以木棉充两耳,使惊怪之声不能入,则心不为动,直前无碍矣。"僧曰:"向者无人能计及此,我亦不知此法可用否,要不妨一试,或底于成,亦未可知。然愚见度之,脱有失,悔将奚及,不如亟返之为愈。"百里才曰:

---

① 密司(Miss),女子之称。

"余心已告余矣,必济何疑,求示途径。"僧畀以碗,具道一切。百里才感谢去。

比下骑,即以棉塞耳,亟步上,哓哓咙聒,竟尔不闻。至半途,喧嚣愈甚。百里才微闻声息,心坚定不移,默忖曰:"纵万变其伎俩,不能淫我志,徒令齿冷耳。"将至山峦,声愈大,语愈怪,几使人惶惑。百里才不顾,并力行。须臾达颠顶,甚平坦,果有笼鸟在。亟携之,谓鸟曰:"汝既为余有,则当役于余。"言毕,出棉于耳。鸟曰:"壮哉女士,我非祸人者,请勿惧。我居此,非不自足,今既为主人得,见主人尊贵和善,喜所事得人,愿听命于左右。且我已知主人家世行事,他日当可为臂助。顷有何指使,惟明示之。"

百里才大悦,谓鸟曰:"余来特欲得三物耳。汝既效忠于我,其先语金色水处所。"鸟即指其地。百里才以银瓶满挹而返。又询自鸣树。鸟谓在森林中,叶若某者是。百里才觅得之,惟干巨枝繁,不能取,商诸鸟。鸟曰:"无碍,第折枝归插园中,刹那间即成茂树,与所见者无少异。"

时百里才虽得三物,心犹未适,谓鸟曰:"水若树虽因汝而得,惟余二兄罹祸化石,实汝致之,当以何术复其躯?汝不余告,余将咎汝。"鸟以喙理翅,似有难色。百里才曰:"汝既言愿为奴,惟余命是听,汝乌得违!"鸟曰:"我不敢违命,正熟思方略耳。请汝举目,山之腹不有一瓮在乎?"曰:"有。"鸟曰:"往取之,瓮中有水,下山时,以水遍洒石,即得之矣。"

百里才从其言,下山时,系银瓶腰际,左执枝,携鸟,右持瓮,且行且洒,无一遗。石得水涓滴,立复人马形。伯曼及波维齐见百里才,互相持而泣。伯曼曰:"今日正如大梦之觉。"百里才曰:"余不自意今复得与二兄见也。"又谓众曰:"君辈皆以觅三物来,尚能忆累累错布之黑石乎?试拭目观,累累者已不复见,盖君辈身及马皆曩日道旁黑石耳。"复指瓮及鸟曰:"君辈所以能复其形体,以得瓮水故,所以得瓮水,则鸟实导余也。"

伯曼及波维齐闻之，大悟，感谢百里才。众亦相与膜拜曰："微君，我曹其永为石矣。蒙大力，愿终身为奴，效犬马以酬盛德。"百里才曰："言过甚矣。余之拯诸君，以二兄故。若奴于我，又曷敢当。诸君得庆更生，其遄返故里。我亦欲归耳，何必留此荒僻地耶？"

百里才整辔欲发，伯曼欲代携鸟。百里才曰："不可，此鸟奴于我，必自携。兄可执枝以代吾劳。"又以银瓶付波维齐。伯仲皆大喜，愿为前驱。众则推百里才先行，而群从其后以示敬。百里才乃率众策马下，欲一见僧鸣谢，而莫可踪迹，岂老而物化耶？抑三物既有主，无待指迷而远去耶？皆不得而知矣。

众渐各分途别去。百里才偕二兄归，以鸟置园中，一鸣则有异鸟无数，回翔而至。以折枝插土，转瞬间柯干挺发，密叶藨布，荫可弥亩。叶中皆出种种微妙音，恍金丝引和，翕绎中节。复以巨瓮帖地，倾入金色水，泉即垒涌暴沸，怒激腾跃，高可二三十尺。最上若紫白雾，喷洒而下，如蘥珠之散垂。具此三异，喧传达通国，来观者趾相错，皆称羡不去口实焉。

未几，伯曼兄弟猎郊外，遇王于涂，仓卒不及避，乃伏于道左。王见其丰容而都服，非恒人比，谛观之，心益奇异。命之起，察其举止，颇安详有轨则，久之始诘名若居。伯曼对曰："臣等乃某总督之子，父逝，仍居于乡。以才质驽下，不敢进求录用。"王曰："卿等皆好猎乎？"曰："窃媿无似，平生颇以搏射驰逐为乐。且波斯为尚武国，凡为国民，当共不忘武事，以振厉其精神。"王闻言大悦曰："甚善，愿观汝等身手。可偕往别囿，任择其所好者手搏之，何如？"于是伯曼等从之猎所，见诸兽罗列，种类繁夥，中一狮一熊最猛恶，有殊力。伯曼愿当狮，熊则波维齐任之。力前相搏，各出绝技。俄而狮若熊皆为所毙，既献获，又往角逐。王止之曰："愿少息，汝曹猛气无前，周陆之兽不足骋志。且技击超距，迥绝伦比，允足备干城选。若父精勤于职，汝曹当继其美，朕且畀尔重任也。"对曰："猥蒙识拔，捐糜不足报。第臣等僻野之性，实未堪厕朝列，敢乞放还。"王见二人不欲就职，深诧之，诘其故。曰："臣等有女弟，至相睦爱，事必互相质，出处事大，乞归与商榷之。"王曰："甚善，诘朝再会猎于兹，用复朕命。"

伯曼兄弟归，忘王言，明日至猎所。王曰："昨事与汝女弟言，意何若？"二人相觑，不知所对，颊洞赤。久之，伯曼曰："万死，偶遗忘，乞宥其罪。"王宽大不之责，探囊取金球，置伯曼怀，笑谓之曰："以此球为记忆，慎毋再忘。解带时，球坠地作声，必能达汝脑气也。"

伯曼归，将休憩，忽金球坠地，声锵然，忆王言，急邀波维齐偕至百里才室，具述所以。百里才曰："兄等被特达之知，期可大用，事之至幸。乃素志淡退，不乐仕进，惟当时不能善为辞，徒言归商于余，冀以拒命。然余何能为力？愚意王既相须至殷，可决计委身，无事犹豫。倘余亦成兄初志，则兄将因余而蹈方命之愆。脱天威不测，祸可立至，余亦无所逃罪。无已，请卜诸鸟乎。"即命携能言鸟来，告之故。鸟曰："吉，必从王意，更请王临观三异。"百里才曰："王来，予可见否？"鸟曰："必见，有攸利。"

次日，复至猎所。王问之。伯曼曰："昨归与女弟言，女弟甚喜，谓臣等当委身尽职。惟少迟承旨，伏乞垂恕。"王曰："无伤也。汝等友爱笃，至可嘉。能移此爱而腹心于朕，朕亦当以手足视之。"遂相与校猎。王以伯曼昆弟英武多力，甚悦，归途与纵论今古，复衮衮不竭，益心器。比抵宫，二人偕王入，诸臣以彼新进，骤荷荣宠，羡且妒，即维齐亦不能免侧目焉。

当王与伯曼等之偕行也，途之人咸见而惊叹曰："是二人者秀丽英爽，左右于吾王，似膺不次擢者，不识其为土著，抑客籍乎？"言纷纭莫决，或且喟然曰："我望上帝慈爱，使我王有太子，亦若此二人之俊异不凡，则国家之福也。噫，使当日后不产怪而诞王储，以年岁计，当可与二人若，己亦不至婴囚辱矣。"

王旋导伯曼等览宫禁之胜，纵极侈丽，视之漠然，举不足动其念。移时食设，王要之入坐，则固辞，强而后即席。王数有质难，伯曼等答若响应，靡不晓晰。王惊服，默计曰："使二子长宫掖，受教于巨人硕学，所诣亦未能过此。"罢食，复于曲室中清谭，益娓娓令人忘倦。王乐甚，曰："汝兄弟博通明达，诚未易觏。生平饫名论多矣，未有如今日之惬心惬志者。欲相与一观诸乐，极舞蹈咏歌之兴何如？"言次，乐工毕至，皆名优组织，集成雅奏，不同凡响，洋洋讽讽，使听者情移，杂以婆娑趃舞，备著槃娱之盛焉。

入夜，伯曼等告归。王曰："宫中途径既习，可时时入见，以纾朕延盼。"对曰："蒙不斥卑溓，许时入禁籞，不胜感激。抑愚衷窃有请者，乞陛下于田之暇，一枉乘舆，渥荷涵容，用敢以草茆湫溢之居，望六飞之辱，实不胜大愿。"王曰："卿等清华高迈，居必称其人，甚愿一行，期以翌日。"

伯曼等归，具语本末。百里才曰："乘舆之临，必治具以待，虑或未备未精，当先熟筹之。"乃潜商于能言鸟。鸟曰："庖人善调，必能当王意。第有馔须特设者，以王瓜渍真珠汁进，王必大悦。"百里才曰："瓜渍珠汁，未之前闻，尔言得毋或误。夫馔徒饰观，而不能食，虽珍奇曷取？况予竭所有之珠亦不敷用，奈何？"鸟曰："无虑，从予言，必有幸福。明日黎旦，于园中树，次居第一者之右，剧土求之，当得珠如数。"

百里才预语园丁，质明给事。届时，督丁具锸，指树循所向剧之。甫数尺，锸铮然见格，见小箧一，金色，长可尺许。百里才喜曰："得之矣！止锸，毋伤吾宝。"丁出箧于土，拂拭以呈。启视之，累累者珠充其中，莹光激射。百里才大欢怃，手箧回室。

时伯曼兄弟以百里才辨色即入园，知有异。急往，遇诸途，见手箧一，急诘所自。曰："得诸迤右土中。倘见所储，兄必更惊羡。"即启示之，皆骇愕。百里才告之故，且谓鸟固不余欺也。

百里才敕庖人，以翌日乘舆临，当谨将事。别具一馔，为珠汁渍瓜，宜益注意，即示以珠。庖人咋舌不言，良久。百里才曰："吾知尔以见此创闻事必骇怪。第予特命尔具此，非漫然者。其亟凤备。"庖人乃持箧去。百里才又饬扫除室宇，凡诸供张，罔不胪装。

伯曼兄弟晨即至猎所侍王，且为前马。将抵其居，波维齐先入告百里才，相与出而跽逆。王下骑命之起。谛视百里才，有殊色，意度娴雅，谓伯曼等曰："汝有女弟若此，向所谓必与商榷者，诚非虚语。朕当于游览园宅后，再申谭悰。"百里才曰："乡居既久，与世隔绝，数椽置蓬蘩中，只形朴陋，若与宫禁沈沈、千门万户者比，则无异嶐冈之与块阜矣。"王曰："居以人重，朕所乐观。"

乃导历诸室，王叹羡不去口，曰："此宅迥异凡构，彼徒侈轮奂，又乌足道！无怪徜徉此乡，视城居为嚣聒也。"比入园，瞥睹珠泉喷涌，色若黄金，飞流不绝。方凝视间，忽闻清音要眇，摇曳空际，若穆羽之调。四顾则绿阴若幂，不见乐队。疑而问曰："乐声胡自而至？"百里才曰："此乐非人力所能奏者。王不见茏苁茂挺，有高出众植者乎？声即发自其叶。请再举数武，即能辨其从出矣。"从其言，久之复问曰："似此奇植，得自何所？朕天性好奇，穷搜博访，究植物学者夙矣，兹树不能名，愿明以告。"百里才曰："此名自鸣树，产自异国，与金色水、能言鸟皆同时得者。其详未及备述。陛下既晨猎，复多受日光，恐过涉劳顿，愿少憩息。"王曰："睹奇物，令人神王。金水之异，愿再谛观，次当及鸟。"复至涌水所，瞭审良久曰："观此水自瓮上，又下投于瓮，若循环之无息，第流无源，贯注无管，而喷洒不穷，益足奇异。"曰："周此瓮无与外通者，水力虽高至二三十尺，实瓮水外无他机。"王曰："观此二者使朕心旷，则能言鸟必更著神异。"于是行厅事前，且奇禽毕集，颉颃翔舞，繁声迭起，皆引吭应节，相错而不乱。王曰："汝以何术使异鸟群鸣，且诡状殊形，多目所未睹者？"百里才曰："奇禽之集，实朝能言鸟耳。是鸟不鸣则已，鸣则谐婉百变，虽弦簧之调，宫徵之转，不复能过，况尤能人语乎。"

王之入厅事也，能言鸟且宛转引歌不绝。百里才谓之曰："王至矣，其亟起居！"鸟顿辍鸣，群鸟同时寂若。鸟曰："欢迎陛下，愿祝寿考无极！"王曰："朕谢尔敬礼，尔诚足君长羽族也。"

时筵具，王入坐，珍簋罗列。俄侍者以瓜渍珠汁进，初以为珠米①耳，比见莹然累累者皆真珠，乃辍箸惊呼曰："异哉！珠非可飧物，用以作汁，何也？"语次，目注百里才等。而鸟已率尔而答曰："陛下今日见真珠作汁则怪之，昔时闻后产一犬一猫一木则轻信之，何明于此而昧于彼耶？"王曰："所以信之者，因侍娩者为后姊，当无虚语。"鸟曰："侍娩者诚为后之二姊，因后独膺荣宠，而若曹转出其下，心嫉之甚，遂伪为侍娩，实则三弃其所生之子若女，而以怪产报。陛下不幸受彼欺蒙，后乃无辜受系焉。事阅岁时，而侍娩者具在，一经追鞫，可立得其罪，庶不致终损陛下之明。若伯曼，若波维齐，若百里才，皆畴昔后所产而遭弃者，幸前总督收而育之，今日窃庆王得储君贵主也。"

王闻之，始恍然，乃大悔恨曰："毒哉二妇，陷吾贤后，必戮之！朕一见伯曼等，觉爱从中出，若己子女然，正索解不得，今始悟感情关天性，非无因而生者。微鸟言，几失血胤矣。"谓伯曼等曰："来，予持汝，一证慈爱心。"伯曼等至是始知为王所出，悲喜交集，相与投王怀，涕不能仰。王又言："前总督虽有抚育恩，非汝等真父。汝等身出王族，予必使安享尊荣，不失天潢之贵。"于是伯曼昆弟亦相持抱，以明友爱。食毕，王曰："翌日将使儿辈见汝母。"即策马返宫，命维齐立捕后之二姊至，逐一鞫问。二妇知不能狡，备述所谋。王大怒，以其图戕王嗣，陷后幽禁，罪恶至重，当支解以惩。不一时，二妇之体纷纷磔裂矣。

王率群臣步至清真寺，达后囚所，手释其缚。见后尪瘠甚，持之而泣曰："乞恕前愆，特负荆以赎予过！陷汝之二妇，已严刑死矣。所产之子若女三人幸无恙，相见在即。"乃具道端末。后至是始知二姊非人也。

于是后易被服至尊美，偕王及群臣旋，先至伯曼所。王即导三人者立后前，谓之曰："请归视汝之二子一女。"后骤起拥诸怀，泪纵横

---

① 或名玉蜀黍。

下,咽不能成声。子若女亦嗷然持母而哭。历年怨苦,积恨若丘山,不意一抱间已销归无何有矣。

是日,太子丰治具,飨王及后暨侍臣。宴毕,引后至园中,赏三物之异。比导从回宫,民知其事者皆夹道观,云屯鳞袭,见后盛仪复旧,太子公主华美无与俪,莫不额手相庆,欢忭雷动。又见公主手异鸟一,而奇禽无数随之飞且鸣,益惊羡不置。是晚宫中设盛宴,庆骨肉会合,归功于能言鸟云。

史希罕拉才得历道异闻,以娱苏丹之听,言若炙毂,日出不穷。苏丹深奇后具此记忆力,且嘉其颖悟,益嬖之。日月荏苒,自史希罕拉才得入宫以来,已阅千有一夜,并已产三子。苏丹徐察其幽娴贞静,既悦其美,复钦其贤,往日残刻之心为之渐杀,隐自悔前日设律之苛矣。史希罕拉才得揣知其意,乘机求赦,并请废杀妃苛例。苏丹笑许之,且曰:"卿灵心慧舌,假述故事以为谲谏,朕早有感于中。曩徒以盛怒,设此苛例,实则非朕本意。然微卿,女子之死吾手者将不知凡几矣。卿明知白刃在前,甘牺牲己身为众女请命,勇义尤不可及。朕今册汝为后,立母仪为天下率,勿负朕厚望焉。"史希罕拉才得俯伏而谢,抱苏丹足,以示感戴。苏丹即以告大维齐,使布告国中。闻者咸额手颂后德,且为苏丹祈福也。

图书在版编目（CIP）数据

天方夜谭/奚若译；叶绍钧校注 . —2 版 . —上海：上海大学出版社，2022.3
（近代名译丛刊）
ISBN 978-7-5671-4448-4

Ⅰ . ①天… Ⅱ . ①奚… ②叶… Ⅲ . ①民间故事－作品集－阿拉伯半岛地区 Ⅳ . ① I371.73

中国版本图书馆 CIP 数据核字 (2022) 第 032181 号

策　　划　庄际虹
责任编辑　庄际虹
封面设计　柯国富
技术编辑　金　鑫　钱宇坤

天方夜谭

奚若 译　叶绍钧 校注
上海大学出版社出版发行
（上海市上大路 99 号　邮政编码 200444）
（http://www.shupress.cn　发行热线 021-66135112）
出版人：戴骏豪
※
南京展望文化发展有限公司排版
商务印书馆上海印刷有限公司印刷　各地新华书店经销
开本 890mm×1240mm　1/32　印张 13.75　字数 357 千字
2022 年 3 月第 2 版　2022 年 3 月第 1 次印刷
ISBN 978-7-5671-4448-4/I・653　定价：56.00 元